Christine Ambrosius
Berenice – Fürstin und Rebellin

Das Buch

Flandern 1517: Die junge, eigenwillige Berenice de Savigny lebt am Hof in Mechelen das luxuriöse Leben einer Adligen, deren wichtigste Aufgabe es ist, eine vorteilhafte Heirat einzugehen. Als das Schicksal sie mit dem attraktiven Gregory de Rincon zusammenführt, ahnt sie nicht, dass sich kurz darauf ihr Leben ändern wird: Berenices Vater fällt bei Karl V. in Ungnade und Berenice muss mit Hilfe ihres treuen Dieners nach Frankreich fliehen. Für sie beginnt eine Odyssee, die sie bis in die Neue Welt führt. Und obwohl sie weiß, dass sie Gregory niemals wiedersehen wird, kann sie ihn doch nicht vergessen.

Die Autorin

Christine Ambrosius wuchs im Rheinland und in Südfrankreich auf. Als Betriebswirtin für Tourismus reiste sie für verschiedene Fluggesellschaften und Reiseunternehmen um die Welt und lebte einige Zeit in den Vereinigten Staaten. Aus ihrem Interesse für das Reisen, fremde Kulturen und Historie entstehen ihre Romane. Die Autorin lebt heute mit ihrem Mann in Berlin.

CHRISTINE AMBROSIUS

FÜRSTIN UND REBELLIN

ROMAN

Deutsche Erstveröffentlichung bei
Tinte & Feder, Amazon Media EU Sárl
5 Rue Plaetis, 2338 Luxembourg
Juni 2015
Copyright © der Originalausgabe 2015 bei Christine Ambrosius
All rights reserved.

Umschlaggestaltung: bürosüd⁰ München, www.buerosued.de
Lektorat: Kay Szantyr
Satz: Satzbüro Peters, www.satzbuero-peters.de

Gedruckt durch
Amazon Distribution GmbH
Amazonstraße 1
04347 Leipzig, Deutschland

ISBN: 978-1-5039-4650-7

www.amazon.de/tinteundfeder

HISTORISCHE PERSONEN

Hernando de Soto (1496–1542), spanischer Entdecker
Rodrigo Rangel, de Sotos Sekretär
Karl V. (1500–1558), König von Spanien und Kaiser des Hl. Römischen Reiches
Margarete von Österreich (1480–1530), Statthalterin der habsburgischen Niederlande
Eleonore von Kastilien (1498–1558), Königin von Portugal und Frankreich
Friedrich von der Pfalz (1482–1556), Kurfürst der Pfalz
François I. (1494–1547), König von Frankreich
Suleyman der Prächtige (1494–1566), Sultan des Osmanischen Reiches
Ibrahim Pascha (1493–1536), Großwesir und Heerführer
Alexandra Hürrem Roxelana (1500?–1558), Sklavin und spätere Sultanin
Jean-François de la Rocque (1500–1560), französischer Adliger und Korsar, Waffengefährte des Königs
Jacques Cartier (1491–1557), befestigte auf Befehl des französischen Königs das erste Dorf in Kanada – Charlesbourg in der Nähe Quebecs

PROLOG

Château de la Tour, A. D. 1534

Berenice ließ die Schriftrolle sinken, deren Ränder stark beschädigt waren und getrocknete Wasserflecken aufwiesen, die einige Worte verwischt hatten. Es war sehr heiß in diesem Sommer, und ein Schweißtropfen vermischte sich mit einer Träne, die ihr langsam über die Wange lief. Es war so lange her, dass sie über ihre Vergangenheit nachgedacht hatte.

Draußen im Park hörte sie die übermütigen Stimmen ihrer halbwüchsigen Söhne, die ihr jüngstes Kind, die kleine Ariane, neckten.

Abermals öffnete sie die Schriftrolle, die ihr der Verwalter von Meribeau nach einigen Umwegen übermittelt hatte. Sie kannte den Schreiber Rodrigo Rangel nicht, doch sein Bericht war direkt an sie gerichtet und sehr ausführlich. Seine Sprache, ein Gemisch aus Spanisch und Latein, war nicht immer leicht zu verstehen. Der Inhalt aber war ihr klar.

Einige Jahre lang hatte der Schreiber mit spanischen Seeleuten die Neue Welt bereist und sich auf der Suche nach Gold auch in den Norden vorgewagt. Obwohl man noch keine Edelmetalle gefunden hatte, glaubte er an großen Reichtum in diesem Land, so wie man ihn auch im Süden entdeckt hatte. Er würde sich einem neuen Schiff anschließen, um nochmals einen Vorstoß zu wagen, sobald die spanische Krone eine Expedition ausstattete.

Seine letzte Fahrt war allerdings erfolglos verlaufen. Die Mittel waren begrenzt gewesen, und die kleine Gruppe der spanischen Abenteurer fiel in einem sumpfigen Gebiet, welches sich Chickasaw nannte, einem schwarzhäutigen Wilden in die Hände. Er habe geglaubt, an diesem Wasserweg sei sein Ende gekommen, schrieb der Verfasser, doch der Wilde, der unbegreiflicherweise Kenntnisse der lateinischen Sprache besaß, habe ihm die Freiheit gegen ein Versprechen gegeben, welches er mit diesem Schreiben einlöste.

Nach der Rückkehr in seine Heimat solle er an die Fürstin de la Tour in Frankreich einige Worte übermitteln. Es waren nur zwei Sätze, die er sich leicht merken konnte. Sie lauteten: *Es geht uns gut. Wir haben Familien, die wir lieben, doch wir denken oft an dich.*

In den Karten seines Reiseberichtes verzeichnete er die Stelle und nannte das Wasser den *Fluss des Schwarzen Kriegers*.

Ein Schluchzen stieg in ihrer Kehle hoch, doch sie unterdrückte es. Es war gut so, wie es gekommen war, und sie war dankbar für das, was sie hatte erleben dürfen. Die Stimmen aus einer lange zurückliegenden Vergangenheit drangen nicht mehr bis in die Gegenwart durch, die neue Anforderungen an sie stellte.

In Gedanken versunken griff sie an ihre Halskette, an der ein Herz aus erlesenen Diamanten hing. Es war so lange her, dass sie es erhalten hatte, doch immer noch erfreute sie sich daran und hatte die Empfindung, das Schmuckstück gebe ihr die Kraft seiner früheren Besitzer.

Aus den Schriftrollen zog sie die Schreiben mit den königlichen Wappen heraus. Neben der offiziellen Einladung bat auch Königin Eleonore in einem privaten Brief um ihr Kommen.

Eleonore! Welch schicksalhaften Weg war ihre Freundin gegangen! Sie trafen sich, so oft sie es vermochten, doch es waren seltene und kurze Besuche.

Der Brief des königlichen Seneschalls war offizieller. Man bat sie in einer diskreten Mission an den Hof. Der König verhandelte insgeheim mit dem osmanischen Sultan, und sein Gesandter, der Großwesir, hatte darauf bestanden, sie als Vermittlerin zu sehen. Sie brauchte den Namen des Gesandten nicht zu lesen. Sie wusste bereits, um wen es sich handelte.

I. Kapitel – Unter dem Goldenen Dach

II. Kapitel – In die unbekannte Welt

III. Kapitel – Neue Erfahrungen

IV. Kapitel – Verbindlichkeiten der Gefühle

V. Kapitel – Tod und Rettung

VI. Kapitel – Freund und Feind unter dem Halbmond

VII. Kapitel – Flucht und Zuflucht

VIII. Kapitel – Das gegebene Wort

IX. Kapitel – Ein offenes Geheimnis

X. Kapitel – Betrug über den Tod hinaus

XI. Kapitel – Ein königliches Schreiben

I.

UNTER DEM GOLDENEN DACH

Mechelen, A. D. 1518

Aus dem Vorzimmer hörte sie Schritte und warf einen erschrockenen Blick auf den nur nachlässig geschlossenen Dienstboteneingang neben dem prunkvollen Bett der Fürstin. Es war zu spät, um den Raum ungesehen zu durchqueren, und so huschte sie eilig hinter die schweren Vorhänge, welche die Fenster halb verbargen. Als sie die Stimmen erkannte, presste sie die Hand vor den Mund. Ihr Herz klopfte so stark, dass sie meinte, man müsse es im ganzen Raum hören. Sie lehnte ihre Schultern gegen die kalte Mauer und warf einen vorsichtigen Blick auf ihre Füße, damit sie nicht unter dem Vorhang hervorlugten.

Margarete von Österreich, letzte Herzogin von Savoyen, war in ein Gespräch mit ihrem Besucher vertieft. Berenice wusste, dass ihr Eindringen in diese Gemächer ernste Folgen für sie haben konnte. Reuevoll dachte sie an ihre Freundin Eleonore, die mit ihr den Streich ersonnen hatte, und wünschte sich in ihre eigene, kleine Kammer zurück. Als der Name ihrer Freundin fiel, horchte sie auf.

»Wir wollen Eleonore nicht drängen«, sagte Herzogin Margarete soeben. »Mein Neffe und Patensohn Karl erhielt kürzlich erst Nachricht von seiner Schwester Isabella aus Dänemark. Ihr wisst, dass sie mir sehr nahesteht, und ihr Gatte, der dänische König, scheint ihr wenig zugetan zu sein; sie fühlt sich sehr einsam. Ein Vertrauter ihres Mannes wurde Witwer. Sie bittet nun darum, eine der jungen Damen des Hofes für ihn zu erwählen, damit sie Gesellschaft aus der Heimat hat.«

Ihr Kleid raschelte leise, als sie sich auf einem Stuhl niederließ, und Berenice gab die Hoffnung auf, ihr Versteck schnell verlassen zu können. Offenbar wollten beide ein längeres Gespräch führen. Sie überlegte, ob es nicht vernünftiger wäre, einfach hervorzutreten und sich schuldig zu bekennen, verwarf den Gedanken aber schnell.

»Meinen Informationen nach hat der dänische König eine Mätresse, die mit ihrer Mutter das Land regiert. Eine schwierige Lage für eine junge Frau.«

Berenice lauschte gespannt, ob die Herzogin noch eine weitere junge Frau in dieses grausige Land im Norden senden würde, aus dem die schrecklichsten Gerüchte kamen.

»Es muss sich nicht unbedingt um eine Dame aus hohem Adel handeln, um die sie mich bittet. Der Vertraute des Königs ist selbst nicht von hoher Geburt. Ihr wisst so gut wie ich, dass der Gemahl Isabellas sich gern mit sehr einfachen Leuten aus dem Volk umgibt. Sein Name ist Søren Norby, und er nennt sich Admiral, aber er scheint mehr eine Art Freibeuter zu sein. Mit gutem Gewissen kann ich derzeit niemanden dorthin entsenden, obwohl es sicher ein guter Gedanke wäre, unserem Glauben in diesem Land mehr Rückhalt zu geben. Ich erfuhr, dass der Dänenkönig Sympathien für die neue Form des Glaubens hegt.

Es gibt aber noch weitere Anfragen über Verbindungen mit den jungen Damen in meiner Obhut. Der polnische König sucht nach dem Tod seiner Frau immer noch nach einer passenden Gemahlin – ich werde mit meinem Bruder darüber sprechen, sobald er eintrifft. Nachdem Eleonore auch ihn so entschieden ablehnte, müssen wir eine andere junge Dame finden. Unsere Verbindungen in alle Länder müssen eng und freundschaftlich sein, um unsere großen Pläne nicht zu gefährden.«

Sie seufzte tief auf, erhob sich und trat ans Fenster.

Wenn Berenice ihren Arm ausgestreckt hätte, hätte sie sie berühren können. Sie wagte kaum, Luft zu holen, und atmete schließlich vorsichtig und erleichtert aus, als die Herzogin sich wieder abwandte.

»Doch zunächst müssen wir weit mehr Mittel aufbringen, um die Wahl meines Patensohnes zum Kaiser zu bezahlen. Könnt Ihr Einfluss auf die Fürsten nehmen, um sie in ihren Forderungen zu mäßigen?«

»Ich habe schon mit einigen korrespondiert, und sie sind durchaus willens, doch mit Gotteslohn allein geben sie sich kaum zufrieden.«

»Wir müssen aus allen erdenklichen Quellen Mittel und Wege finden, die Wahl zu finanzieren. Die Kaufleute im Süden werden eine große Hilfe sein, doch wir brauchen weit mehr und verschulden uns obendrein auf Jahre.«

»Ich verstehe.« Ihr fremder Besucher räusperte sich. »Natürlich gibt es auch andere Möglichkeiten, an die erforderlichen Mittel zu gelangen. Der eine oder andere Aristokrat im Dienste des Kaisers besitzt immense Ländereien und Einkünfte, die ihm möglicherweise nicht zustehen.« Abermals räusperte er sich.

An der Tür war ein leichtes Kratzen zu vernehmen. Eine Dienerin bat die Herzogin und ihren Besucher in den Nebenraum, wo ein Imbiss angerichtet war.

Vorsichtig schob sich Berenice etwas vor und lugte zur Tür. Sie stand halb offen; beide wandten ihr den Rücken zu. So leise sie vermochte, schlich sie durch den Raum und schlüpfte durch die schmale Dienstbotenpforte in den engen Gang, der den Damen des Hofes streng verboten war.

Die beiden Mädchen rannten recht undamenhaft an den Rosenbeeten entlang, bis sie die schützende Hecke erreichten und schwer atmend stehen blieben. Eleonore presste die Hand auf ihr Mieder.

»Ich bekomme kaum noch Luft, meine Dienstmagd hat mich zu eng geschnürt.«

»Du solltest eben nicht so eitel sein! Deine Taille ist auch ungeschnürt tadellos. Außerdem hast du die Worte des Priesters bei der Morgenmesse offenbar nicht sehr ernst genommen.«

Abermals brachen sie in Gelächter aus. Es war immer ein Vergnügen, sich den ernsten Augen der priesterlichen Lehrer zu entziehen, den Lateinunterricht zu versäumen und durch die Gärten zu streifen. Ihre Fortschritte in der Sprache litten darunter, und die strengen und ermahnenden Gespräche hatten sich in jüngster Zeit gehäuft.

Berenice, die erst vor einem guten Jahr von Amboise nach Mechelen gekommen war, stupste ihre Freundin an. »Hast du ihn wiedergesehen?«

»Ach Berenice, wo denkst du hin, ich komme ja kaum in seine Nähe. Er saß in seiner Kirchenbank, und ich habe bemerkt, dass er versuchte, mich anzulächeln. Aber Madame de Ronier scheint etwas zu ahnen. Wie eine fette Glucke plusterte sie sich neben mir auf und dröhnte mir ihre Gebete ins Ohr. Beim Hinausgehen kam ich ihm dann ein wenig näher. Er ist der bestaussehende Mann der Welt.« Sie stöhnte theatralisch.

Berenice lachte. »Er sieht tatsächlich sehr gut aus, und ich weiß, dass er sich nicht für eine andere Frau interessiert. Gestern Abend schwärmte er bei seinen Freunden von dir.«

Eleonores Wangen begannen, ein wenig zu glühen. »Ist das wahr? Woher weißt du das?«

»Ich habe heute in der Früh einen kleinen Ausritt gemacht und bat den Stalljungen, mich zu begleiten. Er betreut zufällig auch Friedrichs Pferd und … nun ja«, sie lachte leise vor sich hin, »er ist kein sehr diskreter Bursche.«

Verblüfft blickte Eleonore sie an. »Ich könnte tagelang neben einem Stallburschen reiten, und wir würden kein Wort wechseln.«

»Ich bin keine Herzogin, ich stehe nicht im Mittelpunkt wie du.«

Ihre Worte klangen freundlich und waren völlig frei von Eifersucht, doch Eleonores Blick wurde plötzlich ernst.

Die beiden Mädchen nahmen auf einer Steinbank Platz, wohl geschützt vor Blicken aus dem Schloss. Berenice bemerkte die Veränderung in der Stimmung und legte ihre Hand auf die der Freundin.

»Es tut mir leid, wenn dich meine Worte an etwas Unangenehmes erinnert haben.«

Eleonore schüttelte langsam den Kopf und drückte Berenices Hand.

»Es ist ja nicht deine Schuld. Ich hörte, dass deine Mutter eine große Schönheit war und dein Vater sie sehr liebte. Anfangs war es bei meinen Eltern nicht anders, aber dann wurde meine Mutter krank, und alles veränderte sich.«

Sie versuchte, die traurigen Gedanken abzuschütteln, und ihr meist heiteres Gemüt gewann wieder die Oberhand.

»Erzähl mir, ob du die Mutprobe bestanden hast und ein Taschentuch der Tante erbeutet hast. Bist du ihr in ihre Gemächer gefolgt?«

Berenice zögerte nur kurz und antwortete dann: »Du hast die Wette gewonnen. Es gab keine Gelegenheit, in ihre Nähe zu kommen.«

Eleonore lächelte.»Niemand ist so mutig wie du. Wenn du es nicht geschafft hast, war es auch nicht möglich. Was machen wir mit diesem angefangenen Morgen? Wir könnten in die Küche schleichen, ich habe Hunger. Dir würde es ebenfalls nicht schaden, etwas zu essen – du bist zu dünn.«

»Ich höre das den ganzen Tag. Ich würde niemals einen Mann bezaubern. Ich solle mehr zu mir nehmen. Als spielten runde Hüften die entscheidende Rolle im Leben einer Frau!«

Sie verzog ihren Mund, und Eleonore kicherte. »Mit breiten Hüften ist es einfacher, Kinder zu gebären. Selbstverständlich wissen wir darüber gar nichts.«

Ausgelassen lachte sie so laut, dass Berenice ihr erschrocken die Hand vor den Mund hielt.

Ein Schatten fiel auf sie, und sie sahen auf. Der schwarze Diener, den Berenices Vater angewiesen hatte, seine Tochter nie aus den Augen zu lassen, tauchte wie ein Geist vor ihnen auf.

Eleonore erhob sich schnell.

»Der Ausflug ist wohl vorüber. Kannst du deinem Diener nicht begreiflich machen, dass er sich nicht so anschleichen soll? Ich erschrecke jedes Mal zu Tode. Groß, schwarz und unhörbar.«

Sie musterte ihn mit offensichtlichem Missfallen. »Ich werde versuchen, unbemerkt zurückzugelangen. Wir sehen uns beim Nachtmahl.«

Enttäuscht über das plötzliche Ende ihres kleinen Ausbruches mit der Freundin fuhr Berenice ihn gereizt an: »Musste das sein? Konntest du uns nicht noch ein wenig Zeit lassen?«

Ihr Diener antwortete nicht auf ihre Frage. Seine Stimme war nicht weniger gereizt als die ihre. »Als ich heute Morgen zu deiner Kammer kam, warst du schon ausgeritten.«

Mit beiden Händen fasste er sie an den Armen und schüttelte sie ein wenig.

»Berenice, das darfst du nicht. Du bringst dich völlig unnötig in Gefahr. Es gehört sich nicht, nur in Begleitung eines Knechtes zu reiten, noch dazu beinahe in der Dunkelheit. Sollte dein Vater davon erfahren, kommen wir beide in Schwierigkeiten.«

Sie wusste, dass in diesem Fall seine Schwierigkeiten weit größer waren als die ihren. Ihre Schuldgefühle machten sie zornig.

»Lass mich los, was fällt dir ein! Wenn ich mich wie eine Dame verhalten soll, musst du mich auch so behandeln. Ich lasse mich von dir nicht mehr wie ein dummes Kind anfahren oder bestrafen, mit oder ohne Billigung meines Vaters.«

Sein Gesicht wurde unzugänglich, und er trat einen Schritt zurück.

»Ich bitte um Verzeihung.«

Ihr Unwillen verflog so schnell, wie er gekommen war, und sie lächelte ihn ein wenig schuldbewusst an.

»Es tut mir leid, Ukuma, sei mir nicht böse. Ich verspreche dir, mich zu bessern.«

Schon wieder mit ihr versöhnt, brummte er: »Das versprichst du mir einmal in der Woche. Ich bringe dich zurück.«

Der Winter ging allmählich ins Frühjahr über, die Sonne erwärmte langsam wieder die Erde. Wasserpfützen, die den ganzen Winter über den Garten nahezu unbegehbar gemacht hatten, begannen auszutrocknen.

Berenice dachte mit Wehmut an zu Hause, an die Gerüche, die Menschen und die völlige Unbeschwertheit ihrer

Kindheit im Schloss Meribeau, wo Ukuma für sie da gewesen war, seit sie denken konnte.

Sie warf ihm einen Blick zu, doch sein Gesicht war verschlossen. Seit dem ersten Tag ihres Lebens, zugleich der Todestag ihrer Mutter, war er ihr Diener. Selbst noch ein Junge, der ihrem Vater von einem Schuldner überlassen wurde, nahm er seine Aufgabe ernst.

Für Berenice war er mehr ein älterer Bruder als ein Sklave. Er war es, der sie tröstete, wenn sie Kummer hatte, ihr aufregende Geschichten erzählte und beinahe immer über ihre Streiche lachte. An ihren ersten Schreibübungen nahm er ebenso teil wie an ihren kleinen Geheimnissen. Meist wusste er schon Bescheid, bevor ihre Sünden das Ohr des Beichtvaters erreichten.

Einige Damen von Stand hatten versucht, ihn ihrem Vater abzukaufen, doch dies war nie erwogen worden. Natürlich war er nur ein Sklave, und ein schwarzer obendrein – ein edles Pferd hatte einen höheren Wert. Doch über das Gerede, dass Menschen wie er keine wirklichen Gefühle kannten, konnte sie nur lachen. Sie wusste nur zu gut, wie oft sie Ukuma gekränkt hatte. Er war auf den christlichen Namen Ulrich getauft worden, doch niemand außer dem Priester nannte ihn so. Mehr als einmal hatte sie verletzten Stolz in seinen Augen aufblitzen sehen. Eines Tages würde er in ihren Besitz übergehen und dann seine Freiheit erhalten. Dennoch würde er wohl immer den Schutz eines großen Namens brauchen.

Dies war kein Problem. Ihr zukünftiger Gatte würde sicher ein Fürst sein oder gar ein König; die Herzogin hatte ihr Hoffnungen gemacht. Aber bis dahin würde noch viel Zeit vergehen, die sie mit allen Vergnügungen erleben wollte, die der Hof in Mechelen zu bieten hatte, auch wenn es in den habsburgischen Niederlanden weit weniger vergnüglich zuging als in Amboise.

Auf der großen Treppe ins Schloss begegnete sie Elisabetha. Dünkelhaft wie immer musterte sie Berenice von oben bis unten.

»Nun, meine Liebe, wieder mit den Hunden im Stall gespielt?«

Sie wedelte affektiert mit der Hand vor ihrem Gesicht. »Dieser Geruch! Was ist es diesmal? Pferde? Nicht zu glauben, dass du aus Amboise hierher gekommen bist. Ich nahm immer an, die Franzosen hätten eine besonders feine Lebensart. Man sagt es ihnen zumindest nach. Aber Gerüchte sind ja meistens übertrieben.«

Berenice wollte an ihr vorbei, ohne ihre Gehässigkeiten zu beachten, doch Elisabetha war noch nicht fertig.

»Einige Tuchhändler aus Italien sind eingetroffen. Die Herzogin erwartet dich und Eleonore, um mit euch eine Auswahl zu treffen. Bedauerlicherweise ist das Beste schon weg.«

Verärgert lief Berenice die Treppe hoch und ließ Ukuma hinter sich.

Elisabetha konnte es nicht lassen, sie zu hänseln. Franzosen waren nicht übermäßig beliebt am Hofe, obwohl viele junge Leute, die in Mechelen erzogen wurden, wie sie aus Amboise kamen, und sogar die Herzogin einen Teil ihrer Kindheit als Braut des Dauphins in Frankreich verbracht hatte. Als enge Freundin von Berenices Mutter hatte sie mehrere Jahre am französischen Hofe gelebt.

Berenice ging so eilig, wie es gerade noch schicklich war, zu ihrer Kammer und öffnete die Tür. Ihre Zofe untersuchte soeben die verschiedenen Cremetöpfe auf ihrem Toilettentisch und fuhr erschrocken hoch. Berenice wehrte ihre Entschuldigungen mit einer Handbewegung ab.

»Beeile dich! Ich muss mich waschen, umkleiden und frisieren, ich habe wenig Zeit.«

Sie sank auf einen Sitz und überließ sich der Dienerin.

Wenig später verließ nicht mehr das verwilderte Mädchen die Kammer, sondern eine Dame – vom wohlfrisierten Kopf bis zu den zierlichen Schuhen und in der Haltung einer jungen Frau, die sich ihres Standes bewusst war.

Die Herzogin legte Wert auf Disziplin und wurde nicht müde, den jungen Leuten Fleiß und tadelloses Verhalten anzuraten. Nur so konnten sie in der Welt der Politik und des Herrschens bestehen. Von ihrem Vater, Kaiser Maximilian, als Statthalterin der Niederlande eingesetzt, wusste sie um die Wichtigkeit einer umfassenden Erziehung.

Nicht allen jungen Leuten am Hof in Mechelen würde eine glanzvolle Zukunft beschieden sein. Die meisten machten sich mehr Gedanken über die Jagd oder die großen Feste.

Berenice hingegen interessierte sich auch für politische Zusammenhänge und das komplizierte Interessengeflecht der herrschenden Familien. Sie wusste, wie wichtig dieses Wissen eines Tages sein konnte.

Ein Diener öffnete ihr die große Flügeltür. Die lange Tafel war über und über mit Stoffen bedeckt. Junge Damen aus allen europäischen Fürstenhäusern eilten geschäftig hin und her. Die Herzogin bewegte sich munter in dieser Schar und dirigierte Näherinnen und Dienstmädchen mit freundlicher, aber energischer Stimme.

Sie ist eine gut aussehende Frau, dachte Berenice, obwohl immerhin schon Mitte dreißig. Wenn sie vom Tode ihrer beiden Ehemänner sprach, konnte sich ihr Gesicht vor Kummer verdunkeln. Sie musste die beiden sehr geliebt haben.

Jetzt allerdings strahlte sie Heiterkeit aus. Sie bemerkte Berenice und winkte sie zu sich.

»Wo bleibst du denn, mein Kind? Du möchtest doch sicher auch einige schöne Stoffe finden. Dein Vater schrieb mir, er wünsche, dich mit dem Besten ausgestattet zu sehen.«

»Ihr habt einen Brief von meinem Vater erhalten?«

»Auch für dich hat er einige Zeilen beigelegt. Ich werde sie dir nach der Mittagsruhe geben. Hier ist es nicht möglich, darüber zu reden.«

Sie schob Berenice zur Tafel und ermunterte sie, sich mithilfe der Schneiderin etwas auszuwählen, doch Berenice war plötzlich die Lust auf Kleider und Stoffe vergangen. Sie hatte ein unangenehmes Gefühl. Was mochte es bedeuten, dass ihr Vater sich zunächst an die Herzogin wandte?

Sie entdeckte Eleonore, die schon eine Weile vor ihr gekommen war und ebenfalls nach Stoffen suchte. Gemeinsam machte es mehr Vergnügen, und Berenice vergaß ihre Bedenken für eine Weile. Sie liebte schöne Kleider und den wertvollen Schmuck, der einst ihrer Mutter gehört hatte und den sie vom Vater schon bekam, als sie noch ein kleines Mädchen war. Wer hätte ihn sonst auch anlegen sollen? Jedes einzelne Stück stammte entweder aus der Familie oder war von ihm für seine geliebte Frau erworben worden.

Eine Wiederheirat hatte er bisher nicht in Betracht gezogen. Längst war es für Berenice selbstverständlich, ihn allein für sich zu haben. Eine fremde Frau an seiner Seite zu akzeptieren, wäre ihr sicher schwergefallen.

Eleonore riss sie aus den Erinnerungen, indem sie ihr einen Spitzenstoff mit Silberborte zeigte.

»Er ist wundervoll«, bestätigte Berenice ihrer Freundin, »dies über jener taubenblauen italienischen Seide, und du siehst aus wie die Königin, die du eines Tages sein wirst.«

Eleonore errötete vor Freude. Beide Mädchen dachten bei diesen Worten noch nicht im Geringsten an die Zukunft, sondern vielmehr an den jungen Mann, der sich für Eleonore interessierte. Mit diesen schönen Gewändern wollte sie nur ihn beeindrucken.

Eleonore nahm den Stoff in die Hand und strich prüfend darüber. Mit ihren Augen signalisierte sie Berenice, dass es etwas zu berichten gab.

Kaum wahrnehmbar nickte ihre Freundin und sagte dann gut hörbar: »Bitte, Eleonore, lass uns zum Fenster gehen. Ich will wissen, ob dir die Farbe auch bei Tageslicht steht.« Mit einigen Mustern entfernten sie sich in eine Fensternische.

»Morgen gibt es eine Jagd, an der Friedrich teilnimmt«, flüsterte Eleonore. »Wir müssen unbedingt dabei sein, damit ich einige Worte mit ihm wechseln kann.«

Berenice runzelte die Stirn und hielt den Stoff noch näher an das Licht.

»Das ist einfach. Ich werde um Teilnahme bitten und dich dabei einbeziehen. So fällt kein Verdacht auf dich, an dieser Jagd ein besonderes Interesse zu haben.«

»Sei unverfänglich in deinen Reden«, bat Eleonore. »Ich weiß, dass einige Damen an Friedrich Interesse haben und seine Umgebung eifersüchtig beobachten.«

»Dann musst du selbst auch sehr zurückhaltend sein.«

Leicht miteinander plaudernd schlenderten sie langsam zurück. »Achte auf deine Augen, wenn du mit ihm sprichst, deine Bewegungen, alles kann verräterisch für Interessierte sein.«

Kein Hauch eines Verdachtes durfte auf Eleonore fallen. Eine Verbindung mit dem gut aussehenden Friedrich von der Pfalz war undenkbar und würde unangenehme Folgen haben. Sie konnten nur wenigen vertrauen; die Versuchung, sich mit einer Information bei den Mitgliedern der habsburgischen Familie einzuschmeicheln, war zu groß.

Berenice scherzte entspannt mit der Herzogin. Es war nicht schwer, um die Teilnahme an der Jagd zu bitten und Eleonore einzubeziehen. Zur zweiten Messe würden sie wieder zurück sein, und ihre Freundin konnte Friedrich treffen.

Es gab kaum Gelegenheiten, sich zu sehen, und noch weniger Möglichkeiten, ungestört zu sein.

»Morgen in der Frühe treffen wir uns im Hof zur Jagd.«

In Berenices Augen tanzte ein Lächeln, als sie Eleonore zuflüsterte: »Tante Margarete wollte ebenfalls teilnehmen, hat jedoch anderweitige Verpflichtungen. Unsere Jagdgesellschaft wird recht klein sein.«

Im Hintergrund begannen die Dienerinnen, Stoffe und Waren zusammenzulegen. Es wurde Zeit, sich im Speisesaal einzufinden. Langsam leerte sich der Raum. Auch Eleonore verabschiedete sich.

Nachdenklich blickte ihr Berenice nach. Sie gönnte der Freundin die harmlose Liebelei. In Amboise waren Affären an der Tagesordnung, niemand nahm dies ernst. In Mechelen unter der Führung von Margarete von Österreich dachte man völlig anders.

Sie schlug den Weg in den Garten ein. Nur nicht abermals essen müssen! Auch wenn die Herzogin im Vergleich zum französischen Hof eher bescheiden lebte, so wusste man doch gute und vor allem reichliche Mahlzeiten zu schätzen. Die üppigen Tafeln waren ihr zu viel.

Das Wetter war wie geschaffen dafür, den Tag draußen zu verbringen. Sie bog um die Ecke und sah ihren Lieblingsplatz in der Sonne schon besetzt. Abt Anton, ihr Beichtvater, las in einem Buch. Er hob den Kopf, als er ihre Schritte hörte.

»Komm, setz dich zu mir.«

Zögernd trat sie näher. »Ich möchte nicht stören.«

Er winkte ab, und sie nahm neben ihm Platz. Er sah müde und angespannt aus. Sie bemerkte die Falten in seinem Gesicht, die heute schärfer hervortraten.

»Habt Ihr Sorgen, Vater?«

»Manchmal mache ich mir Gedanken, wie es weitergehen soll«, meinte er gedankenvoll. »In allen Ländern herrscht große Unruhe. Die Berichte meines römischen Gastes sind besorgniserregend. Die Menschen sind unzufrieden, sie fragen nach Gründen, und man kann ihnen nur den Glauben an Gott anbieten.«

»Womit sind die Menschen unzufrieden?«

»Du weißt sicher, dass Papst Leo ein Medici ist. Er hat einige Zeit in Flandern gelebt und ist ein kluger, aber auch sinnenfroher Mann, der die Interessen seiner Familie wahren möchte. François von Frankreich siegte bei Marignano. Was für die Franzosen von Vorteil ist, wirkt sich stets nachteilig auf das Haus Habsburg aus.«

Berenice, durch die Heirat ihrer Eltern mit dieser Tatsache vertraut, nickte. Auch das Land ihrer Vorfahren war viele Jahre ein Zankapfel zwischen den Habsburgern und der französischen Krone gewesen und lag durch die Heirat ihrer Eltern nun in beiden Herrschaftsgebieten.

»Der Papst versucht«, fuhr der Abt fort, »beiden gerecht zu werden und wird damit keinem gerecht. Eine schwierige Lage. In jedem Falle möchte er die Franzosen aus Italien heraushalten. Allein, dies ist nur eine Seite. Die Gläubigen beklagen sich allenthalben über die Handhabung der Ablassregelung. Viele Mönche machen ein zweifelhaftes Geschäft aus dem Glauben und bereichern sich. Der Papst hingegen braucht das Geld aus diesem Handel für den Bau der größten Kirche der Christenheit. Der Unwille im Volke wächst, dass ein Mann von Stand leichter Sündenerlass erreichen kann.«

»Aber«, warf Berenice mit gerunzelter Stirn ein, »man ist doch nicht zufällig hochgeboren – es ist Gottes Wille. Es obliegt ihm, ob ein Mensch als König oder Bauer zur Welt kommt. Niemand kann dies ernsthaft in Zweifel ziehen. Der Allmächtige hat unserem Stand besondere Gaben verliehen, und wir sind von anderer Art als die einfachen Leute. Erst kürzlich erklärte uns die Herzogin den Sinn des Hauses mit dem goldenen Dach, welches der Kaiser in Innsbruck errichtete. Es schafft Recht und Gerechtigkeit und weist jedem seinen Platz zu.«

»Das ist wohl richtig. Der Zorn der einfachen Menschen richtet sich ja auch nicht gegen die Obrigkeit, sondern gegen die Art und Weise, wie der Glaube gehandhabt wird. Seit es die Kunst der schnellen Verbreitung von Schriften gibt, und jeder einen Handzettel erwerben kann, findet dieses Gift seinen Weg in alle Ohren, die es hören wollen. In Antwerpen und Paris arbeiten die Druckerpressen Tag und Nacht.«

Beide schwiegen einen Augenblick und hingen ihren Gedanken nach.

»Denkt Ihr, es wird einen Aufstand geben?«

Nachdenklich wiegte der Abt den Kopf. »Ich hoffe es nicht. Es hängt davon ab, ob der Papst das Rechte unternimmt. Seit Jahren steht eine Reform der Kirche an, doch ob er den Willen und die Kraft hat, diese durchzusetzen, weiß ich nicht.«

Er sah sinnend in den Garten. Die Sonne zog sich hinter die Wolken zurück, und es wurde kühler.

»Du musst das Mittagsmahl versäumt haben, Berenice. Hast du wieder keinen Appetit?«

Als sie wortlos den Kopf schüttelte, meinte er schmunzelnd: »Nimm es dir nicht so zu Herzen. Ich selbst esse auch nicht viel und bin, Gott sei es gedankt, sehr gesund. Noch fehlende Rundungen werden zu gegebener Zeit schon kommen.«

Er erhob sich und stützte seinen Rücken. »Nur die Knochen, die merke ich nach einem langen, kalten Winter wieder etwas mehr. Meine Tage in Mechelen sind gezählt. Ich werde im Sommer nach Kamerijk, dem französischen Cambrai, fahren. Unser Bischof wird nach Spanien reisen, und mein Rat ist dort gewünscht. Mein Weg führt mich also in deine frühere Heimat.«

Auch Berenice erhob sich nun eilig, und gemeinsam gingen sie zurück zum Schloss. Am Garteneingang bemerkte sie Ukuma, der gelangweilt mit einem Messer hantierte. Er verschwand hinter den Wirtschaftsräumen, als sie den Hof betraten.

»Habt Ihr mit der Herzogin gesprochen? Sie weiß doch immer genau, was vor sich geht, und empfängt viele Kuriere mit Nachrichten.«

Abt Anton blieb stehen und nickte. »Sicher. Sie lud mich und meinen Besucher gestern zum Nachtmahl. Aus den verschiedenen Teilen des Landes kommen ähnliche Berichte, doch das wird sie dir selbst erzählen.«

Berenice neigte ihren Kopf noch einmal grüßend und ging dann eiligen Schrittes zu den privaten Zimmern der Tante.

Innerhalb der Schlossmauern war es noch empfindlich kühl. In den meisten Räumen befanden sich zwar Kamine, doch auch im Winter wurden diese nicht alle beheizt. Einige Dienstboten, die geschäftig mit Esswaren oder Wäsche die Gänge bevölkerten, husteten und schnieften heftig. Während eine Kammerfrau der Herzogin sie noch vor der Tür warten ließ, überprüfte Berenice in einem Wandspiegel schnell ihre Erscheinung. Schließlich durfte sie eintreten.

»Tritt näher, mein Kind, und nimm Platz.«

Die Herzogin wies auf einen samtbezogenen Hocker neben ihrem Ruhebett, und Berenice setzte sich zu ihr.

»Ihr habt Nachrichten von meinem Vater?«

»Ja, ich habe eine Nachricht erhalten. Es geht deinem Vater gut, er ist von seiner langen Reise gesund zurück. Zurzeit befindet er sich auf dem Weg zum Kaiser. Ich nehme an, sie kommen gemeinsam hierher. Ich muss gestehen, ich bin ebenfalls begierig, von seinen Erlebnissen zu erfahren. Eine Welt voll neuer Schätze zu erforschen und zu erobern, ist eine große Herausforderung. Dein Vater sah Dinge, die vielleicht niemand zuvor sah. Du kannst sehr stolz auf ihn sein.«

»Mein Vater ist kein Seefahrer oder Entdecker«, flüsterte Berenice, die spürte, wie ihr die Kehle eng wurde. »Er hat Ländereien zu verwalten, Besitz und Menschen, die von ihm abhängen.«

Sie sprach nicht weiter, es schien ihr unangebracht, sich selbst zu erwähnen, da sie ihn besonders vermisste. Sie wollte nicht wie ein kleines, weinendes Kind vor der Tante sitzen.

»Berenice, ich weiß, wie sehr du deinem Vater zugetan bist, er wird dir sehr gefehlt haben. Seit dem Tode deiner lieben Mutter warst du ihm das Wichtigste. Du siehst ihr sehr ähnlich, nur die blauen Augen und die helle Haarfarbe sind von ihm.«

Verstohlen und etwas unwillig wischte Berenice sich die Tränen aus den Augen.

»Aber«, fuhr die Herzogin fort, »er brauchte eine neue Aufgabe. Wir entsandten mit ihm einen Vertrauten ohne persönliche Interessen. Die Berichte über Gold und Reichtümer klingen verheißungsvoll. Sie liegen für denjenigen bereit, der in der Lage ist, zuerst dort zu sein. Wir brauchen dringend weitere Mittel. Den Franzosen die Stirn zu bieten, kostet mehr, als wir derzeit aufbringen können. Aus Rom erhalte ich ebenfalls besorgniserregende Kunde. Ein Medici ist Papst. Ich habe Bedenken, ob er dem Treiben Einhalt gebietet. Lies dies!«

Sie griff zur Seite und reichte Berenice einen Zettel, die ihn nahm und laut las:

>*»Oh ihr Deutschen, merket recht,*
>*des heiligen Papstes Knecht*
>*bin ich und bring euch jetzt allein,*

Gnad und Ablass von eurer Sünd,
für euch, eure Eltern, Weib und Kind.
Sobald der Gulden im Becken klingt,
im Hui die Seel in den Himmel springt.«

Als Berenice entgeistert aufblickte, lachte die Herzogin trocken.

»Spottschriften gegen die Kirche findet man allerorts. Es ist nicht einmal abzustreiten, dass manches, was in christlichem Namen geschieht, nichts weniger als christlich ist. Dies jedoch gilt es zu kontrollieren, bevor es weitere Kreise zieht. Aus solchen Widerständen entstehen schnell Unruhen. Doch die Kassen sind leer. Verstehst du nun, warum dein Vater diese wichtige Reise machte? Kaiser Maximilian vertraut ihm.«

Sie seufzte leicht. »Manchmal habe ich das Gefühl, als verändere sich die ganze Welt. Als dehne ein erwachender Riese, dessen Größe man noch nicht zu erkennen vermag, seine Glieder aus.«

Sie blickte auf das junge Mädchen und griff lächelnd nach einem Schriftstück.

»Die Zeilen deines Vaters für dich.«

Berenice erhob sich. Das Gespräch war beendet. Sie konnte nicht warten; schon im Gang erbrach sie das Siegel und las die liebevollen Worte, die ihr Vater geschrieben hatte. In wenigen Wochen schon würde sie ihn wiedersehen.

Sie öffnete die Tür zur Kapelle und war erleichtert, sie um diese Zeit leer zu finden. Im Niederknien blickte sie sich um. Es war ein schmuckloser Raum, das Auge fand wenig, um darauf zu verweilen. Nichts sollte vom eigentlichen Grund, dem Gespräch zu Gott, ablenken. Sie faltete die Hände und schloss die Augen, um für die sichere Rückkehr ihres Vaters zu danken.

Am nächsten Morgen war es kühl und noch dunkel, als Berenice das Fenster öffnete und in den Hof schaute, wo alles schon zum Ausritt bereit war. Sie warf einen Blick auf Ukuma, der seinem Pferd über den Nasenrücken strich.

Aus den Nüstern der Pferde stiegen weiße Atemwölkchen. Die Knechte hatten sie bereits aufgezäumt und ihnen wärmende Decken übergelegt.

Die Jagdgesellschaft ließ auf sich warten. Man wollte sich noch ausgiebig stärken, obwohl auch ein Wagen mit Speisen und Getränken folgen würde.

Auf den Stufen erkannte Berenice die Gräfin von Berglahn, eine Hofdame der Herzogin. Sie konnte Ukumas Aufseufzen förmlich hören und spitzte die Ohren, damit ihr nichts von dem Gespräch entging.

Liebenswürdig lächelnd näherte sich die Gräfin dem Diener und betrachtete ihn wohlwollend.

»Ukuma, du begleitest uns, ich dachte es mir. Es ist bewundernswert, wie gut du für Berenice und ihre Bedürfnisse sorgst. Sicherlich wird sie bald heiraten, dann braucht sie dich nicht mehr. Denk an mein Angebot, ich habe drei Kinder, wenn dir Kinder so sehr am Herzen liegen, ansonsten …«, sie machte eine wirkungsvolle Pause, »bin ich sicher, es gibt passendere Aufgaben für einen Diener wie dich. Ich könnte dir bei einer Veränderung behilflich sein.«

»Das ist außerordentlich freundlich von Ihnen, Madame, und ein beinahe zu ehrenvolles Angebot.« Ukuma senkte bescheiden den Kopf.

»Mein Herr hat nicht die Absicht, sich von mir zu trennen. Er gab mir klare Anweisungen, an die ich mich halten muss. Sollte sich dies jedoch ändern, werde ich mit einer Bitte zu Ihnen kommen.«

Leise schloss Berenice das Fenster. Die Gräfin brachte ihren Diener immer wieder in delikate Situationen, doch bisher hatte er sich ihr geschickt entzogen. Ukuma hatte eine Liaison mit der Tochter des Bäckers in Amboise beenden müssen, als sie nach Mechelen abreisten, und sie wusste, wie schwer ihm der Abschied gefallen war.

Als es beinahe hell war und die beste Zeit zur Jagd schon fast vorüber, traten die ersten Jagdgäste heraus. Der Jagdmeister gab das Zeichen, die Meute zu holen. Das aufgeregte Jaulen und Winseln der Hunde machte die Pferde ebenfalls unruhig. Doch es dauerte noch eine Weile, bis alle Jagdteilnehmer zu Pferde saßen. Treiber und Diener bildeten die größere Gruppe.

Berenice und Eleonore trugen warme, elegante Kleidung und ließen sich von Ukuma in die Damensättel helfen. Trotz der Warnung ihrer Freundin konnte Eleonore kaum den Blick von Friedrich losreißen.

Beide Mädchen genossen den Morgen. Berenice fühlte den Wind in ihrem Gesicht, hörte das Bellen der Hunde und die lauten Rufe der Treiber. Die ausgedehnten, wildreichen Wälder gehörten zum Schloss, niemand sonst hatte das Recht, hier zu jagen. Sie konnte mit einem leichten Bogen umgehen, doch heute überließ sie die Jagd den Männern.

Schon bei der ersten Rast war man ob der reichlichen Beute begeistert und stieg erhitzt und mit der aufgeregten Freude vom Pferd, die eine Jagd stets hervorrief.

Als Berenice sah, dass Friedrich für Eleonore eine Decke über einem abgeschlagenen Baumstamm ausbreitete, trat sie zu den anderen und verwickelte eine der Damen in ein Streitgespräch über die herrschende Herrenmode. Sie erreichte ihre Absicht, als alle aufmerksam wurden und sich beteiligten.

Die Marquise van Bebber hatte eine klare Meinung.

»Je größer die Braguette, desto weniger Substanz«, meinte sie mit maliziösem Lächeln, nippte an ihrem heißen Wein und lehnte sich provokant an ihr Pferd.

Einige Damen lachten, und Berenice unterdrückte ein Kichern. So offen wurde am Hofe selten gesprochen. Die Schamkapsel wirkte in der Tat gelegentlich bei einigen Herren übertrieben, doch es war ungehörig, dies zu bemerken.

Sie warf einen Blick auf Friedrich und Eleonore, die in einiger Entfernung saßen, sich höflich miteinander unterhielten und gelegentlich etwas anreichten. Auch ein aufmerksamer Beobachter konnte darin nichts Auffälliges entdecken. Dennoch spürte sie bei diesem Anblick eine leichte Wehmut und ein Gefühl der Einsamkeit. Trotz der Chancenlosigkeit musste es wunderbar sein, dies zu erleben.

Sie gab sich einen Ruck. Derlei Gedanken fruchteten wenig. Als das Jagdhorn geblasen wurde, preschte sie als eine der Ersten vorweg und machte es Ukuma schwer, ihr zu folgen.

Die Kirchenuhr rief schon zur Messe, als die kleine Gesellschaft geschlossen und angeregt miteinander plaudernd über die Keizerstraat durch den Eingang ritt. Das Schloss war erst kürzlich in einem neuen, eleganten Baustil fertiggestellt worden, der sich von den wuchtigen Bauten der Vergangenheit unterschied. Oberhalb des Torbogens blickte der österreichische Adler den Ankömmlingen entgegen. Knechte kümmerten sich um die Pferde und den Karren mit erlegtem Wild, der in einen Seitenhof rumpelte.

Madame de Ronier segelte auf Eleonore und Berenice zu, die beieinanderstanden, und wedelte wichtigtuerisch mit den Händen.

»Ein Bote ist angekommen. Er hatte es sehr eilig. Ich bin sicher, es geht etwas vor sich.« Madame de Ronier gehörte nicht zu den Damen, die sich für zu vornehm hielten, um auf Dienstbotengerede zu hören.

Eleonore wandte sich ihr zu und gab sich interessiert. »Habt Ihr etwas in Erfahrung bringen können?«

»Nun ja«, Madame de Ronier gab sich bescheiden, wenn auch ihr Gesicht vor Mitteilungswillen brannte.

»Man sagt, dass Euer Bruder Karl auf dem Wege hierher ist, aber Genaues weiß ich natürlich nicht.« Sie lehnte sich vertraulich vor und flüsterte Eleonore zu: »Vielleicht geht es ja wieder einmal um eine Heirat, wäre das nicht schön?«

Berenice hatte die geflüsterten Worte nicht gehört, doch sie würde noch früh genug erfahren, welche Nachricht der Bote brachte. Sie machte sich auf den Weg zum Schloss.

Im großen Speisesaal herrschte lebhaftes Stimmengewirr, nicht nur in unterschiedlichen Lautstärken, sondern auch in verschiedenen Sprachen.

Sie entdeckte neben der Herzogin die erwähnten Besucher. Es waren einige prächtig gekleidete Herren, deren Jacken aus feinstem Tuch reich bestickt waren. Einer blickte auf; ihre Augen trafen sich einen kurzen Moment, bevor Berenice sich abwandte. Sie ließ sich einer jungen Frau gegenüber nieder, die sich schon mit gutem Appetit ein Fischragout schmecken ließ. Ein Bediensteter eilte mit einem Krug Bier herbei, doch Berenice lehnte ab. Neben ihr nahm ein gewichtiger Edelmann Platz, der den Krug Bier nicht verschmähte. Gemütlich lud er enorme Mengen auf seinen Teller und schwatzte fröhlich los.

»Ich nehme noch ein wenig Taubeneier in Safransoße«, vertraute er ihr augenzwinkernd an, »Safran stärkt die Manneskraft, merkt Euch das, wenn Ihr einmal einen eigenen Haushalt führt, junge Dame. Ich habe damit beste Erfahrungen gemacht.«

Er lachte polternd, hustete und wehrte das Mundtuch ab, das sie ihm nicht ganz uneigennützig anbot. Während sie die soßengetränkte Brotscheibe von ihrem Teller aß, betrachtete er sie mit gerunzelter Miene.

»Kein Wunder, dass an Euch noch kein Gramm Fett ist. Fleisch wird zu Fleisch, das Brot ist für die Dienerschaft oder die Hunde.«

Sie versuchte vergeblich, ihn davon abzuhalten, ihr noch eine weitere Portion Fleisch auf den Teller zu laden, doch schließlich gab sie erheitert nach. Seine herzhafte und offene Freundlichkeit unterschied ihn so sehr von anderen, dass sie ihn auf Anhieb mochte. Er schien kein Einheimischer zu sein; seine Stimme hatte einen vertrauten Klang, vielleicht kam er wie sie aus dem Grenzgebiet Burgunds. Als sie sich verabschieden wollte, hielt er sie leicht am Arm und drückte ihr unauffällig einen Zettel in die Hand.

Immer noch kauend flüsterte er: »Von Friedrich für Eleonore.«

Während sie sich noch bemühte, sich ihr Erstaunen nicht anmerken zu lassen, winkte er schon wieder einer Magd mit der Bitte um Bier.

Berenice ließ die zusammengerollte Nachricht unauffällig in ihrem Ärmel verschwinden und betrat das Kaminzimmer. Ein raumhoher Kamin nahm die gesamte Kopfseite des anheimelnden, warmen Raumes ein. Die Wände waren mit kostbaren Wandteppichen und Gemälden bedeckt.

Einige Damen stickten, andere unterhielten sich mit einer Partie Tric Trac. Abt Anton saß in einem Lehnstuhl und las einen Brief.

Berenice ließ sich auf einem Hocker zu seinen Füßen nieder und wartete geduldig, bis er den Brief sinken ließ und das Wort an sie richtete.

»Du warst heute nicht beim Unterricht. Was war denn so wichtig, dass die Texte der griechischen Dichter dahinter zurückstehen mussten?«

Berenice lächelte ihn vertrauensvoll an.

»Wir waren auf der Jagd. Wie kann man die geistige Nahrung verdauen, wenn die körperliche Nahrung nicht zuvor erfolgt?«

Der Abt lachte leise, und in seinen Augenwinkeln bildeten sich dabei kleine Fältchen.

»Ausgerechnet du wagst es, mir dies zu sagen, wo jedermann weiß, wie wenig du der Völlerei zugetan bist. Komm morgen zum Unterricht, ich habe etwas Interessantes für dich.«

Als sie ihn fragend ansah, fügte er hinzu: »Die Boten haben von der Sixtinischen Kapelle Abbildungen angefertigt. Zeichnungen der Werke von Buonarotti und Raffael. Sie sind so wunderbar, dass selbst die Heiden bei ihrem Anblick zum Glauben finden müssten. Doch ich habe auch einen herrlichen Holzschnitt des Meisters Albrecht Dürer mitgebracht. Auch wir haben große Künstler.«

»Die Boten, von denen Ihr sprecht – haben sie nur Kunstwerke mitgebracht?«

Der Abt erhob sich. »Ich kann hierzu nichts sagen. Ich muss jetzt zur Andacht in die Kapelle.«

Berenice war ebenfalls aufgesprungen und reichte ihm den Gehstock. Sie blickte ihm nach, als er den Raum verließ. Er hatte sichtlich Schmerzen; seine Gicht machte ihm in diesem feuchten Winter deutlich zu schaffen, auch wenn er selten klagte.

Sie verließ den anheimelnden Raum ebenfalls und begab sich in Eleonores Zimmer. Die Freundin war nicht dort. Seufzend nahm sie eine gebundene Bibel in die Hand, setzte sich auf einen Stuhl und begann zu lesen.

Ihre Geduld wurde auf die Probe gestellt. Es dauerte eine ganze Weile, bis sich endlich die Türe öffnete und ihre Freundin den Raum betrat.

»Endlich«, seufzte Berenice, »ich bin schon beinahe erfroren. Wo warst du nur?« Sie zog Friedrichs Nachricht hervor und schwenkte sie. »Rate, was ich für dich habe.«

Eleonore, die bei ihrem Eintritt noch blass gewirkt hatte, bekam rot glühende Wangen. Ihre Augen leuchteten auf. Mit dem Zettel in der Hand sank sie auf ihr Bett.

»Er erwidert meine Gefühle. Was soll ich nur tun? Ich werde nie wieder in der Lage sein, ihn anzusehen.«

»Natürlich wirst du ihn ansehen. Wenn du ihn anders behandelst, wirst du den Gerüchten nur Nahrung geben. Du solltest ihm eine Antwort senden. Ich bin dir gern behilflich, sie ihm zu überbringen.«

Eleonore senkte überlegend den Kopf und dachte nach. Schließlich rang sie sich zu einem Entschluss durch. Sie wählte ihre Worte mit Bedacht: »Du bist eine so gute Freundin und hast durch diese Freundschaft zu mir mehr Nachteile als Vorteile.« Sie wehrte ab, als Berenice etwas erwidern wollte.

»Die Tante verbot mir, dir etwas zu erzählen, doch wir teilen so viele Geheimnisse, du wirst auch nichts von dem verraten, was ich dir jetzt sage.«

Als Berenice stumm nickte, fuhr sie fort.

»Es handelt sich um deinen Vater.« Sie hielt inne. Es fiel ihr sichtlich schwer weiterzusprechen, und Berenice beschlich ein beklemmendes Gefühl.

»Er ist von seiner Reise zurück, und man sagt, der Kaiser sei unzufrieden über die Art der Durchführung. Er habe weniger nach Edelmetallen und Erzen gesucht, wie ihm aufgetragen wurde. Anders als viele andere kehrte er nicht mit Gold zurück. Er scheint beim Kaiser in Ungnade gefallen zu sein, und man hört, er wolle sich auf seine Ländereien zurückziehen, wenn man ihn lässt.«

»Wenn man ihn lässt?« Berenices Lippen waren weiß geworden. In ihrem Inneren breitete sich Kälte aus.

»Was bedeutet das? Hat man ihn gefangen genommen? Er ist doch eng mit Kaiser Maximilian befreundet.«

»Bitte beruhige dich, man hat ihn nicht gefangen genommen.« Sie erhob sich und nahm die erstarrte Berenice in den Arm.

»Ich weiß nicht mehr, als ich dir sagte. Ebenso wie Tante Margarete werde ich für ihn eintreten, was immer vorgefallen sein mag. Er ist ein Freund der Familie. Du weißt, dass mein Bruder Karl auf dem Weg hierher ist. Auch ihn werden wir um Hilfe bitten. Es wird sich sicher alles wieder zum Guten wenden.«

»Wo ist mein Vater jetzt?«

»Das weiß niemand, doch ich verspreche dir, wir werden alles in unserer Macht Stehende unternehmen, damit die Unstimmigkeiten ausgeräumt werden.«

»Kann ich mit der Herzogin sprechen?«

»Heute nicht mehr.« Eleonore versuchte zu beschwichtigen. »Die Tante wird sicher morgen mit dir reden wollen.«

Berenice kämpfte um Haltung. Sie wollte sich nicht von Hilflosigkeit überwältigen lassen. Sie war abhängig vom Wohlwollen der Habsburger, das wurde ihr erschreckend bewusst. Sie richtete sich auf und lächelte Eleonore an.

»Du bist meine Freundin und wirst es immer bleiben. Ich werde abwarten und bin sicher, dass mein Vater nicht unehrenhaft gehandelt hat.«

Ukuma ging neben seiner Herrin. Einem Sklaven hätte es angestanden, sich hinter ihr zu halten, doch Berenice achtete nicht auf ihn. Den vorhergehenden Abend hatte er beim Essen und Trinken mit dem Knecht eines der kaiserlichen Boten verbracht, der seine Leidenschaft für schnelle Pferde teilte. So wusste auch er schon, dass Berenices Vater in Schwierigkeiten war.

»Es wird schon nicht so arg sein, Berenice. Klatsch und Neid sind immer ärger als die Wirklichkeit. Warum sollte der Kaiser auf einen Mann wie deinen Vater verzichten? Schlimmstenfalls kehrst du nach Frankreich zurück. Dort lebt es sich gut, und der französische König wird euch mit offenen Armen aufnehmen.«

Seine dunklen Augen sahen sie aufmunternd an, und sie fühlte sich ein wenig getröstet. Ukuma wusste immer Lösungen für die täglichen, kleinen Probleme; diesmal aber stand es nicht in seiner Macht, ihr zu helfen. Trotzdem war es ein gutes Gefühl, ihn an ihrer Seite zu wissen.

»Ich höre nicht auf Dienstbotengerede«, erklärte sie streng, doch ihre Augen lächelten. »Aber ich danke dir.«

Er öffnete ihr die große Flügeltür zum Salon, und sie trat ein. Sie würde sich noch gedulden müssen, bis sie die Herzogin allein sprechen konnte. Inmitten ihrer Damen saß sie angeregt plaudernd über feinen Stickereien, die man ihr reichte. Nur Elisabetha winkte ihr zu. Sie stand vor einer Staffelei und versuchte sich an einem Bild.

»Es tut mir leid zu hören, dass es Unstimmigkeiten zwischen dem Kaiser und deinem Vater gibt.«

Berenice war vorsichtig. Sie betrachtete das Bild.

»Du hast einen guten Blick für Farben. Das Bild wird sicher sehr gut werden.«

»Danke, es ist ein Geschenk für meine Mutter zu ihrem Namenstag. Ich habe mir große Mühe damit gegeben. Eleonore meinte auch, es sei gelungen. Hast du sie heute schon gesehen?«

»Nein, ich bin ihr noch nicht begegnet.«

»Eigenartig. Sie ist weder zur Messe noch zum Unterricht erschienen.«

»Warum beunruhigt dich das?«

Elisabetha legte den Kopf schief und betrachtete mit gerunzelter Stirn kritisch ihr Bild, als sei die Unterhaltung im Grunde bedeutungslos.

»Ich mache mir Gedanken, ob sie sich unwohl fühlt.«

»In diesem Falle hätte die Zofe Nachricht gegeben.«

Nach und nach leerte sich der Raum; man bereitete sich auf das Mittagessen vor. Auch Elisabetha rieb ihre farbverschmierten Hände ab und verließ sie.

Die Herzogin winkte sie zu sich. Mit klopfendem Herzen erwies sie ihre Reverenz und nahm auf einem angebotenen Stuhl Platz. Margarete saß in einem bequemen Lehnstuhl und bot ihr ein Getränk an, doch Berenice war nicht ruhig genug und lehnte ab.

Nachdem auch die letzte Dienstbotin gegangen war, konnte sie nicht mehr an sich halten.

»Liebste Tante, ich höre die schrecklichsten Gerüchte über meinen Vater. Könnt Ihr mir sagen, was geschehen ist?«

Das Gesicht der Herzogin war freundlich, dennoch glaubte sie, eine Spur von Zurückhaltung darin zu sehen.

»Noch vor Kurzem sprachen wir davon, wie wichtig die Mission deines Vaters für den Kaiser ist, der Männer braucht, auf die er zählen kann.«

Berenice nickte beklommen.

»Dein Vater bekam einen klaren Auftrag. Bedauerlicherweise hat er sich nicht daran gehalten. Er hat eigenmächtig das Reiseziel verändert, hat seine eigenen Interessen verfolgt und ist mit leeren Händen zurückgekehrt. Kein Gold, keine andere kostbare Fracht, nicht einmal Gewürze. Welch eine Enttäuschung! Wie konnte er nur so handeln, ich verstehe es nicht.«

Erregt erhob sie sich. Berenice konnte nicht einschätzen, ob es Zorn war, was der Herzogin beinahe die Tränen in die Augen trieb. Sie trat an den Kamin und stocherte in der Glut.

Berenice stand ebenfalls auf.

»Nächste Woche trifft Karl ein«, fuhr die Herzogin fort. »Er berichtet mir, dass der Kaiser deinem Vater seine Gunst entzogen hat und dieser seitdem verschwunden ist. Er will sich den Anschuldigungen wohl nicht stellen. Sein gesamter Besitz, Schloss und Ländereien, soweit sie nicht auf französischem Boden liegen, sollen dem Kaiser wieder zufallen.«

Berenices mühsam aufrechterhaltene Beherrschung brach zusammen.

Sie schluchzte leise auf. Dies war kein kleines Missverständnis, keine unbedeutende Unstimmigkeit. Es war das Ende ihrer bisher so behüteten Welt. Unter Tränen sah sie auf.

»Niemand weiß, wo er sich befindet?«

Margarete kam zurück und sank wieder auf ihren Sitz.

»Niemand weiß etwas über seinen Verbleib. Es ist mir unbegreiflich. Früher beneidete ich deine Mutter manchmal um ihn, doch nach ihrem Tode muss er sich sehr verändert haben. Ich bedaure dies, vor allem in Hinsicht auf deine Zukunft.«

»Was meint Ihr damit? Was habt Ihr mit mir vor?«

Erschrocken blickte Berenice auf.

»Das werden der Kaiser und mein Neffe entscheiden.«

Als sie den angstvollen und verzweifelten Blick des Mädchens auffing, fügte sie besänftigend hinzu:

»Ich nehme an, man wird dich passend verheiraten oder als Hofdame unterbringen. Sprich mit Karl, bitte ihn, und distanziere dich vom Verhalten deines Vaters. Wenn du ihm Treue und Gehorsam schwörst, wird die Enttäuschung über deinen Vater nicht der Maßstab für seine Entscheidung sein.«

In Berenice regte sich leiser Widerstand bei ihren Worten, doch sie schwieg.

»Ich weiß, dass mein Schicksal bei Euch in guten Händen ist und Ihr nur das Beste für mich zu erreichen sucht.«

Sie hatte die Herzogin oft Tante genannt, obwohl sie dies nicht war. Nun schien ihr diese vertrauliche Anrede nicht mehr angemessen. Ihr Schicksal war keineswegs bei dieser Familie in guten Händen, die sich nicht scheute, die eigenen Töchter unter den übelsten Umständen für politische Vorteile zu verheiraten. Wegen ihr würde man sicherlich keine Umstände machen.

Im Gang wartete Ukuma, der ihr schweigend in ihr Gemach folgte.

Leise schloss er die Tür.

»So schlimm?«

»Noch viel übler, als ich es mir je vorzustellen vermochte. Mein Vater ist verschwunden, und ich bin auf Gnade und Gedeih einem Jungen ausgeliefert, dessen Unreife und Jähzorn nur zu bekannt sind. Ich kann nicht hier sitzen wie ein Opferlamm und auf den Meistbietenden warten.«

Das belauschte Gespräch in den Räumen der Herzogin kam ihr wieder in den Sinn. Sie fröstelte und zog die Schultern hoch.

»Welche Möglichkeiten haben wir denn?«, überlegte Ukuma halblaut. »Da ist zunächst die Flucht nach Frankreich.«

»Das ist unmöglich«, entgegnete Berenice. »Ich kann nicht allein reisen und ohne Mittel auch nicht standesgemäß.«

Im Laufe des Gesprächs hatten sie ihre Stimmen gedämpft, trotzdem öffnete Ukuma noch einmal die Tür und sah prüfend hinaus. Niemand war zu sehen.

Berenice überfiel ein Gefühl völliger Verlassenheit. Missbilligend verzog sie das Gesicht, als Ukuma sich respektlos zu ihr setzte.

»Es ist nicht unmöglich. Du kannst dich verkleiden und nach Frankreich zurückkehren. Dein Vater überlässt dich nicht deinem Schicksal.«

»Mein Vater wird hier nach mir suchen. Karl kann jeden Tag eintreffen, es besteht kein Grund, jetzt überstürzt aufzubrechen. Ich werde abwarten.«

Ukuma seufzte leise. »Wie du meinst. Doch ich halte es für einen Fehler, Zeit zu verlieren. Höre dir an, was Karl zu sagen hat. Vielleicht erhalten wir in der Zwischenzeit eine Nachricht von deinem Vater.«

Berenice sah ihn an und lächelte plötzlich.

»Du wirst nie ein Sklave sein wie die anderen, doch ich war selten so froh darüber wie jetzt. – Du gehst jetzt besser.«

Er war schon an der Tür, als er sich noch einmal umwandte.

»Ich brauche vielleicht etwas Schmuck, um Vorkehrungen treffen zu können.«

Berenice zögerte keine Sekunde. Aus einer Schatulle zog sie eine Kette heraus und reichte sie ihm mit fragendem Blick, aber Ukuma wies sie zurück.

»Sie ist zu auffällig und kostbar. Gib mir den Edelsteinanhänger, er könnte als Gunstbeweis angesehen werden.«

Sie errötete ein wenig und versagte sich die Frage, ob er schon des Öfteren Gunstbeweise erhalten und versilbert hatte.

Im Garten war es windig, doch mild. Berenice löste die Brosche ihres wollenen Umhangs und schlenderte zwischen den Rabatten hindurch, die noch recht winterlich wirkten. Nur hier und da zeigten sich grüne Knospen.

Vereinzelt begegnete sie Arbeitern, die erste Frühlingspflanzen einsetzten. In diesem Teil des Gartens hielten sich die jungen Männer gelegentlich auf, um sich mit ihren Bögen im Wettstreit zu üben. Auch jetzt hörte sie lautes Rufen und Lachen und bemerkte, dass einige von ihnen sich einmal mehr nicht an die vorgeschriebenen Plätze hielten. Ein Pfeil flog in einiger Entfernung an ihr vorbei. Sie bog um einen Rhododendronbusch und prallte mit einem Mann zusammen. Überrascht stieß sie einen Schreckenslaut aus.

»Könnt Ihr nicht auf Euren Weg achten?«

Der Fremde lachte und umschloss sie fest mit seinen Armen. »Ihr gefährdet Euch, wenn Ihr diesen Teil des Gartens ohne Vorwarnung betretet und vielleicht in die Flugbahn eines Pfeils geratet«, meinte er neckend. »Es sind nicht nur Amors Pfeile, die hier geschossen werden.«

Nach dem ersten Schrecken machte sie sich empört los. Er war einer der Boten, die sie neben der Herzogin gesehen hatte; er hatte sie genau gemustert. Jetzt war er einfacher gekleidet, doch Berenice erkannte an der Kleidung, dass er entweder vom französischen Hof oder aus Italien kam. Ihre Entrüstung über die allzu vertraute Berührung schien ihn eher zu erheitern. Sein lachender Mund war nah an ihrem Gesicht.

»Berenice de Savigny, Tochter des Grafen von Meribeau. Es ist eine Freude, Euch zu sehen.«

Fragend zog sie die Augenbrauen hoch und trat einen Schritt zurück.

»Ihr kennt mich?«

»Nicht so gut, wie ich es möchte. Doch vergebt mir mein unverzeihliches Verhalten.«

In seinen Augen tanzte ein Lächeln, und Berenice hatte den Verdacht, dass der Mann sich lustig über sie machte.

Er deutete eine kleine Verbeugung an und fuhr fort: »Gregory de Rincon, unterwegs im Dienste des Königs von Frankreich und überwältigt, Euch hier wiederzufinden. Unsere Väter kennen sich, und ich erinnere mich, dass ich

Euch einmal als kleines Kind sah. Ihr wart damals schon bezaubernd, obwohl ich gestehe, es war keine Liebe auf den ersten Blick. Ich mauste Euer Rosinenbrot, und Ihr tratet mir schmerzhaft gegen das Schienbein.«

»Ich erinnere mich nicht, Euch jemals gesehen zu haben. Wenn Eure Geschichte stimmt, dann ist es wohl Euer Wesenszug, nach etwas zu greifen, was Euch nicht zusteht.«

Sie entdeckte Ukuma, der suchend nach ihr Ausschau hielt.

»Ich wünsche Euch einen angenehmen Tag und Gottes Segen.«

Mit erhobenem Kopf ging sie ihrem Beschützer entgegen und hörte noch das leichte Lachen des Mannes hinter sich. Was für ein arroganter Mensch und welch eine Anmaßung, sie einfach zu umarmen, dachte sie, und wusste insgeheim, dass sie sich etwas vormachte. Es war in seinem Arm recht angenehm gewesen. Welche Dreistigkeit, dachte sie, doch unbewusst lächelte sie.

Schon vor Eleonores Räumen hörte sie deren laute und zornige Stimme. Sie schalt mit ihrer Zofe und überhörte das Klopfen an der Tür. Beim Anblick ihrer Freundin verstummte sie und beorderte die Dienerin hinaus.

Berenice bemühte sich vergeblich, beim Anblick von Eleonore ein Kichern zu unterdrücken.

»Es freut mich zu sehen, dass du deine gute Laune nicht verloren hast. Hast du mit Tante Margarete gesprochen?«

Missmutig nahm Eleonore ein Tuch und wischte sich die helle Paste aus dem Gesicht, die ihrer Haut mehr Glanz verleihen sollte.

»Warte!« Berenice griff nach einer Bürste und machte sich daran, die aufgelöste Frisur der Freundin zu richten.

»Ich habe mit ihr gesprochen. Sie bestätigte, was du schon sagtest.« Sie hielt einen Moment inne und fuhr dann zögernd fort.

»Ich kann mir nicht vorstellen, dass mein Vater einen Verrat begangen hat. Er handelt nicht unwürdig. Die Herzogin meinte, dass Karl eine Entscheidung treffen wird, was mit mir zu geschehen habe.«

Eleonore seufzte tief auf. »Er wird für uns beide Entscheidungen treffen. Unsere gemeinsame Zeit geht vielleicht bald zu Ende. Wir hatten zusammen viel Freude an der Jagd und sogar am Unterricht. Nachdem ich den König von Polen nun nicht heiraten muss, trotz seiner Tugenden und Schönheit«, sie betonte die letzten Worte mit tiefer Stimme und ahmte den Gesandten Kaiser Maximilians nach, »wird man sich nach einem anderen Bewerber für mich umsehen. Ich hoffe nur, dass er damit eine glücklichere Hand hat als bei Isabella und Maria. Meine Schwestern sind sehr unglücklich.«

»Bist du tatsächlich so gelassen? Fürchtest du nicht die Ablehnung eines Hofes, der dir nicht wohlgesonnen ist? Der Gedanke an eine solche Einsamkeit ohne Menschen, denen ich vertrauen kann, erschreckt mich.«

Über Eleonores Gesicht flog ein Schatten.

»Ich muss ebenso wie du auf Gott vertrauen. Es steht uns nicht zu, uns gegen das vorbestimmte Schicksal aufzulehnen. Die hohe Geburt wird uns immer schützen, und ich bin bereit, an dem Ort meine Pflicht zu erfüllen, an den Gott und mein Kaiser mich stellen.« Trotz der entschlossenen Worte zitterte ihre Stimme.

Berenice nahm ihre Hand. »Du bist schön und mutig. Ich bin sicher, jeder wird dich lieben, wohin du auch gehst.«

Bei den liebevollen Worten brach Eleonores Haltung zusammen, ihre Kehle wurde eng.

»Friedrich bat mich, seine Frau zu werden und ihn in der Pfalz zu ehelichen.« Sie weinte leise und fuhr stockend fort: »Ich kann meine Familie nicht einfach verlassen. Ich wäre eine Ausgestoßene.«

»In der Pfalz würde man dich für dein Verhalten auch nicht achten. Du hast die Entscheidung schon getroffen. Diese leidenschaftlichen Gefühle vergehen schnell, wie jeder weiß. Tante Margarete sprach oft darüber, wie sehr sie eine Ehe belasten.«

Eleonore hob ihr tränennasses Gesicht. »Mir erscheinen diese Gefühle ganz und gar nicht vergänglich. Ich werde Friedrich immer lieben. Es gibt Ehen, wo man sich bis zum Tode liebt. Deine Eltern …«

»Meine Eltern waren nur kurze Zeit verheiratet«, unterbrach Berenice sie. »Wenn du mit Friedrich gesprochen hast, habt ihr euch also getroffen. Ich hoffe, du warst vorsichtig. Man hat nach dir gesucht.«

»Außer dir, meiner Zofe und Friedrichs Diener weiß niemand Bescheid.«

»Warum ist deine Zofe eingeweiht?«, fragte Berenice alarmiert. Die wechselnden Kammerfrauen und Zofen waren stets dankbar für kleine Geschenke und gingen mit Informationen großzügig um.

»Sie ist zuverlässig, du brauchst dich nicht zu beunruhigen. Dich wollte ich nicht damit behelligen.«

Berenice griff wieder nach dem Kamm. »Setz dich, ich werde deine Frisur richten, ich weiß, wie man das macht. Es sieht schwirig aus, aber ich habe mich schon einige Male allein frisiert.«

Während sie geschickt mit Kämmen und Spangen hantierte, versuchte sie, den Gedanken an den Abschied von ihrer Freundin zu verdrängen. Vermutlich würden sie sich nicht einmal verabschieden können.

Eleonore schien zu ahnen, was Berenice bedrückte.

»Du hast mit Tante Margarete gesprochen, was sagt sie?«

Berenice zuckte die Achseln. Trotz der Zuneigung zu ihrer Freundin war sie nun vorsichtig und bemühte sich um ein ausdrucksloses Gesicht. »Sie war über meinen Vater sehr enttäuscht. Ich soll mich von ihm lossagen und auf eine vom Kaiser arrangierte Heirat hoffen.«

»Dein Vater ist doch nicht plötzlich kopflos geworden. Wie könntest du dich von ihm abwenden?« Eleonore schüttelte missbilligend den Kopf, und eine eben festgesteckte Locke löste sich wieder.

»Ich weiß nicht, wo er ist, und ich kann mich nicht gegen den Kaiser auflehnen. Es bleibt mir gar keine Wahl.« Berenice steckte die widerspenstige Strähne nochmals fest und legte den Kamm auf den Kaminsims.

Eleonore wandte sich zu ihr um. »Nein, auflehnen kannst du dich nicht. Du kannst den Problemen aus dem Weg gehen, indem du auf deinen Besitz nach Frankreich zurückkehrst. Nimm einige vertrauenswürdige Männer zur Begleitung mit und reise ohne großen Aufwand ab.«

Berenice kämpfte gegen die Tränen. »Ich danke dir sehr für deine aufrichtigen Worte. Ich halte es jedoch für besser abzuwarten, was dein Bruder mir rät. Wir haben uns immer gut verstanden, er wird nicht gegen mich sein.« Sie wechselte das Thema.

»Ich werde der Herzogin immer dankbar sein für die große Mühe, die sie auf unsere Erziehung verwandte. Wir haben so viel erfahren über Philosophen und Dichter, über Politik und Herrscherhäuser, niemand ist besser vorbereitet als wir, sich in fremder Umgebung zurechtzufinden.«

Eleonore stimmte ihr zu: »Wir wissen nicht, was uns erwartet, doch auf welchen Platz wir auch gestellt werden, wir wollen Freundinnen bleiben. Manchmal geschieht es, dass man einen Menschen, ein kleines Kind oder auch ein Tier sieht, und sofort ist eine Verbindung da. Eine unerklärliche Zuneigung und ein Verständnis, das man deutlich spürt. Einen solchen Fingerzeig Gottes darf man nicht außer Acht lassen.«

Die nächsten Tage verliefen ereignislos und im Rhythmus des normalen Alltags in Mechelen. Einen großen Teil des Tages nahmen wieder die Unterrichtsstunden ein, unterbrochen von den Gebeten und Mahlzeiten. Eleonore beantwortete gelegentlich Briefe von Friedrich. Zu einem Treffen war es nicht mehr gekommen, und obwohl ihre Sehnsucht groß war, wollte sie keine Schwierigkeiten heraufbeschwören.

Berenice stand mit einigen jungen Engländerinnen im Hof und sprach über den üblen Geruch, der aus dem Brunnen stieg, als eine Gruppe Reiter sich im Galopp dem Schloss näherte. Es waren die Männer Karls.

Eilig öffnete man ihnen das Tor, und Berenices Herz begann, schneller zu klopfen. Mit einem kurzen Gruß raffte sie die Röcke und eilte in ihre Kammer.

Sie wollte innerlich und äußerlich gewappnet sein, wenn über ihr Schicksal entschieden wurde. Vom Fenster ihrer Kammer konnte sie nicht in den Herrschaftshof sehen, hörte jedoch an den lauten Rufen und dem eiligen Getrappel vieler Füße, dass Bewegung in das Schloss gekommen war. Nervös gab sie den Dienerinnen Anweisungen für ihre Kleidung und Frisur. Wo mochte sich Ukuma aufhalten? Seit zwei vollen Tagen hatte sie ihn nicht gesehen, was recht ungewöhnlich war.

Als die Glocke zur Abendmesse rief, ging sie dem besonderen Anlass entsprechend gekleidet zur Schlosskapelle. Gelassen nahm sie ihren Platz ein. Die innere Anspannung war ihr nicht anzusehen. Nach einer Weile der Stille und des

Gebetes erschienen Herzogin Margarete und ihr Neffe Karl mit ihrem Gefolge, zu dem auch Eleonore gehörte. Während der Messe betrachtete Berenice verstohlen den Bruder ihrer Freundin.

Karl wirkte angespannt.

Kein Wunder, dachte sie, er wollte sich zum Kaiser wählen lassen und besaß kaum die Mittel dazu. Er war noch ein junger Mann, kaum älter als sie selbst, doch sein Gesicht wirkte schon hart, verschlossen und nicht sonderlich anziehend. Obwohl sie häufig miteinander gesprochen hatten, erschien er ihr jetzt völlig fremd.

Nach der Messe versammelte sich der Hof im großen Saal, in dem Karl und Margarete ihr Amt als Richter ausübten. Zumeist war es eine langweilige und unbeachtete Tätigkeit, bei der man um Zollrechte, Besitzansprüche oder andere gewinnbringende Einnahmen stritt. Nach Karls Reise erhofften alle Neuigkeiten, und entsprechend groß war dieses Mal das Interesse. Eine langweilige erste Stunde verstrich, in der Berenice von einem Fuß auf den anderen trat. Sitzgelegenheiten gab es nur für die kaiserliche Familie, die sie durch die Menge kaum erblicken konnte.

Im ersten Augenblick glaubte sie noch, sich verhört zu haben, als man ihren Namen rief, während vor ihr schon eine Gasse entstand, um sie vortreten zu lassen. Karl beabsichtigte, ihre Zukunft in aller Öffentlichkeit zu besprechen. Sie spürte, dass dies kein gutes Zeichen war. Sie verbeugte sich, und Karl winkte sie näher.

»Wir, das Haus Habsburg, haben Euch und Eure Familie stets als Freunde erachtet, die treu zu Unserem Hause stehen. Wir haben Grund zu der Annahme, dass Euer Vater nicht mehr Unsere Interessen wahrt, sondern Kontakte zum französischen Hof vorzieht. Was wisst Ihr darüber?«

Berenices Kehle war trocken. Sie schluckte, nahm ihren Mut zusammen und straffte sich.

»Alles, was ich weiß, erfuhr ich von Eurer Tante, der Herzogin Margarete. Ich bedaure zutiefst, dass Ihr über meinen Vater verärgert seid, und mein Unwissen, aufgrund dessen ich nichts zur Klärung beitragen kann. Ich habe meinen Vater schon lange nicht mehr gesehen, und unsere Korrespondenz beschränkte sich auf wenige Schreiben. Es fällt mir schwer, mir vorzustellen, dass er nicht in Eurem Sinne handelte – unsere Familien sind seit Generationen miteinander verbunden. Wenn ich einen Wunsch habe, dann möchte ich dazu beitragen, die Missverständnisse zu beseitigen.«

Karl betrachtete sie sinnend, den Kopf auf eine Hand gestützt.

»Eine Vermittlung ist nicht vonnöten, es handelt sich nicht um ein Missverständnis. Ihr verkennt die Lage. Euer Vater hat den Kaiser und mich nicht verärgert«, er betonte das letzte Wort sarkastisch, »er befolgte Unsere Befehle nicht und verriet Uns. Wir haben dadurch große Verluste erlitten und werden dies nicht hinnehmen. Was erwartet Ihr von Eurer Zukunft und von Uns?«

Sie bemühte sich, das Zittern in ihrer Stimme zu unterdrücken.

»Ich habe mich der Herzogin anvertraut und ihr versichert, dass meine Gefühle zu Euch aufrichtig und voller Dankbarkeit sind. Ich könnte in meine Heimat zurückkehren, wenn Ihr der Meinung seid, hier ist kein Platz mehr für mich.«

Karl hob die Augenbrauen und lächelte höhnisch auf sie herab.

»Wohin wollt Ihr gehen, etwa nach Frankreich? Wir haben Uns entschlossen, Euch eine Möglichkeit aufzuzeigen, wie Ihr Eure Loyalität Unserem Hause gegenüber unter

Beweis stellen könnt. Meine Schwester ist Königin von Dänemark, und der erste Berater ihres Mannes ist soeben Witwer geworden.«

Berenice spürte, wie sich in ihrem Magen vor Furcht ein Knoten bildete. Ihre Lippen wurden weiß, und sie hörte kaum noch, was gesprochen wurde.

»Es wäre ein Zeichen Eures guten Willens und in Unserem Sinne, wenn Ihr seine Gemahlin werdet und gemeinsam mit meiner Schwester Unseren Glauben und die engen Beziehungen Unserer Familien stärkt.«

Innerlich entsetzt bemühte Berenice sich, ihr Gesicht ausdruckslos erscheinen zu lassen. Sie hatte eine Ermahnung oder Zurechtweisung erwartet. Doch dies übertraf ihre schlimmsten Befürchtungen.

Eleonore blickte verzweifelt zu ihr hinüber und wagte einen Vorstoß.

»Mein Bruder, bitte lasst ...«

Mit einer schroffen Handbewegung brachte Karl sie zum Schweigen und wandte sich wieder Berenice zu.

»Ihr werdet Euch mit Eurem Beichtvater besprechen wollen. Überlegt Unseren Vorschlag mit Bedacht, und teilt Uns in spätestens drei Tagen Eure Entscheidung mit.«

Sie war entlassen. Benommen und kaum noch etwas um sich wahrnehmend strebte sie dem Ausgang zu. Als der nächste aufgerufene Name langsam in ihr Bewusstsein drang, stockte ihr Schritt. Ungläubig wandte sie sich um.

Karl rief seine Schwester Eleonore vor sich.

Die Zuschauer reckten die Hälse und tuschelten. Niemals hatte man erlebt, dass ein Mitglied der kaiserlichen Familie am Gerichtstag vortreten musste. Eine völlig verwirrte Eleonore erhob sich langsam und trat mit fragendem Blick vor. Karls Miene schien sich noch weiter zu verhärten, sein Gesicht glich einer Maske.

»Wir haben nicht glauben wollen, dass Unsere eigene Schwester, der Wir stets Gefühle der Zuneigung entgegenbrachten, Uns hintergeht. Wir nahmen Rücksicht, als man Uns bat, Euch noch nicht zu verheiraten. Der Kaiser hat politische Nachteile in Kauf genommen, um Euch Freiheiten zu erlauben.« Seine Stimme begann, vor Empörung zu zittern.

»Unsere Großmütigkeit habt Ihr damit vergolten, Euch auf schamlose Weise zu vergnügen und Unsere Absichten zu durchkreuzen.«

Bei seinen Worten war es zunehmend ruhiger im Saal geworden; inzwischen war es totenstill. Mit hängenden Schultern und errötet stand Eleonore vor ihrem Bruder. Sie hob in einer hilflosen Geste die Hand. Ihre Stimme war so leise, dass nur die unmittelbar Umstehenden sie hören konnten.

»Ich bin mir nicht bewusst, Euch, lieber Bruder, jemals betrogen zu haben. Ich weiß nicht, wovon Ihr sprecht.«

Karl griff in sein Wams und zog einen kleinen Zettel hervor. Die Röte in Eleonores Gesicht wich einer plötzlichen Blässe. Berenice bemerkte, wie sie schwankte. Sie erkannte den Zettel. Er war aus jenem Pergament, das Friedrich für seine kleinen Briefe an Eleonore benutzte.

»Meine geliebte Eleonore …«, begann Karl, mit lauter Stimme vorzulesen.

In der Gruppe der entsetzten Zuhörer entstand Bewegung. Friedrich von der Pfalz bahnte sich seinen Weg nach vorn.

Er stellte sich neben Eleonore, verbeugte sich förmlich und erklärte: »Ich stehe zu dem, was ich schrieb. Es gibt keine Notwendigkeit, den Brief coram publico vorzutragen. Ich bat Eure Schwester, meine Frau zu werden.«

Karl verschlug es für einen Augenblick die Sprache, dann fuhr er heftiger als zuvor fort: »Was maßt Ihr Euch an? Unsere Schwester hat Verpflichtungen, denen sie sich ebenso wenig entziehen kann wie jeder andere hier im Saal. Ihr wart Unser Freund und Lehrer, Friedrich von der Pfalz, mehr als andere müsstet Ihr wissen, dass eine solche Verbindung undenkbar ist. Wir haben viele Tage gemeinsam verbracht. Nie hätten Wir vermutet, dass ausrechnet Ihr Euch gegen Uns stellt! Ihr wart Unser Freund.«

Er hielt einen Augenblick inne und senkte den Blick. Als er ihn wieder hob, war keine Gefühlsregung mehr in seinen Augen zu erkennen.

»Ich will wissen, wie weit Ihr Euch vergessen habt. Habt Ihr Euch meiner Schwester in unsittlicher Weise genähert?«

Die Zornesröte flammte in Friedrichs Gesicht auf, aber er versuchte, sich zu beherrschen.

»Ich hege die tiefsten und innigsten Gefühle für Eleonore und habe mich ihr gegenüber niemals unehrenhaft verhalten. Ich bitte nicht für mich, aber für Eure Schwester, diese unwürdige Befragung zu beenden.«

»Unwürdig ist das, was zu dieser Befragung führte.«

Karl war nicht aufzuhalten. Er ließ beide vor aller Augen auf die Bibel schwören, dass nicht mehr vorgefallen war als einige Briefwechsel. Der gesamte Hof, sonst auf Skandale erpicht und klatschfreudig jedes Gerücht aufnehmend, war verstummt. Friedrich musste obendrein zusagen, den Hof umgehend zu verlassen und Eleonore nie wiederzusehen. Er tat dies mit zusammengebissenen Zähnen und stand noch immer unbeweglich mitten im Saal, als alle übrigen schon gegangen waren.

Berenice trat auf ihn zu und legte ihre Hand auf seinen Arm.

»Wie ist es möglich, dass innerhalb weniger Tage nichts mehr so ist wie zuvor?«

»Wir haben nichts Unrechtes getan.« Friedrich sah sie voller Mitgefühl an. »Karl will erstmalig seine Macht demonstrieren und beginnt damit in der eigenen Familie. Er will jeden Widerstand im Keim ersticken. Er weiß noch nicht, was Liebe ist, und selbst wenn er es wüsste, würde es seine Entscheidungen vielleicht kaum ändern. Er handelt ganz im Sinne seines Großvaters. Ich soll vor Gott und einem Notar bezeugen und unterschreiben, dass ich Eleonore nicht angerührt habe, damit ihre Aussichten auf eine königliche Heirat nicht verloren sind.«

Er fasste sich mit der Hand an die Stirn, als könne er es immer noch nicht glauben. »Was werdet Ihr tun, Berenice?«

»Ich weiß es nicht. Ich werde mit meinem Beichtvater sprechen, Gott um Rat und Hilfe bitten.«

Vor wenigen Tagen hatte sie noch angenommen, es könnte nicht schlimmer kommen, doch nun half ihr niemand mehr. Gegen den Enkel des Kaisers und möglichen zukünftigen Kaiser stellte man sich nicht.

»Ich muss den Hof verlassen …, ich kann es kaum glauben.« Friedrich sah sich um, schon den Abschied in den Augen. »Wofür Ihr Euch auch entscheidet, ich wünsche Euch Glück und Gottes Beistand.«

Berenice blickte ihm nach, als er über den Hof fortging, und fragte sich, ob sie ihn je wiedersehen würde.

Sie umrundete gerade die Wendeltreppe auf dem Weg zu ihrer Kammer, als eine Hand nach ihr griff und sie in eine Nische zog. Vor Schreck stieß sie einen halblauten Schrei aus. Eine Hand legte sich schnell über ihren Mund. Im Halbdunkel erkannte sie Gregory de Rincon, den vorwitzigen Boten. Erbost stieß sie seine Hand weg.

»Was fällt Euch ein? Was wollt Ihr von mir?«

Der junge Mann kümmerte sich nicht um ihren Einwand und fasste sie fest bei den Armen. Sein Mund näherte sich ihrem Ohr und strich dabei wie zufällig über ihre Wange.

»Ihr müsst weg von hier«, flüsterte er. »Karls Entscheidungen sind politischer Natur; er wird Euch ohne Gnade auf dem Altar seiner Begehrlichkeiten opfern. Ich bringe Euch sicher nach Hause, wo Ihr Euren Vater erwarten könnt. Berenice, Ihr dürft nicht länger auf die Habsburger vertrauen.« Sein Gesicht war ihr sehr nahe, er roch nach Pferden und Leder.

»Warum sollte ich Euch vertrauen? Ihr seid ein Fremder …«, murmelte sie verwirrt.

»Das bin ich nicht.«

Er griff nach ihren Schultern, zog sie zu sich und streifte zögernd ihre Lippen mit seinem Mund. Sie wehrte sich nicht, als spüre sie diesem eigenartig fremden und doch angenehmen Gefühl hinterher. Seine Lippen legten sich auf die ihren. Sein Kuss war leicht und schien fragend. Vielleicht sagte er die Wahrheit, dachte sie, immerhin kannte er ihren Namen und schien ihr sehr vertraut. Dann schloss sie die Augen und dachte nichts mehr.

Erst als sie die nahenden Schritte einer Magd hörten, ließ er sie los und in die Wirklichkeit zurück. Was tat sie hier im Gang mit einem wildfremden Mann? Blankes Entsetzen über ihr eigenes Handeln und Zorn über seine Verwegenheit stiegen in ihr hoch. Ihr Gesicht rötete sich vor Scham. Sie wollte sich aus seinem Arm befreien, doch er hielt sie fest.

»Berenice, bitte hört mich an. Ich kann nicht über alles sprechen, was ich weiß, doch Ihr seid in Gefahr. Vertraut Euch mir an, und ich bringe Euch in Sicherheit.«

Er näherte seinen Mund ihrem Ohr und flüsterte: »Wir müssen vorsichtig sein, die Herzogin hat ihre Wachen schon informiert.«

Er ließ sie los, und sie drehte sich um und entfernte sich ohne ein weiteres Wort. Auf dem Weg zurück dachte Berenice über seine Worte nach. Die Herzogin kannte sie gut und würde möglicherweise wissen, dass sie sich nicht ohne Rücksprache mit ihrem Vater verheiraten ließ, zumal mit einem Mann, dessen Herkunft zweifelhaft und weit unter ihrem Stand war. Der Nachricht eines Fremden konnte sie nicht vertrauen. Ebenso gut konnte es auch eine Falle sein.

In ihrer Kammer sandte sie ihre Zofe aus, nach dem Verbleib von Ukuma zu forschen, dessen fortwährende Abwesenheit ihr zu denken gab. Es schien, als habe er sich in Luft aufgelöst. Wenn Ukuma weiterhin verschwunden blieb, würde sie vielleicht doch noch das Risiko eingehen müssen und einem Fremden vertrauen.

Berenice brauchte Rat. Wie immer in einer schwierigen Lage suchte sie die Kapelle auf. Das Sonnenlicht brach sich in den bunten Scheiben oberhalb des Altares und malte bunte Kreise auf das weiße Altartuch.

In einer stillen Seitenbank wartete sie geduldig, bis das letzte ›Ego te absolvo‹ gesprochen war und der Abt sie in die Sakristei winkte. Er schloss die Tür hinter sich und bedeutete ihr, Platz zu nehmen, während er selbst stehen blieb und sich streckte.

»Mein Rücken, ah, langes Sitzen ist eine Prüfung. Worüber möchtest du mit mir sprechen? Du sollst wissen, dass ebenso wie bei der Beichte kein Wort diesen Raum verlassen wird.«

»Ich habe Euch immer vertraut.« Berenice lächelte leicht, dann wurde ihr Gesicht wieder ernst. »Karl schlägt mir vor, den Berater des dänischen Königs zu heiraten … Ich habe daran gedacht, nach Frankreich zu reisen«, gab sie aufseufzend zu. »Ich möchte nicht heiraten, noch nicht. Ich habe das Gefühl, noch Zeit zu brauchen, es geht alles zu plötzlich.«

In ihre Augen traten Tränen, die sie verlegen wegwischte. Sie war nicht die Einzige, die früh heiratete – einige waren sogar noch Kinder, wenn sie an fremde Höfe geschickt wurden.

»Ich wünschte, mein Vater wäre hier, um mir zu raten. Ich weiß nicht einmal, ob er noch lebt.«

»Ich bin ganz sicher, dass er lebt.« Tröstend legte der Abt die Hand auf ihre Schulter. »Im Falle seines Todes hätte man ihn gefunden und uns berichtet. Wenn dein Vater hier wäre, würde ich dir raten, nach Frankreich zu gehen. Allein und schutzlos kannst du jedoch nicht reisen. Du bist ein kluges Mädchen, Gott hat dir Schönheit geschenkt, setze deine Gaben und Fähigkeiten ein. Du kannst viel Gutes tun, wenn du in dieses Herrscherhaus heiratest. Solltest du dich dazu nicht entschließen können, steht dir der Weg in ein Kloster immer offen.«

»Wo immer ich sein werde, Ihr werdet mir sehr fehlen. Euer Rat und Beistand …« Sie konnte die Tränen nicht mehr zurückhalten.

»Fasse dich, mein Kind. Die Furcht vor Veränderung ist zumeist schlimmer als die Veränderung selbst. Du wirst mir ebenfalls fehlen, ich habe dein Lachen sehr gern gehört. Der Herr im Himmel lenkt unser Leben oft auf unerklärliche Weise, doch wir dürfen den Mut nicht verlieren.«

Als sie die Kapelle verließ, fühlte sich Berenice etwas erleichtert. In ihr hatte sich Widerstand geregt und sie in dem bestärkt, was sie auf keinen Fall wollte. Draußen dämmerte es schon. Eine vertraute Gestalt erwartete sie.

»Ukuma«, rief sie, mehr erleichtert als erzürnt. »Wie freundlich von dir, dich noch einmal blicken zu lassen.«

In wortlosem Einverständnis schlugen sie den Weg zu den Ställen ein. Die Knechte hatten ihre Arbeit beendet und waren auf dem Weg ins Gesindehaus.

Ukuma fasste Berenices Arm und zog sie schnell in eine dunkle Ecke, die von der Stalllaterne nicht erfasst wurde.

Bevor sie empört protestieren konnte, flüsterte er ihr zu: »Ich habe Nachricht von deinem Vater. Er lebt und ist gesund.«

»Wo ist er?« Sie vergaß vor Aufregung, ihre Stimme zu dämpfen.

Ukuma gab ihr ein Zeichen zu schweigen und lauschte einen Augenblick.

Dann fuhr er leise fort: »Nicht weit von hier. Er hat sich große Sorgen um dich gemacht. Er bereitet eure Flucht nach Frankreich vor – es ist gefährlich für ihn zu bleiben. Packe das Nötigste zusammen, lass dir nicht von den Dienerinnen helfen. Vor allem aber: Sprich zu niemandem, auch nicht zu dem Abt.«

Unwillig trat sie einen Schritt zurück. »Ich bin nicht so dumm, wie du zu glauben scheinst. Ich werde schnell bereit sein.«

Zu Ehren von Karls Rückkehr war das Schloss hell und festlich erleuchtet. Schon von Weitem wehte ihnen der Geruch nach frisch gebratenem Fleisch und Gebackenem aus den Wirtschaftsräumen entgegen. In den Gängen bewegten sich gut gekleidete Gäste aus der Umgebung, Kuriere und Adlige, die Margarete zu Nachtmahl und anschließendem Fest geladen hatte. Ein Gaukler stellte sich Berenice in den Weg und versuchte, seine Späße zu machen, wurde aber von Ukuma kurzerhand zur Seite geschoben. Sein Gelächter hallte noch hinter ihnen her, als eine Zofe vor ihr knickste.

Es war Eleonores Kammerfrau, die sie bat, ihr zu ihrer Herrin zu folgen. Nach einem kurzen fragenden Blick zu Ukuma willigte sie ein.

Durch ein kleines Empfangskabinett führte die Kammerfrau Berenice in den Wohnraum, in dem Eleonore sie mit verweinten Augen erwartete. Sie schickte die Dienerin hinaus und zog Berenice auf den Sitz neben sich.

»Hast du gehört, dass ich Friedrich nie wiedersehen soll? Wie kann mein Bruder so grausam sein – was haben wir denn getan?« Sie brach erneut in Tränen aus und zerknüllte das schon feuchte Spitzentuch in ihrer Hand.

»Tante Margarete sagte mir, sie habe alles versucht, ihn davon abzuhalten, mich in aller Öffentlichkeit bloßzustellen, doch in seinem Zorn habe er sich allen Bitten und Argumenten verschlossen. Eine solche Demütigung vor aller Augen! Kannst du dir vorstellen, dass man Friedrich sogar verdächtigte, sich durch eine heimliche Heirat Vorteile erschleichen zu wollen? Karl wird dich zwingen, diesen fremden Dänen zu heiraten, und ich werde möglicherweise noch bedauern, den polnischen König abgelehnt zu haben.«

Schweigend hatte Berenice dem Ausbruch der Freundin zugehört. Sie strich ihr über das Haar und legte den Kopf auf ihre Schulter. Eine Weile saßen sie stumm beieinander, bis Eleonore wieder zu schluchzen begann.

Auch Berenice war das Herz schwer, obwohl die Aussicht, ihren Vater wiederzusehen, sie tröstete.

»Eleonore, wir sollten voneinander Abschied nehmen. Wir wissen nicht, ob wir dazu noch einmal Gelegenheit haben werden. Erinnerst du dich an unser Gespräch vor Kurzem? Du sagtest, dass du auf Gottes Hilfe baust, wohin auch immer er dich stellt.«

Eleonore nickte. »Es scheint schon lange her zu sein, dass wir unbeschwert scherzten, dabei sind nur Tage vergangen. Unsere leichte, vergnügte und glänzende Zeit ist vorerst vorbei. Lass mich dir zum Abschied und als Zeichen unserer Freundschaft etwas schenken.« Sie erhob sich und brachte aus ihrem Schlafgemach ein lichtfunkelndes Schmuckstück, das sie Berenice reichte.

»Es ist ein Diamantenherz aus dem Erbe meiner Mutter. Man sagt ihm nach, seiner Besitzerin Stärke und Glanz zu verleihen. Das wünsche ich dir für die Zukunft. Dieses Andenken bedeutet mir viel, doch in dieser Lage wird es dir mehr nützen als mir.«

Berenice betrachtete das wertvolle Geschenk, bis Tränen ihren Blick verschleierten.

»Ich danke dir und ich möchte, dass du von mir auch ein Andenken besitzt. Meine Mutter hat mir ebenfalls etwas geschenkt.«

Sie zog einen Ring von ihrem Finger und reichte ihn Eleonore.

»Seitdem er mir passt, habe ich ihn nicht mehr abgelegt.«

»Ich weiß, wie wertvoll alles von deiner Mutter für dich ist. Ich werde ihn in Ehren halten.« Noch einmal umarmten sie sich.

Vor der Tür erwartete sie ihr Diener. Uniformierte Wachleute patrouillierten im Gang.

Verwundert fragte sie Ukuma: »Ist es möglich, dass man Eleonore bewacht?«

»Ganz sicher sogar. Die beiden Wachen dort drüben haben ihre Tür nicht aus den Augen gelassen.«

»Welch ein Unsinn. Wo sollte sie denn hin?«

Ukuma schwieg. Es gehörte nicht zu seinen Aufgaben, Berenice darüber aufzuklären, dass Verliebte recht findig sein konnten. Doch sie schien auch keine Antwort zu erwarten und schritt eilig zu ihrer Kammer.

Ukuma beobachtete sorgfältig die Umgebung, konnte aber keine weiteren Wachen entdecken. Mit beschwingtem Schritt folgte er Berenice zu ihrer Kammer und schloss energisch die Tür hinter der Zofe, die den Raum nicht verlassen hatte, ohne ihm zuvor noch einen kecken Blick zuzuwerfen.

»Trage rasch zusammen, was du unbedingt brauchst. Du wirst reiten müssen. Während du beim Gottesdienst bist, werde ich die Sachen hinausschaffen. Beeile dich, wir haben nur wenig Zeit.«

In aller Eile trug sie die wichtigsten Dinge zusammen, wobei Ukuma einen Teil wieder aussortierte und für überflüssig erklärte. Bei jedem abgelehnten Stück befürchtete er einen Zornesausbruch, doch Berenice blieb ruhig. Schließlich griff sie nach ihrem Gebetbuch und betrachtete ihr Reisebündel.

»Es wäre mir nie in den Sinn gekommen, Mechelen auf diese Weise zu verlassen, wie eine Diebin.«

Dennoch bemühte sie sich, in der Kapelle und beim anschließenden Abendessen gelassen zu wirken. Man hielt insgeheim Karls Reaktion beiden jungen Frauen gegenüber für übertrieben, doch niemand wagte, dies offen zu äußern. Die diskreten Sympathiebekundungen machten es für Berenice nicht leichter. Den ganzen Abend verbrachte sie nahezu schweigend und bemühte sich lediglich, reichlich zu essen. Eleonore hatte sie nur bei der Messe gesehen, auch sie war blass und stumm gewesen.

Niemanden verwunderte es, dass Berenice bald aufbrach, nachdem sich die kaiserliche Familie zurückgezogen hatte.

Draußen blies immer noch ein kühler Wind und löste einige Strähnen aus ihrem hochgesteckten Haar. Der Hof lag im Halbdunkel, beleuchtet nur von wenigen Fackeln. An seiner dunkelsten Seite stand ein Fuhrwerk, dessen Kutscher nicht zu sehen war. Plötzlich wurde sie ergriffen und von Ukuma in eine Turmnische gezogen.

»Zieh den dunklen Umhang über und folge mir mit gesenktem Kopf. Du legst dich auf den Kutschboden und rührst dich nicht, bis ich es dir sage. Die Wachen werden uns durchlassen.«

Der Mantel stank erbärmlich nach Bier. Sie verzog angewidert das Gesicht, legte ihn wortlos um und bemühte sich, sich zwischen den Fässern unsichtbar zu machen und Halt zu finden, als der Wagen losrumpelte. Auf dem stillen Hof erschienen ihr die Geräusche wie lautes Donnergrollen, doch nach kurzem Aufenthalt passierten sie, ohne aufgehalten zu werden, das Schlosstor. Nachdem sie eine Weile durchgeschüttelt worden war, hielt der Wagen wieder. Dann hörte sie Ukumas Stimme.

»Du kannst heruntersteigen. Wir werden weiterreiten.«

Erleichtert kletterte sie hinab und warf den Mantel auf das Fuhrwerk.

Ukuma war gut vorbereitet. Aus dem neben der Straße wachsenden Dickicht zog er zwei Sättel hervor und spannte die Pferde aus. Er befestigte die Reisebündel und schob loses Gestrüpp vor das Fuhrwerk, damit es nicht sofort entdeckt wurde. Es waren nur wenige Minuten vergangen, bis sie sich wieder auf den Weg machten.

Der Ritt durch die Dunkelheit ging nur langsam voran. Immer wieder hielten sie kurz, um zu lauschen. Berenice bemerkte, dass ihrem Diener die Strecke vertraut war, doch es dauerte mehrere Stunden, bis sie in der Ferne einen einsamen Lichtschein entdeckte. Er gehörte zu einem Rasthaus, dessen einzige Gäste sie zu sein schienen. Ukuma führte sie hinein.

Der Wirt rührte in einem Topf und wandte sich kaum um, als sie den Raum betraten, er warf nur einen neugierigen Blick auf Berenice.

»Der Herr ist oben. Ich werde gleich einen Eimer heißes Wasser bringen, damit sich die junge Dame frisch machen kann.«

Ukuma führte Berenice die Leitertreppe hoch, öffnete die Tür und ließ sie eintreten.

Endlich stand sie vor ihrem Vater. Mit einem Laut, der halb Lachen, halb Weinen war, warf sie sich in seine Arme. Er wiegte sie wie ein kleines Kind.

»Meine große Tochter, du bist tatsächlich erwachsen geworden.«

Berenice seufzte glücklich und erleichtert auf. Ihr Vater war kein verhärmter Flüchtling, wie sie insgeheim befürchtet hatte. Doch seine Kleidung war nicht so elegant, wie sie sie in Erinnerung hatte. Er bemerkte ihren Blick und lächelte.

»Ich reise als Kaufmann. Nimm Platz, ich werde dir berichten.« Er führte seine Tochter zu einem der beiden einfachen Holzstühle im Raum und setzte sich ihr gegenüber. Ukuma blieb neben der Tür stehen und horchte auf die Geräusche, die von unten hoch drangen.

»Es ist lange her, seit wir uns das letzte Mal gesehen haben«, begann Berenices Vater zögernd, »und inzwischen hat sich manches ereignet. Ich nehme an, du hast die Folgen zu spüren bekommen.«

Als Berenice nickte, fuhr er fort: »Von Kaiser Maximilian und Karl erhielt ich den Auftrag, mich auf den Inseln in der Neuen Welt umzusehen und herauszufinden, ob es eine Möglichkeit gibt, kostbare Waren wie Gold, Silber oder Gewürze nach Spanien zu schaffen. Karl braucht dringend Geld für die anstehende Kaiserwahl. Auf jeden Fall will er verhindern, dass der französische König seine Hand nach der Kaiserkrone ausstreckt. Die deutschen Kurfürsten, die die Wahl entscheiden, werden nur denjenigen zum Kaiser wählen, der sie üppig entlohnt. Der französische König ist reich, Karl ist es nicht. Er ist gezwungen, Geld aufzutreiben und sich zu verschulden, wenn es keinen goldenen Regen aus den neu entdeckten Ländern gibt.« Er hielt inne und sah sinnend vor sich hin.

»Hast du denn dort Gold finden können?«

Ihr Vater schüttelte den Kopf. »Nein, ich habe gar nichts gefunden, aber das bedeutet nichts. Es muss dort Gold geben – die Wilden tragen Schmuck, und gelegentlich ist auch Gold dabei. Dennoch ist das Land fruchtbar, es gibt seltene Tiere und herrliche Pelze. Aus dem Süden kamen Schiffe, deren Kapitäne mir von großen Goldvorkommen berichteten. Wir haben uns von der nördlichsten Insel mit unserem Schiff auf den Weg gemacht, um den Gerüchten nachzugehen, aber wir kamen vom Kurs ab. Es gab einen fürchterlichen Sturm, und unser Kapitän verstand von Nautik nicht viel mehr als ich. Schon bei der Überquerung des großen Meeres landeten wir auf einer völlig anderen Insel als der, die ich als Reiseziel genannt hatte. Nur aufgrund seiner Verbindungen vertraute man dem Kapitän das Schiff an. Sein Zweck war lediglich, die eigenen Taschen zu füllen. Der Sturm dauerte Tage, und wir hatten nicht die geringste Ahnung, wo wir uns befanden. Schließlich gerieten wir an eine unbekannte Küste.

Wir trafen nach einigem Suchen auf eine Gruppe Engländer, die im Auftrag ihres Königs das Land erkundeten. Sie berichteten, dass in dieser Gegend kaum wertvolle Metalle zu finden seien, sprachen aber voller Begeisterung über die Schönheit des Landes, den Tierreichtum und die Freundlichkeit der dort lebenden Wilden. Außerdem bestätigten sie meine Befürchtungen, dass wir sehr weit nach Norden abgetrieben worden waren. Die Winter können dort schneereich und kalt werden, und da es schon spät im Jahr war, beschlossen wir, sobald wie möglich aufzubrechen.«

Es klopfte an der Tür, und der Graf unterbrach seinen Bericht. Ukuma ließ den Wirt herein, der umständlich die Wasserschüssel füllte. Berenices Neugier, zu erfahren was weiter geschehen war, übertraf weit ihr Bedürfnis, sich zu waschen, doch ihr Vater erhob sich und sagte bestimmt: »Erfrische dich ein wenig, Ukuma wird danach etwas zu essen heraufbringen. Ich gehe kurz hinunter und erzähle später mehr.«

Die Männer verließen den Raum. Berenices Wäsche fiel nur flüchtig aus. Schließlich schlüpfte sie aus dem verschmutzten Kleid und zog sich ein praktischeres Reisekleid an. Sie war es nicht gewohnt, sich ohne Zofe auszukleiden und schimpfte noch leise, als Ukuma schon nach kurzem Klopfen eintrat. Er wollte kehrtmachen, doch sie rief ihn heran.

»Wie soll ich das nur allein bewerkstelligen?«

Kopfschüttelnd stellte er das Tablett mit Suppe und Brot auf den Tisch und half ihr, das Kleid zu schließen.

»Du wirst es lernen müssen, Berenice. Vermutlich wirst du nicht mehr überall eine Zofe zur Verfügung haben, und du bist zu groß, um von mir wie ein Kind angezogen zu werden.«

»Das weiß ich selbst. Aber hier sieht es ja niemand.«

Ihr Vater brachte einen Krug heißen Weines, und zu zweit nahmen sie die bescheidene Mahlzeit ein.

»Bitte«, bat Berenice, »spanne mich nicht länger auf die Folter! Ich möchte wissen, was passierte und warum Karl und der Kaiser dich verfolgen.«

»Viel mehr gibt es nicht zu berichten«, antwortete ihr Vater, nachdenklich an einem Stück Brot kauend. »Nach meiner Rückkehr in die Niederlande traf ich mit Karl und dem Kaiser zusammen. Ich berichtete davon, dass ich erfolglos bei der Suche nach Edelmetallen gewesen war, zumindest dort, wo ich gelandet war. Ich informierte sie ausführlich über das unendlich weite Land und dass ich es für unerlässlich halte, Niederlassungen zu gründen und es in Besitz zu nehmen, bevor es andere tun. Beide wollten davon nichts wissen.

Ich gebe zu, ich habe mich nicht besonders diplomatisch verhalten und kein Hehl aus meiner Meinung gemacht. Es gibt wichtigere politische Schachzüge als die Suche nach Gold. Der Kaiser erklärte mir daraufhin, er beschlagnahme meine burgundischen Besitztümer als Ausgleich für die Kosten der Reise. Es war ein Fehler, diese Äußerung nicht ernst zu nehmen. Wir sind so lange befreundet, dass ich nie vermutet hätte, er würde seine Freunde berauben und sich an meinem Besitz vergreifen, der so lange unserer Familie gehört. Einer meiner Männer aus dem Burgund brachte mir die Nachricht, der Kaiser habe einen neuen Herrn bestimmt.

Ich habe mich kurzerhand zum französischen König begeben. Natürlich waren damit alle Brücken zu Karl niedergerissen. Doch ich habe einiges erreicht: Der französische König stellt uns unter seinen Schutz. Château Meribeau, der Besitz deiner Mutter, liegt auf französischem Grund, und der Kaiser hat keinen Zugriff darauf, will er nicht einen ernsten Konflikt mit König François wagen. Dies kann er derzeit auf keinen Fall. Wir können unbehelligt dort leben.

Die beste Neuigkeit ist jedoch, dass er mich beauftragt hat, Schiffe auszurüsten und Niederlassungen jenseits des Meeres zu gründen. Frankreich wird sich in die neuen Länder ausdehnen.«

Schweigend hatte Berenice dem Bericht ihres Vaters gelauscht. Jetzt aber konnte sie sich nicht länger zurückhalten.

»Das heißt, ich soll allein in Frankreich leben und du wirst wieder sehr lange weg sein!«

»Zunächst einmal müssen wir froh sein, in Sicherheit leben zu können«, meinte ihr Vater. »Wir werden noch ausführlich darüber sprechen, was mit dir geschieht. Jetzt sollten wir noch ein wenig ruhen, bevor wir aufbrechen. Karl wird inzwischen wissen, dass ich mit dem französischen König verhandele. Für ihn bin ich ein Verräter. Ich nehme an, ich hätte demütig um Rückgabe meines Eigentums vorstellig werden sollen, aber das konnte ich nicht.«

Berenice nickte. Was immer auch geschehen war, es war nicht mehr zu ändern. Sie waren auf der Flucht. Letztendlich sahen die Dinge auch nicht mehr ganz so übel aus wie noch vor wenigen Tagen. Man würde sehen, wie es weiterging.

Sie hatte das Gefühl, sich eben erst niedergelegt zu haben, als ihr Vater sie an der Schulter berührte und zum

Aufstehen mahnte. Sie teilten sich das restliche Wasser aus der Schüssel, um sich notdürftig zu reinigen, und stiegen dann die Leitertreppe in den Schankraum hinunter. Das Frühstück bestand aus Milchsuppe und Brot, und Berenice langte mit ungewohntem Appetit zu.

Ukuma lächelte: »Offenbar sind einfache Speisen interessanter als die raffinierten Bissen am Hofe zu Mechelen.«

»So ist es«, parierte sie, »meine Vorliebe für das einfache Leben sollte dir ja bekannt sein.«

Der Graf ließ seinen fragenden Blick von seiner Tochter zu deren Diener wandern. Der vertraute Umgang der beiden war ihm nicht unbekannt, und er schätzte den schwarzen Sklaven, dem er die Sicherheit seines Kindes guten Gewissens anvertraute. Es behagte ihm aber sichtlich nicht, dass seine Tochter immer noch nicht gelernt hatte, eine gewisse Distanz zu wahren.

Der Aufbruch ging schnell vonstatten. Ein Paket mit Vorräten wurde ebenso verstaut wie die Bündel aus Mechelen. Der Graf hatte gute Pferde mitgebracht, und sie ließen die Kutschpferde beim Wirt. Während beide Männer den Ritt sichtlich genossen, kämpfte Berenice gegen Müdigkeit an. Sie war es nicht gewohnt, so früh aus dem Bett zu steigen.

Die Luft war feucht vom Regen der letzten Tage. Der Graf ritt schnell vorneweg, und sie bemühte sich, den Anschluss nicht zu verlieren. Einige Male schlugen ihr nasse Zweige ins Gesicht, aber an eine Pause war nicht zu denken. Nach zwei Stunden merkte sie ihren Körper an Stellen, deren Existenz ihr zuvor nicht bewusst gewesen war.

Dicht hinter ihr reitend beobachtete Ukuma sie besorgt. Es war wichtig, heute so weit wie möglich zu gelangen. Ihre Zofe hatte sicher schon ihre Abwesenheit bemerkt. Bis zu dem Zeitpunkt, wo man sie bei Hof vermisste, würde aber wohl noch eine Weile vergehen.

Berenices Gedanken verweilten noch bei all den Menschen am Hofe zu Mechelen, die ihr am Herzen lagen, doch vor allem schob sich immer wieder das Bild eines Mannes in den Vordergrund, den sie wahrscheinlich niemals wiedersehen würde. Noch nie zuvor hatte ein Mann sie geküsst. Sie meinte, seine warmen Lippen immer noch auf den ihren zu spüren.

Sie bemühte sich, den Gedanken an ihn zu verdrängen und sich auf den Weg zu konzentrieren, der ihre ganze Aufmerksamkeit erforderte. Es dauerte noch zwei weitere Stunden, bis der Graf die Hand hob und eine kurze Rast bestimmte. Berenice saß ab, rieb sich den Rücken und wandte sich an ihren Vater.

»Wohin reiten wir heute?«

Der Graf lehnte mit dem Rücken an seinem Pferd und trank einen Schluck. Er reichte das Gefäß an sie weiter und wischte sich den Mund ab.

»Wir werden die nächsten vier Tage schnell durchreiten, um die Niederlande zu verlassen. In Frankreich kannst du dich im Haus eines Freundes erholen, während ich mich mit einigen Leuten treffe. Danach entscheide ich, was geschehen wird. Heute Abend werden wir in einer einfachen Kate schlafen.«

Er kam zu ihr und legte ihr die Hand an das Gesicht. »Es tut mir leid, dass ich dir eine so beschwerliche Reise zumute. Du bist nicht erzogen für ein Leben auf der Flucht, aber manchmal führt uns ein höheres Geschick auf seltsame Wege.«

Berenice nickte. Es machte ihr nicht im Geringsten etwas aus. Sie vermisste weder den Hof noch die bequemen Dienste der Mägde. Sogar ihre schmerzenden Muskeln störten sie nicht übermäßig. Sie genoss es, mit ihrem Vater durch die Wälder zu reiten, den Wind zu spüren und sich draußen aufzuhalten. Ohne die unterschwellige Furcht, von den Männern Karls entdeckt zu werden, wäre die Reise ein Vergnügen gewesen.

Nach der kurzen Rast saßen sie wieder auf und erreichten nach Stunden ein kleines Anwesen. Ein Hund, an einen Strick gebunden, kündigte mit lautem Bellen ihr Erscheinen an. Hühner stoben zur Seite; zwei kleine Kinder erhoben sich und näherten sich neugierig, um die Fremden genauer zu mustern. Ohne Schuhe, mit verschmutzten Kitteln standen sie da und starrten Ukuma an. Einen Mann mit dunkler Haut hatten sie bisher ebenso wenig gesehen wie derart feine Kleidung.

Der Bauer trat aus dem Haus und begrüßte die Ankömmlinge mit einem tiefen Diener. Die Ankündigung, ein warmes Essen warte auf sie und saubere Betten, klang verlockend. Während Berenice und ihr Vater etwas zu sich nahmen, versorgte Ukuma die Tiere und kümmerte sich um ihr Gepäck. Er würde später mit der Familie des Bauern essen.

Berenice fühlte sich unbehaglich. Auf dem Boden saßen die Kinder des Bauern und betrachteten sie nicht nur mit neugierigen, sondern auch mit hungrigen Blicken. Sie hatte den Verdacht, dass alles Essbare für sie und ihren Vater auf dem Tisch stand und es auf keinen Fall mehr für die Kinder reichen würde. Ihr Vater zahlte mit Münzen, für Bauern in dieser armen Gegend ein ungewöhnliches Zahlungsmittel.

»Mir schmeckt es nicht beim Anblick dieser armen Geschöpfe.«

Ihr Vater reagierte mit einer resignierten Handbewegung. »Du wirst es nicht ändern, indem du selbst hungerst. Mit dem Geld, was ich ihnen gebe, können sie etwas anfangen, also iss vernünftig, sonst fehlt dir für die morgige Reise die Kraft.«

Berenice zwang sich, noch ein paar Löffel der Brotsuppe zu essen, gab es dann jedoch auf. Sie war müde vom langen Ritt und der frischen Luft.

Kaum hatte sie sich auf ihrem Lager ausgestreckt, fiel sie auch schon in einen tiefen, traumlosen Schlaf.

Auch die nächsten beiden Tage verliefen anstrengend. Lange Ritte, kurze Pausen und abseitsliegende, einfache Unterkünfte. Nur selten trafen sie auf Menschen – Bauern, die ihr Feld im Frühjahr bestellten, oder eilig reitende Kuriere, denen sie auswichen.

Beinahe unmerklich passierten sie die Grenze ins französische Reich. Berenice spürte, wie die Anspannung ihres Vaters nachließ.

Am Abend des vierten Tages erreichten sie Schloss Revigny. Es war der Besitz eines Freundes, wo sie sich von den Strapazen ihrer Flucht ausruhten. Der Hausherr war nicht anwesend, aber das Personal informiert. Sie wurden erwartet, und Berenice war auf einmal wieder die junge Adlige, frisch frisiert und gut gekleidet. Das hatte ihr nicht gefehlt.

Nach dem üppigen Mahl in mehreren Gängen, das ihr schwer im Magen lag, saßen sie vor dem Kamin. Ihr Vater trank entspannt und zufrieden ein Glas Wein und betrachtete sie aufmerksam.

»Du hast dich auf der Reise bemerkenswert gut gehalten, ich bin sehr stolz auf dich. Keine quengelnde, verwöhnte Prinzessin, sondern eine junge, vernünftige Frau, die Notwendigkeiten erkennt. Berichte mir, wie es dir ergangen ist, als es zum Zerwürfnis zwischen den Habsburgern und mir kam.«

Berenice senkte den Kopf. »Ich habe mich anfangs geängstigt. Ich war in Sorge um dich und natürlich um meine eigene Zukunft. Aber ich hatte auch Freunde dort, die mir geraten und geholfen haben. Letztendlich wollte ich mit

Ukumas Hilfe nach Frankreich fliehen. Ohne dich hätte ich das Gleiche getan, es wäre nur etwas schwieriger geworden.« Sie lächelte ihn an. »Den dänischen Piraten, den man mir als Gatten angetragen hat, wollte ich jedenfalls nicht heiraten.«

Ihr Vater lehnte sich vor. »Ich glaube gern, dass dies Karl gefallen hätte. Es hätte gleich mehrere Vorteile für ihn. Eine Stärkung der misslichen Lage seiner Schwester, durch dich eine kluge Frau im zweifelnden Dänemark, die sich für den christlichen Glauben starkmacht – und die Erbin der burgundischen Besitzungen wäre auch noch verschwunden.« Er senkte sinnend den Kopf, drehte sein Weinglas und ließ das bunte Glas im Schein des Feuers blitzen.

»Wie stellst du dir deine Zukunft vor, Berenice? Gibt es jemanden, von dem ich wissen sollte?«

Sie errötete leicht und schüttelte den Kopf. Nach den richtigen Worten suchend strich sie ihr Kleid glatt.

»Ich weiß noch nicht genau, was ich möchte. Es ist nicht ungewöhnlich, in meinem Alter zu heiraten, aber ich kann es mir einfach noch nicht vorstellen. Ich hätte gern mehr Zeit. Einem alten Mann jedes Jahr ein Kind zu schenken, ist eine schreckliche Vorstellung.« Sie hielt inne und atmete tief auf.

Ihr Vater nickte langsam. »Ich verstehe dich, aber du musst einsehen, dass deine Chancen größer sind, je jünger du bist. Deine Mitgift ist durch den Verlust der Schlösser und Liegenschaften im Burgund, die du als meine einzige Tochter geerbt hättest, sehr geschrumpft. Ich kann dich nicht mehr so reich ausstatten, wie dies bisher der Fall gewesen wäre. Und man heiratet keine Frau, nur weil sie so lieblich ist.«

»Aber ist das nicht der Grund gewesen, warum du Mutter zur Frau genommen hast?«

Ihr Vater lächelte sie ein wenig wehmütig an.

»Nein, mein Kind, sosehr ich deine Mutter geliebt habe, das war nicht der Grund für die Heirat. Meine Eltern sahen es als klug an, den Besitz zu erweitern. Er befindet sich in zwei verschiedenen Ländern, und ihre umsichtige Planung erweist sich nun als richtig. Die Liebe ist eine wunderbare Leidenschaft, aber für die Ehe völlig unerheblich, sogar äußerst störend. Ein Eheabkommen muss mit kühlem Kopf und Verstand geschlossen und genauso durchgeführt werden. Dies sichert Besitz und Nachkommenschaft. Gefühle, Leidenschaften können dies nicht nur gefährden, sie greifen auch in das auskömmliche Miteinander der Ehe ein. Eheleute sollen sich verstehen und respektieren, ein gemeinsames Interesse haben, so kann man ein zufriedenes und gutes Leben führen. Das ist es, was ich mir für dich wünsche.«

»Ich weiß, du willst, dass es mir gut geht.« Sie zögerte; die Antwort auf ihre nächste Frage würde ihr vielleicht nicht gefallen. »Was hast du dir für meine Zukunft vorgestellt?«

Ihr Vater stellte sein Glas ab, erhob sich und trat hinter sie. Er legte ihr die Hände auf die Schultern und drückte sie leicht.

»Ich habe mir natürlich Gedanken gemacht, was mit dir werden soll. Und ich möchte, dass du sicher und glücklich bist. Ich werde das nächste Jahr fort sein, vielleicht länger. Du sollst gut versorgt sein. Der Fürst de la Tour hat mich gefragt, ob ich Interesse hätte, dich seinem Sohn zur Frau zu geben.«

Berenice fuhr auf. »Henri? Das kann nicht dein Ernst sein.« Sie sah ihn entsetzt an. »Du sagst, du willst mein Bestes und bietest mir diesen Schwachkopf zum Ehegemahl an?«

»Mäßige dich und höre mich erst einmal zu Ende an.« Er hatte die Reaktion seiner temperamentvollen Tochter geahnt und hob beruhigend die Hände.

»Es ist richtig, Henri ist kein kluger junger Mann. Aber er sieht passabel aus und hat sich am Hof in Blois weiterentwickelt. Ganz so simpel wie früher ist er nicht mehr, doch richtig – er ist kein charmanter, raffinierter Verführer oder gar ein wendiger Geist. Als einziger legitimer Nachkomme der Familie de la Tour ist er aber Erbe eines riesigen Besitzes, der günstigerweise an unsere französischen Ländereien grenzt. Es würde somit ein gemeinsamer Besitz werden. Der Fürst de la Tour kennt natürlich sehr genau die Schwäche seines Sohnes und hatte in der Vergangenheit schon einige Male Gelegenheit zu sehen, wohin die Amouren seines Sohnes führen könnten. Einige seiner Favoritinnen hätten binnen kürzester Zeit das gesamte Vermögen verschleudert. Bisher hatte seine Frau ein wachsames Auge auf ihren Sohn und häufig zwischen ihnen vermittelt. Sie war bedeutend jünger als ihr Mann; trotzdem starb sie vor einigen Monaten nach einer Krankheit. Der Fürst denkt an die Zukunft. Er kennt dich, er hat deine Entwicklung verfolgt und ist überzeugt, dass es keine passendere Frau für seinen Sohn geben kann. Du wärest klug genug, ihn richtig zu führen.«

Als er Berenices immer noch abweisendes Gesicht sah, meinte er: »Mein Kind, siehst du nicht, was ich versuche, dir zu erklären? Du bekommst einen gewaltigen Besitz in die Hand, dessen Herrin du wärst. Mit etwas Geschick wirst du so leben können, wie du möchtest. Ich zweifle nicht daran, dass du dieses Geschick besitzt. Demut und Gehorsam sind Eigenschaften, die der Herr im Himmel den Frauen verleiht, doch du warst bei deren Verteilung offenbar nicht anwesend. Du hast einen eigenen Kopf und ordnest dich nicht gern unter. Aber wohin auch immer du heiratest – man wird es dort von dir zu Recht erwarten und verlangen. Ich sehe keine Ehe, in der du Freiheiten hast. So simpel Henri sein mag, sein Vater ist es nicht. Er ist willens, dich in allem zu unterstützen. Er ist nicht mehr ganz gesund und will sein Haus bestellt wissen.«

Der Graf atmete tief durch und nahm dann wieder in seinem Sessel Platz. Es war auch für ihn nicht einfach, seiner

Tochter diese Heirat nahezubringen, dennoch hielt er sie für die beste Lösung.

»Trotzdem möchte ich dich nicht dazu drängen. Ich denke, es ist eine Entscheidung, die du selbst treffen musst, um sie überzeugt anzugehen. Solltest du dich jedoch dagegen entscheiden, habe ich mit König François vereinbart, dass du wieder an den französischen Hof gehst. Dort kannst du bleiben, bis ich von meiner Mission zurückkehre.«

»Wie viel Zeit habe ich, es mir zu überlegen?«

»Morgen reisen wir weiter, erreichen also in wenigen Tagen Meribeau. Es wäre gut, wenn ich dann eine Antwort für den Fürsten hätte.«

»Ich werde für meine Entscheidung nicht lange brauchen.« Sie erhob sich und beugte sich zu ihm nieder, um ihn auf die Wange zu küssen.

»Sorge dich nicht um mich, Vater. Ich bin froh, dass ich eine Wahl habe.«

Berenice stieg die Treppen zu ihrem Zimmer hinauf und bedeutete der Zofe, ihr behilflich zu sein. Sie wollte im Augenblick nicht über ihre Zukunft nachdenken, doch die Gedanken ließen sich nicht einfach beiseiteschieben. So lag sie schließlich im Bett – diesmal in weichen Daunen und zwischen feinen Laken – und wurde trotz ihrer Müdigkeit immer wacher. Als der Morgen dämmerte, erhob sie sich. Sie hatte kaum geschlafen, doch in ihrem Kopf hatte sich eine Idee festgesetzt.

Sie genoss in den folgenden Tagen die schöne Umgebung, das täglich besser werdende Wetter und sogar die Mahlzeiten. Ihr Vater erkannte, dass sie zu einem Entschluss gelangt war, sprach sie aber nicht darauf an.

Berenice hatte als Ort für die Unterredung mit ihrem Vater die freie Natur gewählt. In der Nähe eines kleinen Weihers legten sie eine Rast ein. Berenice zog ihre Schuhe aus und watete einige Schritte ins Wasser, wobei sie kleine Schreckensschreie ausstieß. So früh im Jahr war das Wasser noch kalt. Ihr Vater nahm eine Decke aus der Kutsche und breitete sie im Gras aus.

»Du wirst dich erkälten, wenn du zu lange im Wasser stehst.«

»Wenn man eine Weile drin ist, spürt man es nicht mehr so sehr.« Aber sie war doch froh, sich die kalten Füße abtrocknen zu können, und ließ sich neben ihm auf der Decke nieder. Eine Weile genossen sie es, schweigend in der Sonne zu sitzen. Die ersten Bienen suchten bereits summend nach Blumen. Vögel zwitscherten in den Bäumen, beschäftigt mit dem Nestbau. Berenice wischte mit der Hand eine vorwitzige Ameise weg, die sich auf die Decke verirrt hatte.

Ihr Vater hatte sich auf einen Ellbogen zurückgelehnt und beobachtete Ukuma, der ein Stück entfernt auf einem Grashalm kaute.

Berenice bemerkte nicht zum ersten Mal, dass ihr Vater ein gut aussehender Mann war. Er war zwar schon Ende dreißig, hatte aber noch keinerlei Anzeichen des Alters: keinen Bauchansatz, gute Zähne und gerade gewachsene, gesunde Glieder, die nicht von der Gicht geplagt wurden. Er hätte leicht wieder eine Frau finden und weitere Kinder haben können. Jetzt fragte sie sich, warum dies nie geschehen war.

»Ich habe mir deinen Vorschlag, Henri zu heiraten, immer wieder durch den Kopf gehen lassen.«

Ihr Vater wandte den Kopf zu ihr und sah sie fragend an.

»Du hast sicher recht – ich hätte ein sicheres und eigenständiges Leben. Allerdings auch ein sehr ruhiges, weit vom Hof mit seinen Vergnügungen entfernt, ohne Abwechslung, abgesehen vermutlich von der Kindererziehung. Es ist nicht zu erwarten, dass ich mit Henri ergiebige Gespräche an langen Winterabenden am Kamin führe. Ich habe mich trotzdem entschlossen, ihn zum Gemahl zu nehmen, allerdings …«, sie hob abwehrend die Hand, als ihr Vater etwas entgegnen wollte, »unter einer Bedingung. Ich möchte dich zuvor noch auf die Reise nach Westindien begleiten. Ich möchte etwas sehen, woran ich zurückdenken kann, etwas Aufregendes und Ungewöhnliches. Danach bin ich bereit, die Pflichten anzunehmen, die mit dieser Ehe einhergehen.«

Ihr Vater sah sie zunächst sprachlos an, dann schüttelte er den Kopf.

»Unmöglich«, stieß er hervor. »Berenice, das ist einfach unmöglich. Es wäre unverantwortlich, dich diesen Gefahren auszusetzen. Du hast keine Vorstellung von den Strapazen einer monatelangen Schifffahrt über den Ozean, von den Stürmen, der unzureichenden Nahrung, den Krankheiten. Nein!« Seine Stimme war entschlossen. »Dazu kann ich mich nicht bereit erklären. Ich erfülle dir gern jeden Wunsch, doch du verlangst zu viel.«

Er schwieg eine Weile und sah sie bittend an.

»Du bist eine junge Frau von Stand und Familie. Es gibt für dich keinen Grund für eine Reise, außer der zu deinem zukünftigen Gatten. Dich sinnlos einem solchen Risiko auszusetzen, wäre mehr als leichtfertig.«

»Ich war immer wieder Risiken ausgesetzt. Allein und ohne deinen Schutz war ich in Mechelen ebenfalls gefährdet, und du weißt, wie gefährlich das Leben im Umkreis des französischen Königs sein kann. Man braucht sich nur den Unmut einer einflussreichen Mätresse zuzuziehen. Ich bin noch nicht so weit, Henri zu heiraten.«

Der Graf kämpfte mit sich. Die Vorstellung, seine Tochter mitzunehmen, war ungeheuerlich für ihn.

»Ich bin mir nicht sicher, was der Fürst de la Tour dazu sagt, wenn ich versuche, ihm deinen Plan begreiflich zu machen. Vielleicht zweifelt er dann an seinem Urteil, dass du die richtige Frau für seinen Sohn bist.«

»Wenn er so schnell Zweifel hegt, bin ich sicher von vornherein nicht die Richtige. Nach unserer Rückkehr bin ich siebzehn Jahre alt und immer noch jung genug, seinen Sohn zu heiraten.«

»Ich würde dir deinen Wunsch erfüllen, kann aber meine Augen vor den Gefahren nicht verschließen, denen ich dich mit dieser Reise aussetzen würde. Ich könnte dich bis England mitnehmen und dort bei Freunden lassen, wenn du gern reisen und etwas sehen möchtest.«

Sie schüttelte bestimmt den Kopf. »Nein, es ist das Unbekannte, was ich entdecken möchte. Weil es eine so weite Seereise ist, weil das Land, von dem du erzählt hast, so wunderbar und unberührt ist, reizt es mich. Ich bin jung, gesund und kann sehr genügsam sein, wenn es erforderlich ist.«

Ihr Vater musste gegen seinen Willen lachen. »Du weißt nicht, was ›genügsam‹ bedeuten kann.«

»Bitte, Vater«, schmeichelte sie ihm nun so, wie sie es als kleines Kind oft erfolgreich getan hatte. »Ich möchte dich lieber als alles andere in der Welt begleiten. Ich verspreche dir, nie schwierig zu sein. Ich werde dir aufs Wort gehorchen.«

Ihr Blick fiel auf Ukuma, der mit glänzenden Augen gelauscht hatte und sich bei ihren letzten Worten umwandte. Dennoch entging ihr nicht, dass er sich mit mühsam unterdrücktem Lachen auf die Lippen biss. Sie warf ihm einen drohenden Blick zu und wandte sich wieder an ihren Vater.

»Überleg es dir wenigstens. Wenn ich dich nicht begleiten kann, gehe ich eben wieder an den französischen Hof. Wo ist er im Augenblick? Blois? Ich war früher gern dort. Erinnerst du dich, dass ich mich als Kind immer unter der großen Treppe versteckt habe?«

»Berenice, woher hast du eigentlich diese Erpresserqualitäten? Du bist äußerlich deiner Mutter sehr ähnlich, aber du hast auf keinen Fall ihre sanfte Natur geerbt.«

Fröhlich lachte sie ihn an. »Dann bleibt ja nur noch eine Möglichkeit.«

Er seufzte tief auf. »Nun gut, ich denke darüber nach. Das ist aber kein Versprechen!«

Sie nickte und wusste: Sie hatte schon beinahe gewonnen. Ihr Herz hüpfte vor Freude und Erwartung. Es würde ein aufregendes Erlebnis werden. Der Gedanke an Mangel und wenig Komfort schreckte sie nicht. Ihr Vater sah sie nur als seine kleine, verwöhnte Tochter; ihr alltägliches Leben war ihm fremd. Er konnte nicht wissen, dass ihr luxuriöse Kleidung, raffinierte Speisen und das manchmal Zwanghafte an den Höfen gleichgültig waren.

Auf dem Rückweg drückte sie ihrem Pferd die Fersen in die Flanken und jagte den beiden verblüfften Männern in wildem Galopp lachend davon. Während Ukuma Berenice folgte, ritt ihr Vater in gemächlicherem Tempo kopfschüttelnd hinterher. Er machte sich nichts vor. Wollte er seine Tochter sicher und zufrieden in einer Ehe mit dem zukünftigen Fürsten de la Tour sehen, musste er sie mitnehmen. Er würde in den nächsten Tagen einiges ändern. Mit einer jungen Frau diese Reise zu unternehmen, hieß mehr Umstände, mehr Rücksichtnahme, weniger Platz und höhere Kosten. In Gedanken rechnete er noch zwei Zofen und Ukuma mit ein. Der französische König würde hoffentlich keine Schwierigkeiten machen – immerhin finanzierte er diese Reise.

Berenice hatte Schloss Meribeau, auf dem sie die erste Zeit ihrer Kindheit verbrachte, lange Jahre nicht besucht. Kaum konnte sie es erwarten zu sehen, was sich dort verändert hatte. Nach und nach erkannte sie Wege und Gehöfte wieder, an denen sie vorbeiritten.

Die Landschaft war eine völlig andere als noch vor wenigen Tagen in den Niederlanden. Das Wetter war milder, die Bäume und Sträucher grüner, und die Kirschbäume hatten ihre zarten Blüten beinahe schon verloren. Auch die Höfe, ja sogar die Menschen wirkten anders. Die offensichtliche Armut, der sie allenthalben im Brabanter Land begegnet war, schien hier nicht zu herrschen. Es waren Kleinigkeiten, die ihr ins Auge fielen: bessere Ackergeräte, keine von Hunger ausgezehrten Kinder und insgesamt viel freundlicher wirkende Bauernkaten.

Die Leute am Wegesrand grüßten zurückhaltend, doch höflich und ohne Misstrauen. Vielleicht, dachte sie, empfand sie so, weil sie zu Hause war. Auf Schloss Meribeau wartete auf sie eine Überraschung: Ukuma war vorausgeritten und hatte die Bediensteten über ihre Ankunft informiert. Man erwartete sie.

Berenice saß ab und fiel ihrer alten Amme Jeanne wortlos in die Arme. Beide waren zunächst nicht in der Lage zu sprechen. Dann sahen sie sich an und lachten mit Tränen in den Augen. Jeanne klatschte in die Hände und rief: »Heilige Mutter Gottes, Ihr seht ja aus wie Eure selige Frau Mutter, als sie in Eurem Alter war! Ihr seid gar noch ein wenig größer als sie. Nur diese zarte Figur, hat man Euch denn nicht genug zu essen gegeben bei den fremden Leuten? Aber das werden wir ändern.« Sie umarmte Berenice noch einmal herzlich und zog sie dann weiter, um ihr die wichtigsten Dienerinnen vorzustellen, die Berenice noch nicht kannte.

Die meisten jedoch lebten mit ihren Familien schon seit langer Zeit im nahen Dorf und dienten dem Schloss auf die eine oder andere Art und Weise. Einige waren sogar nach der Übernahme der Habsburger aus dem Burgund hierhergeflüchtet, und so gab es noch eine Reihe freudiger Wiedersehen. Jeanne war die Gleiche geblieben, nur noch ein wenig runder, das Haar inzwischen mehr grau als braun. Ihre roten Apfelbäckchen zeugten von reichlich guter Nahrung und viel frischer Luft.

Berenice bezog ihr altes Zimmer. Auch hier gab es nur kleine Veränderungen: Vor den Fenstern hingen feinere Stoffe, die die Zugluft fernhielten, und vor dem Bett lag ein neuer Teppich. Ihre Spiele hatte man entfernt, in deren Ecke befand sich jetzt eine Truhe mit Schönheitsutensilien. Es brannte sogar ein Feuer im Kamin – eine lang entbehrte Annehmlichkeit.

Aus ihrem Gepäck nahm sie ein kostbares Kästchen heraus und öffnete es. Auf dunklem Samt lag das Diamantenherz, das Eleonore ihr geschenkt hatte.

Sie überlegte, ob es ihr auf der Reise dienen konnte, verwarf den Gedanken jedoch sofort. In der Wildnis gab es schwerlich Gelegenheit, mit wertvollem Schmuck zu glänzen. Sie legte das Schmuckstück zurück und ging mit entschlossenem Schritt zu ihrem Bett.

Sie kniete nieder und horchte zur Tür, doch niemand näherte sich. Vorsichtig bemühte sie sich, eine Diele zu lockern und wurde schon unsicher, ob sie die richtige anhob, als mit einem plötzlichen Knirschen das Bodenstück heraussprang. Sorgfältig legte sie das Kästchen in die Öffnung und drückte mit einiger Mühe das Holz zurück.

Schnell erhob sie sich. Niemand sollte ihr kleines Geheimnis entdecken, und sie hoffte, dass die versprochene Kraft des Schmuckes sie trotz der Entfernung nicht verlassen würde.

Kaum hatte sie ihre Hände gereinigt und ihr Kleid glatt gestrichen, als eine Magd und ihre Zofe Amelie mit einem Trog warmem Wasser erschienen, damit sie sich nach der Reise erfrischen konnte.

Ihre Zofe löste die Bänder und Schleifen ihres Kleides und in ihren Haaren. Entspannt dehnte sie sich wie eine Katze.

Sie genoss die Wärme des Raumes, das sanfte Gleiten der Bürste durch ihr Haar. Sie hatte Mühe, die Augen offen zu halten. Ihre Zofe bemerkte ihre plötzliche Müdigkeit, drängte sie, sich aufs Bett zu legen, und verließ den Raum.

Als sie erwachte, dunkelte es schon, und ihr Zimmer wurde nur durch den schwachen Lichtschein des ausgehenden Kaminfeuers erhellt. Ein schwacher Geruch gebratenen Fleisches stieg in ihre Nase. Es wurde Zeit für das abendliche Mahl mit ihrem Vater.

Eilig erhob sie sich, öffnete die Tür und rief nach Amelie. Zum Abendessen erschien sie in einem neuen Kleid. Ihr Anblick war nicht nur für ihren Vater erfreulich, auch die Dienstboten betrachteten sie verstohlen. Die Köchin, die es sich nicht hatte nehmen lassen, ihre alten Lieblingsgerichte zu kochen, klatschte vor Freude in die Hände. Berenice genoss die freundliche Wärme der Umgebung. Hier liebte man sie, weil man sie schon als Kind gekannt hatte und in dem erwachsenen Mädchen jenes Kind wiederfand. Das Essen nahm sie mit ihrem Vater schweigend ein. Er schien in Gedanken versunken. Zum Schluss brachte ihr die Köchin noch kleine Honigkuchen, die sie besonders mochte, und bei Berenices begeisterten Worten sah ihr Vater lächelnd hoch.

»Ich freue mich, dass es dir so gut schmeckt. Vielleicht muss man deine Appetitlosigkeit doch der flämischen Kochkunst anlasten.«

»Es tut mir einfach gut, wieder hier zu sein.«

»Warum möchtest du dann nicht bleiben, wenn ich in die Neue Welt segele?«

Berenice ließ sich nicht umstimmen. »Nein, ich würde mich nach kurzer Zeit fürchterlich langweilen.«

Seufzend ließ sich der Graf noch ein Glas Wein einschenken.

»Nun gut, ich habe es mir überlegt. Ich werde dich mitnehmen und die Reise ein wenig verkürzen. Morgen fahren wir zum Fürsten de la Tour. Du kannst Henri noch einmal sehen, bevor ich der Verbindung zustimme und wir eine schriftliche Vereinbarung aufsetzen. Ich werde versuchen, ihnen zu erklären, dass du zuvor noch mit mir auf diese Mission für den König gehen wirst, und ich hoffe, sie werden sich dem nicht widersetzen. Nach unserer Rückkehr wird die Heirat vollzogen. Das wird im nächsten Frühjahr sein. Während die Notare den Kontrakt fertigstellen, mache ich mich auf den Weg zum König. Wähle eine oder zwei Dienerinnen, die dich begleiten werden. Des Weiteren beabsichtige ich, Ukuma mitzunehmen. Es gibt in den neu entdeckten Ländern Gefahren, wilde Tiere und Ähnliches. Ich werde mich sicherer fühlen, wenn er auf dich achtet.«

»Was wird mit Ukuma geschehen, wenn ich heirate?«

»Ich habe nicht vergessen, dass ich ihn dir als Geschenk zu deiner Hochzeit versprach. Ich würde es mir allerdings an deiner Stelle überlegen, ihm die Freiheit zu geben. Es erleichtert seine Lage nicht. Aber das soll deine eigene Entscheidung sein.«

Berenice nickte. Wenn es so weit war, würde ihr schon das Richtige einfallen. »Wird der König nichts dagegen haben, wenn ich dich mit zusätzlicher Dienerschaft begleite?«

Ihr Vater hob die Schultern. »Das wird sich zeigen. Ich werde ihm vorschlagen, mich an den Kosten zu beteiligen, wenn es nicht anders geht.«

»Haben wir denn genug Mittel dafür? Ich meine, du erwähntest ...«

Er winkte mit einer kurzen Bewegung ab. »Das lass meine Sorge sein. Es gibt immer Mittel und Wege.«

Berenice schwieg. Sie wollte nicht, dass sich ihr Vater ihretwegen möglicherweise verschuldete. Beide hingen ihren Gedanken nach. Ein Gespräch wollte nicht mehr aufkommen, und so zog sich Berenice nach einer Weile zurück in ihr Zimmer. Es würde gut sein auszuschlafen; immerhin stand sie am folgenden Tag dem Mann gegenüber, mit dem sie ihr Leben verbringen und dessen Kinder sie bekommen würde. Erst gegen Morgen fiel sie in einen unruhigen Schlaf.

II.

IN DIE UNBEKANNTE WELT

Der nächste Tag brach mit strahlendem Sonnenschein und blauem Himmel an, und Berenice nahm dies als gutes Omen. Die Diener hatten die Kutsche instand gesetzt, die lange nicht gebraucht worden war und völlig eingestaubt in der Heuscheune gestanden hatte. Jetzt leuchteten ihre Farben wieder, und ihr Wappen prangte auf der Tür.

Erwartungsvoll saß sie neben ihrem Vater, der sie beim Frühstück wohlgefällig betrachtet hatte. Sie hatte lange überlegt, was sie zu diesem bedeutsamen Besuch anziehen sollte, und bedauerte zutiefst, dass ihre umfangreiche Garderobe in Mechelen lag. In den Gewandtruhen fanden sich jedoch noch etliche Kleider ihrer Mutter, und mithilfe der Zofe hatte sie sich für ein unauffälliges, blaues Tageskleid entschieden, das gut mit ihrem blonden Haar und den blauen Augen harmonierte. Eilig wurde es umgenäht und so der herrschenden Mode angepasst.

Die Fahrt dauerte mehr als vier Stunden, in denen sie ordentlich durchgeschüttelt wurden. Die Kutsche war betagt und unbequem. Den Winter über hatte es reichlich geregnet, und die Fuhrwerke der Bauern beschädigten den Weg zusätzlich. Zu Pferde wäre die Reise zweifelsfrei angenehmer gewesen.

Als sie endlich vor Schloss la Tour vorfuhren und von Dienern in die große Eingangshalle geführt wurden, war es beinahe Mittag. Berenice sah sich beeindruckt um. Selbst das Schloss in Mechelen verfügte nicht über einen solch großartigen Eingang, der gleich von zwei Kaminen beheizt werden konnte. An den Wänden hingen edel bestickte Behänge, die die Größe des Raumes minderten und ihm einen warmen Anstrich gaben.

Der Fürst erwartete sie, um sie zu begrüßen. Er war älter als ihr Vater und litt sichtlich unter der Gicht, die ihm Schmerzen bereiten musste. Seine Knöchel waren geschwollen; er hielt sich nur mithilfe eines Stockes aufrecht. Fragen diesbezüglich wehrte er jedoch ab und geleitete sie in einen kleinen Salon, in dem Erfrischungen bereitstanden. Auch hier strahlte alles eine angenehme Atmosphäre des Wohlstandes aus. Das Mobiliar befand sich seit Generationen in der Familie. Die Wände waren mit feinen neuen Stoffen bezogen. Die ganze Umgebung war dafür geschaffen, sich wohlzufühlen, und alles war mit viel Sachverstand und Geschmack eingerichtet worden. Die verstorbene Fürstin hatte ein Gespür für Stil besessen. Ihr Sohn Henri lehnte lässig am Kamin.

Ihr Blick fiel auf ihn, und sie stimmte ihrem Vater innerlich zu. Er besaß nicht mehr jene schlaksige Unbeholfenheit, an die sie sich erinnerte, aber er war auch kein gut aussehender junger Mann. Es spielt keine Rolle, dachte sie.

Während ihr Vater sich mit dem Fürsten unterhielt, von seiner zukünftigen Reise und seinen Plänen sprach, interessierte sich Henri mehr für den Hund, der zu seinen Füßen saß. Nicht ein einziges Mal suchte er den Blick der Frau, die er zu heiraten beabsichtigte.

Berenice war irritiert. Es schickte sich nicht, das Wort an ihn zu richten, doch nach einer Weile wurde ihr die Situation zu lächerlich. Sie erhob sich und trat neben ihn.

»Ich bin ganz steif von der langen Fahrt in der Kutsche und würde gern einige Schritte gehen.«

Er blickte sie erstaunt an, doch sie wartete vergeblich auf eine Aufforderung von seiner Seite.

»Würdet Ihr die Freundlichkeit haben, mich ein wenig zu begleiten?«

In Blois, wo sie sich schon begegnet waren, hatten sie sich geduzt; hier jedoch erschien er ihr fremd und steif. Sie hatte nicht den Eindruck, einen begeisterten Bräutigam vor sich zu sehen, dessen Glück es war, sie zu ehelichen. Bisher war sie davon ausgegangen, dass diese Ehe nur für sie ein Kompromiss war. Draußen atmete sie tief durch und betrachtete ihren zukünftigen Ehemann prüfend. Außer einer kurzen Begrüßung hatte er noch kein Wort gesagt.

Sie beschloss, ihn vertraut anzureden in der Hoffnung, dass ihre Begegnung etwas von ihrer Steifheit verlieren würde.

»Ich hoffe sehr, mein Anblick hat dir nicht völlig die Sprache geraubt. Ich erinnere mich, dass du in Blois zumindest gelegentlich etwas äußertest.«

»Dein Anblick ist sehr erfreulich. Ich wollte dich nicht brüskieren, mir fiel nur nichts ein, was ich hätte sagen können.«

»Unsere Väter wollen eine Hochzeit zwischen uns arrangieren. Du könntest mir sagen, was du davon hältst.«

»Ich wäre entzückt, wenn du dich zu dieser Verbindung entschließen könntest.«

Das klang sehr einstudiert. Berenice fühlte allmählich Ärger in sich aufsteigen.

»Warum? Ich meine, warum wärst du entzückt?«

Er sah ihr ein wenig hilflos in die Augen.

»Ich weiß, dass du viel bessere Gatten haben könntest, ich meine, schönere oder klügere, vielleicht auch reichere. Mein Vater sagte mir, dass sogar Könige um deine Hand bitten könnten. Aber Könige sind meist nicht so reich. Ich muss glücklich sein, wenn du meine Frau wirst.«

»Würde es dich denn glücklich machen?«

Er sah zu Boden, wo er mit der Schuhspitze im Sand bohrte, und hob eine Schulter.

»Ich weiß es nicht. Ich war ja noch nie verheiratet.«

Innerlich seufzte Berenice auf. Er hatte mehr Statur bekommen und sah besser aus, als sie ihn in Erinnerung hatte, aber seine unentschlossene und langsame Denkweise war die gleiche geblieben. Sie konnte sich vorstellen, dass der Fürst den Gedanken, seine Hinterlassenschaft in die Hände dieses Sohnes zu geben, beunruhigend fand. Sie legte ihre Hand auf seinen Arm.

»Henri, sage mir ehrlich: Kannst du dir vorstellen, mit mir zusammenzuleben, mein Mann zu sein und eine Familie zu gründen?«

Er sah auf ihre Hand und errötete ein wenig. Mit einer fahrigen Bewegung strich er sich das Haar zurück.

»Du bist so schön, ich würde das sehr gern, aber ...«

Sie legte ihm einen Finger auf den Mund und dann die Hand auf die Wange. Er stand stocksteif und sah sie gebannt an. Als ihre Lippen sich leicht auf die seinen legten, wurde er etwas lebendiger und erwiderte den vorsichtigen Kuss. Immerhin, dachte sie erleichtert, interessiert er sich für Frauen. Mutiger geworden hatte Henri den Arm um sie gelegt und sah sie mit dem Stolz eines zukünftigen Ehemannes an.

»Ich denke, wir sind jetzt einander versprochen.«

»Ja«, stimmte sie ihm zu, »wir sind einander versprochen.«

Sie lächelte ihn an. Mit etwas Geschick war aus einer solchen Ehe etwas zu machen. Sie ließ sich die Pferde von ihm zeigen und sah mit Vergnügen, dass er bei diesem Thema in Begeisterung geriet. Als sie wieder zurück in den Salon zu ihren Vätern gingen, war ihre Entscheidung endgültig getroffen.

Ihr Vater sah ihr an, wozu sie sich entschlossen hatte. Die Einzelheiten waren mit dem Fürsten schon ausgehandelt. Das Mittagsmahl verlief in entspannter Atmosphäre, und der alte Fürst trank ihr einige Male augenzwinkernd zu. Ihm behagte diese Hochzeit anscheinend besonders. Er äußerte mehrfach, wie glücklich er sei, demnächst eine schöne junge Frau im Haus zu haben, mit der er Schach spielen konnte und über politische und religiöse Fragen streiten durfte.

Berenice lachte. Sie wusste, dass der alte Fuchs ihr damit andeuten wollte, sie bräuchte nur keine Furcht vor Langeweile zu haben. Er selbst würde für Abwechslung sorgen.

»Wir werden wieder Feste feiern«, vertraute er Berenice an. »Ich werde die Gräfin de Verner einladen. Sie hat sich seit dem Tode meiner lieben Frau mit der Begründung geweigert, sie betrete kein Haus, in dem es keine Hausherrin gibt.« Er lachte vor sich hin. »Ich bin gespannt, ob sie kommt oder sich eine andere Ausrede einfallen lässt.«

Er lehnte sich ein wenig zu Berenice hinüber und flüsterte ihr halblaut zu: »Nicht, dass du glaubst, sie interessiere mich als Frau, oh nein, über dieses Alter sind wir hinweg. Aber sie hat ein Mundwerk so scharfzüngig und klug, dass nach ihrem Besuch mein Bauch vom vielen Lachen schmerzt. Bis zu deiner Rückkehr, mein liebes Kind, werde ich die Räume meiner Frau umgestalten lassen, damit du dich hier heimisch fühlst. Wenn dir aus Meribeau ein Möbelstück oder etwas anderes besonders am Herzen liegt, lasse es mich wissen, wir können es hierherbringen oder etwas Vergleichbares herstellen lassen.«

Berenice dankte ihm für diese besondere Rücksichtnahme. Es war offensichtlich, dass sie in diesem Haus die ganze Unterstützung des Hausherrn genießen würde.

Man kam auf die große Schiffsreise zu sprechen, und der Fürst äußerte seine Bedenken über die Sicherheit einer jungen Frau, doch Berenice lachte ihn verschmitzt an.

»Was sollte mir geschehen? Viele Schiffe reisen heute nach Westindien, wobei manche meinen, dass dies nichts mit dem bedeutenden Gewürzland zu tun hat und es sich um eine neue Welt handelt. Sie kehren beladen mit Schätzen zurück. Wir reisen in eine menschenleere Wildnis, um sie zu besiedeln. In weniger als einem Jahr bin ich zurück und werde Euch mit Vergnügen Gesellschaft leisten.«

Trotz seiner Krankheit wirkte der Fürst noch ausgesprochen agil und war geistig sehr wendig. Es würde Spaß machen, sich mit ihm zu unterhalten. Wie das Leben ohne ihn, allein mit Henri einmal aussehen würde, darüber wollte sie nicht nachdenken.

Das Gespräch wurde von den beiden Vätern und Berenice bestritten. Henri schwieg die meiste Zeit und antwortete nur wenig. Nach dem Mittagessen, das gut, jedoch nicht übertrieben ausgefallen war, machten sich Berenice und ihr Vater wieder auf die Rückreise. Henri hatte sie vor dem Einsteigen in die Kutsche mit neu gewonnenem Selbstbewusstsein in den Arm genommen und ihr einen Kuss auf die Wange gegeben.

Jetzt rumpelte die Kutsche wieder über die ausgefahrenen Wege, und ihr Vater legte sich aufatmend zurück in die Polsterkissen.

»Ein erfolgreicher Besuch, nicht wahr?« Fragend sah er seine Tochter an.

»Ich denke schon«, entgegnete sie vorsichtig, »alle waren sehr entgegenkommend und freundlich. Der Fürst wird mich unterstützen, da bin ich mir sicher, und ich mag ihn.«

»Was ist mit Henri? Magst du ihn auch?«

»Er ist lieb und freundlich.« Sie machte eine Pause, um nach den richtigen Worten zu suchen. »Er kommt mir wie ein

Kind vor, obwohl er das Aussehen eines erwachsenen Mannes hat. In schwierigen Situationen wird er keine Hilfe sein, doch er wird mich auch nicht einschränken. Ich werde ihn heiraten.« Sie lächelte ihren Vater an. »Es ist ein gutes Arrangement, und ich danke dir dafür. Du kennst mich gut, obwohl wir sehr oft getrennt waren.«

Ihr Vater beugte sich vor und nahm ihre Hand in die seine.

»Ich kann dir eine Freude machen. Der Fürst ist einverstanden, dass du mich noch einmal auf meiner Reise begleitest. Es wäre ihm zwar lieber gewesen, wenn die Hochzeit sofort stattgefunden hätte, aber er ist sehr angetan von dir. Er erwähnte sogar, sich an den Kosten für dich und deine Diener zu beteiligen, wenn der König dies ablehnen sollte. Er ist ein großzügiger Mann, es wird dir an nichts fehlen. Ich weiß, du wirst dir in dieser Familie einen Platz erobern.«

Davon war sie selbst auch überzeugt. Die habsburgischen Prinzessinnen in Mechelen mussten weit größere Kompromisse eingehen. Ihre Liebe würde ihren Kindern gehören und ihre Zuneigung und ihr Respekt ihrem Mann.

Es folgten Tage der Vorbereitungen. Ihr Vater reiste ab, um sich mit dem König zu treffen und die letzten Einzelheiten der Fahrt zu besprechen. Vom französischen Hof kamen Nachrichten und Pakete mit den neuesten Stoffen und Leckereien, nachdem man von Berenices Anwesenheit und ihren Hochzeitsplänen erfahren hatte. Sie selbst beriet sich mit Jeanne, um alles für ihre Eheschließung vorzubereiten. Nach ihrer Rückkehr sollte es keine Verzögerung mehr geben. Die Schneiderinnen im Ort nähten eine große Ausstattung nach den zugesandten Schnitten, fertigten Hüte, Handschuhe, Schuhe und die vielen Kleinigkeiten an, die angemessen waren. Eine erfahrene Mutter oder Freundin konnte Berenice nicht zurate ziehen, doch sie hatte eine genaue Vorstellung von dem Ereignis. Abends fiel sie todmüde ins Bett und konnte doch noch nicht einschlafen. Zu viele Dinge mussten bedacht und geplant werden. Auch die Erfordernisse der Schiffsreise bereiteten ihr Kopfzerbrechen.

Sie wusste nicht, was man an Bord eines Schiffes oder in einem unerforschten Land benötigte. Nach gesellschaftlichen Ereignissen hatten die Schilderungen ihres Vaters nicht geklungen, und so ließ sie praktische Kleidung für sich anfertigen, festes Schuhwerk und eine umfangreiche Reitausstattung herstellen.

Die Tage vergingen. Dann war ihr Vater plötzlich wieder zurück, voller Tatendrang und entschlossen, seine Reise nunmehr schnellstmöglich anzutreten. Er brachte günstige Nachrichten mit: Vom König hatte er den Auftrag erhalten, so viel Land als möglich der französischen Krone zu unterstellen und zu besiedeln. Aus diesem Grunde hatte der König drei Schiffe finanziert, beladen mit allem, was benötigt wurde, um eine Siedlung zu errichten. Handwerker und Bauern würden sie begleiten. Die Kosten für Berenice und ihre Diener waren unwichtig. Bei gutem Erfolg sollte die Besiedelung weiter voranschreiten.

Ihr Vater hatte große Pläne – ein großes neues Land wartete darauf, in Besitz genommen zu werden, und er würde zu den Ersten gehören, die es erforschten.

Mit einem Mal ging alles sehr schnell. Berenice blieb kaum noch Gelegenheit, sich von allen zu verabschieden.

Henri kam einen Tag vor ihrer Abreise, um ihr eine glückliche Fahrt und vor allem eine gute Wiederkehr zu wünschen. Ein wenig verlegen stand er vor ihr und wusste nicht, ob er sie in die Arme nehmen sollte, unterließ es dann aber. Sie wirkte in ihrer neuen Garderobe einschüchternd, und er hatte keine Gelegenheit, einige Worte allein mit ihr zu wechseln. So verabschiedete er sich nach einer Weile steif und unbeholfen.

Sie blickte ihm nach, als er zwischen den mittlerweile grün gewordenen Bäumen verschwand.

Am nächsten Tag setzten sich zwei Kutschen nach La Rochelle in Bewegung, die erste besetzt mit Berenice sowie ihren beiden Dienerinnen Louise und Amelie. Die beiden jungen Frauen waren zu dieser ungewöhnlichen Reise bereit und sahen aufgeregt aus den Kutschenfenstern. Sie hatten ihr Dorf noch nie zuvor verlassen; die Aufregung stand ihnen ins Gesicht geschrieben. Auch für sie begann ein großes Abenteuer.

Berenices Vater ritt an der Seite der Kutsche, und Ukuma, der neben dem Kutscher saß, achtete darauf, dass ihr gesamtes Gepäck in der zweiten Kutsche keinen Schaden nahm.

Sie kamen nur langsam voran. Es war kein Vergleich mit der eiligen Reise von Mechelen nach Hause. Dieses Mal übernachteten sie in gut ausgestatteten Rasthäusern und mussten sich nicht verbergen. Berenice versuchte, ihre Ungeduld im Zaum zu halten.

Es würde nichts nutzen, zur Eile anzutreiben, auch wenn sie sich am liebsten auf ein Pferd gesetzt und zum Schiff galoppiert wäre. An einem regnerischen, grauen Tag Ende April erreichten sie endlich den Hafen von La Rochelle, in dem beeindruckende Frachtschiffe vor Anker lagen.

Ihr Vater suchte den Kapitän der *Aurore* auf, um mit ihm letzte Fragen zu klären. Seine Tochter ließ er bei den Kutschen und dem Gepäck zurück. Staunend betrachtete sie das Schiff, das sie sicher über den Ozean bringen sollte, und das überwältigende Durcheinander von Waren, die noch eingeladen wurden. Tauwerk bedeckte den Boden, Seeleute schrien unverständliche Befehle. Sie hatte das Gefühl, überall im Wege zu stehen.

Schließlich fand Ukuma sie und führte sie und ihre beiden Dienerinnen in die Kajüte, die sie während der Schiffsreise teilen würden. Überrascht sah sie ihn an.

»Du willst mir doch nicht bedeuten, dass Amelie und Louise die Kajüte mit mir teilen? Sie ist ja schon so beengt, dass ich mich kaum umdrehen kann. Und mein Gepäck, sieh es dir an, wohin damit?«

Ukuma zuckte unbeeindruckt mit den Schultern.

»Sie müssen hierbleiben, einen anderen Platz gibt es nicht. Es sei denn, du beabsichtigst, sie bei der Mannschaft schlafen zu lassen.«

Die beiden Zofen sahen sie entsetzt und ängstlich an, doch Berenice winkte ärgerlich ab.

»Das ist natürlich unmöglich. Du könntest ihnen deine Kajüte anbieten.«

Ukuma lachte: »Meine Kajüte? Vielleicht gesteht mir dein Vater eine Ecke in seiner Kajüte zu, falls er mich brauchen sollte. Andernfalls werde ich mit der Mannschaft unter Deck schlafen.«

Auf ihren fragenden Blick erklärte er: »Es ist nicht genug Platz für alle. Nur die Hälfte der Mannschaft hat ein Lager, weil die andere Hälfte stets arbeitet. Man wechselt sich mit der Schlafstelle ab.«

»Was ist mit den anderen Schiffen? Ist dort mehr Raum?«

Ukuma schüttelte den Kopf. »Eher noch weniger. Dort sind die Kajüten vollgestopft mit den Männern, die an Ort und Stelle die neue Niederlassung errichten werden und auch beabsichtigen, dort zu bleiben.« Ukuma hob die Schultern und sah sie bedauernd an.

»Es tut mir leid, aber du wirst diese Monate wohl in etwas ungewohnter Enge verbringen müssen.«

»Die Schiffe sehen von außen so prächtig und geräumig aus, ich hätte mir nicht vorgestellt, dass so wenig hineinpasst.«

»Das ist auch nicht so. Wir haben Lebensmittel, Wasser, Tiere zum Verzehr und ein Dutzend Pferde mitgenommen, die ebenfalls gefüttert werden müssen. Dazu alle Werkzeuge und Waren, die benötigt werden, eine Siedlung zu errichten. All dies nimmt Raum ein und lässt für die Menschen nur noch wenig Platz, sich zu bewegen. Nach dem zu urteilen, was ich bisher sehen konnte, hat dein Vater dir den großzügigsten Raum überlassen.«

Sie sah sich in dem ›großzügigen‹ Raum um, und ihr Sinn für Humor kehrte zurück.

»Wir werden schon zurechtkommen in diesem Palast auf Zeit.«

Sie rief Amelie, die zwischen zwei Kleiderkisten stand und Ukuma verträumt und abwesend anstarrte.

»Nun, dann ans Werk, wir müssen unsere Sachen so verstauen, dass sie nicht im Wege sind und trotzdem das Wichtigste zur Hand sein kann. Was brauchen wir ganz sicherlich?«

Sie lächelte noch über Ukumas Gesichtsausdruck, als dieser schon lange die Kajüte verlassen hatte. Aus ihrem Beschützer würde sicher kein Seemann werden; die ungewohnte Enge war für ihn genauso beschwerlich wie für sie. Er war es gewohnt, sich in exquisiten Räumen zu bewegen, in Gesellschaft von Menschen, die Erziehung und Bildung genossen hatten. Die derbe Männergesellschaft an Bord des Schiffes war er nicht gewohnt. Es würde sie überraschen, wenn es ihrem verwöhnten Diener gefiel. Seine gewohnten Privilegien zählten an Bord nicht.

In der Kapitänskajüte wurde auf eine erfolgreiche Fahrt getrunken. Die Kapitäne der drei Schiffe, der Felizitas, der Sainte Marguerite und der Aurore, saßen zusammen mit dem Grafen und diskutierten die schnellste Route über das Meer. Nur Villier und de la Grange hatten diese Reise bisher schon einmal unternommen, doch auch Kapitän Pujol war ein erfahrener und bewährter Seemann. Karten wurden aufgerollt und wieder beiseitegelegt, während man die Vorteile und Widrigkeiten der einzelnen Routen diskutierte. Man rechnete insgesamt drei Monate für die Überfahrt, vielleicht sogar weniger, wollte jedoch kein Risiko eingehen. Die Zeit der Stürme war vorbei, und sie wollten sich in Absprache mit dem französischen König nicht zu weit nach Süden vorwagen, wo Spanier und Portugiesen mit ebenfalls großen und gut ausgerüsteten Schiffen die Küsten erkundeten.

Der Graf lehnte sich entspannt in seinem Sitz zurück und nahm genießerisch einen Schluck Wein. Heute Abend würden er und seine Tochter noch einmal in einem Gasthaus gut speisen und schlafen, bevor es morgen endgültig losging. Er begegnete den Augen von Sieur de la Grange, Kapitän der *Sainte Marguerite*, der ihm über seinem Pokal Wein einen Blick zuwarf und ihm stumm zuprostete. Er hatte sich als Einziger kritisch über die Anwesenheit der Frauen an Bord geäußert. Es bringe Unglück, Frauen mitzunehmen, und Unruhe in die Mannschaft, hatte er gesagt. Man konnte ihm seine Gedanken wahrlich nicht verübeln.

Amelie stützte sich auf Louises Arm und hielt ihr bleiches Gesicht in den Wind. Sie hatten alle Gewicht verloren in diesen drei Monaten an Bord des Schiffes, doch Amelie sah aus, als würde sie die Küste nicht mehr lebend erreichen. Ständig von starker Übelkeit geplagt, behielt sie kaum Nahrung bei sich. Die Fahrt war im Großen und Ganzen recht störungsfrei verlaufen – keine Piraten, kaum Unwetter –, doch selbst der geringste Wellengang hatte Berenices Dienerin aus dem Gleichgewicht gebracht. Ihnen allen war gelegentlich ein wenig unwohl gewesen, und auch Ukuma und der

Graf hatten mehrfach über Magenschmerzen und Erbrechen geklagt, doch keinen hatte es so schlimm getroffen wie Amelie.

Inzwischen sehnte sich Berenice mehr als alles andere danach, Land zu erreichen; die Nähe der beiden Dienerinnen war eine Nervenprobe für sie gewesen. Sie hatte versucht, geduldig zu sein, ging es ihr im Vergleich mit den anderen doch immer noch recht gut.

Mit ihrem Vater an Deck beobachtete sie einen Fischschwarm, der das Schiff begleitete. Das Wetter hatte sich in diesen letzten Wochen dramatisch verändert. Die frische kühle Luft, die noch vorherrschte, als sie La Rochelle verließen, hatte sich in sommerliche Wärme verwandelt, sodass man mittags nicht mehr an Deck gehen konnte, aus Furcht, sich die Haut zu verbrennen. Unter Deck war es erstickend heiß und staubig, und die Gerüche hatten eine Intensität erreicht, der man nur noch mit Fatalismus begegnen konnte. Ukuma hatte dem nicht standgehalten: Er schlief inzwischen entweder vor der Kajütentür ihres Vaters auf dem Boden oder an Deck.

Jetzt, kurz vor der Dämmerung, war die Luft angenehm. Es hielten sich nur wenige Seeleute oben auf, denn man hatte eine Regelung gefunden, sich aus dem Weg zu gehen. Auf der Backbordseite stieß Louise einen hellen Ruf aus und wies auf einen grünen Fleck im Wasser, der sich bei näherem Hinsehen als ein Ast mit Blattwerk entpuppte. Es hatte in den letzten beiden Tagen immer wieder Hinweise auf Land gegeben, doch es war noch immer nicht in Sicht. Auch Amelie bekam ein wenig Farbe in ihrem ausgezehrten Gesicht; vielleicht machte ihr die Aussicht, dass ihre Leidenszeit sich dem Ende näherte, ein wenig Mut.

Berenice hoffte es zumindest. Die unablässigen Übelkeitsanfälle ihrer Dienerin hatten ihr das Leben in der Kajüte nicht leicht gemacht. Dazu kam die zunehmende Langeweile. All die Abenteuer und Aufregungen, die sie sich daheim ausgemalt hatte, waren entweder ausgeblieben oder derart, dass sie lieber darauf verzichtet hätte. Die Bestrafung eines aufsässigen Seemanns etwa war schon von den Geräuschen her entsetzlich. Auspeitschungen hatte sie noch nie als Unterhaltung angesehen; sie gar aus unmittelbarer Nähe zu erleben, war abstoßend. In solchen Momenten verließ sie ihre Kajüte nicht, und auch ihren beiden Dienerinnen war schon ohne diesen Anblick übel genug.

Ihrem Vater wurde die Zeit ebenfalls lang. Er hatte sich immer wieder zur *Felizitas* oder *Sainte Marguerite* übersetzen lassen, um sich mit den anderen Kapitänen zu treffen. Doch er war zu beherrscht, um sich seine Ungeduld anmerken zu lassen. Mehr als einmal hatte Berenice in diesen Wochen und Monaten ihren Vater bewundert, der souverän mit unerwarteten Situationen fertigwurde. Auch er war schmaler geworden, und seine Haut hatte sich durch den häufigen Aufenthalt in der Sonne gebräunt.

Jetzt wandte er sich seiner Tochter zu und mahnte sie, sich zur Ruhe zu begeben, denn es wurde langsam dunkel.

Berenice schlief in dieser Nacht gut und tief, und auch Amelie schien die Seekrankheit diesmal nichts anhaben zu können. Umso unerfreulicher empfanden alle drei Frauen das energische Klopfen an der Kajütentür, kaum dass der Morgen graute. Schließlich öffnete Louise schlaftrunken. Sie sah sich Ukuma gegenüber, der sie einfach beiseiteschob und rasch an Berenices Lager trat.

»Aufwachen, Berenice, es ist Land in Sicht.«

Nichts hätte sie schneller aus dem Bett bringen können als diese Worte. Sie schoss hoch und fuhr die mit offenem Mund dastehende Louise an.

»Nun mach schon, reich mir die Kleider.«

Nachdem sie Ukuma kurzerhand aus der Kajüte gescheucht hatte, ließ sie sich eilig beim Ankleiden helfen. Die Wäsche fiel bescheiden aus, und ohne darauf zu achten, dass um diese Zeit ihr Erscheinen an Deck nicht gewünscht war, lief sie die schmalen Stiegen hoch, so schnell sie konnte. Sie war nicht die Einzige – die gesamte Mannschaft war bereits versammelt. Sie entdeckte ihren Vater nicht, jedoch hatte Ukuma nach ihr Ausschau gehalten und zog sie auf die Achterseite, auf der er mit dem ersten Offizier das Festland betrachtete.

Berenice kämpfte ihre innere Erregung nieder und lauschte aufmerksam den Worten des Schiffsoffiziers. Man würde nach einem geeigneten Ankerplatz suchen. Sie betrachtete das Ufer genauer; es wirkte verlassen und still.

Die Neue Welt breitete sich wie ein grünes endloses Band vor ihren Augen aus und wartete darauf, von ihnen entdeckt und in Besitz genommen zu werden. Hohe Berge gab es nicht, jedoch hing Morgennebel zwischen einzelnen Hügelketten, es wirkte sehr grün und menschenleer. Auch an Bord war es still geworden, alle betrachteten stumm das vor ihnen liegende Ufer.

»Warum können wir nicht gleich mit einem Boot an Land gehen?«

Berenice sehnte sich danach, wieder festen Boden unter den Füßen zu spüren und endlich wieder einmal sauberes Wasser trinken zu können, doch der Schiffsoffizier winkte ab.

»Der Käpt'n wird das volle Tageslicht abwarten wollen. Es kann auch nicht schaden, das Ufer eine Weile zu beobachten. Außerdem«, er hielt mitten im Satz inne und kniff die Augen zusammen, »es könnte sich um eine Insel handeln.« Mit einer knapp angedeuteten Verbeugung in ihre Richtung ließ er sie kurzerhand stehen und lief zur Brücke.

Berenice sah ihren Vater fragend an.

»Was spielt es denn für eine Rolle, ob es sich um eine Insel handelt oder nicht?«

Doch auch ihr Vater zuckte nur mit den Schultern und nahm keine weitere Notiz von ihr. Die Geduld aller wurde noch auf eine harte Probe gestellt, bis endlich der Ruf nach dem Anker erscholl, der rasselnd ins Meer hinabgelassen wurde.

Berenice wäre am liebsten gleich mit dem ersten Boot übergesetzt, doch daran war nicht zu denken. Auch die Rückkehr der Seeleute von ihrem ersten Landausflug war zunächst enttäuschend: Das Land war zu sumpfig, um es zu betreten. So wurde gegen Mittag der Anker wieder eingeholt und die Fahrt entlang der Küste fortgesetzt.

Zum Abend hin befand man sich in einer breiten Flussmündung, aus der sich Süßwasser aus dem Landesinneren ins Meer ergoss. Es wurde beschlossen, am folgenden Tag flussaufwärts zu fahren.

Die Seeleute benahmen sich wie närrische Kinder, sprangen ins Wasser, wuschen sich ausgiebig und tranken das Flusswasser, das sie als das Köstlichste bezeichneten, was sie jemals getrunken hätten.

Auch Ukuma hatte die Gelegenheit nicht versäumt, ein Bad zu nehmen, und kam vergnügt mit einem großen Gefäß voll frischen Wassers zu Berenice in die Kajüte. Nach den langen Wochen mit brackigem Wasser aus den Vorräten, das nur abgekocht und mit getrockneten Gewürzen und Wein genießbar gewesen war, war einfaches Flusswasser der größte Reichtum. Die Stimmung an Bord war an diesem Abend fröhlich und überschwänglich, hatte man doch die Fahrt gut überstanden, auf drei Schiffen insgesamt nur den Tod von zwei Bauern zu beklagen gehabt und nun die Aussicht, bald wieder festen Boden zu betreten.

Die Kapitäne gaben den Mannschaften eine Extraration Wein, und so herrschte bald ausgelassenes Lachen und Singen. Auch Berenices Dienerinnen fühlten sich erstmals seit langer Zeit wieder gut. Amelies Übelkeit schien wie weggeblasen, und sie konnte wieder Nahrung zu sich nehmen, die sie auch behielt.

Die plötzliche Stille in ihrer Kajüte kam Berenice ungewohnt und eigenartig vor. So war sie beinahe erleichtert, als es an der Tür klopfte und auf ihren Ruf Ukuma eintrat.

»Ich bringe dir einen Krug mit Wein. Dein Vater schickt mich und lässt dir ausrichten, du kannst nach oben kommen, wenn du möchtest.«

»Es ist so erholsam, einmal allein zu sein.« Berenice sah ihn lächelnd an, und er machte eine Bewegung zur Tür hin.

»Dann möchte ich dich nicht stören.«

»Bleib nur. Es ist ja nicht anzunehmen, dass du mir deinen Mageninhalt über die Füße kippst oder stöhnend vor Übelkeit vor mir niedersinkst.«

Ukuma verzog das Gesicht. »Sicher nicht. Ich weiß, dass es für dich unterhaltsamere Zeiten gegeben hat als diese Reise, und vermutlich bereust du deine Neugier schon.«

Berenices Augen blitzten ihn an. »Gerade du solltest mich besser kennen. Ich bereue nichts. Es war manchmal unerträglich, aber das wird ja nun zu Ende sein. Die Männer werden Häuser bauen und sich hier niederlassen, für die Rückreise werden wir also mehr Raum zur Verfügung haben. Ich wünschte nur, wir könnten schon an Land gehen und es besichtigen.«

Ukuma schenkte einen Pokal mit Wein ein und reichte ihn ihr.

»Was erwartest du denn zu sehen? Für mich sieht es einfach nur nach grüner Wildnis aus.«

Nachdenklich drehte Berenice den Pokal zwischen den Fingern. »Ich weiß es selbst nicht so genau. Pflanzen, die man noch nie sah, und Tiere, die kein Mensch je zu Gesicht bekommen hat. Der erste Mensch zu sein, der das Paradies betritt.« Sie lachte, doch Ukumas Gesicht blieb ernst.

»Wenn es nicht schon Menschen gibt, die das Eindringen in ihr Paradies nicht billigen. Dein Vater erzählte den Seeleuten, in anderen Teilen dieses Landes sei man Menschen begegnet, die es besiedeln.«

Berenice nahm einen Schluck Wein. »Ich habe davon gehört, aber das sind nur Wilde. Es gibt, soviel ich weiß, keinerlei Besiedelung. Dieses Land wartet darauf, in Besitz genommen und erobert zu werden, welch große Herausforderung.« Sie sah auf und entdeckte in Ukumas Blick Widerspruch. »Bist du nicht meiner Meinung?«

Er wandte sich ab und zuckte mit den Schultern. »Es steht mir nicht zu, meine Gedanken mitzuteilen.«

Sie lachte erheitert. »Du hast bisher wenig Geheimnis aus deinen Gedanken gemacht. Ich habe dir meine Gedanken immer frei mitgeteilt, wir hatten immer Vertrauen zueinander. Hat sich daran etwas geändert?«

Er hob den Blick. »Ich erinnere mich manchmal noch daran, wie ich ein kleines Kind war und in Freiheit lebte. Weiße Männer kamen, töteten meine Familie und schleppten mich mit. Es sind nur wenige Erinnerungen, die ich noch habe. Man nannte uns auch ›Wilde‹, das weiß ich noch.« Er schwieg und wandte sich wieder um.

»Was immer du einmal gewesen bist – ein Wilder bist du jedenfalls nicht mehr, dazu bist du allein schon zu eitel. Ich denke an deine Vorliebe für bestimmte Speisen, für edle Pferde oder besondere Kleidung.« Ihr Scherz verfing diesmal nicht. Ukuma blieb ernst.

»Wenn ein wenig Erziehung, neue Kleidung und eine Taufe ausreichen, mich von einem Wilden in einen Christenmenschen zu verwandeln, fragst du dich nicht, ob die hier lebenden Menschen vielleicht ähnlich sind?«

»Nein, das frage ich mich nicht. Zunächst einmal wissen wir nicht, ob es überhaupt Menschen in diesem Teil der Welt gibt. Und falls es so sein sollte, sind es unwissende Heiden. Es ist Sache der Könige, die diese Länder in Besitz nehmen, dafür zu sorgen, dass ihre Bewohner zu nützlichen und gläubigen Menschen und Untertanen werden. Wir sind nur hier, um dieses Land zu erkunden und eine französische Niederlassung zu gründen.«

Ihre Antwort war heftiger als beabsichtigt ausgefallen; sie bemerkte, dass sie die Offenheit, mit der Ukuma ihr seine Gedanken anvertraut hatte, für den Augenblick verspielt hatte.

»Lass uns diesen Abend nicht mit solch überflüssigen Gedanken verderben. Vor nicht langer Zeit wusste man von diesem Land noch gar nichts. Verspürst du keine Neugierde?«

»Doch, ich bin sehr neugierig. Vor allem, wie es die Männer anstellen wollen, in diesem unwegsamen Gelände ein Dorf zu errichten.«

»Vielleicht ist es gar nicht so unwegsam. Wir haben noch nicht allzu viel gesehen.«

»Ich habe mich beim Schwimmen dem Ufer genähert, und ich sage dir, es sieht ziemlich wild aus. Hohe Bäume und Gebüsch, man muss alles fällen, um Platz zu schaffen, und zugleich befürchten, dass es über Nacht wieder zuwächst.«

Berenice kicherte. »Ich glaube eher, du eignest dich nicht sonderlich dazu, ein Entdeckerleben zu führen. Du bist mehr daran gewöhnt, in bequemen Schlossbetten zu nächtigen und mich auf die Jagd zu begleiten. Oder dich mit anderen Dienern um reizende Damen zu prügeln. Denke nicht, dies sei mir entgangen.« Diesmal hatte sie doch erreicht, ihm ein Lächeln zu entlocken.

»Ich würde nie annehmen, dass dir irgendetwas entgeht. Aber geprügelt«, er betonte das letzte Wort, »habe ich mich nie. Es waren eher Auseinandersetzungen.«

»Wie auch immer.« Berenice nahm auf ihrer schmalen Liege Platz und winkte ihm, sich ebenfalls niederzulassen, doch Ukuma zog es vor, gegen die Wand gelehnt stehen zu bleiben. »Ich werde froh sein, wenn man einige Häuser errichtet hat, um Platz zu schaffen. Ich bin es gründlich leid, meine Kajüte mit meinen Dienstboten zu teilen.«

Ukuma wechselte das Thema: »Möchtest du nicht zur Kapitänskajüte gehen? Dein Vater wird dich erwarten.«

»Was soll es dort schon Neues geben? Morgen kann man jagen gehen, und frisches Fleisch würde mich viel mehr reizen als das gepökelte Zeug und die getrockneten Früchte.«

»Sieh an, du entwickelst sogar Appetit, wenn du nur ausgehungert genug bist.«

Sie ging auf seine Worte nicht ein.

»Sag meinem Vater, dass ich es vorziehe, mich zur Ruhe zu begeben.«

»Soll ich dir Louise oder Amelie rufen?«

»Nein, ich will noch ein wenig allein sein. Es reicht, wenn du mir das Kleid öffnest.«

»Du weißt sehr gut, dass ich nicht mehr …«

»Ja, ich weiß es«, unterbrach sie ungeduldig und wandte sich unbeeindruckt um, damit er die Bänder lösen konnte. Nachdem er den Raum verlassen hatte, streifte sie Kleid und Unterröcke ab und legte sich auf ihr schmales Lager. Ukumas Frage, was sie von dem neuen Land erwarte, ging ihr noch eine Weile durch den Kopf, bis sie schließlich einschlief.

Zu Berenices großer Enttäuschung vergingen auch die beiden folgenden Tage, ohne dass man einen Platz fand, der den Anforderungen entsprach. Sie waren schon ein gutes Stück landeinwärts gesegelt, bis am Mittag des dritten Tages der Kapitän der *Aurore*, die voran segelte, den anderen ein Zeichen gab.

Ein sanft ansteigender Hügel, nicht allzu bewachsen und auf einer Landzunge liegend, die durch einen Bach vom Hauptstrom getrennt lag, hatte seine Aufmerksamkeit erregt. Die drei Schiffe lagen eng beieinander, und die Kapitäne besprachen sich mit dem Grafen. Wenig später gingen zwei Boote zu Wasser, um das Gelände zu erkunden. Sie kamen nach einigen Stunden zurück und brachten gute Nachrichten: Der ideale Ort schien gefunden.

Der Nachmittag neigte sich schon dem Ende zu, jedoch war man so begeistert, dass die Entladung der Schiffe unverzüglich in Angriff genommen wurde.

Die Zimmerleute verließen als Erste die *Aurore*. Sie legten Planken von Schiff zu Schiff und zum Ufer hin, damit alle an Land gehen konnten. Am nächsten Tag würde man mit dem Aufbau von Zäunen beginnen, damit Pferde, Schweine, Hühner und Kühe weiden konnten.

Berenice, die nach Monaten wieder die ersten Schritte auf festem Boden machte, hatte das Gefühl, auf schwankenden Planken zu stehen.

Lachend hielten sich die drei Frauen an den Händen. Gewohnt die Bewegungen des Schiffes auszugleichen, die man zum Schluss immer weniger wahrnahm, erschien der feste Untergrund plötzlich instabil. Doch sie gewöhnten sich schnell wieder daran und erfreuten sich an dem frischen Grün und den Blumen. Der Boden war noch warm, und Berenice setzte sich nieder. Sie strich mit der Hand über das Gras. Grünes Gras wie zu Hause. Ihr Blick fiel auf Louise, die interessiert neben einem Zimmermann stand und ihm hilfreich die Stricke reichte, mit dem er Äste verband, die einmal als

Zaun für eine Koppel dienen sollten. Einige Männer schlugen einen Weg durch das Dickicht auf der Suche nach Wild oder Geflügel.

Sie gestand sich ein, nicht viel über die Pflanzen und Bäume ihrer Heimat zu wissen, aber die Flora um sie herum schien sich von jener dort nicht wesentlich zu unterscheiden. Sie hoffte, gleich in den nächsten Tagen einen kleinen Ritt in die Umgebung machen zu können, wenn ihr Pferd die Reise gut überstanden hatte.

Einige Männer schlugen einen Weg durch das Dickicht auf der Suche nach Wild oder Geflügel. Begeistert berichteten sie von Herden einer Hirschart, die der in ihrer Heimat glich.

Beim Einsetzen der Dämmerung zündeten die Männer große Feuer an und brieten frisches Fleisch. Es wurde ein Festessen. Erst als der Mond schon wieder tief stand, suchten die Letzten sich ein Lager unter den Bäumen; der Weg über die schmalen Planken schien ihnen wohl zu riskant.

Von diesem Tag an wurde das Leben abwechslungsreicher für alle. Die Errichtung der ersten Holzhäuser machte schnelle Fortschritte. Den ganzen Tag waren die Geräusche der Äxte und fallenden Bäume zu hören.

Ihr Leben als verwöhnte junge Adlige ließ sich in Anbetracht dieser Geschäftigkeit für Berenice nicht lange aufrechterhalten. Niemand hätte gewagt, sie um Mithilfe zu bitten. Doch nach einigen Tagen war es ihr einfach nicht mehr möglich, in dieser Atmosphäre des Eifers unbeteiligt zu bleiben. So sah sie sich nach passenden Tätigkeiten für sich selbst um. Sie suchte die Umgebung der Landzunge nach etwas Essbarem ab, blieb jedoch stets in Rufweite zum Lager. Sie fürchtete sich vor dem Erscheinen eines wilden und fremdartigen Tieres.

An diesem Tag zog sie sich unter die Bäume landeinwärts zurück, da es zum ersten Mal drückend heiß geworden war.

Selbst die Vögel verstummten in der Mittagshitze, und die Männer ruhten in den zum Teil fertigen Hütten. Ihre Dienerinnen lagen ermattet in der Schiffskajüte. Sie überlegte, ob sie ihnen folgen sollte, doch unter dem schattigen Laubdach war es angenehm. Zu ihren Füßen wuchsen kleine rote Beeren, die den heimischen Beeren ähnelten. Ihr fehlte jedoch der Mut, davon zu kosten. Sie erhob sich und blickte sich suchend um. Einen Pfad gab es noch nicht, doch sie war sich sicher, die wenigen Schritte würden sie nicht in die Irre führen – sie hatte ja stets das Ufer in Sicht, an dem sie sich orientieren konnte.

Je weiter sie sich entfernte, umso dichter wurde das Blattwerk über ihrem Kopf. Sie fühlte sich in einen Märchenwald aus den Geschichten ihrer Kindheit versetzt. Jeanne hatte ihr von Zwergen, Kobolden und Feen erzählt, die in den Tiefen eines unbekannten Waldes hausten. Wenn es sie wirklich gab, so würde ihnen dieser Ort gefallen, dachte Berenice. Gelegentlich raschelte es im Unterholz oder im Laub, aber sie kannte diese Geräusche, die meist von Mäusen oder kleinen Vögeln verursacht wurden. Schließlich erreichte sie eine freie Stelle, übersät mit weißen Blumen.

Entzückt blieb sie stehen und sah sich um. Wirklich der ideale Hort für Elfen, die um Mitternacht im Mondlicht tanzen, dachte sie vergnügt.

Es war jedoch keine Elfe, die ihr aus dem Unterholz entgegenlief, sondern ein Tier, wie sie noch niemals eines zu Gesicht bekommen hatte. Zu klein, um furchteinflößend zu sein – gerade größer als ein Igel, mit einem ähnlichen Stachelkleid, das von vorn nach hinten Streifen aufwies. Das Tier wirkte keinesfalls bedrohlich, und so versuchte sie, es vorsichtig wegzuscheuchen, woraufhin es aber nur verwundert innehielt. Während sie noch wedelnde Handbewegungen machte und leichte Zischlaute ausstieß, betrat ein Mann die Lichtung.

Berenice erstarrte. Er legte in der überall verständlichen Geste zu schweigen die Hand auf den Mund, doch das wäre gar nicht erforderlich gewesen. Berenice war so entsetzt, dass sie wie gelähmt stehen blieb.

Beide standen völlig still und unbewegt, während das Tier mit seiner langen, schmalen Schnauze im laubbedeckten Boden stöberte, sie umkreiste und schließlich wieder im Unterholz verschwand. Berenice blickte ihm nur einen kurzen Augenblick hinterher, doch als sie den Kopf wieder umwandte, war auch der Mann verschwunden. Immer noch regungslos suchte sie die Umgebung mit den Augen ab. Es war nichts zu sehen.

Langsam und unsicher ging sie einige Schritte zurück, dann wurde sie immer schneller, bis sie rannte und den Lagerplatz wieder erreichte. Keuchend und nach Luft ringend sank sie neben dem Lager ihres Vaters auf die Knie.

»Ich habe einen Wilden gesehen, dort im Wald.«

Ihr Vater fuhr von seinem provisorischen Lager hoch, und auch die übrigen Männer erhoben sich und wollten Genaueres wissen.

»Er hat mir nichts angetan, er stand nur da. Seine Haut war dunkel, nicht so dunkel wie Ukumas, eher braun gebrannt wie die der Seeleute an den Armen.«

Sie stockte ein wenig und holte tief Luft. »Er war nur wenig bekleidet, trug eine Art kurzen Rock, aber er war friedlich, denke ich. Vielleicht war das Tier, das ich gesehen habe, gefährlich, und er wollte mir bedeuten, es nicht zu reizen, damit es mich nicht beißt. Plötzlich war er wie von Zauberhand verschwunden.«

»Bist du sicher, du hast dich nicht getäuscht? Es ist heiß, vielleicht bist du eingeschlafen und hast geträumt.«

Ärgerlich erhob sie sich. »Nein, natürlich habe ich mich nicht getäuscht. Ich leide nicht unter Wahnvorstellungen, auch nicht, wenn es heiß ist. Da war ein Mann, den ich sehr deutlich gesehen habe. Ich weiß nicht, wie er so schnell verschwinden konnte, aber ich kann ihn beschreiben.«

Ukuma, der die letzten Worte bei seinem Eintritt in die Hütte noch gehört hatte, stellte die Frage, die die meisten Männer interessierte.

»War er bewaffnet?«

»Nein«, Berenice dachte kurz nach und runzelte dabei die Stirn, »er hatte nichts in den Händen. Auch sonst war nichts an ihm zu bemerken, was nach einer Waffe aussah.«

»Er wird nicht allein gewesen sein. Wir können froh sein, dass dieser Vorfall so harmlos ausgegangen ist.«

Ihr Vater erhob sich ebenfalls und überlegte kurz. »Wir müssen die Befestigungen so schnell wie möglich bauen und gleichzeitig Wachen aufstellen. Wir wissen nicht, ob diese Wilden friedfertig oder kriegerisch sind. Ich möchte für alle Fälle gerüstet sein.«

Die Männer murmelten halblaut ihre Zustimmung. Von einer gut gebauten Absperrung konnte einmal ihr Leben abhängen.

Berenice dachte daran, wie der Wilde ihr bedeutet hatte, zu schweigen. Sie war sicher, dass keinerlei Bedrohung von ihm ausgegangen war. Sie hatte sich erschreckt, weil er so unerwartet dort gestanden hatte. Es wäre ihm in jedem Fall ein Leichtes gewesen, sie gefangen zu nehmen oder gar zu töten, wenn das seine Absicht gewesen wäre.

Trotz der kaum nachlassenden Hitze dachte niemand mehr an eine Ruhepause. So schnell wie möglich sollte eine provisorische Palisade entstehen. Louise wich dem Zimmermann, den sie offenbar ins Herz geschlossen hatte, nicht mehr von der Seite, und selbst Amelie schäkerte ein wenig mit den Männern und reichte kichernd Werkzeuge an.

Ukuma holte die Waffen von den Schiffen und verteilte sie an die Männer.

Berenice lief ihm entgegen. »Was habt ihr vor, wollt ihr den Mann etwa jagen?«

»Nein, dein Vater gab mir zuvor schon den Auftrag, auf die Jagd zu gehen. Jetzt kann ich dabei die Augen offen halten und nach Spuren suchen.«

»Ich könnte dich begleiten.«

»Auf keinen Fall! Es war schon unvernünftig genug, allein durch die Gegend zu laufen – das gewöhnst du dir wohl nie ab. Jean-Noël wird mich begleiten. Er ist ein guter Reiter und Jäger und er erwartet mich schon.«

»Ich sage dir, der Wilde war nicht gefährlich, ich habe mich wie eine dumme Gans benommen.«

Doch Ukuma hörte ihr schon nicht mehr zu, denn sie hatten die kleine Umzäunung für die Pferde erreicht. Er streifte den Zaum über den Kopf eines Tieres und schwang sich auf dessen ungesattelten Rücken. Jean-Noël, einer der Seeleute der *Aurore*, saß schon wartend zu Pferde. Beide Männer winkten Berenice noch einmal kurz zu und entfernten sich dann in leichtem Trab.

Missmutig schlenderte sie zurück. Es wäre eine willkommene Abwechslung gewesen, ein wenig zu jagen, über eine weite, freie Fläche zu galoppieren. In ihrem Kopf begann sich ein Gedanke zu formen, wie sie der Langeweile vielleicht entfliehen konnte. Ihr Vater war nicht zu sehen. Sie lief über die Holzplanke, um auf das Deck der *Sainte Marguerite* zu gelangen. Ihr Rocksaum schleifte durch das Wasser, doch derlei Kleinigkeiten störten sie nicht mehr.

In der Kapitänskajüte diskutierte man angeregt die Einteilung der Wachen. Sie bedeutete allen, sich nicht stören zu lassen, und nahm auf einem Sitz in einer Ecke Platz. Das Gespräch war bald zu Ende. In ihrer Anwesenheit fühlten sich die Besucher unbehaglich und verabschiedeten sich, sobald die nötigsten Fragen geklärt waren.

»Gibt es etwas so Dringendes, dass du das Ende der Unterhaltung nicht abwarten konntest?« Ihr Vater verbarg seine Ungeduld nicht.

»Es tut mir leid. Mir ist nur ein Gedanke gekommen. Ich bin mir inzwischen völlig sicher, dass der Wilde, den ich heute sah, keinerlei feindliche Absichten hatte. Wäre es nicht sinnvoll, Kontakt mit ihm aufzunehmen, damit wir über diese Gegend ein wenig mehr in Erfahrung bringen? Er wollte mich vor dem Tier warnen. Er kannte seine Gefährlichkeit.« Sie redete sich in Eifer.

»Sicherlich sind ihnen alle Früchte und Beeren bekannt, die essbar sind. Wir wissen nichts darüber. Ukuma ist zur Jagd geritten, aber weiß er, welche Tiere man hier findet und wo? Welches Tier gefährlich sein kann? Wir brauchen Menschen wie ihn, denkst du nicht? Auf keinen Fall sollten wir sie uns zu Feinden machen, wenn sie friedliebend sind.«

Der Graf sah seine Tochter lächelnd an, die mit geröteten Wangen ihre Ansicht vorgetragen hatte, und empfand eine Mischung aus Stolz und Unbehagen.

»Ich sehe, du hast dir Gedanken gemacht, und ich gebe dir recht. Ich habe nichts gegen den Kontakt mit den Menschen, die hier leben. Nur müssen wir von Anfang an klarmachen, dass sie sich uns unterzuordnen haben. Der Umgang muss entsprechend klug und bedacht aufgebaut werden. Wir wissen nicht, wie sie auf uns reagieren, und ob ihre Friedfertigkeit dauerhaft bestehen bleibt. Sollte das nicht der Fall sein, müssen wir gerüstet sein.«

»Deshalb die vielen Waffen und die Munition, die man mitgenommen hat, nehme ich an.«

Der Graf erhob sich von seinem Sitz und streckte die Glieder.

»Sicher. Jedoch wollen wir nicht annehmen, dass sie bald zum Einsatz kommen.«

Berenice gab noch nicht auf. »Es wird doch auch Frauen bei den Wilden geben. Ich würde sie so gern sehen und versuchen, mit ihnen zu reden.«

»Ich verstehe, dass dir die Zeit lang wird. Das tut mir leid, mein Kind, aber du wirst dich erinnern, dass ich dir vor der Reise prophezeit habe, dass Langeweile dein Begleiter sein könnte.«

»Mir wäre nicht langweilig, wenn ich wüsste, was ich tun kann. Ich möchte so gern jagen, spazieren, entdecken, aber nichts davon ist möglich, weil niemand weiß, was gefährlich oder ungefährlich ist. Bitte, lass uns versuchen, Kontakt aufzunehmen.«

Ihr Vater sah sie mit gerunzelter Stirn an. Ihre gelangweilte Starrköpfigkeit reizte ihn.

»Du kannst morgen mit Ukuma in der unmittelbaren Umgebung reiten, wenn du möchtest. Jedoch verbiete ich dir jedweden Versuch, mit den Wilden in Verbindung zu treten. Es ist zu gefährlich. Ich möchte nicht das Leben der Männer gefährden, weil meine Tochter Entscheidungen trifft, die uns alle in Gefahr bringen. Wenn ich die Situation richtig einschätze, werden die Menschen hier ganz von allein zu uns kommen, wenn sie den Kontakt wünschen. Es ist in jedem Falle klüger, dies erst einmal abzuwarten.«

Berenice erhob sich. »Entschuldige, wenn ich dich von der Arbeit abgehalten habe mit meinen Fragen. Ich werde versuchen, eine Tätigkeit zu finden, die meinem Stand angemessen und niemandem im Wege ist.«

Mit erhobenem Kopf verließ sie die Kajüte, und ihr Vater nahm seufzend wieder Platz. Eine schwierige Tochter konnte er bei den zahlreichen täglichen Problemen nicht gebrauchen. Sie hatte seinen ungeduldigen Tonfall sofort wahrgenommen und entsprechend reagiert.

Berenice war wütend. Warum verschloss sich ihr Vater vor ihrem Einfall? Es gab doch mehr gute Gründe für ihn als dagegen. Nun gut, dachte sie zornig, sie musste eine Möglichkeit finden, sich nützlich zu machen. Auf ihrem Weg über das Deck sah sie einen Korb und nahm ihn kurz entschlossen mit. Sie würde die Beeren in der unmittelbaren Umgebung sammeln und feststellen, ob sie giftig oder genießbar waren. Sie hatte in den Tagen zuvor Stellen im Wald entdeckt, an denen kleine, blaue Beeren wuchsen. Sie färbten die Finger violett, hatten aber ein angenehm fruchtiges Aroma. Nun kniete sie nieder und begann, emsig zu pflücken. Sie widerstand der Versuchung zu kosten und machte sich auf den Weg zum Tiergehege, wo eine der Sauen vor Kurzem Ferkel bekommen hatte. Eines der jungen Tiere würde entweder eine köstliche Mahlzeit erhalten oder sich böse Bauchschmerzen einhandeln. Sie wählte ein Tier aus und begann, es zu füttern. Ohne jeden Vorbehalt schmatzte es genüsslich, und sie hatte Mühe, die anderen Tiere abzuhalten. Mit ihren beerenverschmierten Fingern kennzeichnete sie ihr Versuchsobjekt.

Hinter dem Holzfällerlager verlief ein Wasserlauf. Auch hier wuchsen Beeren. Das Wasser war wunderbar erfrischend, und in der Mittagshitze war niemand in der Nähe. Schnell zog sie ihre Schuhe aus, hob ihre Röcke und watete in den Bach. Die kühlen, glatten Steine unter ihren Füßen und das frische Wasser waren eine Wohltat. Sie würde versuchen, sich öfter solch ein Bad zu gönnen. Es war verführerisch, noch länger zu verweilen, aber ihre Vernunft siegte.

Voller Erwartung besuchte sie ihr kleines Ferkel, das friedlich schlafend in einer schattigen Ecke lag. Auch im Verlauf des Nachmittags konnte sie keinerlei Änderung im Verhalten des Tieres bemerken, obwohl es im Verhältnis zu seiner Größe eine gute Portion gefressen hatte. Sie nahm sich vor, gleich am nächsten Tag einige Beeren zu probieren.

In der Nacht wurde sie wach. Es war drückend heiß in der fensterlosen Kajüte. Ihre Dienerinnen schliefen auf der *Sainte Marguerite*, um ihr mehr Platz zu lassen. Sie kleidete sich flüchtig an und machte sich auf den Weg an Deck, um frische Luft zu schöpfen, doch auch in der Nacht kühlte es nicht wesentlich ab. Der Mond stand rund und klar am Himmel, beinahe im Vollmond, sodass sie ihre Umgebung deutlich erkennen konnte.

Still lag das Lager in silbernes Mondlicht getaucht. Selbst die Tiere waren nicht zu hören. Sie sah sich nach der Wache um, konnte jedoch niemanden entdecken.

Sie verließ das Schiff, um nochmals einen Blick auf ihr Schweinchen zu werfen. Das Tierchen lag neben den anderen und bewegte im Schlaf hin und wieder ein Bein.

Sie hätte nicht sagen können, was es war, doch sie spürte etwas in der Luft. Es war so still, als hielte alles den Atem an. Am Waldrand nahm sie eine schemenhafte Bewegung wahr, konnte jedoch nicht erkennen, ob sich dort ein Mensch oder ein Tier bewegt hatte. Vielleicht war es der Wächter.

Sie fröstelte und fühlte, wie sich die Härchen auf ihren Armen aufrichteten. Es war keine der Wachen, die sie gesehen hatte, es waren zwei Männer, die aus dem Wald auf die Lichtung traten. Sie trugen Pfeile und Bögen, wirkten jedoch nicht kriegerisch. Im Näherkommen hoben sie die Hände. Berenice überlegte fieberhaft, wie sie reagieren sollte.

Schreiend wegzulaufen, konnte gefährlicher sein, als ruhig zu verharren und abzuwarten. Für einen langsamen Rückzug war es bereits zu spät. Im Inneren fürchtete sie mehr die Auseinandersetzung mit ihrem Vater über das nächtliche Verlassen des Schiffes als die beiden Männer, die fremdartig und faszinierend auf sie wirkten. Sie waren inzwischen so nahe, dass sie alle Einzelheiten an ihnen zu erkennen vermochte. Sie trugen die gleiche Bekleidung wie der Wilde aus dem Wald.

Sie schienen Vater und Sohn zu sein. Der Ältere richtete das Wort an sie und stellte offenbar eine leise Frage.

Ebenso halblaut bedeutete sie, dass sie ihn nicht verstehen konnte.

Der Ältere wies auf die Schiffe und die halb fertigen Hütten und Häuser und fragte unverkennbar abermals.

Erneut bemühte Berenice sich, ihm zu verdeutlichen, dass sie ihn nicht verstand. Er blickte sie eine kleine Weile prüfend an. Berenice regte sich nicht. Dann winkte er ihr, ihm zu folgen, doch sie blieb stehen und rührte sich nicht.

Beide berieten sich halblaut eine Weile, danach entfernte sich der Jüngere, kehrte jedoch nach kurzer Zeit wieder zurück und bot ihr etwas in seiner Hand an.

Neugierig trat Berenice näher und erkannte Beeren, von der gleichen Art, wie sie sie zuvor gesammelt hatte.

Der junge Wilde steckte sie sich in den Mund und aß mit sichtlichem Genuss. Wieder sprachen sie miteinander und lachten ein wenig.

Berenice wurde klar, dass sie das Lager während der letzten Tage beobachtet hatten. Ihr Bad im Bach kam ihr in den Sinn, und sie errötete vor Scham.

Sie machte eine fragende Bewegung zum Schiff hin, und als die beiden nicht reagierten, ging sie langsam zurück. Sie schienen nichts dagegen zu haben. Als Berenice einen letzten Blick zurückwarf, verschwanden sie gerade zwischen den Bäumen. Erst jetzt bemerkte sie, dass ihr das Herz bis zum Halse klopfte und ihre Handflächen feucht waren.

Warum wählten diese Männer ausgerechnet sie, um mit ihnen in Berührung zu kommen? Sie legte sich wieder auf ihr

Lager, doch diesmal dauerte es nicht lange, bis sie in einen tiefen, traumlosen Schlaf fiel.

Nach einem kurzen Imbiss lief sie am nächsten Morgen mit ihrem Korb zum Wald und begann zu pflücken. Sie war versucht, den Vorfall ihrem Vater zu verschweigen – schließlich war nichts geschehen. Ein kurzer Blick auf das Ferkelchen hatte ihr Gewissheit gegeben, dass die Beeren harmlos waren. Sie schmeckten köstlich. Ihr Blick versuchte immer wieder, das grüne Gebüsch zu durchdringen und eine Bewegung wahrzunehmen, doch sie sah nichts und wandte sich wieder ihrer Tätigkeit zu.

Dies war ein Land des Überflusses, wie es schien, denn es gab reichlich Wild in den Wäldern, die Bäche waren voller Fische, und Früchte wuchsen in solchen Mengen, dass man nie Mangel leiden musste. Als ihr Korb gut gefüllt war, ging sie zurück in das Lager und blieb erstaunt stehen, als Amelie bei ihrem Anblick einen Schrei ausstieß.

Berenice begriff und lächelte belustigt. Nicht nur ihre Hände waren blutrot, auch ihr Gesicht war verfärbt. Die praktisch veranlagte Louise schlug vor, man solle die Beeren trocknen, um für den Winter ausreichend Vorrat zu haben.

Berenice war sich sicher, dass sie ihre Dienerin schon an das neue Land verloren hatte. Sie vernachlässigte nicht ihre Pflichten ihrer Herrin gegenüber, verbrachte jedoch jede freie Minute an der Seite ihres geliebten Zimmermannes, der ganz offensichtlich ein Haus baute, das für eine Familie gedacht war.

Warum auch nicht, dachte Berenice, während sie zur *Aurore* hinaufstieg, auf der sie ihren Vater vermutete. Ihr Leben hier würde kaum schlechter sein als das in der Heimat.

Sie traf ihren Vater an Deck, wo er sich rasieren ließ – eine Tätigkeit, die regelmäßig der Bader vornahm, der auch für alle anderen körperlichen Belange wie Krankheit oder

Zahnweh zuständig war. Auf See hatte er sich meist mit dem üblichen Unwohlsein befassen müssen; ansonsten beschränkten sich seine Dienste derzeit auf das Entfernen von Holzsplittern aus der Haut.

Er wischte das Gesicht ihres Vaters ein letztes Mal mit einem Tuch ab. Sie griff nach dem Stoff und tilgte die Saftspuren aus ihrem Gesicht. Ihr Vater hatte sie wortlos angesehen und warf jetzt einen Blick auf den Rest Beeren in ihrem Korb.

»Du hast sie selbst ausprobiert? Dir scheint nicht viel an deiner Gesundheit zu liegen.«

»Ich weiß, dass sie ungefährlich sind. Zunächst habe ich ein Schwein damit gefüttert und es beobachtet; es hatte keine Schwierigkeiten danach.«

Ungläubig starrte ihr Vater sie an. »Du bist aber kein Schwein.«

»Das ist nicht der einzige Grund. Ich konnte in der Nacht nicht schlafen und bin zwei Wilden begegnet, die diese Beeren verzehrt haben.«

Jetzt sprang er erbost auf. »Ich habe dir verboten, diese Männer zu sehen. Du scheinst dir über die Gefahr nicht im Geringsten im Klaren zu sein.«

»Aber ich habe ihre Nähe nicht gesucht. Sie haben mich beobachtet und angesprochen, was hätte ich tun können? Sie haben mir gezeigt, dass die Beeren genießbar sind.«

»Du hättest in deinem Bett liegen sollen mitten in der Nacht. Wo war die Wache?« Nervös ging ihr Vater auf und ab.

»Ich habe sie nicht gesehen. Vater, verstehst du nicht, was das bedeutet? Sie müssen uns die ganze Zeit beobachtet haben. Sie können keinerlei feindliche Absichten haben, sonst hätten sie leicht mich oder jeden anderen überwältigen und gefangen nehmen können. Sie haben es nicht getan. Sie wollen vielleicht friedlichen Umgang und benutzen mich als Hinweis darauf.«

»Du lässt dich nur zu gern benutzen, um deine Neugier zu stillen. Wenn sie sich an eine Frau wenden wollten, hätten sie auch Louise oder Amelie ansprechen können, aber diese geben ihnen aufgrund ihres Verhaltens keine Möglichkeit dazu.«

Berenice schwieg. Sie verstand, dass ihr Vater sich ihretwegen sorgte, aber sie war nicht seiner Meinung. Ihr Blick wanderte über das Wasser. Es war noch früher Morgen, doch die Sonne brannte schon, spiegelte sich im Wasser und ließ die Luft flimmern. Das gegenüberliegende Ufer war bis zum Wasser baumbewachsen und bot mehr Schatten.

»Die Sommer sind hier heißer als zu Hause«, meinte sie, das Thema wechselnd. »Der Kapitän sagte, dass wir auf gleicher Höhe gesegelt sind. Denkst du, die Winter sind auch milder?«

Ihr Vater zuckte immer noch verärgert die Schultern. »Das kann man nicht sagen. Es könnte sein, dass hier ein wärmeres Klima herrscht, aber das werden wir erst im nächsten Frühjahr genau wissen.«

Es brannte ihr auf der Zunge zu sagen, man könne ja die Leute fragen, die hier lebten, aber sie schwieg. Sie wollte ihn nicht aufs Neue verärgern. So verabschiedete sie sich von ihm und suchte ihre Kabine auf.

Sie standen an der gleichen Stelle, an der Berenice sie schon einmal gesehen hatte, doch diesmal war es eine Gruppe, unter ihnen zwei Frauen. Die Männer des Grafen hielten ihre Waffen bereit, rührten sich jedoch nicht. Der Graf selbst schritt ihnen mit Monsieur Villier, dem Kapitän der Aurore, entgegen. Aus sicherer Entfernung beobachteten Berenice und ihre Dienerinnen das Geschehen.

Sie konnte die Spannung, die in der Luft lag, beinahe mit Händen greifen. Jedes Geräusch, jedes Knacken von Holz unter dem Tritt der beiden Männer schien doppelt laut. Die Wilden waren gänzlich unbewaffnet. Sie hatten Ledersäcke mitgebracht, die sie auf dem Boden abgelegt hatten, sodass man ihren Inhalt sehen konnte. Körner, Mehl und Früchte, in den unterschiedlichsten Farben und Formen, vieles davon fremdartig und unbekannt. Erlegte Vögel mit buntem Gefieder vervollständigten das Bild. Es war eine unübersehbare Geste der freundlichen Annäherung, die, so hoffte Berenice, nun auch ihr Vater nicht mehr ignorieren konnte.

Dieser ließ sich soeben mit dem Kapitän auf dem Boden nieder, um mit den Besuchern zu sprechen, soweit dies möglich war. Sie konnte nichts verstehen, denn die Entfernung war zu groß, sah an den Gesten jedoch, dass man versuchte, sich zu verständigen. Ihr Vater winkte einen der Zimmerleute zu sich und gab ihm einen Auftrag. Das Palaver nahm seinen Fortgang. Vom Schiff wurden Geschenke gebracht. Berenice hatte die Truhen mit bunten Perlen, kleinen Spiegeln, farbenfrohen Bändern und Ähnlichem nicht allzu wertvollem Tand nach dem Beladen in La Rochelle gesehen. Offenbar waren sie in der Neuen Welt von größerem Wert.

Nachdem die Gaben getauscht waren, erhoben sich ihr Vater und der Kapitän. Die fremden Besucher grüßten noch einmal, bevor sie sich umwandten und im Wald verschwanden.

Berenice war tief enttäuscht. Eine der beiden Frauen war unverkennbar ein junges Mädchen in ihrem Alter gewesen. Sie rannte zu ihrem Vater.

»Bitte, lass mich ihr wenigstens meinen Namen sagen.«

Bevor ihr Vater verblüfft noch etwas erwidern konnte, war sie schon hinter der kleinen Gruppe im Wald verschwunden. Im Schatten des Waldes erkannte sie im ersten Augenblick nicht viel, doch nachdem sich ihre Augen an die dunklere Umgebung gewöhnt hatten, sah sie die Fremden ein Stück weiter abwartend stehen.

Sie lief geradewegs auf die junge Frau zu, legte ihre Hand auf die Brust und nannte ihren Namen. Das Mädchen schüttelte den Kopf, sie verstand nicht. Nochmals nannte sie ihren Namen und zeigte mit dem Finger auf sich. Die junge Frau begriff und bemühte sich lächelnd und noch ein wenig unbeholfen, den für sie eigenartig klingenden Namen zu wiederholen.

Berenice wies auf sie. Diesmal verstand sie sofort und nannte ihren eigenen Namen: Elapagte-tiat. Auch Berenice bemühte sich, den Namen korrekt auszusprechen, bis ihr Gegenüber nickte.

Zufrieden kehrte sie zurück in das Lager und bemerkte erleichtert, dass von ihrem Vater nichts zu sehen war. Nur Ukuma hielt sich in ihrer Nähe auf und beobachtete sie.

»Ich weiß nicht, was bei dir überwiegt, dein Mut oder deine Neugierde«, meinte er.

»Ach Ukuma ... wohl eher meine Verzweiflung, jemanden zu finden, mit dem ich etwas teilen kann.«

»Was, glaubst du, kannst du mit diesen Leuten teilen?«

»Ich möchte wissen, wie man in diesem Land lebt; jede Landschaft ist einem zu Beginn verschlossen. Wie kann man in ihr nicht nur überleben, sondern gut leben? Alles ist so reichlich vorhanden, es kann ein Paradies sein, aber zunächst muss man den Schlüssel dazu finden. Dieses Mädchen ist mit ihrer Umgebung vertraut, sie kann mir helfen.«

»Deinen Schlüssel zu finden?« Mit hochgezogenen Brauen sah er sie spöttisch an.

»Genauso ist es.«

Allmählich begann das neue Leben, Form anzunehmen. Die Unterkünfte waren zum Ende des Sommers fertiggestellt, und Berenice und ihr Vater verließen das Schiff. Berenice bezog mit Erleichterung eines der größeren Häuser.

Ukuma bewohnte eine Kammer neben dem Eingang, während Louise und Amelie sich einen Anbau hinter dem Haus teilten. Dies würde jedoch nur für kurze Zeit der Fall sein, denn Louise hatte verkündet, dass sie mit Einwilligung des Grafen den Zimmermann heiraten wollte.

Mit den Wilden entstand nach und nach ein reger Warenaustausch. Sie lieferten Früchte, Kornarten und Pilze, Korbwaren und Gefäße. Ukuma, der ihnen aufgrund seiner Hautfarbe besonders interessant erschien, begleitete sie regelmäßig auf die Jagd.

Berenice hatte sich gegen ihren Vater durchgesetzt. Sie half Elapagte-tiat beim Mahlen der goldgelben Körner, sammelte die dunkelroten Früchte von den Stauden, die köstlich schmeckten, wenn man sie unter den Kornbrei mischte. Ihrem Vater war es zwar nicht recht, dass sie so viel Zeit mit den Wilden verbrachte, er sah jedoch auch ein, dass sie nicht den ganzen Tag die Hände in den Schoß legen konnte.

»Sie sind keine Wilden«, erklärte sie ihm. »Sie nennen sich Elnoo und sagen, dass sie ebenfalls in Häusern leben. Sie haben mich eingeladen. Ihr Dorf ist nur zwei Tagesreisen entfernt, und ich würde es sehr gern sehen.«

Mit leichtem Stirnrunzeln musterte er seine Tochter. Die elegante Prinzessin, als die sie ihrem Bräutigam vorgestellt worden war, fand man kaum in ihr wieder. Ihr Haar hing nach Art der Wilden lose und wurde nur durch ein Lederbändchen zurückgebunden. Ihre Haut hatte einen goldenen Ton angenommen, der ihr gut stand, ihrem Stand jedoch nicht angemessen war. Sie trug noch ihre Kleider, doch das feine Schuhwerk, extra für die Reise angefertigt, hatte sie durch die dünnen Lederschuhe der Eingeborenen ersetzt.

Als er ihr seine Befürchtung gestand, dass sie in dieser Umgebung völlig verwildere und er ihr niemals eine Mutter ersetzen könne, wischte sie seine Bedenken mit einer lässigen Handbewegung fort. Zum wiederholten Mal versuchte sie, in ihn zu dringen.

»Vater, ich sollte mit ihnen gehen. Es gibt noch so viel zu erfahren. Sie erzählen, dass die Winter sehr kalt sind. Wir werden Vorräte brauchen.«

Gereizt wandte er ein: »Das ist nicht deine Sache. Willst du zu einer Magd werden?«

»Ich will im Winter nicht hungern und frieren. Louise hat alles andere im Kopf als Vorräte zu sammeln, und Amelie ist keinesfalls in der Lage, mit den Leuten umzugehen. Die Männer werden für andere Arbeiten dringender benötigt.«

Er wusste, dass ihre Argumente nicht von der Hand zu weisen waren, doch ihr praktischer Sinn widerstrebte ihm.

Sie legte eine Hand auf seinen Arm und sah ihn bittend an.

»Ich weiß, dass du dir Sorgen um mich machst, aber ich bin bei den Elnoo in Sicherheit. Es sind freundliche Menschen. Ich lerne ihre Sprache und Gewohnheiten, doch es verändert mich nicht. Wenn wir in unsere Heimat zurückkehren, werde ich nur um einige Erfahrungen reicher sein. Möglicherweise werde ich nie wieder Körner zu Mehl mahlen oder Fische fangen, aber ich werde wissen, dass ich es kann.«

»Natürlich verändert es dich, äußerlich und in deiner Persönlichkeit«, brummte er schon halb überzeugt. »Ich frage mich, ob du auch schon in Mechelen diesen Widerspruchsgeist hattest.«

Unter ihren langen Wimpern strahlte sie ihn verschmitzt an. »Aber sicher. Abt Anton hat mir viele Bußen deshalb auferlegt, doch er wusste, sie würden nicht allzu viel bewirken.«

Er gab sich geschlagen. »Wann willst du die Wilden in ihr Dorf begleiten?«

»Je früher, desto besser.«

»Ukuma wird mit dir gehen. Außerdem möchte ich zuvor vom ältesten Elnoo hören, dass du eingeladen und sicher bist. Wir werden ihnen als Zeichen unserer Freundschaft und Dankbarkeit einige der Schweine überlassen, deren Fleisch sie anscheinend sehr mögen. Ich hoffe, es zahlt sich aus und wir werden die Tiere im Winter nicht auf dem Speiseplan vermissen.«

Berenice war hochzufrieden. Sie konnte Elapagtes Dorf kennenlernen. Sie würden viel Spaß zusammen haben. Sie war nicht erstaunt, dass ihr Vater mit seinem Gespür für Menschen sofort erkannt hatte, dass der Älteste die Respektsperson in der Gruppe darstellte, obwohl dieser wenig sprach. Auf dem Platz vor den neu erbauten Häusern, der sich allmählich zu einer Art Dorfplatz entwickelte, traf sie auf Ukuma, der zwei erlegte junge Rehe auf den Schultern schleppte.

»Du wirst ein immer besserer Jäger«, staunte Berenice. »In dieser kurzen Zeit deiner Abwesenheit gleich zwei Tiere zu treffen, ist erstaunlich.«

»Ich hatte Hilfe vom Anführer einer Kriegerschar, der die Elnoo in ihr Dorf zurückgeleiten soll.«

»Mein Vater hat mir erlaubt, dem Dorf einen Besuch abzustatten, und du wirst mich begleiten.« Sie sah die kleine Falten zwischen Ukumas Augen erscheinen, die Beunruhigung ausdrückte.

»Gefällt dir der Gedanke nicht? Ich nahm an, es würde dir auch Spaß machen.«

»Das wird es sicher, doch als dein Diener könnte ich bei den Elnoo in ein merkwürdiges Licht geraten. Sie denken anders.«

Berenice zuckte gleichgültig die Schultern. »Es spielt keine Rolle, wie sie denken. Ich verlange ja nichts von ihnen außer einigen Informationen und einem Dach über dem Kopf. Meine Ansprüche sind inzwischen so gering, dass ich nicht einmal mehr parfümiertes Wasser zum Waschen nehme. Das Herrichten meiner Frisur dauert nicht mehr eine Stunde, sondern wenige Minuten, und ich kleide mich sogar allein an, weil niemand in der Nähe ist, der sich die Mühe macht, mir behilflich zu sein. Meine Zofen erscheinen nur, wenn ich über den Platz schreie. Wie viel wilder kann die Wildnis noch sein?«

Ukuma, der mit geschickten Schnitten das Wild zerlegt hatte und es jetzt zu einem der kühlen, in die Erde gegrabenen Schattenplätze brachte, lachte bei ihren Worten leise vor sich hin.

»Prinzessin, ich fürchte, du hast noch nicht viel von der Wildnis gesehen.«

Er reinigte die Messer und legte sie an ihren Platz zurück. Eines davon behielt er in der Hand und wog es ab.

»Mein Jagdgefährte würde sich über ein solches Messer sicher freuen. Ich werde deinen Vater fragen, ob ich es ihm schenken darf.«

»Das brauchst du nicht, ich erlaube es dir.«

»Dann übergib du es ihm. Er ist bei den Pferden.«

Er reichte ihr das Messer, es war schwerer, als sie angenommen hatte.

Das Pferdegehege befand sich unter den Bäumen und wurde durch den Wasserlauf begrenzt, der den Tieren zum Trinken diente.

Sie sah den Fremden von Weitem beim Pferd ihres Vaters stehen. Er trug lediglich einen kurzen Lederschurz und ähnliches Schuhwerk wie sie selbst. Als Erstes nahm sie seine Größe wahr: nicht kleiner als Ukuma und erheblich größer als die meisten Elnoo, die sie bisher gesehen hatte. Seine Hand fuhr langsam den Hals des Pferdes hinauf, blieb zwischen den Ohren liegen, und sie hörte, wie er leise Worte murmelte.

Er hatte sie bemerkt und drehte sich zu ihnen um. Ukuma sagte etwas mit einem leichten Lachen zu ihm, aber sie hätte nicht sagen können, was oder in welcher Sprache er sprach.

Sie sah nur das Gesicht des Mannes. Sie wollte ihn begrüßen, aber ihre Stimme gehorchte ihr nicht. Sie räusperte sich.

Er lächelte freundlich und sprach sie in englischer Sprache an.

»Wir werden nicht bei unseren Namen gerufen, aber du kannst mich Kowishto nennen. Ich freue mich, deine Bekanntschaft zu machen.«

Berenice blickte ihn verwirrt an und warf dem grinsenden Ukuma einen fragenden Blick zu. Ihre Erfahrungen mit der englischen Sprache beschränkten sich auf Amboise und Mechelen, und sie wusste, dass Ukumas Kenntnisse eher noch dürftiger waren. Wie hatte dieser Wilde die Sprache gelernt? Da im Augenblick offenbar niemand gewillt war, sie darüber aufzuklären, hielt sie das Messer hoch, reichte es ihm und antwortete in der gleichen Sprache.

»Ich danke dir für deine Hilfe auf der Jagd. Ich hoffe, es wird dir gute Dienste leisten.«

Er nahm das Messer vorsichtig aus ihrer Hand und sah sie an. Ihr wurde warm unter seinem Blick, und sie hatte das dringende Bedürfnis, sich sofort zu entfernen.

»Entschuldigt mich bitte.«

Während sie zurück zum Haus schritt, spürte sie seine Blicke so deutlich in ihrem Rücken, als läge dort eine Hand.

In ihrer Kammer überwältigte sie der Zorn. Wie konnte sie sich nur so dumm benehmen. Was fiel Ukuma ein, sie nicht zuvor zu informieren, dass dieser Mann Englisch sprach. Schließlich riss sie die Tür auf und rief nach Amelie.

»Ich möchte mich mit deiner Hilfe waschen, ankleiden und frisieren.« Bei diesem inzwischen ungewohnten Ton knickste Amelie eilig und unterdrückte ihre Verwunderung darüber, am hellen Tag etwas zu beginnen, was auch vor Stunden schon hätte geschehen können.

Zwei Stunden später verließ Berenice ihre Kammer, um ihren Vater aufzusuchen.

Die Kapitäne und er bemühten sich gemeinsam, in einem Arbeitsraum genaue Karten der Küste zu entwerfen. Nach kurzem Anklopfen trat sie ein und unterbrach damit ein angeregtes Gespräch zwischen ihm und dem Fremden, der entspannt am Fenster lehnte.

Sie hätte am liebsten sofort wieder kehrtgemacht, wollte sich jedoch nicht noch einmal lächerlich machen. Ihr Vater musterte sie erfreut und winkte sie näher.

»Ich möchte dir meine Tochter Berenice vorstellen. Sie wird sehr erfreut sein zu wissen, dass sie auf der Reise zu den Elnoo nicht nur sicher sein wird, sondern sich auch verständigen kann.«

»Wir haben uns schon bekannt gemacht.« Dieses Mal hatte sie sich besser in der Gewalt.

Er reichte ihr nicht die Hand und machte auch keine Bewegung in ihre Richtung. Warum brachte dieser Mann sie so in Verlegenheit? Sie nahm auf einer Sitzgelegenheit Platz und hörte dem Gespräch zu. Der Einheimische war vom Rat der Elnoo gesandt, um mit den Neuankömmlingen zu verhandeln. Er teilte mit, dass sie einverstanden damit waren, dass die Männer in den Häusern lebten und in der Umgebung jagten.

Der Graf dankte und verzog keine Miene – er war klug genug, seine Gedanken für sich zu behalten. Das einzige Problem stellte seine Tochter dar, die es sich in den Kopf gesetzt hatte, diese Leute zu begleiten, und die sich möglicherweise dadurch in Gefahr brachte. Er bedauerte nicht zum ersten Mal, ihren verrückten Wünschen nachgegeben zu haben. Dabei sah sie heute nach langer Zeit einmal wieder so aus, wie er sie sich eigentlich wünschte.

»Berenice, ich möchte, dass du dich auf dem Weg zu unseren neuen Freunden an die Anweisungen dieses Mannes hältst. Er kennt die Umgebung und ihre Gefahren und hat mir versichert, dass er dich nach einem Monat gesund zurückbringen wird. Ihr werdet in zwei Tagen abreisen.«

Berenice erhob sich und verließ den Raum; sie hatte kaum etwas gesagt. Einmal mehr stand sie vor der Frage, wie sie sich auf eine Reise vorbereiten sollte, deren Erfordernisse sie nicht kannte. Es war wohl auch diesmal nicht anzunehmen, dass ihre Garderobe zum Einsatz kommen würde, und sie beschränkte sich auf die bewährten beiden praktischen Kleider, die sie ohne fremde Hilfe anlegen konnte. Sie rollte ihre wenigen reisefähigen Habseligkeiten in eine Decke ein, die Ukuma auf dem Pferd befestigen würde.

Nachdenklich betrachtete sie ihre Besitztümer. Welch weiter Weg von den kistenbeladenen Kutschen, mit denen sie früher zu reisen pflegte, bis zu diesem unansehnlichen Bündel.

Jedes Ding hat seine guten Seiten, dachte sie vergnügt und in Angedenken an Abt Anton, der auch den unbilligsten Situationen auf diese Weise etwas abgewinnen hatte können. Sie konnte reiten und musste sich nicht in einer unbequemen Kutsche blaue Flecke holen. Es gab keinen Grund, sich die gute Laune verderben zu lassen, nur weil außer Ukuma noch ein weiterer Aufpasser für sie aufgetaucht war. Sie würde ihn so wenig wie möglich beachten und seine beunruhigende Nähe meiden.

Die Mittagshitze war schwer und bleiern. Am Horizont türmten sich hohe Wolkenberge, und ein leichter Wind spielte mit dem Staub des Vorplatzes. Berenice öffnete die beiden Fenster, um Luft in das Haus und ihre Kammer zu lassen, und atmete tief ein. Dabei beobachtete sie Elapagte, die eilig mit einem Arm voller Geräte über den Platz strebte, und rief nach ihr. Ihre neue Freundin wies mit dem Kinn zum Himmel und machte ein besorgtes Gesicht.

»Denkst du, es kommt ein Unwetter?« Elapagte verstand sie nicht, hatte es jedoch eilig, ihre Gerätschaften in Sicherheit zu bringen. Kurz entschlossen lief Berenice hinaus und zog das Mädchen mit sich in die Sicherheit des Hauses.

Der Wind wurde zunehmend stärker, die Sonne verschwand hinter einer einheitlich grauen Wand. Mit einem Windstoß flog die Tür auf, und ihr Vater betrat das Haus.

»Gut, dich zu sehen, Berenice. Hier werden wir sicher sein. Es soll ein gewaltiges Unwetter geben, wenn man den Schilderungen der Wilden Glauben schenkt. Sie weigern sich, auf die Schiffe zu gehen, um dort Unterschlupf zu suchen.«

»Wo sind sie jetzt?«

»Ukuma hat die meisten von ihnen in den einzelnen Häusern der Handwerker untergebracht. Er selbst will mit Kowishto bei den Pferden bleiben, damit diesen nichts geschieht.«

Erst jetzt bemerkte er Elapagte, die still in einer Ecke saß, und schenkte ihr ein flüchtiges Lächeln.

Plötzlich und ohne Vorwarnung prasselte der Regen mit enormer Heftigkeit herab. Die Nässe legte sich wie ein grauer Schleier über die Welt, und Berenice sah durch die Fensteröffnung zwei Männer über den Platz laufen, deren Kleidung ihnen schon nach wenigen Schritten wie eine zweite Haut am Körper klebte. Eilig schloss sie die Läden.

Ihr Vater zündete Kerzen an, draußen wurde es beängstigend dunkel. Der Sturm schloss sie für Stunden ein, tobte und brach Äste und Bäume ab. Berenice hörte das krachende Niederbrechen des herabfallenden Holzes durch das wütende Geheul des Windes.

Einmal erkannte sie das ängstliche, laute Wiehern eines Pferdes und fragte sich, ob Ukuma dieser entfesselten, unberechenbaren Natur unverletzt entkommen konnte. Sie hatte noch niemals einen Sturm von solchem Ungestüm erlebt – weder in Frankreich noch in den Niederlanden kannte man Niederschläge von dieser elementaren Gewalt. Zum ersten Mal kam ihr der Gedanke, dass nicht nur wunderbare neue Erfahrungen auf sie warteten, sondern auch unberechenbare Gefahren, vor denen sie sich nicht aus eigener Kraft zu schützen vermochte.

Sie sprachen nicht viel in den Stunden, in denen sie zusammensaßen und darauf warteten, dass es wieder ruhiger wurde.

Elapagte hatte ihre Ecke nicht verlassen und die Hände in den Schoß gelegt. Still und geduldig wartete sie das Ende des Unwetters ab und sah nur einmal kurz auf, als Berenice ihr Wasser und eine Schüssel mit Fleisch anbot. Sie nahm alles an, begann jedoch erst zu essen, als der Sturm spürbar nachließ.

Als es zum Abend hin endlich ruhiger wurde, öffnete ihr Vater die Tür und blickte hinaus. Draußen bot sich ihnen ein Bild der Verwüstung. Der Vorplatz war übersät von Ästen und Zweigen, eines der neu gebauten Häuser hatte sein Dach verloren. Das schlimmste Unglück hatte jedoch die *Sainte Marguerite* getroffen: Der Sturm hatte sie gegen das Ufer geschleudert und schwere Schäden am Rumpf verursacht. Es würde Tage, wenn nicht Wochen dauern, sie wieder zu reparieren. Es regnete immer noch leicht, als die Männer mit den Aufräumarbeiten begannen.

Amelie erschien im Haus und brachte gewürzten Wein zur Stärkung. Sie hatte mit Louise und ihrem Verlobten das Unwetter gut überstanden.

Aus den neu erbauten Häusern und den Schiffen kamen nun langsam die Handwerker und Seeleute hervor, zum Teil noch den Schrecken vor der Naturgewalt im Gesicht, der sie mehr oder weniger hilflos ausgeliefert gewesen waren. Betroffen blickten sie auf die Zerstörungen.

Berenice begleitete Elapagte zu ihren Leuten. Von Ukuma war nichts zu entdecken; sie machte sich Gedanken um ihn und hoffte, dass er das Wetter unbeschadet überstanden hatte.

Die Pferde standen ruhig in der Einzäunung, sie bemerkte jedoch, dass Ukumas Pferd und das ihres Vaters fehlten.

Neugierig folgte sie dem Pfad in den Wald hinein und fand ihre Vermutung bald bestätigt. Sie hörte Ukumas halblaute Stimme und Kowishtos Antwort.

Ukuma saß auf seinem Pferd, während sich Kowishto mühte, auf dem Pferd ihres Vaters die Balance zu halten, das in ruhigem Trab eine Runde drehte.

Berenice verkniff sich mühsam das Lachen. Er gab sich alle Mühe, und machte seine Sache für einen Anfänger nicht schlecht, doch als der Hengst in einer langen Kurve ein wenig schneller wurde, rutschte Kowishto langsam und unaufhaltsam zur Seite. Immer wieder versuchte er, sein Gleichgewicht zu halten, doch vergeblich. Er glitt unaufhaltsam hinab zu Boden, sprang jedoch sofort wie eine Katze wieder hoch und lief zum Pferd, auf das er sich, mit den Händen in die Mähne greifend, mühelos wieder hinaufschwang.

Berenice sah gleich, dass er schon einige Übung besaß und nicht zum ersten Mal auf ein Pferd stieg. Offenbar gefiel Ukuma sich in der Rolle des Reitlehrers.

Sie überlegte, ob sie sich zu ihnen gesellen sollte, zog es dann aber vor, sich leise und unauffällig zu entfernen. Sie hatte beinahe den kleinen Dorfplatz erreicht, als Amelie ihr aufgeregt entgegenkam. Die Hände zur Beruhigung gegen ihre Brust gedrückt, stieß sie atemlos hervor: »Ich habe soeben von Louise erfahren, dass Ihr ab morgen für Wochen fort sein werdet. Ich bitte Euch, lasst mich nicht allein zurück!«

»Wieso allein? Ich werde die Einzige sein, die die Elnoo in ihr Dorf begleitet. Alle anderen bleiben hier.«

»Ihr seid die einzige Frau, mit der ich hin und wieder geredet habe. Louise interessiert sich nur noch für ihren zukünftigen Mann. Was soll ich ohne Euch anfangen?«

Sie begann, kläglich zu weinen.

Berenice erwog kurz die Möglichkeit, sie mitzunehmen, verwarf den Gedanken jedoch gleich wieder. Die Vorstellung, mit der empfindsamen jungen Dienerin zu reisen, hatte nichts Verlockendes; diese würde nur eine zusätzliche Last sein.

»Es tut mir leid, Amelie, aber ich kann dich nicht mitnehmen. Es könnte beschwerlich werden – wir reiten tagelang, du bist immer noch etwas schwach, und ich denke nicht, dass die Elnoo darauf Rücksicht nehmen werden.«

Berenice konnte ihre Gefühle verstehen, als sich ihre junge Dienerin schniefend und enttäuscht abwandte. Amelie war sicher nicht erpicht auf Strapazen, aber es war wohl angenehmer, Berenices Wäsche zu waschen oder sie zu kämmen, als der übertüchtigen Louise ausgeliefert zu sein, die ihr die unangenehmsten und ödesten Aufgaben übertrug. Ihr fehlte das Zusammensein mit anderen Dienerinnen, mit denen man bei der Arbeit ein wenig über die Herrschaft und ihre Launen tratschen konnte. Amelie lag nicht das Geringste an der Freiheit, die Louise ganz offensichtlich genoss. Im Gegenteil: Sie brauchte die Regeln und strengen Abläufe eines herrschaftlichen Hofes, sie gaben ihr Sicherheit und Geborgenheit.

Berenice sah der jungen Frau nach, die missmutig, mit dem Schuh einen Stein vor sich herschiebend, langsam zu ihrer Kate zurückging. Amelie fühlte sich allein und einsam, obwohl sie eine ganze Reihe von Verehrern unter den Männern hatte, die ihr mehr oder weniger deutlich den Hof machten. Man hielt sich an die strengen Auflagen der Kapitäne, den Frauen nie zu nahe zu treten, doch Louise hatte sich für einen Mann entschieden. Nun rechneten einige sich bei Amelie Chancen aus. Diese war zu allen freundlich, bevorzugte jedoch keinen. Louise gegenüber hatte sie erwähnt, dass die Schrecken der Rückfahrt nur noch von den Schrecken des Bleibens überboten wurden.

Louise hingegen hatte sich des Öfteren begeistert über ihr neues Leben geäußert und schon Pläne für eine große Familie geschmiedet.

Amelies Vorstellungen von ihrem Reiseabenteuer aber, das sie mit viel Begeisterung begonnen hatte, hatten sich in der schwülheißen Luft förmlich aufgelöst. Sie hatte sich alles ganz anders ausgemalt und wollte nur noch nach Hause.

Berenice machte sich auf den Weg zu ihrem Vater. Sie würden noch gemeinsam zu Abend essen, bevor sie sich zur Ruhe begab.

Mit ihrem Vater saß sie stets allein und schweigend bei den Mahlzeiten, bei ihren neuen Freunden hingegen wurde beim Essen gesprochen, gelacht und gescherzt. Auch wenn ihr die Sprache fremd war, genoss sie die zwanglose und fröhliche Stimmung an der Seite ihrer neuen Freundin.

Am nächsten Morgen weckte Ukuma sie, als es draußen noch dunkel war und nur ein kleiner Silberstreif am

Horizont den anbrechenden Morgen ankündigte. Inzwischen darin geübt, kleidete sie sich allein an, strich sich nur kurz die Haare zurück, schlang ein Band darum und lief hinaus. Ihr Vater wartete mit ihrem Pferd vor der Tür, um sich zu verabschieden. Beinahe verlegen umarmte sie ihn.

»Versprich mir, keine Risiken einzugehen und dich an die Weisungen der Einheimischen zu halten. Vor allem Kowishto macht einen zuverlässigen Eindruck. Wenn es Probleme gibt, entsende Ukuma oder besser noch, komme sofort mit ihm zurück.«

Berenice nickte. Es war zwar nur ein Abschied für kurze Zeit, doch er fiel ihr überraschend schwer. Ukuma half ihr auf ihr Pferd und bestieg dann sein eigenes.

Inzwischen war es heller geworden. Berenice drehte sich noch einmal im Sattel um und winkte ihrem Vater ein letztes Mal zu, dann sah sie die inzwischen stattlich angewachsene Gruppe der Elnoo bereit zum Aufbruch. Sie wurden offensichtlich von Kowishto und dem Elnoo angeführt, der Berenice gezeigt hatte, dass die Früchte essbar waren.

»Auch seinen eigentlichen Namen spricht man nicht aus, doch du kannst ihn Assakuniut nennen«, erklärte Ukuma ihr. »Er ist der Freund von Kowishto und der Anführer der Elnoo. Die beiden sind überdies verwandt.«

»Du scheinst schon recht viel erfahren zu haben«, bemerkte Berenice.

»Wir jagen zusammen, wir essen zusammen, und ich lerne ihre Sprache, was mit Kowishtos Hilfe einfacher geworden ist.«

Berenice zerrte im Reiten das Tuch, das sie sich über die Schulter gelegt hatte, herunter, denn es wurde heiß, kaum dass die Sonne am Himmel aufging. Ukuma schüttelte den Kopf.

»Du solltest deine Haut schützen, sie wird sonst verbrennen.«

Unwillig und flüchtig legte sie es wieder um.

»Kowishto gleicht den übrigen nicht«, setzte sie das Gespräch fort. Sie zügelte ihr Pferd, um den anderen Platz zu machen. »Er ist größer und hat andere Gesichtszüge.«

»Er ist kein Elnoo.« Ukuma ließ seinen Blick suchend über die Gruppe schweifen. »Er kommt von einem anderen Stamm. Sein Bruder lebt ebenfalls im Dorf; wir werden ihn sicher sehen.«

Er saß vom Pferd ab und zog es am Zügel hinter sich her, bis er die kleine Gruppe der älteren Elnoo erreicht hatte. Berenice sah, dass er mit ihnen sprach. Sie erkannte die zunächst abwehrende Haltung der Leute, doch Ukuma schien nicht nachzugeben.

Schließlich reichten sie ihm die Reisebündel, die sie auf dem Rücken trugen, und er packte alles auf sein Pferd.

Berenice fühlte sich unwohl – sie war die Einzige, die nicht zu Fuß ging. Dergleichen hatte sie in Mechelen niemals interessiert, doch hier schien es ihr zunehmend unpassend. Der Gedanke, tagelang zu marschieren, war unvorstellbar, zumal das Marschtempo recht flott war. Keine der Frauen zeigte, auch nach einigen Stunden, Zeichen der Ermüdung.

Die Menschen waren eben doch verschieden, dachte sie seufzend, während sie absaß und einigen Frauen anbot, ihr Gepäck ebenfalls auf ihr Pferd zu laden. Ihre Gutmütigkeit würde zu Muskelschmerzen und geröteten Stellen führen, aber wenigstens fühlte sie sich so wohler.

Es wurde später Vormittag, bis die Krieger das Zeichen zur Rast gaben. Die Sonne stand hoch am Himmel und brannte erbarmungslos. Unter dicht belaubten Bäumen, deren ausladende Zweige über einen Wasserlauf hingen, ließen sie sich nieder.

Berenice war dankbar, dass sie die weichen, feinen Lederschuhe der Elnoo trug. Trotzdem zeigten sich erste Rötungen an ihren Füßen, die zunehmend schmerzten. Sie humpelte ans Ufer des kleinen Baches, zog die Schuhe aus und steckte einen Fuß in das kühle Wasser.

Elapagte hatte sich mit zwei weiteren Frauen genähert und brachte einen kleinen Tiegel. Sie bedeutete Berenice, sich hinzusetzen. Es war eine Wohltat, die kühlende Salbe zu spüren. Eine der Frauen lächelte sie an und umwickelte die geröteten Stellen mit Stoff. Alle tranken dankbar in kleinen Schlucken Wasser und nahmen aus den Bündeln, die sie mitgeführt hatten, Lebensmittel heraus.

Allmählich verspürte auch Berenice Hunger. Sie blickte sich suchend nach Ukuma um, konnte ihn jedoch nirgends entdecken. Aber seine Anwesenheit war nicht vonnöten. Es gab genug zu essen, und die Frauen boten ihr so viel an, dass sie bald dankend ablehnte. Satt und zufrieden legte sie sich ins Gras nieder. Die Wärme, das leise Gemurmel der Frauen, der plätschernde Bach – es war unwiderstehlich. Ihre Augen fielen zu. Lange aber konnte sie nicht geschlafen haben, denn als man sie am Arm berührte, um sie zu wecken, stand die Sonne immer noch recht hoch.

Abermals marschierte sie stundenlang auf nicht erkennbaren Pfaden, und erst als die Sonne bereits untergegangen war, wurde das Nachtlager errichtet. Berenice fühlte sich völlig zerschlagen. Zu erschöpft, um ihren Hunger zu stillen, schlief sie ein, kaum dass sie sich niedergelegt hatte.

Es folgten Tage, an denen Berenice ihre Umgebung kaum wahrnahm. Die ungewohnte körperliche Anstrengung forderte ihren Tribut. Nach zwei Tagen hatte sie das Gefühl, sich nicht mehr bewegen zu können, doch eine zusätzliche Rast gab es nicht.

Munter schritten die Elnoo täglich aus und ließen sie manchmal weit hinter sich zurück. Gelegentlich warteten sie, bis sie wieder ein wenig aufgeholt hatte.

Mehrfach war sie versucht, sich einfach wieder aufs Pferd zu setzen, doch Stolz und Trotz ließen es nicht zu. So marschierte sie mit wunden Füßen und schmerzenden Gliedern, richtete ihren Blick in die Ferne, wo sich die Gruppe der Anführer befand. Die Krieger hielten sich getrennt von den Frauen auf, selbst Ukuma ließ sich nicht mehr blicken. Sie verübelte ihm, dass er sich nicht wie gewohnt um sie kümmerte. Doch in ihrem langsamen Gehtempo gelangte sie kaum in seine Nähe, und bei den kurzen Rasten oder nächtlichen Lagern war sie so erschöpft, dass ihr die Kraft für eine Auseinandersetzung fehlte.

Zu ihrem eigenen Erstaunen genoss sie trotz ihrer Müdigkeit und der Schmerzen den anstrengenden Marsch.

Sie setzte einen Fuß vor den anderen und blickte in den hohen Himmel über sich, an dem vereinzelt große Vögel kreisten. Nach vier Tagen verlor sie das Gefühl für Entfernungen; es schien, als würden sie schon ewig durch diese endlose Weite marschieren. Trotzdem verriet ihr eine neue, entspannte Stimmung, dass es nicht mehr weit zum Dorf sein konnte.

Mittags machte die Gruppe abermals eine Rast. Sie war nicht mehr so müde und apathisch wie in den ersten Tagen und nahm sich vor, nach Ukuma zu suchen. Es war eine unverzeihliche Nachlässigkeit von ihm, tagelang nicht nach ihr zu sehen. Die Frauen halfen ihr zwar freundlich, doch es war seine Pflicht, sich um sie zu kümmern. Ihr Unmut über sein sorgloses Verhalten schwelte schon eine Weile. Mit wachsendem Groll lud sie die wenigen Bündel vom Pferd und tränkte es an einem der kleinen Seen, an denen sie heute lagerten.

Ukumas Arbeit, dachte sie erbost. Sie fuhr mit der Hand ins Wasser und anschließend über ihr Gesicht und den Hals, um sich zu erfrischen. Ihr Bild auf der glatten Wasserfläche zeigte verschwommen ein Gesicht mit wirr abstehenden Strähnen. Nachdem sie mit schnellen Strichen ihr Haar gebändigt und es mit einem Lederriemen zusammengebunden hatte, machte sie sich auf den Weg zu den Kriegern.

Ukuma stand lachend inmitten einer Kriegergruppe und hielt ein Kaninchen hoch, dem er gerade das Fell abzog. Er blickte sie erst an, als sie unmittelbar vor ihm stand.

Berenice sah ihn mit gerunzelten Brauen an.

»Diese Reise ist für dich wohl recht vergnüglich.«

Er erwiderte ihren Blick. »Die Krieger sind sehr freundlich zu mir, ich lerne viel von ihnen.«

»Darüber scheinst du deine Verpflichtungen mir gegenüber aus den Augen zu verlieren.«

»Was meinst du damit? Fehlt es dir an etwas?«

»Allerdings.« Allmählich wurde sie zornig – er wusste sehr gut, was sie störte, hatte aber offenbar vor, dies zu ignorieren. »Mein Diener fehlt mir. Ich muss Arbeiten verrichten, die deine Aufgabe sind.«

Kowishto trat hinzu und warf einen fragenden Blick auf Ukuma. Als dieser jedoch nur den Kopf schüttelte und nichts erklärte, wandte er sich an Berenice.

»Du scheinst verärgert zu sein.«

Berenice hatte nicht vor, mit ihm zu diskutieren, sah sich jedoch zu einer Erklärung genötigt.

»Ukuma ist mein Diener. Er sollte sich in meiner Nähe aufhalten, um mir behilflich zu sein, wenn ich ihn brauche.«

»Aber das ist er doch.« Kowishtos Stimme war ungeachtet seiner Größe und beeindruckenden Erscheinung sanft.

Sie kam sich hysterisch vor und fühlte sich zunehmend unwohl.

»Nein, das ist er nicht. Es sind viele kleine Handreichungen am Tag, die er unterlässt.«

Kowishto schien aufrichtig verwirrt. »Kleine Handreichungen? Die kannst du selbst erledigen. Ukuma ist ein Krieger. Er sorgt für deine Sicherheit und dass du nicht hungerst oder Durst leidest.«

»In meiner Welt sieht das anders aus. Dort dient ein Diener und erst recht ein Sklave seinem Herrn oder seiner Herrin. Es sind genügend Krieger hier, die für Sicherheit und Nahrung sorgen. Ukuma wird dafür nicht gebraucht. Ich möchte, dass er sich bei mir aufhält.«

Einen Augenblick lang maßen sie sich gegenseitg, dann sah sie zur Seite. Kowishto ließ seinen Blick auf ihr ruhen, bevor er antwortete.

»Diese Welt«, er wies mit dem ausgestreckten Arm um sich, »ist wohl eine andere. Hier gelten deine Regeln nicht. Würdest du diese Gruppe verlassen, du könntest keinen Tag allein überleben. Eine unserer Regeln lautet, dass ein Krieger mit Achtung und Respekt behandelt wird. Er sorgt für dich, deine Sicherheit, dein Wohlergehen. Ukuma ist ein geschätzter und geachteter Krieger. Ein Gast sollte fremde Regeln achten, und ich bitte dich, dies zu tun.«

Berenice schluckte. Sie erkannte hinter der freundlich geäußerten Bitte sehr genau die Unerbittlichkeit, mit der er willens war, sich gegen sie durchzusetzen. Seine Kenntnisse der englischen Sprache waren verblüffend und eindeutig besser als ihre eigenen. Sie senkte den Kopf. Eine kleine Traurigkeit schlich sich in ihr Herz, die sie sich nicht erklären konnte.

Er erwartete keine Erwiderung. Wie immer, wenn sie ihn direkt anblickte, verwirrte er sie. Sie nahm sich zusammen.

»Ich verstehe. Ich werde deine Regeln beachten, solange ich hier bin.«

Er nickte und wandte sich wieder an seine Krieger.

Ukuma, der die ganze Zeit mit unbewegtem Gesicht das Gespräch verfolgt hatte, trat zu ihr.

Sie beachtete ihn nicht, doch er folgte ihr, bis sie schließlich zornig herumfuhr.

»Lass dich nicht von lebensnotwendigen Tätigkeiten wie dem Häuten eines Kaninchens abhalten.«

In seinem Gesicht war ein Ausdruck, den sie noch nie zuvor wahrgenommen hatte, doch seine Stimme war mitfühlend und bittend.

»Ich kann nicht gegen die Weisungen des Anführers handeln. Dein Vater hat uns ausdrücklich aufgetragen, uns nach ihm zu richten. Ich habe keine andere Wahl.«

»Ich weiß, dass es nicht deine Schuld ist. Es ist nur ...«, Berenice hielt inne und schluckte. Zu ihrem eigenen Ärger fühlte sie, wie ihr Tränen in die Augen stiegen. »Ich habe mich wahrscheinlich nur ein wenig allein und verlassen gefühlt. Ich denke, mein Vater fehlt mir.«

»Mit dem Gefühl der Einsamkeit kenne ich mich aus.«

»Sind wir nicht in gewisser Weise deine Familie?« Sie wollte das Gespräch noch eine Weile fortsetzen.

Ukuma zögerte mit der Antwort. »Ich bin in erster Linie das, was du eben sagtest: der Diener. Ich bin dankbar, dass ihr mich nie wie einen Sklaven behandelt habt. Doch das Gefühl der Einsamkeit hat mich nie verlassen.«

»Du fühlst dich wohl unter den Kriegern der Elnoo, nicht wahr? Wieso ist Kowishto der Anführer? Ich nahm an, das ist Assakuniut.«

»Assakuniut ist der Sohn des Stammesführers; er wird sicher seinem Vater folgen und einmal der Anführer der Krieger sein. Schon jetzt nimmt er viele Pflichten auf sich. Kowishto wird entweder wieder zu seinem Stamm zurückkehren oder gegen Assakuniut kämpfen, um dessen Platz einzunehmen. Sie haben keinen besonderen Anführer, jeder spricht für sich.«

»Ich dachte, sie sind befreundet – wie kann er da gegen ihn kämpfen?«

Ukuma zuckte die Schultern. »Wahrscheinlich hat das für sie nichts miteinander zu tun.«

Der Geruch gebratenen Fleisches erfüllte die Luft, und Berenice bemerkte, wie hungrig sie war. Ihr Sinn für Humor kehrte zurück.

»Ich werde zu den Frauen gehen und etwas essen. Ich danke dem tapferen Krieger Ukuma für die Speisen, an denen ich mich erfreuen kann.«

III.
NEUE ERFAHRUNGEN

Die Landschaft hatte sich in den letzten Tagen verändert. Die offene, grasbewachsene Fläche war einer dicht bewaldeten Hügelkette gewichen. Sie durchquerten immer wieder Bäche und kleinere Flüsse; es war ein wasserreiches Land.

Rehe, ähnlich denen in der Heimat, flohen aufgeschreckt davon. Der Wild- und Fischreichtum war überwältigend.

Nach dem Essen ruhten die meisten. Einige Frauen beschäftigten sich mit dem Ausbessern der Kleidung. Berenice aber war nicht müde. Sie verließ die Gruppe der Frauen, um sich unter den Bäumen umzusehen.

Dem Bachlauf folgend, an dem sie lagerten, entdeckte sie Beerensträucher. Zu ärgerlich, dachte sie, dass sie keinen Korb mitgenommen hatte. Von Elapagte hatte sie gelernt, aus großen Blättern einen kleinen Behälter anzufertigen, doch eine Pflanze mit großen Blättern war nicht zu entdecken. Sie kletterte den Hügel hinauf, um einen besseren Überblick zu haben, doch die Bäume nahmen ihr die Sicht. Je höher sie stieg, umso deutlicher wurde ein Geräusch, das sie anfangs kaum beachtet hatte. Dann entdeckte sie die Verursacher des Geräusches: Es war das Summen vieler Bienen, die in einem der Bäume ihr Nest hatten. Unterhalb des Hügels knackte es im Gebüsch; offenbar folgte ihr jemand.

Ihre Freunde würden sicher an Honig interessiert sein, dachte sie und wandte sich wieder um.

Im ersten Moment lähmte das Entsetzen sie. Ein gewaltiger Bär, nicht weit von ihr entfernt, richtete sich zu voller Größe auf und reckte seine Nase schnuppernd in die Luft. Entsetzt stieß sie einen gellenden Schrei aus und rannte los.

Ihre Flucht weckte alle Beuteinstinkte des Raubtieres. Erstaunlich flink setzte der Bär ihr nach. Berenice jagte in Panik vorwärts, sie sah sich nicht um, konnte das Tier hinter sich aber deutlich hören.

Abermals schrie sie um Hilfe. Seitwärts flog ein Schatten an ihr vorbei, doch sie war so angsterfüllt, dass sie kaum wahrnahm, was geschah. Dennoch drehte sie einen Augenblick den Kopf, übersah ein kleines Erdloch und fiel nieder. Ihr Herz jagte; in Erwartung des tödlichen Schreckens schloss sie fest die Augen. Doch nichts geschah. Schließlich blickte sie sich vorsichtig um und setzte versuchsweise ihren Fuß auf. Ein fürchterlicher Laut durchbrach die Stille, halb fauchend, halb schreiend. Sie hörte das Knacken von Ästen, schnelle Schritte, ein Zischen. Vor Furcht zitternd richtete sie sich auf und suchte Schutz hinter einem großen Baumstamm. Der Bär stand benommen, gespickt mit Pfeilen, die in seinem massigen Körper steckten, in nicht allzu großer Entfernung.

Kowishto stand nur etwa ein Dutzend Schritte vor ihm. Er hatte seinen leeren Köcher abgeworfen und hielt das Messer ihres Vaters in der Hand. Jeder Muskel seines Körpers war angespannt. Mit leisen Worten lockte er den Koloss weiter in seine Richtung. Mit einem entsetzlichen Laut warf der Bär sich nach vorn auf seinen Gegner und begrub ihn unter sich.

Berenice merkte erst, dass sie schrie, als Kowishto keuchend unter dem bewegungslosen Tier hervorkroch. Sie war so erleichtert, dass ihr die Tränen in die Augen traten. Immer noch zitterte sie unbeherrscht und hatte das Gefühl, jeden Moment ohnmächtig zu werden.

Kowishto sah sie blass werden. Ihre Lippen nahmen eine bläuliche Farbe an. Immer noch schwer atmend nahm er sie in die Arme und ließ sich mit ihr auf den laubbedeckten Boden sinken.

»Versuch, ruhig zu atmen.«

Sie lag in seinen Armen, kämpfte gegen eine kleine Übelkeit an, wollte tun, was er ihr riet, und wünschte, immer so liegen bleiben zu können.

Allmählich kehrte ihre normale Gesichtsfarbe wieder, doch als er versuchte, sie wieder aufzurichten, hielt sie sich an ihm fest.

Er handelte mehr instinktiv als überlegt, als er mit den Lippen über ihre Wangen fuhr und den Mundwinkel streifte. Es war wie ein beruhigendes Streicheln.

Sie drehte ein wenig den Kopf und ihre Lippen berührten sich leicht, gerade genug, um die des anderen wahrzunehmen. Sie wollte ihn ansehen, doch plötzlich hob er den Kopf. Der magische Augenblick war vorüber.

Zwischen den Bäumen erschienen drei Krieger, die durch Berenices Schreie und die Kampfgeräusche alarmiert worden waren. Kowishto erhob sich und zog Berenice auf die Füße.

»Wirst du laufen können?«

Immer noch ein wenig verwirrt durch den überstandenen Schrecken und die körperliche Nähe Kowishtos trat sie versuchsweise einige Male auf und nickte dann.

»Ich glaube, meinem Fuß ist nichts passiert. Aber du bist verletzt. Was ist mit deinen Armen?«

Sein Hemd war blutdurchtränkt und an einigen Stellen zerrissen.

»Es ist nicht gefährlich. Ich werde es im Lager verbinden.«

Er wandte sich den Kriegern zu, die bewundernd den Bären umstanden. Es war tatsächlich ein mächtiges Tier.

Berenice schauderte bei dem Gedanken daran, was ihr hätte zustoßen können. Die Krieger gaben ihr zu verstehen, dass ihre Anwesenheit nicht erforderlich war, und Kowishto sandte einen von ihnen mit Berenice zurück ins Lager.

Ukuma war entsetzt, als er von dem Geschehenen erfuhr. Seine Fassungslosigkeit verschaffte sich in einem Zornesausbruch Luft.

»Wie konntest du allein loslaufen? Hast du nicht zugehört, als Kowishto dir die Gefahren erklärte? Wäre er dir nicht gefolgt, könntest du tot sein! Wir befinden uns nicht im Park von Amboise, falls du es noch nicht bemerkt hast.«

Berenice hob müde die Hand und unterbrach ihn mit scharfer Stimme.

»Es reicht, Ukuma! Sprich nicht in diesem Ton mit mir. Es war unüberlegt und leichtsinnig, doch ich erlaube dir nicht, mich so anzufahren.«

Sie sah, wie er die Zähne zusammenbiss. Die Frauen bereiteten den Weitermarsch vor und beluden das Pferd wieder mit Gepäck. Ab und an streifte sie ein verstohlener oder verwunderter Blick. Sie verstand die Elnoo inzwischen besser und wusste, was sie verwirrte.

Ihr Umgang mit Ukuma wurde missbilligt. Es war ihnen unbegreiflich, dass ein junges Mädchen einem Krieger so energisch und respektlos gegenübertrat. Sie erinnerte sich an das Gespräch mit Ukuma, in dem er ihr angedeutet hatte, dass die Elnoo in ihm keinen Diener sehen würden. Sie hatte diesen Gedanken als unwichtig erachtet, doch nun erkannte sie, dass sie die Bedeutung unterschätzt hatte. Wenn sie mit diesen Menschen auskommen und ihre Freundschaft gewinnen wollte, würde sie sich anpassen müssen.

Ukuma stand immer noch verärgert neben ihr. Er kleidete sich inzwischen ganz und gar nach Art der Elnoo und war aus der Ferne kaum noch von ihnen zu unterscheiden. Nur seine dunklere Haut und das kurze Haar hoben ihn aus der Gruppe der Krieger hervor. Sie konnte sich gut vorstellen, dass er seine Lage genoss.

»Ich will nicht mit dir streiten, Ukuma, wir werden uns beide anpassen müssen. Ich bin nicht gewohnt zu gehorchen, doch ich werde lernen, mich den neuen Umständen zu beugen. Deine Anpassung an die Verhältnisse hier wird schwierig werden, wenn du, zurück bei meinem Vater, kein Krieger mehr bist. Vielleicht ist es besser, sich gegenseitig zu helfen.«

Ukumas Stirn glättete sich. Sie wusste, dass er sie auf dem Marsch trotzdem im Auge behalten hatte. Ihre Bemühungen, sich unterwegs keine Schwäche anmerken zu lassen, waren ihm sicher nicht entgangen.

Er mochte ihr Diener und Sklave sein, aber er war auch ihr Vertrauter und manchmal ihre einzige Stütze und Hilfe. Sie beide würden dies niemals vergessen.

Die hügelige, baumreiche Landschaft öffnete sich und erlaubte den Blick auf eine weite Ebene. Man folgte dem Hauptlauf eines Flusses, der sich immer wieder verzweigte. Am späten Nachmittag erreichten sie das Dorf. Es bestand aus verschiedenen Holzbauten und vereinzelten Zelten.

An einigen Stellen brannten Feuer und eine Gruppe gesunder, fröhlicher Kinder und Halbwüchsiger lief ihnen entgegen, um die wieder zurückgekehrten Familienmitglieder zu begrüßen.

Berenice stellte mit einem Blick fest, dass weder Hunger noch entstellende Krankheiten Gast bei diesem Volk waren. Auch in den folgenden Wochen sah sie kaum Missgebildete oder Verkrüppelte, wie dies in den Dörfern ihrer Heimat so häufig der Fall war.

Elapagte nahm Berenices Hand und zog sie mit sich, um sie ihrer Familie vorzustellen, die recht umfangreich war. Das junge Mädchen, bei Berenices Leuten stets zurückhaltend und beinahe schüchtern, plauderte jetzt lebhaft und lachte viel. Es war für Berenice unmöglich, auch nur einen Teil der fremd klingenden Namen zu behalten. Schließlich scheuchte Elapagtes Mutter alle fort und zeigte Berenice einen Platz, an dem sie ihre Sachen unterbringen konnte und auch schlafen würde. Es dauerte eine Weile, bis Berenice begriff, dass in dem großen Haus, Genu'ji'gan genannt, mehrere Familien gemeinsam wohnten. Doch alle fanden ihren Platz. Auf einer Feuerstelle in der Mitte des lang gezogenen Hauses simmerte in einem Topf, den eine alte Frau vor der Neugier und dem Hunger einiger Jungen bewachte, ein Gemisch aus Fleisch und Gemüse.

Es war warm im Haus. Luft und Licht drangen nur durch den Rauchabzug über den Feuerstellen herein. Das gemeinsame Abendessen verlief in der schon bekannten, lebhaften Fröhlichkeit. Die Heimgekehrten wurden neugierig umlagert und berichteten von ihren Erlebnissen. Eine besondere Rangfolge schien nicht zu herrschen; jeder griff zu und bediente sich, wie es ihm beliebte. Ein junger Mann, schon im Besitz des Kriegerabzeichens, saß neben Berenice und bemühte sich, ihr zu erklären, was sie aß. Seine pantomimischen Fähigkeiten waren beachtlich und entlockten ihr ein Lächeln, als er versuchte, ihr die Bewegungen eines Tieres zu verdeutlichen.

Nach dem Essen legten sich die Kinder schlafen. Auch Berenice war müde. Es war noch nicht spät, doch ihr Abenteuer vom Nachmittag, die vielfältigen neuen Eindrücke und die Konzentration auf das muntere Erklären in der fremdartigen Sprache ihrer neuen Freunde hatten sie völlig erschöpft.

Elapagte zog sie jedoch nach draußen, wo ihre Freundinnen warteten. Entlang der Hausbauten und Zelte schlenderten sie zum Ende des Dorfes, wo der Fluss in einer Biegung verlief. Dort hatte sich in der Krümmung ein See gebildet. Auch jetzt, am frühen Abend, war es noch sehr warm, und die Mädchen begannen ungeniert, ihre Kleidung abzulegen.

Berenice zögerte. Sie war es nicht gewohnt, sich vor anderen gänzlich zu entkleiden. In Mechelen hatte sie selbst im Badetrog ein Hemd anbehalten. Sie sah sich um, doch kein Mann schien in der Nähe, und so folgte sie schließlich dem Beispiel der anderen, ließ jedoch noch ein Unterkleid an. Das Wasser war herrlich erfrischend. Berenice spürte, wie sich ihr Körper entspannte, als sie sich in der leichten Strömung treiben ließ.

Zu Hause war sie stolz darauf gewesen, besser als die meisten anderen Frauen schwimmen zu können. Bald bemerkte sie aber, dass die Elnoo sie mit Erheiterung musterten.

Sie bewegten sich völlig anders als sie selbst; es erinnerte sie ein wenig an Frösche. Dennoch musste sie sich eingestehen, dass sie sehr viel schneller waren. Sie fühlte sich wie eines der großen, schwerfälligen Handelsschiffe im Hafen von La Rochelle, während kleine, schnelle Karavellen ihren Weg kreuzten.

Entmutigt stieg sie aus dem Wasser und kleidete sich an. Keine Minute zu früh, denn zwischen den Bäumen, die das Ufer säumten, erschienen Krieger.

Auch sie ließen völlig unbeeindruckt von der Anwesenheit der Frauen ihre Kleidung am Ufer zurück und schwammen hinaus. Die Dämmerung brach an. Mit angezogenen Beinen am Ufer sitzend betrachtete Berenice die Umgebung. Erschrocken fuhr sie zusammen, als hinter ihr eine Stimme erklang.

»Magst du nicht mehr schwimmen?«

Sie wandte sich um und erblickte einen fremden Krieger, nur mit einem Lederschurz bekleidet.

Beinahe gereizt gab sie zurück: »Wie viele Krieger gibt es noch, die diese Sprache beherrschen?«

Gelassen ließ er sich neben ihr nieder und betrachtete sie aufmerksam.

»Nur Kowishto und mich. Du kannst mich Nashoba nennen. Unsere Kriegernamen lauten anders, doch diese sprechen wir nicht aus. Du gehörst zu den Fremden am Strom? Dein Name ist schwierig auszusprechen.«

Niemand fragte sie danach, ob sie die Namen der Elnoo schwierig fand, dachte sie.

»Wie kommt es, dass ihr beide Englisch sprecht?« Diese Frage brannte ihr schon lange auf der Zunge, doch sie hatte nicht gewagt, sie Kowishto zu stellen. Nashoba wirkte weniger abweisend.

»Kowishtos Vater wurde von Feinden unseres Stammes gefangen genommen und traf in ihrem Lager auf einen anderen Gefangenen. Ihnen gelang gemeinsam die Flucht, seitdem waren sie Freunde. Dieser Mann lehrte Kowishto und mich seine Sprache. Er lehrte uns noch vieles mehr.«

»Lebt er noch bei eurem Volk?«

»Er starb im letzten Jahr.«

Neugierig lehnte sie sich vor. »Wie sah er aus?«

»Du meinst, ob er aus einem Land jenseits des großen Meeres kam? Allerdings, und sein Haar waren hell wie Sonnenstrahlen, genau wie deines. Die Farbe seiner Augen sah aus wie Gras im späten Frühjahr. Einige Stämme berichteten von Fremden, die über das große Wasser kamen, doch die meisten verschwanden wieder. Er aber blieb bei uns und lehrte uns vieles über seinen Stamm jenseits des Wassers.«

»Ihr müsst viel Zeit mit ihm verbracht haben oder sehr kluge Schüler sein.«

Nashoba lachte leise. Sie konnte sein Gesicht kaum noch erkennen; es war dunkler geworden. Die ersten Schwimmer verließen das Wasser und begannen, sich anzukleiden.

»Kowishto und ich sind in seinem Zelt aufgewachsen, und er sprach nur Englisch mit uns. Anfangs fanden wir es lustig, miteinander reden zu können, ohne dass andere uns verstanden. Später haben wir bemerkt, dass das große Vorteile mit sich bringt. Wir haben nie geglaubt, dass wir noch weiteren Gebrauch davon würden machen können. Du gehörst wohl nicht seinem Stamm an. Deine Sprache ist anders.«

Elapagte kam zurück und begann, sich anzukleiden. Nashoba wechselte einige Worte mit ihr und wandte sich wieder an Berenice.

»Wenn du möchtest, können wir uns noch ein wenig unterhalten, ich werde dich danach zurückbringen.«

Er bemerkte ihr sekundenlanges Zögern. »Du brauchst dich nicht zu fürchten. Mein Wort ist so gut wie Kowishtos, du bist bei mir so sicher wie bei ihm.«

»Es wäre schön, noch ein wenig zu sprechen.«

Elapagte lächelte ihr noch einmal verabschiedend zu und verschwand mit den Frauen in Richtung des Dorfes. Man konnte sie noch eine Weile reden und kichern hören.

Der Mond spiegelte sich im Fluss und warf sein Licht über das weite Tal. Nashoba bückte sich und entfachte geschickt ein Feuer. Es war eine notwendige Fähigkeit in dieser Wildnis, die sie nicht beherrschte. Sie war in dem Glauben erzogen, viel gelernt zu haben, doch davon war in diesem Land so gut wie gar nichts zu gebrauchen.

Nashoba musste ihren Seufzer gehört haben.

»Hast du Heimweh? Fehlt dir deine Familie?«

Berenice schüttelte den Kopf. »Nein, das ist es nicht. Ich fühle mich nutzlos. Ich kann nichts. Ich schwimme nicht einmal schnell.«

Er lächelte. »Ich bin sicher, dass du vieles weißt, was unsere Frauen nicht wissen. Wenn du möchtest, lehre ich dich, so schnell zu schwimmen, dass die anderen weit hinter dir bleiben.«

»Das ist sehr freundlich von dir, doch es gibt Wichtigeres zu lernen. Ich möchte so viel wie möglich erfahren. Ich weiß nichts über die Pflanzen, die hier wachsen, die Tiere oder die Menschen. Gestern hätte mich beinahe ein Bär getötet. Wäre Kowishto nicht zufällig in der Nähe gewesen, hätte ich nicht überlebt.«

»Kowishto war nicht zufällig in der Nähe. Er ist dir gefolgt.«

Die Luft war immer noch warm, und Berenice rückte etwas vom Feuer ab.

»Der Sommer ist sehr heiß. Ist es immer so? Wird es im Winter viel regnen?«

»Die Sommer in dieser Gegend sind warm und die Winter eisig kalt. Es gibt eine lange Zeit der tiefen Kälte. Die Krieger berichten, dass es Jahre gibt, in denen sogar der große Fluss zufriert.«

»Dann werden wir warme Kleidung brauchen.«

Berenice dachte mit Schrecken daran, dass das Lager für einen langen, kalten und schneereichen Winter nicht gerüstet war. Verführt durch die Wärme nahm man an, dass auch der Winter mild sein würde.

Berenice unterdrückte ein Gähnen, sie war todmüde.

»Ich bringe dich zurück. Wenn du möchtest, treffen wir uns morgen wieder hier, und ich zeige dir, wie du schneller schwimmen kannst.«

Er warf Sand ins Feuer, trat mit den Füßen die restliche Glut aus, und auch Berenice erhob sich. Mit gemischten Gefühlen stimmte sie zu. Wie sollte sie ihm begreiflich machen, dass sie auf keinen Fall unbekleidet schwimmen wollte?

Im ersten Augenblick erkannte sie nicht, wo sie war. Im Halbschlaf hatte sie Geräusche gehört, konnte sie aber nicht zuordnen. Schließlich wurde sie durch das Weinen eines Kindes in ihrer Nähe vollkommen wach. Sie hatte tief und traumlos geschlafen. Es schien schon lange Tag zu sein; das Haus war bis auf drei ältere Frauen und einige Kleinkinder leer. Berenice streckte sich und trat hinaus. Auch das Dorf wirkte verlassen.

Nachdem sie sich gewaschen und etwas gegessen hatte, machte sie sich auf die Suche. Die älteste Frau im Haus wies ihr den Weg, und schließlich entdeckte sie eine Gruppe von Frauen.

Emsig bearbeiteten sie Felle, die einen unangenehmen Geruch ausströmten. Elapagte war nicht unter ihnen. Auf ihre Frage hin war ein kleines Mädchen bereit, sie zu ihr zu führen. Munter plappernd lief sie vor Berenice her, die kein Wort verstand.

Berenice wurde schon unsicher, ob es vernünftig war, sich mit dem Kind so weit ohne Begleitung zu entfernen, als sie vor sich Stimmen hörte.

Beladen mit erbeuteten Tieren kamen ihr Krieger entgegen. Als sie Kowishto in der Gruppe entdeckte, stockte ihr wie immer ein wenig der Atem. Die Männer grüßten nur kurz und schritten an ihr vorüber. Sie lief ihnen nach und berührte Kowishto am Arm.

»Verzeih, ich suche Elapagte. Das Mädchen hat mich hierhergeführt, aber ich bin mir nicht sicher, ob ich sie hier finde.«

Er blickte auf ihre Hand, und sie zog sie schnell zurück.

»Warte einen Augenblick.«

Er übergab einem Krieger seine Beute und behielt nur seine Jagdtasche. Die beiden Männer wechselten einige Worte, dann kam er zurück. Das Mädchen schickte er mit einer Handbewegung fort.

»Ich weiß nicht, wo die Frauen sind, wahrscheinlich sammeln sie Mais. Es ist weit weg, und sie sind sicher früh aufgebrochen. Bevor du bei ihnen bist, werden sie wieder auf dem Rückweg sein.«

»Ich habe zu lange geschlafen. Wohin ich auch komme, ich bin wohl nirgendwo eine gute Hilfe.«

Er antwortete nicht; sein Gesichtsausdruck verriet nichts von dem, was in ihm vorging. Kowishtos Lederhemd war völlig verschmutzt und mit alten und neueren Blutflecken versehen. Er hatte breite, muskulöse Schultern, der kräftige, braune Hals wies an der Seite eine Narbe auf. Er konnte hart und unnahbar wirken, doch sie hatte schon erlebt, wie er aussah, wenn sein Gesicht weich und gelöst war.

»Komm mit, ich will mich waschen. Den Frauen kannst du heute nicht mehr viel nützen.«

Er schritt schnell vor ihr her, und sie musste sich beeilen, um Schritt zu halten. Sie folgte ihm einen Berghang hinunter, an dessen Ende ein Wasserfall in die Tiefe rauschte und weiter unten einen Teich bildete, bevor er in einem Bach abfloss. Kowishto zog sein Hemd über den Kopf und verzichtete zum Glück darauf, auch die Lederhose abzustreifen, bevor er mit einem Satz ins Wasser sprang und unter dem Wasserfall verschwand. Tropfnass ließ er sich anschließend neben ihr nieder und strich sich die Haare zurück, aus denen kleine Wasserrinnsale über seinen Rücken flossen.

»Möchtest du nicht auch ein Bad nehmen?«

Berenice schüttelte abwehrend den Kopf.

»Ich muss erst noch richtig schwimmen lernen. Die Kinder schwimmen so flink – sie haben mich alte Ente gerufen. Nashoba hat versprochen, es mir beizubringen.«

Erstaunt verzog er das Gesicht. »Dann hast du ihn schon kennengelernt.«

»Ja, Ukuma erzählte mir, er ist dein Bruder.«

»Das ist er, aber wir haben nicht die gleichen Eltern. Wir sind Freunde und zusammen aufgewachsen.«

Berenice pflückte nachdenklich einige Gräser und Blumen und begann, einen kleinen Kranz zu flechten.

»Der Stamm, von dem ihr kommt«, begann sie zögernd, »ist er weit weg von hier?«

»Warum fragst du?«

Sie zuckte die Achseln. »Ihr seht anders aus als die Elnoo, sprecht aber die gleiche Sprache.«

»Unser Stamm spricht nicht dieselbe Sprache. Wir haben gelernt, uns zu verständigen. Ich kannte einige Worte von meiner Mutter, sie war eine Elnoo. Sie starb vor ein paar Jahren.«

»Du hast deine Mutter noch gekannt, hast Erinnerungen an sie, das muss sehr schön sein.« Sie beschäftigte sich geschickt mit den Blumen.

»Dann hast du deine Mutter nicht gekannt?«

»Sie starb bei meiner Geburt. Zumeist wurde ich von Kinderfrauen betreut, mein Vater verreiste oft. Leider habe ich auch keine Geschwister, und so war es oft langweilig ohne ihn und immer ein großes Fest, wenn er wieder zurückkam.« Sie hatte ihren Blumenkranz fertiggestellt und setzte ihn sich auf den Kopf.

»Wie findest du ihn?«

Er ging nicht auf ihre kleine Koketterie ein, legte sich ins Gras zurück, verschränkte die Arme hinter dem Kopf und schloss die Augen.

»Erzähl mir, was ein junges Mädchen bei deinem Volk lernt.«

»Das kommt ganz darauf an, um welches junge Mädchen es sich handelt. Ob sein Vater ein Bauer ist, ein Kaufmann, ein Handwerker oder wie bei mir, ein Adliger. Ich wurde von Kinderfrauen erzogen, in einem Kloster und in den Schlössern des französischen und des habsburgischen Hofes. Ich habe verschiedene Sprachen gelernt zu lesen und zu schreiben, ein wenig zu rechnen, zu tanzen, zu reiten und zu jagen. Oh, sticken sollte ich können, aber ich habe meist gut verborgen, dass ich es nicht kann. Ich weiß einiges darüber, wie man sich diplomatisch verhält.«

Kowishto lag immer noch mit unbewegtem Gesicht und geschlossenen Augen da.

Ironisch verzog sie das Gesicht. »Du siehst – viele wunderbare Dinge, die ich hier nicht im Geringsten brauchen kann. Außer der Diplomatie vielleicht. Doch für sie hatte ich noch kaum Gelegenheit.«

»Was ist Diplomatie?«

»Meine Lehrerin erklärte mir immer, dass es die geschickte Form der Verhandlung sei, mit der man jemanden von dem überzeugt, was man selbst möchte, und ihm dabei das Gefühl gibt, es sei sein eigener Wunsch.«

Kowishto hatte die Augen nun geöffnet und meinte: »Wir sagen, was wir möchten, und jeder kann ablehnen oder zustimmen.«

Berenice lachte laut auf. »Sie sagte auch, dass jeder Mann vermutlich einen solchen Ansatz verwerfen würde. Vielleicht kann ich dir ja beweisen, dass ich recht habe.« Ihre Augen funkelten ihn vergnügt an.

»Versuch es. Ich bin sicher, es wird dir nicht gelingen.« Er hatte sich erhoben und kramte in seiner Jagdtasche.

»Hast du Hunger?«

Außer einem kleinen Stück getrockneten Beerenkuchens hatte sie noch nichts zu sich genommen. Aufmerksam sah sie zu, wie er vorsichtig in den kleinen See trat, sich niederbeugte und eine Weile wartete. Mit einem Ruck warf er sich ins Wasser; es klatschte und sprudelte, und als er sich erhob, hielt er einen großen Fisch mit beiden Armen fest umschlossen.

»Denkst du, er reicht für uns beide?«

Berenice war aufgesprungen und sah ihn fassungslos an.

»Wie kommt so ein Ungetüm in diesen kleinen Teich? Davon würde das halbe Dorf satt.«

»Du unterschätzt den Appetit eines Kriegers. Kannst du ihn zubereiten?«

»Ja, natürlich. Ich habe mein Leben bisher damit verbracht, Fische zu töten und zu kochen.«

Das Messer ihres Vaters lag in seiner Nähe, und sie griff danach.

»Sag mir, was ich machen muss, und ich werde den Fisch zubereiten.«

Sie sah vergnügt, dass das Messer in ihrer Hand ihn nervös zu machen schien. Absichtlich wedelte sie ein wenig damit herum.

»Leg das Messer zurück. Zunächst musst du Feuer machen.«

Er erklärte ihr, welches Holzstück sie brauchte, um eine kleine Mulde hineinzuritzen, und wie sie ein weiteres Holzstück drehen musste, um Hitze zu erzeugen. Bei ihm stieg nach kurzer Zeit ein dünner Rauchfaden auf.

Sie mühte sich ab, es ihm gleichzutun, doch es geschah nichts. Nach einer Weile gab sie es auf.

»Man lernt es nie sofort«, tröstete er sie. »Lass dich nicht entmutigen und versuch es immer wieder.«

Das Ausnehmen des Fisches dagegen war vergleichsweise einfach; Kowishto führte ihre Hand mit dem Messer. Zum

Schluss wickelte sie den Fisch in Blätter und legte ihn in die Glut.

»Ich glaube, das ist die erste wirkliche Mahlzeit, die ich selbst zubereite … natürlich mit deiner Hilfe.«

Er grinste sie an. »Versprich dir nicht zu viel davon. Ich würde nicht verhungern, aber es gibt Dinge, die ich besser kann als Speisen zuzubereiten.«

»Was zum Beispiel?«

»Ich bin ein guter Jäger und ein guter Krieger. Ich kann junge Frauen ausgezeichnet unterhalten.«

»Versprich dir nicht zu viel davon.«

In seinen Augen tanzte ein Lächeln, und sie hatte das Gefühl, dass in ihrem Magen etwas schwach wurde. Anscheinend hatte sie heute tatsächlich viel zu wenig gegessen.

»Du bist noch nicht davongelaufen.«

Er ging neben dem Feuer in die Hocke und drehte mit einem Holzstück das Fischpaket um. Auf seinen Oberarmen sah sie die roten, zum Teil blutverkrusteten Striemen, die der Bär ihm beigebracht hatte. Auch sein Rücken wies Narben auf. Seine Kenntnisse als Krieger hatte er sicher nicht immer auf angenehme Art erworben.

»Das liegt wahrscheinlich daran, dass ich mir von dir etwas erhoffe.«

Er drehte den Kopf und sah sie fragend an. »Was meinst du damit?«

»Wir werden den Winter über hierbleiben. Ich möchte wissen, was notwendig ist, um ihn gut zu überstehen. Werden unsere Häuser dem Wetter standhalten? Wie viel Holz brauchen wir, um nicht zu frieren, und wie viel Fleisch und getrocknete Früchte, um nicht zu hungern? Welche Früchte lassen sich gut lagern? Wird unsere Kleidung warm genug sein?«

»Frag die Frauen, sie erledigen diese Arbeiten.«

Ihre Augen blitzten unwillig. »Du weißt, wie schwierig das für mich ist. Bis ich mich verständlich gemacht habe, ist der Winter vorüber. Nur mit dir und Nashoba kann ich mich gut verständigen.«

Kowishto reagierte nicht auf ihre Frage, und sie seufzte innerlich tief auf. Die Männer in diesem Teil der Welt konnten ebenso schwerfällig sein wie anderswo, wenn ihnen etwas nicht gefiel.

»Denkst du, der Fisch ist fertig? Es riecht gut.«

Als er nickte, zog sie die Fischpäckchen vorsichtig aus der Glut und klappte die verkohlte Verpackung auf. In der Nähe wuchsen genügend Büsche, deren Blätter sie schnell zu Schalen formte, wie Elapagte es ihr gezeigt hatte. Geschickt platzierte sie einige Fischstücke auf den Schalen und reichte eine davon Kowishto.

Eine Weile aßen beide schweigend. Es schmeckte ihr tatsächlich, obwohl das Fehlen jeglicher Gewürze ungewohnt war. Nachdem sie satt war, reinigte sie ihre Hände im Wasser. Kowishto hatte wirklich Hunger, vom Fisch würde nicht viel übrig bleiben.

»Weißt du, wo Ukuma ist? Ich habe ihn seit meiner Ankunft im Dorf nicht mehr gesehen?«

»Er nimmt an den Übungen für die Krieger teil. Das wird ihn den ganzen Tag beschäftigen.«

Sie biss sich auf die Lippen. »Dann werde ich heute die beiden Pferde reiten, um sie zu bewegen. Wenn du möchtest, kannst du zusehen.«

Er nickte und schien in Gedanken. Die heitere Stimmung zwischen ihnen war plötzlich verflogen. Sie wusste zu wenig von ihm und seinen Gedanken. Manchmal schien er ihr ganz nahe zu sein, um kurz darauf wieder eine spürbare Distanz aufzubauen. Nachdem er zu Ende gegessen hatte, legte er die letzten Stücke des Fisches auf den Boden.

Fragend sah sie ihn an: »Willst du den Rest nicht mitnehmen?«

»Die Reste sind für die Tiere. Sie ernähren uns, und wir geben ihnen ein wenig zurück.«

Berenice sah, wie er außerdem einige Zeichen machte. Ihr wurde bewusst, dass sie seit ihrer Ankunft kaum noch ihre Gebete verrichtete, und sie nahm sich vor, diese wichtige Gewohnheit nicht weiter zu vernachlässigen.

Bevor sie sich am Eingang des Dorfes voneinander verabschiedeten, meinte Kowishto: »Heute Abend werden Nashoba und ich keine Zeit haben, mit dir zu reiten oder zu schwimmen.«

Er wischte eine Biene, die sich in ihrem Haar zu verfangen drohte, mit einer lässigen Bewegung weg und streifte dabei ihr Gesicht mit der Hand.

»Aber wenn die Mittagshitze vorbei ist, treffen wir uns bei den Pferden, und du wirst mir zeigen, ob du nicht doch mehr gelernt hast als deine Diplomatie.«

Ihre Antwort wartete er nicht mehr ab, sondern hob nur kurz die Hand zum Abschied.

Die Frauen waren zurück und mit der Zubereitung der Mahlzeit beschäftigt oder pulten Maiskolben aus langen Blättern. Die getrockneten Blätter dienten als Brennmaterial. Die Hitze im Haus trieb Berenice wieder hinaus. Selbst das freundliche Angebot ihrer Freundin, sich zum Essen zu ihnen zu setzen, lehnte sie ab. Die Wärme lag wie eine stickige Decke über dem Dorf, und man nutzte die heißesten Stunden des Tages nur für einfache Arbeiten oder legte sich nieder.

Sie hatte die Stelle entdeckt, an der die beiden Pferde angebunden standen. Friedlich im Schutz der Bäume grasend hoben sie nur kurz den Kopf, als Berenice zu ihnen trat.

Aus dem Augenwinkel bemerkte sie eine Bewegung. Ihre furchteinflößende Erfahrung mit dem Bären hatte sie aufmerksamer und vorsichtiger gemacht. Sie behielt die Stelle im Auge und entdeckte zu ihrer Erleichterung zwei kleine Kinder hinter dem dicken Stamm eines Ahorns. Sie wollten nicht gesehen werden, schubsten sich jedoch und lachten leise miteinander.

Berenice lächelte. Sie würde den beiden Rangen einen kleinen Streich spielen. Leise vor sich hin summend gab sie vor, zum Dorf zurückzukehren. Sie entdeckte noch einen weiteren kleinen Burschen, der sich ebenfalls in der Nähe an einen Baum drückte. Er sah sie, und seine Augen weiteten sich erschrocken, er stand jedoch ganz ruhig, als sie ihm ein Zeichen gab. Dann lief sie los und griff die beiden Kleinen am Nacken.

Sie quiekten erschrocken auf, entwickelten jedoch schnell Kampfgeist und begannen, sich zu wehren. Es dauerte nicht lange, bis sie alle zu Boden gingen, lachend und schreiend miteinander kämpften und mit Erde und Blättern warfen.

Sie musste sich der Übermacht geschlagen geben. Die drei lagen keuchend über ihr, um sie festzuhalten. Das Schlachtgetümmel hatte weitere Kinder angelockt, die sich freuten, als Berenice um Gnade bettelte. Als einer ihrer kleinen Kontrahenten mit fragendem Blick auf die Pferde wies, wurde ihr der Grund für die kindliche Neugier klar.

Die Tiere hatten bei den Bewohnern unterschiedliche Reaktionen hervorgerufen. Pferde schienen ganz und gar unbekannt zu sein. Elapagte hatte Furcht vor ihnen und war auch nach Tagen nicht warm mit ihnen geworden. Sie hielt sich stets in respektvoller Entfernung auf. Kowishto hingegen war von Anfang an fasziniert gewesen.

Sie nahm die Hand eines Jungen und führte sie an der Schulter des Pferdes entlang. Sie zeigte den Kindern, dass sie sich nur von vorn nähern sollten, weil das Tier nach hinten treten konnte. Die Mädchen kicherten, als sie ein austretendes

Pferd imitierte. Schließlich winkte sie eines der Mädchen heran, hob es hoch und setzte es auf ihr Pferd.

Zunächst starr vor Staunen und auch ein wenig erschrocken, blieb das Kind stockstoll sitzen. Berenice band das Pferd los und führte es im Kreis. Die junge Reiterin saß bald mit stolz erhobenem Kopf auf dem Rücken des Tieres und genoss die Bewunderung. Es machte Berenice so viel Vergnügen, den Kindern etwas zu zeigen, dass sie die Zeit vergaß. Mit Begeisterung und Talent waren sie bei der Sache und verloren schnell ihre Zurückhaltung. Als sie einen Jungen vor sich setzte und einen leichten Trab versuchte, hätte sie Kowishto durch das Stimmengewirr hindurch beinahe überhört.

»Darf ich auch zusammen mit dir auf das Pferd?«

Sie lenkte das Tier mit den Knien durch die Kinderschar zu ihm.

»Ich habe eine bessere Idee. Du nimmst Ukumas Pferd, und wir reiten aus.«

Die Kleinen protestierten, als sie sahen, dass die vergnügte Stunde zu Ende war. Kowishto legte dem zweiten Tier die Zügel an, band es los und schwang sich hinauf. Es war ihm keinerlei Unsicherheit anzumerken. Sie nahmen den Pfad durch den Wald hinunter zum See, an dem sie am ersten Abend mit Nashoba gesessen hatte. Sie führte ihm vor, wie sie mit ihrem Sitz, den Knien und dem Zügel das Pferd lenkte und verdrängte jeden Gedanken daran, dass sie sich ohne Damensattel skandalös benahm.

Derlei Ideen waren ihrem Begleiter anscheinend völlig fremd. Er begriff sofort und schien eine natürliche Begabung für diese Art der Fortbewegung zu haben. Das letzte Stück zum See war eine lange, offene Strecke, auf der er sein Reittier zum Galopp antrieb. Wie ein Pfeil flog er auf Ukumas Pferd an Berenice vorbei. Erschrocken trieb sie ihr eigenes ebenfalls an.

Sie hätte sich nicht zu sorgen brauchen: Gelassen saß er am See ab und behielt die Zügel in der Hand, während das durstige Tier trank.

»Das war sehr unvernünftig von dir. Du hättest stürzen können.«

»Ich bin anfangs einige Male heruntergefallen, aber so schnell passiert mir das nicht mehr.« Nachdenklich strich er sich die Haare aus dem Gesicht.

»Du erwähntest heute Morgen, dass du so viel wie möglich über die Lebensweise der Elnoo erfahren möchtest.«

Als sie ihn fragend anblickte, fuhr er fort: »Ich habe keine Zeit. Ich jage für zwei Familien und bilde junge Krieger aus. Die Sicherheit des Dorfes ist Assakuniuts und meine Aufgabe. Allerdings könnte ich jeden Tag etwas Zeit erübrigen, wenn Nashoba und ich mit den beiden Pferden auf die Jagd gehen könnten.«

»Warum mit beiden Pferden? Dein Freund kann doch gar nicht reiten.«

»Er hat es schon einige Male versucht und beherrscht es schon recht gut. Wir werden dich dafür das Schwimmen lehren.«

»Es könnte euch oder den Pferden etwas zustoßen. Ihr seid zu unerfahren, und ich möchte die beiden Tiere nicht verlieren.«

»Es wird ihnen nichts geschehen. Ich werde kein Risiko eingehen.«

Sie spürte, dass er zu weiteren Zugeständnissen bereit war. Die Verlockung, zusammen mit seinem Freund auf die Jagd zu reiten, war groß. Es bot unübersehbare Vorteile und machte ihm obendrein Spaß. Sie wollte ihm die Zustimmung verweigern, doch er hatte sie vor dem Bären gerettet und forderte nichts dafür.

»Ich brauche die Tiere nicht, solange ich im Dorf bin, ihr könnt sie zur Jagd nehmen. Du solltest anfangs nicht unbedingt solch gewagte Ritte unternehmen.«

»Ich danke dir, Amwesi.«

»Was bedeutet das?«

»Es heißt so etwas wie ›das erste Mal‹. Kein Elnoo hat je so helle Haare gesehen, wie du sie hast.« Kowishto wies auf das Wasser. »Hast du heute Lust zu schwimmen? Es wird dauern, bis Nashoba kommt.«

Er band die Pferde mit den Zügeln zusammen an einen Baum, wo sie grasen konnten. Berenice setzte sich nieder und zog die Mokassins von den Füßen. Als Kowishto seine Kleidung bis auf einen kurzen Lederschurz abstreifte, zögerte sie.

»Was ist mit dir?« Er stand im Wasser und blickte fragend zu ihr zurück. »Du fürchtest dich doch nicht etwa?«

»Nein, ich fürchte mich nicht, oder vielleicht doch, das heißt ...«

Sie wusste nicht recht, wie sie ihm ihr Problem erklären sollte. Er watete zurück ans Ufer und ließ sich neben ihr nieder.

»Was ist es?«

»Ich habe gesehen, dass die Frauen ihre Kleidung vollständig ablegen. Das kann ich nicht.«

»Warum nicht? Hast du eine schlimme Verletzung am Körper?«

»Eine Verletzung?« Erstaunt zog sie die Stirn in Falten. »Nein, natürlich nicht. Ich möchte mich einfach nicht unbekleidet zeigen, es ist nicht üblich bei uns.«

Sie erkannte an seinem Gesichtsausdruck, dass er den Sinn ihrer Worte nicht begriff. Sie versuchte es noch einmal.

»Bei meinem Volk zeigen Frauen und Männer sich nicht unbekleidet. Es ist eine Sünde«, fügte sie erklärend hinzu.

»Aber«, wandte Kowishto ein, »niemand wird dich berühren, wenn du es nicht wünschst. Du hast also gar nichts zu befürchten.«

Sie wurde rot und strich sich verlegen eine Haarsträhne aus dem Gesicht.

»Ich kann es dir nicht so einfach erklären, aber ich darf keinen unbekleideten Mann ansehen und mich keinem zeigen, es sei denn, ich bin seine Frau.«

»Wie baden denn Frauen und Männer bei euch?« Kowishtos verwirrtes Gesicht brachte sie gegen ihren Willen zum Lachen.

»Sie baden selten und auf keinen Fall gemeinsam oder unbekleidet.«

»Aber sagtest du nicht, du möchtest besser schwimmen lernen? Wie soll das geschehen, wenn ich dich nicht ansehen darf?«

»Wenn ich Mieder und Unterkleid nicht auszihe, wird es gehen. Ich könnte es versuchen.«

»Versuch es!«

Ihre Hoffnung, er würde sich entfernen oder umdrehen, während sie sich auszog, wurde enttäuscht. Sein Interesse galt dem wachsenden Haufen abgelegter Kleidung.

Schließlich meinte er: »Ich würde mir an deiner Stelle keine Gedanken darüber machen, dass ein Mann dir zu nahe kommt. Sollte das jemals der Fall sein, wird er entmutigt aufgeben, bevor er sich auch nur durch die Hälfte deiner Hüllen gegraben hat. Er muss befürchten, am Ende nichts mehr vorzufinden.«

Seinen Kommentar ignorierend ging Berenice langsam ins Wasser. Das Unterkleid blähte sich in den Wellen. Vorsichtig schwamm sie eine Runde.

»Du bewegst die Arme und Beine falsch, sieh her, ich zeige es dir.« Er führte es ihr langsam vor.

Sie versuchte, es ihm gleichzutun, aber es misslang. Wie ein Stein sank sie nach unten und kam prustend und nach Luft ringend wieder an die Oberfläche.

»Warum hast du mir nicht geholfen? Ich könnte ertrinken, und du stehst daneben.«

»Ich wage nicht, dich anzufassen. Das ist sicher auch verboten.«

Sie hörte den leichten Spott in seinen Worten. Verbissen versuchte sie es wieder und wieder, bis es ihr gelang, nicht mehr unterzugehen.

Kowishto lag am Rand des Sees in der Sonne, beobachtete sie und rief ihr hin und wieder gute Ratschläge zu. Erschöpft gab sie endlich auf und ließ sich neben ihn ins Gras fallen.

»Wenn Nashoba noch kommen sollte, werde ich ihm sagen, dass ich zu müde bin.«

Kowishto stützte sich auf den Ellbogen und drehte sich zu ihr herum.

»Nashoba war schon hier. Er sah, dass du bei mir in guten Händen bist.«

Sein Blick fiel auf ihre nackten Beine, und sie zog ihr Unterkleid ein Stück hinunter.

»Erzähl mir ein wenig von deinem Stamm«, ermunterte sie ihn. »Fehlt dir dein Vater nicht?«

»Nein, wir haben uns nicht gut verstanden.«

»Warum nicht? Du wirkst auf mich nicht streitsüchtig.«

»Das bin ich auch nicht.« Er warf einen Stein ins Wasser und schien zu überlegen, ob er ihr die Frage beantworten sollte.

»Mein Vater ist ein großer Minko, ein Häuptling«, fuhr er erklärend fort. »Er hat sich mit einem Nachbarstamm gegen unsere Feinde verbündet und wollte, dass ich sein Werk fortsetze. Aber ich war nicht interessiert. Ich war kein guter Krieger.«

Sie unterbrach ihn. »Sagtest du mir nicht, du bist ein guter Krieger?«

Er lächelte – sie hatte sich seine Worte gemerkt. »Das sagte ich. Auf dem Weg hierher hatte ich viel Zeit nachzudenken und musste rasch lernen. Nashoba und ich wären sonst kaum lebend angekommen. Niemand vergleicht mich bei den Elnoo mit meinem Vater, und man erwartet nicht immer das Beste von mir. Es macht wieder Spaß zu kämpfen.«

»Das sieht man.« Sie wies mit dem Finger auf eine große Narbe an seiner Schläfe. »Woher ist die?«

Er schwieg, und sie dachte schon, dass ihre Frage zu persönlich war. Sie griff nach ihren Kleidern, um sie über das beinahe trockene Hemd zu ziehen. Doch bei seinen ersten Worten hielt sie inne.

»Es ging um eine Frau. Ich hatte angenommen, sie wolle mein Leben teilen, aber sie wollte nur einen Minko. Als sie merkte, dass die Chancen bei mir nicht gut standen, nahm sie eben einen anderen. Ich habe gegen ihn gekämpft und verloren.«

Wenige dürre Worte über einen Vorfall, der ihn sehr getroffen haben musste, dachte sie. Auf seinem Gesicht sah sie widerstreitende Gefühle. Manchmal konnte er unnahbar sein und keine Empfindung erkennen lassen. Doch heute spürte sie die gleiche Einsamkeit, die ihr nur allzu vertraut war. Sie legte ihre Hand auf seine Schulter.

»Ich verstehe, daraufhin hast du deine Sachen genommen und bist von zu Hause weggegangen. Die Handlungsweise dieser Frau begreife ich nicht. Ziemlich dumm von ihr.«

»Was meinst du mit dumm?«

»Ich weiß nicht, was bei deinem Volk ein Minko wissen oder können muss. Aber ich habe viele Männer kennengelernt, die über große und kleinere Völker herrschen. Man erkennt, ob sie die Fähigkeit dazu haben. Meine Tante sagt:

Die innere Größe zieht die äußere häufig mit sich. Du hast diese Besonderheit, was immer du bisher gemacht hast. Ich bin ganz sicher, dass du Erfolg haben wirst.«

Sein Gesicht schien sich bei ihren Worten wieder zu verschließen.

»Habe ich etwas Falsches gesagt?«

Er griff nach ihr und zog sie zu sich heran, sodass ihr Gesicht nahe vor dem seinen war. Als er ihre Lippen leicht mit den seinen berührte, schloss sie die Augen. Seine Hände umfassten ihren Körper.

Sie wehrte sich, und er ließ sie los.

»Ich hoffe, du hast dich damit keines Vergehens schuldig gemacht.«

Diesmal blieb sie ihm die Antwort schuldig und begann entschlossen, sich anzukleiden.

»Ich habe dich verärgert.«

»Nein ...«, sie drehte sich zu ihm um, »ich bin nur ärgerlich auf mich selbst. Ich darf das nicht zulassen.«

»Ich hatte nicht das Gefühl, dass es dir unangenehm war.«

Ungeduldig zerrte sie an den Bändern ihres Kleides. »Es geht nicht darum, ob es angenehm war, es war nicht richtig. Ich habe versprochen, nach meiner Rückkehr einen Mann zu heiraten und will nicht ...«

Hilflos nach Worten suchend, die ihn nicht verletzten, brach sie ab.

»Dein Herz und deine Bewunderung gehören einem Mann deines Volkes?«

»Mein Herz gehört ihm nicht, und ich bewundere ihn ganz sicher nicht. Ich kenne ihn kaum. Es ist ein Heiratsabkommen. Wir haben beide Vorteile von dieser Verbindung.«

Als sie seine verständnislose Miene sah, erklärte sie: »Es dient dem Erhalt unserer beider Familien und unseres Besitzes.«

Er schüttelte den Kopf. »Wie oft hast du schon einen Mann geküsst, Amwesi?«

Sie errötete tief und wandte sich unwillig ab.

»Du bist nicht der erste Mann, der mich so geküsst hat.« Das Bild eines anderen Mannes schob sich flüchtig in ihre Gedanken, doch diese andere Welt war zu weit weg.

Er fasste sie an den Schultern und drehte sie, sodass sie ihn ansehen musste. Mit dem Daumen fuhr er langsam ihre Wange entlang, über das Kinn, dann umfasste er mit der Hand leicht ihren Hals.

»Du willst einen Mann nehmen, dem deine Gefühle nicht gehören, den du kaum kennst. Was ist, wenn er dich schlecht behandelt? Wenn er eine andere Frau will oder seinen Besitz verliert? Bist du dir deines eigenen Wertes so wenig bewusst, dass du dich auf einen Handel einlassen musst?«

Sie schob seine Hand weg. »Du verstehst die Umstände nicht. Mein Vater hat diesen Mann für mich gewählt, und er handelt aus Sorge um meine Zukunft. Bei ihm kann ich das Leben führen, das ich gewohnt bin.«

Er trat neben die beiden Pferde, band sie los und war ihr behilflich, bevor er sich selbst hinaufschwang. Schweigend ritten sie nebeneinander.

Sie verstand, dass ihre Pläne auf Kowishto befremdlich wirkten. Immerhin hatte sie selbst Zweifel an dieser Verbindung gehegt, wenn auch aus anderen Gründen.

Sie spürte eine leise Sehnsucht, wenn sie an seinen Kuss dachte. Henri würde solche Gefühle niemals in ihr auslösen. Es war sinnlos, sich etwas vorzumachen, dachte sie. Kowishtos Anziehung auf sie war berauschend und brachte sie in Schwierigkeiten.

Sie erinnerte sich an Abt Anton. Er hatte ihr gesagt, dass der Satan sie in vielfältiger Form versuchen würde und meist dort, wo der Mensch am schwächsten ist. Doch wie konnte sie herausfinden, ob dies ihre Bewährungsprobe war? Sie wünschte, der Abt wäre bei ihr. Er hatte ihr immer einen Weg gezeigt, wie sie auf Fragen eine Antwort zu finden vermochte.

Im Dorf lief Elapagte ihr entgegen. Es dauerte eine Weile, bis Berenice verstand, was Elapagte und Akanahwate von ihr wollten. Am Morgen arbeiteten die meisten Frauen auf dem Feld, waren auf der Suche nach Beeren und Getreide oder mit anderen Arbeiten beschäftigt. Daher bat man sie, auf die kleinen Kinder zu achten, die noch zu jung für die Arbeit waren.
Berenice stimmte erleichtert zu. Sie wollte gern helfen.
In den nächsten Tagen wurde sie in den täglichen Ablauf des Dorflebens eingebunden. Sie stand ebenso früh auf wie die anderen und begab sich zu dem Haus, in dem die Kleinkinder sich tagsüber aufhielten. Mit zwei weiteren jungen Frauen, die schon Babys hatten und stillten, betreute sie eine beachtliche Zahl von Kleinkindern. Die meisten Frauen nahmen ihre Kinder mit, doch allen war dies nicht möglich.
Ihre Kleidung war diesen Anforderungen nicht gewachsen. Die leichte Kleidung der Elnoo war praktischer und angenehmer zu tragen. Sie war froh, dass ihr Vater sie nicht darin sah: Sie wusste, dass es nicht seine Billigung gefunden hätte.
Nach dem etwas schwierigen Beginn verging die Zeit schnell. Ihre Tage bekamen einen festen Rhythmus, und sie lernte die wichtigsten Ausdrücke und Redewendungen. Die gutturale Sprechweise fiel ihr immer leichter. Die Kleinen lachten zwar über ihre Aussprache, doch sie wiederholte geduldig die schwierigen Worte, bis ihre kritischen kindlichen Lehrer zufrieden waren. Das abendliche Bad im See wurde zu einem täglichen Ritual. Ihr langes Unterkleid legte sie nie ab, aber man gewöhnte sich daran, dass Amwesi eigenartige Gewohnheiten hatte.

Kowishto hatte sie seit ihrem letzten Gespräch am See nicht wieder gesehen, und auch Nashoba oder Ukuma ließen sich nicht blicken. Abends lag sie auf ihrem Lager und verbot sich, an dunkle Augen und weiche Lippen zu denken.

Die erste Hälfte ihres Aufenthalts war schon beinahe vorüber, als sie eines Nachts durch Trommeln geweckt wurde.

Im Haus war es eigenartig ruhig, man hörte nicht die sonst üblichen Geräusche der Schlafenden, nur ein Kind murmelte halblaut im Traum.

Sie erhob sich leise und zog sich an. Der Mond stand hell am Himmel und tauchte das Dorf in einen nächtlichen Schein. Sie folgte dem Geräusch der Trommeln. Die Szenerie, die sich ihr am Waldrand bot, war beinahe gespenstisch. Fast alle Bewohner des Dorfes hatten sich eingefunden. Große Feuer brannten um einen hohen Pfahl, an den Assakuniut und Kowishto mit langen Seilen angebunden waren. Soeben hatte Assakuniut gegen Kowishtos Bein getreten und ihn dadurch zu Fall gebracht, doch bevor seine Faust mit aller Wucht in dessen Gesicht landen konnte, hatte sich Kowishto zur Seite gerollt und war wieder auf den Füßen.

Berenice konnte keine Waffe in ihren Händen entdecken, doch sie hatte auf der anderen Seite in der ersten Reihe der Krieger Ukuma entdeckt und lief nun zu ihm. Sie schüttelte seinen Arm; er hatte sie nicht wahrgenommen.

»Was geht hier vor? Warum kämpfen sie gegeneinander?«

Er warf nur einen kurzen Blick auf sie, um sich nichts vom Kampf entgehen zu lassen.

»Beide sind der Meinung, der bessere Kämpfer zu sein. Sie sind dabei, es herauszufinden.«

»Und dafür bringen sie sich um?«

Ungeduldig wehrte er mit der Hand weitere Fragen ab »Sie bringen sich nicht um, sie werden sich wahrscheinlich nicht einmal ernsthaft verletzen. Es ist nur ein kleiner

Freundschaftskampf. Du solltest zu den Frauen zurückgehen.«

Berenice dachte nicht daran, sich von ihrem Diener fortschicken zu lassen. Die Körper der beiden Kämpfer glänzten vor Anstrengung im Schein der Feuer. Sie wusste nicht, wie lange die Auseinandersetzung schon andauerte und wollte Ukuma gerade fragen, als Assakuniuts Faust in Kowishtos Magen landete. Doch als Assakuniut sein Knie hob, um ihm damit gegen das Kinn zu fahren, warf sich Kowishto zur Seite und riss das Standbein seines Gegners um. Er schien seine letzten Kräfte zu sammeln und brachte mit ganzer Kraft Assakuniut unter sich, und seine Fäuste hämmerten wild auf ihn los, bis sein Kontrahent das Bewusstsein verlor.

Als er sich schweißüberströmt und schwer atmend aufrichtete, verstummten die Trommeln. Plötzlich war es sehr still, nur die Äste im Feuer knackten und unterbrachen die Stille. Ein älterer Krieger trat zu ihm, schnitt das Seil entzwei und kniete dann neben Assakuniut nieder.

Es war unverkennbar sein Vater, der Häuptling der Elnoo. Berenice aber hatte nur Augen für Kowishto. Er war sicherlich verletzt, wenn auch äußerlich nicht viel zu erkennen war. Er trat zu Nashoba und wechselte ein paar müde Worte mit ihm, als sein Blick auf sie fiel und er kurz innehielt.

Es zog sie zu ihm, doch Ukuma hielt sie zurück.

»Prinzessin, dies ist nicht der richtige Augenblick. Er wird mit dir reden, wenn er es möchte.«

Sie hatte diese Anrede lange nicht mehr gehört; es klang plötzlich ungewohnt. Sie machte sich von ihm los und wandte sich zurück zum Haus. Niemand hatte ihr von dem Kampf erzählt, also legte sicher auch niemand Wert auf ihre Anwesenheit. Sie war immer noch hellwach, als sie hörte, wie die Elnoo nach und nach zurückkehrten und sich zum Schlafen niederlegten.

Am nächsten Tag schien die Schönwetterperiode vorüber zu sein. Der Himmel war grau und die Luft abgekühlt: Der Herbst kündigte sich an. Die Kinder warteten auf sie, und sie freute sich über ihre Zuneigung. Sie war damit beschäftigt, einem kleinen Mädchen das Gemüse klein zu schneiden, als Ukuma im Eingang erschien und sich suchend nach ihr umsah. Sie wischte sich die Hände an der Kleidung ab und winkte ihm zu.

Erheitert betrachtete er sie. »Ich dachte schon, du bist eine Elnoo, man erkennt dich gerade noch an den hellen Haaren. Kowishto schickt mich – er bittet dich, zu ihm zu kommen.«

Sie verkniff sich die Bemerkung, dass Ukuma nicht nur wie ein Elnoo aussah, sondern sich auch so benahm. Noch vor einer Woche hatte sie sich gewünscht, öfter mit Ukuma sprechen zu können, doch jetzt fiel ihr nichts ein, worüber sie mit ihm hätte reden sollen.

Sie durchquerten das Dorf, bis er auf eines der Zelte wies. Im Inneren brannte ein Feuer und erhitzte eines der Lieblingsgetränke der Elnoo, Wasser mit Blättern eines kleinen grünen Strauches und einer bestimmten Baumrinde. Sie schnupperte und schrak zusammen, als sie Kowishtos Stimme aus dem dunklen Hintergrund des Raumes hörte.

»Möchtest du etwas trinken?«

Er erhob sich von seinem Sitz und kam auf sie zu. Als sie verneinte, trat er näher. An Kinn und Arm bildeten sich dunkle Blutergüsse.

Sie berührte vorsichtig seine Wange.

»Bist du sehr verletzt? Es sah aus, als wolltet ihr euch umbringen.«

»Ich bin nicht verletzt, mein Magen verträgt noch nicht alles, doch das vergeht.«

Darauf wusste sie nicht viel zu sagen. Aber er wollte auch nicht reden. Er zog sie mit beiden Händen zu sich, griff in ihr Haar und küsste sie.

Es hatte nichts mehr gemein mit dem leichten, zarten Kuss am See. Dies war eine Forderung, mehr zu wollen und mehr zu geben. Überrumpelt erwiderte sie den Kuss. Sein Körper drückte sich gegen ihren, und sie war versucht, sich an ihn zu schmiegen. Ein letzter Rest ihrer Erziehung wurde wach und begann, sich zur Wehr zu setzen. Dieses Mal gab er nicht so schnell nach. Seine Zunge bewegte sich in ihrem Mund und erforschte ihn, seine linke Hand suchte nach ihrer Brust. Bevor sie endgültig kapitulierte, holte sie mit der freien Hand aus.

Urplötzlich ließ er sie los, und sie wäre gestürzt, hätte er sie nicht am Handgelenk gepackt.

»Das würde ich dir nicht empfehlen, Amwesi. Schlag niemals einen Krieger, es sei denn, du legst Wert auf einen schnellen Tod.«

»Du würdest mich nicht töten, das glaube ich nicht.«

Sie legte die Arme um seinen Hals und den Kopf an seine Brust. Sein Herz schlug langsam und stark, sie konnte es durch das dünne Lederhemd spüren.

»Kowishto.« Berenice hob den Kopf und sah ihm in die Augen. »Ich habe den Wunsch, immer mit dir zusammen zu sein. Aber wir können das nicht tun. Ich habe ein Versprechen gegeben und ich kann es nicht brechen.«

»Du sagtest, du hast versprochen, ein Bündnis mit diesem Mann zu schließen – du sagtest nicht, du wolltest ihn lieben.«

»Ich werde zurückkehren und seine Frau werden.«

Bis zu ihrer Abreise würden noch Monate vergehen, aber schon jetzt bereitete ihr der Gedanke Unbehagen.

»Du könntest bei mir bleiben. Bei mir bist du nicht weniger sicher als bei einem anderen Mann.«

»Du weißt, dass das unmöglich ist. Ich lebe gern bei den Elnoo, ich vermisse nichts. Trotzdem kann ich nicht alles aufgeben, mein bisheriges Leben, meinen Vater und meinen Glauben, kannst du das nicht verstehen?«

Er ließ sie los und trat einen Schritt zurück. »Nein, ich verstehe das nicht. Deinen Vater hast du selten gesehen, wie du sagtest. Wenn du mit ihm zurückgehst, siehst du ihn noch weniger. Bei meinem Volk kannst du glauben, woran du möchtest.«

»Ich brauche geistlichen Beistand, um meinen Glauben zu leben, und kann nicht mit einem Mann zusammen sein, der diesen Glauben nicht teilt. Wärst du bereit, das Gleiche zu glauben wie ich oder mein Leben in einem anderen Land zu teilen, das du noch niemals gesehen hast?«

Er antwortete nicht. Sie kannte diesen Mann erst wenige Wochen, trotzdem waren seine Gefühle ihr auf geradezu lächerliche Weise vertraut. In ihm erkannte sie die gleiche Einsamkeit und Suche nach Nähe, die sie selbst verspürte. Es schmerzte sie, sein verhärtetes Gesicht zu sehen.

»Wie soll ich dir nur erklären, wie es ist, in einer Kirche zu sitzen und zu Gott zu beten? Das hohe Gewölbe der Kirche ist über mir, und durch die bunten Fenster blitzt die Helligkeit in allen Farben, als wolle der Herr uns sein Licht in das Dunkel schicken. Man fühlt sich so klein und erkennt seine Größe. Er hat mir in allen Schwierigkeiten Halt gegeben. Ich kann mir nicht vorstellen, ohne seinen Segen zu leben.«

»Du hast die Wahl zwischen einem Mann, der dich lieben und beschützen würde, und einem, der dich aus Berechnung will. Dein Gott würde dir den Letzteren empfehlen?«

»So ist es nicht. Deine Welt ist für mich so fremd wie meine für dich. Ich weiß nichts darüber, was man von einer

Frau bei deinem Stamm erwartet. Ich habe eine Erziehung bekommen für eine Frau von Stand in meinem Land. Bei den Elnoo ist sie unsinnig und nutzlos. Du selbst sagtest, ich könnte keinen Tag allein überleben, und ich weiß inzwischen, dass es stimmt.«

Sie hatte sich in Zorn geredet, weil sie ihm innerlich nicht ganz unrecht gab.

»Ich habe nie eine Frau danach beurteilt, wie sie ihre Arbeit macht, und es war mir auch immer gleichgültig, wie geschickt sie Fallen stellen oder Lederhemden fertigt. Die Frau, die ich suche, Amwesi, soll sein wie du. Sie muss Mut und die Fähigkeit zu eigenen Gedanken haben, um mich und meine Entscheidungen zu begreifen. Ich will keine gehorsame Frau, die nur mein Essen zubereitet und an Kindern interessiert ist.«

Er dachte kurz nach, bevor er fortfuhr. »Früher habe ich manchmal gedacht, es muss möglich sein, die Stämme zusammenzubringen. Um sich gemeinsam gegen unsere Feinde zur Wehr zu setzen, brauche ich diese Einigkeit. Mein Vater hat es angefangen, aber er ist nicht weit genug gegangen. Ich war überzeugt, niemals so gut zu werden wie er, deshalb habe ich es erst gar nicht versucht.«

Berenice lehnte sich mit der Schulter gegen den Holzpfosten in der Mitte des Zeltes. »Sprich weiter. Hast du deine Meinung geändert?«

»Seit ich meinen Stamm verlassen habe, ist viel geschehen, und ich habe manches gelernt. Vor allem, mich selbst besser einzuschätzen. Es wird noch ein Weilchen dauern, aber ich könnte zurückkehren und versuchen, Minko meines Stammes zu werden. Ich könnte versuchen, alle Stämme zu einigen und sie besser abzusichern.«

»Ist es dort so wie bei den Elnoo?«

»Nein ...«, jetzt lächelte er, »es ist viel besser. Es gibt weite, grüne Täler und Hügel. Das Land ist sehr schön. Es ist im Sommer warm, aber viel milder im Winter. Es gibt mehr Blumen und Büsche, die Chickasaw sind fröhlicher und unkomplizierter. Das Leben ist leichter, es sei denn, man ist gerade Krieger in der Ausbildung.«

Durch seine lachenden Augen hindurch sah sie das Heimweh, das ihn bei dem Gedanken an seinen Stamm befiel.

»Amwesi, verstehst du, dass ich eine Frau brauche, die mir hilft und mit der ich sprechen kann? Nicht alles kann man mit seinem Bruder oder anderen Kriegern teilen.«

»Ich verstehe dich sehr gut.«

Sie senkte den Kopf; er verlangte zu viel von ihr. Sie wünschte sich so sehr, dass er sie wieder in den Arm nahm, aber sie fühlte, dass es ihn nur herausfordern würde.

»Ich sollte jetzt gehen.«

Sie wandte sich zum Ausgang. Wortlos ließ er sie gehen, ohne sich noch einmal zu rühren.

IV.

Verbindlichkeiten der Gefühle

Am nächsten Nachmittag stand Berenice unbeweglich in einem flachen, ruhigen Teil des Sees und spannte geduldig zum wiederholten Mal den Pfeil. Zwei halbwüchsige Elnoo beobachteten sie mit zufriedenem Gesicht. Der Pfeil flog geräuschlos ins Wasser und blieb kurz reglos stehen, bevor er sich langsam wieder bewegte.

Berenice stieß einen kleinen Schrei der Freude aus und ruderte durch das Wasser, bis sie den Pfeil zu fassen bekam.

Mit einem triumphierenden Lachen hob sie ihn hoch. An seinem Ende zappelte ein Fisch. Sie zog ein Hornmesser aus ihrem Gürtel und begann, den Fisch auszunehmen, wie Kowishto es ihr gezeigt hatte.

»Macht Feuer, wir können ihn essen.«

Der ältere Junge nahm ihr das Messer aus der Hand.

»Du machst Feuer. Es ist noch früh. Bis das Feuer brennt, wird die Nacht hereingebrochen sein.«

Sie warf ihm einen entrüsteten Blick zu. Ihre Schwierigkeiten beim Feuermachen waren allgemein bekannt und trugen regelmäßig zur Erheiterung bei. Gerötete Handflächen und Blasen zeugten von ihren ständigen Versuchen.

Gelassen machte sie sich ans Werk. Sie ließ sich durch kleine, boshafte Kommentare nicht mehr aus der Ruhe bringen. Die Elnoo waren freundliche und hilfsbereite Menschen. Doch je besser sie ihre Sprache verstand, umso mehr erkannte sie, dass es auch bei ihnen freundlichere und weniger hilfsbereite oder sogar rüpelhafte Leute gab. Liebenswürdige, schüchterne Mädchen wie Elapagte boten sich ihnen als leichte Opfer an. Berenice bedauerte gelegentlich, sich nicht besser in der Elnoosprache für sie einsetzen zu können.

Am heutigen Tag schien ihr das Glück hold, aber vielleicht machte sich auch die Übung bemerkbar – in jedem Falle stieg schon nach wenigen Minuten eine feine Rauchzunge auf. Vorsichtig blies sie in die entstehende Glut und sah aus dem Augenwinkel die anerkennenden Blicke der Jungen.

»Du hast gut gelernt, wir werden dir nach dem Essen beibringen, das Messer besser zu werfen. Du kannst es schlechter als ein Kleinkind.«

Berenice grinste verstohlen in sich hinein. Es machte den Kindern und Halbwüchsigen Vergnügen, sie ihre Überlegenheit spüren zu lassen und sich als ihre Lehrer aufzuspielen. Sie ließ ihnen den Spaß und bemühte sich nach Kräften, alles zu lernen, was sie nur konnte. Es mochte unwahrscheinlich sein, dass sie nach ihrer Rückkehr jemals diese Kenntnisse und Fähigkeiten gebrauchen konnte, aber es gefiel ihr, den Elnoo zu zeigen, dass sie schnell lernte.

Sie hatten ihre kleine Mahlzeit bald beendet. Der Fisch war für drei etwas klein geraten, dennoch hatte sie ein Stück davon zur Seite gelegt, um es den Tieren zu hinterlassen.

Die beiden Jungen sahen sich beeindruckt an. Die junge Frau war an diesem Tag in ihrer Achtung gestiegen, was sie jedoch nicht daran hinderte, sie auf dem Rückweg vor sich her zu stoßen. Berenice hatte längst erkannt, dass sie mit vornehmer Zurückhaltung wenig erreichte.

Entschlossen schlug sie ihnen ihren Bogen um die Ohren, bis die Knaben lachend und schreiend das Weite suchten.

In den nächsten Tagen ertrug sie den Spott der Kinder noch häufiger, als sie lernte, ihr Messer schnell und zielgenau zu werfen. Zunächst übte sie mit einem festen Ziel, doch mit der Zeit wurde sie immer sicherer. Nach einigen Wochen traf sie sogar ein Kaninchen auf der Flucht.

Der Sommer gab so schnell nicht auf, die Tage wurden wieder milder und weniger schwülheiß, und auch die lästige Mückenplage ließ etwas nach. In flammendem Rotbraun leuchteten die Bäume am See. Eichhörnchen liefen ebenso beschäftigt durch den Wald wie die Elnoo. Berenice lernte neue Früchte kennen, die zum Trocknen aufgezogen wurden; sie sammelte Nüsse von den Bäumen und erfuhr, welche Pilze sich zum Trocknen eigneten und welche giftig waren.

Ihre Zeit bei den Elnoo neigte sich dem Ende zu. Sie mochte nicht daran denken, wieder zum Lager zurückzukehren; es graute ihr vor der Untätigkeit dort. Sie hatte es genossen, nicht auf ihr Äußeres achten zu müssen und sich nützlich machen zu können. Mit den Kindern die Sprache zu lernen, war vergnüglich. Seit Monaten war sie nicht mehr so ausgelassen gewesen. Und da war Kowishto – wenngleich sie ihn seit ihrer letzten Begegnung nicht mehr gesehen hatte. Sie vermisste ihn. Ihr war bewusst, dass Abstand besser für ihren Seelenfrieden war. Dennoch kam sie nicht umhin, sich erbost zu fragen, ob er sie wirklich meiden musste.

Auch Ukuma hatte sie in den Wochen ihres Aufenthaltes im Dorf der Elnoo kaum zu Gesicht bekommen. Ihr fehlte jede Vorstellung, womit er sich die Zeit vertrieb.

Ihr Lederbeutel mit Nüssen war beinahe voll, und sie blickte zum Himmel.

Ein Adler kreiste hoch oben im Blau und hielt nach Beute Ausschau. Es war friedlich; die letzten Bienen summten noch.

Sie wusste, dass dieser Frieden trügerisch sein konnte. Die Elnoo führten zwar keinen Krieg, und ihre Feinde waren weit weg, doch Gefahren gab es in dieser fremden Wildnis immer. Die Kinder und jungen Krieger hatten sie darauf aufmerksam gemacht, auf Spuren zu achten, besser hinzusehen und aufmerksamer zu lauschen. Doch es fehlte ihr so viel Wissen, dass sie immer auf der Hut war.

Sie machte sich auf den Weg zurück. Es dämmerte schon, als sie die Häuser und Zelte erreichte; die ersten Feuer wurden gerade angezündet. Auch die Tage wurden allmählich kürzer. Sie beschleunigte ihren Schritt, es roch nach verbranntem Laub und gerösteten Wurzeln. Immer noch konnte sie darüber staunen, dass sie mit mehr Appetit und Hunger aß als je zuvor. Doch zuerst musste sie ihren Beutelinhalt zum Vorratshaus bringen. Die Menge der dort gelagerten Vorräte machte sie nachdenklich. Nur wenige Tage noch und sie würden zurückreiten.

Am nächsten Tag fand sie heraus, womit sich Ukuma beschäftigt hatte. Die jungen Krieger übten sich in verschiedenen Kampfarten, um mit den Waffen so sicher wie möglich umzugehen. Bedauerlicherweise waren nicht alle gleich gut befähigt, und so hatte ein Pfeil den verkehrten Weg genommen und Ukuma an einer höchst sensiblen Stelle getroffen. Stöhnend lag er in einem Zelt. Als Berenice eintrat, war der alte Heiler des Stammes gerade damit beschäftigt, ihm die Pfeilspitze zu entfernen, die glücklicherweise kein Gift enthalten hatte. Er sparte nicht mit zornigen und ermahnenden Worten für einen Krieger, der auch bei Schmerz Mannhaftigkeit zeigen sollte.

Berenice hatte helfen wollen, sah aber gleich, dass sie überflüssig war und zog sich schnell zurück. Sie war nicht begierig darauf, die blanke Rückansicht ihres Dieners näher in Augenschein zu nehmen.

Im langen Haus herrschte geschäftiges Treiben. Die meisten Frauen kochten oder nähten. Elapagte hatte versucht, ihr zu zeigen, wie man mit der feinen Knochennadel Wildschweinborsten aufsetzen oder hübsche Verzierungen anbringen konnte. Aber wie auch schon früher in Mechelen fiel ihr das stundenlange ruhige Sitzen über einer Näharbeit schwer. Beim Räuchern von Fisch und Fleisch war sie ebenfalls keine große Hilfe. Die Betreuung der Kinder hingegen war eine Aufgabe, der sie sich mit Hingabe widmete.

Am Nachmittag sammelte sie die letzten Reste der wilden Früchte und Beeren, die getrocknet wurden, bevor der Winter hereinbrach. Sie setzte sich zu einer alten Elnoo, die geschickt und schnell Schoten auf einer Schnur aufreihte. Inzwischen hatte auch Berenice einige Übung, und während sie half, den Korb zu leeren, erzählte die Alte in schwer verständlichem Singsang von den vielen Wintern, die sie schon erlebt hatte. Vieles verstand Berenice nicht, doch hin und wieder fiel ein Wort, das ihr geläufig war.

Einer der halbwüchsigen Jungen entdeckte Berenice und winkte sie hinaus. Er führte sie zur Mitte des Dorfes, in der sich mit Federn und Jagdtrophäen geschmückt das große Zelt des Häuptlings befand.

Berenice hatte es noch nie betreten. Jetzt aber wies der Junge darauf.

»Der Sagamaw erwartet dich.«

Zögernd schlug Berenice die Eingangsklappe zurück und betrat den Raum. Das Zelt war innen weitaus geräumiger, als es von außen wirkte. Um das Feuer saßen außer dem Anführer noch sein Sohn Assakuniut und Kowishto. Sie schienen Pfeife geraucht zu haben; Rauch hing in der Luft und reizte ihre Atemwege.

Geduldig ließ sie die minutenlange, schweigende Musterung über sich ergehen, bis der Sagamaw Kowishto aufforderte, ihr mitzuteilen, dass sie sich niederlassen konnte. Berenice hatte ihn auch so verstanden, doch mit Kowishtos Übersetzung würde ein Gespräch einfacher sein. Sie setzte sich und sah ihn erwartungsvoll an.

»Amwesi, wir haben beschlossen, dass du morgen wieder zu deinen Leuten zurückkehrst. Dein Vater erwartet dich in einigen Tagen, und ich möchte mit ihm sprechen. Wir werden ihm Felle anbieten. Dein Begleiter Ukuma wird bei uns bleiben, bis er wieder in der Lage ist zu laufen oder zu reiten. Seine Verletzung erlaubt ihm dies jetzt nicht. Bereite dich vor, morgen früh, sobald es hell ist, aufzubrechen.«

Ganz so schnell hatte sie nicht mit ihrer Abreise gerechnet. Die Nachricht traf sie unvorbereitet. Doch sie bemühte sich, ebenso unverbindlich und nichtssagend auszusehen wie die Elnoo. Auch Kowishtos Gesicht war nichts anzumerken. Der Sagamaw hob die Hand und wandte sich noch einmal an sie.

»Ich habe gehört, dass du bei uns Freunde gefunden hast. Wenn du Hilfe brauchst, werden wir sie dir geben, du wirst uns willkommen sein. Hast du mich verstanden?«

Sie nickte und schluckte den Kloß in ihrem Hals herunter.

»Ja, ich habe verstanden und ich danke dir.«

Ohne noch einen Blick auf die beiden anderen Krieger zu werfen, verließ sie das Zelt und wischte sich draußen eine Träne aus dem Gesicht. Jetzt oder später, dachte sie, der Abschied würde ihr auf jeden Fall schwerfallen. Vielleicht war es daher besser, ihn so schnell wie möglich hinter sich zu bringen. Sie machte sich daran, Elapagte und Akanahwate zu suchen.

Auch Assakuniut und Kowishto waren aus dem Zelt herausgekommen und blickten ihr nach, wie sie eiligen Schrittes davonging.

Am nächsten Morgen trieb der Wind graue Wolken vor sich her und spielte in den Mähnen der beiden Pferde, die fertig gesattelt und bepackt vor dem Haus bereitstanden.

Berenice hatte die warme und liebevoll bestickte Kleidung angelegt, die man ihr zum Abschied geschenkt hatte. Ihre eigenen Kleider würde sie erst kurz vor dem Lager wieder anziehen. Sie waren nicht mehr warm genug.

Ein letztes Mal verabschiedete sie sich von Elapagte. Am Abend zuvor kamen alle, die sie im Laufe der Wochen kennengelernt hatte, um ihr freundlich eine gute Reise zu wünschen. Sogar einige der immer zu Streichen aufgelegten Jungen waren erschienen und überreichten ihr einen Bogen mit Köcher und Pfeilen.

»Zum Üben«, erklärten sie grinsend. »Man schlägt nicht damit – man benutzt sie zum Schießen.«

Noch etwas verschlafen stieg sie auf ihr Pferd und blickte über das Dorf, das ihr in kurzer Zeit so vertraut geworden war. Kowishto schien es eilig zu haben; mit einem Laut setzte er sein Pferd in Bewegung. Hatte sie noch vor einiger Zeit darüber gelacht, dass er sich beim Traben kaum im Sattel halten konnte, so stellte sie jetzt schnell fest, dass er das Tier mühelos beherrschte. Nicht die kleinste Unsicherheit war ihm anzumerken. Schließlich ritt sie neben ihm.

»Wie lange werden wir brauchen, um zurückzukehren?«

Er blickte kurz zu ihr herüber.

»Wir könnten es in zwei Tagen schaffen. Aber ich werde noch einen kurzen Umweg machen. Ich möchte dir etwas zeigen. Wenn das Wetter beständig bleibt, siehst du deinen Vater in vier Tagen wieder.«

Das Wetter schien nicht mit ihnen im Bunde zu sein, es verschlechterte sich von Stunde zu Stunde, und es begann schließlich zu regnen. Am frühen Nachmittag waren sie völlig durchnässt und suchten Schutz unter den Bäumen.

Kowishto fertigte aus Ästen und Zweigen einen provisorischen Unterstand. Trotz aller Anstrengungen gelang es Berenice diesmal nicht, ein Feuer zu machen. Das kleine Holzstück, das sie zu diesem Zweck mit sich führte, war ebenfalls feucht geworden.

Schließlich gab sie auf und überließ die Arbeit Kowishto. Gemächlich hatte er es sich bequem gemacht und suchte in Elapagtes liebevoll gepacktem Paket nach etwas Essbarem.

»Der Regen hört nicht schneller auf, wenn du hinausstarrst. Setz dich und iss etwas.«

Sie ließ sich ihm gegenüber nieder und griff nach einem Stück geräucherten Geflügels. Sein Anblick ließ ihr Herz wie immer schneller schlagen. Warum konnte sie nicht mit ihm ebenso gelassen umgehen wie mit Nashoba? Sie beschäftigte sich ausgiebig mit der Entenbrust, denn es wollte ihr nichts einfallen, worüber sie mit ihm reden konnte.

»Der Abschied vom Stamm ist dir schwergefallen, nicht wahr?«

»Ja.« Froh, ein unverfängliches Thema gefunden zu haben, stimmte sie zu. »Ich werde meine neuen Freundinnen und die Kinder vermissen. Ich hatte nie viel mit kleinen Kindern zu tun, aber es hat mir großen Spaß gemacht. Mit Elapagte und Akanahwate verstehe ich mich besser als mit allen anderen Freundinnen, die ich jemals gekannt habe; mit einer Ausnahme vielleicht.«

Mit leiser Wehmut im Herzen dachte sie an Eleonore. Wie es ihr wohl ergehen mochte? Sicher würde sie ihr irgendwann wieder begegnen, wenn sie nach Frankreich zurückkehrte.

Kowishto holte sie wieder in die Gegenwart zurück.

»Erzähl mir, was du vermisst, wenn du an deine Heimat denkst.«

Sie dachte einen Augenblick nach und runzelte die Stirn. »Ich sprach schon von meinem Glauben, er ist wichtig für mich. Ich habe in Schlössern gewohnt, die große Räume hatten, sehr hoch ...« Sie wusste nicht, wie sie ihm den Unterschied zwischen einem aus Holzstämmen gefertigten Haus und einem Schloss begreiflich machen konnte, aber er winkte ab.

»Ich weiß, was ein Schloss ist.«

Erstaunt hob sie die Augenbrauen. »Du weißt viele Einzelheiten über die Lebensweise meines Volkes.«

»Ich habe meinem Lehrer gut zugehört. Du kannst dir ein Leben ohne ein Schloss nicht vorstellen?«

»Ich habe es mir nie vorstellen müssen«, erwiderte sie nachdenklich, »aber ich denke, ich könnte es ganz gut. In den letzten Monaten hat mir das Leben in einem Haus im Lager oder bei den Elnoo nichts ausgemacht, es hat mir sogar gefallen. Mein Glück hängt nicht von der Größe meiner Unterkunft ab oder von schönen Kleidern. Früher hat es mir viel bedeutet, aber ich werde älter.«

Sein Gesicht blieb vollkommen ernst.

»Wie viele Sommer hast du denn gesehen?«

»Du meinst, wie alt ich bin? Ich werde siebzehn ...«, sie zögerte kurz, »und du?«

»Vierundzwanzig.« Er lehnte sich vor und warf noch einige Äste in die Glut. »So ist dein Glaube das Einzige, was dich an deine Heimat bindet.«

»Unsere Lebensweise unterscheidet sich in vielen Dingen. Ich kann das Versprechen, das ich gegeben habe, nicht einfach brechen.«

»Einem Mann, der dir nichts bedeutet.« Er ließ sie nicht aus den Augen.

»Es ist meine Pflicht, dieses Versprechen einzulösen. Willst du eine Frau, die bei der nächsten sich bietenden

Gelegenheit ihr gegebenes Wort vergisst? Du selbst sagtest mir, dass eine Frau dich um eines Vorteiles willen verlassen hat.«

»Ich bin keine sich bietende Gelegenheit.«

Er setzte sich neben sie und nahm ihre Hand in die seine. Sie lag hell in seiner kräftigen, dunklen. Die feuchten Haare hingen ihr ins Gesicht, und er strich sie zurück und sah sie fragend an.

Berenice hatte das Gefühl, in seinen Augen zu versinken. Seine Anziehungskraft war zu groß, als dass sie ihm ernsthaft widerstehen konnte.

Seine Lippen fuhren ihre Schläfen hinunter, über ihre Mundwinkel, schmeckten ihre Lippen, die sich ihm ganz selbstverständlich öffneten. Er nahm sie in die Arme und legte sich mit ihr nieder, ohne den Kuss zu unterbrechen. Sie spürte durch das feine Lederhemd, wie seine Hand leicht, beinahe unmerklich, ihre Brust streichelte und bäumte sich ihm entgegen. Wärme durchflutete ihren Körper, als sie ihre Arme um ihn schlang. Sein Kuss war lang, zärtlich und voller Wärme.

Etwas Dringliches zwang ihren Körper, sich gegen ihn zu drücken, und sie spürte seine Erregung und schreckte zurück.

Mit dem Finger fuhr er ihre Kinnlinie entlang und den Hals hinunter, wo er ihr pochendes Blut fühlte.

»Es wird nichts geschehen, Amwesi, nicht heute. Ich habe deinem Vater versprochen, dich unversehrt zurückzubringen. Auch ich halte meine Versprechen.«

Ein leiser Stich des Bedauerns durchfuhr sie. Beinahe augenblicklich schämte sie sich dafür.

Die Sicherheit, die ihr sein Versprechen gab, machte sie mutig. Es war ein ungekanntes und wunderbares Gefühl, von ihm geküsst zu werden, in seinen Armen zu liegen und ihn zu spüren. Sie zog an der Verschnürung seines Hemdes, löste die Lederriemen und legte ihre Hand auf seine Brust. Seine Haut war warm, und wie schon einmal zuvor spürte sie seinen Herzschlag.

Mit einem schnellen Griff zog er sein Hemd aus. Nicht zum ersten Mal sah sie ihn mit freiem Oberkörper; es hatte reichlich Gelegenheiten gegeben, die körperliche Freizügigkeit der Elnoo zu beobachten. Doch diesmal war es anders. Auf seinem straffen Bauch war immer noch ein Fleck zu erkennen, wo sich der Bluterguss nach seinem Kampf mit Assakuniut zurückbildete. Sie legte ihre Hand darauf.

»Es muss ziemlich schmerzhaft gewesen sein.«

»Es sieht schlimmer aus, als es ist.«

Sie strich mit den Fingerspitzen langsam von seinem Bauch hoch zum Hals. Er schloss die Augen und zitterte leicht.

Sie legte ihre Lippen auf die seinen; sein Mund war jetzt nicht mehr so weich, sein Kuss war härter, er drückte sie gegen sich, bis sie leise aufstöhnte.

Sofort ließ er sie los und sah sie unter halb geschlossenen Lidern an.

»Wir machen es uns nicht leicht, unsere Versprechen zu halten.«

Langsam erhob er sich, nahm sein Hemd auf und ging zu den Pferden. Der Regen hatte aufgehört, und sie machten sich wieder auf den Weg. Die Ebene, die sie zunächst durchqueren, wich einer bewaldeten Hügellandschaft. Zunächst ging es beinahe stetig bergauf; gelegentlich lugte die Sonne zwischen den Wolken hervor. Ihre Strahlen brachen sich in den Regentropfen an den Bäumen und in großen Spinnweben. Nach einer schnelleren Gangart auf der ersten Strecke gingen die Pferde jetzt im Schritt.

»Hast du die Frau sehr geliebt, die dich verlassen hat?«
Die Frage hatte ihr keine Ruhe gelassen. Kowishto sah sie nicht an.

»Ja, ich habe sie geliebt …, zumindest dachte ich das damals.«

»Sie war sicher sehr schön.«

Jetzt lächelte er unmerklich und sah zu ihr herüber. »Sie war hübsch, aber bei Weitem nicht so schön wie du.«

Mücken tanzten in der Luft, und Berenice schlug nach ihnen. »Schmerzt es dich noch, an sie zu denken oder über sie zu sprechen?«

Er dachte kurz nach. »Nein. Ich glaube, am meisten war mein Stolz getroffen. Sie war eine schwierige Frau, deshalb fand ich sie interessant. Sie machte niemals, was man von ihr erwartete, und ich sah darin eine Gemeinsamkeit. Sie war etwas älter als ich und hatte schon ein Kind. Schlimmer als alles andere war, dass ich glaubte, auch in dieser Hinsicht versagt zu haben.«

»Was meinst du damit?«

»Ich habe jeden enttäuscht, der Erwartungen in mich setzte. Besonders meinen Vater. Die letzten Jahre haben wir nur noch gegeneinander gekämpft. Nichts, was ich sagte, war ihm recht – umgekehrt allerdings auch nicht. Andere hatten mehr Verständnis, aber ich wollte auf niemanden hören. Ich war wohl sehr uneinsichtig.«

»Das hört sich sehr einsichtig an. Wenn du zu deinem Stamm zurückkehrst, kannst du dich entschuldigen. Dein Vater wird dir bestimmt entgegenkommen.«

»Ich habe noch Zeit, darüber nachzudenken.«

»Kannst du bei den Elnoo bleiben? Oder bei deinem Stamm leben und deinen Vater ignorieren?«

»Ich habe mir überlegt zu bleiben. Assakuniut hat es mir angeboten, aber ich möchte wieder zurück. Als Nashoba und ich im Frühjahr kamen, lag noch Schnee. Ich habe gefroren wie noch nie. Es gefällt mir nicht, monatelang kalte Füße und einen kalten Hintern zu haben.«

Berenice lachte. »Das kann ich gut verstehen. Mir ist Wärme auch lieber. Was hast du also vor, wenn du wieder daheim bist?«

»Ich werde kämpfen müssen, um mir meinen Platz zu erobern. Die jungen Krieger mögen mich, sie werden mich unterstützen, zu einem großen Teil jedenfalls. Die Älteren werden mich ablehnen, die Minkos vor allem. Auf sie kommt es aber an – ich muss sie überzeugen, was nicht leicht sein wird. Mein größter Gegner wird der Anführer der Krieger sein.«

»Das hört sich nicht so an, als ob dich ein warmes Willkommen erwartet. Rechnest du dir denn Chancen aus?«

Sie dachte an den Kampf zwischen Kowishto und Assakuniut, den Ukuma als ›kleinen Freundschaftskampf‹ bezeichnet hatte. Sie mochte sich nicht vorstellen, wie es aussah, wenn es um Leben und Tod ging.

»Ich kehre erst im nächsten Sommer zurück; das gibt mir genügend Zeit, mich vorzubereiten. Ich will die Krieger der Chickasaw anführen und allein aus diesem Grund werde ich siegen müssen.«

»Dieser Anführer ist nicht zufällig derjenige, der dir die Frau weggenommen hat?«

Kowishto zügelte sein Pferd und wandte sich zu ihr. »Das ist einer der Gründe, warum ich dich will, Amwesi: Deine Gedanken sind pfeilschnell, und du bist respektlos einem Krieger gegenüber. Es stimmt, er war der Krieger, der mich besiegt hat.«

»Ich weiß nicht, ob ich mich durch deine Worte geschmeichelt oder beleidigt fühlen sollte. Ich versuche nur, dir zu helfen und mir über deine Ziele Klarheit zu verschaffen.«

Er trieb sein Pferd wieder an und lachte in sich hinein. »Der große Geist behüte mich vor der Hilfe einer Frau.«

»Darüber sollte man nicht lachen, ich meine es ernst.«

In diesem Augenblick hob Kowishto mahnend die Hand und richtete sich lauschend im Sattel auf.

Bevor Berenice noch fragen konnte, brachen unter schrillem Geheul, das ihr durch Mark und Bein fuhr, mehrere Krieger aus dem Gebüsch und stürzten sich auf sie. Sie sah, dass Kowishto nach seinem Messer griff, war dann aber zu sehr damit beschäftigt, ihr Pferd zu beruhigen. Es stieg und schlug aus und rettete sie davor, heruntergerissen zu werden.

In der Annahme, dass eine Frau ihnen auf jeden Fall sicher war, konzentrierten sich die Angreifer auf den einzigen ernst zu nehmenden Gegner.

Es waren vier Krieger, die eindeutig nicht zu den Elnoo gehörten. Zwei von ihnen schlichen sich hinter Kowishto. Er schien sie nicht zu beachten und behielt die beiden vor sich im Auge.

Als der Angriff von hinten erfolgte, stieß Berenice einen Schrei aus. Im gleichen Augenblick wirbelte Kowishto herum und zog das Messer hoch. Er hatte keine Zeit, sich darum zu kümmern, wie erfolgreich er war, denn in diesem Augenblick drangen die anderen wieder auf ihn ein. Der erste hob ein Beil und versuchte, seinen Kopf zu treffen, während Kowishto gleichzeitig den hinteren Gegner vor sich riss und ihn als Schutzschild benutzte. Sein Kampfgenosse reagierte zu spät, das Beil fuhr ihm in den Schädel, spaltete ihn und blieb stecken. Kowishto, das blutige Messer noch in der Faust, schleuderte es seinem dritten Gegner entgegen. Es fuhr beinahe bis zum Heft in dessen Körper. Der letzte Krieger tänzelte nervös vor Kowishto und schwang sein Beil. Beinahe nachlässig trat Kowishto ihm in die Beine, er stolperte und fiel zu Boden.

Berenices entsetzte Erstarrung löste sich, ihr wurde schlecht. Langsam glitt sie vom Pferd und übergab sich.

Mit einer schnellen Bewegung tötete Kowishto den letzten Angreifer.

Berenice ertrug den Anblick und den Geruch des Blutes nicht mehr. Abermals überwältigte sie die Übelkeit; mit weichen Knien lehnte sie gegen ihr Pferd. Der ganze Kampf konnte nur Minuten gedauert haben, doch es kam ihr wie eine Ewigkeit vor, deren Abläufe sich detailliert in ihrem Kopf festgesetzt hatten. Sie zitterte hilflos und ihr war eiskalt.

Kowishto schleppte die Toten auf einen Haufen und bedeckte sie notdürftig mit Laub und Ästen. Sein blutdurchtränktes Hemd zog er aus, wickelte es zu einem Knäuel und steckte es in die Satteltasche. Danach erst kam er zu Berenice und nahm sie in die Arme.

»Es ist vorbei. Dir ist nichts geschehen.« Tröstend wiegte er sie.

Die Anspannung fiel allmählich von ihr ab. Sein Körper wärmte sie, langsam ließ das Zittern nach.

»Wir reiten fort und suchen einen Lagerplatz.«

»Bist du sicher, dass diese vier die Einzigen sind?«

»Ich weiß einen sicheren Platz in der Nähe. Dort kannst du dich ausruhen.«

Eilig verließen sie den schwer überschaubaren Wald und gelangten in eine flache Ebene. Die folgenden Stunden legten sie schweigend zurück.

Berenice kannte inzwischen Kowishtos Ausdruck der Verschlossenheit. Sie hing ihren eigenen Gedanken nach und versuchte vergeblich, die Schreckensbilder des Erlebten zu verdrängen. Die schnelle, grausame und kompromisslose Art, mit der ihr Begleiter tötete, entsetzte sie ebenso wie der eigentliche Überfall. Sie war ihm dankbar und fühlte sich sicher in seiner Gegenwart, dennoch erschreckte sie der Vorfall.

Gegen Abend erreichten sie eine Lichtung, die von Gesteinsbrocken und Felsen bedeckt war, und an deren Ende sich unter einem Stein eine Höhle gebildet hatte. Immer noch einsilbig schlugen sie unter dieser natürlichen Schutzvorrichtung ihr Lager auf. Erschöpft schlief Berenice ein.

Bei Tagesanbruch brachen sie wieder auf. Kowishto trieb zur Eile und erlaubte während des ganzen Tages nur kurze Pausen. Es war später Nachmittag, als sie von Weitem ein leichtes Rauschen hörten.

Kowishto, der seine Umgebung aufmerksam im Auge behielt, schien dem Geräusch jedoch keine Bedeutung beizumessen. Die Bäume standen wieder dichter, und sie lenkten die Pferde um felsiges Gestein. Einen Weg oder Pfad erkannte sie nicht, doch Kowishto lenkte sein Pferd durch das Gewirr von Gestrüpp und Steinbrocken, als sei dies sein täglicher Weg.

Das Geräusch wurde zunehmend lauter und die Luft feuchter. Als sie um eine Felsnase bogen, befanden sie sich am Ende eines flachen Gewässers.

Überrascht zügelte Berenice ihr Pferd. Ihnen gegenüber donnerte ein Wasserfall herab, Wassertropfen funkelten auf nassem Gras, und die Kaskaden der Feuchtigkeit spiegelten das Sonnenlicht in allen Regenbogenfarben. Das Laub der umstehenden Bäume prangte in glühendem Rot und Gelb, als feiere die Natur ein letztes Fest der Farben vor dem Winter.

»So wunderschön kann man sich das Paradies vorstellen.« Sie wandte sich mit leuchtenden Augen Kowishto zu, der neben ihr hielt und sie beobachtete. »Ist es das, was du mir zeigen wolltest?«

»Ich will dir den Lagerplatz zeigen, folge mir.«

Er saß ab und zog das Pferd am Zügel hinter sich her. Er führte sie in die unmittelbare Nähe des Wasserfalles, bis er zwischen zwei Felsen beinahe verschwand. Es wurde so schmal, dass die Pferde noch eben passieren konnten. Dann öffnete sich der Weg wieder und gab den Blick auf einen grasbewachsenen Platz frei. Sie luden ihr Gepäck ab. Kowishto nahm ihre Hand und zog sie weiter zu einer Öffnung im Fels, die sie noch nicht bemerkt hatte. Verdeckt durch Büsche war der Eingang zu einer Höhle nicht zu erkennen gewesen.

»Welch perfektes Versteck. Wie hast du es gefunden?«

»Ich habe es nicht gefunden. Die Elnoo benutzen die Höhle schon lange als Vorratslager oder als Versteck für ihre Frauen und Kinder in Kriegszeiten. Es ist alles hier, was man zum Überleben braucht, Wasser, Nahrung, Decken, Felle und sogar Kleidung. Gefällt es dir?«

Sie sah sich um. »Es ist beeindruckend. Wenn es ein Versteck für die Elnoo ist, warum zeigst du es mir?«

Er kam näher und nahm sie in die Arme.

»Ich will, dass du einen Platz kennst, der dir Schutz bietet. Es ist nicht weit zu eurem Lager. Du wirst ihn vielleicht nie brauchen, aber es ist gut, ihn zu kennen. Ich bin mir sicher, du wirst ihn niemandem verraten.«

Sein Mund streichelte ihr Gesicht, und sie schloss die Augen. Sie wünschte sich, ihn noch näher zu spüren, doch er ließ sie los und wandte sich seinen Jagdwaffen zu, die er in einer Ecke abgelegt hatte.

Während er sich draußen umsah, um etwas Essbares zu finden, sortierte sie ein Bündel auseinander, um ein bequemes Lager für die Nacht zu schaffen. Sinnend stand sie vor den dicken Fellen, die eine weiche und bequeme Unterlage bildeten. Es war kühl in der Höhle, ein Feuer war dann wohl ihre Sache. In einer weiteren Nische entdeckte sie trockenes Holz, aufgestapelt bis zur ganzen Höhe des Raumes, sowie eine sauber gefegte Feuerstelle.

Ob es wohl einen Heiligen gab, den man um schnelles Feuer anflehen konnte? Sie hatte noch nichts davon gehört, würde sich aber danach erkundigen. Unverdrossen machte sie sich an die Arbeit. Als Kowishto mit zwei gerupften Enten erschien, brannte ein munteres Feuer. Berenice zerrte an einem schweren Bärenfell, um ein zweites Lager zu errichten.

»Was machst du da?«

Er legte die beiden Vögel ab, und Berenice ließ das Fell los.

»Wonach sieht es denn aus? Wir brauchen eine zweite Schlafstelle.«

»Lass mich das machen. Wir schlafen neben dem Feuer, das ist am wärmsten.«

Sicher, dachte sie, es war am wärmsten; doch sie hatte das Gefühl, dass nicht mangelnde Wärme ihr nächtliches Problem sein würde.

Das Rösten der Vögel ging ihr geübt von der Hand. Hin und wieder warf sie einen Blick auf Kowishto, der neue Pfeile schnitzte. Er arbeitete konzentriert, und nur das Kratzen des Messers auf Holz und das Knistern des Feuers, wenn Fett in die Glut tropfte, durchbrachen die Stille.

Allmählich entspannte sich Berenice, die Schrecknisse des Vortages verblassten langsam, und die Wärme des Feuers machte sie schläfrig.

Erst als Kowishto die beiden Enten vom Feuer nahm, bemerkte sie den leicht beißenden Geruch verbrannten Fleisches. Eine Seite der Enten war leicht verkohlt, doch Kowishto aß wie immer mit gutem Appetit. Trotz seiner mehrfachen Ermunterung wollte sie nur wenig zu sich nehmen. Mit noch fettverschmierten Händen zog er sie hoch.

»Was hast du vor?«

»Wir werden schwimmen gehen.«

Draußen war es inzwischen dunkel, und die Vorstellung, mitten in der Nacht in kaltem Wasser zu planschen, war für sie nicht im Geringsten verlockend.

Er zog die zaudernde Berenice hinter sich her; ihren Einwand, dass man kaum die Hand vor Augen sehe, ließ er nicht gelten.

»Das trifft sich gut. Du kannst alle Kleider ablegen, ich kann dich nicht sehen. Kein nasses Hemd muss am Feuer trocknen.«

Ohne auf sie zu warten, lief er ins Wasser und schwamm hinaus. So schnell sie konnte, legte sie ihre Kleidung ab und steckte einen Fuß ins Wasser. Sie schrak zurück, es war tatsächlich recht kalt, und auch der Wind blies kühl. Schaudernd überlegte sie, ob sie ihr Badevergnügen nicht doch vertagen sollte, als sein Schatten neben ihr auftauchte und er sie kurz entschlossen am Arm ins Wasser zog. Ihren Aufschrei beendete er, indem er ihr die Hand auf den Mund presste.

»Sei ruhig, es ist gefährlich, laut zu schreien. Wenn du erst im Wasser bist, wird es wärmer.«

Er hielt sich dicht neben ihr und fasste sie um die Taille. Das fremde und eigenartige Gefühl, ohne Kleidung zu schwimmen und sich zu bewegen, verging rasch; schon bald begann sie, es zu genießen.

»Wir können zum Wasserfall schwimmen, es wird dir gefallen.«

Es machte ihr tatsächlich Vergnügen, das herabstürzende Wasser auf ihrem Körper zu fühlen. Im Sommer, als es so brütend heiß im Lager war, wäre ein solches Bad paradiesisch gewesen.

Zurück am Ufer fror sie wieder, und Kowishto lief zur Höhle, um eine Decke zu holen.

Ihre Zähne klapperten vor Kälte, und sie wehrte sich nicht, als er sie warm einwickelte, hochhob und zum Feuer trug. Ihr wurde bewusst, dass auch er kaum bekleidet war. Er nahm sie in die Arme und drückte sie an sich.

»Besser?«

Sie konnte nicht antworten, also nickte sie nur. Im Feuer loderten große Scheite, Schatten huschten über die Höhlenwände. Sie lag in Kowishtos Armen und fühlte sich wohl. Sie wünschte sich, dass er sie wieder küsste. Er würde das Versprechen ihrem Vater gegenüber nicht brechen, dessen war sie sich sicher – was aber ihre eigenen Versprechen betraf, so standen sie schon hinter dem Wunsch zurück, bei ihm zu sein. Und hinter sehr vielen Wünschen mehr … doch da fielen Berenice die Augen zu. Sie spürte vage, dass Kowishto sie auf das Lager niederlegte und zudeckte.

Sie wurde wach, weil sie wieder fror. Es war noch immer dunkel, und das Feuer war zu einem kleinen Gluthaufen zusammengesunken. Die Decke war zur Seite gerutscht. Bloß und unbedeckt lag sie neben Kowishto, der, wie sie mit Schrecken bemerkte, ebenso nackt war wie sie.

Sie blieb unbeweglich liegen und wollte ihn nicht wecken. Er lag auf dem Bauch, seine breiten Schultern waren im Halbdunkel gut zu erkennen. Ihr Blick wanderte über seine schmalen Hüften die langen Beine entlang. Langsam zog sie an der Decke, um sich wieder einzuhüllen, als sie ein eigenartig schabendes Geräusch bemerkte. Es verging und wiederholte sich nach einer Weile. Der Überfall am vergangenen Morgen kam ihr in den Sinn, und Furcht kroch in ihr hoch. Vorsichtig stieß sie Kowishto an. Er hob sofort den Kopf, offenbar hatte er nicht geschlafen.

»Was ist das?«

Er lehnte sich auf den Arm und drehte sich ganz zu ihr um. »Nur eine Maus.«

Sie sah sein Gesicht über sich und seine dunklen Augen und schlang impulsiv die Arme um ihn.

Dieses Mal küsste er sie zärtlich und ausführlich. Er strich ihre Haare zurück und streichelte ihre Schultern und ihren Hals. Sie konnte und wollte sich nicht mehr zurückhalten, sie erwiderte den Kuss und wollte mehr. Als die Innenfläche seiner Hand langsam über ihre Brust strich, stöhnte sie auf. Ein kleiner Rest von Vorsicht regte sich.

»Kowishto, ich kann nicht ...«

Er schloss ihren Mund mit dem seinen und löste sich dann leicht von ihr.

»Vertraust du mir, Amwesi?«

Sie hatte nur den einen Wunsch: Dass er nicht aufhörte, sie zu küssen und zu berühren.

»Ich liege völlig unbekleidet neben dir, wie viel Vertrauen verlangst du noch?«

Sie spürte sein Lächeln noch, als sein Mund sich ihr wieder zuwandte.

Seine Hand wanderte langsam über ihre Hüfte und streichelte ihre Oberschenkel so sanft, dass sie es kaum bemerkte. Sein Finger drang schnell und leicht in sie ein, und ein kleiner Schrei verhallte in seinem Mund. Doch dann entspannte sie sich wieder und begann, seine Berührung zu genießen.

Ihr Atem wurde schneller und die Anspannung unerträglich, bis sie sich in einem Höhepunkt entlud, und Berenice keuchend nach Luft rang. Schwer atmend klammerte sie sich an ihn.

Er nahm sie in die Arme und drückte sie an sich.

»Was war das?« Ihr Herz hämmerte.

Er lachte leise in ihr Ohr. »Es ist das, was geschehen sollte, wenn ein Mann und eine Frau zusammen sind, die sich lieben.«

Sie legte sich wieder zurück, und Kowishto deckte sie mit dem Fell zu, bevor er aufstand und mit einigen Holzspänen und Scheiten das Feuer erneut entfachte. Danach schlüpfte er ebenfalls unter die wärmende Felldecke. Berenice legte ihre Hand auf seine Brust, die trotz der Kühle des Raumes warm war.

»Ich weiß nicht viel über die körperliche Liebe, aber sollte es nicht etwas Gegenseitiges sein?«

»Mach dir keine Gedanken, Amwesi, wir werden einen Weg finden.«

»Und welchen Weg gibt es, damit deine Erregung nachlässt?«

Er zog sie noch ein wenig näher zu sich und legte sein Kinn auf ihren Kopf.

»Es gibt mehrere. Ich könnte noch einmal im kalten Wasser baden. Oder daran denken, wie viele Felle ich für den Winter noch jagen muss. Ich könnte auch versuchen einzuschlafen.«

»Ich spiele in keiner deiner Möglichkeiten eine Rolle?«

»Möchtest du das denn gern?«

Sie drehte sich zu ihm und legte ihre Hand an sein Gesicht. »Ja, das möchte ich, aber du wirst mir helfen müssen.«

Das Morgenlicht schien bereits zum Eingang herein, als Berenice erwachte. Kowishto lag neben ihr und schlief noch. Entspannt und zufrieden rekelte sie sich und drückte einen Kuss auf Kowishtos Arm, der sich nicht bewegte. Ein derartig tiefer Schlaf war ungewöhnlich für ihn. Misstrauisch beäugte sie ihn.

»Schläfst du wirklich noch?«

»Nein, ich schütze mich nur vor deiner Zuwendung.«

Sie zog ihm die Felldecke weg. »Du hast gestöhnt vor Lust.«

»Das waren Entsetzenslaute.«

Lachend wehrte er ihre Angriffe ab, hielt ihre Hände über ihrem Kopf zusammen und legte sich auf sie. Der Kampf endete in einem langen Kuss, dessen Zärtlichkeit in Begehren umschlug.

Mit geschlossenen Augen murmelte sie: »Würde es dich vor dem Frühstück zu sehr anstrengen, noch einmal das Gleiche wie letzte Nacht zu machen?«

Nachdenklichkeit vorgebend verzog er das Gesicht.

»Zu anstrengend. Ich brauche morgens immer erst etwas zu beißen.«

Er knabberte an ihrem Ohr, biss leicht in ihre Schulter, und dann wanderte sein Mund allmählich tiefer, über ihre Brust und den flachen Bauch.

Ihr Körper reagierte auf ihn, und sie bekam eine Gänsehaut.

Kowishto schob ihre Beine auseinander und war auf Widerstand gefasst, doch sie überließ sich ihm völlig.

Die unerklärliche Vertrautheit, die beide überrascht hatte, setzte sich auch in der körperlichen Liebe fort. Berenice, die sich noch vor wenigen Wochen nicht hatte vorstellen können, einen Mann intim zu berühren, hatte jetzt das Bedürfnis, alles zu tun, um den Ausdruck lustvoller Hingabe auf seinem Gesicht zu sehen. Nur die dringendsten Erfordernisse konnten sie voneinander trennen. Das Bedürfnis, sich zu berühren und zu spüren, war zu groß. Sie aß den letzten Bissen der gebratenen Vögel, als Kowishto hereinkam. Er legte einige vorbereitete Fische neben das Feuer.

»Es wird kälter draußen. Ich hoffe, der Winter lässt noch etwas auf sich warten.« Er wies auf seinen Fang. »Es sind kleine Fische. Sie sind schnell gebraten und schmecken besonders gut ohne verkohlte Ränder.«

Berenice nahm einen der Fische in die Hand, drehte sich zu ihm und warf ihn blitzschnell in seine Richtung. Sie war nicht schnell genug für ihn.

Er drehte sich nur leicht zur Seite und fing den glitschigen Fisch mit beiden Händen auf.

»Dein Vater hatte sicher kein leichtes Leben mit dir. Du neigst dazu, dich aufzulehnen.«

»Dann passen wir ja gut zusammen.«

»Vorlaut kannst du auch sein. Es wird viel Spaß machen, dir Respekt vor mir beizubringen.«

Er hatte sich hinter ihr niedergelassen und zog sie in seine Arme. Sie lehnte ihren Kopf gegen ihn.

»Zu viel Respekt von mir möchtest du doch gar nicht. Sagtest du nicht, du willst keine demütige, gehorsame Frau?«

»Diese Gefahr besteht bei dir tatsächlich nicht. Könntest du dir nicht vorstellen, als meine Frau mit mir zu leben?«

Eine Weile war es still zwischen ihnen. Nachdenklich fuhr ihre Hand über sein Bein.

»Ich weiß, dass ich mit dir zusammen sein möchte. Ich kann mir ein Leben mit dir genauso wenig vorstellen wie ein Leben ohne dich. Ich kenne deinen Stamm nicht, dein Land nicht oder deine Sprache. Ich möchte mein Versprechen einem anderen Mann gegenüber nicht brechen. Es würde den Ruf meiner Familie endgültig zerstören. Um mit dir zusammen sein zu können, müsste ich erst diese Verbindung lösen.«

Sie schüttelte den Kopf. »Ich weiß nicht, wie das gehen sollte.«

»Es kann sehr einfach sein, wenn ich dich mitnehme. Kein Mensch würde je erfahren, wo du geblieben bist.«

»Das möchte ich meinem Vater nicht antun.«

Er schob sie weg und stand auf, um die Fische auf einen Pfeil zu spießen und sie zu rösten.

»Dein Vater, dein Glaube, dein Versprechen, all das ist dir wichtiger, nicht wahr?«

»Nicht wichtiger – aber auch wichtig. Ich ...«, sie stockte und fuhr dann leise fort, »wenn ich nicht Furcht vor einer Schwangerschaft hätte ...« Verlegen brach sie abermals ab.

Er kam wieder zu ihr und kniete neben ihr.

»Was dann, Amwesi? Ich sagte dir, ich halte meine Versprechen. Aber du brauchst nichts zu befürchten, selbst wenn du mir ganz gehörst, und ich versichere dir, das wirst du.«

Sie runzelte fragend die Stirn. »Wie kannst du dir da sicher sein? Louise war nur kurze Zeit mit ihrem Mann zusammen und bekommt schon ein Kind. Soviel ich weiß, ist das nicht ungewöhnlich.«

Sie erhielt keine Antwort auf ihre Frage. Er hatte sich wieder erhoben und beschäftigte sich mit dem Essen. Kowishto vermied es, sie anzusehen. Der Anblick ihrer Augen, ihrer Lippen würde ihn nur wieder schwachmachen.

Sie wechselte das Thema. »Wann brechen wir auf?«

Vorsichtig bugsierte er den heißen Fisch in zwei Holzschalen und reichte ihr eine.

»Gleich morgen früh reiten wir los. Ich muss danach schnell zurück und nehme die beiden Pferde mit, wenn dein Vater einverstanden ist. Vor dem Winter ist noch viel zu tun.«

Sie bedauerte, dass ihnen nicht mehr Zeit blieb, aber sicher war es besser so. Je tiefer ihre Gefühle für Kowishto würden, desto schwerer wäre die Trennung. Schon jetzt war der Gedanke unerträglich, nicht zu wissen, wann sie ihn wiedersehen würde.

Am nächsten Tag brachen sie wie schon gewohnt früh auf und erreichten mittags ihr Ziel. Bereits von Weitem waren die Spuren des Lagers erkennbar. Wie Wunden wirkten die Brachen, wo die Männer Bäume gefällt hatten, um Häuser zu bauen oder Brennholz zu sammeln. Rauch stieg aus den Kaminen, und es roch nach Feuer.

Berenice hatte ihre Kleidung gewechselt, die Haare ordentlich hochgesteckt und sich wieder von einer jungen Elnoo in die französische Adlige verwandelt, die ihr Vater zu sehen erwartete. Es war ein ungewohntes Gefühl. Das geschnürte Mieder drückte ebenso wie die Schuhe, und die äußerliche Einengung entsprach genau ihrer Gemütslage. Sie passierten den Wachmann, der freundlich grüßte und ihnen den Weg zu ihrem Vater wies, der auf dem Vorplatz die Notwendigkeit eines weiteren Räucherhauses erörterte.

Die Freude, sie zu sehen, stand ihm ins Gesicht geschrieben.

»Wie schön, dass du zurück bist!« Er half ihr vom Pferd und nahm sie in die Arme. »Das Reisen scheint dir zu bekommen, du siehst gut aus.«

»Es war wunderbar«, stimmte Berenice zu. »Ich habe so viel gesehen. Allerdings hatten wir auf der Rückreise einen unliebsamen Zwischenfall. Ohne Kowishto würde ich wohl nicht so wohlbehalten vor dir stehen.«

Mit fragendem Blick machte er eine einladende Bewegung, die Kowishto einschloss.

»Lasst uns ins Haus gehen, ihr werdet euch stärken wollen und könnt mir dort berichten, was geschehen ist.«

Er hörte sich Berenices Bericht über den Überfall fremder Krieger an, ohne sie zu unterbrechen. Als sie endete, schwieg er noch eine Weile und wandte sich dann an Kowishto.

»Ich habe dir viel zu verdanken. Niemand hätte mein Kind so gut beschützen können; ich werde immer in deiner Schuld stehen. Wenn es etwas gibt, das ich für dich tun kann, dann sage es mir.«

»Ich hätte jede andere Frau ebenso beschützt. Doch der Sagamaw bietet euch an, warme Felle für den Winter zu liefern, getrocknete Früchte und Korn. Im Tausch dafür hätte er gern Messer, denn sie eignen sich gut für die Jagd.«

»Ja, die Messer und Äxte sind ausgezeichnete Arbeit. Ich denke, wir haben vorläufig genügend Vorräte und nicht ausreichend Messer, um damit Handel zu treiben. Mit den nächsten Schiffen im kommenden Jahr werde ich mehr Waffen herbeischaffen, dann können wir darüber noch einmal sprechen. Ich habe bemerkt, dass euch die mitgeführten Schweine ausgezeichnet schmecken. Ihr könnt einige zum Dank mitnehmen.«

Er hielt einen Augenblick inne und wandte sich an seine Tochter.

»Ich nahm an, dass dein Diener dich begleitet. Wo ist Ukuma?«

Berenice zuckte nachlässig die Schultern. Sie war verärgert über die abweisende Antwort ihres Vaters.

»Er ist verletzt und konnte nicht reiten.«

Amelie betrat den Raum mit einigen Gläsern und Karaffen mit Saft und Wasser. Sie bot Kowishto ein Glas an, doch er lehnte ab. Dankbar griff Berenice zu, sie war durstig.

Die beiden Männer besprachen die Rückkehr Ukumas, der baldmöglichst reisen sollte, bevor er vom Wintereinbruch überrascht würde. Nach einigem Zögern stimmte Berenices Vater Kowishtos Vorhaben zu, sich mit zwei Pferden sofort auf den Weg zu machen. Es war für seinen Diener zu riskant, allein zu reiten. Wie leicht konnten auch ihm feindliche Krieger auflauern, die Interesse an den Pferden oder seinen Waffen zeigten.

Es war ein kurzer und unpersönlicher Abschied unter den Augen ihres Vaters. Niedergeschlagen sah sie, wie Kowishto zwischen den Bäumen verschwand. Sie folgte ihrem Vater ins Haus; sie fühlte sich plötzlich sehr allein. Er streckte die Hand nach ihr aus und zog sie neben sich auf eine Bank.

»Berichte mir von deinen Erlebnissen, du bist so schweigsam. Hast du etwas Interessantes in Erfahrung bringen können?«

»Wir haben zu wenig Vorräte und nicht genügend warme Kleidung für alle Leute im Lager. Der Winter ist länger und härter als in Frankreich, keineswegs milder, wie du glaubst. Ohne die Hilfe der Elnoo werden wir eine harte Zeit vor uns haben. Die Tiere zu verschenken, war ein Fehler, auch wenn sie bei den Elnoo tatsächlich sehr beliebt sind. Du solltest etwas unternehmen, bevor es zu spät ist.«

Bei ihren Worten hob er langsam die Augenbrauen. »Hast du bei den Wilden verlernt, dass ein Kind seinem Vater mit Respekt begegnet? Dein Ton gefällt mir nicht.«

»Ich bin kein Kind mehr, und die Elnoo sind keine Wilden. Mir gefällt nicht, wie du mit Kowishto gesprochen hast. Er hat mir das Leben gerettet, und du dankst ihm mit einigen freundlichen Worten und vertröstest ihn?«

Ihr Vater erhob sich langsam und versuchte, seinen Zorn zurückzuhalten.

»Ich habe keineswegs vor, es bei freundlichen Worten, wie du es nennst, zu belassen. Wenn wir im Frühjahr segeln, werde ich ihm mein Pferd schenken. Ich müsste dümmer sein, als ich bin, wenn wir ihnen Waffen geben, die sie möglicherweise einmal gegen uns richten könnten. Es war ein großer Fehler von dir, ihm dein Messer zu geben, und ein noch größerer Fehler von mir, dich hierher mitzunehmen.«

»Mit diesem Messer hat er mich mehr als nur einmal beschützt.«

»Wärest du in Frankreich geblieben, wäre ein solcher Schutz nicht erforderlich gewesen.«

»Ich bin sehr froh, hier zu sein, und ich würde nur zu gern wieder zu den Elnoo zurück.«

Trotzig bot sie ihm die Stirn; es war das erste Mal, dass sie ihrem Vater entschieden widersprach, und es traf ihn sichtlich. Sie war nicht mehr die kleine, liebenswerte Prinzessin, sondern eine willensstarke junge Frau, die sich gegen ihn auflehnte. Der äußeren Veränderung war die innere gefolgt.

Er wollte sie nicht gegen sich aufbringen.

»Mäßige dich bitte, Berenice. Was erwartest du denn?«

Immer noch zornig bemühte sie sich um einen versöhnlichen Ton. »Es ist so, wie ich dir sagte. Wir werden die Elnoo brauchen, wenn wir nicht hungern wollen. Die Kinder erzählten mir, dass viele Monate hoher Schnee liegt und man kaum jagen kann. Das Frühjahr kommt spät. Ihre Vorratshäuser sind zum Bersten voll, und trotzdem sagen sie, es ist noch nicht genug. Ich kenne mich im Wald jetzt besser aus und weiß, wie ich mich zu verhalten habe. Ich könnte mit Amelie und Louise noch einiges zusammentragen, doch auch das wird kaum reichen.«

»Nun gut«, entgegnete ihr Vater, »einige Männer können weiter jagen und Fische angeln zum Räuchern. Die Frauen sollen so viele Beeren und Früchte sammeln, wie sie finden, doch ich möchte nicht, dass du dich daran beteiligst. Ich habe mit den Kapitänen die Rationen ausgerechnet. Wir werden zurechtkommen.«

»Warum bist du dagegen, dass ich mich nützlich mache?«

Sie wollte sich nicht wieder zur Untätigkeit verurteilen lassen, die fröhliche Betriebsamkeit der Elnoo fehlte ihr schon jetzt.

Langsam ging die Geduld des Grafen zu Ende.

»Berenice, du bist die zukünftige Fürstin de la Tour. Denkst du nicht, du solltest auch hier dieser Rolle ein wenig gerecht werden? Glaubst du, ich bemerke nicht dein unangemessenes Interesse an Kowishto? Deine Art, dich mit einfachen Leuten gleichzumachen, beschränkte sich früher auf Ukuma. Du sprichst mit den Männern wie mit deinesgleichen. Als verheiratete Frau wirst du dir so etwas kaum noch erlauben können, und ich schätze es auch nicht, wie du weißt. Die Arbeiten, von denen du sprichst, sind etwas für Domestiken.«

Seine Zurechtweisung war nicht ganz aus der Luft gegriffen, und aus ihrem Schuldbewusstsein erwuchs erneuter Ärger. Erregt sprang sie auf.

»Sei unbesorgt – ich werde meine Pflicht als Fürstin de la Tour erfüllen! Doch noch bin ich es nicht, und hier ist eine andere Welt mit anderen Regeln, wie ich gelernt habe. Den Männern hier ist es völlig gleichgültig, ob sie mit einem Grafen oder einem Maurer zur Jagd gehen, solange man genügend Wild erlegt. Es ist wichtiger, in der Wildnis zu überleben, dabei spielen unsere Werte keine Rolle. Dieses Land muss viele Male größer sein als Frankreich, und selbst wenn der König es vollständig besetzt, wird die Lebensweise der Menschen nicht völlig verschwinden. Sie denken anders, empfinden anders, von ihrem Glauben gar nicht zu reden.«

»Es interessiert mich nicht, wie die anderen denken und woran sie glauben. Es interessiert mich jedoch sehr, was du machst und denkst. Du bist die letzte Trägerin unseres Namens, und es ist umso wichtiger, mit welcher Familie wir uns vereinen.«

»Es ist nicht meine Schuld, dass ich die Letzte bin, die unseren Namen trägt. Wir können nur hoffen, dass es nicht so bleibt, denn ob auf Henri Verlass ist, muss sich erst erweisen. Immerhin ist er eine Wahl aus der Not heraus, in die uns dein Zerwürfnis mit Kaiser Maximilian gebracht hat.«

Erst als sie das betroffene Gesicht ihres Vaters sah, bereute sie ihre Worte. Es lag nicht in ihrer Absicht, ihren Vater zu verletzen oder zu kritisieren. Sie war sich selbst nicht im Klaren gewesen, dass sie ihm die schwierige Situation, in der sie sich befanden, anlastete.

Verlegen und schuldbewusst hob sie ihre Hand. »Vater, ich bitte um Verzeihung. Es tut mir aufrichtig leid, und es ist …« Sie wusste nicht weiter und verstummte. Ihr Vater war blass geworden.

»Du wirfst mir vor, dich aus der Not heraus an Henri de la Tour zu verschachern? Fühlst du dich zu meinem Nutzen an ihn verkauft? Ich habe nach der für dich angenehmsten Lebensweise gesucht und war der Meinung, du siehst das ebenso. Du hattest eine Wahl, wenn du dich erinnerst. Die meisten jungen Frauen haben sie nicht.«

Berenice war beschämt. Ihr Vater hatte stets ihr Wohl im Sinn. Tränen stiegen ihr in die Augen.

»Ich bedaure meine Worte, Vater, es ist richtig, ich habe gewählt und ich werde meine Pflichten erfüllen. Es ist nur …« Sie hatte einen Knoten im Hals und schluckte. »Ich fühle mich so glücklich hier. Bitte bereue nicht, mich mitgenommen zu haben. Es ist etwas, woran ich mich immer wieder erinnern kann. Vielleicht kann ich später nie wieder mit anderen jungen Frauen laut lachend über eine Wiese laufen, im Fluss baden oder wild mit kleinen Kindern toben. Ich weiß natürlich, dass Beeren sammeln, den Eichhörnchen folgen und ein Feuer entfachen nicht zu meinen Aufgaben gehören, aber ich liebe es. Ich habe sogar gelernt, wie man Fische ausnimmt.«

Sie lächelte bei der Erinnerung daran und wischte sich mit ihrem Ärmel die Tränen ab.

»Anfangs war es schrecklich, doch jetzt kann ich es.«

Der Ärger ihres Vaters verflog. Er streckte die Arme aus und zog sie an sich.

»Ich gönne dir das Vergnügen. Dennoch denke ich, es gibt Verschiedenes, das du nach unserer Rückkehr mit deinem Beichtvater zu besprechen hast.«

Aufseufzend nickte sie. »Jaja, ich weiß.«

In den folgenden Wochen bemühte sich Berenice tatsächlich, wieder ein wenig mehr in ihre frühere Lebensweise hineinzufinden, doch es fiel ihr nicht leicht. Das Lager entwickelte sich zunehmend zu einem wirklichen Dorf – die

Männer begannen sogar mit dem Bau einer kleinen Kapelle und beschlossen, sobald als möglich einen Geistlichen für diese kleine Gemeinde zu gewinnen.

Die Schiffe wurden winterfest gemacht. Der Geruch von frisch geräuchertem Fisch und Fleisch hing beständig in der Luft und lockte zum Ärger aller immer wieder Tiere an, die sich auch von den lauten Geräuschen der Äxte und Hämmer nicht abschrecken ließen.

Louises Schwangerschaft war inzwischen deutlich zu erkennen. Ihr Leib rundete sich, was sie in ihrer Emsigkeit jedoch keineswegs behinderte. Sie strotzte vor Energie, ganz im Gegensatz zu Amelie, die sich missgelaunt in die Rolle der Befehlsempfängerin gefügt hatte.

Eines Morgens, als Berenice den Abortplatz aufsuchte, der getrennt von den anderen eigens für sie angelegt worden war, lag Raureif auf dem Gras, und eine leichte Eisschicht bedeckte die Wasserpfützen. Die Luft war kalt und klar.

Sie hob das Gesicht und ihr schien, als könne sie furchteinflößend den Winter schon riechen. Wie jeden Tag dachte sie an Kowishto. Wo mochte er jetzt sein? Ihr Herz zog sich schmerzhaft vor Sehnsucht zusammen. Die Hoffnung, dass ihre Gefühle für ihn schnell schwächer würden, hatte sich nicht erfüllt; im Gegenteil vermisste sie ihn zunehmend. Während Berenice langsam zum Haus zurückging, zog sie ihren Umhang enger. Er schützte nicht ausreichend vor der Kälte; mit Wehmut erinnerte sie sich an die herrlich wärmenden Felle in der Höhle neben dem Wasserfall.

Drinnen im Haus loderte glücklicherweise schon ein Feuer. Amelie erhitzte Wasser. Berenice würde sich den Luxus einer warmen Wäsche leisten und nach dem Frühstück ausreiten. Ihr Vater hatte es ihr endlich erlaubt.

Vor wenigen Tagen erst war Ukuma mit den beiden Pferden erschienen. Eines Nachmittags ritt er vergnügt und wieder völlig hergestellt ins Lager und berichtete, dass Nashoba ihn ein Stück des Weges begleitet, dann jedoch wieder kehrtgemacht habe, und er den Rest des Weges allein bewältigt hatte. Von Kowishto war nicht die Rede, und Berenice wollte nicht fragen.

Während Amelie ihr Haar bürstete, hörte sie geduldig deren Klagen über ihren zerrissenen Schuh an, den der Sattler nicht flicken wollte, weil angeblich Wichtigeres zu erledigen war.

»Ein höchst ungezogenes Mannsbild«, erklärte sie Berenice. »Er behauptet, dass ich mit diesem Schuh noch Jahre laufen kann. Dabei dringen Nässe und Kälte ein, und der Winter steht vor der Tür.«

Amelie stand nur einmal im Jahr – das noch lange nicht zu Ende war – ein Paar Schuhe zu. Sie musste selbst sehen, wie sie dieses Problem löste; Berenice war nicht willens, sich damit zu befassen. Sie schloss die Augen und genoss das leichte Bürsten und Ziehen, doch die Ruhe war vorbei, als die Tür aufflog und Ukuma, sich die Hände reibend, den Raum betrat. Mit ihm strömte kalte Luft herein und brachte das Feuer zum Flackern.

Bei seinem Eintritt stieß Amelie einen empörten Ruf aus, den Ukuma jedoch nicht beachtete.

»Ihr seid früh auf den Beinen, Prinzessin, möchtet Ihr jetzt schon ausreiten?«

»Ich lasse dich nach dem Frühstück rufen, Ukuma. Bitte verlass den Raum, ich habe nicht nach dir geschickt und meine Toilette noch nicht beendet.«

Amelie schüttelte den Kopf, nachdem er gegangen war.

»Sein Betragen ist unerhört, er ist nicht einmal ein Diener. Eine andere Herrschaft würde ihn dafür auspeitschen. Er war immer schon zu arrogant, doch ich habe das Gefühl, es ist noch schlimmer geworden.« Sie steckte die letzte, lange

Strähne auf Berenices Kopf energisch fest und betrachtete zufrieden ihr Werk.

Nach dem Frühstück suchte Berenice ihren Vater und fand ihn schließlich in einer Diskussion mit einigen Männern. Man überlegte den Bau einer kleinen Palisade zum Schutz vor den Wildtieren. Lächelnd winkte er Berenice zu, und im Stillen bewunderte sie ihn für seine Haltung. Er sah jeden Tag gepflegt und aristokratisch aus, obwohl die gewohnte Schar seiner Diener ihm nicht zur Verfügung stand. Dennoch ließ er seine Kleidung von Louise oder Amelie pflegen, sich täglich rasieren, und der Hauch des vertrauten Duftwassers umwehte ihn sogar in dieser Wildnis.

Er legte den Arm um Berenice und sagte: »Ich freue mich, dich so früh schon zu sehen. Ich weiß, du wolltest mit Ukuma zur Jagd gehen, doch für heute habe ich andere Pläne für dich.«

Sie bemühte sich, ihm ihre Enttäuschung nicht allzu deutlich zu zeigen.

»Louise hat von mir einen kleinen Ballen Stoff erhalten, um dir ein neues Kleid zu schneidern. Ich habe ihr versprochen, dass sie den Rest für die Ausstattung ihres Kindes behalten kann. Sie ist natürlich begierig zu sehen, was sie daraus machen kann; du solltest sie gleich aufsuchen.«

Berenice nickte ergeben. Ein neues Kleid war das Letzte, was sie jetzt interessierte. Stattdessen erfuhr sie, dass ihr Vater mit allen Männern zur Jagd wollte, die ein Pferd besaßen und reiten konnten. Von diesem Vergnügen würde sie ebenso ausgeschlossen sein wie Ukuma.

Sie verabschiedete sich und betrat wenig später das Haus, in dem Louise mit ihrem Mann lebte. Es war klein, jedoch bequem und heimelig eingerichtet. Getrocknete Kräutersträuße hingen unter der Decke und erfüllten den einzigen großen Raum mit angenehmem Aroma.

Erfreut und angeregt sah Louise ihrer jungen Herrin entgegen und legte die Näharbeit, über der sie gebeugt gesessen hatte, zur Seite.

»Euer Vater war so großzügig, ich bin ihm sehr dankbar. Doch zuerst werde ich Euch ein wunderschönes Kleid schneidern.«

Während Berenice Maß nehmen ließ, sich drehte, Arme hob und Interesse vorgab, hörte sie auf dem Vorplatz die Vorbereitungen zur Jagd. Aus dem kleinen Fenster blickend erkannte sie, dass die meisten Männer teilnahmen, wenn nicht zu Pferd, so doch als Treiber und mit ihren Waffen. Offenbar wollte sich niemand den Spaß entgehen lassen. Mit halbem Ohr hörte sie Louise zu. Es ging schon auf Mittag zu, als sie ihr eigenes Haus wieder betrat.

Louise hatte ihr angeboten, zum Essen zu bleiben, doch Berenice wollte dem munteren Gerede über neue Kleider und Wäsche lieber rasch entkommen. Von Amelie war nichts zu sehen. Die Mahlzeit stand halb zubereitet auf dem Tisch, das Feuer war erloschen. Sie hatte vor Stunden Ukuma über den Vorplatz schlendern sehen, doch auch von ihm war keine Spur zu entdecken. Der ganze Platz wirkte wie ausgestorben, ein merkwürdiges Gefühl beschlich sie. Irgendetwas schien nicht in Ordnung zu sein. Auch auf ihr Rufen hin bewegte sich nicht das Geringste. Ein Geräusch hinter ihr veranlasste Berenice, sich umzudrehen, doch bevor sie etwas wahrnahm, traf eine Faust sie am Kopf, und sie fiel zu Boden.

Irgendwo in ihrem Körper pochte es, was eine leichte Übelkeit verursachte. Sie hielt die Augen geschlossen und wusste nicht, wo sie war. Stückweise gewann die Erinnerung wieder Raum und verdrängte den gnädigen Nebel, der sie umfangen hatte.

Vorsichtig öffnete Berenice die Augen einen Spalt. Es begann zu dämmern – sie musste lange besinnungslos gewesen sein. Ein taubes Gefühl in den Füßen machte ihr unangenehm klar, dass man sie gefesselt hatte. Der steinige Boden drückte durch ihre Kleidung. Einige Männer liefen hin und her. Es waren Eingeborene, die sie nicht kannte, keine Elnoo.

Entsetzt schloss sie wieder die Augen. Auch ihre Sprache hatte nichts mit den Elnoo gemein. Tierfelle waren zu einem provisorischen Zelt über sie gespannt worden, und es war sehr kalt. Auch in ihrem Inneren wurde die Furcht zu einem eisigen Knoten. Sie versuchte noch einmal, etwas zu erkennen. Offenbar war sie die einzige Gefangene. Weder Ukuma noch Louise oder Amelie waren in ihrer Nähe. Einige schmale, lange Boote lagen am Ufer eines kleinen Baches. Es schien, als habe man sie damit weggebracht. Inzwischen würde ihr Vater wieder im Lager sein, sie vermissen und suchen. Sie musste Ruhe bewahren und Zeit gewinnen. Zwar zitterte sie vor Kälte und Furcht, doch sie wusste von den Elnoo gut genug, dass sie letztere auf keinen Fall zeigen durfte. Sie konnte nicht mehr in der gekrümmten Haltung liegen bleiben, vorsichtig bewegte sie sich. Sofort erhob sich eine Gestalt aus dem Halbdunkel und trat auf sie zu.

Während Berenice noch bewusstlos in einem Kanu lag, vergnügten sich die Männer des Dorfes bei der Jagd, die eine erfreuliche Unterbrechung im Tagesablauf war.

Auf dem Weg zum Fluss trafen sie auf Kowishto, der mit seinen Kriegern Vorräte für den Winter beschaffte. Sie beschlossen, den Tag zusammen zu verbringen, und zur beiderseitigen Zufriedenheit konnte man am späten Nachmittag einen guten Erfolg vermelden. Die Krieger folgten gern der Einladung des Grafen, sie noch ins Lager zu begleiten und sich erst am folgenden Tag auf den Weg zurück zu machen.

Sie hatten das Lager beinahe erreicht, als ihnen eine erschöpfte Gestalt entgegenwankte.

Es war Ukuma, der ein erbarmungswürdiges Bild bot. Sein Gesicht war blutig und geschwollen, er hatte sein verletztes Bein nur notdürftig mit einem Tuch verbunden, das kaum die Wunde verdeckte. Seine Kleidung hing in Fetzen.

Erschrocken sprang der Graf vom Pferd. »Um des Himmels willen, was ist dir geschehen?«

Ukuma tat einen tiefen Atemzug. Er hatte sich mühsam seinem Herrn entgegengeschleppt, doch er war erschöpft. Niedergeschlagen berichtete er von dem Überfall. Es hatte ihn viel Zeit gekostet, sich von den Fesseln zu befreien. Sein Blutverlust schwächte ihn, war jedoch nicht lebensgefährlich. Zwei weitere Männer, die das Lager bewachen sollten, waren ebenfalls gefesselt.

Er hatte nach Louise und Amelie gesucht, die man gefesselt und geknebelt hatte. Sie waren zu Tode erschrocken, erholten sich aber wieder. Von Berenice fehlte jede Spur. Der Graf biss hart seine Zähne zusammen, er war blass geworden.

Ukuma sah ihm an, dass er im Innersten getroffen war und die Sorge um sein Kind ihn zittern ließ. Dennoch bemühte er sich, einen klaren Kopf zu bewahren. Er wandte sich um und gab den Männern ein Zeichen, sich in das Lager zu begeben, dann trat er zu Kowishto.

»Was können wir tun, um meine Tochter zu retten? Wer kann das gewesen sein?«

»Es waren keine Krieger der Elnoo oder eines befreundeten Stammes. Keine größere Anzahl Krieger kann sich von uns unbemerkt hier aufhalten. Es kann eine kleine Gruppe Männer gewesen sein, die von ihren Stämmen ausgeschlossen wurde, vielleicht auch einige durchs Land ziehende Krieger, das ist schwer zu sagen.«

»Ich möchte sie so schnell wie möglich verfolgen. Kannst du mich führen?«

Kowishto dachte eine Weile nach und wehrte dann ab.

»Ich muss zurück zum Stamm. Meine Krieger haben viel Wild auf dem Weg hierher erlegt, wir müssen es ins Dorf bringen.«

Der Graf bemühte sich, seine Ungeduld zu zügeln. »Ich brauche dich, ich kann meine Tochter ohne deine Hilfe nicht finden. Du kannst verlangen, was du willst, aber ich bitte dich, mein Kind zurückzubringen.«

»Ich kann verlangen, was ich will?«

Der Graf nickte ungeduldig. Das Gespräch dauerte ihm zu lange – sie hätten schon auf dem Weg sein und die Verfolgung aufnehmen können. Im Hintergrund scharrten und schnaubten die Pferde, auch sie waren ungeduldig, sie brauchten Wasser. Ukuma verfolgte das Gespräch mit demonstrativer Teilnahmslosigkeit gegen einen Baumstamm gelehnt.

»Wenn ich deine Tochter lebend finde, möchte ich sie zur Frau haben.«

Der Graf hätte beinahe zugestimmt, als ihm der Sinn der Worte klar wurde. Ungläubig weiteten sich seine Augen. Im ersten Augenblick wusste er nichts zu erwidern, die Idee war zu absurd. Beinahe gleichzeitig wurde ihm auch klar, dass er keine Möglichkeit hatte, diese Verrücktheit rigoros abzulehnen, wollte er seine Tochter wieder in die Arme schließen. Doch so leicht konnte er nicht aufgeben.

»Du verlangst Unmögliches von mir. Meine Tochter ist einem anderen Mann versprochen, und ich werde sie nicht gegen ihren Willen bei dir lassen. Wir kehren im Frühjahr zurück. Wie könnte ich sie in dieser Wildnis lassen? Ich gebe dir so viele Pferde, wie du möchtest, bitte mich um etwas anderes.«

»Ich bitte nicht. Du bist derjenige, der etwas von mir will. Ich habe nicht vor, deine Tochter gegen ihren Willen mitzunehmen.«

Dem Grafen brach trotz der kalten Abendluft der Schweiß aus. Es war eine sinnlose Diskussion, die viel Zeit kostete, während seine Tochter unwägbaren Gefahren ausgesetzt war.

Er winkte Ukuma herbei.

»Du hast bei diesen Leuten gelebt. Bist du in der Lage, ihrer Spur zu folgen?«

Zweifelnd blickte Ukuma seinen Herrn an. »Sicher, ich könnte die Spur wohl finden und ihr möglicherweise ein Stück folgen, aber ich bin durch die Verletzung geschwächt und nicht schnell genug. Die Umgebung ist mir nicht vertraut und die Aussicht, Berenice zu finden, sehr gering.«

Der Graf gab sich innerlich einen Ruck.

»Nun gut, finde meine Tochter, Kowishto. Doch versprich mir, dass sie es ist, die entscheidet, was mit ihr zu geschehen hat. Sollte sie bei dir bleiben wollen, werde ich das akzeptieren. Möchte sie mit mir zurückkehren, wirst du sie nicht hindern.«

Kowishto nickte zustimmend. »Ich werde nur mit einem Krieger die Verfolgung aufnehmen, die anderen kehren morgen früh zum Stamm zurück. Wir brauchen zwei Pferde.«

»Ich gebe dir mein eigenes, es ist das Schnellste.«

Sie machten sich auf den Weg ins Lager, in dem gedrückte Stimmung angesichts des Verschwindens der jungen Gräfin herrschte.

Louise hatte sich erholt und berichtete ihrem Mann immer noch etwas zerfahren das Wenige, was sie wusste. Während der Graf sich bemühte, Informationen von den beiden niedergeschlagenen Wachleuten zu erhalten, schritt Kowishto das Bachufer ab. Die Dunkelheit brach schon herein; es war offensichtlich, dass er sich mit der Verfolgung bis zum

Morgengrauen würde gedulden müssen. In den Häusern briet das Fleisch über den Feuern, während sich die Elnoo am Waldrand für die Nacht einrichteten. Die meisten konnten sich nicht dazu überwinden, die freundlich angebotenen Schlafplätze in den Häusern zu nutzen.

Amelie brachte einige Stücke Fleisch an Bord des Schiffes, in das sich der Graf zurückzog, wenn er nachdachte, doch er ließ die Speisen unberührt. Seine Gedanken waren bei seiner Tochter, und er quälte sich mit Selbstvorwürfen. Es war leichtsinnig gewesen, sich von seiner Tochter überreden zu lassen. Niemals hätte er sich erweichen lassen dürfen. Er sank auf die Knie und betete. Er war bereit, jeden Handel mit Gott abzuschließen, wenn sein Kind nur gesund wiederkäme.

Die Schiffsplanken knarrten, und nach einer Weile öffnete sich die Tür zu seiner Kajüte. Kowishto trat ein und sah einen zutiefst niedergeschlagenen Mann, der schweigend aus dem kleinen, runden Ausblick schaute.

»Ich habe ihre Spuren gesehen; es sind sechs Mann, und sie benutzten ein Kanu. Ich werde ihnen morgen früh folgen. Es gibt nicht viele Stellen, an denen sie heute Nacht lagern können. Ich finde sie.«

»Falls sie dann noch am Leben ist.«

»Das ist sie ganz sicher. Sie haben niemanden getötet, es sind keine Mörder. Deine Tochter weiß sich zu helfen. Ihr wird nichts geschehen.«

»Sie ist nicht gemacht für ein Leben in der Wildnis.«

Der Graf setzte sich Kowishto gegenüber und reichte ihm die Schüssel mit Fleisch. Seinem Gast waren die Ereignisse nicht auf den Magen geschlagen, er griff herzhaft zu.

Der Graf beobachtete ihn, wie er mit Appetit aß, und gestand sich ein, dass auch nach seinen Begriffen dieser junge Krieger ein außerordentlich gut aussehender Mann war. Warum war ihm bisher nicht bewusst geworden, dass seine

Tochter auf diese offen zur Schau gestellte attraktive Männlichkeit reagiert hatte? Wie viel Gefühl mochte sie Kowishto entgegenbringen, und wie stark waren im Vergleich dazu ihre Bindungen an ihn selbst und ihre gewohnte Lebensweise? Möglicherweise hatte er in ihr zu wenig die Frau und zu sehr das Kind gesehen. Andere junge Mädchen in ihrem Alter waren verheiratet und wurden schon Mutter.

Kowishto spülte den letzten Bissen mit einem Schluck Wasser herunter.

»Vielleicht kennst du deine Tochter nicht gut genug. Es hat ihr bei den Elnoo gefallen, und sie hatte keine Schwierigkeiten, bei ihnen zu leben. Dagegen schien sie weniger erfreut über die Aussicht, den Mann zu nehmen, den du für sie bestimmt hast.«

»Die Ehe ist weniger eine Frage von Freude, sondern von Verantwortung. Berenice hat viele Vorteile genossen, die ihr Stand ihr bot, doch sie hat auch eine Pflicht, der sie sich nicht entziehen kann. Sie selbst hatte ein Mitspracherecht bei der Wahl ihres zukünftigen Mannes, der ihr Sicherheit und Anerkennung in einer Familie von Stand bietet.«

Kowishtos Gesicht blieb unbewegt, als er antwortete: »Das biete ich ihr ebenfalls. Jeder Krieger denkt zweimal nach, bevor er mich herausfordert. Ich bin sehr gut in der Lage, eine Frau zu schützen. Mein Vater ist ein mächtiger Minko, und ich werde der nächste sein. Es ist ein großes Land.«

»Ich bin sicher, dass jede Frau in deinem Stamm stolz sein kann, zu dir zu gehören. Meine Tochter aber ist eine Adlige, die in eine andere Welt gehört, weil sie nur dort leben kann.«

»Deine Tochter ist eine junge Frau, die bei mir bleiben möchte, weil sie hier glücklich und zufrieden ist.«

»Wir sprechen in der gleichen Sprache miteinander, doch du verstehst nicht. Es spielt keine Rolle, und ich bin völlig sicher, dass meine Tochter meine Ansicht teilt.«

Kowishto erhob sich. »Wenn ich sie finde, werde ich alles tun, damit sie meiner Meinung ist.«

Er bückte sich, um durch die niedrige Kabinentür nach draußen zu gelangen, und verließ das Schiff. In einigen Stunden würde es dämmern. Zuvor musste er noch ein wenig schlafen.

Der Graf griff nach der Flasche Wein und schenkte sich ein Glas ein. Vielleicht half es, die Ängste zu vertreiben. Er dachte keineswegs ernsthaft über die Möglichkeit nach, seine Tochter zurückzulassen. Er mochte den jungen Wilden, er imponierte ihm sogar. Doch seine Tochter, seine Hoffnung auf ein Fortbestehen der Familie, in diesem ungezähmten Land zu lassen, fern ihres Glaubens und einer gesicherten Zukunft, fiel ihm nicht ein. Das Wichtigste war im Augenblick, dass sie zurückkehrte. Er schickte abermals ein Gebet zum Himmel, dass sie nicht verletzt oder gar schwanger war. In diesem Fall würden sie ein weiteres Jahr bleiben. Es war nicht anzunehmen, dass die Familie ihres Verlobten sich noch an ihr Wort gebunden fühlte, käme seine Tochter mit einer solchen Schande zurück.

Berenice hatte in dem kleinen, schnell errichteten Zelt kaum ein Auge zugemacht. Zusammengepfercht mit fremden Kriegern, die ihr nicht ausreichend Platz ließen und die unterschiedlichsten Schlafgeräusche von sich gaben, war sie stets darauf gefasst, angegriffen zu werden. Doch niemand kümmerte sich um sie. Sie schien eher im Weg und eine Last zu sein.

In der ersten Nacht gab man noch acht, dass sie nicht entwischte, doch je weiter man sich vom Lager entfernte, umso mehr ließ die Aufmerksamkeit ihr gegenüber nach. Offenbar rechnete niemand damit, dass sie in der eisigen Kälte und einer Umgebung, in der sie völlig verloren war, zu entfliehen versuchte.

Das plante Berenice auch nicht. Sie wusste gut genug, dass dies ganz aussichtslos für sie sein würde. Stöhnend richtete sie sich im Halbdunkel auf; ihr Kopf schmerzte. Sie trat in die Kälte, um nach einem Platz für ihre Notdurft zu suchen. Der eisige Wind prickelte auf ihrer Haut und blies ihr wirbelnde Schneeflocken ins Gesicht. Sie sehnte sich nach einem wärmenden Feuer. Das hatte man ihr am Vortag verwehrt – vermutlich fürchteten die Männer, entdeckt zu werden.

Die Gruppe lagerte im Schutz eines Felsvorsprunges. Zögernd und lauschend trat Berenice zwischen die Bäume. Durch die Erfahrungen der letzten Tage hatte sie das Gefühl der Sicherheit verloren. Die fortwährende Bereitschaft, in dieser Umgebung mit Gefahren rechnen zu müssen, war etwas völlig Ungewohntes. Auch in den Wäldern ihrer Heimat gab es wilde Tiere, doch die tödlichen Gefahren in dieser fremden Welt ängstigten sie. Jetzt jedoch schien alles ruhig.

Zitternd vor Kälte und mit blauen Lippen ließ sie sich langsam mit dem Rücken an einem dicken Baumstamm nieder. Das nebelgraue Morgenlicht kündigte weiteren Schnee an. Ihre Haut rötete sich vor Kälte, ihr Kleid war für die Witterung gänzlich ungeeignet. Mit tauben Fingern zog sie es so eng und fest wie möglich an den Körper. Sie überlegte, ob ihr Vater den Wilden hatte folgen können. Den Gedanken, eine sichtbare Spur zu hinterlassen, gab sie schnell auf, es war zu gefährlich. Noch einmal lauschte sie in den Wald hinein, einige trockene Blätter knisterten im Wind.

Sie machte einen Schritt vorwärts, als eine Hand vorschoss und sich fest auf ihren Mund legte. Der Schreck, der ihr zunächst durch die Glieder fuhr, ließ schnell nach, und sie erkannte Kowishto. Er war gekommen, um sie zu befreien.

Ihr Körper hatte ihn noch schneller erkannt als ihr Verstand. Erleichterung und Freude trieben ihr die Tränen in die Augen.

Er zog sie wortlos mit sich, entlang einer Schneise und bis sie zu dem Bach, an dem das Kanu versteckt lag. Sie erkannte das Pferd ihres Vaters. Er saß auf, half ihr vor sich und wickelte eine warme Decke um sie beide. Eingehüllt in seine Wärme, glücklich, außer Gefahr zu sein, lehnte sie sich gegen ihn.

Zu Berenices Überraschung dauerte es kaum eine Stunde, bis sie zu der Höhle gelangten, die ihr schon wohlvertraut war. Ihre Entführer konnten sich also nicht weit vom Lager wegbewegt haben – dabei war es ihr vorgekommen, als hätten sie sich erheblich weiter entfernt. Doch diese flüchtigen Überlegungen schob sie in Anbetracht eines hell lodernden Feuers beiseite.

Der andere Elnookrieger briet Wild und röstete gelbe Kornkolben. Der Duft war unwiderstehlich; vor Heißhunger lief ihr das Wasser im Mund zusammen. Während sie mit Appetit aß, unterhielten sich die beiden Krieger über die noch notwendigen Arbeiten vor dem Winter. Erwärmt und zufrieden lauschte sie dem Klang der Sprache, die ihre Fremdheit beinahe gänzlich verloren hatte.

Der mangelnde Schlaf der letzten beiden Nächte, die behagliche Atmosphäre und das Gemurmel der beiden Krieger führten dazu, dass Berenice ein Gähnen nicht mehr unterdrücken konnte.

Kowishto bemerkte es und wies nur kurz auf das Felllager, ohne sein Gespräch zu unterbrechen. Dankbar kroch sie zwischen die Decken und schlief sofort ein.

Es war noch hell, als sie erwachte, doch nur wenig Licht fiel durch den Eingang in die Höhle, die angenehm warm war, obwohl das Feuer schon heruntergebrannt.

Sie erhob sich, noch schläfrig, und legte ein Scheit nach. Die beiden Krieger waren nicht zu sehen, und wie sie nach einem Blick in die angrenzende Höhle feststellte, war auch das Pferd verschwunden. Es war sehr still. Sie schob den ledernen Behang zur Seite, der die Höhle vor Zugluft schützte, und blickte auf eine weiße Schneelandschaft. Noch immer fielen dicke Flocken, doch sie fand die Kälte nicht mehr so schneidend wie am Morgen.

In einem Ledereimer befand sich Wasser. Berenice entkleidete sich und wusch sich schnell mit einem feuchten Tuch. Die letzten Tage hatten keine Zeit für Pflege gelassen, und sie hatte den Eindruck, ebenso übel zu riechen wie ihre Entführer. Nachdem sie beinahe das ganze Wasser verbraucht hatte, fühlte sie sich erheblich wohler. In eine kleine Decke gewickelt, trat sie nochmals zum Ausgang und blickte hinaus.

»Du solltest dir etwas Warmes anziehen.« Kowishtos Stimme hinter ihr ließ sie leicht zusammenfahren.

»Ich hatte schon befürchtet, du hast mich verlassen. Wo warst du?«

»Die Höhle hat einige versteckte Winkel. Ich zeige sie dir bei Gelegenheit.«

»Ich habe auch das Pferd nicht mehr gesehen.«

»Ukato-Ka-In bringt es zu deinem Vater zurück mit der Nachricht, dass du in Sicherheit bist. Er soll sich nicht unnötig lange sorgen.«

Sie trat auf ihn zu und berührte mit den Fingerspitzen sein Kinn.

»Und wie komme ich zurück?«

Er senkte den Kopf und sah ihr in die Augen. Sie las eine Antwort in seinem Blick; ein Anflug von Furcht überfiel sie. Ihre Unsicherheit wahrnehmend legte er leicht die Arme um sie.

»Sorge dich nicht, Amwesi, du kannst zurück, wann immer du möchtest.«

Sie schmiegte sich vertrauensvoll an ihn. »Es ist so kalt draußen und zu Fuß dauert es Tage, bis wir das Lager erreichen. Denkst du, der Schnee wird wieder schmelzen?«

»Nach ungefähr sechs vollen Monden wird er das ganz sicher.«

Entsetzt riss sie die Augen auf. »Sechs Monate? Ich kann unmöglich so lange bleiben.«

Kowishtos Gesicht verzog sich zu einem Lächeln. »Ich kann auch nicht so lange bleiben, so gern ich das möchte. Sobald der Schneefall etwas nachlässt, verlassen wir die Höhle. Es wird vielleicht einige Tage dauern.«

Berenice war sich bewusst, dass das Verweilen mit Kowishto in einer Höhle ihr Ansehen zerstören konnte. Doch in diesem Augenblick war ihr altes Leben weit fort und beinahe unwirklich. Kowishto hingegen war eine Wirklichkeit, die nun endlich wieder vor ihr stand. Es war kein Tag vergangen, an dem sie nicht an ihn gedacht hatte. Als er sie jetzt endlich in den Arm nahm und küsste, wusste sie, dass es ihm nicht anders ergangen war. Sein Begehren ließ sie ihre Zurückhaltung vergessen.

Mit einer Hand noch immer ihre Decke haltend klammerte sie sich mit der anderen an ihn. Sie hatte sich nach seinen Küssen und Berührungen gesehnt. Seine Zunge streichelte sie, lockte sie, und sie nahm kaum wahr, dass er sie mit sich zog, bis sie auf die Felle niedersanken.

Atemlos rang sie nach Luft. Den letzten schützenden Rand der Decke zur Seite schiebend beugte Kowishto sich über sie und berührte mit den Lippen ihre Brust. Ein Schauder durchlief sie, sie stöhnte. Wieder küsste er sie, diesmal zärtlicher, weicher, und ihr Mund schien mit seinem zu verschmelzen. Sie zog an seiner Kleidung, um seine Haut zu spüren. Er hielt inne, richtete sich auf und streifte schnell seine Kleidung ab.

Als er seine Lederhose aufband, schloss Berenice die Augen. Es war zu spät für Einwände. Sie wollte ihn ebenso sehr, wie er sie begehrte. Sie streichelte seine glatte muskulöse Brust, berührte seine Brustspitzen, und diesmal war er es, der scharf ausatmend die Augen schloss und den Kopf in den Nacken legte.

Langsam fuhr ihre Hand über seinen flachen Bauch und umfasste sein erregtes Geschlecht. Immer noch war sie erstaunt über die Selbstverständlichkeit ihres Umgangs. Seine Küsse schmeckten nun anders, auch sein Atem ging schneller. Als sein Finger ihre empfindlichste Stelle berührte, bog sie ihren Rücken durch. Doch anders als beim ersten Mal schreckte sie nicht zurück, sondern drückte sich gegen ihn. Sein Streicheln verschmolz in Traum und Wirklichkeit. Wellen der Lust hoben sie und ließen sie wieder sinken.

Als sie glaubte, es nicht mehr ertragen zu können, spürte sie sein Glied. Er drang in sie ein, und der Höhepunkt der Lust fiel zusammen mit einem plötzlichen, scharfen Schmerz. Sie schrie auf und öffnete die Augen. Kowishto konnte sich nicht mehr zurückhalten, um ihren Schmerz zu mildern. Er stieß in sie, bis er schließlich keuchend auf ihr niedersank. Sie in den Armen haltend zog er sich schließlich vorsichtig zurück.

Sie drückte sich an ihn. »Ich liebe dich so sehr, dass ich es in meinem Bauch spüre.«

Er lächelte mit Zärtlichkeit in den Augen. »Spürt man bei deinem Volk die Liebe im Bauch?«

Mit dem Finger seine Lippen berührend lächelte sie zurück. »Ich weiß nicht, was andere spüren, ich kann nur von mir reden. Und wo spürst du deine Gefühle?«

Er dachte kurz nach. »Vor einer kurzen Weile fühlte ich das meiste im unteren Teil meines Körpers. Jetzt aber ...«, er unterbrach sich und küsste sie, bevor er fortfuhr, »lässt sich das nicht mehr klar beantworten. Ich glaube, du hast mich völlig in Besitz genommen.«

Berenice erhob sich, um aufzustehen.

»Wo willst du hin?«

»Ich möchte mich reinigen.«

Er drückte sie wieder auf das Lager zurück: »Bleib nur liegen, ich werde das tun.«

Er wickelte sich in eines der Felle und ging hinaus, um den Eimer mit Schnee zu füllen. Ein Blick zum Himmel, der sich trotz des frühen Nachmittags schon verdunkelte, genügte, um zu wissen, dass es weiter schneien würde.

Er kehrte zu Berenice zurück. Vorsichtig reinigte er sie.

»Petar hatte unrecht mit seiner Behauptung, dass weiße Frauen nicht viel für Männer empfinden.«

Sie stützte sich auf die Ellbogen und sah ihm zu, wie er auch die blutroten Flecken aus dem Fell rieb.

»Warum sollten hellhäutige Frauen für Männer nichts empfinden? Welch ein Unsinn.«

Kowishto hielt mit seiner Arbeit inne. Er warf das Tuch zurück an seinen Platz, legte sich entspannt neben sie und verschränkte die Arme hinter dem Kopf.

»Er erzählte uns, dass die Frauen in seiner Heimat den körperlichen Teil der Liebe nicht übermäßig schätzen; Leidenschaft sei ihnen fremd.«

Berenice hob die Schultern. »Er kam wohl aus England. Ich kenne einige englische Damen, ich habe von ihnen die Sprache gelernt. Nur wenige Menschen sprechen sie. Wo ich aufwuchs, liebt man schöne Dinge und die Freude am Leben. Die Liebe gehört dazu.«

»Sagtest du nicht, dass dein Glaube dir verbietet, mit einem Mann zusammen zu sein, der nicht zu dir gehört?«

»Es ist eine große Sünde. Ich sündige zurzeit recht häufig.«

Nachdenklich drehte sie eine Strähne seines Haares um ihren Finger. Er beobachtete sie aufmerksam. »Es ist ein seltsamer Glaube. Bedauerst du es?«

»Nein, natürlich nicht. Ich werde keine Vergebung erhalten, weil ich es niemals bedauern werde.«

Mit der Hand fuhr er ihren Arm hinauf und ihren Hals hinunter, bis sie sich um ihre Brust schloss.

»Ich hätte zurückhaltender sein sollen. Du hattest Schmerzen.«

»Nur zum Schluss. Das macht nichts. Es war …« Sie konnte es nicht beschreiben, doch ihr Gesicht wurde weich.

Er las die Antwort in ihren Augen. »Wir werden einige Tage warten. Danach wird es viel besser sein. Keine Schmerzen – nur noch Lust.«

»Und eine kleine Furcht im Herzen.« Der Satz rutschte beinahe gegen ihren Willen heraus.

Erstaunt sah er sie an. »Wovor solltest du dich fürchten?«

Etwas gereizt über so viel männliche Ignoranz setzte sie sich auf und schob seine Hand zur Seite.

»Ich fürchte mich vor einer Schwangerschaft. Ich verstehe zwar nicht viel von diesen Dingen, aber doch genug, um zu wissen, dass ich hiervon …«, sie wies mit einer Handbewegung auf das Lager, auf dem sie ruhten, »schwanger werden kann. Das möchte ich nicht.«

Kowishto stand auf, legte noch einige Holzscheite ins Feuer und nahm aus dem Lederbeutel für Trinkwasser einen Schluck, bevor er ihn ihr reichte. Langsam und nachdenklich ließ er sich wieder neben ihr nieder.

»Glaub mir, wenn ich eine Möglichkeit sehen würde, dass du ein Kind von mir bekommst, ich würde sie auf der Stelle nutzen. Aber das wird nicht geschehen.«

»Ich habe dich schon einmal gefragt: Wie kannst du so sicher sein?«

Er wandte den Blick ab und fuhr mit dem Finger das Muster auf der Decke nach.

»Seit Jahren bin ich schon mit Frauen zusammen, mit verschiedenen Frauen. Ich habe alles versucht, damit die Frau, die ich bei meinem Stamm liebte, ein Kind bekäme. Niemals ist etwas geschehen. Von anderen Männern haben diese Frauen Kinder bekommen. Vielleicht liegt es daran, dass ich einige Male bei Kämpfen ziemlich übel im Unterleib verletzt wurde.«

Berenice schwankte zwischen Mitgefühl und Erleichterung, doch als sie ihn ansah, überwog das Mitgefühl. Es fiel ihm nicht leicht, ihr dies anzuvertrauen. Sie legte ihre Arme um ihn.

»Ich bin froh, dass du es mir gesagt hast. Eine Schwangerschaft würde für mich schwierig. Doch es ändert nichts an meinen Gefühlen.«

Bevor er etwas erwidern konnte, hob er lauschend den Kopf, und sie sah, wie sich sein Körper anspannte. Er griff nach seinem Messer und bedeutete ihr, sich still zu verhalten. Mit schnellen, geschmeidigen Bewegungen, denen jede Hast fehlte und die Berenice an eine große Katze erinnerten, schlich er hinaus. Sie lauschte gespannt, hörte aber nichts. So leise sie konnte, kleidete sie sich an und beschäftigte sich noch mit ihrem Mieder, als Nashoba die Höhle betrat. Überrascht begrüßte sie ihn.

Auch er schien sich aufrichtig zu freuen, sie zu sehen. Seine Kleidung war über und über mit Schnee bedeckt. Am Pelz seiner Mütze schmolz das Eis. Hinter ihm erschien Kowishto und führte zwei Pferde ihres Vaters mit sich. Sie brannte darauf herauszufinden, wo er mit den Tieren herkam.

Die Männer ließen sich Zeit. Nashoba hatte Hunger wie ein Wolf und machte sich über die Vorräte her. Während er einige Hasenkeulen über dem Feuer zum Braten befestigte, erfuhr sie, dass er im Eiltempo geritten war. Nach zwei Nächten im Schnee war er durchgefroren und ausgehungert. Während sich die beiden Männer unterhielten, beobachtete Berenice Kowishto.

Er wirkte völlig entspannt, lachte hin und wieder und leistete Nashoba bei seinem Mahl Gesellschaft. Nur mit Mühe konnte sie sich zwingen, ihn nicht zu berühren. Sie war seiner Faszination erlegen; der Gedanke an das Geschehene ließ ihr das Blut im Kopf rauschen. So sehr sie Nashoba schätzte, sie sehnte sich danach, wieder mit Kowishto allein zu sein. Seine Augen begegneten ihrem Blick, und sie wusste, dass er ihre Gedanken erriet. Verlegen wandte sie sich ab.

Nashoba schnitt ein Stück aus der Keule, sodass das Fett zischend ins Feuer tropfte, bevor er vorsichtig ein Stück abbiss. Die Unterhaltung wurde in einer Sprache geführt, die Berenice nicht verstand. Als aber der Elnooname ihres Vaters fiel, horchte sie auf. Nashoba bemerkte es und wechselte ins Englische.

»Ukato-Ka-In brachte das Pferd zu deinem Vater. Er richtete ihm aus, dass Kowishto dich gefunden hat und er dich zu den Elnoo mitnimmt, bis das Wetter besser wird. Dein Vater war sehr zornig. Er verlangt, dass du umgehend zurückkommst und schickt deshalb für dich und Kowishto zwei Pferde.«

Ratlos sah sie Kowishto an. »Ich weiß nicht, was ich machen soll.«

Kowishto, der den letzten Bissen seiner Mahlzeit mit Wasser herunterspülte, erhob sich und nahm sie in die Arme.

»Ich habe mit deinem Vater gesprochen. Er sagte, es sei allein deine Entscheidung. Es wird für dich keine Schwierigkeiten geben, wenn du mit mir zum Dorf reitest. Er gab mir sein Wort. Wenn du allerdings sofort zu deinem Vater willst, werden wir dich begleiten.«

Berenice drückte ihre Stirn gegen seine Brust. Sie stellte sich gegen ihren Vater, wenn sie seiner Aufforderung nicht nachkam. Ihr Kopf fühlte sich leer an.

»Wir können morgen erst weiter. Ich denke darüber nach. Morgen früh werde ich es wissen.«

Hoffentlich, dachte sie. Wozu sie sich auch entschloss, sie würde jemanden verletzen, der ihr nahestand. Zum Lager war es sehr viel näher, ins Dorf würden sie länger brauchen. Ihre Entscheidung war schon gefallen – doch zumindest wollte sie nicht übereilt handeln.

Am nächsten Morgen tauchte sie nur langsam aus dem Schlaf auf. Eine warme Hand fuhr ihren Körper entlang und streichelte sie zärtlich, bis sie nach ihr griff und sie festhielt. Ihr Wohlbefinden kämpfte gegen ihr Schamgefühl.

»Wo ist Nashoba?«

»Nicht hier.« Kowishto flüsterte in ihr Ohr und ließ sich von seinem Vorhaben nicht abhalten. Er kannte sie inzwischen gut genug, um sie an einen Punkt zu bringen, wo alles an ihr weich und voller Hingabe wurde. Es kostete ihn Kraft, sich zurückzuhalten, denn in ihrer Erregung war sie für ihn unwiderstehlich.

Noch der Lust ein wenig nachfühlend fragte Berenice viele Augenblicke später: »Müssen wir nicht aufstehen?«

»Etwas Zeit bleibt noch. Es ist noch zu dunkel.«

Es war unklug, sie zu fragen, das wusste Kowishto, doch auch seine Beherrschung hatte Grenzen: »Wirst du mit mir kommen?«

Berenice schob die warme Felldecke zur Seite. Trotz der Kühle des Raumes schwitzte sie.

»Wie wichtig ist es dir, dass ich nicht zu meinem Vater zurückkehre?«

Ärgerlich schob auch er die Decke weg. »Wie wichtig? Das fragst du noch?«

Er packte sie bei den Schultern und zog sie hoch, sodass sie seinen im Halbdunkel funkelnden Augen begegnete. »Ich will, dass du meine Frau wirst und bei mir bleibst. Das ist das Wichtigste für mich. Glaubst du, ich würde tagelang meine Pflichten bei den Elnoo vernachlässigen und durch eine verschneite und kalte Gegend laufen, wenn es sich nicht um dich handeln würde?«

Seine Enttäuschung, dass ihre Zuneigung nicht frei von Bedingungen und Vorbehalten war, brach sich Bahn.

Sie legte die Arme besänftigend um seinen Hals. »Ich bin bereit, meine gut geplante Zukunft und mein Seelenheil zu gefährden. Dich zu begleiten heißt auch, den Zorn meines Vaters in Kauf zu nehmen, seine Enttäuschung über meine Undankbarkeit.«

»Lohnt das alles für die Liebe zu einem Wilden, wie er mich nennt?«

Zum ersten Mal zeigte er Verletzbarkeit, und das schmerzte sie mehr als sein Sarkasmus.

»Ich sehe dich nicht so, das weißt du sehr gut.«

Kowishto wollte den Blick abwenden, brachte es jedoch nicht fertig. Das erste Morgenlicht schimmerte durch den Eingang. Er hörte aus der benachbarten Höhle, wie Nashoba seine Sachen packte. Ihre weiße Haut schimmerte neben seiner dunklen und reizte ihn wie immer, sie zu berühren. Diesen Zauber würde sie nie verlieren.

»Komm mit mir, Amwesi, und werde meine Frau.« Seine Stimme war heiser.

Sie drückte ihre Lippen auf seine bloße Brust und flüsterte: »Das bin ich doch schon. Wir werden zusammen zu den Elnoo gehen.«

Er gab sich damit zufrieden. Man würde sehen, wie sich die Dinge entwickelten, wenn der Winter vorbei war. Er packte Vorräte und warme Felle zusammen, während sie sich schnell wusch und ankleidete. Das Frühstück bestand aus kaltem Fleisch und war schnell eingenommen.

Nashoba führte schon die Pferde hinaus. Es schneite nicht mehr, und der Himmel war blau, nur am Horizont standen einige weiße Wolken.

Die Sonne ging soeben auf, als sie sich auf den Weg machten. Sie ritt mit Kowishto auf dem Pferd ihres Vaters, während Nashoba mit dem Gepäck das zweite Pferd nahm. Er ging ebenso geübt wie Kowishto damit um. Anfangs sanken die Tiere noch tief in den frisch gefallenen Schnee ein und kamen nur langsam voran. Nach einer Weile ritten sie auf schon eifrig benutzten Wildwechseln, die das Fortkommen etwas erleichterten.

Berenice genoss den Ritt. Warm eingewickelt wurde sie von Kowishto gehalten, gegen den sie sich drückte. In der kalten Luft sah sie die Atemwölkchen aus den Nüstern der Pferde, die durch eine weiße Zauberlandschaft liefen. Ihre Kleidung lag zu einem Bündel verschnürt in der Höhle, und sie trug die warmen, gefütterten Beinkleider der Elnoo, Lederstiefel, ein wollenes Oberkleid und darüber ebenso wie die beiden Männer eine dicke Felljacke mit Kapuze. Sie war seit ihrer Kindheit kaum noch im Herrensitz geritten, gewöhnte sich aber wieder schnell daran. Fröhlich wies sie auf einige Hasen, die übermütig und leichtsinnig in einiger Entfernung von Busch zu Busch hopsten. Sie schienen zu ahnen, dass sie vor den Jägern sicher waren, und tatsächlich machten beide Krieger keine Anstalten, nach Pfeil und Bogen zu greifen. Eine größere Rast gab es weder an diesem noch am folgenden Tag. Gegessen wurde unterwegs, ohne abzusitzen, und eine Pause machte man allenfalls, wenn es sich nicht vermeiden ließ. Sie waren bis in die Dunkelheit unterwegs und sogar noch, als der Mond schon am Himmel stand. Es wurde nicht völlig dunkel. Vollmond und Schnee leuchteten hell genug, um weiterzureiten. Berenice war schließlich so erschöpft, dass sie in Kowishtos Armen auf dem Pferd einschlief. Er hatte Mühe, sie zu halten.

Unter den dichten und tief hängenden Zweigen eines Tannenwaldes bauten die beiden Männer ein kleines Lager, in dem sie abwechselnd schliefen und wachten. Der folgende Tag unterschied sich nicht vom vorhergegangenen. Es wurde wenig gesprochen – nur Berenices helle Stimme war manchmal zu hören, wenn sie etwas entdeckte, das sie interessierte. Kowishto lächelte angesichts ihrer Begeisterung und schob gelegentlich seine Hand für einen Augenblick unter ihre Kleidung, um sie zu berühren.

Am nächsten Tag erreichten sie mitten in der Nacht das Dorf. Diesmal war Berenice wach geblieben. Die Pferde, am Ende ihrer Kräfte, hatten sich bewährt und durchgehalten. Kurz vor dem Dorf begegneten sie einem aufmerksamen Krieger, der aus einem Gebüsch hervortrat und sie grüßte. Nur hier und da schimmerte ein Lichtschein aus den Häusern und Zelten; die meisten Bewohner hatten sich bereits zur Ruhe begeben. Das Dorf lag in friedvollem Schlaf.

Die Männer lenkten ihre Pferde in einen Unterstand, wo sie sich erholen konnten. Sie luden ihre Biberfelltaschen mit den restlichen Vorräten, den Decken und dem Futter für die Tiere ab. Berenice spürte eine bleierne Müdigkeit und hatte nur den Wunsch, schnell einen Schlafplatz zu finden. Nashoba hob verabschiedend die Hand. Kowishto hingegen schlug die entgegengesetzte Richtung ein. Sie lief hinter ihm her.

»Bringst du mich nicht zum Genu'ji'gan?«

Erstaunt wandte er sich zu ihr. »Was willst du da? Du wirst natürlich in meinem Zelt wohnen.«

Sie war noch nicht müde genug, um dem Zorn auszuweichen, der in ihr hochstieg.

»Wie kommst du darauf? Ich kann nicht in deinem Zelt wohnen. Was hältst du von mir?«

Kowishto hatte nicht die geringste Lust, mitten in der Nacht und übermüdet eine Diskussion mit ihr zu beginnen.

»Du kommst jetzt mit und schläfst dort, wo ich es dir zeige. Und verhalte dich leise.«

Wütend stapfte sie neben ihm durch den Schnee. Sie würde diesen Befehlston nicht einfach übergehen. In seinem Zelt zog sie nur die dicke Jacke aus und legte sich grollend auf ein Lager aus Tannenzweigen und dicken Pelzen. Während sie ihn bewusst ignorierte, zündete er ein Feuer an. Entspannt legte er die dicke Jacke ab und kramte in der Felltasche nach etwas Essbarem.

Berenice blickte sich schläfrig und verstohlen im Zelt um. Das Innere war bequem und warm. Die Schlafstelle, mittels einiger Felle vom Rest des Raumes abgetrennt, erinnerte sie an die Schlafnischen in flämischen Bauernhäusern. Vom oberen Zeltrand hingen Körbe unterschiedlichen Inhalts herunter. Der mit kurzhaarigen Fellen ausgelegte Boden trug zu der behaglichen Atmosphäre bei. Auf einer kleinen Korbtruhe lagen Kowishtos Waffen griffbereit. Es wurde schnell wärmer im Zelt, und die Augen fielen ihr zu. Im Traum sah sie kämpfende Krieger, deren Blut in den weißen Schnee tropfte. Einmal schrie sie leise auf und spürte Kowishtos beruhigende Nähe, bis sie wieder in einen tiefen, diesmal traumlosen Schlaf glitt.

Etwas zerrte an ihrem Arm und schüttelte sie leicht. Immer noch müde kämpfte Berenice sich aus dem Schlaf und blickte in ein Paar dunkler, vergnügter Augen. Eine kleine Kinderschar drängte sich neugierig in das Zelt. In ihrer Mitte befand sich Elapagte, die sie erwartungsfroh ansah.

Berenices Herz wurde warm bei der freundlichen Begrüßung. In aller Eile kleidete sie sich an und folgte der wild durcheinander erzählenden Schar zum Genu'ji'gan, wo sie ein ausgiebiges Frühstück erwartete. Jeder schien sich zu freuen, sie zu sehen.

Die Krieger seien auf der Jagd, erfuhr sie, während sie mit großem Appetit geröstetes Gemüse aß. Die älteren Männer, die Frauen und Kinder befanden sich alle in ihren Zelten – was kaum verwunderlich war, denn draußen herrschte einmal mehr wildes Schneetreiben. Der Winter schien entschlossen, seine Macht endgültig zu beweisen.

Im Laufe des Morgens unterbrachen alle ihre Freunde und Bekannten kurz ihre Tätigkeiten, um sie zu begrüßen, sich nach ihrem Befinden zu erkundigen oder einen kleinen Scherz mit ihr zu machen. Berenice war gerührt von der herzlichen und liebevollen Aufnahme. Sie war zu guten Freunden zurückgekehrt; es schien, als sei sie nie fort gewesen. In ihre frühere Tätigkeit wurde sie kurzerhand wieder integriert. Trotz des Schneefalles ließ sie sich überzeugen, mit den Kindern ein ihr unbekanntes Tier aus Schnee zu bauen. Mit zunehmend erkennbaren Formen bildete sich eine Art Stier heraus. Es dunkelte schon, als sie noch an den letzten Feinheiten arbeiteten.

Elapagte holte sie schließlich ab, und auf dem Weg zum Haus merkte sie, wie hungrig sie war. Die Fellstiefel hatten ihre Füße zwar gut geschützt, die Kälte aber nicht völlig abhalten können, und so freute sie sich auf das gemeinsame Essen mit ihren Freundinnen am warmen Feuer. Nach und nach füllte sich das lange Haus mit zurückkehrenden Kriegern, die müde und ebenfalls durchgefroren und hungrig eintrafen. Berenice brachte die Kinder zu ihren Müttern und gesellte sich dann wieder zu Elapagte, die jedoch versuchte, ihr begreiflich zu machen, dass sie nicht mit ihr essen konnte.

Berenice verstand nicht. Schließlich zog sie ihre warme Jacke an, griff nach Berenices Arm und führte sie zu Kowishtos

Zelt. Verwirrt und ratlos setzte Berenice sich nieder. Was sollte sie hier? Es war kalt, es gab nichts zu essen und von Kowishto war nichts zu sehen. Zumindest das erste Problem war lösbar. Sie war noch auf der Suche nach einer Möglichkeit, Feuer zu entfachen, als die Eingangsklappe sich öffnete. Mit einem kalten Luftzug von draußen erschien endlich Kowishto. Der Zorn der letzten Nacht bekam neue Nahrung.

»Schön, dich zu sehen. Gibt es einen Grund dafür, dass ich jetzt meine Zeit in deinem Zelt verbringen muss und nicht mit den anderen am Feuer sitzen und essen kann?«

Sein eben noch erfreutes Gesicht wurde merklich kühler. »Es gibt einen Grund. Meine Pflicht ist es, eine Familie zu versorgen, die keinen Krieger hat, der für sie auf die Jagd geht. Dieser Pflicht konnte ich einige Tage nicht nachkommen, weil ich mich um das Wohlergehen der Frau kümmern wollte, der mein Herz gehört. Man nimmt wohl an, dass du deshalb auch mein Zelt und die Mahlzeiten mit mir teilst.«

Verunsichert wies sie auf die kalte Feuerstelle. »Es gibt nichts zu essen. Erwartest du von mir, dass ich die Aufgaben einer Elnoo übernehme? Das würde uns beide nicht glücklich machen.«

»Das fürchte ich auch. Nein, ich erwarte nicht, dass du für mich einfache Arbeiten verrichtest. Komm mit.«

Sie warf einen forschenden Blick in sein Gesicht, aber es schien keine Ironie in seinen Worten zu liegen. Trotzdem konnte sie sich eines zwiespältigen Gefühls nicht erwehren. Während er den Arm um sie legte und sie mit sich wieder hinaus in die Winternacht zog, gestand sie sich ein, dass sie von ihm viele Beweise seiner Zuneigung erhielt.

Sie fühlte Scham über ihre Engstirnigkeit. Ihr Zorn verflog, während sie, geschützt vor den Schneeböen, in seinem Arm zum anderen Ende des Dorfes ging. Die größeren Kinder fegten tagsüber immer wieder die Wege, doch der starke

Schneefall hatte ihre Bemühungen beinahe zunichtegemacht. Vor einem kleineren Zelt am Ende des Dorfes machten sie Halt und klopften sich den Schnee ab.

Zwei Frauen, eine sehr alte und eine in mittleren Jahren, saßen am Feuer und kochten. Töpfe mit Fleisch und Kürbis brutzelten leise vor sich hin. Berenice lief das Wasser im Munde zusammen, doch sie begrüßte beide zunächst und ließ sich auf ein Zeichen der Älteren neben ihr nieder. Beide Frauen trugen ansehnlich verzierte Lederbekleidung mit geometrischen Mustern an den Rändern, die wiederum mit Wildschweinborsten verziert waren. Die Alte bemerkte ihr Interesse und lächelte ihr zu, wobei ihr lückenhaftes Gebiss sichtbar wurde. Die meisten Elnoo besaßen bis ins hohe Alter recht gesunde Zähne. Im Vergleich zu den Franzosen im Lager, wo Zahnweh und die damit verbundene schmerzhafte Behandlung an der Tagesordnung waren, fiel ihr dieser Umstand besonders auf. Die jüngere Frau reichte zuerst Kowishto eine ausgehöhlte Schale mit Fleisch und eine weitere leere Berenice. Sie durfte wählen, was ihr schmeckte. Sie versuchte jedes Gericht und verkündete dann, dass der Eintopf aus dicken, gelben Früchten das Beste sei, was sie je gegessen habe.

Kowishto stellte die junge Frau als Shesni vor, ihre Mutter nannte sich Wankahachit. Berenice hätte nicht geglaubt, dass sie alle Töpfe leeren würden, doch es blieb nichts übrig. Viel geredet hatten sie nicht; Kowishto war schweigsam und übersetzte nur gelegentlich. Doch es waren freundliche Frauen, die sie anlächelten und ihr eine gute Nacht wünschten.

Auch auf dem Weg zu ihrem Zelt sprachen sie nicht viel. Wie schon am Abend zuvor zündete Kowishto ein Feuer an und begann, seine Waffen zu reinigen. Seine Schweigsamkeit irritierte sie. Da sie nicht wusste, womit sie sich beschäftigen sollte, ließ sie sich ihm gegenüber nieder und beobachtete ihn. Nach einer Weile brach sie das Schweigen.

»Meske'k, ich entschuldige mich für mein Verhalten. Erzähl mir von den beiden Frauen. Warum hat Shesni keinen Mann? Sie ist eine hübsche Frau.«

Kowishto blickte von seiner Arbeit nicht auf. »Sie hat ihren Mann im letzten Sommer verloren. Eine kleine Herde Bisons hatte sich in diese Gegend verlaufen. Das geschieht nicht allzu häufig, und so nutzten wir die Gelegenheit zum Jagen. Bisons haben viel Fleisch, alles an ihnen ist von Nutzen, es sind wertvolle Tiere. Doch sie zu jagen, ist gefährlich. Wir wollten sie über einen Abhang treiben, damit sie zu Tode stürzen, aber ein alter Bulle wendete und raste auf uns zu. Wir haben mehrere Köcher Pfeile in ihn geschossen. Bevor wir ihn töteten, erreichte er Shesnis Mann. Er wich nicht schnell genug aus.«

»Wer sorgt für sie, wenn du die Elnoo verlässt?«

»Es wird immer einen Krieger geben, der sie versorgt. Niemand muss hungern, wenn der Winter nicht übermäßig hart und lang ist.«

»Kommt das denn vor?«

»Ich habe davon gehört, aber noch keinen erlebt. Ich habe noch nie zuvor so viel Schnee gesehen. Wie ist es bei deinem Volk? Sind die Winter dort schneereich, und hungern die Menschen im Winter?« Er legte sein Werkzeug beiseite.

Immer noch machte sein Blick sie nervös. »Es kann kalt werden und schneien, in manchen Jahren auch mehr, doch diese Mengen Schnee und diese grausame Kälte kenne ich auch nicht. Die Menschen hungern oft, doch zumeist, weil die Ernten schlecht ausfallen, ihre Abgaben sehr hoch sind oder die Felder wegen eines Krieges nicht bestellt werden.«

»Hast du schon einmal gehungert?«

Belustigt schüttelte sie den Kopf. »Nein, niemals. Ich habe Speisen im Überfluss bekommen. Meist hatte ich keinen Hunger.«

Er lächelte zurück. »Das scheint sich geändert zu haben.«
»Es wundert mich selbst. Zu Hause habe ich die meiste Zeit im Haus verbringen müssen; hier laufe ich draußen herum und arbeite sogar, das macht hungrig.« Als er seinen Kopf schief legte und sie anblickte, meinte sie hinzufügen zu müssen: »Es ist natürlich keine richtige Arbeit. Ich beschäftige die Kinder, helfe bei Kleinigkeiten, damit die Mütter mehr Zeit haben.«

Das Feuer wärmte angenehm. Sie hatte das Bedürfnis, sich ihrer Kleidung zumindest teilweise zu entledigen, doch ihrer Intimität mit ihm fehlte noch diese Selbstverständlichkeit. Unruhig rutschte sie auf ihrem Sitz herum, bis er aufstand.

»Wir sollten schlafen gehen. Ich muss aufstehen, lange bevor es hell wird.«

Zögernd zog sie sich aus und schlüpfte unter die Decke. Als er sie in die Arme nahm, war die Fremdheit verschwunden. Doch sie wartete vergeblich auf weitere Zärtlichkeiten.

Berenices Tage waren wieder erfüllt von verschiedenen Arbeiten. Sie hatte sich angewöhnt, Wankahachit aufzusuchen und kochen zu lernen. Elapagte vertraute sie an, dass sie in der Wildnis wenigstens nicht verhungern wollte, weil sie nicht wusste, wie man einen Hasen fing und zubereitete. Die jungen Männer vertrieben sich die Zeit mit Geschicklichkeitsübungen und machten sich immer noch über ihre mangelhafte Fähigkeit lustig, mit dem Messer oder dem langen Speer zu werfen. Von ihnen erfuhr sie, dass jede Jahreszeit für die Elnoo verschiedene Aufgaben bereithielt. Im Frühjahr fingen die Kinder und Frauen den süßen Saft einer Baumart auf, die Berenice nicht kannte, während die Männer Ausschau nach vorbeiziehenden Wildgänsen hielten. Später im Jahr fischte man oder ging auf die Jagd nach Hirschen und Robben, die im Winter weiter nördlich auf den Sandbänken zu finden waren. Im Herbst sammelte man die reifen Beeren und Nüsse, die goldgelben Kornkolben und das kugelförmige Gemüse mit gelbrotem Fleisch, das Berenice besonders mochte. Bevor das Frühjahr begann, jagte man Otter, Biber und Bären, die wegen ihres dichten Winterfelles besonders begehrt waren.

Jeden Tag erübrigten die Jungen nun einige Zeit, um sie zu unterweisen. Nach anfänglichen Schwierigkeiten machte es ihr immer mehr Spaß. Sie bewies Geschick und warf mit der Zeit immer genauer. Bald stand sie den jungen Burschen in nichts mehr nach. Unzählige Male versuchte sie es, bis ein Messer genau dort stecken blieb, wo sie es hinwarf, oder ihr Pfeil jedes gewünschte Ziel traf.

Um Häuser und Zelte türmten sich nun die Schneemassen. Nach Tagen zeigte sich zum ersten Mal wieder die Sonne. Die Frauen und Kinder legten Fallen aus und erkundeten die Festigkeit der Eisdecke auf dem zugefrorenen See; vielleicht konnte man fischen. Berenice blieb mit Elapagte und den Kleinkindern zurück. Sie versuchte sich an einem Geflügeleintopf. Während sie das Fleisch in Stücke teilte und die Kinder im Auge behielt, damit sie dem Feuer nicht zu nahe kamen, dachte sie an Kowishto.

Nachts schlief sie in seinen Armen ein. Sie sehnte sich danach, wieder von ihm berührt zu werden. Längst war der ziehende Schmerz im Unterleib vergangen, der ihr anfangs noch bewusst gemacht hatte, dass sie nicht mehr die unschuldige, junge Frau war, die Henri ein Eheversprechen gegeben hatte. Darum sorgte sie sich nicht mehr. Henri war nicht der Mann, dem es um ihre Unberührtheit ging. Selbst sein Vater würde sich nur Gedanken darüber machen, dass sie von seinem Sohn schwanger wurde. Seitdem die stille Furcht vor einer Schwangerschaft nicht mehr bestand, fühlte sie sich frei in ihrer Entscheidung. Das Gefühl, vor Gott nicht bestehen zu können, hatte ebenfalls Risse erhalten.

In Gedanken versunken hob sie eines der Kleinkinder hoch, das mit einem Zweig versuchte, ins Feuer zu stechen. Elapagte summte eine kleine Melodie und nahm ihr den entdeckungslustigen Ausreißer ab.

Berenice öffnete die Luke im oberen Teil des Hauses, um frische Luft hereinzulassen. Der Geruch von gekochtem Fleisch mischte sich mit dem der Kinder, die wieder einmal gewaschen werden mussten. Sie würde noch mehr warmes Wasser brauchen und trat deshalb mit einem Kürbisgefäß vor die Tür. Der Weg zum See erübrigte sich jetzt, da sie Schnee nehmen konnte. Einige Krieger gingen an ihr vorbei und grüßten freundlich. Es waren junge Männer, die mit der Aufgabe betraut waren, die Umgebung im Auge zu behalten.

Assakuniut war ein vorsichtiger Mann, denn auch in Friedenszeiten gab es Überfälle. Ihre Gedanken kehrten wieder zurück zu Kowishto. Wollte sie bei ihm bleiben? Ein Leben wie dieses zu führen, fernab von den lieb gewonnenen Gewohnheiten ihrer Kinderzeit, schien ihr nicht mehr unmöglich. Sie scheute die Arbeit nicht, die sie hier verrichtete. Sie machte ihr Freude. Ihr Dasein in Mechelen und Frankreich hatte sie keineswegs für sinnlos oder leer gehalten, doch hier hatte es einen ganz anderen Inhalt bekommen.

Eine schöne Umgebung, wunderbare Kleider, die Musik der Sänger, Diskussionen über die alten Philosophen – Dinge, die ihr Leben bisher ausgemacht hatten – würde sie mit der Zeit sicher sehr vermissen. Auf Kowishto zu verzichten, schien jedoch ein noch größerer Verlust zu sein. Dennoch konnte sie sich nicht klar für ihn entscheiden. Was würde mit ihr geschehen, wenn ihm etwas zustieß? Wenn eines dieser riesigen Tiere ihn tötete, so wie Shesnis Mann, oder wenn er in einem Kampf unterlag? Sie musste sich nicht nur für ihn entscheiden, sondern auch für das Leben in diesem Land und bei diesen Menschen. Dabei kannte sie nicht einmal Kowishtos

Stamm. Möglicherweise war er ganz anders als die Elnoo, und es gefiel ihr dort nicht.

Einen kurzen Augenblick schob sich die Erinnerung an andere Augen in ihr Bewusstsein. Das lachende, entspannte Gesicht eines königlichen Kuriers, der sich ihr dreist in den Weg gestellt hatte. Wo mochte er jetzt sein?

In diesem Augenblick flog die schützende Lederklappe vor dem Eingang zur Seite und riss sie aus den Grübeleien. Die beiden ältesten Kinder rannten schreiend vor Elapagte davon, prallten gegen sie und rissen sie mit zu Boden. Lachend hielt sie die beiden fest, bis alle wieder auf den Beinen waren. Entschlossen bugsierte sie die beiden zurück. Mit dem schneegefüllten Gefäß betrat sie schließlich das Haus und wandte sich ihrer Aufgabe zu.

An diesem Abend aßen sie im langen Haus. Krieger, die sich ansonsten nie dort aufhielten, kamen mit ihren Frauen und Kindern. Sogar der Häuptling und Assakuniut saßen am großen Feuer in der Mitte des Hauses. Berenice fütterte zwei Kinder und biss gelegentlich selbst in ein Stück Fleisch oder knabberte an einem der süßen gelben Kornkolben, die in ihrer Schale geröstet wurden.

Ein alter Mann erzählte die lange und ausführliche Geschichte der Elnoo, von ihrem Mut und ihrer Ausdauer. Er sprach von einem Großen Geist, dem Kji Niskam, und von Glooskap und Malsum, den beiden Söhnen der Mutter Erde, der eine gut, der andere böse. Nicht alles verstand Berenice, doch seine Mimik und seine Art, dramatische Gebärden und theatralische Pausen einzubauen – das zählte wahrhaft als schauspielerische Leistung. Mit großen Augen drängten sich die Kinder heran und lauschten atemlos. Ein müdes Kind im Arm saß Berenice gegen einen der Holzpfosten im Raum gelehnt und versuchte, der Geschichte zu folgen.

Kowishtos Augen waren auf sie gerichtet; sie brauchte sich dessen nicht zu vergewissern. Sein Blick zeigte den Ausdruck warmer Zärtlichkeit, der sie schwachmachte und ihr gleichzeitig Rückhalt gab. Die beiden großen Feuer erleuchteten das Haus, Schatten tanzten über die Wände. Der Raum war gefüllt mit Menschen, die dem Erzähler lauschten oder miteinander flüsterten. Es war ein buntes und aufregendes Bild und doch auf gewisse Art ähnlich den Abenden in Frankreich, wenn im Winter Gaukler und Märchenerzähler den Schlössern Besuch abstatteten.

Ihr Blick fiel wieder auf Kowishto. Er war stets in ihrem Inneren, in ihren Gedanken und Gefühlen. Mit ihm in einem Zelt zu leben, brachte Intimität mit sich. Manches hatte sie irritiert und einiges erheitert. Nie hätte sie beispielsweise vermutet, dass er eitel sein könnte. Doch es war wohl nicht anzunehmen, dass solche Eigenschaften sich auf die adligen Bewohner der französischen Schlösser beschränkten. Er war unnachgiebig, wenn es um die körperliche Reinigung ging, und ließ kein vernünftiges Argument zu, dass zu viel Wasser, kaltes vor allem, ihrer hellen Haut schade. Seiner Meinung nach roch er die Bewohner des Lagers früher als eine Wildtierherde.

Langsam wurde Berenice schläfrig. Die Geschichte des Erzählers dauerte an. Das Kind auf ihrem Arm schlief bereits, und seine Mutter nahm es ihr mit einem dankbaren Nicken ab.

Als sie mit Kowishto ihr Zelt betrat, fröstelte sie. Eilig zündete er ein Feuer an und zog sie in seine Arme. Sein Körper wärmte sie. Sie schloss die Augen und genoss seine Berührung. Plötzlich hellwach spürte sie nur noch seine Hände, die bald hier, bald dort spielten, sie erregten und wieder beruhigten. Sie sehnte sich nach ihm, wollte mehr als einen Kuss, doch er ließ sich Zeit. Ihre wachsende Ungeduld und die Frage in ihren Augen entgingen ihm nicht. Bevor sie die Schnüre ihres Kleides löste, hielt er ihre Hand fest.

»Wenn du etwas ausziehen willst, beginne bei mir.« Zu seiner inneren Belustigung errötete sie.

Berenice streifte ihm die Lederjacke ab und zog sein warm gefüttertes Hemd über seinen Kopf. Das Bedürfnis, ihn anzufassen, zu streicheln, war übermächtig. Sie bewunderte den muskulösen und geraden Oberkörper, fuhr mit der Hand über die Rundung seiner Schulter, entlang der Narbe, die sich den Oberarm hinunterzog. Ihr Mund legte sich leicht auf den seinen, suchte seinen Weg über den Hals zur Brust. Sein Körper reagierte heftig, und es kostete ihn seine ganze Beherrschung, sie nicht einfach zu fassen und sich auf sie zu werfen.

»Du solltest meine Hose öffnen, bevor sie zerreißt. Mein Vertrauen in deine Nähkünste ist nicht besonders groß.«

Sie unterdrückte ein Kichern, hatte jedoch einige Schwierigkeiten mit den Schnüren seiner Hose. Leicht stöhnend war er ihr behilflich, und es gelang ihm, seine restlichen Kleidungsstücke schnell auszuziehen. Er legte sich zurück und zog sie neben sich.

Ihre Hände erkundeten seinen Körper weiter, als wolle sie sich jedes Detail einprägen. Sie schloss die Augen und spürte die harten Linien seines Oberschenkels, wo der Muskel bis zum Knie verlief. Seine Anspannung und Erregung reizte sie. Wieder senkte sie ihren Mund auf seinen Bauch, doch als sie mit ihrer Zunge seine Brust berührte, stieß Kowishto einen heiseren Laut aus. Eilig entkleidete er sie und drückte sie mit seinem vollen Gewicht in die Decken. Sein Kuss forderte sie heraus, und sie erwiderte ihn mit der gleichen Dringlichkeit. Sie fühlte seine Härte an ihrem Bauch und drückte sich dagegen.

Sein Eindringen war eine Befreiung. Die Lust in ihrem Körper verselbstständigte sich. Sie riss sie mit über Höhen und Tiefen in einen Rhythmus, den sie nicht mehr bestimmen konnte, bis sie höher und höher getragen wurde, bis eine erlösende Explosion sie befriedigt zurücksinken ließ.

Sie brauchte Minuten, um sich in der Wirklichkeit wiederzufinden.

Kowishto kniete vor ihr und hielt sie im Arm, selbst noch schwer atmend. Langsam ließ er sich zur Seite sinken, zog sie mit sich und umfasste mit beiden Händen ihr Gesicht.

»Du besitzt mein Herz, meinen Körper und meine Gedanken. Was wirst du damit tun?« Seine Stimme hatte einen rauen Klang.

»Wir könnten das Gleiche noch einmal machen, in ein paar Tagen, wenn ich mich erholt habe.« Auch ihre Stimme gehorchte ihr nicht ganz, und sie räusperte sich.

Er lachte leicht. »Du hast ein vorwitziges Mundwerk. Du bist mutig, wenn du vorsichtig sein solltest. Die Nacht ist noch nicht zu Ende.«

Sie wand sich aus seiner Umarmung und drehte sich wohlig auf den Bauch.

»Ich hätte nie vermutet, wie angenehm man in einem Zelt schlafen kann.«

Seine Hand bewegte sich über ihre Schulter, entlang der Linie ihres Rückgrates, über die Rundung ihres Gesäßes und wieder zurück. Ihre Atmung wurde gleichmäßiger; sie fiel wie ein vom Spielen müdes Kind in den Schlaf. Er selbst konnte nicht schlafen und fuhr fort, sie leise zu berühren und anzusehen. Irgendwann in der Nacht erwachte sein Begehren wieder. Seine Finger suchten ihren Weg zwischen ihre Oberschenkel, schoben sie auseinander und fanden ihre empfindlichste Stelle.

Sie stieß einen kleinen Laut der Überraschung und Erregung aus. Er schob seine Hand unter ihren Bauch, hob sie an und drang diesmal langsam und genussvoll in sie ein. Er führte sie auf eine lange Reise zum Höhepunkt der Lust und in die Tiefen ihrer Sehnsüchte. Die ersten Vögel regten sich in der Morgendämmerung, als sie erschöpft und glücklich einschliefen.

Der Winter brachte in den nächsten Wochen so viel Schnee, wie Berenice es sich niemals hätte vorstellen können. Dort, wo der Wind besonders heftig auf das Dorf traf, türmten sich die Schneewehen bis zur Höhe der Zeltspitzen. Das Leben spielte sich nun noch mehr im Inneren der langen Häuser und Zelte ab als zuvor. Nur die Krieger und jungen Männer verließen das Dorf, um hin und wieder für frisches Fleisch und Fisch zu sorgen. Niemand störte sich daran, dass Berenice ihre Nächte in Kowishtos Zelt verbrachte. Ukuma, dem sie wieder öfter begegnete, ignorierte diese Tatsache wie jeder andere auch.

Sie hatte gestaunt, als sie ihren Diener nach Wochen wiedersah. Auch zuvor schon kräftig gebaut war er durch die Übungen der Männer noch muskulöser geworden. Verstärkt wurde dieser Eindruck durch sein neu gewonnenes Selbstbewusstsein. Stolz schritt er an der Seite der Krieger durch das Dorf. Sie hatte gehört, dass eine junge Elnoo Interesse an ihm bekundete, doch derlei Gerede stets ignoriert. Jetzt erkannte sie, dass die Frauen in ihm einen begehrenswerten Mann sahen. Die Rückkehr in ein Leben als Sklave würde nicht einfach für ihn sein, dachte sie.

Auch Ukuma bemerkte Veränderungen an seiner jungen Herrin. Die feine Zartheit ihres kindlichen Gesichtes war verschwunden. Ihre weiße Haut hatte durch die Sonne und das Leben an der frischen Luft einen leichten Goldton angenommen. Aus der Ferne wirkte sie inzwischen wie eine Elnoo. Der verlorene Ausdruck in ihren Augen, der ihn oft angerührt und eine Verbindung zwischen ihnen geschaffen hatte, war verschwunden. Auch er sah Schwierigkeiten voraus.

Jetzt gerade kam Berenice vom zugefrorenen Bachufer zurück, wo die Krieger ein Loch ins Eis geschlagen hatten. Sie trug eine helle Pelzjacke, die sie fest um sich wickelte. Ukuma hatte Kowishto im späten Herbst gesehen, als dieser die seltene Katze tagelang gejagt hatte, um an ihr Fell zu kommen. Es war ein kluges und gefährliches Tier gewesen, das ihm einige Kratzer beigebracht hatte.

Berenice wirkte selbst in einem Zelt königlich, dachte er amüsiert. In der Kälte stiegen weiße Atemwölkchen vor ihr auf. Sie blieb vor ihm stehen und blickte ihn fragend an.

»Hast du auf mich gewartet?«

Flüchtig nickte er und wies zum langen Haus, in dem sie zumeist die Tage verbrachte und den Frauen bei der Arbeit half oder die Kinder hütete.

»Lass uns hineingehen; es ist zu kalt, um draußen zu stehen.«

Sie folgte ihm und nahm neben ihm an der Feuerstelle Platz. Es war seltsam für sie, wieder in ihrer französischen Muttersprache zu reden. Selbst mit Kowishto benutzte sie häufig schon die Elnoosprache oder Redewendungen, die er sie in der Sprache seines Volkes lehrte. Es machte ihr Spaß, Nashoba damit zu verblüffen.

Ukuma hielt sich nicht mit langen Vorreden auf. »Ich habe Nachrichten vom Lager und deinem Vater.«

Verblüfft hob sie die Augenbrauen. »Wie ist das möglich? Kein Mensch ist bei diesem Wetter unterwegs.«

»Die Elnoo haben besondere Vorrichtungen unter den Schuhen gefertigt, die es ihnen ermöglichen, auf Schneeflächen schnell zu gleiten. Ich habe es auch versucht, aber leider kein Talent dafür.« Er verzog in Erinnerung an seine Fehlversuche das Gesicht.

»Eine mühselige Angelegenheit. Jedenfalls behält man auch in dieser Zeit das Lager im Auge. Es scheint dort Schwierigkeiten zu geben. Nachdem Bären das Vorratshaus geplündert haben, sind ihre Vorräte geschrumpft, und über den Rest ist man in einen Streit geraten. Ein Teil des Feuerholzes verbrannte, als während der Auseinandersetzung ein Feuer ausbrach. Die Stimmung wurde noch schlechter, nachdem ein betrunkener Seemann einen anderen zu Tode prügelte. Nashoba war im Lager und hat deinen Vater gesprochen. Er verhandelt mit den Elnoo, um mehr Lebensmittel zu erhalten, und ist bereit, dafür Waffen und Pferde zu geben. Er ist erleichtert, dass du hier in Sicherheit bist und lässt dir ausrichten, du sollst dich stets daran erinnern, deinem Glauben und deiner Bestimmung treu zu bleiben.«

Berenice suchte Ukumas Blick. »Ich weiß, was er meint, aber seine Mahnung kommt zu spät. Meinem Glauben und meiner Bestimmung nach darf ich nicht mit Kowishto zusammen sein. Dennoch bringe ich es nicht über mich, auf ihn zu verzichten. Bin ich so schwach, dass ich bei der ersten Prüfung versage? Ich wünschte nicht zum ersten Mal, ich könnte Abt Anton um Rat fragen.«

Ukumas Gesicht blieb unbewegt. »Der Abt sieht die Dinge auch nur aus seiner Sicht. Bleib bei deiner eigenen Wahrheit, Berenice! Leb nach deinem Gewissen und nicht nach den Erklärungen anderer.«

»Mutige Worte, Ukuma. Wie steht es mit dir? Wirst du mit mir zurückkehren oder als angesehener Krieger bei den Elnoo bleiben? Ein entlaufener Sklave, der von weißen Männern gejagt wird und sich verstecken muss?«

»Man würde mich niemals finden. Die Männer im Lager sind froh, wenn sie überleben. Es ist ein verführerischer Gedanke, ein freier Mann zu bleiben, aber ich kann noch nicht sagen, was ich tun werde.«

Sie war versucht, ihn daran zu erinnern, dass er nicht das Recht zu einer eigenen freien Entscheidung besaß, doch sie schwieg. Ihre Landsleute hatten andere Sorgen, als einen Sklaven zu suchen, der in der Weite eines fremden Landes und unter dem Schutz der Einheimischen verschwunden war.

»Ich kann es ebenso wenig sagen. Die Vorstellung, an der Seite Henris abseits der königlichen Höfe ein gelangweiltes Leben zu führen und jedes Jahr ein Kind zu bekommen, ist nicht besonders anziehend. Aber der Gedanke, für immer hierzubleiben, der ewigen Verdammnis anheimzufallen und auf alles zu verzichten, was mein bisheriges Leben ausmacht hat, ist genauso unvorstellbar.«

Ukuma verzog spöttisch das Gesicht. »Ich nahm an, dass deine Zuneigung zu Kowishto dir über diesen Verzicht hinweghelfen würde.«

Ihre Augen blitzten ihn zornig an. »Das geht dich nichts an. Du hast wenig Anteil an meinem Leben genommen in letzter Zeit. Es war nicht nötig, mir so deutlich zu machen, dass du lediglich auf Befehl meines Vaters auf mich geachtet hast.«

Sein Gesicht verlor bei ihren Worten den neckenden Ausdruck und wurde ernst. »Ich habe nicht nur auf Befehl deines Vaters gehandelt, du bist ungerecht. Ich habe dich so gern wie eine jüngere Schwester, obwohl mir solche Gefühle nie zustanden. Hier halte ich mich an die Weisungen des Kriegshäuptlings. Deine Sicherheit ist jetzt allein Kowishtos Sache.«

Berenice griff nach seiner Hand, eine Vertraulichkeit, die sie sich seit langer Zeit versagt hatte.

»Es tut mir leid. Ich weiß, wie viel du für mich getan hast. Es kümmert mich nicht, wenn andere das nicht verstehen.«

Ukuma erhob sich. »Ich muss zurück. Überleg dir gut, meine kleine Schwester, wo du dein Leben verbringen möchtest.«

Sie sah ihm nach, wie er mit erhobenem Kopf und federndem Schritt durch den Schnee ging. Es war nicht schwer zu erraten, welches Leben er sich wünschte.

Vorsichtig stocherte Berenice in der immer noch recht festen Eisdecke. Nur an einigen Uferstellen begann es, langsam zu tauen. Elapagte winkte vom Rand des kleinen Flusses. In einem Korb neben ihr lagen die Fische, die für den heutigen Abend reichen mussten. Vorsichtig bewegte sie sich zurück; unter ihr knackte es gelegentlich. Es würden die letzten frischen Fische für eine Weile sein. Es war immer noch sehr kalt, doch es wurde gefährlich, die dünner werdende Eisfläche zu betreten.

Fröhlich plaudernd gingen die beiden jungen Frauen zum Dorf zurück. Elapagte hatte vor einigen Wochen ihr Herz einem jungen Krieger geschenkt und hoffte darauf, dass er ihrer Familie gefallen würde. Im Zelt wartete Kowishto auf sie. Seine Kleidung war durchnässt und wies Blutspuren auf, doch sie stellte keine Fragen. Wenn es etwas zu berichten gab, würde er reden. Ihre Vertrautheit und ihr gegenseitiges Verständnis kamen oft ohne Worte aus.

Kowishto hingegen, der gewohnt war, jede Gefühlsregung für sich zu behalten, wurde ihr gegenüber allmählich mitteilsamer. Er schätzte ihre schnelle Auffassungsgabe und ihren Witz. Vieles sah er mit ihren Augen in einem anderen Licht.

Er half ihr, die dicke, warme Kleidung auszuziehen. Sich rekelnd nahm sie am Feuer Platz.

»Manchmal habe ich das Gefühl, dieser Winter geht niemals zu Ende. In meiner Heimat werden schon die ersten Blumen blühen.«

»Ja«, stimmte Kowishto ihr zu, während er ihr die Fellstiefel von den Füßen streifte, »auch bei meinem Volk ist es schon warm. Die kleinen Kinder können schon im Wasser baden.« Er richtete sich ein wenig auf und rieb ihre kalten Hände. »Hast du Heimweh?«

»Manchmal, wenn ich mich erinnere, möchte ich wieder über die Wiesen bei unserem Schloss laufen oder mit dem Abt in Mechelen die verschiedensten Fragen diskutieren. Doch wenn ich daran denke, dass ich dich dafür verlassen müsste, verzichte ich lieber auf diese Gedanken. Es wäre auch nicht mehr das Gleiche. Die Zeit lässt sich nicht zurückholen. Die Orte, die Menschen verändern sich ebenso wie wir selbst.«

Sie wechselte in seine Sprache. »Ich liebe Kowishto, einen Chickasaw-Krieger, und möchte immer bei ihm bleiben.«

»Dann tu es.« Seine Stimme klang heiser.

Sie schmiegte sich in seine Arme und schloss die Augen, erwiderte seine Zärtlichkeiten und spürte dennoch zugleich ihre innere Zerrissenheit, ob es in diesem weiten, fremden Land einen dauerhaften Platz für ihr Herz geben konnte.

Schlaftrunken erwachte sie mitten in der Nacht wieder, als er sie am Arm rüttelte. »Amwesi, wie kann man nur so fest schlafen?«

Mühsam öffnete sie die Augen, konnte jedoch nicht viel erkennen außer den Umrissen seiner Gestalt.

»Steh auf und zieh dir etwas an.«

Unwillig erhob sie sich. Es ging ihm nicht schnell genug; er wickelte sie in die warme Decke und zog sie vor das Zelt. Verwundert blickte sie zum Himmel. Das Firmament schien von Lichtfäden überzogen, bunte Bänder und helles Leuchten erstrahlten in nie gesehener Weise. Ehrfürchtig schlug sie ein Kreuz.

Kowishto trat hinter sie und legte die Arme um sie. Voller Staunen beobachteten sie schweigend das Schauspiel. Sie empfand keine Furcht – so viel Schönheit konnte nichts Böses bedeuten. Kowishto senkte den Kopf und flüsterte in ihr Ohr:

»Wo könntest du besser deinen Gott sehen als dort oben? Besser als in den großen Häusern, in die die Helligkeit nur durch Öffnungen hineinkommt. Spricht er auf diese Weise nicht viel deutlicher zu dir?«

Berenice spürte einen Kloß im Hals und schluckte. Während sie das andauernde Spiel von Feuer und Farben beobachteten, liefen ihr Tränen über das Gesicht. Immer mehr Elnoo traten heraus, um das Farbenwunder zu betrachten, bis schließlich die Farben schwächer wurden und die Nacht wieder in Dunkelheit versank. Bevor sie in Kowishtos Armen einschlief, hatte sie noch eine Frage.

»Hast du gewusst von diesem Licht?«

Er drehte sich zu ihr und zog noch eine weitere Decke über sie. »Ich habe davon gehört. Es ist im späten oder frühen Jahr manchmal zu sehen, wenn das Wetter sich ändert. Doch ich weiß nicht, woher es kommt. Die Elnoo sagen, es sind Windgeister; bei meinem Volk kennt man es nicht.«

Sie drückte sich gegen seinen warmen Körper und wünschte sich, diese Zeichen deuten zu können.

Die nächsten Tage brachten einen deutlichen Wetterwechsel. Binnen Kurzem schmolz der Schnee. Die Bäche und Flüsse breiteten sich aus, und das Dorf versank durch immer wiederkehrende Regenfälle im Schlamm. Mehr noch als in Zeiten der beißenden Kälte waren die Elnoo gezwungen, sich in den Zelten und Langhäusern aufzuhalten. Lediglich die Krieger verließen ungerührt ihre warmen Feuerplätze, um vor

Einbruch der Dunkelheit erschöpft und verschmutzt wiederzukehren.

Hin und wieder brachten sie frisches Wild mit, doch häufig war für Berenice nicht erkennbar, wo und wie sie den Tag verbrachten. Es bekümmerte sie auch wenig. Sie wurde mehr denn je gebraucht, um die Kinder zu beaufsichtigen und Mahlzeiten zuzubereiten. Ihre Sprachkenntnisse reichten inzwischen für Unterhaltungen aus. Trotz der eingeschränkten Bewegungsfreiheit fühlte sie sich wohl und genoss die Tage. Dennoch hing wie ein Schatten der Gedanke über ihr, dass ihr Aufenthalt sich seinem Ende zuneigte. Ukuma deutete bereits an, dass sie sich auf den Rückweg machen sollten, sobald der Boden trockener wurde. Sie fürchtete sich vor dem Tag, an dem sie Kowishto nicht mehr täglich sehen konnte.

Jeden Tag wärmte die Sonne nun spürbar mehr. Die ersten grünen Gräser zeigten sich, und an den Bäumen erschienen junge Knospen. Das Wild verließ seine Höhlen und Bauten, und auch die Menschen suchten wieder mehr den Aufenthalt im Freien, nachdem die Kälte sie so lange in Zelten und Häusern festgehalten hatte.

Ukuma bahnte sich seinen Weg durch eine Horde spielender, schreiender Kinder zum langen Haus. Er musste eine Entscheidung treffen und sich mit Berenice beraten. Er suchte sie schon eine Weile.

Nachdem er sie weder in ihrem Zelt noch in Kowishtos Nähe gefunden hatte, betrat er jetzt das Genu'ji'gan. Nur allmählich gewöhnten sich seine Augen an das Halbdunkel. Leises Wimmern drang aus einer Ecke, und er erkannte Berenice. Zusammen mit einer alten Frau und Akanahwate kniete sie neben dem Lager zweier Kinder, die dem Geruch nach Probleme mit ihrer Verdauung hatten. Berenice blickte sich um, als sie halblaut ihren Namen hörte, und erhob sich. Ukuma bedeutete ihr mitzukommen. Nach einem kurzen

Zögern folgte sie ihm vor das Haus. Tief atmete er die frische, kühle Luft ein.

»Im Namen des Herrn, Berenice, was fehlt den Kindern? Musst ausgerechnet du diese Arbeit machen?«

Berenice betrachtete ihn kühl. »Du solltest den Namen des Herrn nicht missbrauchen. Die Kinder haben zu viel frisches Gemüse gegessen. Sie brauchen mich. Bist du gekommen, um mich das zu fragen?«

»Es wird Zeit, dass wir reden.«

Über ihr Gesicht legte sich ein Schatten. Sie nickte.

»Lass uns zurück ins Haus gehen, ich möchte in der Nähe der Kinder bleiben.«

Er folgte ihr nur ungern, doch Berenice wählte eine weit entfernt gelegene Nische, in der sie ungestört waren. Eine alte Frau, die mit dem Flechten eines Korbes beschäftigt war, blickte kurz auf. Ihre kleine, dünne Gestalt zeichnete sich unter dem feinen Lederkleid ab, und ihre braune Gesichtshaut spannte über hohen Wangenknochen. Die schmalen Lippen lächelten und gaben den Blick auf die wenigen Zähne frei, die sie noch behalten hatte. Sie muss schon sehr alt sein, dachte Ukuma.

»Berenice, wann kehrst du zu deinem Vater zurück?«

Es hatte keinen Sinn, die Notwendigkeiten länger hinauszuschieben: Er wollte Klarheit über ihre Pläne erlangen.

Sie zögerte mit der Antwort und strich nachdenklich das Haar aus ihrem Gesicht. »Ich habe immer gehofft, irgendwie müsste ich die Entscheidung nicht treffen, doch ich kann ihr wohl nicht ausweichen. Wir müssen zurück, sobald der Weg begehbar ist. Ich darf meinen Vater nicht im Ungewissen lassen.«

»Der Weg in das Lager ist für Pferde schon passierbar. Wir könnten in einigen Tagen reiten.« Er kämpfte mit sich, ob seine Frage nicht zu weit ging. »Wirst du Kowishto verlassen?«

»Ich will ihn nicht verlassen.« Ihre Stimme klang traurig und entmutigt.

»Aber ich kann auch nicht verschwinden. Mein Vater würde die Elnoo bekämpfen, es gäbe Auseinandersetzungen. Ich habe der Familie de la Tour mein Wort gegeben. Es geht gegen mein Gefühl, es einfach zu brechen. Henris Vater ist ein vernünftiger Mann – vielleicht können wir uns einigen, und ich kann zurückkehren. Ich werde es zumindest versuchen.«

Ukuma schwieg. Er hatte ihre Entscheidung vorausgesehen und mit Kowishto gesprochen. Dieser hatte ihm angeboten, ihn zu seinem Stamm zu begleiten. Er wollte im Frühjahr mit Nashoba zurückkehren und die Pferde mitnehmen, unabhängig davon, ob Berenice ihn begleiten würde oder nicht.

Die alte Frau erhob sich und bot ihm ein Stück geräucherten Fleisches an. Ungeduldig wehrte er ab.

Berenice beobachtete ihn. »Mein Vater wird nicht erlauben, dass du bei den Elnoo bleibst.«

Er schnitt ihr das Wort ab. »Ich begleite dich zurück zum Lager.«

Sie beobachtete ihn eine Weile schweigend und erklärte dann langsam: »Du kannst dir meiner Unterstützung sicher sein, was immer du beschließt. Bei meiner Hochzeit gehst du in meinen Besitz über, aber ich denke, mein Vater nimmt es mir nicht übel, wenn ich dir schon etwas früher die Freiheit gebe. Wenn der Preis für deine Freiheit die Ehe mit Henri ist, bin ich dazu bereit, obwohl ich immer noch hoffe, mich mit dem Fürsten zu einigen. Vielleicht hat sich bei unserer Rückkehr die Lage an den Königshöfen schon wieder geändert, und mein Vater steht nicht mehr in Ungnade bei den Habsburgern. Vielleicht ist es auch so übel, dass ich mit den

Mitteln aus dem Erbe meiner Mutter wieder in die Neue Welt fliehen muss. Mein Leben liegt in Gottes Hand.«

Er schwieg einen Augenblick, um seine Gefühle nicht allzu deutlich zu offenbaren.

»Du wärst eines jeden Königs würdig, ich habe das oft von den hohen Herren und Damen in Amboise und Mechelen gehört. Ich kann mir nicht vorstellen, dass du an der Seite von Henri de la Tour ein glückliches Leben führen wirst.« Er unterbrach sich und fuhr dann heftig fort: »Ich weiß, es geht mich nichts an.« Er blickte an ihr vorbei.

»Mein Leben ging dich immer etwas an, und deine Meinung ist mir wichtig. Sag mir, was du denkst.« Ihre Stimme klang sanft.

»Du teilst ein Zelt mit Kowishto, weil du ihn liebst. Ich kenne dich, Berenice – du würdest dich nicht mit weniger zufriedengeben. Henri wird nie der Mann an deiner Seite sein, den du brauchst, und du bist nicht die Frau, die nebenher ihre Liebhaber empfängt. Andererseits bist du auch nicht die Frau für ein Leben in der Wildnis, ohne alle Privilegien deines Standes. Ich kann es mir nicht vorstellen.«

Sie hob die Hand, um ihn zu unterbrechen. »Diese Gedanken sind müßig. Ich habe dir gesagt, dass ich mich nicht wie ein Dieb aus meinen Verpflichtungen stehlen werde. Wenn du mich kennst, weißt du das.«

Ukuma erhob sich. »Dann sollten wir uns den Verpflichtungen so bald wie möglich stellen. Ich werde mit Kowishto unsere Abreise besprechen.«

Berenice sah ihm nach, als er mit erhobenem Kopf das Haus verließ. In ihrem Inneren breitete sich Schmerz aus. Sie kümmerte sich wieder um die beiden kranken Kinder, doch der Gedanke, dass ihre Zeit mit Kowishto vorbei schien, bestürzte sie. Während sie den Kindern abwechselnd ein warmes Getränk aus Baumrinde einflößte, durchdachte sie wieder und wieder die Möglichkeit, mit Kowishto zu seinem Stamm zu ziehen. Wer würde nachweisen können, dass sie nicht an einer Krankheit verstorben oder auf andere Weise in der Wildnis umgekommen war?

Seufzend richtete sie sich auf, als sie die Mutter der beiden Kinder erkannte, die sie bei der Pflege ablöste. Erst auf dem Weg zum Zelt stellte sie fest, wie hungrig sie war. Den ganzen Tag hatte die Arbeit sie nicht an Essen denken lassen. Aus dem Zelt von Wankahachit stieg Rauch und der Geruch frisch gebratenen Fleisches auf, und als sie die Öffnung zurückschlug, prallte sie beinahe gegen Shesni, die mit einem gefüllten Topf in der Hand hinauswollte. Lächelnd reichte sie ihn Berenice.

»Ich war auf dem Weg zu dir. Du wirst keine Zeit gefunden haben, etwas zuzubereiten.«

Dankbar nahm sie den Topf entgegen. Sie plauderten noch eine Weile über die Kinder, und Shesni erkundigte sich nach deren Befinden. Glücklicherweise entließ sie Berenice bald mit dem Hinweis, den Eintopf nicht kalt werden zu lassen.

Sie fand Kowishto mit der Herstellung von Pfeilen beschäftigt, den breiten Rücken ihr zugewandt, und sie spürte einen schmerzlichen Stich der Zuneigung. Wortlos befestigte sie den Topf über dem Feuer und nahm zwei Essschalen heraus. Sie aßen schweigend, doch sie spürte seinen Blick auf sich ruhen.

Erst als sie aufstand, um die Reste wegzuräumen, meinte er: »Ich habe mit Ukuma und Nashoba gesprochen. Wenn du zurück zu deinem Vater möchtest, kannst du jederzeit aufbrechen. Nashoba wird Ukuma und dich mit den Pferden zurückbringen.«

Sein Gesicht war unbewegt. Sie wollte keine Schwäche zeigen und hielt mit Mühe die Tränen zurück, die ihr in die Augen zu steigen drohten. Dennoch war ihre Stimme belegt.

»Du kannst es vielleicht nicht verstehen, aber ich muss es tun.«

Er unterdrückte die bitteren Worte, die ihm in den Sinn kamen. Stattdessen bemerkte er nur: »Jeder muss das tun, was er für richtig hält. Wenn du mit mir nicht leben kannst, musst du wieder zu deinem Vater gehen.«

Sie setzte sich ihm gegenüber und sah ihm in die Augen.

»Ich habe mit dir die letzten Monate gelebt. Versuch doch, mich zu verstehen. Ich kann nicht alles verraten, was mir wichtig ist. Es würde für uns beide nicht gut sein. Das Lager wird ausgebaut, und mehr Menschen werden kommen. Sie brauchen Werkzeuge und vieles andere mehr, was mit Schiffen transportiert wird. Ich habe bisher in einer anderen Welt gelebt als du, aber wer weiß, was uns in Zukunft bestimmt ist. Vielleicht führt mich mein Weg wieder zurück.«

Bedächtig legte Kowishto noch einige Holzscheite in die Glut und stocherte vorsichtig darin herum. Ein kleiner Funkenwirbel entstand.

»Ich werde die Elnoo bald verlassen. In einem Jahr bin ich wieder bei meinem Stamm.«

Berenice wickelte eine Haarsträhne um den Finger, eine Geste, die er oft an ihr beobachtete, wenn sie nachdachte.

»Meinst du damit, es gäbe dann keine Möglichkeit mehr, dich zu sehen, wenn ich einen Weg zurückfände?«

»Es gibt immer eine Möglichkeit. Assakuniut würde sich um dich kümmern und versuchen, mir eine Nachricht zu senden. Doch es ist ein weiter und gefährlicher Weg. Es könnte noch einmal viele Monde dauern, bis ich dich erreiche. Es wäre sehr viel einfacher, bei mir zu bleiben und deinen Vater regeln zu lassen, was notwendig ist.«

»Ja, es wäre sehr viel einfacher. Ich habe allerdings nicht nur meinem Verlobten mein Versprechen gegeben, sondern auch meinem Vater, mit ihm zurückzukehren. Verlangst du von mir, mein Wort zu brechen?«

»Ich habe niemals etwas von dir verlangt.« Er stand auf und griff nach dem Wasserbeutel.

»Geh zurück, Amwesi, und tu, was du tun musst. Es ist uns nicht bestimmt, für immer zusammen zu sein.«

Sie brachte ein Nicken zustande und meinte niedergeschlagen: »Dann werde ich in drei Tagen aufbrechen. Ich möchte mich von allen verabschieden. Die Trennung von dir wird schwierig sein, gleichgültig, wann es passiert.«

In der Nacht wurde Berenice wach, als Kowishtos Hand über ihren Körper strich und er sein Gesicht in ihrem Haar vergrub. Ihre Zärtlichkeiten waren von einem Gefühl der Verzweiflung und des Abschieds geprägt, das sie zu ignorieren versuchten und das doch greifbar war. Plötzlich schienen die Tage wie im Fluge zu vergehen. Kowishto verließ das Dorf nicht mehr und suchte Berenices Nähe. In den Nächten hielten sie einander und wollten nicht schlafen.

Doch die Zeit ließ sich nicht aufhalten. Am letzten Abend brach Berenices mühsam aufrechterhaltene Beherrschung zusammen. Bereit, all ihre Pläne zu ändern, weinte sie in Kowishtos Armen, bis sie keine Tränen mehr hatte. Er strich über ihr Haar und ihr Gesicht, in dem verzweifelten Versuch, sie zu trösten, obwohl er selbst keinen Trost fand.

Der Abschied in den frühen Morgenstunden war rasch und beinahe flüchtig. Ihre Freundinnen kamen, um ihr Lebewohl zu sagen. Sie überreichten Geschenke und Erinnerungen, damit sie sie nicht vergaß. Nashoba und Ukuma saßen auf dem Pferd ihres Vaters; sie selbst nahm ihr eigenes.

Noch einmal zügelte sie das Tier und warf einen Blick zurück. Kowishto stand am Rande des Dorfes und hob die

Hand. Sie erkannte ihn kaum, denn ihre Augen schwammen in Tränen. Schließlich trieb sie ihr Pferd in den Galopp, und es flog davon, gefolgt von den beiden Männern.

Berenice nahm von dieser Reise wenig wahr, ihre Gedanken kreisten ohne Unterlass um Kowishto. Sie schlief, wenn Nashoba und Ukuma rasteten, und aß, weil man ihr etwas reichte. Am letzten Tag vor ihrer Ankunft trafen sie auf Krieger, die vom Lager zurückkehrten und auf dem Weg in ihr Dorf waren. Sie erkannte nur Ukato-Ka-In unter ihnen. Der Gedanke an ihren Vater rückte dadurch wieder näher.

Sie begann, sich für ihr Aussehen zu interessieren, und zog aus ihren Sachen das Kleid hervor, das sie am Tag ihrer Entführung getragen hatte. Es sah mitgenommen aus und war an einigen Stellen eingerissen. Verärgert darüber, dass sie nicht Sorge getragen hatte, es rechtzeitig zu flicken, warf sie es wieder zurück. Nun denn, dachte sie verdrossen, ihr Vater würde sie eben in Lederbekleidung zu sehen bekommen. Sie war zumindest warm und zweckmäßig. Dennoch begann sie, ihre Erscheinung zu überprüfen, ihre Haare hochzustecken und die Hände zu reinigen, so gut sie es vermochte.

Am Abend erreichten sie einen geschützten Platz, an dem sie sich ausgiebig im kalten Wasser eines Bachlaufes wusch.

Nashoba lächelte sie an. »Du hast keine Furcht mehr, deiner Haut zu schaden?«

Sie erwiderte sein Lächeln. »Ich bin immer noch der Meinung, dass meine Haut empfindlicher ist als die eure. Doch wenn ich meinem Vater schon im Lederkleid der Elnoo gegenübertrete, möchte ich wenigstens sauber sein.«

Nashoba griff zu seiner ledernen Umhängetasche und zog ein Bündel hervor.

»Eine der Frauen in eurem Lager schickt dir dies. Sie gab es Ukato-Ka-In für dich mit.«

Berenice stieß einen erfreuten Ruf aus. Es war eines der beiden hübschen und praktischen Kleider, die sie zu Hause eingepackt hatte. Sie glättete es und wollte es erst am nächsten Tag anziehen, um es nicht noch mehr zu zerdrücken.

Nashoba schob einige kleinere Äste zur Seite und legte sich bequem zurück, während Ukuma noch in dem Paket mit geräuchertem Fleisch kramte.

»Du freust dich sicher, zu deinen Leuten zurückzukehren?«

Nashobas Frage brachte die Erinnerung zurück.

»Ich freue mich auf meinen Vater.«

Wie konnte sie ihm erklären, dass sie keine große Sehnsucht nach dem Lager hatte. Die lange Seereise, eingepfercht und beengt für Monate, war auch nicht verlockend. Mit jedem Tag würde sie sich weiter von Kowishto entfernen. Die Sehnsucht schnürte ihr die Kehle zu.

Es gab nicht mehr viel zu sagen. Berenice konnte nicht einschlafen und lauschte auf die Geräusche um sie herum: Tiere, die im Unterholz raschelten, eine Eule, die klagend rief. Sie dachte daran, dass es noch vor einem Jahr für sie unvorstellbar gewesen war, eine Nacht in der Wildnis zu verbringen. Unfähig, die Gefahren zu erkennen, hegte sie damals eher romantische Gedanken an Mondschein auf den Hügeln.

Gegen Morgen fiel sie in einen kurzen Schlummer, wurde aber wenig später von Ukuma geweckt. Es war ein grauer Tag. Die Pferde schüttelten im Nieselregen unwillig die Köpfe.

Berenice zog die schützende Lederkleidung über ihr feines Kleid, um nicht völlig durchweicht anzukommen. Doch bevor sie das Lager erreichten, blies der Wind die Wolken auseinander, und die Sonne brach durch. Sie legten noch eine kurze Rast ein und erreichten am Nachmittag den Dorfplatz.

Ihre erste Wahrnehmung war der Geruch – es stank entsetzlich. Der Platz zwischen den Häusern war kleiner, als sie ihn in Erinnerung hatte. Er lag still und wie verlassen da. Nur vom Räucherhaus her zeugten Gerüche und Geräusche von Leben.

Sie hatten das Lager beinahe durchquert, als die Tür ihres Hauses aufflog und Amelie ihr förmlich entgegenstürzte. Halb lachend, halb weinend griff sie in die Zügel, umklammerte Berenices Bein und stammelte immer wieder, wie glücklich sie über ihre Rückkehr sei.

Verwirrt ließ sie sich vom Pferd gleiten. »Was ist denn los, Amelie? Alles wirkt so ausgestorben. Wo ist mein Vater?«

Amelie wies mit dem Finger auf das Schiff. »Er ist sicher in der Kajüte, er fühlte sich nicht wohl die letzten Tage.«

Berenice bemerkte, wie mager ihre Dienerin geworden war. Das ehemals runde Gesicht kam ihr verändert vor. Ihre Kleidung wirkte vernachlässigt, zudem schien sie einen Zahn verloren zu haben. Darüber würden sie später reden. Zunächst aber wollte sie wissen, was ihrem Vater fehlte. Ukuma, der schon eine Weile auf das Wasser starrte, drehte sich zu ihr um.

»Ich sehe die beiden anderen Schiffe nicht.«

Resigniert erklärte Amelie: »Sie sind nicht mehr hier. Doch das soll Euch Euer Vater erklären.«

Berenice nickte, erlebte jedoch gleich die nächste Überraschung, als sie darum bat, den beiden Männern einen Imbiss zu reichen.

»Ich selbst habe nichts«, erklärte Amelie. »Schon seit Tagen lebe ich von einer getrockneten Fleischrinde. Die Männer, die etwas jagen, geben mir nur wenig ab.«

Ukuma nahm sich dieses Problems an, und Berenice schritt entschlossen auf das Schiff zu. Anscheinend hatte sich in den Wintermonaten manches geändert, offenbar nicht zum Guten. Auch das Schiff wirkte verschmutzt. Sie stieg die enge Treppe hinab zur Kajüte ihres Vaters und klopfte an. Er saß über den Kartentisch gebeugt und blickte bei ihrem Eintritt auf. Als er sie erkannte, leuchtete sein Gesicht auf.

»Herr des Himmels, Berenice, mein Kind, wie gut es ist, dich so gesund zu sehen.« Sein Blick wanderte über sie, und er stieß einen erleichterten Seufzer aus.

»Setz dich, wir haben viel zu erzählen. Möchtest du etwas trinken?«

Auf ihr Nicken hin schenkte er ihr Wasser ein, und Berenice nahm einen Schluck. Beinahe hätte sie es wieder ausgespuckt, denn es schmeckte faul und abgestanden. Sie stellte den Becher zurück und musterte ihren Vater verstohlen. Er hatte ebenfalls abgenommen, seine Wangen wirkten eingefallen, er sah älter aus. Seine Kleidung war sauber, doch es fehlte einer der feinen Silberknöpfe, und ein Riss zog sich am Ärmel lang, auch die Haare waren nur mit einem einfachen Band zurückgebunden.

»Vater, was ist geschehen? Wohin sind die beiden anderen Schiffe, und warum habt ihr so wenig Lebensmittel?«

Ihr Vater lehnte sich zurück und verschränkte die Hände im Nacken.

»Es war kein guter Winter. Das Unglück begann mit deiner Entführung. Ich habe mir große Sorgen um dich gemacht und war entsetzlich wütend auf die Elnoo, weil sie dich nicht zurückbrachten. Wir hielten ihren Boten als Geisel fest, um dich wieder zurückfordern zu können.«

Er schloss die Augen und fuhr fort: »Danach brach ein Unglück nach dem anderen über uns herein. Zunächst schneite es ohne Unterlass, die Schiffe froren im Eis ein. Wir konnten nicht mehr auf die Jagd gehen, und ich muss gestehen, unsere Berechnungen erwiesen sich als falsch. Es wurde absehbar, dass die Vorräte nicht reichen würden. Die Häuser hielten den Schneemassen nicht stand und waren schwer warm zu halten. Fast alle Männer wurden krank, zwei von ihnen starben. Nachts mussten wir die Vorräte gegen die Diebe aus dem Lager und die Tiere aus der Wildnis bewachen. Trotzdem verschwanden auf mysteriöse Weise Lebensmittel. Es kam zu schweren Auseinandersetzungen. Schließlich halfen uns die Elnoo mit Korn und geräuchertem Fisch und Fleisch. Ohne sie wären wir wahrscheinlich alle verhungert und erfroren.«

Ihr Vater lehnte sich vor und nahm gedankenverloren ein Schriftstück in die Hand.

»Ich habe dem Boten der Elnoo zugesagt, ihnen sechs Pferde zu überlassen. Es sind die letzten, die wir nicht geschlachtet haben. Sie haben ebenfalls die Hälfte aller Messer bekommen, die wir mitführten. Wenn ich nicht dieses Schiff noch hätte und einige Felle für den König, ich müsste diese Reise als ebenso großen Fehlschlag bezeichnen wie die letzte. Als das Eis taute, brach die zuvor schon beschädigte *Sainte Marguerite* durch die Bewegung der Eisschollen ein und versank; wir konnten mit Mühe und Not die wichtigsten Dinge retten. Kurze Zeit später rottete sich eine Gruppe Seeleute zusammen und meuterte unter der Führung eines Offiziers gegen ihre Kapitäne. Am nächsten Morgen waren sie mit zweiten Schiff, der *Aurore*, und den kostbarsten Pelzen, Tieren und Pflanzen verschwunden. Seitdem haben wir nichts mehr von ihnen gehört. Du siehst, auch diese Reise werde ich nicht unbedingt als erfolgreich ausgeben können. Ich muss Gott danken, dass du lebend zurückgekommen und nicht in der Wildnis verschwunden bist.«

Sie griff nach der Hand ihres Vaters. »Es tut mir leid, dass du mit so vielen Schwierigkeiten zu kämpfen hattest. Es ist nicht dein Versagen, wenn die Kapitäne nicht die Disziplin ihrer Leute gewährleisten konnten. Die meisten überlebten unter den schwierigen Umständen, sie werden sich erholen.

Man wird die Schäden beheben. Der König hat dich mit der Gründung einer Niederlassung beauftragt. Dieses Ziel hast du erreicht. Über die wundervollen Felle wird er begeistert sein, ich habe selten schönere gesehen, und auch wenn es nur noch wenige sind, sind sie doch umso kostbarer.«

Sein Blick wurde weich. »Meine schöne, kluge Tochter. Ich habe so oft an dich gedacht. Der Elnookrieger berichtete mir, dass es dir sehr gut gehe, und wie ich sehe, sagte er die Wahrheit. Ich werde noch einige Vorkehrungen treffen, doch ich denke, in zwei bis drei Wochen können wir aufbrechen und zurücksegeln. Es wird Zeit, dass du wieder ein geregeltes Leben führst.«

Berenice erhob sich und öffnete die Kajüte, um frische Luft hereinzulassen. Der Raum erschien ihr unerträglich stickig. Unruhig nahm sie wieder auf ihrem Stuhl Platz.

»Amelie erwähnte, du fühlst dich unwohl. Fehlt dir etwas, Vater?«

»Ich hatte Leibschmerzen und hin und wieder war mir heiß, Fieber, denke ich. Kein Grund zur Beunruhigung. Vermutlich gibt es manchmal giftige Dämpfe in der Luft, die uns allen nicht bekommen.«

Von außen machte sich Ukuma an der offenen Tür bemerkbar. Der Graf winkte ihn herein. Sprachlos betrachtete er seinen Diener.

»Welch eine Verwandlung. Du erscheinst mir doppelt so groß wie zuvor. Ganz bemerkenswert.«

Doch er zollte Ukumas Äußerem keine weitere Aufmerksamkeit. Es gab so vieles zu bedenken und zu beschließen, jetzt, da seine Tochter zurück war und die Abreise bevorstand. Er schickte Ukuma gleich wieder los, die Kapitäne zu sich zu bitten.

Berenice verabschiedete sich von ihrem Vater. Sie wollte ihr Haus in Augenschein nehmen und feststellen, wie es den

Winter überstanden hatte. Amelie, animiert durch die Anwesenheit ihrer Herrin, putzte und reinigte mit neu erwachter Energie.

Trotzdem fühlte Berenice sich nicht wohl. Auch hier herrschte ein strenger Geruch, der davon zeugte, dass ihre Dienerin nicht immer den Abort aufgesucht, sondern der Bequemlichkeit halber ihre Notdurft an der Hausecke verrichtet hatte. Aufgrund des extremen Winters eine verzeihliche Angewohnheit, die ihr früher nicht verurteilenswert erschienen wäre. Jetzt jedoch führte sie dazu, dass ihr der Aufenthalt im Haus zuwider war. Sie riss zum Erstaunen von Amelie die beiden kleinen Fenster auf und ließ die Türe weit offen. So kam wenigstens genügend frische Luft herein. Sie stand noch im Eingang, als sie Louise entdeckte, die schwerfällig wie ein kleines Butterfass herankam. Ihre Haare hingen strähnig unter der Haube hervor, und auch an ihr klebte ein wenig anziehender Geruch. Dennoch war sie als Einzige guten Mutes und begrüßte Berenice mit altgewohnter Herzlichkeit.

»Verzeiht, Herrin, ich bin nicht mehr so schnell und konnte Euch noch nicht willkommen heißen. Ihr seht prächtig aus, mit Verlaub, einfach prächtig.«

Schnaufend und mit roten, erhitzten Wangen lief sie um Berenice herum und klatschte bei ihren beifälligen Worten in die Hände.

»Wie lange ist es denn noch bis zur Geburt deines Kindes?«

»Ich rechne jeden Tag damit, aber natürlich weiß ich es nicht genau, und niemand kann mir helfen oder raten. Ich bin so froh, dass Ihr da seid, Herrin. Ohne jede weibliche Hilfe möchte ich nicht sein, und auf Amelie ist kein Verlass. Sie fällt bei der geringsten Aufregung in Ohnmacht. Ihr werdet mir doch beistehen in meiner schweren Stunde?«

Berenice verbarg ihr Erstaunen kaum.

»Nun, ich bin gern willens, dir die Hand zu halten – ich fürchte nur, mehr Hilfe kann ich dir nicht bieten. Ich weiß nichts darüber, wie ein Kind zur Welt kommt.«

In Louises Augen erschien eine kleine Unsicherheit, die jedoch schnell wieder verschwand.

»Wenn Ihr mir nur zur Seite stehen wollt – der Rest wird sich sicher finden.«

Sie erkundigte sich noch, ob Berenice Hilfe benötigte, doch in Anbetracht des gewichtigen Umfangs der Dienerin würde Berenice auf ihre Dienste verzichten, bis das Kind geboren wäre. Die Hand in den Rücken gestützt entfernte sich Louise leicht watschelnd.

Ihre Ankunft schien ein wenig Bewegung in das triste Lagerleben zu bringen. Sie ließ Amelie einen Korb richten und mit einem Teil der mitgebrachten Esswaren füllen. Nach und nach besuchten sie die einzelnen Häuser und Hütten und verteilten die getrockneten Früchte und das eingelegte Fleisch an die Kranken. Das Ausmaß des langen und kalten Winters wurde beim Blick in die tief liegenden Augen und ausgezehrten Gesichter der Männer nur zu deutlich.

Es erfüllte Berenice nicht mit Befriedigung, dass ihr Gefühl, für den Winter nicht gerüstet zu sein, sich so dramatisch bewahrheitet hatte. Die meisten Männer waren aufrechte und hart arbeitende Handwerker, die bei ihrem Aufbruch eine Möglichkeit für sich und ihre Familien gesehen hatten, die sie nachkommen lassen wollten. Sie besaßen genug Abenteuersinn, sich auf ein Wagnis einzulassen. Die Wetterbedingungen hatten ihnen einen Teil der Illusionen geraubt; trotzdem waren sie entschlossen, das Beste daraus zu machen. Sie alle waren sich einig in ihrer Abneigung gegen die Seeleute, die gegen ihre Natur hier ausharrten, bis sie wieder aufbrechen konnten.

Auf diese Weise hatten sich in den langen, dunklen Monaten zwei verhärtete Fronten gebildet, die nicht mehr bereit waren, miteinander auszukommen. Ihr Vater hatte Berenice berichtet, wie kurz vor ihrer Ankunft der Streit darin gegipfelt hatte, dass sich ein Teil der Matrosen mit dem zweiten Schiffsoffizier als Anführer und dem besser ausgestatteten Schiff aus dem Staub machte.

»Sie riskieren Kopf und Kragen, im wahrsten Sinn des Wortes«, ereiferte sich einer der empörten Handwerker. Teils bewundernd, teils furchtsam ob der drastischen Konsequenzen, die den Abtrünnigen drohten, waren auch die restlichen Schiffsmannschaften froh, wieder wegzukommen. Zu lange hatten sie die rollenden Bewegungen eines Schiffes unter ihren Füßen vermisst.

Auf dem Weg zu einem Kranken blieb Amelie plötzlich stehen. Sie war sich nicht sicher, ob sie einen Schrei gehört hatte, und lauschte. Als nichts geschah, setzte sie ihren Weg fort, wobei sie sich bemühte, die Anweisungen ihrer Herrin für die Zubereitung eines Kräutergebräus nicht durcheinanderzubringen. Diesmal hörte sie den Schrei deutlich.

Es gab keinen Zweifel: Er kam aus dem Haus von Louise. Sie erfasste sofort, was das bedeutete. Eilig, ihre Kräutertasche einfach fallen lassend, lief Amelie zurück und alarmierte ihre Herrin. Sie selbst fürchtete sich viel zu sehr davor, dem Geschehen beizuwohnen. Hörte man nicht immer wieder davon, dass Frauen bei der Geburt starben und ihr Geist dann in andere fuhr? Sie wollte damit nichts zu tun haben, doch Berenice ließ ihr keine Wahl und beorderte sie mit Decken und Tüchern herüber, um ihr behilflich zu sein.

Louise war in einem schrecklichen Zustand. Schon den ganzen Morgen über hatte sie die Schmerzen ertragen, wollte aber allein damit zurechtkommen. Ihr Mann stand mit hilflosem Gesicht neben ihr und wusste nicht, was er mit ihr anfangen sollte.

Berenice schickte ihn hinaus, und er verließ voller Sorgen, aber auch erleichtert den Raum, in der Hoffnung, dass die Frauen wussten, was zu tun war.

Dem war allerdings keineswegs so. Berenices Erfahrungen beschränkten sich auf einige Bemerkungen, die sie aufgeschnappt hatte. Eine sorgfältig erzogene junge Dame von Stand wusste nichts über Geburtsvorgänge, doch Berenice war neugierig. Bei den Elnoo hatte sie aufmerksam gelauscht und einiges zufällig mitgehört. Eine Schwangere allerdings ganz allein durch diese schweren Stunden zu begleiten, war jedoch etwas ganz anderes. Trotz ihrer Bemühungen, Louise zu beruhigen, ihr etwas zu trinken zu reichen und mit ihr umherzugehen, behielt sie diesen Tag als teils grauenvolle, teils außerordentliche Erfahrung im Gedächtnis.

Die leisen Schmerzensschreie, das Stöhnen und die mühevollen letzten Stunden, das viele Blut und die anderen Ausscheidungen schockierten Berenice, sosehr sie sich auch bemühte, sich nichts anmerken zu lassen. Im erbitterten Kampf um ein neues Leben verlor sie bald ihr Zeitgefühl. Als endlich zwischen Louises Beinen das Köpfchen eines Kindes sichtbar wurde, war es beinahe Morgen. Über alle Eindrücke skandalöser Intimität hinweg erfüllte sie das Gefühl eines Triumphes. Mutter und Kind lebten, und sie hatte ihren Anteil daran. In Gedanken schickte sie ein Stoßgebet zum Himmel.

Amelie, die nur bei direkter Aufforderung eine Hilfe war, stand im Hintergrund und sah mit Schaudern auf das Durcheinander aus beschmierten Tüchern. Während Berenice die Nabelschnur durchtrennte, vorsichtig das Baby, einen kleinen, aber kräftigen Jungen, wusch und wickelte, versuchte sie mit spitzen Fingern, wieder ein wenig Ordnung herzustellen. Schließlich wirkte der Raum nicht mehr wie ein Schlachtfeld.

Berenice benutzte das restliche Wasser, um sich zu reinigen, und ließ dann den Vater des Kindes rufen.

Jetzt erst merkte sie, wie müde sie war. Ukuma erwartete sie in ihrem Haus und bereitete schnell etwas zu essen zu, doch sie war zu erschöpft. Den Kopf auf die Arme gelegt schlief sie, noch am Tisch sitzend, ein.

Leises Getuschel und Flüstern weckten sie auf. Sie lag vollständig bekleidet auf ihrer Bettstatt. Verschlafen erhob sie sich und schob den Vorhang, der ihr Bett vom Rest des Raumes trennte, ein wenig zur Seite.

Ihr Vater wandte ihr den Rücken zu und sprach halblaut mit Kapitän Villier. Amelie kniete am Boden und kramte in Berenices Kleidertruhe. Sie bemerkte ihre Herrin zuerst, wandte sich zu ihr und hielt mit fragendem Blick ein sauberes Kleid hoch.

Berenice nickte. Die Sonne warf schon lange Schatten; sie musste den ganzen Tag verschlafen haben. Nach einer schnellen Wäsche fühlte sie sich frisch und gestärkt. Mit Amelies Hilfe kleidete sie sich an, ließ sich frisieren und spürte plötzlich großen Appetit. Gut gelaunt betrat sie den Raum und begrüßte ihren Vater.

»Du strahlst, meine Tochter. Ich habe von deiner Dienerin schon erfahren, dass du ausgeharrt hast, bis das erste französische Kind in der Neuen Welt geboren wurde. Ich hoffe, du hast dich dem Vorgang nicht in unziemlicher Weise ausgesetzt?«

Irritiert blickte Berenice von ihrem Vater zu Amelie, deren Gesicht ausdruckslos höflich lächelte.

»Unziemlich?«

Ihr Vater fügte erklärend hinzu: »Mit den Umständen der Ehe und Geburt eines Kindes kannst du noch nicht vertraut sein. Ich möchte nicht, dass du etwas erlebst, was dir ein falsches Bild vermittelt.«

Ganz offensichtlich war er nicht darüber informiert, wie klar ihr Bild über Geburten in der letzten Nacht geworden war. Zum wiederholten Male kam ihr der Verdacht, dass ihr Vater manches nur so sah, wie es ihm gefiel.

Nun legte er Kapitän Villier seine Hand auf die Schulter.

»Wir haben heute Morgen beschlossen, in zwölf Tagen zu segeln. Das Wetter hält sich gut, und wir werden von den Einheimischen genügend Nahrung aufnehmen, um die Wochen auf See zu überstehen. Wir brauchen erheblich weniger als auf der Hinreise. Die Handwerker bleiben beinahe alle. Viele Seeleute sind unglücklicherweise nicht mehr da. Deine Dienerin wird mit dem Kind ebenfalls bleiben. Wir werden dem König dringend anraten, mit dem nächsten Schiff einen Geistlichen zu entsenden. Das Kind muss die Taufe erhalten und die Menschen, vor allem die Einheimischen, brauchen geistliche Anleitung und Beistand.«

Einen Augenblick überlegte er. »Berenice, möglicherweise kennst du eine Besonderheit der Elnoo, etwas, was dem König Freude macht. Ein Geschenk seiner neuen Untertanen würde ihn sicher entzücken. Ein besonders schönes handwerkliches Stück oder vielleicht eine junge Frau, die sich uns anschließen möchte.«

Berenice unterdrückte eine Antwort. Es wäre sinnlos, ihrem Vater klarmachen zu wollen, dass keine der jungen Frauen ihren Stamm verlassen würde.

So lächelte sie ebenso unverbindlich wie Amelie und meinte: »Verzeiht mir, ich habe lange nichts gegessen und bin hungrig. Wenn Ihr mir Gesellschaft leisten wollt ...« Sie beendete den Satz nicht und sah die beiden Männer fragend an, doch der Kapitän schüttelte den Kopf.

»Vielen Dank, ich habe schon etwas zu mir genommen und werde mich weiter um unsere Ladung kümmern.«

Er verbeugte sich höflich. Der Graf schloss sich ihm an, und Berenice nahm am Tisch Platz.

»Amelie, es war eine gute Idee, keine Einzelheiten der Geburt zu berichten.«

Amelie kicherte in sich hinein, während sie Kornbrei in einer kleinen Schüssel auf den Tisch stellte.

»Ich wollte dem Herrn nicht sagen, wie dumm und ungeschickt ich mich angestellt habe.« Sie holte tief Luft und stemmte die Hände in ihre schmal gewordene Taille.

»Ihr könnt Euch gar nicht vorstellen, wie glücklich ich bin, wieder heimzufahren. Dieses Land ist eine Plage. Im Winter wird man von Bären gefressen und im Sommer von Mücken. Unbegreiflich, wie Louise es hier aushalten will, aber sie war ja immer schon etwas eigenartig.«

Sie fuhr noch eine Weile fort mit ihrer Schreckensschilderung, doch Berenice war in Gedanken schon weit weg.

V.
TOD UND RETTUNG

Die Bäume zeigten sich in einem ersten, leichten Grün. Zart reckten kleine Knospen sich dem Licht entgegen, und die Sonne malte Kringel auf den warmen Waldboden. Bedauernd ließ Berenice den Blick umherwandern. Für frische Früchte war es noch zu früh. Nur noch wenige Tage blieben ihr, um sich an der Großartigkeit der riesigen Wälder und Weiten zu erfreuen. Sie lehnte sich gegen einen Baumstamm und dachte an Kowishto. Manches Mal in den letzten Tagen hatte er ihr so sehr gefehlt, dass sie den Schmerz spürte wie eine wirkliche Krankheit. Traf sie die richtige Entscheidung, indem sie ihn verließ? Vielleicht würde sie eines Tages ihrem Vater zustimmen, dass es dumm von ihr gewesen war, diese Reise zu machen. Etwas nicht zu wissen und nicht zu kennen, konnte ein Schutz sein.

Langsam schlenderte sie zurück zum Lager. Von Weitem hörte sie das laute Geschrei von Louises Baby; es war sicher wieder einmal hungrig. Sie dachte an die Kinder bei den Elnoo, die ihr jetzt schon fehlten. Als ein Mitglied der Familie de la Tour bekäme sie fremde Kinder nur als Dienstboten und vielleicht zu Weihnachten zu Gesicht.

Im Lager war man geschäftig wie schon lange nicht mehr. Die Lähmung, die alle über den Winter erfasst hatte und die durch die unglücklichen Umstände noch verstärkt worden war, war verschwunden. Die Natur zeigte sich in atemberaubend junger Schönheit, die Wärme kehrte zurück und regte an.

Die Seeleute sahen freudig ihrer Abreise entgegen und arbeiteten doppelt fleißig, um das Schiff seetüchtig zu machen. Laute Stimmen drangen aus ihrem Haus. Neben der Stimme ihres Vaters erkannte sie noch eine andere.

»Mein Diener wird vor unserer Abreise das Lager nicht mehr verlassen.«

Sie hörte, wie etwas laut gegen Holz schlug, und öffnete die Tür. Das erregte Gesicht ihres Vaters war vor Zorn gerötet. Nashoba dagegen schien unbewegt.

»Ich würde gern wissen, worüber ihr unterschiedlicher Meinung seid.« Berenices Stimme klang kühl und beherrscht.

Ihr Vater strich mit der Hand über sein Haar. Er suchte, sich zu mäßigen.

»Der Elnookrieger bat mich darum, Ukuma mit auf die Jagd zu nehmen – erst kurz vor unserer Abreise würden sie zurückkehren. Das ist unmöglich. Du wirst deinen Diener bei den Reisevorbereitungen benötigen, und ihr beide hattet ausreichend Zeit, euch von euren einheimischen Freunden zu verabschieden.«

Er winkte Amelie herrisch zurück, die die Tür geöffnet hatte und diese nun mit großen, erschreckten Augen wieder schloss.

Berenice wusste, dass sie nun in Erwartung aufregender Neuigkeiten lauschen würde. Sie griff nach dem Wasserkrug und nahm einen Schluck. Beinahe hätte sie gelacht, beide Männer beobachteten sie und warteten auf ihre Reaktion.

»Warum soll Ukuma nicht noch ein wenig jagen und Fleischvorräte liefern? Es wird für lange Zeit die letzte

Möglichkeit sein. An Bord des Schiffes ist man doch immer entsetzlich eingeschränkt. Was stört dich daran?«

Ihr Vater machte eine resignierende Handbewegung. »Wenn du ihn entbehren willst, soll er noch einen oder zwei Tage jagen, es ist mir gleich. Doch ich erwarte, dass er rechtzeitig vor der Abreise deine Sachen und die der Dienerin auf das Schiff bringt.«

Berenice trat zu ihm und drückte einen Kuss auf seine Wange. »Ich danke dir, Vater.«

Nashoba, der die ganze Zeit geschwiegen hatte, hob die Hand zur Dankesgeste der Elnoo.

»Ich danke dir ebenfalls. Ich komme morgen früh und hole Ukuma ab.«

Ohne weitere Worte zu verlieren, wandte er sich zur Tür. Berenice sah ihm nach und wäre ihm gern gefolgt, doch sie wollte ihren Vater nicht wieder verunsichern. Es hatte ihn genug Überwindung gekostet, ihrer Bitte nachzukommen.

»Denkst du, wir haben genügend Vorräte an Bord?«

Die Frage riss ihren Vater aus seinen Überlegungen. Er nickte.

»Es ist dieses Mal mehr als reichlich. Die Männer haben die letzten Wochen ausgiebig genutzt. Jetzt sind nur noch zwei Pferde zum Jagen und Reiten hier, die anderen sind schon im Besitz der Elnoo. Sie haben uns für die Tiere Korn, getrocknete Früchte, Nüsse und vieles andere gegeben. Es gibt ausreichend Platz, da wir fast keine lebenden Tiere mitführen. Vor allem die Wasservorräte sind beeindruckend. Du wirst allerdings wieder mit deiner Dienerin eine Kajüte teilen müssen. Abgesehen von der Kajüte des Kapitäns gibt es keine weiteren Räume – und diese werden die Kapitäne und ich teilen müssen.«

Er nahm den Becher mit Wein, den sie ihm reichte, und trank ein paar Schlucke. »Es ist nicht anzunehmen, dass deine

Ehe so wird wie seinerzeit meine Verbindung mit deiner Mutter. Ich kann dir auch nicht vorschreiben, wie du dann dein Leben gestalten sollst. Aber glaube mir, du bist jung und schön und hast viele Möglichkeiten, auch innerhalb einer Ehe. Du wirst den jungen Wilden nicht vermissen. Vor allem bedenke, dass dein eingeborener Freund kein Christenmensch ist.«

Ungläubig und aufgebracht sah sie ihren Vater an. »Was willst du damit andeuten? Ist es weniger sündig, den eigenen Mann mit einem Christen zu betrügen, als die Frau eines Heiden zu werden?«

Das Gesicht ihres Vaters verdunkelte sich sofort zornig. Berenice hätte sich für ihre vorwitzige Rede die Zunge abbeißen mögen. Sie gewann nichts damit, ihn noch weiter zu verärgern.

Ihr Vater hatte auch genug davon. Er stellte den Becher unvermittelt hart auf den Tisch und verließ sie. Kaum hatte er sich entfernt, öffnete sich die Tür wieder und Amelie huschte herein.

Am nächsten Morgen wurde Berenice durch lautes Pochen an der Tür wach. Ukuma stand gerüstet draußen und teilte Amelie mit, dass er bereit für den Jagdausflug sei und sich von seiner Herrin verabschieden wolle.

Unwillig murrend über so viel Unverfrorenheit, schon in den frühesten Morgenstunden anständige Frauen aus dem Bett zu reißen, bereitete sie ein schnelles Morgenmahl zu.

»Selbst in Klöstern stehen die Nonnen nicht so früh auf«, brummte sie griesgrämig, während sie noch die Haare unter ihre Haube zu stecken versuchte. »Wozu diese Eile?«

»Nun komm schon, Amelie, beeil dich und hilf mir. Du weißt doch sicher, dass man in den frühen Morgenstunden immer das größte Jagdglück hat. Und in Klöstern steht man noch früher auf.«

Berenice sprang schnell von ihrem Lager auf und wusch sich flüchtig. Sie hatte es eilig und nahm sich kaum Zeit, ihren Kornbrei zu essen; sie verabscheute ihn ohnehin.

Nashoba und Ukuma warteten mit den Pferden vor der Tür. Im Osten deutete ein heller Lichtstreif an, dass die Sonne bald aufgehen würde. Die Luft roch nach feuchter Erde. Es schien ein schöner Frühlingstag zu werden.

»Kowishto schickt nach mir, und ich werde ihm folgen.«

Ganz selbstverständlich klangen Ukumas halblaute Worte. Die Autorität des jungen Kriegers zählte für ihn inzwischen mehr als die Anordnung seines Herrn.

»Du hast deine Entscheidung getroffen, und ich werde mein Wort dir gegenüber halten. Es ist Zeit, Abschied voneinander zu nehmen.«

Sie kämpfte gegen das Bedürfnis an, ihm seine Freiheit zu verweigern. Wenn sie schon Kowishto verlor, sollte wenigstens ihr Beschützer und Vertrauter bei ihr bleiben. Doch der Augenblick der Schwäche ging vorüber. Ihre Zuneigung war größer als ihre Eigensucht.

In ihren Augen standen Tränen. »Ich wünschte, wir könnten uns eines Tages wiedersehen, doch das wird wohl nicht geschehen. Vergiss mich nicht, großer Bruder!«

Auch Ukumas Augen schimmerten verdächtig. »Wie könnte ich das, Prinzessin? Du wirst immer in meinem Herzen sein. Ich wünsche dir Glück und Gottes Segen!«

Sie umarmten einander noch einmal. Dann entfernten sich die beiden Krieger, bis sie nur noch als ferne Silhouetten im Sonnenlicht zu sehen waren.

Am nächsten Tag schafften Amelie und Louise die letzten persönlichen Habseligkeiten ihrer Herrin an Bord des Schiffes. Die Seeleute erledigten in bester Laune ihre Arbeiten, es herrschte ausgelassene Aufbruchstimmung. Der Graf hatte die Abfahrt für den übernächsten Tag festgelegt.

Der Tag der Abreise war ein leicht dunstiger Frühlingstag, der wieder warm zu werden versprach. Berenices Vater hatte einen der Zimmerleute beauftragt, nach Ukuma Ausschau zu halten, doch dieser kehrte ohne Erfolg zurück.

Alle hatten sich herzlich voneinander verabschiedet. Louise stand mit ihrem kleinen Sohn auf dem Arm am Strand. Sie hatte ihn Charles genannt, nach ihrem Vater. Als nun doch ein paar Tränen flossen, legte ihr Mann tröstend seinen Arm um sie.

Aufgebracht hatte der Graf erkennen müssen, dass sein Diener nicht zurückkam. Berenice sah ihm an, dass er sie in Verdacht hatte, mit Ukuma gemeinsame Sache gemacht zu haben, doch er sprach seine Vermutung nicht aus. Seine Tochter begleitete ihn zurück – das war ihm weit wichtiger als ein entlaufener Sklave.

Schnell entfernte sich das Schiff, und plötzlich lag das Ufer der Neuen Welt hinter ihnen wie ein Traum, den man nicht in die Wirklichkeit mitnehmen konnte. Berenice betrachtete ein letztes Mal die grün bewaldete Linie, die sich ihren Blicken immer weiter entzog.

Das Schiff mit dem hoffnungsvollen Namen *Felizitas* verfügte tatsächlich über weit mehr Raum als auf der Hinreise. Die Stimmung an Bord war ausgezeichnet. Berenice verbrachte die meiste Zeit in ihrer Kajüte, schlief und entzog sich ihrem Vater, der ihren Kummer ahnte.

So schön das Wetter an Land gewesen war, so stürmisch und ungemütlich wurde es schon nach wenigen Tagen auf See. Hatte Berenice noch erwartet, ihre Dienerin könne sich dieses Mal an das leichte Wiegen des Schiffes gewöhnen, so wurde ihre Hoffnung enttäuscht.

Selbst bei der kleinsten Bewegung wurde Amelie grün im Gesicht und schaffte es oft nur mit Mühe, die Kajüte zu verlassen. Als es stürmisch wurde, erkrankte sie ernsthaft. Sie behielt keinerlei Nahrung bei sich und war zu keiner sinnvollen Arbeit mehr fähig.

Das Unwetter steigerte sich zum Orkan, der das Schiff wie ein Spielzeug auf den Wellen tanzen ließ. Die Mannschaft arbeitete bis zur völligen Erschöpfung, immer wieder drang Wasser ein. Entfesselte Wassermassen fegten über das Oberdeck; niemand konnte es betreten, ohne an ein Seil gebunden zu sein.

Berenice machte sich auf den Weg zu ihrem Vater. Sie wurde von einer Seite des Ganges zur anderen geschleudert, nur mit Mühe hielt sie sich auf den Beinen. In ihrer Kajüte zu bleiben, erschien ihr jedoch noch unerträglicher. Es musste etwas geschehen. Sie traf ihren Vater mit den drei Kapitänen und zwei weiteren Seeleuten dabei an, wie sie laut die aktuelle Lage diskutierten. Sie wurde zur Tür hereingedrückt, da sich in diesem Augenblick das Schiff wieder zur Seite neigte.

Das Astrolabium zur Positionsberechnung näherte sich gefährlich der Tischkante und wurde im letzten Augenblick von einem der Männer gehalten.

»Ich bedauere, Ihre Diskussion zu unterbrechen.« Sie hob ihren Rock etwas an, der durch den nassen Saum schwer geworden war, und nahm auf dem letzten noch freien Stuhl Platz.

»Meine Dienerin ist so schwer erkrankt, dass ich das Schlimmste befürchte. Sie ist in einem üblen Zustand, und der Geruch in meiner Kajüte wird zunehmend unerträglich. Ich weiß mir keinen Rat mehr.«

Die Sorge um Amelie war berechtigt. Kaum ein Drittel der Reise war zurückgelegt, doch wenn sie nicht bald festen

Boden unter die Füßen bekäme, würde sie kaum zu retten sein.

Die Männer hatten andere Probleme und rieten ihr, sie im Durchgang zur Treppe unterzubringen und die Kajüte offen zu lassen, um frische Luft hineinzulassen. Die Missbilligung der Seeleute bezüglich der Anwesenheit von Frauen an Bord wurde durch derlei Komplikationen nicht gemildert. Berenice schwieg daher; erst nachdem die Schiffsoffiziere den Raum verlassen hatten und nur ihr Vater zurückgeblieben war, ergriff sie wieder das Wort.

»Ich kann die arme Frau nicht in den Gang bringen. Sie ist kaum noch in der Lage, sich ohne Hilfe zum hinteren Teil des Schiffes zu schleppen. Ich helfe ihr nach Möglichkeiten, es ist ja sonst nicht mitanzusehen. Allein schaffe ich es jedoch nicht.«

Ihr Vater dachte kurz nach. »Ich sehe keine Möglichkeit, sie anderswo unterzubringen. Du wirst diese schwierige Lage irgendwie meistern müssen, mein Kind. Vielleicht kann ein Matrose dir behilflich sein, sie ...«, er räusperte sich verlegen, »nun ja, sie zur Heckklappe zu tragen, wenn es erforderlich ist. Gib ihr so viel zu trinken, wie sie will, und sag dem Koch, du brauchst kräftigende Suppe. Das Weitere liegt in Gottes Hand. Stärkere als sie sind dieser Krankheit zum Opfer gefallen. Ich selbst fühle mich bei diesem Wetter immer wieder etwas unwohl und vertrage keine kräftigen Speisen.«

»Ich habe das Gefühl, sie behält nicht einmal mehr einen Schluck Wasser bei sich.«

»Wenn es so schlecht um sie steht, können wir nur noch beten.«

Ihr Vater kratzte sich am Kopf. Von seinem Ohr abwärts zog sich eine Reihe rot geriebener Bisswunden. Berenice nahm sich vor, sofort eine feste Haube um die Haare zu tragen, um von den gefürchteten Läusen verschont zu bleiben. Sie hätte wissen müssen, dass diese Plage kaum zu vermeiden war. Sie erinnerte sich mit Grausen an die Prozedur des Entlausens, die sie als Kind in Amboise über sich hatte ergehen lassen müssen.

Wieder neigte sich das Schiff gewaltig zur Seite und vollführte dabei eine halbe Drehung. Mit letzter Not packte sie den hölzernen Türgriff und klammerte sich fest.

»Gibt es denn keine Insel auf der Strecke, die wir anlaufen könnten?«

Sie war gezwungen zu schreien; das Getöse des Sturms schien noch zuzunehmen.

Ihr Vater hielt sich ebenfalls am festgenagelten Mobiliar fest.

»Wir kennen diese Strecke nicht gut genug, um nach einer Insel zu suchen. Wir müssen diesen Weg hinter uns bringen, auch unter Opfern, wenn es sein muss.«

Unverrichteter Dinge machte sich Berenice wieder auf den Weg zurück und kämpfte sich durch bis zum Matrosen, der als Koch fungierte. Doch auch er konnte ihr nicht helfen. In diesem Wetter gab es keine warmen Speisen.

Tagelang quälte der Sturm sie. Als er sich allmählich legte, und Berenice zum ersten Mal seit vielen Tagen wieder an Deck ging, zeigten Meer und Himmel sich in einheitlich grauer Gleichförmigkeit. Tief atmete sie die frische Luft ein. Welch eine Erholung nach der langen Zeit in ihrer stickigen Kajüte.

Für Amelie gab es jedoch keine Rettung mehr: Nach einer Periode der Bewusstlosigkeit war sie gestorben. Am Vortag hatte man sie in eine Decke gewickelt und mit einem kurzen Gebet der See überantwortet.

Als wolle der Himmel sie für die schreckliche Zeit entschädigen, war ihnen nun eine Periode schönen Wetters beschieden, die sie mit frischem Wind vorwärts brachte. Der Kurs wurde korrigiert, und das Schiff holte die verlorene

Zeit in den nächsten Wochen wieder auf. Das Alltagsleben an Bord der *Felizitas* spielte sich wieder ein und zeigte sich zeitweise sogar von der angenehmen Seite.

Die Sonne ging langsam am Horizont unter und ließ das Wasser silbern in ihrem Licht aufblitzen. Die Segel flatterten leicht im Wind. Auf der Brücke stand Kapitän Pujol mit ihrem Vater. Grüßend winkte sie den beiden Männern zu. Berenice hielt sich an der Reling fest und beobachtete die Wellen.

Der Koch konnte nach Tagen endlich wieder warme Mahlzeiten zubereiten. Als sie sah, dass ihr Vater die Treppe herunterkam, folgte sie ihm in die Kajüte. Nach wie vor sah man sie nicht gern allein an Deck, auf dem die Blicke der Seeleute ihr folgten, die ihre Anwesenheit mehr denn je für eine Herausforderung des Schicksals hielten.

Ein junger Matrose stellte zwei Teller mit Speisen vor sie hin, bevor er mit einem scheuen Blick auf Berenice die Kajütentür hinter sich zuzog.

Ihr Vater zerbröselte ein Stück Zwieback zweifelhaften Aussehens, und Berenice stocherte lustlos in ihrem Bratfisch.

»Wir haben eine Vielzahl von Eindrücken auf dieser Reise gewonnen«, meinte der Graf nachdenklich. »Manches Mal habe ich bedauert, dir die Erlaubnis erteilt zu haben, mich zu begleiten. Ich hätte es besser wissen sollen.«

»Was meinst du damit?«

Er blickte sich suchend nach seinem Mundtuch um, bis ihm bewusst wurde, dass er schon seit geraumer Zeit diesen Luxus entbehrte. So wischte er sich mit dem Handrücken über den Mund und beendete das Dinner mit seiner Tochter – eine Mahlzeit, die diese hochtrabende Bezeichnung wahrhaftig nicht verdiente, obwohl der frisch gefangene Fisch nach Tagen endlich wieder eine Abwechslung im Speiseplan bot. Der Graf lehnte sich in seinem Sitz zurück.

»Ich hatte Befürchtungen, dass du dem Charme des jungen Eingeborenen erliegen würdest und wie Louise oder Ukuma auf den Gedanken verfällst, nicht zurückzuwollen. Eine unnötige Sorge, wie ich jetzt denke.«

Vorsichtig entgegnete sie: »Nicht ganz und gar unnötig. Was hättest du gemacht in einem solchen Fall?«

»Ich wäre unter keinen Umständen ohne dich abgereist. Ich kann nicht zulassen, dass meine Tochter sich wegen eines kindlichen Gefühls ins Unglück stürzt.«

»Wie kannst du dir so sicher sein, dass es mein Unglück gewesen wäre?«

»Selbstverständlich bin ich mir sicher. Diese Wilden sind freundlich und hilfsbereit, doch es fehlt ihnen jede Vorstellung von unserem Leben. Sie existieren wie die Tiere der Wildnis – und das ist nicht gottgewollt. Es wird viel Zeit und Mühe kosten, ihnen unsere Werte zu vermitteln. Ein Leben gemäß deines Standes zu führen, wird auch dann noch befriedigend für dich sein, wenn das Vergnügen, bei deinen einheimischen Freunden zu leben, schon lange seinen Reiz verloren haben wird.«

Er ereiferte sich und beugte sich vor: »Ich habe natürlich gesehen, dass du zum ersten Mal einem Mann Gefühle entgegengebracht hast, aber glaube mir, nichts ist vergänglicher. Die Leidenschaft stirbt ebenso schnell, wie sie geboren wurde.«

Berenice schwieg. Sie stimmte ihrem Vater keineswegs zu, der wiederum keine Vorstellung vom Leben der Elnoo hatte, doch sie würde ihn kaum überzeugen können. Die habsburgische Heiratsschmiede Mechelen war ein anschauliches Beispiel dafür gewesen, wie politische Ehen für Frauen oft zu einem Meilenstein wurden, an dem sie zerschellten – von einem zufriedenstellenden Leben ganz zu schweigen. Nach ihrem Wohlbefinden wurde nicht entschieden; sie waren ein Faustpfand in der Politik der Mächtigen. Sosehr ihr Vater sie liebte und zweifelsfrei ihr Bestes wollte, so wenig war er in der Lage, sich von seiner Vorstellung zu lösen. Mit Auflehnung und Verweigerung würde sie nichts ausrichten.

Das Schiff rollte in einer langen Welle und bewegte sich heftiger. Die Zinnbecher schlugen aneinander.

»Es scheint windiger zu werden. Du solltest dich zur Ruhe begeben.«

Sie erhob sich und nahm die Hand ihres Vaters.

»Ich wünsche dir eine gute Nacht, Vater.« Sie drückte einen Kuss auf seine Hand und ging zur Tür.

Eine plötzliche starke Bewegung drückte sie gegen die Wand. Selbst hier unten hörten sie das laute Donnern und Grollen eines Gewitters. Sie eilte durch den schmalen Gang und hielt sich an den Wandseilen, um nicht umhergeschleudert zu werden, bis sie ihre Kajüte erreichte, die sie nach dem Tod Amelies nun allein bewohnte. Während sie sich mit Mühe entkleidete, dachte sie voller Bedauern an die junge Frau, die so hoffnungsvoll mir ihr diese Reise begonnen hatte. Das Schiff schlingerte immer noch, als sie sich schließlich mit Nachthemd und Haube bekleidet niederlegte. Sie schlief unruhig und träumte in wilden Bildern, in denen ihr immer wieder in unerreichbarer Ferne Kowishtos Gesicht erschien.

Ein ohrenbetäubender Krach riss sie aus ihrem leichten Schlaf. Verwirrt setzte sie sich auf und horchte. Mit einer Hand hielt sie sich am Bettrand fest, das Schiff schlingerte auf eigenartige Weise. Irgendetwas stimmte nicht.

Berenice vernahm das Trappeln von nackten Füßen auf Holzplanken und laute Schreie. Es war noch stockdunkel in der Kajüte. Sich vorsichtig an der Wand entlangtastend erreichte sie die Tür. Im Treppenaufgang zeigte ein heller

Schimmer den beginnenden Tag. Wasser lief die Stufen hinunter.

Abermals ging eine Erschütterung durch das Schiff, und sie krallte sich mit beiden Händen an den Türrahmen. Die Tür offen lassend, damit der Lichtschein bis in ihre Kajüte reichte, tastete sie sich zurück und zog sich mühsam das Nötigste über. Als sie das Oberdeck erreichte, bot sich ihr ein Bild der Verwüstung. Wieder einmal kämpfte das Schiff gegen Sturm und Wellen, doch es schien, als habe der Sturm diesmal die Oberhand gewonnen. Der Hauptmast war zerbrochen, ein Blitz hatte ihn in Stücke zerfetzt.

Chaos beherrschte die Szene. Doch durch das Chaos hindurch hörte sie die beruhigende Stimme von Kapitän Pujol, der wie ein Fels in der Brandung mit sicherer Stimme Befehle erteilte. Berenice war im Nu durchnässt. In einem Gewirr von Tauen, Menschen und dem Durcheinander, das die Wassermassen verursachten, hielt sie nach ihrem Vater Ausschau, konnte ihn jedoch nirgendwo entdecken. Ein stämmiger Matrose, dem die nassen, schwarzen Haare wild um das Gesicht flogen, machte ihr mit wenig höflichen Worten klar, dass eine Frau an Deck nichts verloren hatte. Sie stieg die schmale Stiege wieder hinunter. Im Gang neben ihrer Kajüte tropfte Wasser aus der Wand, und sie versuchte, die undichte Stelle zu finden und mit einem Stück Stoff zu verschließen. Kurz unter der Decke befand sich ein Loch, zu klein, um einen Finger hindurchzustecken. Die Vermutung, es handele sich um ein Mauseloch, verwarf sie schnell wieder.

Mit der Fingerkuppe fuhr sie den Rand entlang, der säuberlich mit einem Werkzeug bearbeitet worden war. Das Auffälligste waren die Stimmen, die sie über sich hörte. Deutlich erkannte sie die tiefe Stimme Kapitän Villiers, der sich mit dem Grafen unterhielt. Jemand schien ein besonderes Interesse daran zu haben, sich über die Vorgänge in der

Kapitänskajüte zu informieren. Doch ob dies ein Mitglied der früheren Mannschaft gewesen oder das Loch erst auf der Rückreise entstanden war, ließ sich wohl nicht mehr herausfinden. Bisher war ihr niemand vor ihrer Kajütentür aufgefallen. Möglicherweise, überlegte sie, war das Loch während der Auseinandersetzungen zwischen den Seeleuten und ihren Kapitänen gebohrt worden, die auf der *Felizitas* ihre Besprechungen abgehalten hatten. Beim Versuch, auf ein Fass zu steigen und einen Blick durch die kleine Öffnung zu werfen, stieß sie sich den Kopf.

Das Schiff schaukelte wild und vollführte dabei halbe Drehungen. Sie atmete tief durch, um ihren Magen zu beruhigen. Die Übelkeit rührte nicht nur von der Bewegung des Schiffes her; die Gerüche im Unterdeck, in das wenig Frischluft gelangte, taten ein Übriges. Nochmals versuchte Berenice, auf das Fass zu steigen. Dieses Mal gelang es ihr. Sie kniete sich vorsichtig hin und betete, das Schiff möge einige Augenblicke ruhig bleiben. Sie versuchte, durch das Loch zu sehen, doch die Öffnung war zu klein; dafür verstand sie nun jedes Wort, das über ihr gesprochen wurde.

»Ich kann nicht glauben, dass wir in den beiden Tagen so weit abgetrieben wurden.« Die Stimme des Grafen klang zornig. »Wir verlieren Wochen, wenn wir weiterhin hilflos auf dem Meer treiben.«

»Während des Sturms können wir nichts daran ändern. Sobald der Wind nachlässt, kann man den Mast reparieren. Der Zeitverlust wird unsere geringste Sorge sein.«

Ein Geräusch ließ Berenice vermuten, dass der Matrose, der auch als Koch fungierte, das Essen brachte. Sie hörte das Klappern des Geschirrs, und eine Weile schweigen die Männer, bis sich die Tür wieder schloss.

»Was meint Ihr damit, dass Zeit unsere geringste Sorge ist?«

Villier gab einen Brummlaut von sich. »Der Wind weht aus Nordwest, sodass wir nach Südosten abgetrieben werden. Damit geraten wir in den Herrschaftsbereich der Spanier. Ihre Schiffe sind zahlreich unterwegs in die Neue Welt und kommen mit wertvoller Ladung zurück, wie Ihr wohl wisst. Das allein müsste uns nicht stören. Jedoch wie die Fischerkähne die Möwen anziehen, so ziehen diese schwimmenden Schatztruhen Gesindel an, das sich zu bereichern sucht. Aus diesem Grund werden sie von schwer bewaffneten Eskorten begleitet. Einem französischen Segler unterstellen sie sicher nichts Gutes, und ein gezielter Treffer aus ihren Kanonenrohren könnte uns leicht zum Verhängnis werden. Ihr ...«

Er unterbrach sich, das Schiff schlingerte abermals gefährlich, und über Berenice schepperten fallende Teller zu Boden. Einige derbe Flüche waren die Folge.

Sie krallte sich an einem Holzbalken fest und kämpfte gegen die erneut aufsteigende Übelkeit. Als sie auf den Boden sprang, stoben zwei kleine Ratten entsetzt zur Seite.

Sie schüttelte sich vor Ekel und hoffte inständig, dass ihre Reise bald ein glückliches Ende finden würde.

Es sollte indes noch zwei weitere Tage dauern, bis das Unwetter so weit nachließ, dass sich die Matrosen in die Wanten wagen konnten, um die notwendigen Arbeiten zu erledigen. Der Hauptmast wurde notdürftig repariert, um die Seetüchtigkeit des Schiffes wiederherzustellen.

Sie waren weit von ihrem Kurs abgekommen. Nachdem die Schäden an Deck behoben worden waren, begleitete Berenice ihren Vater nach oben. Er lehnte den Arm auf die Reling und hielt sein Gesicht in den Wind.

»Wir werden Tage brauchen, um auf unsere alte Route zu kommen. Leider weht immer noch ein starker Nordwind. Ein Matrose berichtete gestern, er habe ein Segel am Horizont gesehen.«

»Konnte er sehen, um was für ein Schiff es sich handelte?«

Der Wind fuhr in einer starken Bö über das Deck, und einige Strähnen aus Berenices flüchtig hochgesteckter Frisur lösten sich und wehten ihr ins Gesicht. Wie als Antwort auf ihre Frage erscholl in diesem Augenblick ein Ruf über ihnen.

»Zwei Schiffe, backbord!«

Sie wandten die Köpfe und suchten das Meer nach den erwähnten Schiffen ab, doch keiner von ihnen entdeckte sie in den unruhigen Wogen.

Berenice zog sich wieder in ihre Kajüte zurück, in der eine Mahlzeit für sie bereitstand. Mit Missfallen betrachtete sie den Teller.

Abermals gepökeltes Schweinefleisch, muffiger Zwieback, in dem sich merkwürdige schwarze Pünktchen befanden, und ein Krug gewürzten Weines, dessen Farbe wenig appetitanregend aussah. Glücklicherweise hatte sie genügend getrocknete Früchte von Louise und den Elnoo mitgenommen, die sie in einer Schale mit Wasser einweichte.

Ein plötzliches Zittern ging durch den Schiffsrumpf, und Berenice wurde gegen die Rückwand gedrückt. Das Schiff vollführte eine Wendung. Schreie erschollen über ihr, und das Geräusch vieler Schritte auf Planken und Stiegen zeigte ihr an, das etwas Außergewöhnliches geschah.

Schnell stellte sie ihren Teller zur Seite, zog ihr Kleid zurecht und machte sich auf den Weg zum Oberdeck. Weit kam sie nicht. An der letzten Treppe traf sie ihren Vater, der sie energisch am Arm fasste und zurück zur Kajüte schob.

»Du bleibst hier unten! Zwei Schiffe mit Gesetzlosen scheinen anzugreifen. Verlass bitte deine Kajüte nicht mehr, bis die Lage geklärt ist.«

Auf seiner Stirn zeigte sich eine Falte, die Berenice beunruhigte.

»Vater, können sie uns gefährlich werden? Wir haben doch ein schnelles Schiff.«

»Wir haben ein gutes und schnelles Schiff, das allerdings im Augenblick in keinem guten Zustand ist. Ein Überfall auf See ist immer gefährlich. Was immer geschieht, bleib hier unten und lass dich nicht blicken. Ich werde meinen Degen holen und hoffe, dass ich ihn nicht brauchen werde.«

Er wollte gehen, drehte sich jedoch noch einmal zu ihr und drückte einen schnellen Kuss auf ihre Stirn. Dann verließ er sie mit eiligen Schritten.

Unruhig setzte sich Berenice in ihrer Kajüte auf ihr Lager. Doch sie war zu nervös, um zu sitzen, erhob sich wieder und wanderte lauschend umher.

In diesem Augenblick donnerte ein Kanonenschuss aus der *Felizitas*. Der Kampf begann.

Sie fand es unerträglich, ohne Nachricht ausharren zu müssen. Von oben drangen gelegentlich Laute herunter, doch obwohl das Schiff ruhig und schnell fuhr, schien sich eine Spannung aufzubauen. Ein weiterer Kanonenschuss hallte über das Wasser, diesmal von einem feindlichen Schiff. Als habe der Schuss etwas in Gang gesetzt, wurden die Geräusche an Deck lauter. Abermals erzitterte das Schiff unter einem Schuss.

Der Musketenlärm nahm zu, die Matrosen hatten es nicht geschafft, die Angreifer auf Distanz zu halten. Mit einem plötzlichen Donnern krachte etwas gegen die Außenwand des Schiffes, Holz krachte mit großer Wucht auf Holz.

Berenice wurde von der Gewalt des Aufpralls über ihr Bett geschleudert und landete auf dem Boden. Benommen kam sie hoch. Die Lage schien weit ernster, als man ihr zu sagen wagte. Fieberhaft überlegte sie, was sie tun konnte, wenn die Piraten den Widerstand der Mannschaft überwanden.

Eilig zog sie das zweite Kleid über, in dessen Faltentasche sie ein kleines Messer verbergen konnte. Sie warf einen forschenden Blick auf ihre Habseligkeiten, doch es war nichts Nützliches oder Kostbares vorhanden, was einen weiteren Gedanken gelohnt hätte.

Vorsichtig öffnete sie die Tür einen Spalt weit und spähte hinaus. Der Gang lag verlassen da, doch sie hörte deutliche Kampfgeräusche. Klingen fuhren aufeinander. Geschrei und Stöhnen, dass sich die Haare auf ihren Armen vor Entsetzen aufrichteten. Vorsichtig näherte sie sich dem Treppenaufgang, ständig horchend und bereit, wieder in ihre Kajüte zu flüchten.

Nur wenig Licht fiel durch die Luke zum Oberdeck, und sie erkannte sofort die Ursache. Ein toter Matrose hing mit seinem Oberkörper halb über dem Geländer, als wolle er sich vor dem drohenden Verhängnis in Sicherheit bringen. Immer noch tropfte Blut aus einer Wunde an seinem Hals.

Sie bemühte sich, nicht hinzusehen, und nutzte die Deckung seiner Beine, um einen Blick auf das Geschehen zu werfen.

Es war schlimmer als alles, was sie sich hätte vorstellen können. Die meisten Matrosen lagen entweder tot oder schwer verwundet und stöhnend oder gar schrecklich schreiend vor Schmerz am Boden. Auch das zweite Schiff hatte nun auf der gegenüberliegenden Seite festgemacht. Wild aussehende Gesellen kämpften gegen die letzten sich verzweifelt zur Wehr setzenden Männer der *Felizitas*. Sie hatten keine Chance. Die ersten Überlebenden wurden schon gefesselt, unter ihnen Villier und de la Grange, der sich gegen die Übermacht noch wehrte, als man ihm schon die Schlingen um Hände und Füße band, andere wurden mit einem kurzen Degenstoß oder Schnitt getötet. Kapitän Pujol war nicht zu sehen, doch ihr Vater kämpfte noch gegen eine offensichtliche Übermacht.

Berenice presste die Faust gegen den Mund, um einen Schrei zu unterdrücken. Warum ergab er sich nicht? Ihr Vater war ein großartiger Fechter, und unter anderen Umständen wäre es ein Vergnügen gewesen, ihm zuzusehen. Sein Gegner schien die Geduld zu verlieren, er drosch gegen alle Regeln wild und wütend auf ihn ein. Doch ihr Vater parierte und wich leichtfüßig aus. Nur noch wenige Männer kämpften gegeneinander; der Rest der Freibeuter schickte sich an, von verschiedenen Beobachtungsposten das Schauspiel zu genießen.

Der Pirat war ihrem Vater nicht gewachsen, eine kleine Finte gefolgt von einem schnellen Ausweichen, und die Klinge des Grafen streifte die Schulter des Gegners, dessen Arm sich schnell rot färbte. Berenice hörte seinen zornigen Aufschrei.

In diesem Augenblick stieß einer der restlichen Piraten einem Seemann, in dem Berenice den Schiffsmaat erkannte, seinen Säbel in den Bauch, zog ihn wieder heraus und wandte sich in einer schnellen Drehung um. Während noch dem Maat stoßweise Blut aus der Bauchwunde spritzte, holte er ein zweites Mal aus. Bevor Berenice erkannte, was geschah, schwang er die blutige Waffe kraftvoll durch die Luft und zog sie ihrem Vater durch den Hals.

Der Kopf des Grafen rollte über das Deck und blieb schließlich liegen. Sein Körper stand noch eine Sekunde in seiner Bewegung wie erstarrt, bevor er langsam zu Boden glitt.

Berenices Verstand weigerte sich zu begreifen, was ihre Augen sahen. Alle Blicke richteten sich auf sie, die unbedacht und fassungslos vor Entsetzen hochgefahren war. Sie hörte von Ferne einen markerschütternden Schrei und war sich nicht darüber im Klaren, dass sie selbst es war, die ihn ausstieß. Mit weit aufgerissenen Augen blickte sie auf den leblosen Torso ihres Vaters, bis sie schließlich weinend und halb ohnmächtig niedersank. Es entging ihr, dass der Mörder ihres Vaters abermals seine Waffe hob, um auch sie zu töten, jedoch durch eine energische Handbewegung seines Anführers abgehalten wurde.

Man zog sie hoch und trug sie mehr, als dass sie ging, auf das Schiff der Freibeuter.

Es war ihr gleichgültig. Ihre Augen, blind vor Tränen, wollten nichts mehr sehen, ihr Verstand nicht mehr arbeiten. Sie stand in der prächtig ausgestatteten Kajüte des Freibeuters, der prüfend um sie herumschritt und sie aufforderte, ihre Kleidung abzulegen.

Sie verstand ihn nicht, sie hatte seine Sprache noch nie gehört. Er zog sein langes Messer aus der Scheide und schlitzte ihre Kleidung langsam von oben bis unten auf, ohne sie aus den Augen zu lassen. Sie empfand nicht einmal Scham, als er sie musterte. Sie war nicht mehr in der Lage, etwas zu empfinden. Auf sein Lager gefesselt ließ er sie zurück.

Die Freibeuter feierten ihren Sieg. An die Frau erinnerte man sich im Augenblick nicht.

Nach einigen Stunden plagte sie Durst, doch niemand ließ sich blicken und sie wagte nicht, auf sich aufmerksam zu machen. In der Nacht bekam sie Fieber. Schweißgebadet, mit pochenden Kopfschmerzen suchte sie mit den Augen den Raum nach etwas Trinkbarem ab. Sie wehrte sich gegen die Ohnmacht, die sie zu überfallen drohte, sie wollte kämpfen und überleben. Doch ihr Körper verweigerte sich. Ein gnädiger Mantel der Bewusstlosigkeit legte sich über sie.

Man hatte sie jedoch keineswegs vergessen. Souhaib, der Anführer der beiden Schiffe, betrat die Kajüte, als es schon wieder hell wurde. Seine Leute hielt er nicht davon ab, sich gelegentlich nach erfolgreichen Beutezügen zu betrinken; er selbst aber rührte weder Alkohol noch andere Rauschmittel an. Er war ein gläubiger Anhänger des Propheten. In seiner Begleitung befand sich Yussuf, der Steuermann des zweiten Freibeuterschiffes, das durch die Kanone der Franzosen ein wenig lädiert war. Kein Problem, man würde sich schadlos halten.

Yussuf wollte die Frau töten; so war es abgemacht. Es war jedoch nicht die Rede davon gewesen, dass es sich um eine sehr junge, sehr schöne Frau handelte. Für dergleichen gab es bessere Verwendung, und ihn interessierte die einträglichste. Doch die Frau war krank, sie fieberte und war bewusstlos.

Souhaib ließ den Hakim rufen und rührte sie nicht an. Man konnte nie wissen, um welche Art Krankheit es sich handelte, und er wollte sein Schiff frei von Seuchen halten. Alle übrigen Besatzungsmitglieder des Franzosenschiffes hatten ihr Grab im Meer gefunden. Er wandte sich seinem Begleiter zu.

»Der nächste große Markt ist schon in wenigen Tagen. Wenn wir uns beeilen, können wir sie dort verkaufen.«

Yussuf wiegte seinen Kopf, um den er einen schmierigen Lappen gewickelt hatte. Er steckte die Daumen in die dunkle Schärpe, die seine weite Hose hielt. »Sie ist zu alt für einen großen Sultanshaushalt und zu teuer für ein kleines Serail. Spricht sie unsere Sprache?«

Der Arzt hatte seine Untersuchung beendet. Er packte seine Utensilien zusammen.

»Sie hat keine ansteckende Krankheit. Ihr fehlt Wasser und sie ist zu zart.«

Yussuf trat näher und betrachtete die entblößt vor ihm liegende Frau.

»Ist sie noch unberührt?«

Ein schmieriges Lachen war die Antwort. »Ich dachte, das willst du selbst feststellen, aber natürlich kann ich …«

»Idiot«, zischte der Kapitän zwischen den Zähnen hervor. »Diese Frau ist ein Vermögen wert, bist du blind? Sie ist eine hellhäutige, blonde Aristokratentochter aus einem ungläubigen Land. Es gibt Männer, reiche Männer«, wiederholte er grimmig, »die sich das etwas kosten lassen. Wir haben an diesem Überfall so gut wie nichts verdient, und deine Ahnung, dass dieses Schiff reich beladen sei, hat sich als verlustreicher Irrtum herausgestellt. Wir werden uns wenigstens an ihr schadlos halten.«

Er warf noch einen Blick auf Berenice, bevor er den Arzt anfuhr: »Untersuch sie, aber sei gefälligst vorsichtig.«

Yussuf grinste ihn an. »Vor einem Jahr noch hättest du dir das Vergnügen nicht nehmen lassen. Marisha scheint dich gut im Griff zu haben.«

Sein Schiffsführer schnaufte verächtlich durch die Nase.

»Diese Frau ist schön, aber viel zu dürr. Man wird sie erst einmal aufpäppeln müssen. Hysterisch obendrein, und sie versteht nicht, was man sagt. Was sollte ich mit ihr?«

Sein Blick fiel auf den Mann, der sich immer noch an der jungen Frau zu schaffen machte.

»Was ist mit ihr?«, fuhr er ihn an.

»Sie ist keine Jungfrau mehr, so viel steht fest.« Gelassen packte der als Hakim bezeichnete Mann seine Utensilien zusammen.

»Man muss versuchen, sie zum Trinken zu bewegen und ihr Fieber zu senken, sonst stirbt sie. Ich kümmere mich jetzt um unsere Leute, die brauchen mich dringender.«

Ohne die beiden weiter zu beachten, verließ er den Raum.

»Es stimmt«, meinte Yussuf, »wir haben eine Menge Verwundeter. Das Mädchen ist nicht mehr rein. Lass sie sterben, wenn es Allahs Wille ist.« Nach einem letzten Blick auf die Frau folgte er dem Hakim, um nach den Verwundeten zu sehen.

Als der Pirat mit Berenice allein war, öffnete er eine Truhe im Hintergrund der Kajüte und zog ein Stück Stoff heraus. Er wickelte es um die wie tot daliegende Frau, strich ihr die Haare aus dem Gesicht und fühlte ihre heiße Stirn. Auf dem Markt würde sie, richtig dargeboten, ein Erfolg werden. Er wusste auch schon, welche Käufer für sie infrage kamen.

Er klopfte leicht mit der Hand gegen ihre Wange, jedoch ohne Erfolg. Auch der Versuch, ihr etwas Wasser einzuflößen, war vergebens.

Sie reagierte nicht, stöhnte aber. Er verließ sie und sah in der kommenden Nacht hin und wieder nach ihr. Es dauerte einige Stunden, bis sie in der Lage war, etwas zu trinken. Gegen Morgen sank die Temperatur ein wenig; nun aber schien sie von schlimmen Albträumen geplagt zu sein und schrie laut auf. Zwei volle Tage und Nächte fieberte und fantasierte sie, bis sie endlich in einen heilsamen Schlaf fiel und ihre Gesichtsfarbe den kranken Glanz verlor.

Berenice erwachte mit leichten Kopfschmerzen. Langsam öffnete sie die Augen und nahm erstaunt ihre Umgebung wahr. Die Hand an die schmerzende Stirn gelegt ließ sie ihren Blick durch den Raum wandern. Es herrschte ein heilloses Durcheinander. In Streifen zerrissene Tücher bedeckten Bett und Boden, ein Teller mit Essensresten stand auf dem Tisch und ein Eimer in der Ecke war Quelle eines widerwärtigen Geruchs. Sie hatte brennenden Durst, doch sie fühlte sich zu schwach, um aufzustehen. Die Erinnerung an die Ereignisse kehrte zurück. Ihr Vater war tot. Sie war eine Gefangene der Piraten.

Im nächsten Augenblick quietschte die schwere Kajütentür. Berenice war so erschrocken, dass sie nicht wagte, die Augen einen Spalt zu öffnen. Sie atmete so flach sie konnte, um Bewusstlosigkeit vorzutäuschen.

Schlurfend, ein Bein nachziehend erschien ein Matrose und stellte einen Topf mit Fischsuppe und einen Zinnkrug mit Wasser auf den Tisch. Nachdem er einen Blick auf die Schlafende geworfen hatte, schlurfte er wieder davon. Erst als sie hörte, wie der Riegel von außen vorgeschoben wurde, richtete sich Berenice wieder auf.

Sie trank in großen, gierigen Schlucken. Die Piraten hatten offenbar Wasser und Lebensmittel an Bord gebracht; beides ließ nichts zu wünschen übrig, und sie aß die Suppe vollständig auf. Obwohl ihr immer noch etwas schwindlig war, spürte sie, wie ihre Kräfte allmählich zurückkehrten. Sie spürte instinktiv, dass ihr Leben nicht mehr in Gefahr war, sonst hätte man sie schon getötet.

Aufmerksam behielt sie die Tür im Auge und lauschte immer wieder, ob sich Schritte näherten.

VI.

Freund und Feind unter dem Halbmond

Der Hafen lag in der Mittagshitze. Zahlreiche Schiffe ankerten im Hafenbecken und schaukelten leicht in den Wellen.

Berenice durfte an Deck, jedoch war wenig von ihr erkennbar. Feine Schleier bedeckten ihre gesamte Erscheinung. Sie schwitzte; man hatte ihr nicht erlaubt, das Gespinst aus Stoffen etwas zu lüften.

An der Mole herrschte geschäftiges Treiben. Es war ein buntes und exotisches Bild, das sich ihr bot. Sie hatte nicht in Erfahrung bringen können, wo sie sich befand, doch alles deutete darauf hin, dass sie vor der nordafrikanischen Küste lagen. An der frischen Luft fühlte sie sich wieder besser. Sie hatte gegessen und sogar die Möglichkeit erhalten, sich zu waschen. Am Kai verhandelte der Kapitän des Piratenschiffes mit einigen Männern. Berenice blickte sich suchend um, konnte das zweite Schiff der Freibeuter jedoch nicht entdecken.

Die Männer schienen sich einig zu sein und bestiegen gemeinsam ein Ruderboot. An Bord schritten sie zielstrebig auf Berenice zu. Der Kapitän befand sich in Begleitung eines Mannes, der einer näheren Betrachtung wert war.

Noch niemals hatte Berenice eine solche Person erblickt. Der Mann war kugelrund und bewegte bei jedem Wort seine kleinen, weißen und prallen Hände. Die Kleidung zeugte von Reichtum, er trug edelste Stoffe. Kaum größer als Berenice, watschelte er wie eine Ente von einem Bein auf das andere, um sein Gleichgewicht nicht zu verlieren, und stieß gelegentlich spitze Schreie aus. Seine Haut war hell und so prall, dass man befürchten musste, er würde in tausend Stücke zerspringen, wenn man ihn mit einer Nadel stach.

Gefolgt von seinen Dienern näherte er sich, neben ihm der Pirat. Dunkle Knopfaugen richteten sich interessiert auf Berenice, das Mündchen spitzte sich. Die vollen Lippen waren rot gefärbt, sodass sie wie eine Wunde im hellen Gesicht wirkten.

Er sprach sie an, doch Berenice zuckte nur mit den Schultern, worauf er in die Hände klatschte. Die Schleier wurden von ihrem Gesicht entfernt. Ein weiterer kleiner Schrei der weißen Kugel war die Folge.

Berenice konnte sich ein Lachen nicht verkneifen, er wirkte zu komisch.

»Du bist bezaubernd, einfach bezaubernd.« Seine Stimme war hell, wie die eines Kindes.

Überrascht, dass er ihrer Sprache mächtig war, nickte sie dankend.

»Ein reizendes Kompliment. Ich würde nur zu gern wissen, von wem ich es erhalte, und vor allen Dingen, wo ich mich befinde.«

Er legte den Kopf schief, wobei ein goldener Ohrring zur Seite baumelte und in der Sonne blitzte.

»Welch unverzeihliche Nachlässigkeit von mir, meine Liebe. Ich bin Oujdma Bashi, Gesandter des hohen Ibrahim Bey.«

Als würde dies alles erklären, sah er ihr erwartungsvoll ins Gesicht. Da jedoch keine Reaktion erfolgte, seufzte er tief auf.

»Ich sehe schon, es wird eine Menge Arbeit sein, dir all das Wissen zu vermitteln, dass du brauchen wirst. Wir wollen aufbrechen in den Palast; diese Umgebung ist zu deprimierend.«

Er streckte mit dramatischer Gebärde die Hand aus, und ein Diener reichte ihm ein Tuch.

»Welches Wissen wofür? Was habt Ihr mit mir vor?«

Sie wehrte sich gegen den Piraten, der sie am Arm fasste und zur Strickleiter führte, die zum Boot hinunterreichte. Ihre Furcht vor einem ungewissen Schicksal war verflogen. Der kleine, runde Mann wirkte durch seine absurde Art beruhigend.

Auf einem Hinterhof standen Kamele. Gepflegte Tiere mit eleganten Sänften, feinen Sätteln und troddelbehängtem Kopfputz. Doch sie wollte ihren Vorsatz nicht so schnell aufgeben. Sie weigerte sich so nachhaltig, Platz in der Sänfte zu nehmen, dass Oujdma Bashi schwer atmend wieder erschien. Die Diener schwatzten in einer kehligen Sprache auf ihn ein, bis er sie mit einer entnervten Handbewegung zum Schweigen brachte.

»Meine Liebe, ist dir diese Reiseart nicht genehm?« Mit seinem Tuch wischte er sich den Schweiß von der Stirn. »Ich muss gestehen, ich sehne mich nach dem kühlen Palasthof, wo es angenehmer ist, als in dieser Hitze zu braten. Wenn du dich also bemühen willst ...«

Seine quiekende Stimme reizte sie abermals zum Lachen, doch sie nahm sich zusammen.

»Ich begleite Euch nur, wenn ich genau weiß, wohin ich reise und zu welchem Zweck.«

Verwirrt blinzelte er sie gegen die Sonne an und bemühte abermals sein Schweißtuch.

»Allah, welch eine Prüfung! Meine Schöne, ich werde dir alles erklären, aber ich nehme doch nicht an, dass du ein Piratenschiff und die Gesellschaft dieser Männer meiner kultivierten und erfreulicheren Begleitung vorziehst.« Erschöpft beschied er Berenice kurzerhand: »Ich dulde keinen Aufschub mehr, wir brechen auf.«

Sie fügte sich und kletterte in den bequemen Sitz, wurde kurz daraufhin jedoch nach vorn und hinten geschleudert, als das Tier sich erhob.

Durch die feinen Schleier blickte sie hinaus. Der Ort lag bereits hinter ihnen, und es ging vorbei an weißen Behausungen und bunten Märkten, bis sie auch diese schließlich hinter sich ließen. Wellenfömig und endlos breitete sich die Wüste vor ihr aus. Ein in der Ferne zunächst kaum erkennbarer dunkler Punkt wurde größer, und nach und nach konnte sie Palmen und grüne Büsche unterscheiden, hinter denen ein hohes, weißes Gebäude ohne äußere Verzierungen sichtbar wurde.

Energisch zog einer der neben der Sänfte trottenden Diener ihr den Schleier vor das Gesicht und wies auf den Eingang.

Nach der langen Zeit an Bord eines Schiffes war ihr Gang noch etwas unsicher. Die Empfangshalle war kleiner, als sie erwartet hatte, doch sie blieb staunend stehen.

Herrliche farbige Mosaiken bedeckten Boden und Wände. Fein gewebte Teppiche und Kissen aus Seide luden zum Ruhen ein. Es war kühl; kein Sonnenstrahl fiel unmittelbar in den Raum, doch ausreichend Licht fand seinen Weg durch schmale Schlitze und wurde am Morgen und Abend durch filigrane Holzarbeiten vor den Fenstern gefiltert.

Zwei Dienerinnen erwarteten sie. Sie führten Berenice vorbei an Gärten mit bunten Blumen, Vogelvolieren und plätschernden Springbrunnen. Gern hätte sie verweilt und ein wenig auf der Bank im Schatten die wunderbar ruhige Stimmung genossen, doch man ließ ihr keine Zeit dazu.

Zunächst brachte man sie in ein Badehaus, in dem sie umfangreichen Reinigungsritualen unterzogen wurde. Sie genoss es von ganzem Herzen, geschrubbt, gebürstet, massiert und eingeölt zu werden. Wie lange war es her, dass sie sich so sauber und wohlriechend gefühlt hatte! Entspannt schlüpfte Berenice anschließend in die bereitliegenden Pantöffelchen und erfreute sich an den weichen, kühlenden Stoffen der Gewänder, die ihre Haut umschmeichelten. Allmählich spürte sie Appetit, und auf eine fragende Bewegung hin bedeutete ihr eines der Mädchen, ihm zu folgen.

Die beiden Frauen durchquerten einen Raum nach dem anderen, ohne dass ihnen jemand begegnete. Schließlich öffnete sich eine Tür, um den Blick freizugeben auf ein besonders prunkvoll ausgestattetes Zimmer, in dem auf seidenen Kissen Oujdma thronte.

Leutselig und zufrieden winkte er sie heran. Hinter seinem Sitz bewegte ein dunkelhäutiger Knabe große Federn, um ihm Luft zuzufächeln.

Zwei weitere dunkle Sklaven umstanden ihn und reichten auf einen Wink hin die eine oder andere Schale, gefüllt mit den verschiedensten Speisen.

Kauend wies Oujdma auf eine Schale mit Obst. Zögernd griff Berenice zu und kostete eine der länglichen braunen und leicht klebrigen Früchte. Der süße Geschmack überraschte sie, und sie griff ebenso wie ihr Gastgeber beherzt zu. Ihr neuer Bekannter betrachtete sie ungeniert, während ihm der Saft einer Frucht über das Kinn lief. Ein Sklave wischte ihn sauber.

»Was beabsichtigt Ihr, mit mir zu tun?« Ungeduldig schob Berenice eine Schüssel mit einem Reisgericht zur Seite. »Ihr habt mich gekauft, aber ich bin keine Sklavin und werde niemals eine sein. Schickt einen Boten nach Frankreich, man wird mich sicher auslösen.«

Oujdma steckte den Finger in den Mund und lutschte die Reste der süßen Soße ab, die noch daran klebten.

»Du bist jetzt eine Sklavin und gehörst zum Besitz des Ibrahim Bey. Dass du dich nicht fühlst wie eine Untergebene, ändert nichts daran. Es gibt viele Frauen wie dich. Du kannst dein Leben damit verbringen, dich aufzulehnen. Dann wirst du eines Tages misshandelt, abgemagert und elend als billiges Vergnügen eines einfachen Händlers enden, weil alles zerstört ist von dem, was du jetzt bist. Du kannst den anderen Weg gehen und deine Schönheit, deine Bildung und deinen Charme nutzen, um das Leben zu führen, das du möchtest. Nur mit Klugheit und Einfluss lässt sich dies bewerkstelligen.«

Er nahm die feuchten Tücher, die der junge Sklave ihm reichte, um seine Hände zu reinigen und sich kurz über den Mund zu wischen.

Berenice beobachtete ihn. Trotz der kindlich hohen Stimme hörte sie die Warnung in seinen Worten. Er meinte es ernst.

»Im Augenblick sehe ich nur eine Möglichkeit für dich, der Sklaverei zu entgehen. Die Piraten erwähnten, du seiest von königlichem Blut. Entspricht dies der Wahrheit?«

Sie schüttelte den Kopf. »Nein, ich bin kein Mitglied einer königlichen Familie, auch wenn ich ihnen nahestand. Mein Vater war ein Graf, der sich die Gunst des habsburgischen Herrschers verscherzte und zuletzt in den Diensten des französischen Königs stand. Ich bin an ihren Höfen erzogen worden und kenne die Mitglieder der königlichen Familien, doch ich gehöre nicht dazu.«

»Hm.« Oujdma kratzte sich an der Nase und legte sich bequem auf die Kissen zurück. Dabei schob sich die runde Kugel seines Bauches beeindruckend nach oben.

»Würde der französische König bereit sein, dich beim Sultan gegen entsprechenden Lohn auszulösen?«

Sie dachte nach. So bitter die Erkenntnis auch war, sie hatte keine Hilfe zu erwarten. Nur aus eigener Kraft konnte sie versuchen, diese hoffnungslos scheinende Lage zu verbessern.

»Der französische König hat keinerlei Interesse an meiner Person. Er würde wahrscheinlich nichts unternehmen.« Ihre Stimme klang selbst in ihren eigenen Ohren gepresst.

»Nun denn, meine Liebe, dann solltest du dich an den Gedanken gewöhnen, dass dein altes Leben, wie immer es war, vorbei ist. Doch wie ich schon erwähnte, eine schöne Frau hat immer eine Wahl.«

»Sagtet Ihr nicht, dass meine Erziehung mir bei Eurem Herrn wenig nützen würde? Ich spreche nicht einmal Eure Sprache.«

Träge griff Oujdma zu einer kandierten Frucht.

»Sicher, doch man kann viel lernen, wenn man will. Zuvor jedoch möchte ich sicher sein, dass du willens bist. Ich werde meine kostbare Zeit nicht mit einer Frau vertrödeln, die nur vorgibt, sich auf etwas einzulassen, um Zeit zu gewinnen.«

Er lutschte den Zucker von der Dattel und ließ sie nicht aus den Augen.

»Ich werde Euch nichts vormachen, doch ich möchte wissen, was mich erwartet.«

Oujdma seufzte hörbar auf. »Teure, wenn ich dies sagen könnte, wäre ich kein Sklave, sondern ein hoch bezahlter und geachteter Weissager.« Er lachte in sich hinein.

Ihr Kopf fuhr herum, und sie sah ihn aus großen Augen an.

»Du bist ein Sklave? Wie kannst du dann so herrschen?«

Ihre Hand wies auf den Raum und den kleinen, dunklen Jungen, der unverdrossen den Fliegenwedel bewegte, auch wenn er gelegentlich verstohlen pausierte.

»Aber natürlich bin ich ein Sklave, sagte ich das nicht? Mein Herr ist Suleyman, Sohn des Sultans Selim. Den Auftrag, eine ganz besondere Frau für meinen Herrn zu finden, erhielt ich allerdings von seinem Freund Ibrahim. Ich hätte nicht geglaubt, dass es ein derart kräfteraubendes Unternehmen werden könnte, als ich mich vor Monaten dazu bereit erklärte.«

Berenice bemühte sich vergeblich, seinen Ausführungen zu folgen.

»Ich verstehe immer noch nicht ganz.«

»Was ist daran so schwer zu verstehen? Nicht alle Sklaven sind Wasserträger. Es gibt viele, die zu Macht und Einfluss gelangen.«

»So wie du?« Sie schob sich die Kissen zurecht und lehnte sich zurück, das Gespräch versprach, interessant zu werden.

»Zum Beispiel – doch meine Macht hat Grenzen, die ich versuche auszudehnen. In dem Augenblick, wo ich mir erlaube, mich mit dem zu begnügen, was ich erreicht habe, schwindet mein Einfluss unversehens. Es ist ein ständiges Spiel, ein immerwährendes Ringen um Informationen, die mir einen Vorteil verschaffen. Fern vom Zentrum der Macht sind meine Aussichten leider weniger gut.«

»Das hört sich sehr mühsam an. Bist du es nicht manchmal leid, stets auf der Hut zu sein?«

»Wenn man einmal Macht in den Händen hat, gibt man sie höchst ungern auf. Besonders, wenn es das eigene Leben kosten kann. Bedauerlicherweise hänge ich am Dasein, zumal es mir solche Genüsse gewährt.« Erneut griff er in die Schale mit Süßigkeiten.

»Wie ist es dir gelungen, als Sklave ein so angenehmes Leben zu führen?«

»Angenehm ist es durchaus nicht immer, doch du könntest sehr zu meinem Wohlgefühl beitragen, wenn du meine Füße ein wenig knetest. Es entspannt mich.«

Er streckte ihr seine erstaunlich kleinen, aber gepflegten Füße hin und nach kurzem Zögern griff sie zu.

Entzückt seufzte er auf. »Ah ja, das tut gut, du hast einen guten Griff. Also, wo war ich ...?«

»Du wolltest mir deine Geschichte erzählen.«

»Richtig. Beginnen wir damit, als ich noch bei meinem Vater lebte. Er handelte mit Gewürzen, Kräutern, Essenzen und Heilmitteln, die er in seinem Laden verkaufte. Karawanen aus der ganzen Welt rasteten bei uns und trieben Handel mit ihm. Ich war noch jung, beinahe ein Kind, ein sehr hübsches Kind, nebenbei bemerkt. Die unterschiedlichen Kräuter, ihr Geruch und noch interessanter, ihre Wirkung, faszinierten mich. Als sein ältester Sohn sollte ich sein Geschäft einmal übernehmen. Es war wundervoll, durch den Basar zu gehen und mit anderen zu feilschen, um unsere Vorräte zu ergänzen. Ich lernte, in verschiedenen Sprachen die Händler zu begrüßen und zu bewirten. Der größte und wichtigste Händler kam aus Frankreich; der dortige Bedarf an Kräutern wirkte unermesslich. Damals lernte ich Französisch, eine wunderbare Sprache, beinahe so schön wie Persisch. Meine Zukunft schien gesichert. Doch Allah in seiner Weisheit entschied anders. Der Sultan selbst fragte nach einem speziellen Trank, als er mit einem Heer in unserer Gegend weilte, und mein Vater entschloss sich, mich als Boten zu senden. Es war das letzte Mal, dass ich ihn sah.«

Er hielt inne, und sie bemerkte, dass ihn seine Vergangenheit immer noch berührte.

»Was ist geschehen?«

Energisch schob Oujdma den Fliegenwedel zur Seite, der sein Gesicht gestreift hatte, und schickte den Jungen hinaus.

»Sultan Selim ist ein sehr gebildeter, aber auch grausamer Mann. Jetzt ist seine Gesundheit angegriffen, doch er liebt es, sich an Quälereien zu ergötzen. Er sah mich und fand sofort Gefallen an mir. Er besaß Hunderte von Frauen, doch gelegentlich gelüstete es ihm nach einem Knaben. Ich will dir die schrecklichen Details meiner Jugend am Hofe des Sultans ersparen. Immerhin genoss ich zwischen den Augenblicken seiner Aufmerksamkeit einige Annehmlichkeiten.

Doch einige Jahre, nachdem ich von meinem Vater getrennt worden war, interessierte ich mich für ein junges Mädchen. Es war ein harmloses Interesse, kannte ich doch zu genau die Gefahren, die eine Liebelei mit sich bringen würde. Ein eifersüchtiger Diener plauderte – und als Ergebnis fand das Mädchen den Tod, und ich wurde ein Eunuch. Es dauerte Monate voll fürchterlicher Schmerzen, bis ich mich wieder erholte. Selim hatte angeordnet, mich besonders grausam zu misshandeln.

Sein Sohn Suleyman liebt seinen Vater nicht. Er hatte Mitleid mit mir und ließ mich im Frauenhaus als Diener arbeiten. Es gelang mir, seine Aufmerksamkeit zu erregen und ihm zu Diensten zu sein. Inzwischen bin ich ein hoher Beamter an seinem Hof. Ich wäre gern wieder nach Hause zurückgekehrt, doch als Sklave habe ich kein Recht dazu.«

Das Licht im Raum schwand allmählich, die Dämmerung setzte ein. Ein Diener erschien und zündete die Lampen an. Erst als er den Raum wieder verlassen hatte, fuhr Oujdma fort.

»Ich hegte die Hoffnung, dass Suleyman mir die Freiheit schenken würde, so wie Ibrahim, der ebenfalls einmal ein Sklave war. Aber Ibrahim war geschickter. Er ist gebildet und belesen, und es gelang ihm besser, bei Suleyman Gehör zu finden. Heute sind sie enge Freunde und Kampfgefährten, und er kann mir Befehle erteilen, was ihm eine Lust der besonderen Art ist.«

Berenice schob den linken Fuß Oujdmas zur Seite und ergriff den anderen.

»Ich kann mir nicht vorstellen, dass du Wert darauf legst, ein Kampfgefährte zu sein.«

Oujdma brach in Lachen aus. Seine dicken Wangen zitterten, und er schnaufte vor Vergnügen.

»Vermutlich würde ich das Kampfgebiet gar nicht erst erreichen, weil meine Sänfte im Schlamm stecken bliebe und ich auf einem Pferd keinen Halt fände. Doch es gibt andere Möglichkeiten, meine Interessen durchzusetzen, und eine geschickte Frau könnte mir sehr von Nutzen sein.«

»Du sagst selbst, ich spreche nicht die Sprache des Sultansohnes oder seines Freundes. Wenn er wie sein Vater Hunderte von Frauen hat, wird er mich kaum brauchen.«

»Suleyman hat große Pläne: Er will das Land im Westen erobern und dem rechten Glauben zuführen. Er ist nicht ein solcher Grobian wie sein Vater, sondern klug, gebildet und entschlossen. Sein Gegner ist der Habsburger Kaiser, und dessen Feinde sind seine Freunde. Er sucht nach einem Verbündeten – und wer, glaubst du, könnte das sein?«

Berenices Augen weiteten sich erstaunt.

»Der französische König? Das ist völlig ausgeschlossen. König François würde niemals eine Allianz mit einem nichtchristlichen Herrscher eingehen.«

Oujdma wiegte nachdenklich den Kopf hin und her. Seine Ohrgehänge klimperten leise.

»Darauf würde ich keine Wette abschließen. Der französische König hasst die Habsburger genauso wie wir. Jeder weiß das. Suleyman wartet nur auf seine Stunde, sich mit ihm zu verbünden, wenn er erst an der Macht ist. Der Glaube an Macht oder Gold kann überzeugender sein als an einen Gott. Du kennst beide Herrscher von Kindheit an, welch unschätzbares Wissen!«

Mit dem Ausdruck einer Katze, die ihren Milchtopf erblickt, lächelte er Berenice an.

»Mein Täubchen, ich habe lange nach einer jungen Frau wie dir gesucht. Du wirst mein Schlüssel zur Freiheit und wirst, wenn du es richtig anstellst, auch deine eigene Freiheit zurückerlangen, falls du sie dann noch willst. Ich werde dir das Wissen vermitteln, das eine junge Frau braucht, um dem Herrscher zu gefallen. Doch für heute ist es genug. Nach dem Mahl werden wir uns zur Ruhe begeben.«

Berenice hatte genau wie er während der Unterhaltung ohne Unterlass an den Leckereien geknabbert und war nun völlig gesättigt. Doch Oujdma klatschte in die Hände; sofort öffnete sich die Tür, und einige Diener traten mit beladenen Tabletts ein. Der Anblick der üppigen Speisen genügte.

Abwehrend hob Berenice die Hände: »Entschuldige mich, ich bin müde und möchte schlafen gehen.«

Oujdma, der schon prüfend die Platten überblickte, schenkte ihr nur ein flüchtiges Nicken.

Eine Dienerin begleitete sie hinaus. Sie wurde entkleidet und legte sich auf den breiten, weichen Diwan, doch der Schlaf wollte sich nicht einstellen. Zu viele Gedanken gingen ihr durch den Kopf. Durch das fein geschnitzte Muster der Fensteröffnung fiel Mondlicht in den Raum, und der Wind strich durch die Palmen. Sie erinnerte sich daran, wie sie im Freien geschlafen hatte. Ihr Vater hatte das Leben in der neu entdeckten Welt als fremd und gefahrvoll erachtet. Die tödlichen Gefahren seiner eigenen Welt hatte er übersehen. Die Bilder seines gewaltsamen Todes stiegen wieder in ihr auf.

»Unmöglich, damit werde ich mich niemals einverstanden erklären!« Berenices empörte Stimme hallte über den Patio.

»Ich weiß nicht das Geringste über deine Religion, und es interessiert mich auch nicht. Dein Gott ist nicht der meine, und ich sterbe eher, als mich von meinem Glauben abzuwenden.«

Oujdma verdrehte ungeduldig die Augen. »Du wirst auch sterben, wenn du dich weiterhin so störrisch und uneinsichtig benimmst.«

Seine Stimme schwang in den höchsten Oktaven, und er watschelte hinter ihr her. »Höre dir wenigstens an, was der Prophet verkündete, durch Wissen allein geschieht nichts Übles. Wenn du so sicher an deinen Gott glaubst, wird dir das Studium des Korans kaum etwas anhaben können. Im Gegenteil, es wird dich sicherer machen, weil du ja alle Fehler in unserem Glauben aufdecken kannst.«

Berenice fuhr zu ihm herum. »Versuch nicht, mich für dumm zu verkaufen. Es gibt nicht den geringsten Grund, mich für diese Schriften zu interessieren.«

»Aber natürlich gibt es den. Im Sultanspalast empfängt man keine ungläubigen Frauen.«

»Unglaube ist eine Frage der Ansicht, wie mir scheint. Ich bin nicht ungläubig.« Wütend schlug sie mit der flachen Hand in das Wasser des Springbrunnens.

Auch Oujdma tauchte seine Hand in das kühle Nass und sank auf den Brunnenrand nieder.

»Ein wahres Wort, meine Schöne. Es freut mich, dass du zu dieser Erkenntnis gelangt bist. Du hast nur leider nicht die Freiheit, deine Ansicht zu wählen. Das Volk muss den

Glauben seines Herrschers teilen – das ist auch in deinem Land so, wie ich weiß.«

»Ich gehöre nicht zu seinem Volk. Ich bin eine Frau von Stand, das legt man nicht ab wie ein Kleidungsstück.«

»Nein, nein, sicher nicht. Du musst gar nichts ablegen, nur klug solltest du sein. Sei anpassungsfähig, geschmeidig und informiert, und man wird dir viel verzeihen. Betrachte dieses Wasser!« Seine Finger spielten im Wasser des Brunnens. »Es ist sanft und zärtlich zu deiner Haut – und doch hast du erfahren, wie stark und grausam es sein kann. Es passt sich jeder Form an und lässt sich doch niemals formen. Lerne, so unverwundbar zu sein wie das Wasser. Fahren wir also zunächst noch ein wenig mit dem Studium der Sprache fort, dann erzähle ich dir die schönsten Geschichten des Propheten. Auch ich sinke ohne Schwierigkeiten vor einem Gott in den Staub hinab, solange er nur da oben bleibt.«

Berenice lächelte. »Du bist nicht ganz so gedankenlos, wie du versuchst, dir den Anschein zu geben. Aber ich sehe, dass du mir helfen möchtest, Gefallen an meiner neuen Lage zu finden.«

Oujdma legte die Hand zum Zeichen des Schweigens auf seine dicken Lippen. »In deinem Land ernährt man sich sehr spärlich, habe ich mir sagen lassen. Es gibt nur Fleisch und Wurzeln und dies auch nur die Hälfte aller Tage. Wozu solltest du dorthin zurückwollen?«

Berenice maß ihn mit anzüglichem Blick.

»Es könnte dir nicht schaden, dich eine Weile nur von Wurzeln zu ernähren und dich zu bewegen. Von den Türken werden ebenfalls grauenvolle Geschichten erzählt. Sie sollen sogar ihre Kinder schlachten und opfern. Und die Dienerinnen in diesem Haus erkundigen sich bei mir, warum Frauen in meinem Land gern stinkende Essenzen benutzen und ob wir Männer verabscheuen.«

Oujdma verzog das Gesicht.

»Den Verdacht kann man ihnen nicht übel nehmen. Ihr benutzt Öle für eure Duftstoffe, die ranzig werden. Hier nimmt man alkoholische Grundlagen. Du kannst viel von uns lernen, und am Ende wirst du nicht mehr zurückwollen.«

»Du hast mir deutlich gemacht, dass ich auch eine Sklavin bin. Vielleicht gefällt mir dieser Zustand nicht.«

Sie erhob sich. Die Sonne war an ihrem höchsten Punkt angekommen und stand beinahe senkrecht am Himmel. Mittags wurde es unerträglich heiß, und sie wandte sich dem schattigen und kühlsten Teil des Hauses zu.

Oujdma folgte ihr und winkte den Knaben herbei, ihnen Luft zuzufächeln, doch auch das brachte wenig Erleichterung. Seit Wochen hatte sie außer Oujdma nur ihre Dienerinnen zu Gesicht bekommen. Die Tage verliefen in träger Gleichförmigkeit. Sie lernte mit einer älteren Frau die türkische Sprache; eine andere erklärte ihr, wie sie sich zu pflegen, zu kleiden und zu bewegen hatte. Anfangs hatte Berenice sich einfach verweigert, doch inzwischen war sie für die Abwechslung dankbar. Die Ergebnisse ihrer neuen Fähigkeiten führte sie dem entzückten Oujdma vor.

Mehr als einmal endeten ihre Demonstrationen in seinem hohen, kichernden Gelächter über ihre Aussprache oder ihre übertriebenen Bewegungen. In dem Maße, in dem sie sich seinem Willen fügte, nahm ihre Vertrautheit zu. Sie wusste auch ungefähr, wo sie sich befanden. Die Stadt Bizerba konnte nicht weit entfernt sein.

Händler lieferten auf beladenen Kamelen und Eseln ihre Waren ab. Sie hörte ihre Stimmen und beobachtete durch eine kleine Luke im Mauerwerk das Kommen und Gehen im Stall. Oujdmas Vorträgen über das Leben des Propheten Mahomet lauschte sie ergeben und erwiderte sie mit Schilderungen des

Lebens an den französischen und habsburgischen Königshöfen.

Die Tage vergingen, und es wurde zu heiß, um sich im Freien aufzuhalten. Schon zwei Monate lebte sie jetzt in dem kleinen Palast, ohne dass sie herausgefunden hatte, welche Pläne man für sie hegte. Die Ruhe wurde eines Abends durch ankommende Reiter jäh unterbrochen.

Berenice spähte in den Hof und erblickte verschwitzte, jedoch prächtige Reittiere. Rufe erschallten, dann verschwanden die Tiere aus ihrem Blickfeld. Sie ahnte, es würde etwas geschehen, das sie betraf.

Der Abend verging jedoch ohne irgendwelche Ereignisse. Sie speiste allein in ihrem Zimmer und versuchte zu schlafen. Auch in der Nacht kühlte die Luft nicht mehr ab, und erst gegen Morgen fiel sie in einen leichten Schlaf.

Ihre beiden Dienerinnen weckten sie früh, und noch schlaftrunken ließ sie sich waschen und ankleiden. Mit dem Frühstück beschäftigt achtete sie nicht auf Geräusche. Erschrocken fuhr sie zusammen, als hinter ihr eine männliche Stimme erklang. Missbilligend krauste sie ihre Nase und erhob sich.

»Was fällt Euch ein? Man dringt nicht ohne Anmeldung hier ein.«

Die türkischen Worte kamen noch nicht ganz flüssig, dafür mit der Arroganz einer Königin. Sie blickte in erheiterte Augen. Ihr Besucher deutete eine leichte Verbeugung an.

»Verzeiht meine Unhöflichkeit. Ich war ungeduldig, meinen neuen Besitz in Augenschein zu nehmen.«

Als er ihr verwirrtes Gesicht bemerkte, wechselte er ins Französische.

»Mein Name ist Ibrahim, ich bin über deine Fortschritte in unserer Sprache entzückt. Oujdma war also ausnahmsweise einmal tätig und hat gute Arbeit geleistet.« Er ließ ungeniert einen prüfenden Blick über ihre Gestalt schweifen.

»Falls du meine Zähne sehen willst, sie sind in Ordnung«, bemerkte sie spitz. »Ich weiß, dass man das bei Pferdekäufen auch so handhabt.« Bewusst übernahm sie seine formlose Anrede.

Er lächelte sie an. »Man sagte mir, dass du eine schöne Frau bist. Man verschwieg allerdings, dass du wohl kein sanftes Wesen hast. Nimm Platz, ich habe Hunger.«

Er ließ keinen Zweifel daran, dass er der Hausherr war. Langsam sank sie auf ihren Sitz zurück und betrachtete ihn verstohlen. Er war kräftig und gut aussehend, in feine orientalische Gewänder gekleidet, auf dem Kopf einen gewickelten Turban aus türkiser Seide. Ohne zu reden, ließ er es sich schmecken. Auch er beobachtete sie, jedoch ohne sein Interesse zu verbergen.

»Dir ist das Schicksal nicht hold gewesen, du bist in die Hände von Piraten gefallen. Ein glücklicher Umstand für dich, dass Oujdma dich schnell fand.«

Sie lehnte sich ein wenig vor. »Was ist glücklich daran, dass ich jetzt eine Sklavin bin? Ich bin gewohnt, selbst Befehle zu erteilen.«

»Daran muss sich nichts ändern, wenn du bereit bist, dich ein wenig anzupassen. Ich weiß, dass du an den Königshöfen der Ungläubigen erzogen wurdest. Du könntest mir zu Diensten sein, und das wäre nicht zu deinem Schaden.«

»Was erwartest du von mir? Ich war noch ein Kind am Hof von König François, und Karl, den habsburgischen König, kannte ich schon, als er selbst noch ein Junge war. Als Spionin bin ich ganz unbrauchbar. Mein Vater fiel bei Kaiser Maximilian und Karl in Ungnade, möglicherweise sogar beim französischen König.«

»Ist nicht der Hof von Mechelen der Ort, an dem die Kinder von Königen ihre Bildung erhalten? An dem ihre Denkweise geprägt wird, und die Knaben im Kriegshandwerk erzogen werden? An dem entschieden wird, welche Prinzessin wohin heiratet?«

»Das ist richtig.« Sie war erstaunt über sein Wissen. »Doch allzu lange war ich nicht in Mechelen.«

»Es wird reichen, mir zu berichten, wie die Gewohnheiten am königlichen Hof sind. Welche Vorlieben und Abneigungen hegt man? Ich möchte wissen, wie du die Persönlichkeiten der königlichen Berater und des zukünftigen Kaisers beurteilst. Und in der Zeit zwischen unseren sicher hochinteressanten Gesprächen wirst du tanzen.«

»Daran dürftest du wenig Vergnügen haben – meine bisherigen Vorführungen endeten mit lautem Gelächter der Zuschauer.«

Er ergriff ihre Hand und zog sie mit sich hoch.

»Ich dachte zunächst daran, dass du mir eure Tänze zeigst. Ich habe sie noch nie gesehen und bin neugierig.«

Sie war ihm nahe genug, um einen angenehmen Geruch wahrzunehmen. Immer noch hielt er ihre Hand und drehte die Innenfläche nach oben, um sie sich anzusehen.

»Du hast noch nicht viel mit deinen Händen gearbeitet. Helle Haut, zarte Knochen und keine Schwielen.«

Sie wollte ihm ihre Hand entziehen, doch er hielt sie fest, drückte seine Lippen auf ihr Handgelenk und ließ sie dann los. Er näherte sein Gesicht dem ihren.

»Es ist unnötig, sich gegen mich zur Wehr zu setzen. Frauen schätzen sich glücklich, wenn sie mir Gesellschaft leisten dürfen.«

Er trat einen Schritt zurück, und Berenice atmete unbewusst auf. Nur ihr Herz klopfte vor Aufregung noch ein wenig schneller.

»Übermorgen früh werden wir mit dem Schiff abfahren.«
Ihre Hand fuhr zur Stirn, und sie versuchte, den Sinn seiner Worte zu erfassen. »Mit welchem Schiff? Wohin bringt ihr mich?«

»Vorerst zur Insel Rhodos. Ich bin im Auftrag des Sultans unterwegs und habe dort zu tun. Es wird dir gefallen, der Palast ist größer, das Klima angenehm, und du wirst Gesellschaft haben.«

Er hatte den Raum schon verlassen, als sie noch immer auf der gleichen Stelle stand und sinnend hinter ihm hersah. Vielleicht konnte sie ihn bewegen, ihr behilflich zu sein.

Oujdma stand wie ein Feldherr in seinem Salon und dirigierte seine Diener. Als er Berenice erblickte, eilte er auf sie zu. Sein Fuß verfing sich im Ausläufer eines Stoffballens, und der Saft der Frucht, in die er zuletzt gebissen hatte, tropfte darauf hinunter.

Sie ergriff seinen Arm und stützte ihn mit einiger Mühe.

»Ah, welch ein heilloses Durcheinander. So etwas liebe ich ganz und gar nicht. Aber immer ist es so. Ich bin mitten in meiner Arbeit und puff, alle Pläne fliegen über den Haufen. Wie kann man da Ergebnisse erwarten. Was habe ich mit militärischen Plänen auf einer gottverlassenen Insel zu schaffen, frage ich dich.«

»Das weiß ich nicht, aber vielleicht sagst du mir ja, wovon du überhaupt sprichst.«

»Aber meine Schöne, sagte ich das denn nicht? Ich spreche von Ibrahim. Er kommt an und verbreitet wie immer eine vollkommen sinnlose Hetze. Ich erfahre ganz en passant von der morgigen Abreise. Er hätte sie auch gestern beim Nachtmahl erwähnen können, schließlich sprachen wir lange genug miteinander. Er sucht nach Gelegenheiten, mir das Leben schwer zu machen. Wie soll ich alle Waren in dieser

Zeit auflisten, schätzen und in kürzester Zeit an Bord dieses schmutzigen Schiffes bringen lassen? Konnte er nicht etwas Hübscheres auftreiben? – Nein! Nein, aber nicht doch!«

Seine Stimme wurde vor Zorn schrill, als er einen Diener anfuhr, den Sack Gewürze in eine Liste einzutragen, bevor er ihn auf den Karren lud. Schnaufend kam er zu Berenice zurück.

»Das sind keine Zufälle, ich kenne diese Burschen. Sie bringen still und heimlich Gold in die eigene Tasche und mein jämmerlicher eigener Verdienst schrumpft dahin. Ich hoffe nur, es gibt genügend Platz für meine Waren.«

Berenice betrachtete die aufgeladenen Schätze. »Aber so viel scheint es doch gar nicht zu sein.«

»Es ist auch nicht viel, aber du müsstest ihn hören. Das Schiff verliere durch zu viel Fracht an Schnelligkeit, es sei ein Kriegsschiff und solle auch als solches angesehen werden. Er hat gut reden. Schließlich braucht er dem Sultan gegenüber nur eine Summe zu äußern und er bekommt sie. Ich dagegen muss sehen, wo ich bleibe.«

»Auf der Insel Rhodos kannst du deine Waren sicher günstig verkaufen.«

Er sah sie mitleidig an. »Auf Rhodos? An wen denn? Dort leben ja nur ein paar armselige Fischer und Ziegenhirten. An die Johanniter darf ich mich nicht wenden, und diese Leute sind zumeist ebenfalls bettelarm. Nein, ich werde alles lagern, um es später in Athen oder Konstantinopel günstig an die Händler zu verkaufen. Die Insel sei ein Übel für alle Rechtgläubigen, behauptet Ibrahim. Der Prophet allein weiß, was ihn dann dorthin zieht. Doch das soll nicht meine Sorge sein. Zumindest scheint es eine angemessene Unterkunft zu geben, sonst hätte er Alexandra nicht dorthin gebracht.«

Berenice sprang einer voll beladenen Fuhre aus dem Weg, das Durcheinander schien sich langsam aufzulösen.

»Wer ist Alexandra?«

Oujdma wischte sich die schweißnasse Stirn mit einem Tuch ab, und auch Berenice hob ihre Schleier ein wenig an, um Luft an ihr verdecktes Gesicht zu lassen.

»Eine junge Frau. In deinem Alter ungefähr, aber mit allen Wassern gewaschen. Ibrahim hat sie vor drei Jahren vom Sklavenmarkt mitgebracht, und trotz ihrer Jugend hat sie es geschafft, ihn für sich einzunehmen. Diese Russelaine ist unterhaltsam, das muss ich zugeben. Du wirst sie kennenlernen; ihr habt einiges gemeinsam.«

Seine Augen flogen flink über die Diener, während er mit ihr sprach.

»Du wirst sicher auch wissen, wie lange wir auf der Insel bleiben und wohin wir weiterreisen.«

Sie zupfte an seinem Ärmel, auf den sich einige Krümel seines Frühstücks verirrt hatten.

»Mein Liebe, ich habe nicht die geringste Ahnung. Man weiht mich nicht in die Pläne der Hohen Pforte ein. Dafür wirst du in Zukunft sorgen, wer hätte bessere Möglichkeiten als eine schöne Frau, an diesen Menschen heranzukommen?«

Der Tag verlief in allen Räumen unruhig. Der Palast schien nach ihrer Abreise geschlossen zu werden; nur ein Verwalter sollte sich darum kümmern. Ibrahim gab Anweisung, schon am Abend auf das Schiff umzusiedeln, um am nächsten Tag früh auslaufen zu können.

Berenice verstand seine Sorge in gewisser Hinsicht. Oujdma würde niemals pünktlich im Morgengrauen an Deck stehen. Die Verschiedenheit der beiden Männer, die offenbar miteinander auskommen mussten, erheiterte sie insgeheim.

Das Schiff war nicht so klein, wie es aus der Ferne gewirkt hatte, und es war ganz sicher nicht schmutzig. Solide gebaut und mit Geschützen bestückt, machte es einen guten Eindruck. Im unteren Deck sah Berenice durch eine Luke schaudernd die Galeerensklaven, die das Schiff ruderten. Früher war sie der Meinung gewesen, ein solches Schicksal konnte nur die gerechte Strafe für schwere Verfehlungen sein, doch seitdem sie selbst in Gefangenschaft geraten war, hatte sich ihre Perspektive verschoben.

Ächzend kletterte Oujdma mithilfe von zwei Seeleuten an Deck, die die Anstrengung ebenso erschöpfte wie ihn. Auf dem erhöhten Kommandostand befand sich Ibrahim. Sein Umhang wehte im schwachen Seewind, und er grüßte bei ihrer Ankunft mit einem leichten Kopfnicken.

Es war Berenice nicht vergönnt, sich an Deck aufzuhalten. Kaum angekommen winkte Oujdma sie zu einer kleinen Tür.

»Ibrahim hat angeordnet, dass du unten bleibst, bis die Reise beendet ist. Es sind nur wenige Tage«, fügte er beinahe entschuldigend hinzu, »und es ist der angenehmste und größte Raum. Ich selbst werde mich in das erbärmliche Eckchen begeben, das er mir zugesteht.«

Er verließ sie, kam jedoch nach wenigen Schritten wieder zu ihr zurück und flüsterte ihr verschwörerisch ins Ohr:

»Sieh dich vor – der Mann ist gerissen. Ich kann an Bord wenig für dich tun.«

Unmerklich nickte sie ihm zu. »Ich danke dir für deine Warnung, ich werde achtgeben.«

In den Wochen ihres Aufenthaltes hatte sich mit dem ungewöhnlichen Eunuchen so etwas wie Freundschaft entwickelt. Trotz seiner Marotten hatte Oujdma ein weiches Herz. Mit feinem Gespür erfasste er, wann sie Einsamkeit brauchte oder Ablenkung. Er respektierte ihre Trauer um ihren Vater und bemühte sich, ihre schwierige Lage zu erleichtern. Inzwischen waren sie sehr vertraut miteinander. Ibrahim dagegen konnte sie noch nicht einschätzen.

Sie sah sich in ihrer neuen Unterkunft um. Der Raum war üppig im orientalischen Stil ausgestattet. Prächtige Stoffe verbargen die Wände, weiche Teppiche bedeckten den Boden. Eine große Bettstatt füllte die Hälfte des Raumes, und in einer Ecke befanden sich Sitzkissen und ein Schreibpult mit Seekarten. Auf kleinen Tischen standen Naschwerk, Getränke und allerlei Schnitzwerk. Hinter einer Abtrennung entdeckte sie ein Waschkabinett, dessen Utensilien sie nachdenklich betrachtete. Sie hielt noch ein Rasiermesser in der Hand, als sie die Tür hörte und sich umwandte.

»Der Raum ist nicht so unbequem, dass ich mir dafür das Leben nehmen müsste, oder wofür ist dies gedacht?«

Ibrahims Schritt stockte, als er das Messer in ihrer Hand sah.

»Leg es wieder hin!«

»Sei unbesorgt, ich habe nicht die Absicht, dich anzugreifen. Das wäre wohl auch recht einfältig unter diesen Umständen. Ich nehme an, dies war deine Kajüte. Sehr großzügig. Ich weiß zu schätzen, dass du sie mir überlässt.«

Mit zwei großen Schritten war er bei ihr und nahm das Messer an sich.

»Welch eine Nachlässigkeit von mir. Es war nicht nur meine Kajüte, sie ist es immer noch. Das Schiff besitzt nicht genügend Raum, um jedem eine eigene Kajüte zu gestatten, und ich teile deutlich lieber ein Gemach mit dir als mit Oujdma.«

Berenice starrte ihn an. »Langsam beginne ich, Schiffe zu verabscheuen. Niemals ist genügend Platz vorhanden, ständig muss man Einschränkungen hinnehmen.«

Ibrahim ließ sich gemächlich auf ein Kissen nieder und winkte ihr, es ihm gleichzutun.

»Du nennst es Einschränkung, diesen Raum mit mir zu teilen? Ich werde dir bei Gelegenheit einen anderen Ort vorführen, wo du allein bleiben kannst. Ich bin allerdings recht sicher, dass du diese Umgebung vorziehen wirst.«

Nach einem kurzen Klopfen trat ein Junge mit Speisen ein. Von jedem Teller kostete er ein wenig und blickte dann fragend zu Ibrahim, doch dieser verabschiedete ihn.

»Bist du so unbeliebt, dass du fürchtest, vergiftet zu werden?«

Sie griff nach einer Schale, häufte verschiedene Portionen darauf und reichte sie ihm.

Nachlässig winkte er ab, formte mit einer Hand eine Reiskugel, drückte einen Brocken Fleisch hinein und hielt sie ihr vor den Mund.

Überrascht, wie gut es schmeckte, meinte sie: »Du weißt zu leben. Kein schlechter Aufstieg für einen ehemaligen Sklaven.«

»Was hat dir dieses Klatschmaul Oujdma sonst noch berichtet?«

»Nicht sehr viel mehr. Deine Freundin ist eine Russelaine in meinem Alter und wir sollen uns ähneln.«

Er schnaubte verächtlich. »Dieser Eunuch hat keinen Blick für Frauen. Ihr seht euch ganz und gar nicht ähnlich.«

»Ich bin mir nicht sicher, ob das ein Kompliment war.«

Seine Augen wurden schmal, doch er ging auf ihre kleine Herausforderung nicht ein.

»Sie ist schon länger Sklavin und spricht unsere Sprache sehr gut. Ihr könnt voneinander lernen.«

Er hatte ihr unverdünnten süßen Wein eingeschenkt, aber selbst keinen Tropfen angerührt. Sie spürte die Wirkung bereits, doch ein Gedanke beunruhigte sie noch.

»Wo werden wir schlafen?«

Er lachte leise. »Ich habe diese Frage schon erwartet. Das Bett ist breit genug für uns beide. Ich hoffe, du schnarchst nicht – ich habe einen leichten Schlaf.«

Empört erhob sie sich. Ihr war ein wenig schwindelig und sie hoffte inständig, dass sich nichts Zusätzliches im Wein befunden hatte. In seiner Gegenwart mochte sie sich nicht waschen und ausziehen. So legte sie nur die oberen Kleidungsstücke ab und kroch unter die bunte Seidendecke. Obwohl sie sich vorgenommen hatte, erst einmal abzuwarten, schlief sie sofort ein. Sie nahm nicht mehr wahr, wie Ibrahim noch ein Weilchen aß, sich gemächlich entkleidete und dann ebenfalls ins Bett stieg.

Im ersten Augenblick wusste sie nicht, ob das Schiff schwankte oder ihr noch immer schwindelig war. Langsam öffnete sie die Augen. Durch eine kleine Öffnung in der Außenwand drang Licht herein, der Platz neben ihr war verwaist.

Sie setzte sich auf. Es rumpelte an der Tür; dieses Geräusch hatte sie wohl geweckt. Grelles Morgenlicht erhellte den Raum, als Oujdma, gefolgt von dem jungen Diener, eintrat. Der Knabe stellte das Tablett mit dem Frühstück ab und lief hinaus.

Oujdmas Augen huschten flink durch die Kajüte.

»Welch angenehme Unterbringung. In meinem nächtlichen Verschlag ist es vor Hitze kaum auszuhalten.«

Berenice klopfte mit der Hand auf die Bettdecke. »Nimm Platz, ich werde mich inzwischen ein wenig erfrischen.«

Sie verschwand hinter der Abtrennung, während Oujdma stöhnend auf das Bett sank.

»Ich nehme nicht an, dass du letzte Nacht in den Armen dieses Barbaren eingeschlafen bist.« Seine Hand schwebte suchend über dem Frühstückstablett und entschied sich für ein gefülltes Gebäckstück. Vorsichtig kostete er.

»Warum sollte dich das beunruhigen? Du hast mir doch selbst erklärt, dass ich in seinem Besitz bin.«

Er spülte den Bissen mit einem Schluck Wasser hinunter.

»Es beunruhigt mich aus verschiedenen Gründen. Zunächst einmal sollst du nicht ihm gehören, sondern sein Geschenk an den Sultan sein. Es würde einen schlechten Eindruck machen, wenn er, nun ja, sozusagen ...«

»Du meinst, wenn er zuvor mein Liebhaber wäre. Das mag schon sein.«

»Das ist nicht das einzige Problem. Alexandra hängt sehr an ihm, und bislang dachte ich, er auch an ihr. Sie hat ehrgeizige Pläne und sie würde höchst ungern ihre Hauptrolle abgeben. Obendrein ist sie recht eifersüchtig und könnte dir nicht nur das Leben schwer machen, sondern auch gefährlich werden. Sie ist noch jung, doch ich kenne diese Art Frauen. Sie sind skrupellos. Ich möchte dich schützen.«

»So viel zu Ibrahim und der jungen Russelaine. Was ist mit dir, welche Absichten hegst du? Ganz so selbstlos ist dein Schutz wohl kaum.«

»Ich bin einer der ersten Beamten im alten Serail des Sultans. Mit meiner Hilfe könntest du eine seiner Zofen werden – und ich bin sicher, du würdest sogar eine Ikbal. Ich habe einen Blick dafür.«

Berenice trat wieder in den Raum und nahm eine Traube vom Tablett. »Was ist eine Ikbal?«

»Um in ständiger Nähe des Sultans sein zu können, musst du zur Gedikli, zur Zofe aufsteigen. Das könnte ich bewerkstelligen. Doch nur der Sultan bestimmt die Favoritin, seine Ikbal. Die Macht der Frauen im alten Serail, allen voran der Mutter des Sultans, wird nur noch von der des Herrschers selbst übertroffen. Wir können es schaffen, in dieses Zentrum zu gelangen. Ich helfe dir und du wirst mir behilflich sein.«

»Wenn ich jemals in der Lage bin, dir zu helfen, werde ich das gern tun, doch ich erwarte dafür keine Gegenleistung. Was wünschst du dir denn so sehr?«

»Sei nicht derart kindlich! Solch Hochherzigkeit kann man sich im Palast nicht leisten. Erwarte immer einen Gegenwert – selbst wenn du ihn in diesem Augenblick nicht brauchst.«

Er verscheuchte mit der Hand eine lästige Fliege.

»Wünsche gibt es immer! Zuerst einmal will ich endlich meinen Freibrief in den Händen haben. Ein hübscher Palast in der Stadt, ein Landhaus, ein wenig Machtbeschneidung für Ibrahim. Er kann mich nicht leiden, obwohl er schon alles erreicht hat. Der Sultan vertraut ihm blind, und das ist nicht ganz angemessen. Er ist ein großspuriger Emporkömmling, der seine Macht missbraucht. Man sollte ihm ein wenig mehr auf die Finger sehen.«

Nachdenklich blickte er sie an. »Doch was erzähle ich. Er hat Charme und ist im Augenblick in der stärkeren Position. Sieh dich vor! Schönheit und Klugheit können dir wenig helfen, wenn du das Intrigenspiel im Sultanspalast nicht durchschaust.«

Sie nahm neben ihm Platz. »Es hört sich nicht so an, als würde es mir gefallen. An den großen Königshöfen geht es nicht anders zu, und ich habe solche Ränke nie gemocht.«

»Wo es um Gold und Macht geht, kannst du diesem Spiel nicht aus dem Wege gehen.« Er lächelte sie mit verschmitzten Augen an.

Gelassen lächelte sie zurück. »Dein Freibrief ist nur wenige Tagesreisen entfernt, wenn du mir zur Flucht verhilfst; beim Sultan ist er in noch weiter Ferne.«

»Du bist eine raffinierte Circe.« Oujdma kicherte. »Aber kein noch so großer Haufen Gold würde mich verleiten, mich in diese ungläubige Fremde zu begeben. Kannst du dir vorstellen, wie ich in der Kleidung deiner Landsleute wirken würde?«

Sie lachte belustigt bei diesem Gedanken.

Er zog sie in seinen Arm und sie lehnte sich gegen ihn.

»Du solltest Ibrahim überreden, dich ein wenig an die frische Luft zu lassen. Es ist ungesund, tagelang in einem Raum zu bleiben, mag er auch noch so hübsch anzusehen sein.«

Am nächsten Tag trug sie Ibrahim die Bitte vor und er erlaubte ihr tatsächlich, ihn bei Anbruch der Dunkelheit zu begleiten. Bewegung und Meeresluft waren nach der Wärme in der Kajüte eine Wohltat. Sie lehnte neben ihm an der Reling und beobachtete das Spiel der Delfine. Gelegentlich erblickten sie am Horizont eine dunkle Linie. Das Festland lag nicht weit entfernt.

»Morgen Abend erreichen wir Rhodos. Wir werden uns einige Tage aufhalten, bevor wir unsere Reise fortsetzen.«

Ibrahim legte seine Hand auf ihre Schulter und drehte sie zu sich.

Im schwindenden Tageslicht bemerkte sie die Wärme in seinem Blick.

»Du brauchst dich nicht zu fürchten, Beryll, ich werde dich schützen.«

»Mein Name ist Berenice, und ich bin mir nicht sicher, ob ich nicht vor dir geschützt werden müsste.«

»Deine Vergangenheit spielt keine Rolle mehr, nicht die guten, aber auch nicht die schlechten Augenblicke. Du wirst all das hinter dir lassen und als Zeichen dafür erhältst du einen neuen Namen. Beryll ist deinem alten Namen immerhin ähnlich. Ein Beryll ist ein Edelstein, mit klarem Glanz und großer Stärke, er passt zu dir.«

»Was gedenkst du auf Rhodos zu tun? Ich nehme nicht an, dass du an Land gehst, um die Vorräte aufzufüllen. Oujdma sagte mir, es sei ein feindlicher Ort.«

»Seit zweihundert Jahren sitzen die Johanniter in ihrer Festung und widerstanden bisher allen Eroberungsversuchen von Seiten der Hohen Pforte. Es sind außerordentlich tapfere

Männer, eher Krieger als Klosterbrüder, deren Piratenschiffe uns großen Schaden zufügen.«

»Das klingt beinahe bewundernd. Du bist ein seltsamer Mann. Die wenigsten Muslime beurteilen die Christen unparteiisch und großzügig.«

Ibrahim schenkte ihr ein kleines Lächeln. »Ich bin nicht als Moslem geboren. Ich bin der Sohn eines epirotischen Fischers, der durch einige Umstände das Glück hatte, eine ausgezeichnete Erziehung zu genießen. Ich glaube, du irrst dich. Die Christen bringen anderen Religionen viel weniger Verständnis entgegen – denke an die Vertreibung der Mauren und Juden aus Spanien. Den Christen ging es hingegen unter muslimischer Herrschaft dort nicht schlecht.« Ibrahim beobachtete sie, doch Berenice war bestrebt, sich ihre Gedanken nicht ansehen zu lassen.

»Das Buch mit den Gedichten in meiner Kajüte scheint dir zu gefallen, ich sah dich darin lesen.«

Ihre Züge entspannten sich. »Es ist wunderbar und gefällt mir außerordentlich.«

»Ich habe in meinem Palast viele Bücher, die dir gefallen werden. Du wirst tun können, was du möchtest, lesen, musizieren oder malen.«

»Ich werde alles haben, außer der Freiheit für eigene Entscheidungen. Eingeschlossen in einem Gemäuer.«

»Welch ein Unsinn! Kannst du denn bei den Habsburgern oder den Franzosen alles allein entscheiden? Musst du dich nicht auch dort nach dem Willen der Männer oder des jeweiligen Herrschers richten? Haben die Frauen in ihren Palästen die Möglichkeit, ihren Tag nach ihrem Belieben zu gestalten und sich völlig frei zu bewegen? Eine adlige Dame kann ohne Zustimmung ihres Gatten nicht reisen und wenn überhaupt, dann nur unter ganz bestimmten Bedingungen. Du hast dir eine Ausnahme geschaffen, doch sie macht dich auch zu einer Außenseiterin. Die Frauen im Harem führen ihr eigenes Leben, sie verfügen völlig frei über ihre Zeit. Wenn ihnen der Sinn danach steht, den Basar zu besuchen oder einen Ausflug ans Meer zu machen, können sie dies jederzeit mit entsprechendem Schutz tun. Sie haben lediglich nicht die Freiheit, sich anderen Männern zuzuwenden, doch soweit ich weiß, ist das auch bei den Christen eine Sünde.«

Er schob ihren Gesichtsschleier zur Seite. »Die Frauen des Herrschers haben eine Macht, die Männer in meiner Position fürchten könnten.«

»Hast du einen Grund, sie zu fürchten?«

»Nein, der Sohn des Sultans vertraut mir. Er ist mein Freund.«

»Zum Zeichen der Freundschaft schenkst du ihm eine Sklavin, die ihm etwas über seine Feinde erzählen kann.«

Sie fröstelte; die Luft kühlte nach Sonnenuntergang ab. Ibrahim bemerkte es und legte den Arm um sie.

»Ich bin mir noch nicht sicher, ob ich dich ihm schenken werde.« Seine Lippen flüsterten in ihr Haar: »Vielleicht habe ich etwas anderes mit dir vor.«

Unbehaglich löste sie sich aus seinem Arm. Er trat einen Schritt zur Seite.

»Woher kennst du den Sultanssohn?«

»Ich lebte als Sklave in der Nähe seiner Residenz. Er geruhte, mein Geigenspiel zu bemerken. Es war eine Nacht wie die heutige, sternenklar und voller Wünsche für die Zukunft. Wir unterhielten uns lange und entdeckten viele Gemeinsamkeiten. Ich liebe ihn wie einen Bruder.«

Berenice zog ihren Schleier fest um die Schultern. Kurze Zeit später zog sie sich wieder in ihre Kajüte zurück. In der Nacht erwachte sie, als sie Ibrahims Arm um sich spürte. Sie stellte sich schlafend und drehte sich zur Seite. Sie wollte ihn nicht gegen sich aufbringen, doch seine zärtlichen Blicke und Berührungen erreichten sie nicht.

Den nächsten Tag verbrachte sie in Gesellschaft Oujdmas, der sie mit seiner gewohnten Geschäftigkeit zum Lachen brachte. Gegen Abend bemerkte sie eine außergewöhnliche Betriebsamkeit, als ihr Ziel, die Insel Rhodos, in Sicht kam. Das Schiff ankerte kurz vor Sonnenuntergang vor dem italienischen Turm des Handelshafens. Die lauten Rufe der Seeleute, die Waren in die Boote luden, drangen bis zu ihr in die Kajüte, doch niemand kümmerte sich um sie. Allmählich wurde es ruhiger an Deck. Selbst Oujdma ließ sich nicht mehr sehen; er überwachte das Ausladen und den Transport seiner Besitztümer.

Berenice langweilte sich. Vorsichtig versuchte sie, ihre Kabinentür zu öffnen, und stellte verblüfft fest, dass diese nicht verschlossen war. Vermutlich hatte Oujdma in Vorfreude auf seinen Verdienst keinen Gedanken daran verschwendet, sie einzuschließen. Leise, jedes Geräusch vermeidend, schlich sie bis zu der steilen Treppe, die auf das Oberdeck führte, und wäre im Halbdunkel beinahe gegen die große Gestalt eines Wächters geprallt. Hinter seinem Rücken drückte sie sich entsetzt gegen die Wand und atmete erleichtert aus, als er sich entfernte.

Sie würde nur wenige Minuten haben, dachte sie, bevor er zurückkam. Eilig lief sie die schmale Stiege nach oben, alle Sinne angespannt. Auf dem Mitteldeck spähte sie aufmerksam um sich. Niemand war zu sehen, doch ein Lichtschein drang vom höher gelegenen Oberdeck. Sie erkannte Ibrahims Stimme, der halblaut mit jemandem sprach. Noch konnte sie zurück, doch die Gelegenheit war günstig und kam vielleicht nie wieder, wenn sie diese letzte Bastion ihres Glaubens verließen.

Die dunkle Küstenlinie war leicht zu erkennen, denn hier und dort blitzten an Land Lichter auf. Schnell drückte Berenice sich zwischen ein Fass und eine große Taurolle. Der Küchenjunge balancierte ein Tablett mit Speisen an ihr vorbei. Dann schob sie sich näher an die Männer heran. Zu ihrem großen Erstaunen wurde das Gespräch auf Französisch geführt.

Die Laterne beleuchtete Ibrahim und einen Mann, der in einen Umhang gehüllt war. Die beiden Männer saßen bequem auf weichen Kissen und genossen ein üppiges Mahl. Ibrahim hob in diesem Augenblick einen Becher mit Wein; das Alkoholverbot des Propheten ließ er gelegentlich wohl doch außer Acht.

»Ich wünsche Euch gute Gesundheit, Monsieur! Nach Abreise des Großmeisters Fabrice del Carretto werden die Karten neu gemischt. Überlegt Euch meinen Vorschlag und ich werde mir Eure Bitte überlegen.«

Auf dem Deck erschien mit schwerem Schritt abermals ein Wächter. Er blickte sich um und verschwand wieder. Berenice drückte sich in ihre dunkle Ecke und überlegte fieberhaft. Ein Blick über die Reling zeigte ihr, dass im Schatten des Schiffes ein Boot mit einigen Ruderern dümpelte. Der Besucher wollte nicht gesehen werden. An der dem Land zugewandten Seite befand sich die hochgezogene Strickleiter.

Im Schatten der Reling schlich sie sich vorsichtig heran, löste die Taue mit klopfendem Herzen und empfand das schabende Geräusch des Seiles auf dem Holz wie Donnergrollen. Doch niemand bemerkte sie. Vorsichtig ließ sie die Leiter hinunter und hielt erschrocken inne, als es beim Auftreffen auf das Wasser ein klatschendes Geräusch gab. Noch einmal schaute sie sich um, bevor sie die erste Stufe der dünnen Leiter erklomm und sich über die Reling schwang. Im selben

Augenblick verließ sie alle Nervosität und sie nahm Stufe um Stufe zum Wasser hinunter.

Entschlossen und ohne zu zögern glitt Berenice in das kalte Nass und schwamm dem unbeleuchteten Teil des Ufers entgegen. Es war weiter als erwartet, zweimal musste sie innehalten und ausruhen. Sie rief sich Kowishtos Worte ins Gedächtnis: gleichmäßig atmen und nicht zu schnell schwimmen. Dennoch merkte sie, wie Arme und Beine allmählich erlahmten. Sie biss die Zähne zusammen und schwamm weiter, bis ein Krampf in ihr Bein fuhr.

Mühsam unterdrückte sie einen Schrei. Doch das Ufer war schon zu nahe, um jetzt aufzugeben. Mit letzter Kraft stolperte sie auf den steinigen Strand, wo sie schwer atmend niedersank und ihr schmerzendes Bein massierte.

Am Horizont erkannte Berenice eine graue Hügelkette. Es war zu gefährlich, hier zu rasten. Trotz ihrer Erschöpfung und obwohl ihre Zähne vor Kälte und Furcht klapperten, raffte sie sich auf. Der Weg zwischen struppigen Sträuchern und spitzen Steinvorsprüngen hindurch war mühsam. Unbeirrt und verbissen marschierte sie vorwärts und beachtete nicht die blutigen Risse an Armen und Beinen. Erst nach Stunden entdeckte sie einen Lichtschein. Nach allen Seiten lauschend näherte sie sich. Durch eine offen stehende Tür fiel der helle Schimmer eines Herdfeuers nach draußen.

Der Geruch frisch geräucherten Fisches hing in der Luft und erinnerte sie daran, dass sie schon eine Weile nichts mehr gegessen hatte. Sie brauchte Nahrung, trockene Kleidung und einen Ort, an dem sie sich so lange verstecken konnte, bis man die Suche nach ihr aufgeben würde.

In diesem Augenblick trat eine alte Frau heraus, humpelte zur Seite des Steinhauses und warf Holzscheite in einen Korb. Berenice fasste sich ein Herz und ging ihr langsam, um sie nicht zu erschrecken, entgegen.

Zunächst schien die Alte zu erstarren, doch sie fasste sich schnell. Prüfend fuhr ihr Blick über die fremde Gestalt; Berenice gab ihr Zeit, sie anzusehen. Es war wohl nicht schwierig, sich vorzustellen, was mit ihr geschehen war. Wirr und zerzaust hingen ihr die noch feuchten Haare ins Gesicht, die fremdartige Kleidung, teils zerrissen, teils verschmutzt, bot wenig Schutz.

Die Alte nickte und wies mit einigen Worten zum Eingang. Es war eine einfache Kate und im hellen Licht bemerkte Berenice, dass die Frau trotz ihres humpelnden Ganges jünger war, als sie zunächst geglaubt hatte. Sie bemerkte Berenices verlangenden Blick auf das Brot, bedeutete ihr aber, zuerst die nasse Kleidung abzulegen und sich in eine grobe Decke zu wickeln. Die Augen der Fremden blitzten kurz auf, als sie das Kreuz bemerkte, das Berenice aus Gewohnheit schlug, bevor sie ein Stück Brot brach.

Berenice sehnte sich danach, sich nach dem einfachen Mahl auf der Liege auszustrecken und die Augen zu schließen, bemühte sich aber stattdessen, die Fragen der Frau zu beantworten. Sie verstand ihre Sprache nicht, doch inzwischen an Gesten und Mimik gewöhnt, begriff sie, was ihre Retterin zu wissen wünschte. Sie antwortete mit der Wahrheit: eine Christin, die als Sklavin von einem Schiff geflohen war.

Die Frau schenkte ihr ein vertrauenerweckendes Lächeln und wies mit dem Finger auf sich selbst: »Anna …«

Halb bewusstlos vor Müdigkeit sank Berenice wenig später auf einen Strohsack und schlief sofort ein. Sie war zu erschöpft gewesen, um daran zu denken, ihrer Gastgeberin auch ihren eigenen Namen zu nennen.

Geweckt wurde sie durch eine Ziege, die an ihrem Strohsack zupfte, um einige vorwitzige Halme herauszurupfen.

Mit unter dem Kopf verschränkten Armen legte sie sich wieder zurück. Draußen klapperten Krüge gegeneinander.

Annas Stimme erhob sich, sie schimpfte mit den Tieren. Ein Hahn krähte seinen Anspruch in den Morgen hinaus. Die Ziege hob den Kopf und trottete gemächlich zum Ausgang.

Berenice grub sich ein wenig tiefer in ihre Decke und genoss die ländliche Ruhe und Wärme. Anna schien allein zu leben, was recht ungewöhnlich war, doch nichts wies auf die Anwesenheit eines Mannes oder von Kindern hin. Berenices Blick fiel auf die Deckenbalken, an denen getrocknete Sträuße mit Kräutern hingen und den besonderen Geruch verbreiteten, der ihr schon am Vorabend aufgefallen war. Ihre Haut prickelte; das Salzwasser und die Schrammen der letzten Nacht brannten.

Neben ihrem Lager hatte Anna ein einfaches, braunes Gewand ausgebreitet. Es war sicherlich nicht ratsam, in ihrer kostbaren orientalischen Kleidung aufzufallen. Ihre Gastgeberin schien den gleichen Gedanken zu haben. Nach einer ausgiebigen Wäsche im Holztrog zog Berenice den braunen Kittel über und band das weite Gewand in der Taille mit einer Kordel zusammen. Ihre Haare, vom Salzwasser noch spröde, flocht sie auf die gleiche Weise zum Zopf, wie sie es bei Anna gesehen hatte.

Der Himmel war leicht bewölkt, doch die Luft war mild und roch nach Tieren und feuchter Erde. Der Herbst kündigte sich an. Anna füllte Wollsäckchen mit Kräutern und verstaute sie in einer Tragekiepe.

Berenice wartete nicht auf eine Aufforderung, sondern ließ sich schweigend neben ihr nieder und packte mit an. Bei allen anfallenden Arbeiten ging sie in den nächsten Tagen selbstverständlich und ohne zu fragen zur Hand. Nachdem sie eine Weile zugesehen hatte, wie Anna die Ziege molk, versuchte sie selbst ihr Glück. Es bedurfte einiger Anläufe und viel Geduld der Ziege, bis endlich ein warmer Strahl Milch in ihren Topf schäumte. Bei der Zubereitung der Mahlzeiten half sie ebenfalls, so gut sie es vermochte.

Die Frauen verständigten sich mit Gesten und wenigen Ausdrücken; eine enge oder gar herzliche Beziehung entstand jedoch nicht. Auf ihrer Suche nach Brennholz sah Berenice das Meer. Es lag nicht weit entfernt hinter den Hügeln, die sie auf ihrer nächtlichen Wanderung durchquert hatte. Ibrahims Schiff war nicht zu entdecken. Während sie abgestorbene, trockene Äste in den Korb warf, dachte sie darüber nach, wie es weitergehen würde.

Sie konnte nicht auf Dauer bei Anna bleiben. Zweimal in der Woche packte diese ein Bündel und machte sich auf den Weg. Berenice nahm an, dass sie ihre Waren auf einem nahe gelegenen Markt verkaufte.

Bisher hatte sich noch keine Menschenseele ihrer Kate genähert, was für deren abgelegene Lage sprach. Ihre einzige Möglichkeit, Hilfe zu erhalten, waren die Johanniter. Sie konnte nur hoffen, dass der Kontakt zwischen ihnen und Ibrahim kein allzu enger war.

Die Kate befand sich auf einer bewaldeten Anhöhe hinter der Stadt Rhodos; von einem etwas höher gelegenen Punkt aus konnte Berenice das Meer erblicken. Sie hatte in Ibrahims Seekarten gesehen, dass sich der Palast der Johanniter im Norden der Insel befand. Allzu weit entfernt konnte sie nicht sein, doch dieses Wissen nutzte ihr ebenso wenig wie der Name des Dorfes, in das Anna ihre Waren transportierte. Berenice wollte noch einige Tage warten, bevor sie ihre Gastgeberin in den Ort begleitete. Vielleicht gab es dort ein Kloster oder eine Kirche, wo sie um Schutz bitten konnte, bis sich eine Reisemöglichkeit ergab.

Schon zwei Tage später traten die beiden Frauen ihren Weg an. Auf Berenices Zeichnung im Sand, ein Kreuz auf dunklem Untergrund, reagierte Anna lebhaft. Es schien ihr wohlbekannt zu sein, und mit neuer Hoffnung und Zuversicht schritt Berenice an ihrer Seite. Nach wenigen Stunden umrundeten sie einen Hügel; vor ihnen lag eine trutzige Burg.

Anna wies mit dem Finger darauf.

Es handelte sich also nicht um einen Marktflecken, wie sie angenommen hatte. Von einem der hohen Türme wehte die Fahne der Johanniter im Wind.

Sie waren nicht die einzigen Besucher: Händler mit Waren, Fuhrleute, Herren mit ihren Pferden und ganze Horden von zerlumpten Kindern drängten sich den steilen Weg hinauf oder herab, schubsten und schimpften oder lachten miteinander.

Nach der Abgeschiedenheit in einer Schiffskajüte oder den letzten Tagen im Wald waren die Eindrücke für Berenice überwältigend.

Sie stand, beobachtete und lauschte dem Sprachengewirr. Anna zog sie schließlich am Arm mit sich in den weiten Hof, in dem an diesem Tag der Markt abgehalten wurde. Während ihre Gefährtin sich einem Händler anschloss, um ihre Waren auszubreiten, schlenderte Berenice vorbei an Ständen mit kunstfertigen Töpferwaren, Honigkrügen, Weinamphoren und manch anderen Notwendigkeiten des täglichen Lebens.

In der Ferne sah sie das Meer, Schiffe schaukelten in der leichten Dünung, und mit einem Mal packte sie die Sehnsucht. Sie hätte nicht zu sagen gewusst, ob es der Wunsch war, über die grünen Wiesen ihrer Heimat zu laufen, oder der, in den Armen jenes Mannes zu liegen, der sie zum ersten Mal geküsst hatte. Bei ihm hatte sie sich sicher und vertraut gefühlt, und dieses Gefühl hatte sich in der Fremde noch verstärkt. Wo mochte er inzwischen sein und dachte er manchmal an sie? Wahrscheinlich war es seine sorglose Art, die sie so angezogen hatte. Damals lebte ihr Vater noch, und die Habsburger waren ihre Freunde. Das alles schien so fern zu sein wie das Leben auf einem unerreichbaren Stern. Sie ballte die Hände zu Fäusten und schloss die Augen.

Sie war eine Fremde und blieb nicht unbeachtet. Ihre hellen Haare und ihre feinen Züge weckten trotz des groben Gewandes die Aufmerksamkeit ihrer Umgebung. Immer wieder streiften interessierte Blicke ihr Gesicht oder schubsten Kinder sich an und wiesen verstohlen auf sie.

Dessen ungeachtet bahnte sich Berenice ihren Weg zur Kirche. Sie wartete, bis auch der letzte Sünder seine Beichte beendet hatte, und sprach dann den Priester an. Er war ein junger Mann mit blassem Gesicht und hellem Bart. Mit offenem Mund staunte er diese Fremde an, die in nicht ganz korrektem Latein nach dem Großmeister fragte. Er winkte ihr, ihm zu folgen, und führte sie durch die Sakristei und über schmale Stiegen in ein Empfangszimmer.

Erleichtert stand sie schließlich vor einem Ordensbruder, der sie wohlwollend musterte und auf einen Sitz neben sich wies. Sein Latein war schnell und flüssig.

»Verzeiht, doch ich spreche weniger gut Latein als meine Muttersprache Französisch …«

Er unterbrach sie. »Ihr seid Französin?«

Entzückt darüber, an seiner Aussprache einen Landsmann zu erkennen, nickte sie. In knappen Worten, wobei sie einige schwierige Passagen ausließ, schilderte sie ihm ihr Missgeschick. Betroffen schüttelte er den Kopf.

»Wir wissen, dass immer wieder junge Damen aus christlichen Ländern in die Gewalt der muselmanischen Piraten gelangen, und meist sind wir machtlos. Auch wir müssen uns stets gegen die Gefahr eines Überfalls wappnen. Glücklicherweise ist Euch die Flucht geglückt, was selten genug geschieht. Ich werde dem Großmeister den Fall vortragen und denke, dass Ihr mit einem Handelsschiff in der Obhut einer verlässlichen Begleitung wieder in Eure Heimat zurückkehren könnt.« Er erhob sich.

»Wo seid Ihr in der Zwischenzeit untergebracht?«

Sie war auf der Hut. »Ich wohne bei einer gutherzigen Frau, die mich versorgt. Wenn es Euch recht ist, komme ich in einigen Tagen wieder, um nachzufragen, was Ihr erreicht habt.«

»Fragt nach Jules de Boure. Ich werde Euer Anliegen so schnell wie möglich weitergeben.«

Aus dem Fenster sah er, wie sie mit leichtem Schritt hinab zur Agora ging, und trotz der ärmlichen Robe konnte sie ihre aristokratische Herkunft nicht verleugnen. Aus seinem Schreibpult zog er ein Stück Pergament hervor und griff zur Feder.

Die Tage auf dem Berg bei Anna wurden Berenice nun lang. Während sie sich damit abmühte, Risse in Annas Kleid für besondere Anlässe zu flicken, zerbrach sie sich den Kopf, wie sie an Mittel gelangen konnte, um ihre Heimkehr zu finanzieren.

Sie biss den Faden mit den Zähnen durch. Vielleicht konnten ihr die Johanniter etwas vorstrecken, bis sie wieder daheim war. Der Schmuck ihrer Mutter würde ausreichen, um die erforderlichen Auslagen zurückzuzahlen.

Eine knappe Woche später machten sich die beiden Frauen abermals auf den Weg. Berenices Herz klopfte nervös, als sie die klobige Steinmauer wieder vor sich sah. Diesmal wirkte das Kastell weniger bevölkert als beim letzten Besuch, nur wenige Händler und Kinder befanden sich auf dem Markt.

Selbst Anna blickte sich erstaunt um, als sie durch das Johannestor traten. Doch noch bevor sie jemanden ansprechen konnte, sahen die beiden Frauen sich von einer Gruppe Männer umringt. Anna schlüpfte unter dem Arm eines dunklen Umhanges hindurch und rannte fort. Niemand kümmerte sich um sie.

Berenice ging einen Schritt nach dem anderen zurück, bis sie die Mauersteine des Torbogens in ihrem Rücken spürte. Instinktiv wusste sie, dass der Überfall ihr galt und ihr Ruf nach Hilfe vergeblich sein würde.

Verzweifelt schloss sie die Augen. Als sie sie wieder öffnete, blickte sie direkt in das befriedigte Gesicht Ibrahims.

»Gefällt dir die Freiheit in Schmutz und Elend besser?«

Resigniert zog sie die Schultern hoch; sie fror plötzlich.

Er hatte keine Antwort erwartet. Ein knapper Befehl an seine Männer, und bevor sie sich versah, saß Berenice vor ihm auf einem Pferd, und gefolgt von seinen Leuten galoppierten sie davon.

Berenice hatte keinen Blick für den gepflegten Garten, in dessen Mitte sich ein wuchtiger Steinpalast befand. Rosen verströmten ihren letzten Duft, und auf den Hängen zum Meer hinab wurden Weintrauben geerntet.

Ibrahim half ihr mit übertriebener Galanterie vom Pferd, griff sie fest am Ellbogen und führte sie ins Haus.

»Dein kleiner Ausflug ist beendet«, bemerkte er. »Man wird dir behilflich sein, dich wieder in eine gepflegte Frau zu verwandeln, bevor wir ein notwendiges Gespräch führen.«

Durch hohe, weitläufige Gänge und Räume folgte sie einer Dienerin. Das Gebäude war nicht für einen orientalischen Herrn gebaut worden: die Wandmalereien, Teppiche und Räumlichkeiten entsprachen mehr den Bedürfnissen der christlichen Welt. Ein getrenntes Serail existierte nicht. Doch sie bemerkte, dass vor ihrer Tür ein dunkelhäutiger Wächter seinen Platz bezog und das Fenster vergittert war.

Ihre Verwandlung in eine Orientalin vollzog sich schnell und in schon gewohnter Weise. Endlich wieder allein, sank Berenice mutlos auf einen Diwan.

In einer dunklen Ecke des Raumes vernahm sie ein leises Geräusch. Bevor sie sich aber erhoben hatte, um ihm auf den Grund zu gehen, flog die Tür auf.

Ibrahim hatte prächtige Gewänder angelegt und war ganz und gar der Herrscher des Palastes. Hinter ihm schloss der Wächter lautlos die Tür. Mit einigen Schritten stand er vor ihr.

»Warum musstest du fliehen? Habe ich dich vielleicht schlecht behandelt? Gibt es dort draußen etwas, das ich dir nicht geben kann?«

Sein Finger wies zum vergitterten Fenster und in seinen dunklen Augen entdeckte sie zu ihrer Überraschung nicht nur Zorn, sondern auch den Schatten eines Schmerzes.

»Sieh her, was du haben kannst, wenn es dich danach gelüstet!« Sein Griff um ihren Arm war so fest, dass es schmerzte. Er zog sie zu einer feinen Porzellanschale und hob den Deckel. Überrascht hielt sie den Atem an. Funkelnde Edelsteine, matt glänzende Perlen und goldene Reifen lagen auf dunklem Samtstoff.

»Oder ist es Einfluss, was du suchst? Dies hier ist die Insel der Feinde des Sultans. Doch selbst hier ist es eine Kleinigkeit, dich ausfindig zu machen. Ich bin mächtiger, als du dir vorstellen kannst. Dies alles willst du wegwerfen, indem du dich auf eine sinnlose Flucht begibst. Versuche es nie wieder, hörst du?«

Er schüttelte sie leicht, doch sie riss sich los.

»Wegwerfen? Ich habe nichts weggeworfen mit meiner Flucht, außer einer demütigenden Gefangenschaft! Ich will nicht eingesperrt in einem Raum leben, verschleiert und vermummt.«

Zorn und Enttäuschung brachen aus ihr heraus.

»Was habe ich mit deinem Glauben zu schaffen, er interessiert mich nicht! Deine Macht und dein Reichtum, was soll mir das beweisen? Ich bin keine arme Dienstmagd, die du damit beeindrucken kannst. Ich werde gegen meinen Willen festgehalten – und du fragst mich, was ich will!«

Wütend fegte sie eine kleine Nippesfigur vom Tisch, die klirrend auf dem Boden zerbrach.

»Ich hatte mein eigenes Leben als angesehene Adlige, als Verlobte eines reichen Mannes, und hätte selbst Macht ausgeübt.« Sie trat nun nahe an ihn heran und fauchte: »Du wirst es nicht für möglich halten, aber ich habe schon ohne Gold und Schmuck gelebt und das besser als in deinem Palast.«

Ibrahim hatte ihren Ausbruch schweigend angesehen. Mit nachdenklichem Gesicht ließ er sich auf einem Hocker nieder.

»Die Freiheit, die du möchtest, kann ich dir nicht geben. Doch alles andere …«

Er erhob sich wieder, trat zu ihr und griff sanft nach ihren Schultern, um sie zu sich zu drehen. »In Magnesia habe ich einen Besitz, ich könnte dich dorthin bringen. Keine verschlossenen Räume und keine Schleier für dich, und für mich dein Versprechen, nicht zu fliehen. Ich werde dich nicht in das Serail nach Konstantinopel bringen. Ich möchte, dass du bei mir bleibst.«

Sie blickte an ihm vorbei. »Zuneigung lässt sich nicht erzwingen.«

Sein leises Lachen hatte einen Unterton, der ihr nicht entging. »Sei dir dessen nicht zu sicher. Gefühle lassen sich manchmal leichter hervorrufen, als du glaubst.«

Nachdem er den Raum verlassen hatte, lehnte sie ihren Kopf gegen die Wand. Die Sonne sandte ihre letzten Strahlen durch das bunte Fensterglas und zauberte ein Muster auf den Boden.

Die Stimme aus der dunklen Ecke des Raumes sprach türkisch. »Der Herr hat sein Herz an dich verloren.«

Erschrocken sah Berenice auf. »Wer ist da? Zeig dich!«

Hinter einer Truhe aus massivem Holz erhob sich eine junge Frau. Ohne Scheu kam sie näher und betrachtete Berenice neugierig.

»Ich heiße Alexandra, manche nennen mich auch Russelaine oder Roxelane.« Sie war zart und sehr hellhäutig. Ihre blauen Augen hatten etwas Einnehmendes, doch das Auffälligste an ihr war die Flut roter Haare, die wie eine Feuerkaskade in der abendlichen Sonne schimmerte. Berenices Kenntnisse der türkischen Sprache waren noch bescheiden.

»Was machst du hier?«

»Ich habe gehört, dass man dich gefunden hat. Der Bey war sehr zornig über dein Verschwinden. Ich wollte sehen, wer du bist.«

Unbekümmert sah sie sich im Zimmer um und wühlte ein wenig in der Schmuckschatulle.

Berenice verstand sie nicht vollständig, aber vielleicht konnte das Mädchen ihr dennoch einige Fragen beantworten.

»Kennst du einen Aga namens Oujdma?«

Alexandra ließ sich im Schneidersitz zu ihren Füßen nieder. »Natürlich kenne ich Oujdma. Ibrahim macht ihn für dein Verschwinden verantwortlich. Er war zu sehr mit seinen Geschäften befasst, anstatt auf dich zu achten, und du hast die erste Gelegenheit wahrgenommen, dich aus dem Staub zu machen.« Sie ließ ein perlendes Lachen hören und entblößte eine Reihe gesunder weißer Zähne. »Nicht sehr klug von dir, glaube ich.«

Berenice nickte zustimmend. »Da hast du sicher recht.«

Die hohen Wangenknochen des Mädchens gaben ihr einen exotischen Ausdruck. Sie hatte etwas ungemein Anziehendes.

»Du kannst nicht nach Oujdma schicken, falls du seine Hilfe erwartest. Ibrahim kann recht ungnädig sein, wenn er nicht bekommt, was er will. Vor seinem Raum hält einer der schwarzen Eunuchen Wache, niemand kann herein, niemand kann hinaus.« Alexandra schob sich ein Kissen in den Rücken und lehnte sich dagegen. »Woher kommst du – du bist keine Türkin?«

Alexandras ansteckendes Lachen erfüllte abermals den Raum. »Ich war ein Beutekind und kam vor einigen Jahren an den Hof des Sultans. Ibrahim mochte mich, doch für das Serail bin ich nicht schön genug.«

Sie verzog spöttisch das Gesicht. »Nur die allerschönsten Frauen gelangen dorthin. Ich werde vielleicht als Geschenk einmal einer Sultana dienen, doch zuvor muss ich noch viel lernen.«

Berenice setzte sich neben sie. »Du bist sehr schön, ungewöhnlich und auffallend. Deine Haare sind prachtvoll. Möchtest du denn ins Serail?«

»Natürlich möchte ich gern dorthin, welche Frau möchte das nicht? Es ist das Zentrum der Welt. Ich möchte die ganze Pracht der Paläste sehen, der Auftritt der Familie des Sultans ist unbeschreiblich. Ich habe einmal heimlich von einem Balkon zugesehen.« In ihre Augen trat ein Leuchten.

»Ich würde alles dafür geben, dabei sein zu können. Allerdings sind meine Aussichten jetzt schlechter als je zuvor.«

»Warum denkst du das?«

»Ibrahim hat versprochen, sich um mich zu kümmern, doch seit seiner Rückkehr interessiert er sich kaum noch für mich. Er versprach mir diese gemeinsame Reise, und ich habe gehofft, ich könnte ihn für mich gewinnen. Jetzt hat er nur noch Augen für dich. Ich war sehr zornig, als ich das bemerkte ... Du scheinst seine Aufmerksamkeit aber nicht zu schätzen, sonst wärst du nicht geflohen.«

Erstaunt bemühte Berenice sich, das Gesagte zu erfassen. Dieses Mädchen wollte unbedingt ins Serail? Wie konnte es begehrenswert sein, in einem orientalischen Palast eingesperrt zu leben?

Alexandra unterbrach ihren Gedankengang: »Ich wundere mich, dass Oujdma so viel von dir hält. Schöne Frauen müssen feste Rundungen haben – du dagegen bist ebenso schmal wie ich, auch wenn du ansonsten gut aussiehst.«

Erheitert erwiderte Berenice: »Glaub mir, er versucht alles, mich zu mästen.«

»Es scheint bei dir ebenso vergeblich zu sein wie bei mir.«

Alexandra erhob sich und strich ihre golddurchwirkte, weite Hose glatt.

»Ich muss zum Unterricht. Ibrahim hat einen Lehrer bestellt, damit ich die gleiche Erziehung erhalte wie die Mädchen im Serail des Sultans. Ich möchte viel lernen.«

»Du bist wissbegieriger, als ich es war. Ich bin dem Unterricht nicht mit dieser Leidenschaft gefolgt.«

»Für mich ist es wichtiger als für dich. Ich kann ebenso wenig eine hohe Herkunft vorweisen wie übergroße Schönheit. Um in den Palast zu gelangen und dort zu bleiben, muss ich noch viel wissen. Kann ich morgen wieder zu dir kommen?«

»Sehr gern, wir können zusammen in den Park gehen.«

Nach einem einsamen Imbiss, der üblichen und unvermeidlichen Zeremonie des Auskleidens und der Körperpflege durch zwei fremde Dienerinnen schlief Berenice ein. Es war ein Tag der Enttäuschung und schwindenden Hoffnung für sie gewesen, und er war noch nicht zu Ende.

Mitten in der Nacht wurde sie aus dem Schlaf gerissen. Ibrahim saß auf ihrem Bett und drängte sich an sie.

Entsetzt wich sie zurück. Er roch nach Alkohol und hatte seinen Pokal und einen Kerzenleuchter auf dem Tisch abgestellt. Sie sprang aus dem Bett.

»Was fällt dir ein, mich so zu überfallen! Ich erinnere mich an Worte wie ›mich interessieren nur Frauen, die freiwillig zu mir kommen‹. War das eine Lüge?«

Er machte es sich in ihrem Bett bequem. »Dein Nachtgewand gefällt mir, es verbirgt nicht mehr allzu viel. Komm, Beryll, trink einen Schluck mit mir.«

Sie wusste nicht, wie betrunken er tatsächlich war, denn seine Stimme klang völlig normal. Doch sie besaß keine Erfahrung mit alkoholisierten Männern.

»Ich trinke keinen Alkohol, und du solltest das auch nicht. Verbietet der Prophet nicht den Genuss des Weines?«

Ibrahim lachte; seine weißen Zähne blitzten im Licht der Kerzen wie ein Raubtiergebiss.

»Ich freue mich, dass du bei Oujdma so fleißig den Koran gelernt hast. Das ist kein normaler Wein, sondern ein Getränk aus deiner Heimat, gebrannter Wein, stärker und sehr gut. Kennst du es nicht?«

Sie schüttelte den Kopf. Langsam kroch Furcht in ihr hoch, sie wusste nicht weiter.

»Ibrahim, ich bitte dich zu gehen.«

Er schwang seine Beine vom Bett hinunter und kam langsam auf sie zu.

Seine Hand legte sich unter ihr Kinn, und er hob ihren Kopf, sodass sie ihm in die Augen sehen musste.

»Ist es so schrecklich für dich, mit mir zusammen zu sein?« Sein Mund presste sich auf ihren und zwang ihre Lippen auseinander. Der scharfe Geschmack des Getränkes breitete sich in ihrem Mund aus, und sie drängte ihn angewidert zurück.

Als Ibrahim sie nicht losließ, holte sie aus einem Impuls heraus aus und schlug ihm mit der flachen Hand ins Gesicht. Im gleichen Augenblick wusste sie, dass sie einen fürchterlichen Fehler gemacht hatte. Kowishtos Worte – ›schlage niemals einen Krieger‹ – kamen ihr in den Sinn, doch es war zu spät. Er trat einen Schritt zurück. Der Schlag war nicht sehr fest gewesen, doch die Wirkung ihrer Zurückweisung stand in sein Gesicht geschrieben.

Er rief einige laute Befehle, woraufhin sich die Tür öffnete, zwei Wächter erschienen und nach einigen Anweisungen wieder verschwanden. Berenice hatte den Sinn der Worte nicht verstanden, doch sie ahnte nichts Gutes.

»Es tut mir leid, ich hätte dich nicht schlagen sollen. Ich wusste mir keinen Rat mehr.« Hilflos zuckte sie die Schultern. Sein Blick, eben noch zornsprühend, war jetzt voller Kälte.

»Es ist richtig, Frauen bitten mich im Allgemeinen, mir Gesellschaft leisten zu dürfen. Auch du wirst das tun.«

Sie bemühte sich, sich ihre Gefühle nicht anmerken zu lassen. Aus der Ferne hörte sie klatschende Geräusche und einen Schrei.

Ibrahim griff unsanft nach ihrem Arm und zog sie mit sich fort aus dem Raum. Sie durchquerten Gänge und liefen Treppen hinunter, bis sie einen seitlich gelegenen Innenhof erreichten. Er war nur schwach durch einige Fackeln erleuchtet.

In seiner Mitte befand sich eine Halterung, in der Oujdma angebunden hing. Sein Gesicht war zur Wand gedreht, nur sein weißer, praller Rücken war zu sehen. Die Kleidung hatte man halb heruntergerissen. Ein Wächter schwang auf ein Nicken Ibrahims eine große Peitsche und ließ sie auf ihn niedersausen. Es gab ein hässliches Geräusch, das von Oujdmas kreischendem Schrei abgelöst wurde. Die Haut platzte auf und blutete aus mehreren Wunden.

Entsetzt sah Berenice Ibrahim an. »Wie kannst du so grausam sein? Warum wird er geschlagen?«

»Er hat nicht auf dich geachtet, wie ich es ihm befahl. Seine Strafe sind achtzig Peitschenhiebe, so verlangt es das Gesetz.«

»Das Gesetz ist dir doch völlig gleichgültig. Es ist deine Rache an mir. Hört auf! Hört auf!«

Sie schrie gegen die Schmerzensschreie von Oujdma an, doch niemand beachtete sie. Oujdma würde die Tortur nicht überleben; schon jetzt sah sein Rücken so übel aus, dass sie kaum wagte, einen Blick darauf zu werfen.

Tränen strömten über ihr Gesicht, sie weinte verzweifelt.

»Ich bitte dich, Ibrahim, ich bitte dich, um was du willst, aber beende diese Quälerei.«

»Du weißt, worum du mich bitten darfst.«

»Der Himmel steh mir bei, Ibrahim, was willst du denn noch hören? Ich bitte dich um deine Gesellschaft.«

»Dein Ton könnte erheblich zärtlicher sein, aber ich nehme an, das wirst du noch lernen.«

Er hob die Hand und gab ein Zeichen. Die Peitsche wurde gesenkt und Oujdma sackte zusammen. Berenice wollte zu ihm laufen, doch Ibrahim hielt sie zurück.

»Man wird sich um ihn kümmern. Ich habe einen sehr guten Arzt. Es sieht schlimmer aus, als es ist.«

Besitzergreifend legte er seinen Arm um sie und führte sie zurück.

»Beruhige dich, Beryll. Auch wenn du mich für einen Barbaren hältst – das bin ich nicht. Es ist nur an der Zeit, dass du deine Rolle akzeptieren lernst.«

»Welch eigenartige Methode, sich um die Zuneigung einer Frau zu bemühen.«

Er ignorierte ihre bissigen Worte und geleitete sie zurück. An der Tür schien er kurz zu zögern, doch dann verließ er sie ohne weitere Bemerkung.

Aufgebracht sank Berenice auf ihr Lager und schlug mit der Faust gegen ein Kissen. Dann versuchte sie zu schlafen. Doch immer wieder überfielen sie die Gedanken und ließen Tränen in ihre Augen steigen. So fand Alexandra sie am nächsten Morgen im Bett sitzend, mit geschwollenen Augen, ein feuchtes Tuch in den Händen drehend.

Kopfschüttelnd betrachtete sie ihre neue Freundin.

»Vielleicht wirst du dich noch einmal in diese Lage zurücksehnen«, meinte Alexandra tadelnd. Sie ließ sich neben Berenice auf dem Diwan nieder und reichte ihr etwas zu trinken.

»Im Serail wohnen Hunderte von Frauen und würden beinahe jeden Mann nehmen, den sie zu fassen bekämen. Es ist ihnen nicht erlaubt. Alles andere können sie haben.« Sie lachte. »Jemand wie du, ohne Interesse an einem Mann, müsste sich dort eigentlich sehr wohl fühlen.« Nachdenklich zupfte sie an der Bettdecke.

»Ibrahim scheint geradezu besessen von dir zu sein. Vielleicht ist er so, weil du ihn nicht willst. In der Wildnis meiner Heimat habe ich oft beobachtet, dass Raubtiere am fliehenden Wild das größte Interesse haben. Denkst du, das hat etwas miteinander zu tun?«

»Das ist der Jagdinstinkt, aber ich lasse mich nicht gern jagen.«

Alexandra seufzte tief auf. »Ich würde mich nur zu gern von ihm jagen lassen, aber so ist es wohl oft. Der eine hat das Pferd und der andere kann reiten, sagt der Stallbursche immer.«

Berenice musste gegen ihren Willen lächeln. »Alexandra, das sind unmögliche Vergleiche. Du solltest nicht auf Stallburschen hören.«

»Sie können äußerst nützlich sein. Zum Beispiel, wenn man einen unerlaubten kleinen Ausritt machen möchte.« Die letzten Worte flüsterte sie.

Berenices verweinte Augen wurden größer. »Du reitest al…«

»Sei still und sprich nicht so laut«, zischte Alexandra. »Die Wände in diesem Raum könnten Ohren haben.« Sie stand auf und zog Berenice die Decke weg.

»Steh auf und kleide dich an, wir gehen in den Rosengarten. Die Luft ist ganz mild und wird uns guttun.«

Die beiden Frauen verließen unbehelligt das Zimmer, und niemand schien sich um sie zu kümmern, doch an jedem Ausgang bemerkte Berenice Wachen. Alexandra grüßte jede einzelne mit großer Freundlichkeit; die meisten kannte sie mit Namen.

»Du scheinst mit jedem gut befreundet und allseits beliebt zu sein«, bemerkte Berenice.

Alexandra betrachtete einen Rosenbusch und roch an den Blüten.

»Wenn man zu den Menschen freundlich ist, erfährt man viel. Man muss nur ein wenig reden, sich aufrichtig interessieren und gelegentliche Hilfe kann auch nicht schaden. Die meisten Leute sind mir wohlgesonnen. Wenn ich etwas in Erfahrung bringen möchte oder eine kleine Hilfe brauche, ist das leichter zu bewerkstelligen.«

Berenice glaubte ihr aufs Wort. Die quirlige, fröhliche Alexandra mit ihrem ansteckenden Lachen und ihren Bemerkungen, die sie mit großen Gesten unterstrich, musste man einfach mögen.

»Erzähl mir von deinen Ausritten! Der Stallmeister wird dir doch nicht erlauben, allein zu reiten.«

»Natürlich nicht, das könnte ihn seine Stellung oder Schlimmeres kosten. Aber wenn zufällig ein gesatteltes Tier am Ausgang steht, die Wache gerade Ablösung hat und ich nur kurz weg bin, fällt das niemandem auf.«

Ungläubig sah Berenice sie an. »Es fällt niemandem auf? Niemand hat so auffällige rote Haare.«

»Aber man sieht sie nicht, denn ich verkleide mich als Mann.« Mit triumphierendem Ausdruck nahm sie gekonnt die Lieblingspose von Ibrahim ein.

Berenice brach abermals in Gelächter aus.

»Das möchte ich sehen. Dir wäre die Flucht vermutlich besser geglückt.«

Alexandra wurde plötzlich ernst. »Sie wäre mir geglückt, wenn ich fliehen wollte. Aber das möchte ich gar nicht. Du allerdings ... Wenn du noch einmal den Versuch machen wolltest, du müsstest es viel klüger anstellen.«

»Eine Flucht ohne Mittel und männlichen Schutz ist völlig sinnlos. Ich hatte keine Zeit zum Überlegen. Nur gut geplant könnte es gelingen.«

Alexandra nickte nachdenklich, dann sprang sie auf. »Komm mit, ich zeige dir den Teich, wir können die Fische füttern.«

Bevor sie wieder in den Palast zurückkehrten, hielt Alexandra Berenice mit fragendem Blick zurück.

»Was ist mit Ibrahim?« Ein wenig scheu sah sie Berenice von der Seite an. »Er ist bereit, viel für dich zu tun. Du könntest mit ihm ein bequemes Leben führen. Er sieht gut aus, ist klug und mächtig. Glaubst du nicht, du kannst lernen, ihn zu lieben?«

»Einen Mann, der so sorglos und grausam den Menschen schlagen lässt, der mir wichtig ist, nur um seinen Willen durchzusetzen? Was würde er erst tun, wenn ich mich gegen ihn stelle oder etwas geschieht, was ihm nicht beliebt? Ich bin nicht an diesem Mann interessiert.«

»Ibrahim scheint vergessen zu haben, dass ich existiere. Doch ich gebe die Hoffnung nicht auf. Er ist vielleicht nicht der edelste Mann, aber er ist ein großer Bey, der Freund des künftigen Padischahs.«

Sie hob die Hände über den Kopf und machte einige graziöse Tanzbewegungen, wobei sie Berenice beinahe umriss. »Ich möchte unbedingt eine hohe Dame im Serail sein.«

Berenice hielt sie fest, damit sie nicht aus dem Gleichgewicht geriet und stolperte. »Dann solltest du noch einige Tanzstunden nehmen, sonst trittst du dem Mann deines Herzens dorthin, wo es ihn besonders schmerzt, und das würde seine Gefühle für dich schnell abkühlen.«

Immer noch lachend wies Alexandra auf eine hohe, holzgeschnitzte Eingangstür: »Dort triffst du Oujdma. Ich weiß aber nicht, ob sich dort nicht eine Wache befindet, die dich fortschickt. Versuche dein Glück.«

Tatsächlich befand sich hinter der Tür ein streng blickender Wächter. Mit hochmütigem Gesicht ignorierte sie ihn. Der Mann war unschlüssig. Während er noch überlegte, ergriff Berenice sichtlich verärgert die Initiative.

Sie öffnete die Tür selbst und schloss sie energisch hinter sich. Auf einem roten Samtdiwan mit weichen Kissen ruhte Oujdma, auf einer Seite liegend. Er stellte die Tasse mit einem noch dampfenden Getränk weg.

»Berenice ... oder muss ich dich jetzt etwa auch Beryll nennen? Sieht diesem griechischen Bastard ähnlich, deinen Namen so zu verunzieren.«

»Sprich besser nicht so laut, du weißt nie, wer dich hören könnte. Hast du Schmerzen?«

Murrend und sich ein wenig weiter in die Bauchlage hievend, antwortete Oujdma: »Ich habe mich schon besser gefühlt, mein Rücken brennt wie Feuer. Glücklicherweise ist der Arzt sein Geld wert, er hat mir eine wirkungsvolle, lindernde Salbe aufgetragen. Allah sei mir gnädig, aber ich hasse diesen Kerl von einem Griechen jeden Tag mehr. Es reichte ihm nicht, mich vor allen zu erniedrigen. Er hat auch noch dafür gesorgt, dass ich am Hofe des Sultans in Ungnade gefallen bin. Man hat mich aus meinem Amt entfernt und ihm überstellt. Nach allen Bemühungen im Dienste des Sultans nun das.«

Er war sichtlich niedergeschlagen. Berenice kniete neben der Liege nieder.

»Vielleicht kann ich ihn bitten, etwas für dich zu tun. Ich komme ja doch nicht umhin ...« Sie verschluckte den Rest des Satzes, doch Oujdma verstand sie auch so.

»Er wird dich auf die eine oder andere Art und Weise in sein Bett bekommen. Ich hätte dir das gern erspart.«

»Ich hätte dir diese Schmerzen auch gern erspart!« Berenice wies mit dem Finger auf seinen Rücken. »Weißt du, wer mich verraten hat? Ich kann mir kaum vorstellen, dass es die Johanniter waren. Was hat er mit ihnen zu schaffen?«

»Dieser Mensch ist ein Grenzgänger. Er ist christlich erzogen, hat sich aber zum Koran bekannt. Er hat nur seine eigenen Interessen im Sinn, und sein einziger Glaube ist Macht. Er ist dem Sohn des Sultans zugetan und auch ein recht erfolgreicher Kriegsmann. Sein Ehrgeiz wird ihn sicher weit bringen; skrupellos genug ist er jedenfalls.«

Stöhnend veränderte Oujdma seine Lage erneut ein wenig, um noch einen Schluck des heißen Gebräus zu trinken.

»Mein Unglück ist: Wir hassen uns, doch er hat das Ohr Suleymans. Ich weiß nicht, wer dir auf die Spur gekommen ist. Die Johanniter könnten ihm geholfen haben, aus welchem Grund auch immer. Sag du mir, was über dich kam, eine solch riskante Flucht zu wagen.«

Sie berichtete ihm von der offenen Kajütentür und der günstigen Gelegenheit.

Oujdma stieß einen leisen Grunzlaut aus. »Ich habe vergessen, dich einzuschließen. Ich hielt es auch nicht für wichtig. Schließlich konnte ich nicht ahnen, dass du zu einer solchen Dummheit fähig bist.«

Berenice seufzte. »Schon gut, ich sehe es ein.« Sehr leise fügte sie hinzu: »Beim nächsten Mal muss es besser gelingen.«

Oujdma versuchte, sich aufzurichten, sank aber stöhnend wieder zurück.

»Du willst dich also nicht abfinden. Das kann böse für dich enden.«

»Was kann denn noch schlimmer sein, als sich in das Bett eines Mannes befehlen lassen zu müssen?«

»Glaub mir, es gibt Schlimmere als ihn, und er scheint ja verrückt nach dir zu sein. Du kannst mit ihm eine Zukunft haben. Für mich dagegen ist sie zunächst einmal vorbei.«

»Dann komm mit mir! Zusammen können wir es schaffen.«

Oujdma wiegte seinen Kopf hin und her. »Ich habe mir Gedanken gemacht ... Eine schöne, junge Frau ist völlig uninteressiert an Ibrahim, einem reichen und halbwegs attraktiven Mann, der ihr alles bieten kann, was ihr Herz begehrt. Meine Schöne, wer ist der Glückliche?«

Seine Schmerzen ignorierend, lehnte er sich mit neugierig aufgerissenen Augen vor.

Berenice errötete und senkte den Blick. »Du bist wirklich ebenso neugierig wie scharfsinnig. Das ist vorbei. Er war ein Krieger in einer fernen Welt.«

Die Unterhaltung wurde im Flüsterton geführt, doch jetzt stieß Oujdma einen kleinen Schrei aus.

»Etwa solch ein Exemplar wie Ibrahim? Dann kannst du besser gleich bei ihm bleiben.« Etwas enttäuscht legte er sich wieder zurück. »Hier hast du wenigstens ein Dach über dem Kopf und bekommst regelmäßig eine warme Mahlzeit.«

»Ich kann nicht zu ihm zurück. Das ist Vergangenheit.« Berenice holte tief Luft und erklärte: »In meiner Heimat könnten wir frei und unbehelligt leben. Du wärst dein eigener Herr. Es wäre deine Entscheidung, wie du dann den Tag verbringst. Reizt dich nicht das Abenteuer, etwas ganz Neues zu beginnen? Ansonsten bist du doch immer neugierig.«

»Ich würde es mir schon gern einmal ansehen, wie man in deinem Land lebt und genießt. Wobei ich meine Zweifel habe, was die lukullischen Genüsse angeht. Du bist nicht gerade der beste Beweis für die Herrlichkeiten der französischen Küche.«

Er griff nach einem der immer bereitstehenden Honigkekse. Nachdenklich biss er ein Stück ab. »Und was weiter?«

Berenice hob die Augenbrauen. »Was meinst du?«

»Meine Schöne, versuch nicht, den gutherzigen Oujdma für dumm zu verkaufen. Wenn dieser Krieger für dich passé ist, muss noch einer im Spiel sein.«

In ihre Augen schlich sich ein kleiner Glanz. »Ich weiß es nicht«, flüsterte sie. »Ich habe ihn nur einmal gesehen und wahrscheinlich bilde ich es mir nur ein, aber ich habe es nie vergessen. Vermutlich hat er inzwischen schon eine Frau und Kinder und würde über mich lachen.«

Abermals brummte Oujdma, bevor er sich äußerte: »Einmal gesehen hat natürlich nicht viel zu bedeuten. Vielleicht solltest du doch lieber Ibrahim … schon gut, schon gut«, unterbrach er sich, als er Berenices Gesicht sah, »sprechen wir von anderem.«

Zustimmend nickte Berenice. Sie hatte noch etwas auf dem Herzen: »Du sagtest, du kennst dich mit Heilkräutern aus.«

»Fehlt dir etwas?«

»Ich weiß, dass es bestimmte Möglichkeiten gibt, einer Schwangerschaft aus dem Weg zu gehen. In der Neuen Welt habe ich manches über solche Dinge gelernt. Ich war noch niemals in der Situation, mir Gedanken machen zu müssen, aber ich glaube, jetzt sollte ich gewisse Vorsichtsmaßnahmen ergreifen. Kannst du mir helfen?«

Oujdma wiegte auf die für ihn typische Art den Kopf hin und her. »Ich werde dir etwas geben, doch ganz sicher ist es nie. Suche, bestimmte Tage zu vermeiden, wenn es dir möglich ist.«

Berenice erhob sich. »Erhol dich ein wenig. Ich werde morgen wieder zu dir kommen.«

Oujdma legte das Kinn auf seine Hände und sah ihr nachdenklich hinterher, als sie die Tür schloss.

Die Dienerin strich mit langsamen Bewegungen die wohlriechende Essenz auf Berenices Haut. Das warme Bad und die Pflege wären eine genussvolle Wohltat, stünde nicht die Verpflichtung dahinter, ihr Wort einzulösen. Während noch Kleidung und Öle fortgeschafft wurden, erschien ein Knabe mit verschiedenen Speisen. Berenice wählte einen Essplatz nahe dem Fenster und möglichst weit entfernt von ihrem Schlafplatz. Noch bestand eine winzige Hoffnung, Ibrahim zu vertrösten. Sie schickte den Jungen mit der Bitte zu ihm, das Abendessen gemeinsam mit ihr einzunehmen. Nervös wanderte sie vom Fenster zum Tisch und zurück, griff nach einem Buch und begann zu lesen, ohne die Worte wirklich zu sehen.

Ibrahim ließ sie warten, doch als sie schon hoffte, er würde nicht mehr kommen, öffnete er die Tür. Er hatte sich nicht die Mühe gemacht, sich so sorgfältig anzukleiden wie sie. Noch in einem weiten Mantel und mit Reitstiefeln bekleidet kam er mit einigen schnellen Schritten zu ihr. Sein Blick umfasste sie, wanderte zu dem gedeckten Tisch und kehrte zu ihr zurück.

»Ich weiß nicht, welcher Anblick verführerischer ist. Ich habe den ganzen Tag noch nichts gegessen und bin so schnell wie möglich gekommen. Wenn es dir also recht ist, würde ich gern etwas zu mir nehmen.«

Er nahm ihre Hand, zog sie mit sich und setzte sich neben sie, ohne sie jedoch freizugeben.

»Eiskalte Hände. Ich hoffe doch, du fürchtest dich nicht vor mir.« Er legte seine Hände um ihre und wärmte sie.

»Ich weiß nicht, ob ich Grund habe, dich zu fürchten. Unsere letzte Begegnung war nicht besonders ermutigend.«

Er ließ sie los und reichte ihr einen Becher Wein.

»Trink einen Schluck und entspanne dich, Beryll, von mir droht dir nichts Übles. Ich war zornig, dass du dich durch die Flucht in Gefahr gebracht hast, und es war ein Fehler, in diesem Zustand zu dir zu kommen. Ich habe nicht bedacht, dass du nicht in einem Harem erzogen wurdest und anders reagierst als die Frauen, mit denen ich bisher Umgang hatte.«

Sie trank einen Schluck. Der Wein war angenehm und hatte eine leichte Würze.

Ibrahim aß mit gutem Appetit und berichtete zwischen den Bissen von seinem Tagesablauf. Es hätte ein vergnügtes Nachtmahl sein können. Er war unterhaltsam und einfallsreich, doch trotz des Weines gelang es ihr nicht, ihre innere Anspannung zu verlieren. Außerdem wurde sie allmählich müde, sie hatte in der letzten Nacht wenig geschlafen.

Ibrahim erteilte dem Diener, der die Speisen forträumte, einen Befehl, und dieser kam mit einer Geige zurück. Er nahm sie in Empfang und strich mit dem Bogen über die Saiten. Eine weiche Melodie erklang.

Berenice lehnte sich in die Kissen zurück und lauschte. Er spielte gut. Die Musik wechselte in ein schnelleres Stück. Ibrahim erhob sich und stand als Silhouette vor dem Fenster. Übermüdung, Aufregung und der ungewohnte Wein zeigten ihre Wirkung: Als die Musik verstummte, war Berenice fest eingeschlafen.

Lächelnd hob Ibrahim sie hoch und legte sie auf ihr Bett. Sein Finger fuhr leicht ihre Wangenlinie entlang, dann trank er den letzten Schluck Wein aus ihrem Pokal, zog sich aus und legte sich ebenfalls ins Bett. Er wusste, er würde nicht so leicht einschlafen.

Das Morgenlicht fiel schon in den Raum, als Berenice erwachte und erstaunt bemerkte, dass sie in ihren Kleidern geschlafen hatte. Dann fiel ihr Blick auf Ibrahim, der noch schlafend neben ihr lag. Sein Anblick erschreckte sie nicht mehr; zu oft war sie bei der Überfahrt mit dem Schiff neben ihm erwacht.

Neugierig betrachtete sie ihn genauer. Sein Körper war wohlgeformt und gebräunt, doch Stellen, die sonst immer bedeckt waren, zeigten, dass seine Haut ursprünglich hell war. Vereinzelt hatte er kleinere Narben, die von Verwundungen herrühren mochten. Entlang des Ellbogens zog sich eine weiße Linie von vernarbtem Gewebe. Ohne zu überlegen, fuhr sie mit dem Finger die Linie entlang. Ibrahim öffnete die Augen.

»Woher stammt sie?«

Er drehte sich auf den Bauch. »Es gab einige kleinere Grenzstreitigkeiten, und ich geriet mit meiner Truppe in einen

Hinterhalt. Wir konnten uns befreien, doch keiner von uns blieb unverwundet.«

Er schloss wieder die Augen und sie fuhr mit der Hand über seinen Rücken. Ein wohliges Brummen war die Antwort. Berenice lachte.

»Ich war sehr müde letzte Nacht. Ich hoffe, ich habe nicht geschnarcht und deinen empfindlichen Schlaf gestört.«

»Du hast nicht geschnarcht, aber ich habe trotzdem wenig geschlafen. Von diesem Raum hört man die Glocken der Kirche jede Stunde. Das wusste ich nicht.«

»Ich kann dir etwas zu essen holen und dann schlafe ruhig weiter. Mein Sprachlehrer erwartet mich.«

Er setzte sich auf und rieb sich die Augen, wobei die Bettdecke herabglitt.

»Wir können noch einen kleinen Imbiss einnehmen, aber dann muss ich fort. Gegen Mittag möchte ich auf der anderen Seite der Insel sein.«

Er erhob sich und verschwand hinter einem bemalten Paravent. Sie bestellte ein Frühstück und ignorierte, dass er nur spärlich mit einer weiten Hose bekleidet wieder hervorkam. Sie aßen Obst und Brot, dann verabschiedete sich Ibrahim. Bevor er sie verließ, zog er sie noch einmal kurz in seine Arme und drückte sie an sich.

»Ich werde den ganzen Tag unterwegs sein, doch wenn du willst, komme ich morgen und hole dich zu einem Ausflug ab. Ich möchte nicht, dass du den Eindruck gewinnst, eine Gefangene zu sein.«

Sie verbrachte den Tag mit Alexandra und Oujdma, dem es schon wieder so gut ging, dass er Überlegungen anstellte, wie er sein Vermögen weiter aufstocken konnte. Die beiden jungen Frauen übten sich in der türkischen Sprache, die zwar nicht Alexandras Muttersprache war, die sie jedoch fließend beherrschte. Alexandra berichtete, dass Ibrahim etwas außerhalb von Konstantinopel einen Palast und einen kleinen Harem besaß, sich aber nur selten dort aufhielt.

»Es herrscht dort tödliche Langeweile«, erklärte sie. Anders als im Harem des Sultans, in dem es wie in einer kleinen Stadt zuging, war dieser Palast isoliert durch seine Lage und wurde trotz seiner Freundschaft zu Suleyman von dessen Familie gemieden. Zu unbestimmt war Ibrahims Herkunft. Es floss nicht das Blut eines Herrschergeschlechts in seinen Adern.

In ihrem Gemach probierte Berenice am Nachmittag neue Gewänder an, die eine der Dienerinnen herbeigeschafft hatte.

Wie immer betrat Ibrahim ohne Anmeldung den Raum und stand plötzlich neben ihr. Er stellte vorsichtig einen bedeckten Korb ab und schickte die Dienerinnen mit einer Kopfbewegung hinaus.

»Ich habe eine Überraschung für dich. Da dich wertvoller Schmuck wenig beeindruckt, habe ich mir etwas anderes einfallen lassen.« In seinen Augen blitzte ein erwartungsvolles Lächeln.

Neugierig trat sie näher. Er legte den Arm um sie und führte sie zum Korb.

»Nimm das Tuch fort!«

Sie zögerte, denn darunter schien sich etwas zu bewegen. Doch dann zog sie mit einem schnellen Griff die Abdeckung fort und stieß einen entzückten Schrei aus. Ein kleines, wolliges Etwas drückte sich erschrocken auf den Boden und große, dunkle Augen blickten sie an.

Vorsichtig nahm Ibrahim den Welpen hoch und legte ihn in ihren Arm.

»Ich habe ihn aus einer Zucht der Mönche. Sie bilden sie zu Wachhunden aus. Dieser hier ist ein besonders aufgeweckter kleiner Bursche, auch wenn er im Augenblick ein wenig verschreckt aussieht. Er ist noch namenlos, du kannst ihn also rufen, wie es dir gefällt.«

Berenice streichelte das junge Tier und hatte Mühe, die Tränen zurückzuhalten. Sie drückte ihr Gesicht in das weiche Fell.

»Als Kind habe ich mir immer einen Hund gewünscht, doch das wurde mir nicht erlaubt. Ich freue mich sehr über das Geschenk.«

Dieses Mal hatte Ibrahim den richtigen Weg zu ihr gefunden. Ihre gemeinsame Mahlzeit verlief an diesem Tag in bedeutend vergnügterer Stimmung, während der junge Hund sein neues Zuhause erschnüffelte.

Er fühlte sich bald heimisch und hinterließ auf dem wertvollen Teppich eine erste kleine Pfütze.

Auch in dieser Nacht geduldete sich Ibrahim. Sie erwachte kurz vor Tagesanbruch, als er sie in seine Arme zog und sie sein Begehren spürte, doch als würde er ihren Widerstand ahnen, begnügte er sich damit, sie im Arm zu halten.

Die folgenden Tage verliefen im gleichen Rhythmus. Mit Oujdma und Alexandra plauderte und lernte sie, während die Abende Ibrahim gehörten. Der lebhafte, junge Hund wurde Mosso genannt. Auch Alexandra war begeistert von ihm, und doch glaubte Berenice den Schatten einer Eifersucht im Gesicht der Freundin zu erkennen. Alexandra litt unter der Nichtbeachtung Ibrahims.

Berenice sprach mit Ibrahim, ob er nicht mit Alexandra etwas unternehmen wolle.

»Die kurze Zeit, die ich noch zur Verfügung habe, möchte ich mit dir verbringen und nicht mit der kleinen rothaarigen Hexe«, antwortete er. »In einigen Tagen werden wir Rhodos wieder verlassen.«

Sie blickte ihn fragend an. »Reisen wir nach Konstantinopel?«

Er zögerte kurz mit der Antwort. »Zunächst habe ich noch etwas anderes zu erledigen.«

Er schloss das Fenster; der Wind nahm zu und trieb Regenwolken vom Meer über die Insel. Die Dienerin zündete die Lichter an. Es wurde jetzt früher dunkel. Der erste Herbststurm wühlte das Meer auf.

Ibrahim schenkte einen Becher Wein ein und reichte ihn Berenice. »Kein Wetter mehr für den versprochenen Ausflug.«

Der Ausflug war Berenice unwichtig, vielmehr interessierte es sie, wohin die Reise ging.

»Kannst du nicht über deine Pläne sprechen?«

»Das ist eine Frage des Vertrauens, und ich weiß noch nicht, ob ich dir vertrauen kann.«

Lächelnd meinte sie: »Wem könnte ich etwas erzählen? Du glaubst doch nicht ernsthaft, dass ich eine Spionin bin?«

»Nein, das glaube ich nicht.«

Er zog sie von ihrem Sitz hoch und küsste sie. Dieses Mal wehrte sie sich nicht; und als seine Arme sich fester um sie legten, erwiderte sie den Kuss. Als spürte er ihre Bereitschaft, zog er sie langsam aus. Er liebte sie mit zärtlicher Hingabe und sie bemühte sich, ihre Gedanken zum Schweigen zu bringen. Sein Körper und seine Berührungen waren angenehm; sie reagierte auf ihn. Doch in ihren Träumen und Gedanken hatte sie immer noch das Bild eines Mannes vor Augen, der sie vor langer Zeit ein einziges Mal geküsst hatte. So blieb eine Leere zurück, als Ibrahim sich von ihr löste; er ließ sie innerlich unberührt.

»Es hat dir gefallen, nicht wahr?« Seine Frage durchbrach die Stille im Raum.

Sie rollte sich aus seinem Arm, um ihm ins Gesicht zu sehen.

»Es hat mir gefallen. Denkst du, du bist wieder kräftig genug, mir meinen Wein zu holen?«

Selbstsicher grinste er sie an. »Meine Kraft kommt immer recht schnell zurück, und es ist mir ein Vergnügen, dir zu Diensten zu sein.« Er erhob sich und reichte ihr den Becher, nahm seinen eigenen und trank ihr zu.

»Ich wünsche mir, dass dieser Nacht noch viele gemeinsame folgen. Es wird dir mit der Zeit immer besser gefallen, und du wirst deine erste schlechte Erfahrung vergessen.«

Erstaunt setzte sie zu einer Antwort an, doch er legte einen Finger auf ihre Lippen.

»Du brauchst nicht darüber zu reden. Wenn eine junge Frau aus hochstehender Familie keinen Mann hat und trotzdem nicht mehr unberührt ist, dann gibt es dafür nicht viele Gründe. Das Schiff deines Vaters ist von Piraten überfallen worden, ich kann mir denken, was geschehen ist.«

Sie hütete sich, ihn über seine falsche Schlussfolgerung aufzuklären.

»War es nicht deine Absicht, mich Suleyman zu schenken?«

Ibrahims Hand strich langsam ihre Hüfte entlang. »Ich suche immer nach einem besonderen Geschenk für ihn, nach einer interessanten Frau für seinen Harem, wenn es sich so ergibt. Als Oujdma mir die Nachricht zukommen ließ, er habe eine Frau gekauft, die sowohl den französischen König als auch die Habsburger Herrscher kennt – ja, da dachte ich gleich an Suleyman. Ein Handel mit dem französischen König wäre eine weitere Option gewesen. Doch dann sah ich dich, hörte deine aufsässige Stimme, sah diesen schmalen Hals«, er beugte sich zu ihr, um die genannte Stelle zu küssen, »und ich sagte mir, ich wollte immer schon eine kleine, arrogante, französische Adelige zur Gespielin.«

Gut gelaunt wich er ihrem Fuß aus, der nach ihm treten wollte. »Wir werden eine wunderbare Zeit zusammen haben. Eine adlige Frau kann überdies meiner Stellung am Hofe des

Sultans nur dienlich sein. Die alten Familien haben auch bei uns ihren Dünkel.«

Er küsste sie mit zunehmender Leidenschaft. Sie war noch immer eine Sklavin, doch die Machtverhältnisse verschoben sich gerade ein wenig zu ihren Gunsten.

An einem Wolltuch zerrend und leicht knurrend, schlug Mosso seinen kleinen Kopf hin und her. Alexandra zog am anderen Ende und bedauerte schon, ihn mitgenommen zu haben. Er war noch zu verspielt für einen Spaziergang, doch als Ausrede, um die Palastmauern zu verlassen, bestens geeignet. Sie überließ ihm das Tuch, das er wie eine Trophäe mitzog und anschließend achtlos fallen ließ.

Alexandra hob ihn auf und lief durch den Park, an dessen Ende sich eine Pforte befand. Unauffällig blickte sie sich um und schlüpfte schnell durch den Ausgang. Der Fremde erwartete sie schon. Zwischen noch regenfeuchten Büschen begrüßten sie sich flüchtig.

Ungeduldig kam er gleich zur Sache. »Hast du meine Nachricht weitergegeben?«

Alexandra schüttelte den Kopf und setzte den sich wehrenden und strampelnden Mosso auf den Boden.

»Es gab keine Gelegenheit, Beryll – oder Berenice, wie Ihr sie nennt – zu sehen. Der Bey ist ständig mit ihr zusammen und nimmt sie sogar oft am Tage mit. Ich war seit unserem letzten Treffen nicht allein mit ihr. Es wird Euch vielleicht interessieren, dass wir in Kürze nach Konstantinopel zurückkehren. Bis dahin muss Euch etwas eingefallen sein.«

»Die Lage ist nicht ganz einfach. In der nächsten Woche wird kaum ein französisches Schiff ankommen. Das Wetter ist zu schlecht. Ich weiß aber, dass ein spanisches Handelsschiff einläuft, um Weihrauch aus Arabien zu liefern, damit wir zum Christfest einen Vorrat haben. Sie sind auf dem Weg nach Athen und wollen zurück in ihre Heimat.«

Interessiert betrachtete er Mosso, der zwischen den Büschen Vögel jagte. Das junge, fremdländisch wirkende Mädchen weckte kein Vertrauen in ihm, obwohl sie sich äußerst hilfreich gezeigt hatte. Doch er musste misstrauisch bleiben: Schon einmal hatte man ihn verraten.

»Bemühe dich weiterhin, mit ihr zu sprechen und meine Nachricht zu übermitteln. Wir haben nicht mehr viel Zeit. Vorerst nimm das.«

Aus den Weiten seines Umhangs zog er ein kleines Gefäß hervor.

»Es ist ein starkes Schlafmittel. Wenige Tropfen reichen für einen Kelch. Es kann sich im richtigen Augenblick als nützlich erweisen, und ich weiß nicht, ob wir noch einmal die Gelegenheit haben, uns zu treffen.«

Sie nickte und wollte ihn verlassen, doch er griff nach ihrer Schulter und hielt sie fest.

»Weshalb hilfst du mir?«

Unwillig schüttelte sie seine Hand ab. »Das geht Euch nichts an. Ich habe meine Gründe, ebenso wie Ihr.«

Mit dem völlig verschmutzten Hund auf dem Arm trottete sie zurück. Es war gut, dass der Fremde sie angesprochen hatte. Sie verfolgten dasselbe Ziel, zumindest für eine kurze Weile.

Energisch scheuchte Ibrahim die Dienerin aus dem Raum, doch Eleni, die kleine, dunkelhaarige Zypriotin, ließ sich nicht so leicht beeindrucken. Bedächtig raffte sie die benutzte Wäsche ihrer Herrin zusammen, bevor sie das Zimmer mit aufreizender Saumseligkeit verließ.

»Was gibst du ihnen, damit sie fortwährend im unpassenden Moment hereinkommen und stören?« Ibrahim rekelte sich genüsslich in ihrem Bett.

Dann beugte er sich über Berenice. »Deine Augen sind im Morgenlicht beinahe violett. Ein Mann kann darin ertrinken. Ich sollte mich wieder mehr mit meinem Auftrag befassen.«

Sie machte eine ausladende Bewegung in Richtung der Tür.

»Ich halte dich nicht ab. Was immer dein Auftrag sein mag.«

»Das ist das Erstaunliche an dir. Jede Frau versucht, mich zu halten. Du hingegen scheinst bei aller Leidenschaft geradezu gleichgültig zu sein.«

»Du bist mir nicht gleichgültig, ich schätze vieles an dir.« Sie lag mit aufgestützten Armen im Bett und malte mit dem Finger das Muster nach, das ein Sonnenstrahl durch die geschnitzten Fenster warf.

»Eine Liebeserklärung ist das wirklich nicht. Ich habe beständig das Bedürfnis, dich zu berühren. Wenn ich dich nicht sehe, denke ich an dich. Ich zerbreche mir den Kopf, wo ich uns ein Heim schaffen kann.«

»Ein Heim für uns?«

Ibrahim wickelte eine Strähne ihres blonden Haares um den Finger. »Würde dir das nicht gefallen? Ich denke ernsthaft darüber nach, Beryll. Suleyman baut mir einen prachtvollen Palast in Konstantinopel. Das wäre ein angemessenes Domizil für uns und unsere Kinder. Doch wenn es dich unglücklich macht, mit einem anderen Glauben zu leben, finden wir etwas anderes.«

Sie erstarrte. »Du willst Kinder haben?«

Er zog neckend an ihrem Haar. »Natürlich wirst du Kinder von mir haben. Vielleicht schon bald, schließlich du bist jung und gesund.«

Er zog sie zu sich, sodass sie ihm gegenüber saß.

»Ich liebe dich, Beryll, falls ich das überhaupt noch so deutlich aussprechen muss. Ich weiß, dass du mir gegenüber nicht genauso empfindest. Gefühle sind eine wandelbare Sache. Der Pfeil Amors trifft nicht immer auf direktem Wege ins Herz, manchmal fliegt er in einem kleinen Bogen.« Er lächelte, als er ihr nachdenkliches Gesicht sah. »Du hast eine schwierige Zeit erlebt und bist nicht zum Dienen erzogen. An meiner Seite kannst du deine schlimmen Erlebnisse vergessen und eines Tages wirst du meine Gefühle erwidern.«

»Was soll ich an deiner Seite sein? Deine Sklavin, deine Erstfrau oder eine von vielen in deinem Harem?«

Sein Gesicht, das bei seinen Worten weich und zärtlich geworden war, verhärtete sich. »Nach der Geburt unseres ersten Kindes gebe ich dir die Freiheit. Erst dann kann ich mir sicher sein, dass du mich nicht mehr verlassen wirst. Deinen Stellenwert in meinem Leben bestimmst du selbst.«

Er wollte seine Worte mildern und nahm sie in den Arm. »Versuch, mich zu verstehen, ich will dich nicht verlieren. Doch ich spüre, dass du noch keine Nähe zulässt. Die Zeit wird mir diesen Zugang geben, dessen bin ich sicher.«

»Du sprachst von deinem Auftrag. Worum handelt es sich?«

»Es wird Krieg geben. In Kürze kehre ich nach Konstantinopel zurück und stelle ein Heer auf. Rhodos ist ein wichtiger Knotenpunkt, doch im Augenblick drängen andere Erfordernisse.«

»Ich nehme nicht an, dass der Sultan gegen die Habsburger kämpfen will.«

»Das will er ganz sicher, aber der Weg dorthin ist noch weit. Wir werden über die zerstrittenen Mächte im Westen hinwegfegen. Wer weiß, vielleicht trage ich dich eines Tages persönlich über die Schwelle des Hauses, in dem du geboren wurdest«, meinte er lächelnd.

Berenice schüttelte den Kopf ob dieser hohen Selbsteinschätzung.

»Und die Völker im Westen zum Islam bekehren? Ibrahim, du träumst einen gefährlichen Traum. Sie würden euch vernichten. Kein anständiger Christenmensch würde dies hinnehmen.«

Ibrahim zuckte mit den Schultern. »Menschen legen ihren Glauben schneller ab, als du dir vorstellen kannst. Vielleicht geben die Väter nur vor, den neuen Glauben anzunehmen, weil sie Vorteile darin sehen, doch die nächste Generation würde bereits mit dem neuen Glauben aufwachsen. Und die Enkelkinder interessieren sich schon nicht mehr für die alten Geschichten. Man hat mir von einem neuen Glauben in deiner Heimat berichtet, die Menschen kehren sich in Scharen vom Papst ab. Sind sie alle Schwachköpfe?«

Berenice fühlte, wie Zorn in ihr aufstieg. »Es sind arme, verblendete Leute, die den Glauben für die Verfehlungen einzelner Menschen verantwortlich machen. Doch auch sie leugnen nicht, dass Christus für uns am Kreuz gestorben ist und dies der einzige Weg zum Glauben ist.«

»Die gleiche Überzeugung hegen meine moslemischen Brüder, wenngleich sie Jesus auch nur in der Rolle eines Künders sehen. Doch wir wollen uns nicht über theologische Fragen ereifern. Du kannst glauben, woran du magst. Dennoch wird es sich nicht verhindern lassen, dass du vor dem Gesetz zu meinem Glauben übertrittst.«

»Woran glaubst du denn, Ibrahim?«

»Ich glaube an mich selbst und ich hoffe, ich werde einmal an dich glauben. Doch wenn es um einen Gott geht, ist mir Allah immer noch der liebste. Euer christlicher Glaube birgt so viel Widerspruch und Grausamkeiten, dass ich ihm nicht viel abgewinnen kann. Es sei denn, du belehrst mich mit den Jahren eines Besseren.«

Ihre Hand fuhr durch sein dichtes, schwarzes Haar. »Wenn deine Gefühle für mich wahr sind, lässt du mich gehen.«

Ibrahim legte den Kopf zurück und lachte belustigt. »So selbstlos ist meine Liebe auch wieder nicht. Was wolltest du mit deiner Freiheit anfangen? In deiner Heimat wird jeder wissen, dass du Piraten und ungläubigen Barbaren in die Hände gefallen bist. Obwohl es nicht deine Schuld ist, wird man dich von oben herab ansehen. Meine Gefühle für dich dagegen sind aufrichtig. Wenn man liebt, will man auch besitzen. Es sei denn, du liebst in der Art, die die Griechen Agape nennen – die reine, selbstlose Liebe zu den Menschen allgemein. Doch so alt bin ich noch nicht. Das überlasse ich Leuten wie Oujdma, obwohl gerade er weit entfernt von Selbstlosigkeit ist.«

»Was hast du mit Oujdma vor? Du weißt, wie sehr ich ihn mag.«

»Leider. Ich bin sein Gehabe und seine Nörgelei leid. Ein griechischer Großhändler in Konstantinopel will seine Töchter wie die Frauen im Sultanspalast erziehen lassen. Er kann Oujdma haben.«

Bei seinen letzten Worten setzte sich Berenice abrupt auf. »Du willst ihn verkaufen? Wie einen Ballen Stoff? Er ist mir wichtig, ich will nicht auf ihn verzichten.«

»Wenn du nicht in Konstantinopel bleiben willst, musst du dich auf jeden Fall von ihm trennen. Alexandra und er werden unserem Haus nicht angehören. Ich habe mich entschieden, das Mädchen dem Haushalt der Sultana zu überantworten. Ihr erklärtes Ziel ist immer der Palast gewesen, und sie wird glücklich sein, ihrem Traum so nahe zu sein.«

»Alexandra ist kein Kind mehr, weise sie nicht zurück. Sie bewundert dich sehr, und vielleicht beurteilst du sie falsch. Was Oujdma angeht ...«, Berenice erhob sich und wickelte sich in ein Seidentuch, »er ist mein Freund. Solltest du ihn mir wegnehmen, verzeihe ich dir das niemals. Mir die Menschen zu entziehen, mit denen ich mich gut verstehe, führt nicht zu größerer Zuneigung zu dir, ganz im Gegenteil.«

Auch Ibrahim erhob sich und griff nach seiner Kleidung.

»Ich lasse mir nicht gern drohen, auch nicht von dir. Wenn dir so viel an diesem bizarren Geschöpf liegt, dann behalte ich ihn vorerst. Es lohnt keinen Streit.«

Er zerrte an seiner Schärpe und Berenice griff zu, um ihm behilflich zu sein. Ibrahim hielt ihre Hand fest und führte sie an seine Lippen. »Ich bin schon beinahe auf dem Weg in den Norden. Es wäre gut, in den Krieg zu ziehen und zu wissen, dass du mich bei meiner Rückkehr erwartest.«

Seine Augen hielten fragend die ihren fest, doch sie senkte den Blick. Sie wollte kein Versprechen geben, das sie nicht halten konnte.

Der Mann wartete ebenso wie bei ihrem letzten Treffen am Ausgang des Parkes auf Alexandra.

»Warum dauerte es so lange?«

Alexandra hob ihr Kinn. »Es ist für eine Frau meines Standes nicht ganz so einfach, den Palast zu verlassen, wie Ihr zu glauben scheint. Es gab keine Gelegenheit, mit meiner Freundin zu sprechen. Der Bey verbringt viel Zeit mit ihr.«

Er sah den Anflug eines Schattens auf ihrem Gesicht, achtete jedoch nicht weiter darauf.

»Heißt das, sie soll mit mir in zwei Tagen fliehen und weiß nicht einmal etwas davon? Kann ich nicht mit ihr sprechen?«

Alexandra verzog verächtlich den Mund. »Was denkt Ihr Euch? Ich würde schwer bestraft, wenn man uns zusammen sieht. Umso schlimmer ist es für eine Dame des Serails, sich mit einem fremden Mann zu treffen. Es ist alles bestens vorbereitet. Sie wird nicht einmal als arme Frau in ihre Heimat reisen.«

Der Mann nickte und griff hinter einen Busch. »Darüber muss sie sich keine Sorgen machen. In dieser Tasche ist einfache Kleidung. Sie soll sie vorläufig anziehen, damit sie nicht auffällt.« Er zog eine abgewetzte Ledertasche hervor. »Vielleicht können wir sie vorsichtshalber weiterhin in diesem Gebüsch verbergen.«

Alexandra kniete nieder, warf einen Blick auf die zusammengerollten Wollsachen und zog ein dunkelblaues Cape hervor.

»Dieses nehme ich mit. Sie kann es über ihre Kleidung ziehen, die Tasche bleibt hier.«

Sie faltete den Mantel zusammen und versteckte ihn unter ihrem weiten Schleier. »Wir werden uns erst wiedersehen, wenn ich Beryll mitbringe. Weitere Treffen sind zu auffällig für mich. Sorgt dafür, dass das Schiff am späten Vormittag ausläuft, dann ist der Bey unterwegs und wird erst am Abend die Flucht bemerken.«

Die umsichtigen Anweisungen erschienen ihm wohldurchdacht, und er nickte zustimmend. Immer noch war er vorsichtig und vertraute ihr kaum, doch er gestand sich ein, dass sie von dem Augenblick an, als er sie auf dem einsamen Pfad angesprochen hatte, zuverlässig mit ihm an diesem Fluchtplan gearbeitet hatte. Warum sie sich als so hilfsbereit erwies, war ihm bisher verborgen geblieben.

Alexandra hatte diesmal Glück. Sie fand Berenice allein vor, die sich vergeblich bemühte, dem aufmerksam dreinblickenden

Mosso klarzumachen, wo er sein Geschäftchen in Zukunft nicht erledigen durfte. Als sie den Hund hochhielt, ergriff er gleich die Gelegenheit, um das Gelernte anzuwenden, und pinkelte im Schwebezustand. Quietschend setzte Berenice ihn schnell auf den Boden.

»Ich weiß nicht, ob er das jemals lernen wird. Er hat sogar mein Bett eingenässt.«

Alexandra scheuchte den Hund aus dem Weg, damit die Dienerin das Malheur beiseitigen konnte.

»Lass uns in den Park gehen. Es ist zwar noch etwas windig, aber die frische Luft wird uns guttun.«

Gefolgt von dem hüpfenden Mosso betraten sie den Rosengarten, der bereits ein herbstliches Bild bot. Alexandra setzte sich auf eine Steinbank und drehte ihr Gesicht in die Sonne.

»Wie gefällt es dir, Ibrahims Frau zu sein? Hast du deine Meinung geändert?«

Berenice setzte sich zu ihr. »Ich habe meine Meinung nicht geändert, aber du weißt, dass ich keine Wahl habe.«

»Dann willst du immer noch weg?«

Vorsichtig blickte Berenice sich um. »Warum fragst du?«

»Erinnerst du dich, warum deine letzte Flucht scheiterte? Du warst nicht vorbereitet, mittellos und ohne männlichen Schutz. All das ist jetzt nicht mehr der Fall. Ich habe einen Mann aus deiner Heimat kennengelernt, der türkisch spricht und dich mitnehmen will. Eine Kassette mit Silbermünzen habe ich ebenfalls für dich, ein kleines Vermögen. Es wird dir helfen, in deine Heimat zu reisen.«

Sie hielt inne und warf einen forschenden Blick in das Gesicht ihrer Freundin. »Im Hafen liegt ein Schiff bereit, dich mitzunehmen.«

Verwirrt und mit wachsendem Staunen hörte Berenice ihr zu. Anscheinend hatte nicht nur sie selbst das Ziel fest im Auge behalten.

»Warum willst du mir helfen? Hoffst du immer noch auf Ibrahim?«

Alexandra wischte ihre Frage mit einer Handbewegung fort. »Ich biete dir meine Hilfe an, du kannst sie nehmen oder nicht, aber entscheide dich jetzt.«

»Um welchen Mann handelt es sich, und warum ist er bereit, sich diesem Wagnis auszusetzen? Hast du bedacht, dass es sich um eine Falle handeln kann, weil Ibrahim unsere Zuverlässigkeit prüfen will?«

»Es ist keine Falle, sei unbesorgt. Er sagt, du kennst ihn. Wenn du ihn siehst, und er ist ein Fremder, kannst du immer noch behaupten, niemals fliehen zu wollen.«

Berenice war noch unentschlossen, ein kleiner Zweifel blieb. Die Sonne verschwand hinter den Mauern und es wurde kühl. Sie erhob sich und wog in Gedanken bereits ihre Möglichkeiten und das Risiko ab. Sie wusste: Dies würde vorläufig ihre letzte Gelegenheit zur Flucht sein. Sie beschloss, sich den Mann zunächst anzusehen, bevor sie ihm folgte. Noch hatte sie keine Vorstellung, um wen es sich handeln mochte, aber möglicherweise waren die Johanniter doch nicht untätig gewesen. Sie mussten ihre Gefangennahme mitbekommen haben.

»Ich nehme dein Angebot an. Was habe ich also zu tun?«

Auch Alexandra erhob sich. Befriedigt zog sie ihren Schal enger um die schmalen Schultern. Beide schlenderten langsam zurück zum Haus.

»Morgen früh bringe ich dir einen hübschen Stoff für ein Kleid. Darin befinden sich ein Umhang, den du im Garten anlegen wirst, sowie der Beutel mit den Münzen. Sobald Ibrahim das Haus verlassen hat, brichst du ebenfalls auf. Die

Wachen werde ich beschäftigen, damit sie nichts bemerken. Auf dem Schiff kannst du behaupten, dass du deinen zukünftigen Gatten zurück in die Heimat begleitest. Deine Kajüte wird klein sein, aber die Summe für die Reise ist bereits entrichtet. Übermorgen früh verlässt das Schiff den Hafen.«

Staunend über diesen bereits vollkommen durchdachten Plan antwortete Berenice: »Auch Ibrahim trifft sich stets im Hafen mit seinen Männern. Hoffentlich laufen wir ihm nicht in die Hände.«

»Ibrahim ist leicht zu erkennen, denn er ist nie allein, sondern immer mit einer berittenen Truppe unterwegs.« Alexandra hielt einen Augenblick inne. »Ich werde dich vermissen, Beryll, ich hätte gern eine Freundin wie dich.«

Auch Berenice blieb stehen. »Ich werde noch oft an dich denken, kleine Schwester. Und ich wünsche dir einen Mann, der dich so liebt, wie du bist.«

Alexandra schluckte. »Jeder anderen Frau hätte ich ihr Verhältnis mit Ibrahim übel genommen, aber ich weiß, du wolltest dich nicht zwischen uns stellen.«

Sie umarmten einander und trennten sich, doch nach einigen Schritten wandte sich Berenice um und kam noch einmal zurück.

»Ich möchte dir Mosso anvertrauen. Du verbringst ja ebenso viel Zeit mit ihm wie ich. Verwöhne ihn nicht zu sehr, sonst wird er fett.«

Alexandra lächelte, obwohl ihre Augen feucht schimmerten.

In ihren Räumen lief Berenice unruhig von einem Zimmer ins nächste. Sie wagte kaum, an die Folgen eines erneuten Misslingens ihrer Flucht zu denken. Auf dem Weg zu Oujdma nahm sie bewusst alles in sich auf, was ihr an diesem Ort gefiel: die geschwungenen Säulen der Gänge, die feinen Bodenmosaike, die farbenfroh gewebten Wandteppiche. Der

Blick über die Weinberge auf das Meer, schon beinahe selbstverständlich, erschien ihr heute besonders malerisch. Wollte sie tatsächlich all diese Schönheit, den Reichtum und die Sicherheit aufgeben, um abermals in eine ungewisse Zukunft mit unabsehbaren Gefahren zu reisen? Einen Augenblick lang war sie sich unsicher.

Zwischen Schriftrollen schien Oujdma nach etwas Bestimmtem zu suchen und brummelte vor sich hin. »Ich weiß, ich habe die Nachricht irgendwo hierher …«

Er erblickte Berenice und schob die Schriften zur Seite. »Ah, meine Schöne, wir können zusammen speisen. Ich habe diese köstlichen kleinen Kuchen bestellt, du weißt schon, die es nur hier zu geben scheint.«

»Es gibt etwas Wichtigeres zu besprechen als die nächste Mahlzeit.«

Sie sah sich nach einer Ecke um, wo sie vor ungebetenen Zuhörern sicher sein konnte, doch überall fanden sich Mauerwerk und Nischen, die verdächtig schienen. So zog sie den protestierenden Mann am Arm hinaus in einen geschützten Patio.

»Es ist kalt draußen. Warum soll ich das wärmende Feuer verlassen und mich verkühlen?«

Sie beachtete sein Gezeter nicht.

»Erzähl mir, was so wichtig ist, dass niemand etwas hören darf.«

»Ich sprach mit Ibrahim über dich. Deine Vermutung war richtig, er beabsichtigt, dich an einen griechischen Händler in Konstantinopel zu verkaufen.«

Oujdma wurde noch blasser, als er ohnehin schon war. Seine Wangen zitterten leicht. »Ich weiß, wen du meinst. Seinen Freund aus früheren Tagen – ein grässlicher Mensch, und seine Frauen und Kinder sind noch schlimmer als er.«

Er blickte zu Boden und zog mit der Spitze seines feinen Pantöffelchens ein Muster in die feuchte Erde. »Das ist übler, als ich befürchtet habe, Berenice. So weit vom Hof habe ich nicht mehr die geringste Aussicht, etwas zu erreichen.«

Sie legte tröstend eine Hand auf seinen Arm. »Er würde dich behalten, wenn ich bei ihm bliebe, aber ich werde nicht mehr da sein, um deinen Verkauf zu verhindern.«

Er blinzelte sie an und wisperte kaum hörbar: »Was hast du vor? Wieder eine Flucht?«

Berenice zuckte nervös zusammen, als in einem Strauch ein Vogel hochflatterte.

»Ja.« Ihre gedämpfte Stimme wurde ebenfalls zu einem Flüstern. »Ich werde vorerst nach Athen fahren und von dort versuchen, nach Hause zu gelangen. Jemand hat meine missliche Lage entdeckt und bietet mir seine Hilfe an.«

In Oujdmas Gesicht kämpften widerstreitende Gefühle. »Wer weiß sonst noch von diesem Plan?«

»Nur noch Alexandra...«

Oujdma starrte sie ungläubig an. »Wie konntest du diesem Mädchen vertrauen! Sie betet Ibrahim an.«

»Ich habe es ihr nicht verraten – sie kam mit einem bereits fertigen Plan zu mir. Ein Mann aus meiner Heimat reist nach Hause zurück und will mir zur Flucht verhelfen. Sie glaubt, dass sie Ibrahim gewinnen kann, wenn ich verschwunden bin.«

Oujdma schüttelte den Kopf. »So viele Mitwisser sind riskant. Alexandra mag dich, und ich weiß natürlich auch, dass sie dich loswerden will. Ich hoffe nur, sie verrät dich nicht, um sich bei Ibrahim einzuschmeicheln.«

»Komm mit mir, Oujdma, du hast nicht mehr viel zu verlieren und alles zu gewinnen. Es war dein größtes Ziel, unabhängig zu werden.«

Er lächelte sie wehmütig an. »Du wirst mir fehlen, meine Schöne, aber unabhängig ist man nie. Nur der Grad der Unabhängigkeit ist unterschiedlich. Völlige Freiheit hat unter Umständen mehr Tücken als Vorteile. Wenn es dir recht ist, würde ich jetzt gern wieder zurück in die Wärme. Wer weiß, wie lange ich noch an gut geheizten Räumen und exquisitem Kuchen Freude habe.«

Es war anstrengend, sich arglos zu geben, als sei es ein Abend wie jeder der vorherigen auch. Nach dem Nachtmahl lehnte Berenice ein Brettspiel mit Ibrahim unter dem Vorwand ab, sich unwohl zu fühlen.

Seine aufrichtige Besorgnis machte sie reizbar. Während er beim Schein mehrerer Kerzen schrieb, lag sie im Bett und überdachte noch einmal jeden Schritt des morgigen Tages. Hoffentlich würde Ibrahim früh aufbrechen. Die Feder kratzte über Pergament, sie wurde schläfrig und die Augen fielen ihr zu.

Noch einmal spürte sie in der Nacht seinen Arm um sich, bevor sie wieder in einen unruhigen Schlaf fiel.

Der nächste Morgen war wolkenverhangen; nur gelegentlich brach die Sonne kurz zwischen den Wolken hervor. War es ihre überwache Aufmerksamkeit oder verabschiedete sich Ibrahim an diesem Tag besonders liebevoll von ihr? Kaum hatte er mit seinen Reitern den Palast verlassen, wies sie ihre Dienerinnen an, sie bis zum Nachmittag nicht zu stören. Mit fliegender Eile packte sie alles zusammen, was ihr für die Reise wichtig erschien. Es war nicht viel – schließlich durfte sie nicht auffallen.

Dieses Mal war alles gut vorbereitet. Trotzdem klopfte ihr Herz wild, als sie sich rasch ihrer Kleidung entledigte und die einfachen Wollsachen überstreifte, die Alexandra ihr gegeben hatte. Ihre Habseligkeiten mit dem Beutel voller Münzen unter den Arm geklemmt, öffnete Berenice die Tür und spähte hinaus. Alexandra hatte Wort gehalten: Kein Wächter war zu sehen. Mit schnellen Schritten überquerte sie den Gang, schlüpfte durch die Tür in ein Zimmer, von dem sie wusste, dass es ein unvergittertes Fenster zum Park besaß, und öffnete leise und vorsichtig das Fenster.

Dann sprang sie hinaus und lief los, ohne sich noch einmal umzublicken. Mit zitternden Fingern öffnete sie die kleine Pforte am Ende des Gartens und wäre beinahe gegen die dunkle Gestalt geprallt, die vollständig von einem Umhang bedeckt wurde. Im ersten Augenblick dachte sie entsetzt, Ibrahim habe ihr aufgelauert, doch dann musste sie einen Ausruf des Erstaunens unterdrücken, als sie erkannte, wer sich unter der Kapuze verbarg.

VII.
Flucht und Zuflucht

Sie waren bereit zum Ablegen. Berenice hielt sich in der Kajüte auf, die wenig mehr als eine vom Mannschaftraum getrennte Nische war.

Die Geräusche und Rufe der Matrosen, die schon Segel gesetzt hatten und die Taue lösten, beruhigten sie. Kaum hatte sie ihre Habe verstaut, klopfte es an der Tür.

»Draußen in einem Boot längsseits des Schiffes befindet sich ein aufgeregter Eunuch und will Euch sprechen. Er macht einen solchen Wirbel, dass bald auch noch dem letzten Ahnungslosen klar wird, dass wir fliehen.«

Gregory de Rincon hielt ihr die Tür der Kajüte auf, damit sie mit ihm hinauskam.

Ungläubig schüttelte sie den Kopf. »Das kann nur Oujdma sein, aber er würde mich niemals verraten. Vielleicht will er sich noch einmal verabschieden...«

Sie lief die schmalen Treppen zum Schiffsdeck hoch. Einige Seeleute an der Steuerbordseite blickten feixend ins Wasser. Die *Bruja del Viento* fuhr bereits Richtung Hafenausfahrt, doch die schrille Stimme Oujdmas, der auf den Besitzer eines kleinen Kahns einredete, war immer noch deutlich zu vernehmen.

Der Kapitän trat an ihre Seite. »Er scheint an Bord kommen zu wollen.«

»Er ist ein guter Freund. Könnt Ihr ihn noch aufnehmen?«

»Kann er die Überfahrt bezahlen?«

Berenices Augen blitzten ihn an. »Das kann er sicherlich, ansonsten übernehme ich das gern.«

»Dann soll er uns willkommen sein.«

Das Schiff unterbrach seine Fahrt, und keiner der Seeleute ließ sich das Schauspiel entgehen, das Oujdma ihnen unfreiwillig bot.

Vom Boot an Bord zu gelangen erforderte einige Übung. Sowohl die altersschwache Barke als auch die Strickleiter schaukelten bedenklich mit dem Wellengang, und Oujdma besaß weder die erforderliche Kraft noch Behändigkeit. Auch nach mehrmaligem Anlauf gelang es ihm nicht, seine schwerfällige Gestalt hochzuziehen. Allmählich wurden auch andere Schiffe auf den Vorfall aufmerksam. Gregory schwang sich über die Reling, kletterte geschickt hinab und sprang mit einem Satz ins Boot. Energisch zur Eile antreibend, brachte er den erschöpften Oujdma auf die Leiter. Entschlossen trieb er ihn vor sich her, bis er unterhalb der Bordswand hing. Unter Gejohle und anfeuernden Rufen wurde Oujdma von mehreren Matrosen hochgezerrt und plumpste vor Berenices Füße.

Erschöpft saß er auf den Planken und wischte sich mit einem Zipfel seines zerrissenen Mantels über das verschwitzte Gesicht.

Der Maat rief seine Leute auf ihre Posten zurück, und das Schiff nahm die unterbrochene Fahrt wieder auf.

Gregory war mit zwei Schritten bei dem Eunuchen, packte sein Wams und zog ihn auf die Füße.

»Warum bist du uns gefolgt?«

Unter dem festen Griff blieb von Oujdmas feinem Mantel nicht mehr viel übrig. Bevor er in erneute Klagen ausbrach, fragte auch Berenice mit bedenklichem Gesicht: »Wir sind zu Recht besorgt, dass Ibrahim uns folgen kann. Was hast du dir dabei gedacht?«

»Ich habe mich entschlossen, euch zu begleiten.« Er zerrte den Stoff aus Gregorys Faust und schürzte seine Lippe. »Ich gebe zu, das war ein wenig spontan, doch ihr braucht euch keine Gedanken zu machen. Ibrahim wurde vom Sultan zurück nach Konstantinopel befohlen. Er musste sofort aufbrechen und hat keine Zeit, sich mit der Flucht einiger Sklaven zu befassen.«

»Er hat genug Männer, die er uns hinterherschicken kann. Ich mache mir sehr wohl Gedanken«, entgegnete Gregory barsch.

»Allah steh mir bei! Ich sagte doch, er muss Krieg führen. Ohne seine Abreise hätte mir der Mut gefehlt, euch zu folgen.«

»Was meinst du damit, du willst uns begleiten?« Gregory konnte sich nicht so schnell mit der neuen Begleitung abfinden.

Falls seine Worte Oujdma abschrecken sollten, so verfehlten sie ihre Wirkung. Oujdma ignorierte ihn.

Bevor er jedoch ausgedehntere Erklärungen abgeben konnte, erschien ein weiterer Reisender, der das Schiff bis Athen nutzte. Pater Joseph, der bisher bei den Johannitern gelebt hatte, wollte von dort aus nach Rom weiterreisen. Seine Miene sagte deutlich, was er von diesem Besucher hielt.

Berenice nutzte die Gelegenheit und ergriff seinen Arm. »Lieber Pater, wir haben noch einen weiteren Gast an Bord, der eine Unterkunft braucht. Wenn Ihr so freundlich sein wollt und ihm in Eurer Schlafnische …«

Abwehrend schob der Pater ihre Hand fort.

»Das geht auf keinen Fall. Dies ist ein christliches Schiff; hier Heiden aufzunehmen ist empörend. Ich weigere mich entschieden, ihn in meiner Nähe zu dulden – und Euch rate ich dringend, Abstand zu halten, damit Eure Seele nicht durch diese Teufel der ewigen Verdammnis anheimfällt.«

Rückwärts schreitend, als erwarte er, dass Oujdma sich im nächsten Augenblick in Beelzebub verwandelte, näherte er sich der Treppe und verschwand in der Tiefe. Ratlos sah Berenice Gregory an.

»Wo können wir ihn unterbringen? Ich kann ihn schlecht zu mir nehmen, abgesehen davon, dass es auch keinen Platz mehr gibt.«

Gregory grinste. »Er kann bei der Mannschaft schlafen. Vielleicht dämpft das seinen Entdeckergeist und er kehrt in Athen um.«

Entgegen ihrer Erwartung schien Oujdma jedoch keineswegs erschüttert über diese trübe Aussicht. Munter zog er die Reste des Umhangs um seine Gestalt.

»Die wenigen Tage bis zum nächsten Hafen werde ich schon überstehen, und danach sehen wir weiter. Zunächst möchte ich mich mit euch über unsere Reise unterhalten. Wohin können wir uns zurückziehen?«

Eine Kajüte besaß lediglich der Kapitän. So zogen sie sich in Berenices abgetrennte Kammer zurück, wo die Liege unter dem Gewicht Oujdmas ächzte.

Kaum war die Tür geschlossen, begann er, die zerrissenen Fetzen seiner Kleidung abzulegen, bis eine um den Körper gewickelte Schärpe sichtbar wurde. Mit hochgezogenen Brauen beobachtete ihn Gregory, als er den langen, farbigen Seidenstreifen löste. Nachdem er eine weitere Bandage abgewickelt hatte, beförderte er vorsichtig aus jeder Lage etwas hervor, bis auf dem Bett eine beachtliche Anzahl Edelsteine lag.

Berenices Augen wurden mit jedem Stück größer.

»Ihr denkt doch nicht, dass ich bettelarm das Weite suche. Eine Flucht erfordert Mittel«, flüsterte er. »Hiermit reisen wir bequem und beginnen obendrein in eurem Land unser neues Leben mit einem anständigen Vermögen.«

Berenice nahm einige der Kostbarkeiten in die Hand.

»Woher hast du sie?«

Bewundernd drehte sie einen leuchtenden Rubin in feiner Silberfassung in der Hand. Sie legte ihn zurück und griff nach einem unförmigen Klumpen.

»Was ist denn dies?«

Oujdma blickte auf den unbearbeiteten Stein. »Errätst du es nicht?«

Prüfend und überlegend wog sie den Stein in der Hand und fuhr mit dem Finger über die raue Oberfläche.

Gregory beugte sich vor. »Es könnte ein Goldklumpen sein«, rätselte er halblaut.

Zustimmend nickte Oujdma. »Ich erfuhr, dass Ibrahim mit dem Papst verhandelte«, er nickte Berenice zu, die skeptisch die Brauen hochzog. »Euer Heiliger Vater braucht viel Geld. Der Sultan hat Geld im Überfluss und so kaufte Ibrahim im Vatikan, was er kriegen konnte. Ich gestehe, ich hatte keinerlei Skrupel, die Steine mitzunehmen.«

»Aber diese Goldklumpen«, wandte Gregory immer noch flüsternd ein, »stammen doch nicht aus Rom.«

»Sie sind aus der Neuen Welt. Wir wollen dieses kleine Vermögen unter uns aufteilen, es ist sicherer. Den Goldklumpen behalte ich. Berenice kann die restlichen, kleineren Steine in den Saum ihres Kleides einnähen.«

Berenice erhob sich, zog unter ihren Habseligkeiten den Beutel mit Silbermünzen und Schmuck von Alexandra hervor und reichte ihn Gregory.

»Auch ich bin nicht ganz ohne Sicherheiten aufgebrochen. Nehmt dies an Euch und verwahrt es gut. Wir wissen nicht, wann wir diese Mittel noch brauchen.«

Ihr kam in den Sinn, wie wenig Aufmerksamkeit sie den Unterrichtsstunden entgegengebracht hatte, in denen man sich bemüht hatte, ihr sticken und nähen beizubringen. Wie lange schien diese Zeit schon her, und doch waren kaum zwei Jahre vergangen. Es schien ihr eine Ewigkeit und sie wünschte, sie hätte besser achtgegeben. Sicher und vorhersehbar schien die Zukunft damals. Ihre Gedanken schweiften zu Eleonore und zum Abt, wie würde es ihnen ergangen sein?

Der Kapitän fuhr seit seiner Kindheit zur See und führte auf der Bruja del Viento ein strenges Regiment. Wie schon die Seeleute, die Berenice bisher auf ihren Reisen getroffen hatte, hielt auch er nichts davon, Frauen an Bord zu nehmen. Dennoch erwies er sich als umgänglich und sogar aufmerksam, solange sie ihm bei der täglichen Arbeit nicht in die Quere kam. Die Verpflegung an Bord war einfach, aber gut; selbst Oujdma, der sich auch mit Kritik an seiner armseligen Unterbringung erstaunlich zurückhielt, hatte wenig zu bemängeln.

Gregory blieb oft in der Kapitänskajüte und scherzte mit den Männern. Er hatte zu Berenice bisher eine freundliche Distanz gewahrt. Das vertrauliche Gefühl ihres Treffens in Mechelen schien verflogen, und sie fragte sich, ob sie zu kindlich und schwärmerisch gewesen war und sich etwas vorgestellt hatte, das in der Wirklichkeit gar nicht existierte.

Trotz der einfachen Umstände hätte es eine angenehme Fahrt sein können, hätte nicht Pater Joseph Gefallen an seiner Rolle als Berenices christlicher Berater gefunden. Er legte Wert auf religiöse Konversation, um eine mögliche Beeinflussung durch die Muselmanen wieder auszumerzen.

Berenice ging ihm aus dem Weg, wo sie konnte, und fand in Kapitän Castilla einen Helfer. Schmunzelnd hatte dieser ihre Flucht unter Deck registriert, sobald die dunkle Priesterrobe auftauchte. Er war ein gläubiger Mann, hielt jedoch wenig davon, dies bei jeder Gelegenheit zu beweisen. Als Berenice wieder einmal in die Fänge des Gottesmannes zu geraten drohte, winkte er sie verschmitzt in seine Kajüte, um sich zu verstecken. Gregory saß auf seiner schmalen Liege und studierte eine Schiffskarte.

Als er Berenice und den Kapitän sah, legte er die Rolle zur Seite und wies mit der Hand auf den Platz neben sich.

Aufatmend setzte Berenice sich. »Es ist nicht so, dass ich den Mann nicht mag«, erklärte sie, »aber er ist fest entschlossen, mich nach meinem Aufenthalt bei den Ungläubigen zu läutern.«

Der Kapitän legte den Federkiel, mit dem er seine Eintragungen niederschrieb, zur Seite und wandte sich ihr augenzwinkernd zu.

»Ich überlasse Euch und Eurem Verlobten eine Weile meine Kajüte, ich muss mich mit dem Maat besprechen.«

Nachdem der Kapitän den Raum verlassen hatte, meinte Berenice zu Gregory: »Ich hatte noch keine Gelegenheit, mit Euch ein Gespräch zu führen. Es ist immer noch ein ungeheuer befreiendes Gefühl, wieder Herrin über meinen eigenen Willen zu sein, und ich kann Euch gar nicht genug dafür danken. Wie habt Ihr herausgefunden, dass ich in der Gefangenschaft Ibrahims war?«

Gregory erhob sich und ging einige Schritte, bevor er sich umwandte und mit dem Rücken an die Tür lehnte. Er verschränkte die Arme und sah sie an. »Ich habe schon länger gewusst, dass Ihr in seiner Gefangenschaft seid. Der französische König hält durch mich Kontakt zum Sultan, und Ibrahim ist sein Gewährsmann, mit dem ich verhandle. Beide

Herrscher sind an einer Allianz interessiert, wenn auch aus unterschiedlichen Gründen.«

Berenice beugte sich interessiert vor.

»Ihr wusstet, dass ich in seiner Gefangenschaft war?«

Gregory lächelte. »Ich folge Euch schon seit Mechelen. Ich kam zwei Tage zu spät in La Rochelle an, nur um zu erfahren, dass Euer Schiff schon fort war. Als nach einem Jahr klar war, dass Euch und Eurem Vater etwas zugestoßen sein musste, stellte ich Nachforschungen an. Ich hatte eine genaue Beschreibung der drei Schiffe erhalten, mit denen Ihr gefahren seid. Ich habe diese Beschreibungen in allen französischen Hafenmeistereien hinterlegt. Es war kaum etwas zu erfahren und so nahm ich an, dass Euch ein Unglück ereilt hatte. Ich ritt zum Château de la Tour zurück und berichtete von meinen Beobachtungen.«

»Warum bemüht Ihr Euch so sehr um mich – und was habt ihr mit dem Château de la Tour zu tun?«

»Ich bin der Familie de la Tour verpflichtet. Der Fürst hat viel für mich getan und mich gebeten, Nachforschungen anzustellen.«

Eine kleine Enttäuschung schlich sich in ihr Herz, doch sie ließ sich nichts anmerken.

»Ich weiß nicht, ob ich gefahrlos zurückkehren kann. Wie ich hörte, wurde Karl inzwischen zum Kaiser gewählt und seine Macht reicht weit. Ich habe ihn mit meiner Flucht aus Mechelen wahrscheinlich aufs Äußerste verärgert. Mein Ruf ist vielleicht so sehr beschädigt, dass ich auf eine standesgemäße Ehe nicht mehr hoffen kann. Ich weiß nicht, ob die königliche Familie mich in Frankreich schützen wird.«

»Darüber habe ich nachgedacht. Es gäbe eine Möglichkeit, Euren Ruf zu retten und ehrenvoll nach Hause zu kommen.«

Als er schwieg, fragte sie hoffnungsvoll: »Was ratet Ihr mir?«

»Ich könnte Euch nach der Rückkehr aus der Neuen Welt heiraten, und Ihr kommt als verheiratete Frau zurück. Niemand wird erfahren, dass Ihr eine Sklavin wart, wenn Euer seltsamer Freund den Mund hält. Alle Beteiligten sind entweder tot oder verschwunden, und Ibrahim wird kaum Gelegenheit haben, Euch wiederzusehen.«

Sie schwieg einen Augenblick überrascht, und um Zeit zu gewinnen, fragte sie nach: »Woher wusstet Ihr, dass ich bei Ibrahim war?«

Er kam zu ihrer Liege zurück und setzte sich neben sie. Er schien eine Weile nachzudenken und meinte dann: »An dem Abend Eurer Flucht war ich bei ihm zu Gast. Ich bin mir nicht sicher, ob ich nicht sogar gehört habe, wie etwas ins Wasser fiel, aber wir haben getrunken, und ich dachte, mich verhört zu haben. Am nächsten Morgen war er so zornig, wie ich ihn nie zuvor gesehen habe. Ein Diener berichtete mir von der jungen Frau, die verschwunden war. Seiner Beschreibung nach war ich recht sicher, dass es sich um Euch handeln musste. Danach habe ich nicht mehr lockergelassen. Ich habe von Eurem Hilfegesuch bei den Johannitern erfahren, wusste aber dummerweise nicht, dass Ibrahim mich überwachen ließ. So habe ich ihn ganz unbeabsichtigt zu Euch geführt.«

»Euer Angebot ist sehr freundlich und rücksichtsvoll, aber ich kann es nicht annehmen.«

Er griff nach ihren Schultern und drehte sie zu sich, damit sie ihn ansehen musste. Sein Blick war fragend und ihr Bedürfnis nach Schutz war so groß, dass sie beinahe den Kopf an seine Schulter gelegt hätte.

»Ist es, weil ich so wenig standesgemäß bin? Ich bin kein Fürst und trage keinen Titel. Ich habe allerdings ausreichend

Mittel, Euch ein sorgenfreies und angenehmes Leben zu bieten.«

Sie lachte, halb verzweifelt, halb erheitert. »Ach, Gregory, das ist meine geringste Sorge. Ihr wisst so wenig von mir, und meine letzten Erfahrungen waren derart, dass ich mich am liebsten in ein dunkles Loch verkriechen möchte und niemanden sehen will. An einen weiteren Mann will ich im Augenblick nicht denken. Und ich weiß nicht einmal, ob ich es jemals wieder will.«

»Hat dieser Mensch Euch so schlecht behandelt? Ich habe seinen Zorn gesehen, doch ich dachte, er sei so vernarrt in Euch, dass er Euch nichts antun würde.«

»Er hat mich nicht körperlich misshandelt, das ist es nicht. Ich brauche nur ein wenig Ruhe, es ist so viel geschehen in so kurzer Zeit. Meine Sehnsucht nach aufregenden Abenteuern ist vorläufig gestillt.«

»Werdet Ihr mir erzählen, was Euch und Eurem Vater auf dem Schiff und in der Neuen Welt widerfuhr? Was ist mit den Schiffen und den übrigen Menschen geschehen?«

Sie schloss kurz die Augen und sah ihn dann an. »Ihr habt mich gerettet und wohl ein Recht darauf zu erfahren, was sich zugetragen hat. Mein Vater kam ums Leben und ich werde Euch davon berichten, doch noch nicht jetzt.«

Er nickte und ging zur Tür. »Die Zeit der Gefangenschaft ist vorbei, Ihr seid frei, und ich werde Euch sicher nach Hause bringen. Ich schicke Euch den Diener.«

Berenice lächelte. Es würde Oujdma kaum gefallen, zukünftig als ihr Diener zu fungieren, aber das Leben machte eben manchmal schnelle Wendungen, das hatte sie selbst erfahren.

Am Abend saß Berenice mit dem Kapitän und Gregory bei einem einfachen Essen in der Kapitänskajüte und besprach mit ihnen den weiteren Verlauf ihrer Reise. Sie bemerkte, dass Gregory ihre Reisepläne nicht vollständig offenlegte und vermutete, dass er immer noch vorsichtig und eine weitere Verfolgung durch Ibrahim nicht ausgeschlossen war. Die Worte Castillas bestätigten ihre Vermutung.

»Es ist möglich, dass wir von Ibrahim Pascha verfolgt werden und er versucht, uns aufzufinden. In Athen ist es immer noch gefährlich, die Schiffe des Sultans sieht man oft in diesen Gewässern, die zum Osmanischen Reich gehören, ebenso wie die Stadt Athen. Vielleicht ist es besser, im Hafen an Bord zu bleiben oder außerhalb abzuwarten. Eine gute Freundin besitzt ein Logierhaus ein Stück von der Stadt entfernt, und ich pflege manchmal dort zu bleiben. Es ist ruhig gelegen, und Ihr könnt bei ihr wohnen. Sofia ist eine umgängliche Frau und gute Köchin. Sie wird Euch einen angemessenen Preis machen, wenn ich Euch zu ihr bringe.«

»Wie gelangen wir zum Haus dieser Frau?« Gregory war noch nicht überzeugt davon, dass es eine gute Idee sein würde, das Schiff zu verlassen, um in einer einsamen Gegend auf den Kapitän angewiesen zu sein.

»Es liegt nicht weit von der Küste. Bevor wir die Stadt erreichen, lassen wir ein Boot zu Wasser und ich rudere mit Euch an Land. Ich bleibe ein oder zwei Tage dort, bevor ich mit dem Boot zum Schiff zurückkehre und das Ausladen überwache. Auf diese Weise entgeht Ihr auch Eurem priesterlichen Beistand.«

Er lachte ein tiefes Lachen, in das Berenice einstimmte.

Auch Oujdma sprach sich dafür aus, allen Mutmaßungen aus dem Weg zu gehen und außerhalb der Stadt an einem ruhigen Platz abzuwarten, bis die Reise weiterging. Nur der Gedanke, das Schiff abermals über eine schaukelnde Strickleiter zu verlassen, barg für Oujdma Schrecken. Erst nachdem

Berenice Gregory das Versprechen abgerungen hatte, ihm behilflich zu sein, erklärte er sich bereit.

Nach einigen regnerischen Tagen auf dem Meer kam eine teils felsige, teils bewaldete Küste in Sicht. Fischerboote, die ihnen nun am frühen Morgen und späten Abend regelmäßig begegneten, wiesen auf nahe gelegene Dörfer hin.

Der Ausstieg in das Boot ging trotz aller Befürchtungen ohne weitere Schwierigkeiten vor sich, das Meer war glatt und ruhig. Aber es würde wärmere Kleidung erforderlich sein. Berenice hoffte, an Land Gelegenheit zu finden, sich mit dem Nötigsten einzudecken.

Der Kapitän brachte sie zu Sofia, einer lebhaften Frau mit dunklen Kirschaugen, mit der sie sich sprachlich zwar nicht verständigen konnten, die sich aber dank ihrer unkomplizierten Freundlichkeit stets mitzuteilen wusste.

Berenice erhielt eine kleine, liebevoll hergerichtete Kammer, während die beiden Männer es sich im Schuppen bei den Ziegen behaglich machten.

Oujdma konnte die erneute Einschränkung nicht unkommentiert hinnehmen.

»Das ist also nun mein Leben«, lamentierte er, während er eine Decke über das Stroh breitete. »Ich werde im Stall zwischen Federvieh und Ziegen eingeordnet, wobei ich nicht weiß, wer von uns am ärgsten stinkt.«

Dennoch richteten sie sich angenehm ein, und selbst Oujdma begann langsam, seine neue und noch gänzlich ungewohnte Freiheit zu genießen. Er begleitete Berenice auf ihren Spaziergängen durch die Wiesen und erklärte ihr den Nutzen der einzelnen Pflanzen, die er eifrig in einem Weidenkorb sammelte. Erstaunt über den Umfang seines Wissens lehnte sie sich gegen den Stamm eines Olivenbaumes.

»Dies ist Veratrum album«, erklärte er und zog vorsichtig mit seinen dicken, mit einem Stück Stoff umwickelten

Fingern eine kräftige, grünblättrige Pflanze mit breiten Blättern und knolliger Wurzel aus der Erde.

»Sie ist gegen mancherlei Beschwerden nützlich, allerdings muss man sie äußerst vorsichtig anwenden. Sie ist hochgiftig und kann leicht einen Menschen töten. Der Legende nach soll Alexander der Große an ihr verstorben sein. Man sagt, dass er es nahm, um seine Schwermut zu vertreiben.«

Interessiert beugte sie sich vor und musterte den behaarten Stängel. »Du meinst, man hat ihn durch das Gift dieser Pflanze ermordet?«

»Denkbar wäre es. Es ist aber genauso gut möglich, dass er es als Medizin einnahm und absichtlich oder unabsichtlich die Menge erhöhte.«

»Ich bin neugierig darauf, ob du in meiner Heimat ebenfalls bekannte Pflanzen findest. Ich weiß kaum etwas darüber; mir sind nur wenige Blumen und Blüten namentlich bekannt.«

Sie zog den groben Wollumhang enger um die Schultern. Sofia hatte für ihre Gäste warme Kleidung besorgt, denn von den nahe gelegenen Bergen wehte ein kalter Wind her.

Mit einem kleinen Messer schabte Oujdma den Lehm von der Wurzel.

»Das ist ein aufregender Gedanke. Ich werde möglicherweise eine neue Bestimmung für mich entdecken. Heilmittel werden immer gebraucht, und auf diese Weise käme ich doch noch dazu, mir meinen Kindheitstraum zu erfüllen.«

Während sie zurückschlenderten, heftete er seinen Blick auf den Boden. Hier und dort zupfte er etwas Grünes hervor, was er nach genauerer Betrachtung entweder wieder wegwarf oder in seinem Korb verstaute.

Berenice war hungrig. Sie beschleunigte den Schritt, als sie sich dem Haus näherten. Vom Strand waren laute Stimmen zu hören; Gregory unterhielt sich mit Kapitän Castilla.

Der Geruch gebratenen Fisches ließ ihr das Wasser im Munde zusammenlaufen. Sofia hatte ein Festmahl zubereitet, für das sie schon seit dem Vortag eifrig Vorbereitungen getroffen hatte. Das Ergebnis konnte sich sehen lassen, die Stube war gesäubert und feierlich geschmückt.

Erstaunt blickte Berenice auf die überreich gedeckte Tafel.

»Sofia hat sich selbst übertroffen«, erklärte der Kapitän. »Sie weiß, dass Ihr einen verwöhnten Gaumen habt, und so hat sie sich für das Festmahl besondere Mühe gegeben.«

»Ein Festmahl ist es wirklich, aber was feiern wir denn?«

Sie begegnete dem überraschten Blick des Seemannes.

»Diese Frage lasst nur nicht den Priester hören! Ihr scheint Euch vom christlichen Glauben wahrhaftig entfernt zu haben. Es ist die Geburt des Herrn, die wir am Heiligen Abend gewöhnlich feiern.«

Beschämt darüber, diesen Tag völlig vergessen zu haben, errötete Berenice.

Er legte ihr seine schwere Hand auf die Schulter. »Nehmt es Euch nicht zu Herzen. Ihr habt wohl manches erlebt, was Euch von den Gewohnheiten des christlichen Lebens abhielt. Wir wollen den Tag würdig begehen, auch wenn wir nicht daheim sein können.«

Durchgefroren und müde kehrte sie mit dem Kapitän und Gregory am frühen Mittag aus der kleinen Dorfkapelle zu Sofia zurück. Oujdma hatte es sich neben dem Herdfeuer bequem gemacht und winkte ihr entgegen. Das Weihnachtsfest sagte ihm wenig, auch wenn er die Köstlichkeiten sehr zu schätzen wusste.

Die Weihnachtstage gingen vorüber, und Berenice fühlte sich zunehmend wohler. Sie konnte wieder befreit lachen und wollte die Erlebnisse ihrer Entführung vergessen.

Am Nachmittag kämpfte sich die Sonne durch die Wolken; nach Tagen sah das Wetter wieder freundlicher aus. Berenice spazierte mit Gregory ein Stück über die graswachsene Ebene, und sogar Oujdma ließ sich dazu herab, sie ein Stück zu begleiten, bevor er sich wieder fröstelnd zu Sofia ins Haus verzog. Der Kapitän hatte sie am Vormittag verlassen, um die Arbeiten zu beaufsichtigen und die Abfahrt nach Marseille vorzubereiten, wo die überwiegende Fracht entladen werden würde, bevor er in seine Heimat Alacant in Aragon zurückkehrte.

Bereits am nächsten Tag traf ein Matrose von der *Bruja del Viento* ein. Der Weiterreise stand nichts mehr im Weg. Sie verabschiedeten sich herzlich von Sofia.

Ihr Boot lag am Strand. Der dort wartende Seemann schrie ihnen etwas zu und gestikulierte wild mit den Armen, doch der Wind verwehte seine Worte. Während Berenice in einer fragenden Geste die Hände hob, blieb Gregory stehen, warf einen prüfenden Blick auf die nahe gelegenen Büsche und Felsbrocken und griff instinktiv zu seiner Waffe, einem französischen Katzbalger.

In diesem Augenblick brachen mehrere Gestalten mit wildem Geschrei aus ihren Verstecken und stürmten auf Gregory und Oujdma zu. Vor Schreck rutschte Oujdma aus und fiel der Länge nach hin. Gregory stieß Berenice hinter einen großen Felsen und wandte sich dem ersten Angreifer zu.

Der Überfall fand so unerwartet statt, dass Berenice das Geschehen wie ein unwirklicher Traum erschien, der sie zunächst vollkommen lähmte und wie erstarrt auf ihrem Platz verharren ließ.

Zwei Männer bedrängten Gregory, ein weiterer kämpfte gegen den Matrosen. Beide wehrten sich verbissen gegen die besser bewaffneten Orientalen. Der Seemann hatte einen der Angreifer schwer verletzt und zog Berenice zum Boot, doch sie wehrte ihn ab. Klingen prallten mit einem hässlichen Geräusch aufeinander, und das Keuchen und Fluchen der Kämpfer nahm sie ebenso überdeutlich wahr wie das Rauschen des Wassers und die Schreie der Möwen.

Ein Dolch flog durch die Luft und fuhr in den Hals des Matrosen neben ihr, der sich in diesem Augenblick umwandte. Berenice sah noch seine ungläubigen und entsetzten Augen, bevor er zu Boden stürzte. Ein mächtiger Blutstrom drang aus seinem Hals.

Sie roch das Blut, hörte die Schreie der Männer, das Klingen der Waffen, und das Bild ihres sterbenden Vaters schob sich in ihre Gedanken.

»Flieh, Berenice!«

Gregorys Stimme brachte sie wieder etwas zur Besinnung. Er kämpfte gegen die beiden letzten Gegner, doch seine Kräfte schwanden. Während er einen der beiden Angreifer in Schach hielt, drehte sich der zweite Mann und versuchte, ihm von hinten beizukommen.

Beinahe intuitiv bückte Berenice sich, griff nach dem Dolch, der im Hals des toten Seemannes steckte, zog ihn heraus und handelte, wie sie es in einer fernen Welt gelernt hatte: Ruhig nahm sie das Ziel ins Auge und warf mit aller Kraft.

Verblüfft darüber, dass sein Kumpan plötzlich zu Boden ging, zögerte der letzte Widersacher nur eine Sekunde. Der kurze Moment der Unaufmerksamkeit genügte Gregory, ihm einen tödlichen Hieb zu versetzen. Schwer atmend betrachtete Gregory seine Kampfgefährtin, die leise schluchzend auf die Knie gesunken war. Außer ihnen beiden schien niemand den Angriff überlebt zu haben.

Langsam, den Degen senkend, trat Gregory zu Berenice. »Es ist vorbei. Ibrahim scheint nicht mehr allzu viele Männer erübrigen zu können. Wir hatten Glück.«

Als Berenice nicht antwortete, kniete er nieder und legte die Arme um sie. Sie legte den Kopf an seine Brust und konnte sich nicht beruhigen. Er streichelte ihr Haar und küsste sie leicht auf die Schläfe, bis ihre Schluchzer allmählich nachließen.

Nach einer Weile hob sie den Kopf. »Was ist mit Oujdma geschehen?«

An den Eunuchen hatte Gregory nicht mehr gedacht. Jetzt erhob er sich und suchte in den Büschen, bis er Oujdma hinter einem Stein auf dem Boden liegend fand. Er war bewusstlos, doch er konnte keine Verletzung an ihm feststellen.

Berenice trat zu ihm und sank mit einem Klagelaut zu ihm nieder.

»Was fehlt ihm nur? Ich sah, wie er gleich zu Beginn fiel und dachte, ein Dolch habe ihn getroffen.«

»Ihn hat eher die Furcht niedergestreckt«, meinte Gregory mit leichter Verachtung in der Stimme, was ihm einen vorwurfsvollen Blick eintrug. Mit dem Fuß schubste er Oujdma; ein tiefes Ächzen war zu hören.

Berenice tätschelte leicht seine Wange. Schließlich öffnete ihr Freund die Augen. Er blinzelte und stieß einen Ruf der Erleichterung aus.

»Wo sind diese Wilden, die uns Ibrahim geschickt hat?«

»Tot«, erklärte Gregory lakonisch, »und wir sollten uns sofort auf den Weg zum Schiff machen und verschwinden, bevor doch noch eine Verstärkung eintrifft. Es erstaunt mich, dass Ibrahim nur so wenige Männer für die Suche gesandt hat. Wahrscheinlich glaubt er, dass Berenice nur mit dir auf der Flucht ist, und deine kämpferische Tauglichkeit kennt er sehr genau.«

»Schon gut, schon gut«, gab Oujdma gereizt zurück und kam stöhnend auf die Füße. »Ich bin nun einmal keiner dieser Krieger, die mit einem Degen durch die Landschaft laufen und vor dem Frühmahl bereits einige Feinde massakriert haben.«

Gregory überhörte die Anspielung und schob das Boot ins Wasser. Er reichte Berenice die Hand, und sie sprang ins Boot. Oujdma, der vergeblich auf Hilfe wartete, watete schnell hinterher und warf sich mit seinem vollen Gewicht über Bord, was das kleine Boot bedenklich schwanken ließ.

Berenice sah, dass Gregory grinste und sein Gewicht verlagerte, damit das Boot wieder ins Gleichgewicht kam. Sie half ihrem Freund auf die Beine, während Gregory schon nach den Rudern griff, um sie zum Schiff zu bringen.

Der Kapitän war entsetzt, als er von dem Vorfall erfuhr.

»Dann kennt Ibrahim Euren Fluchtweg – und ich lasse mich besser einige Zeit lang nicht mehr in den Gewässern der Osmanen blicken«, meinte Castilla besorgt. Sklaven zur Flucht zu verhelfen, insbesondere wenn sich diese im Besitz eines hohen Beamten befanden, konnte viel Ungemach bringen. Die Mannschaft wollte er nicht in Gefahr bringen, ebenso wenig wie sein Schiff oder sein eigenes Leben. Castilla hielt es daher für besser, seine Leute nicht in die näheren Umstände einzuweihen und im kommenden Jahr seine Fahrten auf die Teile des Mittelmeers zu beschränken, in denen die Schiffe des Sultans keine Macht hatten. Er stieß einen leisen Fluch aus. Das würde seine Einkünfte wahrscheinlich deutlich verringern.

Laut gab er Befehl, die Segel zu setzen und die günstigen Winde zu nutzen, um baldigst Marseille zu erreichen.

Am Abend stand Berenice an Deck und blickte auf die in der Dunkelheit versinkende Küste zurück. Sie spürte, dass Gregory hinter ihr stand. Er legte ihr einen wollenen Schal über die Schulter, und sie dankte mit einem leichten Nicken des Kopfes.

»Ich mag gar nicht daran denken, wie dieser Tag hätte enden können. Ihr habt gekämpft wie ein Löwe, und ich bin Euch unendlich dankbar. Die Vorstellung, noch einmal in die Hände Ibrahims zu geraten, ist ein Schrecken, den ich bald vergessen möchte.«

Er legte die Hände auf ihre Schultern und drehte sie so, dass sie ihn anblicken musste.

»Ohne Eure Hilfe wäre es vielleicht nicht so gut ausgegangen. Das Messer so gezielt zu werfen bedarf einiger Übung. Eine ungewöhnliche Fertigkeit für eine junge Adlige aus Frankreich. Ich nehme nicht an, dass Ihr dies im Garten von Mechelen gelernt habt.«

Berenice zögerte einen Augenblick, bevor sie antwortete. »Ich habe meinen Vater in die Neue Welt begleitet und dort gelernt, wie man mit dem Messer und Pfeil und Bogen umgeht ... Ich habe vieles dort gelernt.«

Ein Tag voller grausiger Ereignisse ging zu Ende; die Erinnerung trieb ihr die Tränen in die Augen. Sie schluchzte auf, und Gregory zog sie tröstend in die Arme.

»Lass uns uns dort hinsetzen. Erzähl mir, was du jenseits des Meeres bei den Wilden erlebt hast.«

Er fiel unbewusst in eine vertrauliche Anrede. Berenice bemerkte es, ignorierte es jedoch.

Sie setzten sich auf eine Taurolle, und sie entgegnete: »Sie sind keine Wilden, es sind Menschen wie wir. Sie sehen anders aus, sie leben anders, und ihre Sprache ist nicht einfach zu lernen, aber ich habe es geschafft.« Unter Tränen lächelte sie bei der Erinnerung.

»Ihre Lebensweise ist ganz anders, und ich hatte dort einen Beschützer, den ich sehr geliebt habe. Ich hoffe, er kann mir eines Tages verzeihen, dass ich ihn verlassen habe.«

»Du hast ihn geliebt? Einen Wilden?«

Berenice runzelte die Stirn. Gregory war sicher nicht der Einzige, der sich nicht vorstellen konnte, dass das Leben in der Neuen Welt wie auf einem fernen Stern war, mit anderen Bedingungen und Regeln.

»Es tut mir leid!« Gregory senkte den Kopf und nahm ihre Hand. »Ich wollte nicht einen Menschen herabsetzen, den ich nicht kenne. Er wird etwas Besonderes gewesen sein, wenn du ihn geliebt hast.«

»Das war er, und ich vermisse ihn manchmal sehr. Er war klug und mutig, er sprach sogar meine Sprache, weit besser als ich die der Elnoo.«

»Dann hat er dich gelehrt, mit Waffen umzugehen?«

»Nein.« Bei dem Gedanken an die Kinder hellte sich ihr Gesicht auf. »Jedes Kleinkind beherrschte die Waffen besser als ich. Kowishto hat mich vor einem riesigen Bären gerettet und noch mehr vor der Langeweile im Lager meines Vaters.«

»Das kann ich mir vorstellen.«

Sein Tonfall irritierte sie, und sie warf einen fragenden Blick auf ihn, doch Gregorys Gesicht lag im Dunkeln.

Sie schwiegen eine Weile und es wurde kühl. Berenice erhob sich. Sofort stand auch Gregory auf, der in Gedanken versunken schien. Wortlos begleitete er sie zurück zu ihrer Kajüte. Bevor sie die Tür schloss, hielt er sie einen Augenblick zurück.

»Hättest du Ibrahim geliebt, wenn du diesen Mann nicht zuvor kennengelernt hättest?«

Entschieden schüttelte sie den Kopf. »Sicher nicht. Ibrahim war meinem Herzen fremd. Er konnte mich nie erreichen, und das hätte sich wohl kaum geändert. Falls ich in meiner Heimat nicht wusste, wer ich bin, so habe ich es in der Fremde gelernt.«

Nachdem sie die Tür geschlossen hatte, lehnte sie noch eine Weile dagegen und blickte ins Dunkel, bevor sie sich entkleidete und niederlegte.

Ihre Weiterreise wurde von keinen weiteren Vorfällen getrübt. Nach wenigen Tagen erreichten sie die Hafenstadt, die erst seit einigen Jahren zum Reich des französischen Königs gehörte.

Marseille besaß ein natürliches Hafenrund, das schon zu Zeiten der Römer genutzt und in jüngerer Zeit mit zwei Wehrtürmen befestigt worden war. Gregory schien sich gut auszukennen und befahl einem der Diener im Hafen, ihr Gepäck in ein nahe gelegenes Gasthaus zu bringen. Bevor Berenice das Schiff verließ, besorgte er ihr passende Kleidung, die ihr zu weit war, jedoch für den Anfang reichen würde. Für Oujdma etwas zu finden gestaltete sich weitaus schwieriger. Gregory hatte kurzerhand einen Schneider aufgetrieben, der ihm ein Gewand nähen würde. Entweder passten ihm die vorgeschlagenen Gewänder nicht oder er mochte sie nicht und weigerte sich, sie anzuziehen. Bis er endlich zufrieden war, wollte er noch an Bord bleiben.

»Du hast nur wenige Tage Zeit«, warnte Gregory ihn, »dann setzen wir unsere Reise fort. Ich werde auf deine Saumseligkeit keine Rücksicht nehmen.«

Er hatte nichts dagegen, den Eunuchen wieder loszuwerden. Oujdma erschien ihm immer noch verdächtig.

Die Luft war erfüllt vom Geruch der Holzfeuer, von gebratenem Fisch und mancherlei üblem Unrat, doch Berenice atmete tief ein, als sie an Gregorys Arm schließlich das Schiff verließ. Oujdma hatte sich letzten Endes doch entschieden, sie zu begleiten, denn er wollte nicht allein mit einigen Seeleuten auf dem Schiff bleiben. Seine Hoffnung, dass Berenice sich seiner erbarmte, hatte sich nicht erfüllt, und so schleppte er in einer sackähnlichen Tasche einige unverzichtbare Dinge, um die er sich höchstpersönlich kümmern wollte.

In einem etwas verwahrlosten Gasthaus erhielten sie zwei Räume, in denen sie sich einrichteten. Oujdma war ebenso wenig erfreut über die Aussicht, den Raum zu teilen, wie Gregory, doch dieser dachte nicht daran, für den Eunuchen zusätzliche Kosten auf sich zu nehmen.

Während Oujdma einige Händler aufsuchte, um seine Schätze zu veräußern, verließ Berenice mit Gregory den Gasthof. Sie war wieder auf heimischem Boden, auch wenn der Weg in die Heimat noch lang war. Glücklich sah sie sich um und genoss den Klang der vertrauten Sprache.

»Ich kann es noch gar nicht fassen, dass ich wieder zu Hause bin«, schwärmte sie mit strahlenden Augen. »Es ist so viel geschehen, so Erschreckendes passiert, und ich habe es glücklich überstanden. Ich verdanke dir viel und kann es kaum erwarten, wieder nach Meribeau zu kommen.«

Sie hatte sich entschlossen, es bei der vertrauten Anrede zu belassen. Eine lange Reise lag vor ihnen, sie galten ohnehin als verlobt, und nach ihren gemeinsamen Erlebnissen erschien ihr die Anrede nur angemessen.

»Das wird noch eine Weile dauern«, meinte er. »Wir werden zuvor zum Hof des Königs reisen. Man erwartet dringend meinen Bericht, da meine Reise nach Rhodos länger gedauert hat als angenommen. Ich habe dem König ebenfalls alle wichtigen Informationen über die Mission deines Vaters mitgeteilt. Er muss wissen, dass die drei Schiffe für ihn verloren sind und dein Vater gestorben ist.«

Sie spazierten durch die engen Gassen der Stadt in Richtung einer ruhigen Wohngegend. Er steuerte auf den Eingang eines eleganten Hauses zu und begrüßte den Diener, der sie einließ.

»Wo sind wir hier?«, fragte Berenice und sah sich in dem freundlich eingerichteten Wohnraum um.

»Es ist das Haus meines Freundes Jean-François. Er ist jünger als ich, etwa in deinem Alter, aber wir sind uns verschiedentlich begegnet und haben als Kuriere des Königs manche Aufträge gemeinsam überbracht.«

»Und ich bin begeistert, dich bei mir zu begrüßen.«

Die Stimme erklang von einem Treppenabsatz, und der junge Mann sprang die letzten Stufen herunter. Er umarmte Gregory enthusiastisch.

»Ich hoffe, wir gehen wieder zusammen auf eine kleine Reise.«

»Vorläufig noch nicht.« Gregory wies auf Berenice. »Ich bin mit meiner Verlobten hier und bringe sie nach Hause. Ihr Vater starb auf einer Seereise.«

Jean-François musterte Berenice ungeniert und deutete eine kleine Verbeugung in ihre Richtung an.

»Gregory hatte immer schon Glück bei den Damen und war gut beraten, auf die Allerschönste zu warten. Fühlt Euch in meinem Heim zu Hause! Ich hoffe, Ihr bleibt recht lange.«

Als Jean-François von ihrer Unterkunft im Gasthaus hörte, lud er beide ein, bei ihm zu wohnen. Vor allem Berenice nahm dankbar an, denn die Aussicht auf ein sauberes Bett und die Hilfe einer Zofe war zu verlockend, um abzulehnen.

Jean-François ließ einen Imbiss zubereiten, und die beiden Männer berichteten von ihren letzten Reisen. Berenice bemerkte, dass Gregory sich nur unbestimmt darüber äußerte, wo er sie getroffen hatte. Zu ihrem Erstaunen berichtete er umso ausführlicher von seinem Treffen mit Ibrahim. Jean-François schien über die Verhandlungen zwischen dem König und der Hohen Pforte gut informiert zu sein; er zeigte keinerlei Erstaunen darüber, dass man mit dem fremden Herrscher Kontakt hatte.

Als Gregory erklärte, dass sie auf dem schnellsten Weg zum König wollten, meinte sein Freund: »Nimm ein Schiff nach Calais! Dort wird der König im Frühjahr erwartet. Du kennst die Verhandlungen mit Wolsey, sie haben sich auf eine Zusammenkunft zwischen den Ländern geeinigt.«

Gregory drehte sein Weinglas in der Hand und stimmte nachdenklich zu. »Das ist kein schlechter Plan. Von dort ist es nicht weit bis nach Meribeau, und meine Verlobte muss sich nicht dieser unbequemen, weiten Reise nach Norden aussetzen. Wir könnten dort in aller Ruhe die Ankunft des Königs abwarten. Die Abgesandten des englischen Königs werden ebenfalls vor Ort sein. Der Gedanke gefällt mir immer besser.«

Berenice widersprach nicht. Sie wäre gern über Land gereist, auch wenn dies im Winter sicher nicht sehr bequem war. Die Vorstellung, wieder auf ein Schiff zu gehen, gefiel ihr weit weniger.

Nach einem ausgiebigen Essen machte Gregory sich auf den Weg, um ihre Sachen zu holen und Oujdma mitzuteilen, dass er nun doch einen Raum allein bewohnen würde. Der Eunuch war jedoch keineswegs darüber erfreut: Er fühlte sich im Stich gelassen in einer ihm fremden Welt. Trotz seiner Versicherung, sich jeden Tag mit ihm zu befassen und bald abzureisen, war Oujdma nicht zu beruhigen. Gregory suchte eilig das Weite, um seinem Zorn zu entrinnen.

Die wenigen Tage in der Hafenstadt vergingen schnell. Dank Alexandras Münzen erstand Berenice eine passende Garderobe, die für die Reise genügte, und stellte auch Oujdma zufrieden. Dem kam die fremde Kleidung zunächst lächerlich und unbequem vor. In der Garderobe eines wohlhabenden Kaufmannes wurde er jedoch mit großem Respekt behandelt und genoss seine neue Rolle bald.

»Die Menschen sind überall gleich«, verkündete er am Tag vor ihrer Abreise. »Man braucht nur ein entsprechendes Auftreten und ausreichend Mittel und man wird geachtet.«

Als er erfuhr, dass sie ihre Reise auf einem Schiff fortsetzten, trübte sich seine gute Laune allerdings wieder, und er verlangte eine angemessene Unterbringung.

Schließlich platzte Gregory der Kragen. Er hatte sich das Wehklagen und Lamentieren eine Weile wortlos angehört, doch jetzt hatte er genug.

»Entweder begleitest du uns oder du bleibst hier!«

Berenice hatte die Anspannung zwischen den beiden so unterschiedlichen Männern an ihrer Seite bemerkt, doch sie trug nun einmal die Verantwortung für den Eunuchen. In Meribeau gab es genügend zu tun, und er konnte dort als Verwalter oder Händler leben, doch noch waren sie nicht zu Hause.

Oujdma, dem sie ihre Absichten erklärte, nickte ergeben.

»Ich weiß, dass ich zunächst die Lebensgewohnheiten der Leute kennenlernen muss, und werde gern unterdessen bei dir in Meribeau leben. Danach werde ich einen Handel betreiben. Ich sehe allerdings nicht ein, wozu ich mich nach den Plänen eines Mannes richten soll, den ich kaum kenne.«

»Wir verdanken ihm unsere Freiheit«, erinnerte Berenice ihn. »Ohne ihn würdest du nun als Sklave ein Leben führen, dass dir weit weniger zusagt. Außerdem reisen wir zum König, und es interessiert dich doch sicher, wie ein Herrscher in diesem Land lebt. Wenn der König reist, befinden sich in seinem Gefolge auch zahlreiche Händler, von denen du manches Wissenswerte erfahren kannst.«

Diese Aussicht tröstete ihn etwas. Berenice kannte die Neugier ihres Freundes und wusste, dass er sich von diesem Besuch etwas versprach.

Am Abend vor ihrer Abreise speisten sie noch einmal im Haus von Jean-François, der eine Überraschung für Gregory bereithielt. Als Berenice zwischen Oujdma und Gregory den Salon betrat, in dem ein Diener die Tafel gedeckt hatte, stieß Gregory einen überraschten Ruf aus. Mit ausgestreckten Armen ging er auf einen weiteren Gast zu, der sich aus einem Sitz erhob.

»Jacques, welch Überraschung, dich zu sehen! Ich freue mich sehr.«

Die Männer begrüßten sich mit großer Herzlichkeit, und es war offensichtlich, dass die drei eine enge Freundschaft verband.

Jacques war – ebenso wie auch Gregory und Jean-François – im Dienste des Königs unterwegs gewesen, und ihr Dienst hatte die Männer häufig zusammengeführt. Berenice und Oujdma erfuhren, dass sie so manches Abenteuer gemeinsam überstanden hatten. Als sie hörten, dass Berenice in der Neuen Welt gewesen war, schien ihr Interesse besonders groß.

Jacques Cartier fragte nach jedem Detail ihrer Erfahrungen dort, und es wurde eine lange Nacht, in deren Verlauf sich Oujdma schließlich verabschiedete. Die Berichte aus einer fernen Wildnis interessierten ihn nicht.

»Ich stamme aus dem Norden, aus Saint-Malo«, erklärte Jacques. »Beinahe jede Familie ist auf die eine oder andere Art und Weise mit dem Meer verbunden. Vor allem, seitdem immer mehr Schiffe in die Neue Welt fahren. Eines Tages werde ich ebenfalls aufbrechen, ich suche nur noch einen Finanzierer oder ein Schiff, das mich mitnimmt. Ich würde viel dafür geben, Eure Erfahrungen gemacht zu haben.«

Er ließ sich genau beschreiben, wie ihre Reise verlaufen war, und obwohl Berenice die unglücklichen Umstände ihrer Rückreise verschwieg, so konnte sie doch Hinweise auf die Lage des errichteten Dorfes geben. Die Nähe ihres Vaters zu den Kapitänen und deren Gespräche waren ihr noch in guter Erinnerung, auch wenn sie selbst mit den Zahlen nicht viel hatte anfangen können. Begeistert sprach sie von den Einheimischen und der fisch- und wildreichen Umgebung. Hatte sie auch keine Kunde von Gold oder teuren Gewürzen aus diesem Teil der Neuen Welt, so wusste sie doch von den herrlichen Pelzen und neuen Nahrungsmitteln zu erzählen.

»Leider ist ein Teil der Mannschaft mit dem Schiff verschwunden und hat uns um den größten Teil der Schätze gebracht. Mein Vater war untröstlich darüber, dass er dem König seine Großzügigkeit nicht vergelten konnte.«

Sie sah, dass Jacques und Gregory sich einen schnellen Blick zuwarfen.

»Möglicherweise haben sich die Verschollenen die kostbare Ware angeeignet und sich daran bereichert«, meinte Jacques.

Berenice verzog zweifelnd das Gesicht. »Ihre Namen sind bekannt, und in Frankreich müssten sie schwere Strafen befürchten. Wohin könnten sie sich wenden? Ich denke eher, sie sind einem Unwetter oder Piraten zum Opfer gefallen oder haben ihre Waren in den Orient gebracht, wo niemand sie sucht.«

»Dann habt Ihr sie niemals wiedergesehen oder von ihnen gehört?«

Erstaunt sah Berenice auf. »Natürlich nicht. Aber möglicherweise weiß der König inzwischen, was aus dem Schiff und der Mannschaft geworden ist, die unter seiner Flagge unterwegs war. Ich selbst hatte keine Möglichkeit, etwas in Erfahrung zu bringen.«

Während die Männer sich noch unterhielten, täuschte sie Müdigkeit vor und zog sich zurück. Der Blick, den die beiden sich zugeworfen hatten, machte sie nachdenklich.

Am nächsten Morgen blies der gefürchtete Mistral aus den Alpen das Rhônetal entlang und fegte durch die Straßen der Stadt. Berenice zog den warmen, schottischen Umhang fest um sich, den sie am Vortag auf Anraten eines Händlers erstanden hatte.

Oujdma klapperte mit den Zähnen, enthielt sich aber eines Kommentars. Zu ihrer Überraschung schloss sich ihnen Jacques Cartier an, der das gleiche Schiff bis Calais nahm, um in seine Heimat zu reisen.

Das Schiff, die *Sainte Bernadette*, unterschied sich deutlich von den Schiffen, auf denen Berenice bisher gereist war. Es war weder ein Frachtschiff, noch diente es kriegerischen Zwecken. Für den Transport von Menschen und etwas Ware gebaut, besaß es einige durchaus komfortable Kajüten. Berenice bezog einen sauberen, kleinen Raum, der sogar über eine abgetrennte Nische für die Reinigung und Notdurft verfügte. Oujdma, der am liebsten gleich bei ihr geblieben wäre, musste sich mit einer Kajüte begnügen, die er mit anderen Männern teilte. Doch nach den Erfahrungen ihrer bisherigen Schiffsreisen war dies komfortabel genug, um die beiden Wochen zu überstehen, die sie bis Calais benötigen würden.

Am liebsten wäre Berenice anschließend gleich weitergereist bis Meribeau. Vorher wollte sie jedoch versuchen, einem Vertreter des Königs die traurigen Umstände der misslungenen Reise ihres Vaters darzulegen. Sie hoffte, nicht auch noch in Frankreich in Schwierigkeiten zu geraten – im schlimmsten Fall konnte die Krone sie für den erlittenen Verlust haftbar machen. Unabhängig von den Absprachen ihres Vaters war sie als seine Erbin und Nachfolgerin über Titel und Güter nun in der Verantwortung.

Es war keine gute Zeit für Schiffsreisen. In den ersten Tagen begleitete sie der eisige Wind durch die Passage in das

Atlantische Meer. Weiter nördlich stürmte es, und in den Regen mischte sich Schnee. Die rollenden Bewegungen des Schiffes erinnerten Berenice an die finstersten Augenblicke auf diesem Meer, und öfter als einmal erwachte sie nachts schweißnass.

In einer Nacht fand sie sich in den Armen von Gregory wieder, der leise und beruhigend auf sie einsprach. Verwirrt und verängstigt durch einen Albtraum erkannte sie ihn in der stockfinsteren Kajüte nur an seiner Stimme.

»Ich dachte, ich hätte den Riegel vor die Tür geschoben«, meinte sie, noch benommen durch die Bilder in ihrem Kopf. Ihre Stimme war belegt von ungeweinten Tränen, da die grausigen Umstände des Todes ihres Vaters plötzlich ganz gegenwärtig schienen.

»Ich hörte deinen Schrei und habe den Riegel aus der Verankerung gerissen«, entschuldigte sich Gregory. »Wenn du willst, bleibe ich für den Rest der Nacht. Ich kann auf der Truhe sitzen, bis du eingeschlafen bist.«

Seine Anwesenheit war tröstlich, und sie wollte nicht, dass er ging. Er gab ihr ein Gefühl der Sicherheit, wie sie es kaum je gekannt hatte. An den Königshöfen und selbst in der Neuen Welt hatte sie stets auf der Hut sein müssen vor ungekannten Gefahren, doch Gregory vertraute sie bedingungslos. Er hatte Erfahrung mit Schiffsreisen und viele hochrangige Kontakte und Beziehungen in verschiedenen Ländern. Bei ihm würde ihr nichts geschehen.

»Bitte bleib. Ich fürchte mich oft nachts in der Dunkelheit, dabei war ich als Kind recht mutig. Die Geräusche des Schiffes, das Unwetter und die Rufe der Seeleute erinnern mich bis in meine Träume hinein an die schrecklichsten Momente meines Lebens.«

Sie schloss die Augen und bemühte sich, wieder einzuschlafen. Doch der Schlaf wollte sich nicht mehr so leicht einstellen. Die Nähe des Mannes, der in Mechelen einen größeren Eindruck auf sie gemacht hatte, als sie sich damals eingestanden hatte, ließ sie keinen Schlaf mehr finden. Sie spürte, dass auch Gregory wach war.

»Du sagtest, du kennst mich aus dem Burgund, aber ich kann mich nicht an dich erinnern.«

Er brachte sich in eine bequemere Lage, sodass ihr Kopf an seiner Schulter ruhte. »Ich habe dich öfter auf Meribeau gesehen. Meine Mutter hatte ein Haus ganz in der Nähe. Du warst noch ein kleines Mädchen. Das war, bevor du nach Amboise an den königlichen Hof und später nach Mechelen gingst. Das Schloss habe ich früher nie betreten.«

»Erzähl mir von deinen Eltern. Du sagst, deine Herkunft ist einfach, aber du wirkst nicht so. Du bist gebildet, kannst reiten und fechten, und ich habe gehört, dass du sehr gut Türkisch sprichst. Ibrahim stammt zwar selbst aus einfachen Verhältnissen, ist jedoch voller Dünkel und hätte sich kaum mit einem einfachen Mann zum Trinken auf seinem Schiff getroffen. Er muss dich entweder sehr schätzen oder etwas von dir erwarten.«

Gregory senkte seinen Kopf, sie spürte seinen Atem an ihrem Ohr. Er schien eine Weile zu überlegen, bevor er wieder sprach.

»Meine Mutter war eine wunderbare Frau. Sie war schön und klug und voller Wärme. Ich verstehe gut, dass du unter dem Tod deines Vaters leidest. Der Tod meiner Mutter kam ebenso plötzlich und unerwartet. Ich war kaum erwachsen, als sie von einem Augenblick zum anderen starke Schmerzen im Bauch bekam. Sie konnte nicht mehr gehen, wir waren ganz hilflos. Dann schien es ihr etwas besser zu gehen, doch kurz darauf bekam sie hohes Fieber. Nach nur wenigen Tagen starb sie unter Schmerzen. Ich werde es niemals vergessen.«

»Was ist mit deinem Vater? Ist er ebenfalls tot?«

»Er lebt und er hat immer sehr gut für mich gesorgt. Meine Mutter wäre als seine Frau auf keinen Fall infrage gekommen, denn sie entstammte dem niederen Adel. Mein Großvater hatte meinen Vater schon früh gebunden, und mein Vater wollte nicht ungehorsam sein. Dennoch hat er meine Mutter sehr geliebt – ich erinnere mich gut daran, wie glücklich sie waren. Als ich geboren wurde, wollte er sich trotz seiner Verpflichtungen von seiner Frau trennen, doch sie bekam zum Erstaunen aller ebenfalls noch einen Sohn, der nun sein Erbe antritt. Dennoch hat er mich als seinen illegitimen Sohn anerkannt. Das war für die Familie seiner Frau kein Vergnügen.«

»Kennst du denn deinen Halbbruder?«

Gregory stieß ein leises Lachen aus. »Ich kenne ihn gut. Die meiste Zeit war ich damit beschäftigt, seine kleinen und gelegentlich auch größeren Untaten zu vertuschen. Er ist nicht schlecht, aber ...«, Gregory schien nach dem rechten Wort zu suchen, »er ist etwas gedankenlos. Nach einiger Zeit hatte ich genug von ihm und habe mich in den Dienst des Königs gestellt. Ohne die Hilfe meines Vaters wäre das allerdings auch nicht möglich gewesen. Meine Herkunft ist immer ein Problem gewesen.«

Sie drehte sich ein wenig und versuchte, in der Dunkelheit sein Gesicht zu erkennen.

»Für mich spielt es keine Rolle mehr. Als Kind dachte ich immer, ich werde einen Fürsten oder König heiraten und immer glücklich sein. Seit ich in Mechelen war und sah, dass die jungen Frauen wie Figuren in einem Tric-Trac-Spiel benutzt werden, habe ich diesen Traum nicht mehr. Manchmal gelingt es sogar, eine gute Ehe zu arrangieren, die alle zufriedenstellt, doch häufig ist es so, dass beide Ehegatten sehr unglücklich sind oder sich sogar hassen. Kaiser Maximilian verabscheute und mied seine Frau Bianca Sforza, und sie starb unglücklich und einsam in der Fremde. Als ich aus Mechelen floh, hatte ich viele solcher Beispiele vor Augen. Ich strebe nicht danach, Königin eines Landes zu werden.«

»Kaiser Maximilian starb in diesem Winter. Jetzt ist die Zeit für Karl gekommen.«

»Ich habe davon gehört. Glücklicherweise hat er größere Probleme, als sich um eine aufbegehrende Adlige zu kümmern. Er hat mir nur meinen Besitz in den habsburgischen Niederlanden genommen, aber ich selbst bin ihm entkommen. Das wird er mir immer übel nehmen.«

»Ich bin sicher, dein Vater hätte alles getan, um seine Ländereien wiederzubekommen. Glaubst du nicht, dass er sich noch mit Karl geeinigt hätte?«

Berenice dachte einen Augenblick nach. Das erzürnte Gesicht Karls vor Augen hob sie die Schultern.

»Ich weiß es nicht. Selbst wenn Karl sich an die Freundschaft unserer Familien erinnern würde – er ist hoch verschuldet und kann sich ein Einsehen vermutlich gar nicht leisten. Trotzdem wäre mir auch an einer Einigung mit ihm gelegen, schließlich ist es von Meribeau nicht weit bis zur Grenze der Habsburger. Ich kann nur hoffen, dass er meine Flucht eines Tages milder beurteilt.«

Sie überlegte, wieweit sie ihm vertrauen konnte, wagte dann aber eine Frage, die sie schon die ganze Zeit beschäftigte: »Du schienst mir sehr vertraut mit Ibrahim, und ich habe von ihm erfahren, dass er mit dem französischen König Verhandlungen führt. Am Hofe Karls hast du offenbar ebenfalls Freunde und bist dort gern gesehen. Sind dies nicht sehr gegensätzliche Interessen?«

»Du willst wissen, in wessen Diensten ich eigentlich stehe. Ich kann deine Vorsicht verstehen.«

»Warum bist du meinem Vater gefolgt, wenn nicht im Auftrag Karls? Ich bin dir zutiefst dankbar für deine Hilfe, doch ich verstehe deine Beweggründe nicht.«

»Du kannst mir vertrauen, Berenice, auch wenn ich dir noch nicht alles erklären kann. Ich stehe weder im Dienst des Kaisers, noch vertrete ich die Interessen der Hohen Pforte. Zuerst arbeite ich für mich selbst, und wenn es sich ergibt für den französischen König, mit dem ich befreundet bin. Zusammen mit ihm, Jean-François, Jacques und einigen anderen waren wir eine erfolgreiche Kampftruppe im italienischen Krieg und haben den Sieg bei Marignano gemeinsam errungen. Der König hat seine früheren Gefährten niemals vergessen, und dies halten wir ebenso.«

Auch wenn sie immer noch nicht verstehen konnte, was zum Heerführer des Sultans geführt haben mochte, gab sie sich vorläufig mit seiner Erklärung zufrieden. Er hatte sie gerettet und brachte sie nach Hause, das war zunächst das Wichtigste.

Sie schloss die Augen, spürte die Wärme seines Körpers und schlief schließlich beruhigt in seinen Armen ein.

Berenice wurde durch ein heftiges Klopfen an ihrer Kajütentür geweckt. Ihr Blick fiel auf Gregory, der schon aufgesprungen war und lächelnd einen Finger auf seine Lippen legte. Er drückte sich hinter der Abtrennung zum Waschkabinett an die Wand und nickte ihr zu. Oujdma klopfte abermals und rief nach ihr.

Sie sprang auf und öffnete die Tür einen Spalt. »Ich habe verschlafen und möchte noch ein Weilchen ruhen. Ich komme später zu dir.«

Sie sah sein verwirrtes Gesicht und verbiss sich ein Lachen. Ihre Kajüte war sein einziger Zufluchtsort, da er sich mit den übrigen Passagieren kaum abgab. Er fand die

Franzosen unsauber und ungehobelt und wollte wenig mit ihnen zu schaffen haben. Doch mit der Zeit würde Oujdma mit ihnen auskommen müssen, selbst wenn er ihre Gewohnheiten nicht schätzte. Die Männer wiederum hielten Abstand von ihm, da sie ihn merkwürdig und exotisch fanden.

»Er wird sich wundern, warum ich ihm den Einlass verwehre. Er konnte mich bisher sehen, wann immer er wollte.«

Gregory setzte sich auf ihr Lager und zog die Stiefel an, die er vor dem Einschlafen ausgezogen hatte. »Er wird sich daran gewöhnen müssen, dass du keine Sklavin mehr bist, die ihm ständig zur Verfügung steht. In Frankreich betritt man das Zimmer einer Dame nicht ohne Anmeldung.«

»Du hingegen hältst dich immer strikt an diese Regel«, bemerkte sie spöttisch.

Überrascht blickte er auf und meinte dann lächelnd: »Ich halte mich daran – es sei denn, dass ich meine Liebste in Gefahr sehe. Dann hält mich nichts mehr auf.«

Sie senkte den Kopf und antwortete nicht. Es hätte des Hinweises nicht mehr bedurft: Der anfänglich vorsichtige Abstand hatte wieder der unerklärlichen Anziehung Platz gemacht, die sie in Mechelen so stark empfunden hatte, und sie spürte, dass dies auch ihm bewusst war.

Dennoch waren ihr auch seine Vorbehalte klar. Sie war einem hohen Adligen versprochen, mit dessen Stellung seine eigene nicht zu vergleichen war, mochte er auch ein Kampfgefährte des Königs sein.

Gregory kam zu ihr und legte seine Finger unter ihr Kinn, damit sie ihn ansah.

»Du hast vieles ertragen müssen und manches gesehen, was dir besser erspart geblieben wäre. Das ist nicht mehr zu ändern. Für einige Erklärungen ist es noch immer zu früh. Aber du bist jetzt frei und kannst deine eigenen Entscheidungen treffen.«

Seine Augen hielten sie fest, seine Lippen waren nahe, und sie wünschte sich, dass er sie küsste, doch er trat einen Schritt zurück und öffnete die Tür. Er prallte gegen Oujdma, der auf halber Höhe versuchte, durch das Schlüsselloch zu linsen.

Kopfschüttelnd verschwand Gregory im dunklen Gang, und Oujdma kam herein.

»Dachte ich mir doch, dass etwas nicht mit rechten Dingen zugeht. Wie kannst du nur so kurz nach diesen grauenvollen Erfahrungen mit einem Mann schon wieder ein Verhältnis beginnen? Oder versprichst du dir etwas von ihm?«

»Ich habe kein Verhältnis mit ihm«, widersprach Berenice entrüstet. »Ich hatte einen schlechten Traum und habe wohl geschrien. Gregory befürchtete, mir sei etwas geschehen. Er hat das Schloss der Tür beschädigt und blieb dann, bis ich wieder schlief. Er selbst ist schließlich ebenfalls eingeschlafen. Weiter gibt es nichts zu berichten.«

»Ich gebe gern zu, dass er weit attraktiver ist als dieser elende Ibrahim und durchaus freundlich sein kann. Trotzdem solltest du an deinem Verlobten festhalten, immerhin hast du dann eine einflussreiche Stellung und bist vermögend.«

Berenice hatte Oujdma von dem Heiratsabkommen ihres Vaters mit dem Fürsten de la Tour berichtet und war damit auf große Begeisterung gestoßen.

Sie seufzte ergeben. »Wir brauchen beide den Schutz eines einflussreichen Namens. In meiner Heimat kann ich als Adlige keinen Schritt ohne entsprechenden Schutz machen. Die Mittel für diesen Schutz und mein Leben werde ich ebenfalls brauchen, und mir ist noch nicht klar, wie die finanziellen Verhältnisse auf Meribeau sind. Mein Vater erwähnte nur, dass wir uns nach dem Verlust der burgundischen Ländereien einschränken müssen. Ich habe mich nie damit befasst, woher unsere Mittel kamen, und ich hoffe sehr, dass der Fürst noch bei ausreichend guter Gesundheit ist, um mir einige Dinge zu erklären. Als Verlobte seines Sohnes und nach dem Tod meines Vaters wird er vermutlich mein Vormund, da ich als Frau keine eigene Entscheidung über die Finanzen treffen darf. Ich habe noch den Schmuck und die Münzen von Alexandra, aber es wird nicht für alle Zeiten reichen. Auf meinen Verlobten kann ich nicht zählen, er ist nur eine weitere Verantwortung.«

»Oder der Preis für deine Unabhängigkeit«, meinte Oujdma knapp. »Dein Mann wird vielleicht zufrieden sein, wenn er jeden Tag zur Jagd gehen kann, auf Wild oder Frauen«, fügte er maliziös hinzu. »Ich werde ihn gern beraten, damit du deine Ruhe vor ihm hast.«

Berenice hob entsetzt die Hände. »Ich will so etwas nicht hören. Lass uns an Deck gehen. Die frische Luft wird uns beiden guttun.«

Während der Fahrt nach Calais war der Himmel meistens grau, und der Wind wehte frisch, vor allem, als sie die Nordküste Spaniens umrundeten.

Berenice konnte ihre Furcht vor Überfällen nie ganz verdrängen; jetzt schien es sogar, als käme ihr das Erlebte noch einmal besonders stark ins Bewusstsein. Der große Ozean würde für sie immer ein Ort des Schreckens bleiben.

Gregory besuchte sie noch einige Male in ihrer Kajüte, gelegentlich aus eigenem Antrieb, aber auch, weil sie ihn darum bat. Ihre Vertrautheit nahm auf der Reise zu, und mehr als einmal erinnerte sie sich mit Bedauern daran, dass sie nicht mehr frei war.

Obwohl Oujdma sich eher noch beklommener auf dem Meer fühlte als Berenice, war seine Gesellschaft tröstlich und oft erheiternd auf der ereignislosen Fahrt. Am Tag ihrer

Ankunft in Calais kam erstmalig wieder die Sonne hervor, und dies erschien ihr wie ein gutes Zeichen für die Zukunft.

Sie mussten eine Weile warten, bevor sie endgültig das Schiff verlassen konnten. Berenice nahm sich vor, so schnell keine Seereise mehr zu unternehmen. Endlich wurde das Gepäck abgeladen, und Gregorys besondere Aufmerksamkeit galt einer großen Kiste, die mit Löchern versehen war und von einem Teppich bedeckt wurde. Bevor Berenice Gelegenheit hatte, ihn danach zu befragen, lud man das gesamte Gepäck auf Karren, und sie bestieg mit Oujdma eine Sänfte. Ein Hafen bot für sie nichts Verlockendes mehr, und sie war glücklich, wieder festes Land zu spüren. Sie machten sich auf den Weg zur kleinen Stadt Ardres, in der die Könige sich treffen wollten.

Neugierig sah Oujdma sich um, als sie die wasserreiche Umgebung passierten. Er war noch niemals so weit im Norden gewesen, und alles war für ihn neu und ungewohnt.

Sie wichen zahlreichen Kanälen und Wasserläufen aus, die das gesamte Hinterland der Küste durchzogen. Gregory, der im Schritt neben der Sänfte ritt, erklärte ihnen unterwegs, was es mit dem Treffen in Calais auf sich hatte.

Sowohl der englische als auch der französische König wollten sich aufs Prächtigste vorstellen und einander kennenlernen. Der Hof mit vielen hohen Damen und Herren und Hunderten Angestellten sollte im Frühjahr anreisen, doch schon jetzt waren die Vorbereitungen für die Ankunft der beiden Könige unübersehbar. Beide Herrscher waren beinahe gleich alt und hatten bereits in jungen Jahren ihren Thron bestiegen. Sie hatten sich im englischen Calais getroffen, nachdem Kardinal Wolsey vor drei Jahren den Nichtangriffspakt der europäischen Großmächte verfasst hatte. Dieser Vertrag wurde gefährdet durch die Auseinandersetzungen zwischen den Habsburgern unter dem neuen Kaiser Karl und dem französischen König, der sich in der Umklammerung durch die Habsburger gefährdet sah. Kardinal Wolsey hatte beste Beziehungen nach Rom: Er war als junger Kaplan im englischen Calais gewesen und hatte ebenfalls Verbindungen zum französischen König, dem er die Stadt Tournai gegen eine ansehnliche Leibrente verkauft hatte. Das Treffen sollte die Könige miteinander vertraut machen. Beide wollten sich von ihrer besten Seite zeigen. Entsprechend waren die umliegenden Orte in den Mittelpunkt eines Geschehens geraten, das unvergesslich bleiben sollte. Beeindruckende Zeltstädte wurden für die königlichen Höfe errichtet, und man erzählte sich hinter vorgehaltener Hand, dass der Stoff für das Zelt des englischen Königs aus purem Gold gewebt sei.

Gregory hatte für sich, Berenice und Oujdma eine Unterkunft in der kleinen Stadt Ardres gefunden. Der Ort war in der Vergangenheit Ziel zahlreicher Raubzüge vom Meer aus gewesen und inzwischen gut befestigt. Es gab einen breiten Graben und Wehranlagen, die von einer Burg überragt wurden. Nur noch wenige freie Bleiben standen zur Verfügung, und Gregory musste einen hohen Preis für zwei Schlafkammern entrichten und sich zudem erneut damit begnügen, eine Kammer mit Oujdma zu teilen.

Berenices Vorschlag, gleich nach Meribeau zu reisen und dort die Ankunft des Königs abzuwarten, lehnte er ab. Die Entfernung von einer Woche zum Ort des Geschehens war zu weit, und er wollte noch einige Ratgeber des französischen Königs treffen, bevor dieser Calais erreichte.

Berenice fügte sich mit Bedauern; sie wäre am liebsten sofort nach Hause geeilt. Vor allem wollte sie zum Fürsten, um ihn vom Tod ihres Vaters zu unterrichten und ihre verspätete Rückkehr zu erklären.

Das Frühjahr war bisher regnerisch und windig gewesen, doch seit ihrer Ankunft wurde es von einem Tag zum anderen wärmer.

Oujdma, der sich langweilte, besuchte mit Berenice den Markt des Ortes, erkundigte sich nach Schneidern und Pastetenbäckern, die ihre Erzeugnisse ins Haus lieferten, und genoss den Austausch mit den Händlern. Sein neues Gewand war ihm immer noch lästig, nur schwer gewöhnte er sich an die ungewohnte Kleidung. Doch seine schalkhafte und manchmal bissige Art verschaffte ihm schnell Ansehen und Sympathie. Er war in dieser ländlichen Umgebung eine ungewohnte Erscheinung, aber die Bewohner, an Fremde gewöhnt, begegneten ihm mit Freundlichkeit.

»Schon einmal haben sich die Könige in dieser Gegend getroffen«, erklärte er Berenice an einem Abend im April, als sie in ihrer Kammer saßen und ein wenig Wein und Brot zu sich nahmen.

»Der Schneider hat mir erzählt, dass es zwar schon mehr als ein Jahrhundert her ist, aber in diesem Grenzgebiet trifft man sich gern. Niemand fühlt sich benachteiligt, weil seine Reise zu weit aus seinem eigenen Reich hinausführt.«

Die Geschäftigkeit nahm in den nächsten Wochen noch zu, und die umliegenden Orte füllten sich weiter mit Hofbediensteten, mit Handwerkern und Adligen, die nicht versäumen wollten, sich in der Nähe des Königs zu zeigen. Es war ein stetes Kommen und Gehen; auch das kleine Wirtshaus, in dem Berenice logierte, wurde belegt, bis keine Strohmatte mehr Platz fand. Alle umliegenden Städte, Weiler und Bauernhöfe wurden in die Vorbereitungen für den hohen Besuch eingebunden. Hunderte, gar Tausende Menschen mussten untergebracht und versorgt werden, und Berenice staunte über den großen Aufwand, der für dieses Treffen betrieben wurde.

Oujdma erklärte, schon viel größere und prächtigere Feste auf dem Land erlebt zu haben, schließlich sei der Sultan der reichste Mann der Welt, der sogar Gold und Edelsteine verschenke, weil er die Menschen bei seinen Festen glücklich sehen wolle. Eine kritische Bemerkung von ihr quittierte der Eunuch mit der launigen Antwort, dass ein wenig Veränderung das Leben nur bereichern könne.

Von Gregory sah Berenice nur gelegentlich etwas. Ihr Beschützer schien sich mit vielen Männern zu treffen; sie vermutete, dass es sich um Kuriere handelte. Gelegentlich beobachtete sie, wie er mit Offizieren des französischen Königs sprach. Er stellte sie nicht mehr als seine Verlobte vor und nahm sie auch nicht zu einem der Gespräche mit.

Mit der wärmeren Jahreszeit schritten die Arbeiten an den Zelten für das königliche Treffen zügig voran. Das ganze Dorf versammelte sich, als in dem Tal zwischen den beiden Orten Ardres und Guînes schließlich das Zelt für den englischen König aufgebaut wurde. Die Sonne schien darauf, der Stoff blähte sich im Wind und zauberte eine Wolke aus purem Gold. Staunende Ausrufe der Bewunderung waren zu hören, und auch Oujdma konnte nicht leugnen, dass dies etwas Unerhörtes und Besonderes war.

Doch auch das Zelt des französischen Königs mit seinen herrlichen bunten Verzierungen war großartig anzusehen. Die Glocken der Kirche Notre-Dame de Grâce läuteten, und der Beifall für seine neuen Bauten überstieg bei Weitem die Begeisterung für die englische Pracht. Die Anwohner hatten noch nicht vergessen, dass ihre Kirche bei der englischen Belagerung niedergebrannt und zerstört worden war. Dennoch sollte das sonnenleuchtende Zelt noch lange im Gedächtnis der Menschen bleiben und das Tal fortan Feld des Güldenen Tuches genannt werden.

An diesem Abend war Oujdma bei einem Händler eingeladen, von dem er sich gute Kontakte für sein zukünftiges Geschäft versprach.

Die Sonne strahlte am frühen Abend noch vom Himmel, die Tage wurden spürbar länger, und Berenice langweilte sich in ihrer Kammer. Bis dorthin hörte sie das Lachen und die Gespräche aus der Gaststube, doch ohne Begleitung war es ihr nicht möglich auszugehen. Sie musste baldmöglichst eine Dienerin anstellen, um nicht mehr auf Oujdma oder Gregory angewiesen zu sein. Die Wertsachen, die Alexandra ihr mitgegeben hatte, würden mehr als genügen, um ihre Bedürfnisse zu decken, bis sie nach Meribeau gelangte. Mit der Ankunft der Höfe folgten auch genügend Bedienstete; vielleicht ergab sich dort eine Gelegenheit oder ein Mädchen aus dem Ort fand Gefallen an einer Veränderung. Schon jetzt waren zahlreiche adlige Familien mit ihren Dienern in den umliegenden Orten, doch um mit ihnen bekannt zu werden, bedurfte es einer offiziellen Vorstellung.

Sie überlegte, ob sie nach einer Putzmacherin schicken sollte, um ihre schadhafte Garderobe ausbessern zu lassen, verwarf den Gedanken jedoch gleich wieder als undurchführbar, da jede fähige Frau schon völlig überlastet war. Sie waren auf dem Lande, und wenn man die Dienerschaft nicht gleich mitbrachte, konnte man kaum auf Hilfe hoffen. Seufzend suchte sie Nadel und Faden aus einer kleinen Holzkiste heraus und machte sich daran, trotz ihrer bescheidenen Nähkenntnisse das Nötigste zu erledigen.

Gregory fand sie bei seiner Rückkehr über einen Rock gebeugt, dessen eingerissenen Saum wieder zu befestigen sie sich redlich bemühte.

»Warum überlässt du dies nicht einer Dienerin oder Oujdma, der sich zur Abwechslung einmal nützlich machen könnte?«

»Ausgezeichneter Gedanke«, entgegnete Berenice gereizt, »bitte doch meine Zofe gleich zu mir!«

Entmutigt warf sie die Arbeit auf ihr Bett. »Es ist ein herrlicher Tag, wie gemacht dafür, ihn in einer stickigen, kleinen Kammer auf dem Lande zu verbringen, wo ich niemanden kenne, und mich an einer Arbeit zu versuchen, die ich noch nie beherrschte.«

»Ich verstehe, dass dieser Aufenthalt für dich nicht erfreulich ist, aber wir müssen hier ausharren. Der König will dich sehen, und wir müssen auf ihn warten.«

Überrascht hob sie die Augenbrauen. »Der König kennt mich kaum, und über die gescheiterte Mission meines Vaters hast du ihm schon einen Bericht gesandt. Ich nahm an, dass einer seiner Offiziere mich befragen würde.«

Gregory wandte sich ab und beschäftigte sich mit einer Karaffe Würzwein. »Es gibt noch einen Grund, warum der König dich selbst befragen will. Ich habe ihn darum gebeten und muss dich bitten, Stillschweigen zu bewahren.« Er goss sich ein Glas ein und drehte sich zu ihr um.

Als Berenice ihn nur fragend anblickte, fuhr er zögernd fort: »Das verschwundene Schiff – die *Aurore* – ist wieder aufgetaucht.«

Berenice sprang erregt auf. »Was bedeutet das? Wo ist sie, und haben alle überlebt?« Aufgeregt fasste sie nach seinem Arm. »Sind die Waren beschädigt?«

Gregory warf ihr einen vorsichtigen Blick zu. »Kannst du dir nicht denken, wo das Schiff ist?«

»Wenn kein weiteres Unglück geschehen ist, sind sie wohl nach La Rochelle gesegelt. Von dort sind wir abgefahren.«

»Das Schiff ist geradewegs nach Antwerpen gesegelt und befindet sich schon Monate dort. Die Mannschaft hat im Auftrag deines Vaters die gesamte Fracht den Habsburgern übergeben, und man sagt, dass Karl in Erwägung zieht, ihm die beschlagnahmten Ländereien teilweise zurückzugeben. Anscheinend weiß man noch nichts über seinen Tod.«

Berenice wurde blass. »Das ist unmöglich. Es wäre Verrat am französischen König, der ihn ausstattete und dem die Waren und Ländereien in der Neuen Welt zustehen. Das kann nicht sein.«

Sie sank auf ihr Bett. »Deswegen soll ich zum König. Er vermutet, dass mein Vater und ich ihn betrogen haben.«

Sie hob langsam den Blick und sah ihn an. »Du hast mich aus den Händen von Ibrahim befreit und hierhergebracht, damit ich zur Rechenschaft gezogen werden kann.«

»Jacques sagte mir erst in Marseille, dass die *Aurore* entdeckt wurde. Sie erreichte die Niederlande unter einem anderen Namen, aber einer der Seemänner hat mit der Ladung und seinen Erlebnissen geprahlt. Es waren nicht die Seeleute, auf deren Veranlassung dies alles geschah, auch wenn man ihnen einen satten Anteil an der Fracht zusagte. Inzwischen wissen wir sicher, dass dein Vater sie aus der Neuen Welt nach Antwerpen geschickt hat. Er hatte vor seiner Abreise anscheinend über Mittelsleute mit dem Kaiser eine Aussöhnung vereinbart, der ihm die Rückgabe zumindest eines Teiles seiner Besitzungen in Aussicht stellte.«

»Wenn dies geheim ist, warum sagst du es mir? Ich könnte fliehen.«

Gregory lächelte schief. »Das glaube ich nicht. Du weißt selbst, dass dir eine Flucht nicht gelingen würde. Außerdem glaube ich nicht, dass du über die Pläne deines Vaters informiert warst. Jacques ist ebenso dieser Meinung, und bevor der König oder einer seiner Offiziere mit dir spricht, werden wir für dich eintreten. Ich kann mich für dich verbürgen und als zukünftige Fürstin de la Tour wirst du an einem guten Verhältnis zum König interessiert sein.«

»Ich kann nicht glauben, dass mein Vater so töricht war, zwischen den beiden Herrscherhäusern zu intrigieren. Er muss doch damit gerechnet haben, dass unsere französischen Besitzungen auch noch verloren gehen würden, sollte der König davon erfahren. Sie gehören als Erbin meiner Mutter mir, doch mein Vater hätte sie verwaltet, bis ich eine Ehe eingegangen wäre und sie in den Besitz meines Mannes übergangen wären.« Sie überdachte das Gesagte einen Augenblick und meinte dann: »Das kann natürlich immer noch geschehen. Ich kann am Ende alles verlieren und bin völlig mittellos. Dann wird auch der Fürst de la Tour kein Interesse mehr an einer Ehe seines Sohnes mit mir haben. Oh Gregory, ich werde vielleicht sogar noch meinen guten Namen verlieren.«

Gregory trat schnell zu ihr und legte den Arm um sie. »Es gibt keinen Grund zur Verzweiflung. Ich habe dich schon einmal gebeten, mir zu vertrauen.«

Mit dem Daumen wischte er die Träne fort, die langsam ihre Wange hinabrann, und sie legte ihr Gesicht nach Trost suchend in seine Hand. Es schien so ganz und gar selbstverständlich, als seine Lippen die ihren berührten. Sie schlang die Arme um seinen Hals, und sein Kuss wurde fester und fordernder. Sie spürte sein Begehren, doch sie wehrte sich nicht dagegen.

Schwer atmend löste sich Gregory schließlich von ihr. »Ich wollte deine Schwäche nicht ausnutzen – ich habe nur getan, was ich schon lange tun wollte.«

»Ich habe getan, was ich schon lange hätte tun sollen. Ich hoffe, du hältst es nicht für einen Bestechungsversuch.«

Jetzt lächelte er. »Ich habe nichts dagegen, wenn du noch ein wenig länger versuchst, mich zu bestechen. Doch ich denke, es ist besser, wenn ich gehe, sonst bereuen wir vielleicht, was aus dieser Schwäche entsteht.«

Berenice ließ seine Hand nicht los und zog ihn noch einmal zu sich. Er vermochte sich nicht zu wehren und küsste sie leidenschaftlich. Er begann, an ihrer Kleidung zu nesteln, als mit einem polternden Geräusch die Tür aufflog und Oujdma hereinkam.

Fassungslos blieb er im Eingang stehen und betrachtete die eindeutige Situation.

»Ich scheine genau im richtigen Moment zu kommen, um das Schlimmste zu verhindern«, erklärte er mit aufgebrachter Stimme. »Ihr vergreift Euch an einer Dame, die einem anderen Mann versprochen ist, Monsieur. Wir sind Euch unendlich dankbar für unsere Rettung, aber so weit sollte die Verpflichtung nicht gehen.«

Gregory hob auf Nachsicht hoffend die Hände. »Ich ziehe mich um Verzeihung bittend zurück.« Er warf einen Blick auf Oujdma und erklärte entschuldigend: »Bei der Schönheit und der guten Gelegenheit überkam mich die Schwäche, und ich kann nicht einmal versprechen, dass es nie wieder geschieht. Ihr solltet die Dame gut bewachen.«

Er warf Berenice einen verschwörerischen Blick zu. Sie sah das Funkeln in seinen Augen und bedauerte es, dass Oujdma so schnell wiedergekommen war, doch sie ließ sich nichts anmerken und neigte nur verabschiedend den Kopf.

Der kleine Ort Ardres erlebte in den nächsten Wochen die erstaunlichsten Geschehnisse. Die wenigen Wege und Pfade, die hindurchführten, konnten den Ansturm des königlichen Besuchs nicht bewältigen und mussten erweitert oder gar ganz erneuert werden. Handwerker, von denen die Einwohner gar nicht wussten, dass es sie gab, bezogen in Zelten oder schnell errichteten Hütten Quartier. Damen in prächtiger Kleidung spazierten über die Wiesen und quietschten zum Vergnügen der Dorfkinder, wenn sie mit ihren seidenen Schuhen in einen Kuhfladen oder anderen Unrat traten.

Ende Mai kam ein königlicher Verwalter und veranlasste, dass die Häuser in einen tadellosen Zustand versetzt wurden. Beschädigte Türen und Fenster mussten repariert werden, und alles sollte gefällig aussehen, um das Auge der königlichen Herrschaften zu erfreuen. Man kam der Aufforderung mehr oder weniger bereitwillig nach, auch wenn dies einige Bewohner an den Rand des Ruins brachte. Natürlich erhielt niemand eine Entschädigung für diesen zusätzlichen Einsatz.

Während Berenice nach wie vor die meiste Zeit in ihrer Kammer ausharrte und nur gelegentlich mit Oujdma oder Gregory einen Spaziergang machte, um die Veränderungen zu betrachten, genoss Oujdma mit seinen neuen Bekannten bereits eine für ihn immer noch ungewohnte und berauschende Freiheit. Er hatte sich in den letzten Wochen sehr verändert, hatte stark an Gewicht verloren und bewegte sich mit zunehmender Freude.

»Ich hatte ganz vergessen, wie viel Vergnügen es macht, auf eigenen Füßen unterwegs zu sein«, erklärte er der verblüfften Berenice. Je leichter er wurde, umso beweglicher wurde er. Sein bisheriger Geschäftssinn verließ ihn auch in der Fremde nicht, und umtriebig wie immer plante er, in Paris ein Geschäft für Heilmittel gegen allerlei Beschwerden zu eröffnen. Der örtliche Bader, der ein ansehnliches Haus in der Nähe von Ardres besaß, gab ihm gute Ratschläge und nahm ihn mit zu den Kranken in der Umgebung, wo er sich kundig machte. Selbstbewusst erklärte er, schon beim Sultan ein erfolgreicher Medikus gewesen zu sein, was ihm bereits den einen oder anderen Kunden eingebracht hatte.

Für Berenice waren die Wochen, in der sie zur Untätigkeit verurteilt war, nur schwer zu ertragen. Als sie schon glaubte, den Rest ihrer Tage in der kleinen Kammer festzusitzen, erschien Gregory. Zwei Diener begleiteten ihn und schleppten die Kiste, die sie schon beim Ausladen im Hafen gesehen hatte.

Gregory schwenkte eine Schriftrolle und meinte: »Am Tage nach seiner Ankunft sind wir zum Dejeuner beim König eingeladen. Ich habe mit seinem Marschall und einigen anderen einflussreichen Offizieren gesprochen; außerdem habe ich ein Geschenk vom Sultan an ihn zu überbringen.«

Neugierig trat Berenice an den Kasten und rümpfte die Nase. »Sultan Selim schickt dem König ein solch übel riechendes Geschenk? Was kann es sein?«

Gregory warnte sie: »Sei vorsichtig! Dieses Geschenk hat Zähne und Krallen.«

Vorsichtig entfernte er die schwere Decke, und darunter erkannte sie zwei kleine Affen, die sich ängstlich aneinanderklammerten.

Überrascht und begeistert schlug sie die Hände zusammen. »Welch eine wunderbare Idee. Der König wird begeistert sein. Noch niemand besitzt zwei so reizende Tiere. Aber sie sind ganz schmutzig und müssten auch ein wenig hergerichtet werden.«

Zweifelnd warf Gregory einen Blick auf die beiden Tiere. »Natürlich muss jemand sie waschen, aber keiner der Dienstboten wollte sie anfassen. Sie fürchten sich vor ihnen.«

»Ich glaube, sie haben weit mehr Angst vor den Menschen als umgekehrt«, erklärte Berenice. Sie nahm ein Stück Kuchen, das von Oujdmas Frühstück übrig geblieben war, und steckte es vorsichtig durch die Gitterstäbe in den Käfig. Sofort griffen die beiden mit ihren kleinen Händen danach, aßen gierig und streckten wie bittend im Anschluss ihre Finger nach ihr.

Berenice lachte entzückt und fütterte sie, bis der Kuchen vollständig verzehrt war. Auch die Milch, die sie ihnen anschließend anbot, war schnell getrunken.

»Sie sind wirklich drollig«, meinte Gregory, »aber sie verschmutzen auch ihre ganze Umgebung. Sie werden einen Käfig brauchen.«

»Zunächst muss ich sie säubern«, erklärte Berenice entschlossen. »Wir brauchen eine Näherin, die ihnen Kleidung im orientalischen Stil fertigt, damit das Geschenk auch angemessen überbracht wird.«

»Das ist eine ausgezeichnete Idee«, stimmte Gregory zu. »Ein Maler wird die Übergabe zeichnen, und ich lasse das fertige Bild dem Sultan zukommen.«

Vorsichtig öffnete sie das Türchen und lockte die beiden Äffchen heraus. Sich an den Händen haltend verließen sie misstrauisch ihre Bleibe, die sie seit Wochen bewohnten. Als sie bemerkten, dass ihnen nichts geschah, verloren sie langsam ihre Scheu und tobten durch den Raum, wobei sie das eine oder andere Geschirrstück umwarfen und über Tisch und Truhen sprangen. Es war nahezu unmöglich, ihrer wieder habhaft zu werden. Erst als eine Dienerin mehr Kuchen brachte, konnte Berenice eines der beiden Tiere greifen und mit einem nassen Tuch notdürftig reinigen. Gregory hatte die Idee, einen Bottich mit warmem Wasser zu füllen und sie dort hineinzulocken, damit sie sauber wurden. Das Unterfangen gelang schließlich, wenn auch die gesamte Kammer sowie Berenice selbst im Anschluss völlig nass waren und sich kaum noch Wasser im Bottich befand.

Nachdem die Tiere endlich wieder in ihrem ebenfalls gereinigten Käfig saßen, sahen sich Berenice und Gregory erschöpft an.

»Die Tiere werden einen eigenen Diener brauchen«, meinte Berenice und trocknete sich notdürftig mit einem

Tuch. »Sie sind wild und verlieren ihre Scheu schnell, aber sie sind auch zauberhaft und aufregend. Allerdings möchte ich sie nicht jeden Tag um mich haben, das ist mir zu anstrengend.«

Die beiden Äffchen protestierten, als Gregory die Decke über den Käfig breitete. »Ich werde eine Schneiderin auftreiben, die ihnen Kleidung näht. Kannst du ihr erklären, wie diese Kleidung beschaffen sein sollte?«

»Oujdma kann mir behilflich sein. Zusammen werden wir ihnen wundervolle kleine Kostüme richten lassen.«

»Der König wird begeistert sein«, stimmte Gregory zu.

Zunächst bemühte Berenice sich, den viel beschäftigten Oujdma aufzutreiben. Ein junges Mädchen, das sich als Tochter des Wirtes vorgestellt hatte, erklärte sich bereit, Berenice für einige Münzen gelegentlich zu Diensten zu sein. Da es sich für Berenice als Dame der Gesellschaft nicht gebührte, ohne Geleit auszugehen, fungierte die junge Hélène als ihre Dienerin und begleitete sie in den Ort, den sie bestens kannte. Leider fand Berenice schnell heraus, dass sie ihren Dienst keineswegs immer zuverlässig verrichtete. Sie wollte lediglich einige Münzen verdienen, um für ihre anstehende Heirat ein hübsches Kleid kaufen zu können.

Oujdma lauschte dem Bericht Berenices über ihre beiden kleinen, wilden Freunde nur mit halbem Ohr. Dressierte und hübsch gekleidete Affen waren nichts Neues für ihn. In den Palästen der orientalischen Fürsten hielt man sie oft zum Vergnügen der Damen, und er hatte auch gleich einige Ideen, wie man sie kleiden sollte.

»Die Kleidung der Palastwachen ist besonders passend, du kannst ihnen rote, weite Hosen anziehen und himmelblaue Blusen mit einer goldenen Schärpe und vergoldeten Tressen.

Ein kleines Käppchen in den passenden Farben vervollständigt ihren Aufzug.«

Oujdmas Pläne waren schon erstaunlich weit gediehen. Mithilfe seiner neuen Beziehungen würde er keine Schwierigkeiten haben, sich in Paris anzusiedeln und ein erfolgreiches Geschäft mit Wundertinkturen und Heilkräutern zu führen.

»Die Menschen in diesem Land haben erstaunlich wenig Ahnung von diesen Dingen. Selbst in den kleinen Dörfern in meiner Heimat wusste man mehr über die Körperfunktionen! Mein Geschäft wird ein Erfolg werden, und nebenher kann ich noch mit allerlei Waren aus dem Orient handeln, die niemand besser kennt als ich.«

Er setzte sich auf eine Holzbank und legte den Kopf schief. Berenice sah zum ersten Mal, dass er die Ohrringe abgelegt hatte, die seine exotische Erscheinung unterstrichen hatten und dessen Klimpern ihr wohlvertraut war.

»Wenn ich Handel treiben will, muss ich mich den hiesigen Gepflogenheiten anpassen, und dabei brauche ich vielleicht deine Hilfe.«

»Du weißt doch, dass du immer auf mich zählen kannst«, entgegnete Berenice. »Wobei kann ich dir behilflich sein?«

»Erinnerst du dich, als ich dir erklärte, dass man den Glauben des Herrschers annehmen muss, in dessen Land man lebt? Das Gleiche gilt nun für mich, ich werde wohl nicht umhinkönnen, deinem Glauben beizutreten, wenn ich als Kaufmann etwas erreichen will.«

»Du willst dich taufen lassen? Bist du nicht ein sehr überzeugter Anhänger eures Propheten?«

Berenice lächelte. Oujdmas raffinierte Überzeugungsarbeit war ihr noch im Gedächtnis; sie konnte sich nicht vorstellen, dass er einen ihm völlig fremden Glauben ohne Weiteres übernehmen würde. Doch ihr Freund hob fatalistisch die Hände.

»Ich bekomme keine Handelserlaubnis in Paris, wenn ich kein Christ bin, so einfach ist es. Also lasse ich mich eben taufen.«

»So einfach ist es nicht. Du kannst doch nicht deinen Glauben wechseln wie einen Hut. Du musst darin unterrichtet werden, du wirst sogar deinen Namen verlieren, du brauchst dann einen christlichen Namen.«

»Pff, ganz unwichtig!«, wehrte Oujdma leichthin ab. »Das spielt doch keine Rolle. Woran ich glaube, ist meine Sache, das habe ich dir schon einmal erklärt. Die Umstände erfordern eine andere Einstellung, daran kann ich nichts ändern. Ob christlicher Gott oder Allah, das ist doch das Gleiche.«

»Bei Weitem nicht jeder teilt hierin deine Meinung. Aber ich erinnere mich an deine Worte«, meinte Berenice. »›Sei so unverwundbar und anpassungsfähig wie das Wasser‹, ich habe sie nicht vergessen.«

Oujdma lächelte in Gedanken an ihr früheres Gespräch. »Ich habe mich umgesehen. Die Bauern, die im Ort die Kirche aufsuchen, verstehen auch kein Wort von dem, was dort gesprochen wird, außer einer Ansprache ihres Imam. Sie schlagen das Kreuz, sagen einige lateinische Worte und erhalten etwas zu essen und zu trinken. Das sollte zu schaffen sein.«

Kopfschüttelnd meinte Berenice: »Du weißt tatsächlich nicht im Geringsten, wovon du sprichst. Doch ich helfe dir, wenn du willst, zumindest bis du getauft bist. Einiges gibt es schon zu lernen – nicht nur der Islam hat ein heiliges Buch, die Bibel solltest du kennen. In der Kirche gibt es keinen Imam, sondern einen Pfarrer. Vergiss deine orientalischen Bezeichnungen, sonst stiftest du nur Verwirrung und gefährdest deine Pläne.«

Sie überlegte kurz und meinte dann: »Was hältst du von Olivier? Oscar? Odo, das ist es! Ein alter christlicher Name nach einem Bischof, er ist einfach und doch besonders.«

»Odo!« Oujdma sprach den Namen einige Male prüfend aus und nickte dann langsam. »Daran kann ich mich gewöhnen, es ist wie eine Kurzform meines Namens. Ich werde das Buch der Christen lesen. Dafür findest du einen Pfarrer, der mich in aller Eile tauft. Ich brauche die Urkunde, um meine Handelserlaubnis zu erhalten.«

Nachdenklich musterte er Berenice. »Eigentlich dachte ich, deine Pläne wären schon weiter gediehen. Du bist doch recht zielstrebig, wenn du dir etwas in den Kopf gesetzt hast.«

Überrascht sah sie ihn an. »Was meinst du damit?«

»Du erwähntest jemanden, der dir am Herzen liegt. Gregory ist ein interessanter Mann, und ich müsste blind, taub und töricht sein, um nicht zu erkennen, dass er der Mann deiner Träume ist. Warum zierst du dich bei ihm so? Schließlich hast du sogar diesem widerlichen Ibrahim nachgegeben.«

Empört sprang sie auf und öffnete das Fenster, um frische Luft in den Raum zu lassen. Sie atmete tief ein und drehte sich dann entschieden um.

»Ich habe Ibrahim nicht nachgegeben!« Berenice betonte das letzte Wort ironisch. »Ich hatte wohl kaum eine Wahl, und als Erster hättest du die Folgen einer Weigerung zu spüren bekommen – das wird dir wohl noch in Erinnerung sein.«

»Schon gut, ich bereue meine Wortwahl, ich weiß, wie sehr du dich für mich eingesetzt hast. Dennoch hast du danach viel Zeit mit ihm verbracht, sicher nicht jedes Mal aus Zwang. Außerdem war da noch eine Liaison mit einem – wie nanntest du ihn? – Krieger, warum also plötzlich so schüchtern?«

An die Wand gelehnt schloss sie einen Moment die Augen, bevor sie sie wieder öffnete und weitersprach.

»Nach dem Treffen mit dem König werde ich nach Meribeau reisen, um Henri, den Sohn des Fürsten de la Tour, zu heiraten. Ich habe einen Ehekontrakt unterzeichnet und werde ihn erfüllen.«

»Das weiß ich doch«, meinte Oujdma ungeduldig, doch Berenice brachte ihn mit einer Handbewegung zum Schweigen.

»Als ich in die Neue Welt aufbrach, wusste ich sehr genau, dass ich mit meinem Ehemann niemals dieses Gefühl der Liebe und Zärtlichkeit kennenlernen würde, wie ich es bei anderen beobachtet habe, die sich sehr zugetan waren. Ich dachte, ich könnte ohne solch verwirrende Gefühle leben. Mein Vater und mein Beichtvater haben mich in dieser Ansicht immer bestärkt.

Dann traf ich Kowishto. Ich habe mich verliebt, und dieses Gefühl war viel stärker und verführerischer, als ich jemals vermutet hätte. Ich wollte ihm widerstehen, doch ich konnte es nicht. Ich dachte: So weit fort in einer fernen Welt würde ich mich nur vor Gott verantworten müssen. Es war dennoch viel schlimmer, denn ich habe ihn wahrscheinlich unglücklich gemacht und einen Teil meines Herzens dort gelassen.

Hier in meiner Heimat aber gelten andere Regeln. Ich muss mich meiner Verantwortung stellen und kann nicht nach Lust und Laune meinem Herzen folgen.

Ibrahim hingegen habe ich mich aus Zwang gebeugt und nur versucht, bis zu meiner Flucht zu überleben.«

»Dein Vater hätte dich niemals auf diese Reise mitnehmen dürfen«, entgegnete Oujdma ruhig. Er griff nach einem Glas und trank einen Schluck gesüßtes Wasser.

»Ich stimme dir zu, aber weder er noch ich konnten die Wagnisse tatsächlich ermessen. Heute kenne ich die Gefahren, aber diese Einsicht hat ihn das Leben gekostet und mich in Gefangenschaft gebracht. Gregory weiß, dass ich einem

Mann zur Ehe versprochen bin, und er hält sich ebenso daran wie ich.«

Oujdma verschluckte sich und hustete. Als er wieder zu Atem kam, sagte er anzüglich: »Wohl eher weniger als mehr. Wäre ich neulich nicht gekommen, wären alle deine guten Vorsätze eben nur Vorsätze geblieben.«

Berenice seufzte tief auf. »Er ist tatsächlich ein Mann, von dem man träumen kann. Aber es darf nicht sein! Ich bin geboren und erzogen mit vielen Privilegien, und es wäre unehrenhaft, die Vorteile meines Standes zu genießen und gleichzeitig die Freuden der einfachen Menschen zu beanspruchen. Ich weiß, wo mein Platz ist.«

»Weise und mit Bedacht gesprochen, meine Schöne. Ich bin neugierig, wie lange dein guter Wille hält. Ihr gebt euch jedenfalls beide Mühe, es euch so schwer wie möglich zu machen«, kicherte er. »Auf jeden Fall läuft dein Leben in ruhigeren Bahnen, wenn du den Sohn des Fürsten heiratest. Ist er denn so garstig?«

»Er ist nicht garstig. Er hat den Körper eines erwachsenen Mannes, doch sein Verstand ist der eines Kindes. Sein Vater wünscht eine Frau für ihn, die die Geschicke des großen Besitzes führen kann und den Bestand seines Geschlechts sichert.«

»Schön und gut, aber was hast du davon? Ein tumber Gatte und viel Verantwortung hören sich nicht sehr erstrebenswert an. Bei Ibrahim hättest du ein bequemeres Leben gehabt.«

»Du weißt genau, dass ich das Leben in einem osmanischen Harem nicht ertragen hätte«, entgegnete Berenice ungeduldig. »Ich habe mehr von der Welt gesehen als die meisten Frauen, doch es hat mir vor allem gezeigt, dass ich dort leben möchte, wo mir alles vertraut ist. Ich liebe den Ort, an dem ich zu Hause bin.«

»Mir ist es gleichgültig, wo ich lebe, solange ich gut leben kann«, erklärte Oujdma. »Ich bin schon sehr neugierig auf euren König. Die Vorbereitungen sind beeindruckend. Ich gehe jeden Tag ins Tal des Güldenen Tuches, um mir die Fortschritte anzusehen. Ich denke, sie sind nahezu fertig, er kann also jeden Tag eintreffen.«

Oujdma sollte recht behalten. Die erste Juniwoche war schon vergangen, als Berenice eines Morgens durch laute Fanfaren aus dem Haus gelockt wurde. Der ganze Ort war auf den Beinen, aus den Zelten strömten die Menschen, um ihren König zu begrüßen. Das prächtige Schauspiel zog alle in seinen Bann, und niemand ließ sich diese seltene und glanzvolle Unterbrechung des Alltags entgehen.

Berenice wusste, dass sich der französische und der englische König nicht kannten und sich von ihrer besten Seite zeigen würden. Mochten sich die beiden Länder auch manchmal feindlich gegenüberstehen, dieses Mal würde der Machtkampf zwischen den beiden großen Reichen durch Pracht, Reichtum und Liebenswürdigkeit ausgefochten werden. Es war die einzigartige Möglichkeit, ihre Größe darzustellen.

Der Ablauf der Festlichkeiten war aufgrund der Vorbereitungen in den kleinen Orten kein Geheimnis: Am übernächsten Tag erwartete man den englischen König; der Tag sollte mit einem Fest und Feuerwerk beendet werden. In den darauffolgenden Wochen waren zahlreiche Turniere, Segelfahrten und Feierlichkeiten geplant sowie Messen, die von beiden Königen und ihrem Gefolge besucht werden sollten.

Berenice ließ ihren Blick suchend umherschweifen, doch Helene war wieder einmal nirgendwo zu entdecken. Stattdessen drängte sich ein junges Mädchen durch die Menge und berührte sie schüchtern am Arm.

»Verzeiht mir, hohe Dame, dass ich es wage, Euch anzusprechen. Ich bin Sophie, die Tochter des Schmiedes, und ich möchte Euch meine Dienste anbieten.«

Überrascht betrachtete Berenice das Mädchen. Sie trug ein schlichtes graues, aber sauberes Gewand mit einer hellen Schürze darüber und hatte ihre dunklen Haare zu einem Zopf geflochten, der um ihren Kopf geschlungen war. Ihre Wangen waren gerötet, und obwohl sie nur wenig jünger sein konnte als Berenice, erkannte diese sofort, dass sie sehr aufgeregt war.

Das erregte Gemurmel um sie nahm noch zu, und in diesem Gewirr aus Menschen, die alle begierig waren, den König zu sehen, konnte sie kaum ein Wort verstehen. Sie winkte die junge Frau ein wenig abseits, wo man sich besser verständigen konnte.

»Warum willst du mir dienen und als was?«

»Mein Vater ist Schmied ...« Sophie stotterte beinahe, so aufgeregt war sie. »Ich möchte weg von hier, und Ihr seid mir gleich aufgefallen. Ihr sprecht mit den einfachen Leuten und seid freundlich, deswegen möchte ich Euch begleiten. Ich kann jede Arbeit machen, die Ihr benötigt. Ich kann kochen, nähen, die Kleidung reinigen. Ich kann Eure Einkäufe tragen und Euch begleiten, Eure Botschaften überbringen ...«

»Schon gut«, unterbrach Berenice sie lächelnd, »ich habe verstanden. Was sagen deine Eltern dazu, dass du sie verlassen möchtest? Sind sie mit deiner Entscheidung einverstanden?«

Sie senkte schüchtern den Kopf. »Meine Eltern sind arme Leute. Sie haben ihr Auskommen, und es geht uns gut. Ich soll heiraten, damit mein Vater Hilfe in der Schmiede bekommt, doch dieser Mann ...« Sie wurde noch eine Spur röter.

»Du möchtest den jungen Mann nicht heiraten?«

»Wenn Ihr mich anstellt, kann ich ihnen vielleicht hin und wieder etwas Geld schicken, damit mein Vater eine Hilfe bezahlen kann. Es gibt in Ardres nicht sehr viele Gelegenheiten, etwas zu verdienen.«

Berenice betrachtete das Mädchen. Vielleicht war dies für sie beide eine gute Gelegenheit.

Entschlossen erklärte sie: »Ich werde dich als meine Zofe anstellen, aber das bedeutet, dass du eiligst lernen musst und Ardres bald verlassen wirst. Zuvor soll mir dein Vater aber erklären, dass er mit deiner Entscheidung einverstanden ist. Ich möchte nicht gegen den Willen deiner Eltern handeln.«

Sophie hob den Kopf und strahlte Berenice an. »Ihr werdet Eure Entscheidung niemals bereuen, das verspreche ich. Ich bin fleißig, sauber und gelehrig und stelle Euch gleich meinem Vater vor.«

Berenice hatte nicht gedacht, dass es sie derart drängte, aber offenbar war Sophie wirklich begierig, aus dem kleinen Dorf fortzukommen. Sie konnte es ihr nicht verdenken. Ein junges Mädchen hatte hier keine andere Wahl als einen Mann zu nehmen, der für sie sorgte, und die Auswahl war sicherlich nicht sonderlich groß.

Sophies Vater war ein kräftiger Mann mit breiten Schultern; man sah ihm an, dass er schwere Arbeiten verrichtete. Sein Gesicht war von der Sonne gebräunt und zerfurcht. Es war für ihn sicher nicht immer leicht gewesen, seine Familie satt zu bekommen.

Die Pläne seiner Tochter waren ihm nicht neu. Anfangs wehrte er brummig jeden Vorschlag ab, doch als er hörte, dass Berenice seine Tochter mit Münzen bezahlen würde, wurde er zugänglicher. Sie einigten sich auf eine bescheidene Summe, und während Sophie mit zufriedenem Gesicht der Verhandlung folgte, sah Berenice, dass ihrer Mutter Tränen über das Gesicht liefen. Es schmerzte sie offenbar sehr, ihre Tochter zu verlieren, über deren Schicksal sie nur noch hin und wieder etwas erfahren würde. Dennoch war ihr klar, dass für Sophie ein Wunsch in Erfüllung ging und die Familie eine Esserin weniger hätte, die obendrein auch noch entlohnt würde.

Sophie machte sich gleich auf den Weg zu Berenices Kammer, um ihre Schlafmatte dort unterzubringen und sich mit ihrer Arbeit vertraut zu machen.

Der königliche Zug war indessen langsam vorangeschritten. Alle reckten die Hälse, als laute Trompeten den Herrscher ankündigten. Die Kinder kletterten gar auf umliegende Bäume, um eine bessere Sicht zu haben.

Es waren mehrere Jahre vergangen, seitdem Berenice Amboise verlassen hatte, um nach Mechelen zu reisen, und sie erinnerte sich nur noch an einen großen, dunkelhaarigen Jungen in der Schar der Prinzen von Geblüt.

Die Männer der königlichen Garde schoben die Menge auseinander, um Platz zu schaffen. Berenice, der die Dorfbewohner respektvoll auswichen, bekam so eine gute Sicht auf das Geschehen. Es dauerte jedoch noch über eine Stunde, bis alle Ehrenträger und hochrangigen Kavaliere vorbeigeritten waren und der König in Sicht kam.

Sie erkannte in dem strahlenden Helden von Marignano mit seinem dunklen Bart und seiner hohen, stattlichen Figur kaum noch den schlaksigen Jugendlichen wieder. Hochrufe erschallten und freundlich nickend ritt François an ihr vorbei. Ihr schien es, als fiele sein Blick auf sie und verweilte sinnend einen Moment, doch dann trieb der König sein Pferd an und war schon vorüber. Ihm folgten die Damen mit ihrem Gefolge, allen voran Königin Claude de Bretagne in einer Sänfte.

Berenice bemerkte zu ihrem Schrecken, dass ihre Kleidung neben diesen aufwendigen und kostbaren Gewändern auf keinen Fall bestehen konnte. In Mechelen wurde vergleichsweise bescheiden gelebt, und sie hatte bisher wenig Wert auf kostbare Roben gelegt, die sie auch kaum hätte tragen können. Für den Besuch beim König musste sie geschwind handeln. Auf dem Weg zu ihrer Kammer wurde ihr bewusst, dass die Lösung dieses Problems nicht einfach war.

Sophie zerstreute ihre Bedenken. »Macht Euch keine Gedanken, Herrin. Ich werde mich umhören, wo ich einen schönen Stoff erstehen kann, und zur Not nähe ich die ganze Nacht, bis Euer Kleid genauso prächtig ist wie das der Damen des Königs.«

Am frühen Abend nahm Berenice einen kleinen Imbiss mit Oujdma ein. Die bisherige Ruhe des Ortes war einer aufgeregten Betriebsamkeit gewichen. Es schien ihr, als sei der langsam schlendernde Gang der Bewohner einem schnellen Schritt gewichen, und so wunderte sie sich nicht, als nach einem kurzen Klopfen Sophie eilig und mit geröteten Wangen in ihre Kammer kam. Über dem Arm trug sie ein Kleid aus nachtblauer Seide mit silberner Spitze. Stolz breitete sie es auf Berenices Bett aus.

»Es ist noch nicht bezahlt, weil ich nicht weiß, ob es Euch gefällt. Die Größe müsste passen.« Sie warf einen fragenden Blick auf Berenice, um deren Reaktion zu sehen. Bevor sie sich das Kleid ansah, griff sie in die Schatulle, in der sie die Münzen von Alexandra aufbewahrte, und reichte Sophie einige davon. Atemlos starrte ihre Dienerin darauf und verstaute sie sorgfältig in ihrer Kleidung.

Berenice hob erfreut das wertvolle Stück in die Höhe; selbst Oujdma gab einen Laut der Überraschung von sich.

»Es ist wundervoll, Sophie! Woher hast du es nur?«

»Eine Dame im Gefolge des Königs suchte nach Spitzen, und ich habe ein wenig geflunkert, um mit ihr ins Gespräch zu kommen. Ich sagte ihr, ich bräuchte unbedingt ein wunderschönes Kleid für meine Herrin, und sie erwiderte, sie habe so viele, die ihr nicht mehr gefallen. Sie ist bereit, es Euch zu verkaufen oder auch ein anderes, falls dieses nicht

Euren Beifall findet. Für mich ist es das schönste Kleid, das ich je gesehen habe! Ich dachte mir, dass es Euch sehr gut stehen würde.«

Sie war Berenice beim Umkleiden behilflich und schien ein wenig verunsichert durch die Anwesenheit Oujdmas, der keine Anstalten machte, den Raum zu verlassen. Doch da ihre Herrin nichts sagte, schloss sie wortlos die Häkchen, Ösen und Schleifen. Es musste nur wenig geändert werden, und das war für Sophie eine Kleinigkeit.

Bewundernd seufzte Oujdma: »Der König wird dir zu Füßen liegen, wenn er dich darin sieht. Ich kann mir nicht vorstellen, dass die ehemalige Besitzerin darin je eine so prächtige Figur machte.«

»Das denke ich ebenfalls.« Gregory stand in der Tür; sie hatten ihn vor Aufregung nicht bemerkt.

»In einem solchen Kleid kann man nur schreiten wie eine Königin«, meinte Berenice. »Ich hatte beinahe vergessen, wie wunderbar es sich anfühlt.«

Es mochte absurd sein, dachte sie insgeheim, doch in diesem Kleid fühlte sie sich ein wenig geschützter, wenn sie dem König Rede und Antwort würde stehen müssen. Das vor ihr liegende Gespräch schob sich zunehmend in ihre Gedanken. Sie konnte nur ihre Unschuld an dem unglücklichen Vorfall mit der *Aurore* beteuern und hoffen, dass der König ihr glaubte.

Ihr Vater geriet dadurch noch nach seinem Tode in ein zweifelhaftes Licht. Sie konnte sich beim besten Willen nicht vorstellen, was ihn zu diesem Schritt bewogen haben mochte. Seine Freundschaft zu den Habsburgern wog sicher schwerer als zum französischen König, doch Berenice fühlte sich nicht nur burgundisch und den Habsburgern zugetan. Die leichtere Lebensweise des französischen Hofes sagte ihr weit mehr zu als die ernsthafte Lebensweise in Mechelen, die sich immer stärker an der spanischen Etikette orientierte. Sie konnte sich nicht vorstellen, zu den Habsburgern zurückzukehren – das Verhalten Karls ihr gegenüber hatte sie zutiefst geängstigt.

»Wir haben morgen am späten Vormittag Audienz beim König«, unterbrach Gregory ihre Gedanken.

Sie hatte ein bewunderndes Aufblitzen in seinen Augen gesehen, beschloss jedoch, zukünftig alle Zeichen seiner Zuneigung zu ignorieren. Das Gespräch mit Oujdma hatte ihr noch einmal vor Augen geführt, dass ihre Gefühle für diesen Mann keine Rolle spielen durften. Ihre Freundinnen, allen voran Eleonore, die den ältlichen König von Portugal geheiratet hatte, waren ein Beispiel dafür, dass der Schutz der hohen Geburt seinen Preis hatte.

So nickte sie nur zu Gregorys Worten und meinte kurz: »Ich werde vorbereitet sein.«

VIII.
Das gegebene Wort

Der Morgen zeigte sich auch an diesem Tag von seiner schönsten Seite, als Berenice und Gregory die prächtige, neu gezimmerte Residenz des Königs betraten. Verwundert sah sie, wie viel der geschickte Baumeister und seine Helfer in der Kürze der Zeit fertiggestellt hatten.

Sie wurden von einem Diener in ein Vorzimmer gebracht, in dem schon andere Wartende auf eine Audienz beim König hofften. Die Vergabe der Termine erfolgte nach einem strengen Schlüssel, und ein weiterer Diener teilte ihnen mit, dass man sie aufrufen würde. Die Zeit verrann. Berenice begann in ihrer Robe zu schwitzen. Es waren nur wenige Sitzgelegenheiten vorhanden, und ein Mann bot ihr nach einer Weile seinen Stuhl an. Außer ihr war nur noch eine ältere Dame zugegen; die Männer standen wartend an die Wand gelehnt oder wanderten ungeduldig auf und ab. Quälend langsam verstrich die Zeit, nur gelegentlich wurde ein Name aufgerufen. Als Berenice schon glaubte, dass ihr Kommen vergeblich gewesen war, kam sie endlich an die Reihe.

Aufmunternd drückte Gregory ihren Arm, und sie war froh, ihn an ihrer Seite zu wissen. Doch der Diener wies Gregory zurück, prüfte nochmals seine Schriftrolle und erklärte, dass zunächst Berenice und erst im Anschluss Gregory eine Audienz erhalten würden.

Berenice erinnerte sich an François als einen lebhaften und unternehmenslustigen Jüngling, dessen Anspruch auf den Thron vor einem Jahrzehnt, als sie sich gekannt hatten, noch keineswegs sicher gewesen war. Nun stand sie einem Mann gegenüber, der groß und majestätisch keinen Zweifel an seiner Würde aufkommen ließ.

Nach einem schnellen Blick durch den Raum sank sie in einen tiefen Hofknicks.

Der König stand an den Kamin gelehnt, seine Hand ruhte auf dem Kopf eines seiner Jagdhunde. Ohne Aufforderung durfte sie nicht das Wort ergreifen, und so ließ sie ruhig seine Musterung über sich ergehen.

Schließlich meinte er: »Mademoiselle, wenn es auch keine Überraschung ist, Euch zu begrüßen, so hoffen Wir doch, dass Euer Besuch zur Freude wird, nachdem Ihr Uns von der langen Reise in die Neue Welt berichtet.«

»Ich danke Eurer Majestät für die Großzügigkeit, mich zu empfangen. Mein Vater ließ auf der Reise sein Leben, doch ich weiß, wie sehr er Euch verehrte und wie dankbar er war, in der Neuen Welt einen Ort für die Krone zu gründen.«

»Er war so dankbar, dass er die ersten Erträge an die Habsburger lieferte?«

Die Frage kam leichthin, doch Berenice merkte genau die Schärfe, die in seinen Worten lag. Der König verlor keine Zeit mit Komplimenten, er wollte wissen, woran er war. Sie entschied sich, ebenso direkt zu antworten.

»Mein Vater war von Geburt an den Habsburgern zugetan. Durch die Heirat mit meiner Mutter gehörten ihm auch Ländereien im französischen Reich. Meine Erziehung hingegen fand zum großen Teil in Blois und Amboise statt, und ich bin dem französischen Hofe immer näher gewesen als dem habsburgischen. Die Handlungsweise meines Vaters begreife ich nicht. Ich sehe in ihm nur den Vater und Ehrenmann und war selbst zutiefst erschrocken, als ich von der *Aurore* erfuhr. Mein Vater kann sich nicht mehr rechtfertigen oder erklären. Ich selbst geriet in Gefangenschaft und bin glücklich, wieder daheim zu sein. Mein König, erlaubt mir, heimzukehren und meinen Verpflichtungen meinem Verlobten auf Château de la Tour gegenüber nachzukommen.«

Erst jetzt gab der König ihr mit einem Wink die Erlaubnis, sich zu erheben. Sie wertete dies als gutes Zeichen und atmete vorsichtig aus.

»Wir hörten, Ihr wart in der Gewalt eines engen Freundes des wahrscheinlich zukünftigen Sultans von Konstantinopel. Wir hoffen, es wurde Euch kein Leid angetan?«

Sie hob den Kopf und warf einen schnellen Blick auf das Gesicht des Königs. Er wusste offenbar keine Einzelheiten, und so erklärte sie ruhig: »Der Bey Ibrahim hat mich stets als Angehörige des französischen Adels behandelt und versucht, mir den Aufenthalt so angenehm wie möglich zu machen, bis ich mit Monsieur de Rincon zurückreisen konnte.«

Der König nickte mit dem Kopf, setzte sich auf einen hochlehnigen Stuhl und winkte ihr, auf einer Bank zu seinen Füßen Platz zu nehmen.

»Zunächst berichtet Uns, was Ihr in der Neuen Welt vorgefunden und erreicht habt. Auch wenn offenbar alle drei Schiffe verloren sind, so hoffen Wir doch, dass etwas bei dieser Reise gewonnen wurde.«

»Mein Vater hat in Eurem Namen einen Ort gegründet und alles umliegende Land für die französische Krone beansprucht. Ich bin zwar kein Seemann, doch die Lage des Ortes habe ich mir eingeprägt, ein guter Kapitän kann die Stelle finden. Meine Zofe und ein Zimmermann heirateten dort und das erste französische Kind wurde schon in der Neuen Welt geboren. Man hat es nach Eurem Vater Charles genannt und den Ort Charlesbourg.«

Sie hörte einen Laut und sah, dass der König erfreut lachte. Sie neigte den Kopf und fuhr lächelnd fort: »Mit dem nächsten Schiff sollte man einen Geistlichen senden, damit der Kleine getauft wird. Die Menschen, die dort leben, sind liebenswürdig; es gibt viele unterschiedliche Völker. Ich hatte das Glück, einige Wochen mit ihnen zu leben und viel über sie zu erfahren.«

Berenice sah, dass sie das Interesse des Königs geweckt hatte.

»Wie habt Ihr Euch verständigt?«

»Ein Einheimischer sprach bereits das Englische, und ich habe mit der Zeit auch einiges in ihrer Sprache gelernt. Spanier und Portugiesen senden ihre Schiffe meist in den Süden, wo sie Gold gefunden haben, doch weiter im Norden sind bereits andere Handelsschiffe gesichtet worden.«

»Wir haben gehört, dass Unser englischer Bruder ebenfalls Schiffe zur Erkundung gesendet hat, aber keine Schätze fand.«

»Wir haben ebenfalls kein Gold oder Silber gesehen. Dennoch ist es ein reiches Land. Es scheint unendlich groß, mit riesigen Wäldern, Seen und Flüssen. Wild und Fische in unvorstellbarer Menge und Größe, der Reichtum an Land ist unabsehbar.«

»Welcher König oder Herrscher regiert?« Der König beugte sich vor und blickte sie gespannt an.

»Sie haben keinen Herrscher in dem Sinne, wie wir es kennen. Das Land scheint auch weit dünner besiedelt als bei uns. Jedermann spricht für sich selbst, Entscheidungen trifft man gemeinsam nach einem Gespräch und in Anwesenheit eines sogenannten Sagamore, dessen Wort großes Gewicht hat.«

»Die Spanier haben mit Königen verhandelt und sie bekämpfen müssen, um an Goldvorräte zu gelangen. Denkt Ihr, dass es weniger aufwendig wird, dieses Land für die Krone zu beanspruchen, als in den neuen spanischen Gebieten?«

Ihre Worte vorsichtig abwägend antwortete Berenice: »Ich habe die Bewohner als gastfreundlich und hilfsbereit kennengelernt, aber ich kann nicht sagen, ob sie sich freiwillig unter die Herrschaft einer fremden Macht begeben werden. Sie scheinen mir sehr kriegerisch, wenn ihnen etwas nicht behagt.«

»Auch die Habsburger mussten sich ihren Weg erkämpfen, allerdings haben die Wilden so wenig Erfahrung mit Waffen oder Pferden und sind so ängstlich, dass es kaum Mühe machte, sie zu besiegen.«

»Dann denke ich, dass die Völker des Nordens sehr verschieden von ihnen sind. Sie sind wahre Krieger und scheinen mir außerordentlich kampferprobt. Von unseren Pferden sind sie begeistert, und für das Fleisch unserer Schweine zu jedem Kompromiss bereit.«

Abermals lachte der König. »Über eine Lieferung Schweine ließe sich sicher reden. Euren Worten nach zu schließen, scheint es Euch in der Fremde gefallen zu haben.«

»Es war die unverhoffte Möglichkeit, für kurze Zeit ein anderes Leben zu leben als jenes, welches uns von Gott vorbestimmt ist.«

Nachdenklich entgegnete der König: »Dieses Glück und Privileg genießen die wenigsten von uns.« Er machte eine kleine Pause und sprach dann ernst und entschlossen weiter.

»Demoiselle de Savigny, als Wir vom Handeln Eures Vaters erfuhren, waren Wir äußerst verärgert und überlegten, wie Wir diesen Betrug vergelten. Ihr habt allerdings starke Fürsprecher unter unseren Freunden gefunden, deren Wort Wir hoch achten. Ihr seid eine Angehörige des französischen Adels und dies schützt Euch, solange Ihr mir Euer Wort gebt, nichts von den Machenschaften Eures Vaters gewusst zu haben und zukünftig in meinem Lande bleibt.«

Erleichtert erklärte Berenice: »Ich versichere Eurer Majestät, ich wusste nichts über die Pläne meines Vaters. Er hat mit dem Teuersten bezahlt, was er besitzt – seinem Leben – und ich für eine beängstigende Zeit mit meiner Freiheit.«

Nachdenklich senkte der König den Kopf. »Ihr kennt nun also den Heerführer Ibrahim Pascha. Was haltet Ihr von ihm?«

Erstaunt über die Frage sah sie auf. »Ich verstehe nicht, was Ihr meint, Sire?«

»Hat er je über die Pläne der Hohen Pforte gesprochen?«

Berenice versuchte, sich ihre Gespräche ins Gedächtnis zu rufen, die sie meist nur geführt hatte, um Ibrahim abzulenken.

»Er erwähnte, dass er ganz sicher die Habsburger angreifen wolle und wie ein Sturm über das Land fegen würde, um seinen Glauben in den christlichen Ländern zu verbreiten. Doch noch sei es nicht so weit.«

Sie bemerkte das interessierte Aufblitzen in den Augen des Königs und fügte hinzu: »Er hat mir nicht viel mehr berichtet, ich war sicher nicht die richtige Gesprächspartnerin für derlei Pläne.«

Als der König sich erhob, sprang sie schnell auf die Füße.

»Meine Teure, Eure Berichte sind höchst interessant für Uns, und vielleicht besteht einmal die Möglichkeit, Uns bei Gesprächen mit der Hohen Pforte als Vermittlerin zu dienen. Eine schöne, junge Frau ist immer ein Gewinn für jeden Hof. Ich hoffe doch, dass Ihr beim Eröffnungsfest im großen Zelt Unser Gast seid.«

Er neigte den Kopf und verabschiedete sie damit. Sie bewegte sich rückwärts zur Tür, doch er hielt sie noch einmal auf.

»Wie begrüßt man sich in der Sprache der Wilden?«

»*O wela lin*«, entgegnete Berenice. »Man sagt in diesem Falle *o wela lin* oder auch *kwe*.«

Sie lächelte noch, als die hohe Tür sich bereits hinter ihr schloss und sie in das fragende Gesicht Gregorys blickte.

»Der König war sehr freundlich zu mir und erwähnte die Fürsprecher, die sich für mich eingesetzt haben.«

Die Anspannung und Nervosität angesichts dieses entscheidenden Gesprächs mit dem König fielen langsam von ihr ab. Erleichtert und beinahe übermütig erklärte sie: »Ich brauche ein weiteres Kleid, da ich zum morgigen Fest geladen bin. Ich hoffe, es ist nicht zu spät und meine neue Zofe wird mich abermals aus der Verlegenheit retten.«

Gregory wurde in diesem Augenblick aufgerufen. Nach einer angedeuteten Verbeugung ließ er sie zurück und Berenice übte sich weiter in Geduld, bis er wieder erschien und sie sich endlich auf den Weg machen konnten. Sie nahm sich vor, zukünftig stets ihre Zofe mitzunehmen, damit sie in deren Begleitung etwas unternehmen konnte und nicht auf Gregory angewiesen war.

Sophie wartete in ihrer Kammer und war nicht müßig gewesen. »Ein einziges gutes Kleid reicht für den Besuch des Königs kaum aus«, erklärte sie eifrig, »Ihr braucht noch mindestens zwei oder besser drei Kleider für den Morgen, den Mittag und ein abendliches Fest. Für mich selbst habe ich ein einfaches Gewand besorgt, schließlich kann ich Euch nicht wie eine Milchmagd begleiten.«

»Sophie, du bist ein Juwel«, entgegnete Berenice überzeugt. »Du bist schon jetzt unentbehrlich und erkennst eine Notwendigkeit, noch bevor sie entsteht.«

»Das ist nicht schwer«, wehrte die junge Frau bescheiden ab. »Wenn man mit Goldmünzen zahlen kann, sind viele Probleme leicht zu lösen.«

Am darauffolgenden Tag erreichte der Zug des englischen Königs ebenfalls sein Ziel, und noch mehr prächtig gekleidete Menschen, Kutschen, Sänften und Pferde verstopften mit ihrer Dienerschaft die Wege und umliegenden Orte. Ein Empfang löste den nächsten ab, und das abendliche Fest mit Souper, zu dem Berenice und Gregory geladen waren, war nur der Beginn einer Reihe von Lustbarkeiten, die mehr als zwei Wochen andauerten.

Bei ihrem ersten Treffen auf dem Feld des Goldenen Tuches wollten die Herolde ihre Könige ankündigen, doch die Menge der Menschen war so laut, dass ihre Stimmen kaum vernehmbar waren. Berenice stand bei den adligen Damen des französischen Königs, von denen sie einige aus Amboise wiedererkannte. Sie war damals noch ein Kind gewesen, doch einige ihrer früheren Gespielinnen hatten Amboise nie verlassen.

Überrascht erkannte sie eine junge Engländerin, die ihr dort die Grundzüge ihrer Sprache erklärt hatte. Ihr verdankte sie zum großen Teil, dass sie sich mit Kowishto hatte unterhalten können. Grüßend nickte sie ihr zu, und lächelnd kam die junge Frau näher. Sie war anziehend, wenn auch nicht auffallend hübsch, trug jedoch ein Kleid mit einem beinahe provozierenden Ausschnitt.

»Ich bin erfreut, dich zu sehen, Berenice«, sagte sie, »und ich hatte nicht vermutet, dich hier anzutreffen. In Mechelen berichtet man Ungeheuerliches über dich.«

»Anne, du warst in Mechelen nach meiner Abreise?«

»Man muss es wohl eher Flucht nennen. Ich kann es dir nicht verdenken. Der Hof ist entsetzlich ernst, und immerzu soll man an seine Sünden denken. Mein Vater ist als englischer Botschafter oft an beiden Höfen und nahm mich für eine Weile dorthin mit. Nun bin ich Hofdame der französischen Königin. Der französische Hof liegt mir mehr, und die Schwester des Königs ist eine ungewöhnlich interessante Frau, die mich viel gelehrt hat.«

Sie wies auf den englischen König, der seine Frau zu ihrem Sitz führte. »Ist er nicht wunderbar? Vielleicht sollte ich versuchen, mit unserem König zu tanzen. Er war schon als Kind der Mann meiner geheimsten Träume.« Sie grinste Berenice an. »Ich kehre vielleicht nach England zurück. In dieser kleinen Runde hier lassen sich ausgezeichnete Kontakte knüpfen.«

Berenice glaubte ihr aufs Wort. Die kluge und gewitzte Anne Boleyn würde immer ihre Verehrer haben.

Die Herolde gaben den Trompetern ein Zeichen, und nachdem endlich Ruhe eingekehrt war, verkündeten beide Seiten in einer Proklamation ihre Freude über das Treffen und ihre brüderliche Freundschaft. Die Könige umarmten einander, und das Volk bejubelte das prächtige und seltene Schauspiel, das der vormals umkämpften Region Frieden versprach.

In den folgenden Tagen fanden beinahe täglich Turnierspiele statt, Feiern aller Art, gemeinsame Messen und große abendliche Essen. Der französische König stattete der englischen Königin Katharina von Aragon einen Besuch ab; der englische König suchte mit seinem Gefolge die französische Königin Claude auf. Gregory und Jacques Cartier wurden beinahe täglich geladen und nahmen an den Spielen teil. Obwohl sich der französische König sehr hervortat, gewann beim Lanzenstechen sein englischer Rivale. Allerdings konnte sich Berenice bei einem großen Tanzfest in der Mitte des Monats davon überzeugen, dass es François war, dem die Herzen der Frauen zuflogen. Er war charmant, ein ausgezeichneter und unermüdlicher Tänzer und forderte die meisten Damen auf, es sei denn, sie waren zu alt.

»Unser König tanzt bemerkenswert gut«, sagte sie am Abend zu einer dunkelhaarigen, hübschen Dame neben ihr, die sie auch schon bei der Ankunft im Gefolge des Königs gesehen hatte. »Es ist eine Freude, ihm zuzusehen.«

»Ich teile Eure Meinung«, meinte diese und fügte mit einem schelmischen Lächeln hinzu: »Vielleicht bringe ich ihn ja dazu, uns beiden die nächsten Tänze zu reservieren.«

Überrascht beobachtete Berenice, wie sie sich zum König bewegte und ihm etwas ins Ohr flüsterte. Er verneigte sich vor ihr, warf einen schmunzelnden Blick auf Berenice und tanzte schon mit der mutigen Schönen davon. Anschließend kam er zu ihr, und Berenice fand sich unversehens an der Hand des Königs, der mit ihr eine Branle tanzte. Die feierliche Abfolge von Schritten wurde durch die fröhliche Musik etwas schneller getanzt, und vergnügt schlossen sich Kreise zusammen, die ihnen folgten. Für die anschließende Gaillarde mit Volta bat er abermals die dunkelhaarige Frau zum Tanz.

Jacques Cartier forderte Berenice auf und sagte: »Ihr scheint Euch im Kreis des Königs schon recht sicher zu bewegen.«

Der Tanz führte sie zu anderen Tanzpartnern, und als sie ihm wieder begegnete, erwiderte sie: »Der König bat mich lediglich um einen Tanz. Von ›seinem Kreis‹ zu sprechen, ist vielleicht ein wenig übertrieben.«

»Ihr spracht mit Françoise de Foix, wie man allgemein bemerkte. Die Favoritin des Königs hat nur wenige Freundinnen unter den schönen Damen im Kreis des Königs. Ihr scheint eine Ausnahme zu sein.«

Verstohlen beobachtete Berenice die Frau, die schon einige Jahre älter war als sie. Nicht weit von ihnen entfernt saß Königin Claude mit ihren Damen und einigen Edelleuten.

Das Geschehen um ihren Gemahl schien sie nicht zu berühren, doch Berenice ließ sich nicht täuschen. Mochte ihre Ehe auch aus Vernunftgründen geschlossen worden sein, so war es sicher dennoch kränkend, den eigenen Mann öffentlich mit seiner Mätresse zu sehen, die zum großen Teil die Aufgaben wahrnahm, die eigentlich seiner Gattin gebührten.

Als sie sich an diesem Abend mit Sophies Hilfe entkleidete, dachte Berenice voller Sehnsucht an Meribeau. Mochte sie früher diese Feste in Blois und Mechelen genossen haben, so sah sie inzwischen das Leben am Hof der Herrscher anders. Möglicherweise hatte ihr Vater mit seiner Entscheidung für eine Ehe mit Henri die richtige Wahl für sie getroffen. Intrigen und Ränke, die Machtspiele zwischen Mätressen und Kavalieren interessierten sie nicht mehr. Sie würde den königlichen Höfen den Rücken kehren und ein anderes Leben führen.

Mit diesen Gedanken und dem Vorsatz, den ihr zugewiesenen Platz im Leben nach allen Kräften und gewissenhaft auszufüllen, schlief sie beruhigt ein.

Am nächsten Morgen war es kühl und der Himmel bedeckt. Die Morgenmesse fand in einer neu errichteten großen Kapelle statt, die der englische König zu diesem Zweck auf seine Kosten hatte errichten lassen. Sie war mit kostbaren Tuchen, teurem Mobiliar und wertvollen Messgegenständen ausgestattet, und die Geistlichen der beiden Könige zelebrierten abwechselnd ihren Gottesdienst.

Das Paumespiel für diesen Morgen wurde abgesagt, da der Wind zu stark blies, und so versuchten die Edlen beider Länder sich erneut im Lanzenstechen. An diesem Morgen hatte der französische König kein Glück. Er verletzte sich an der Nase und man verschob die restlichen Vergnügungen auf den folgenden Tag.

Berenice verfasste in ihrer Kammer ein Schreiben an den Fürsten de la Tour, in dem sie ihr Kommen ankündigte.

Sie blickte auf, als sie an der Tür ein leichtes Kratzen bemerkte und Sophie eintrat. Ihre Zofe zündete ein Licht an und setzte sich zu ihr, um die gereinigte Kleidung auszubessern. Eine Weile sprachen beide nicht; nur die Feder, die auf dem Pergament zu hören war, unterbrach die Stille.

Schließlich sagte Sophie: »Die Kirche von Ardres ist schon mit einer Feierlichkeit belegt, aber in Guînes wird heute Odo getauft.«

Zu Berenices Überraschung mochte ihre Zofe den einfallsreichen Eunuchen sehr und nahm regen Anteil an dessen Unternehmungen.

»Ich habe mich schon erkundigt, aber es gibt nirgendwo eine Sänfte, die wir mieten könnten, um mit ihm dieses Fest zu feiern.«

»Wir brauchen schon mit einem guten Pferd mehr als zwei Stunden und kämen in der Dunkelheit erst zurück. Ich habe gestern schon Gregory und Monsieur Cartier um Rat gefragt, doch auch sie konnten mir nicht helfen. Er wird unser Fernbleiben verstehen müssen, und wir richten eine kleine Feier in den nächsten Tagen für ihn aus.«

Oujdma hatte sich entschlossen, dem königlichen Zug nach Paris zu folgen. Damit würden sich ihre Wege vorläufig trennen. Man rechnete allerdings damit, dass die Könige noch bis zum Ende des Monats bleiben würden. Die aufwendigen Bauten sollten sicherlich nicht nur für einige Tage errichtet worden sein.

»Ich weiß, wie viel Odo seine Taufe bedeutet«, fuhr Sophie fort. »Es ist sehr schade, dass wir wegen des Wetters nicht dabei sein können.«

Berenice lächelte und antwortete in unverbindlichem Ton: »Sein Glaube ist etwas Besonderes für ihn – und ich denke, er hat seinen neuen Namen bereits gut angenommen. Ich selbst muss mich noch daran gewöhnen.«

Bevor Sophie etwas erwidern konnte, flog die Tür mit einem Windstoss auf und Gregory wurde hereingeweht. Er trug einen großen Korb, zog sein nasses Barett vom Kopf und verneigte sich höflich.

Sophie war aufgesprungen und nahm seinen Umhang in Empfang, nicht ohne deutlich ihr Missfallen zu zeigen. Schon ganz adlige Zofe, lernte sie schnell vom Verhalten der zahlreich im Ort anwesenden Dienerschaft. Selbst Ehegatten unterwarfen sich der Höflichkeitsregel, von der Zofe oder dem Diener gemeldet zu werden, und Gregory war nicht einmal ein Verwandter.

Gregory lachte sie charmant an, als er ihr entrüstetes Gesicht sah.

»Der Sturm nimmt noch zu, und es regnet immer stärker. Die Fischer meinen, dies wird sich auch morgen nicht ändern, und aus diesem Grunde haben die Könige alle Vergnügungen und Treffen abgesagt. Ich fürchte, wir müssen hierbleiben. Deshalb habe ich vorgesorgt.«

Er packte den großen Korb auf den Tisch, und Berenice räumte eilends ihre Schreibutensilien zur Seite. Sophie war Gregory behilflich und begann, den Korb auszuräumen. Bald füllte sich der Tisch mit einer Anzahl Köstlichkeiten.

»Das reicht für viele stürmische Tage«, meinte sie und reichte Berenice einen Teller mit Käse und Kirschen.

Sie hatten gerade mit ihrem Imbiss begonnen, als jemand so fest gegen die Tür hämmerte, dass Berenice und Sophie zusammenschraken und Gregorys Hand an seinen Dolch fuhr. Er öffnete und ein kräftiger Mann schob sich an ihm vorbei.

»Verzeiht, meine Dame!« Er machte eine linkische Verbeugung vor Berenice und wandte sich dann an Sophie.

»Dein Vater hatte einen Unfall und kann seine rechte Hand nicht bewegen. Du musst sofort nach Hause kommen.«

Sophie war eine Spur blasser geworden, und Berenice fragte sich im Stillen, ob sie über den Unfall erschrocken war oder über die Tatsache, dass sie ihre gerade neu gewonnene Freiheit als Zofe verlieren könnte.

»Dann solltest du nach deinem Vater sehen«, erklärte sie und sagte: »Vielleicht lässt sich eine Hilfe finden und du kannst trotzdem für mich arbeiten. Ich verzichte ungern auf eine so fähige Dienerin.«

Sophie warf ihr einen bedrückten Blick zu und Berenice erkannte plötzlich, was sie so verstimmte. Der junge Mann war vermutlich der abgewiesene Verlobte; die Aussicht, sich wieder in ihr Schicksal fügen zu müssen, nachdem sie ihren neuen Stand aus vollem Herzen genossen hatte, war niederschmetternd für die junge Frau.

Der Mann griff nach Sophie und riss sie schmerzhaft am Arm zu sich. Mit einem klagenden Laut befreite sie sich energisch von ihm. Dies schien ihren Verlobten derartig zu erbittern, dass er ihr eine Ohrfeige versetzte und sie danach auffing, damit sie nicht zu Boden fiel.

Empört und mit vor Zorn sprühenden Augen griff Berenice nach Gregorys Reitgerte, die noch neben ihr auf einem Stuhl lag, und ließ sie scharf neben dem jungen Mann an die Wand knallen.

»Wage nicht noch einmal, so mit meiner Dienerin umzugehen! Selbst wenn diese nicht mehr für mich arbeitet, hast du kein Recht, sie zu misshandeln.«

Sophie zog einen festen Umhang um ihre Schultern, nickte ihr noch einmal dankbar zu und machte sich sichtlich schweren Herzens mit ihrem Begleiter auf den Weg.

»Du magst sie, nicht wahr?«

Gregory griff nach einer Scheibe Schinken und setzte sich zu ihr. »Wenn dir so viel daran liegt, statte ich dem Schmied morgen einen Besuch ab und versuche ihn zu überreden, seine Tochter doch noch ziehen zu lassen.« Er schenkte ihr ein Glas Wein ein und reichte ihr den Becher.

»Sie mag ihre Arbeit«, erklärte Berenice, »und sie will unter keinen Umständen in diesem kleinen Dorf bleiben. Wenn ich an ihren Verlobten denke, kann ich sie gut verstehen. Nach Abreise der königlichen Höfe wird sich auf Jahre hinaus nichts mehr ereignen. Ich war genauso erlebnishungrig wie sie.«

Gregory lachte laut auf. »In deinem fortgeschrittenen Alter bist du natürlich vor allen Abenteuern gefeit.«

Er fasste in ihre Haare und zog neckend an einer Strähne.

Sie errötete leicht und verteidigte sich: »Mein Alter spielt keine Rolle. Ich habe manches gesehen und erfahren, was weit Ältere niemals erleben werden.«

Sein Gesicht wurde wieder ernst. »In mancher Hinsicht bist du tatsächlich schon älter als deine Jahre. Das Pflichtgefühl angesichts deiner Versprechen dem Fürsten gegenüber ist nobel. Nicht jede junge Frau würde das Wort ihres toten Vaters einlösen.«

»In diesem Fall handelte mein Vater in meinem Sinne.«

Er stand auf und zog sie hoch. Sie spürte seine Hände auf ihren Armen und ihr schien, als würde die Luft zwischen ihren Körpern in Flammen stehen. Gregory sprach zu ihr, doch seine ersten Worte hörte sie kaum. Sie riss sich zusammen und sah ihn an.

»Berenice, du bist dir über die Konsequenzen dieser Ehe nicht im Klaren. Ich kenne Henri de la Tour, er ist nicht nur ein etwas leichtsinniger Junge. Er ist wie ein ungezogenes, verwildertes Tier, das man ständig im Auge behalten muss. Niemand würde es dir verübeln, wenn du einen anderen erwählst oder dich auf Meribeau zurückziehst. Henri hat ...« Er verstummte plötzlich, ließ Berenice los und schlug mit der Faust gegen die Wand.

Berenice sah ihn aus großen Augen an. »›Einen anderen erwählst‹? Du meinst, dass ich dich erwähle? Gregory, wie kannst du mir eine solche Frage stellen? Ich habe einen Ehekontrakt unterschrieben, der bindend ist. Mein guter Ruf wäre völlig zerstört. Ich bin nicht die Mätresse eines Königs, der mir den Rücken stärkt oder mich mit Gold und Geschenken überhäuft und entschädigt, sodass ich mich in Zukunft niemals mehr um meine Stellung sorgen muss. Als unverheiratete Angehörige des Adels kann ich nichts allein entscheiden, ich darf keiner Tätigkeit nachgehen, und ohne Mann oder Vormund kann ich ganz sicher nirgendwo leben. Du weißt dies ebenso gut wie ich!«

»In der Vergangenheit hast du dich daran weniger gehalten.« In dem Moment, da er die Worte aussprach, hätte er sich am liebsten auf die Zunge gebissen, doch der Schaden war angerichtet.

»Du hast kein Recht auf diese Worte.« Berenice war blass geworden. »Henri wird vielleicht niemals der Mann sein, den ich mir insgeheim wünsche, aber willst du mir vorwerfen, dass ich einmal fühlen wollte, wie Liebe sein kann? Ich war nicht mutig genug, mich für dieses eigenartige und fremde Leben zu entscheiden, und auf dich konnte ich nicht hoffen, ich kannte dich schließlich nicht und wusste gar nichts von dir.«

Er wandte ihr schnell das Gesicht zu. »Du hast auf mich gehofft?«

»Das habe ich nicht gesagt.«

Er trat langsam auf sie zu und hob mit der Hand ihr Kinn. »Hast du auf mich gehofft?«

Sie konnte seinem Blick nicht ausweichen. »Du warst der erste Mann, der mich geküsst hat, und in Mechelen bist du mir nicht aus dem Sinn gegangen. Ich habe an dich gedacht, als ich in der Wildnis allein war und bei Ibrahim, der meistens freundlich zu mir war, aber den ich nicht lieben konnte.« Sie sah ihn bittend an. »Selbst wenn ich nicht schon gebunden wäre, weißt du doch genau, dass eine Verbindung zwischen uns unüberwindliche Schwierigkeiten …«

Er wartete nicht ab, bis sie ausgesprochen hatte, sondern küsste sie, erst vorsichtig und fragend, dann immer drängender.

Noch unsicher sträubte sie sich, doch nicht so sehr, dass es ihn abgehalten hätte. Ihre Bedenken und Vorbehalte schwanden mit jedem Kuss, verflüchtigten sich und wurden ihr schließlich gleichgültig.

Ihre Beine schienen schwächer zu werden. Er hielt sie und trug sie schließlich auf ihre Bettstatt. Ein heißer Strom des Begehrens durchfuhr sie, und sie presste sich ungeduldig an ihn. Sie sah seine Augen über sich, die noch dunkler schienen als gewöhnlich, die mühsam beherrschte Leidenschaft in ihnen, und dieses Mal war sie es, die ihn mit hungrigen Lippen küsste.

Er entkleidete sie vorsichtig und sie lachte nervös, als er mit den zahlreichen Verschlüssen ihres Kleides kämpfte.

Sie betrachteten sich im goldenen Schein der wenigen Kerzen, berührten und liebkosten einander, und es schien ihr, als könne es nichts Natürlicheres geben, als diesen Mann unbekleidet neben sich zu spüren, seine Hand auf ihrer Haut zu fühlen, die ihren Körper erkundete.

Es gab nicht die Fremdheit, die sie in anderen Welten, mit anderem Glauben und anderen Gewohnheiten befangen gemacht hatte. Sie bot sich ihm an und er übernahm ihren Rhythmus. Ihre Lippen trafen sich erneut, ihre Zungen spielten miteinander und die Freude, den anderen zu erkunden, leuchtete aus ihren Gesichtern. Sie streichelten und liebkosten sich zärtlich am ganzen Körper, ihr Atem wurde schneller und schließlich wurde das Bedürfnis nach Steigerung stärker und unerträglich. Er liebkoste ihre Brüste, bis sie glaubte, es nicht mehr aushalten zu können. Als er in sie eindrang, stieß sie einen leisen Schrei aus, und als sei dies ein Zeichen, ließ auch er seiner Leidenschaft freien Lauf.

Ihre Hüften bewegten sich im gleichen Takt, entfernten sich ein wenig und fanden wieder zusammen. Berenice stöhnte vor Entzücken. Gregory aber zog sich wieder zurück. Ihr entfuhr ein leiser Laut der Enttäuschung, doch er hob ihren Schoß und presste sein Gesicht hinein. Seine Zunge spielte mit ihrer empfindlichsten Stelle, bis sie keuchend und verschwitzt um Gnade bat.

Tief stieß er in sie hinein, und sie genoss die angenehme Erregung, ihn vollständig aufzunehmen, eins mit ihm zu sein und die Woge der Lust, die langsam anschwoll, wieder nachließ und sie schließlich zum Gipfel führte. Es war wie ein Blitz, der durch ihren Körper fuhr und sie matt und entkräftet im Nirgendwo zurückließ. Gregory spürte ihre Befriedigung, sah ihre Erschöpfung; ein Schauder durchfuhr ihn, sein Körper verkrampfte sich, bis auch er von seiner Leidenschaft fortgetragen wurde.

Es dauerte lange, bis Berenice wieder einen klaren Gedanken fassen konnte. Sie spürte Gregorys warmen Körper neben sich und seinen Atem, der nun wieder langsam und gleichmäßig kam.

»Seit ich dich in Mechelen sah, habe ich mir dies vorgestellt und gewünscht.« Seine Augen waren geschlossen, während er sie im Arm hielt.

Berenice stützte sich auf ihren Arm und küsste seine Brust. »Du bist mir auch sofort aufgefallen, aber ich hätte nie gewagt, so viel zu wünschen. Ich wusste immer, dass man einen Mann für mich bestimmen und die Zuneigung keine Rolle spielen würde.« Sie lachte leise. »Ich wusste sehr wenig über die Liebe.«

Jetzt sah er ihr in die Augen. »Mir wäre lieber gewesen, du hättest dieses Wissen durch mich gewonnen, aber ich kam zu spät in La Rochelle an. Ich habe dich nur um wenige Tage verpasst. Als ich dich in Mechelen sah, wusste ich sofort, dass du die Frau bist, die ich wollte. Aber mir war bewusst, dass du viele Verehrer und Möglichkeiten hast. Dann erfuhr ich von dem Komplott gegen deinen Vater. Ich wollte dich vor einer weiteren berechnenden Tat der Habsburger bewahren und dachte, es sei meine Gelegenheit, dich für mich zu gewinnen.« Er verzog seinen Mund und grinste schief. »Dein Vater und dein schwarzer Diener waren schneller und sehr umsichtig, dich aus der Gefahr zu bringen.«

»Was hattest du vor, und woher kanntest du unsere Pläne? Wir haben die Reisevorbereitungen sehr geheim gehalten, und außer mir und meinem Vater wussten nur wenige Beamte des Königs von der Expedition.«

Nachdenklich fuhr er mit seinem Finger ihren Arm entlang. »Es war nicht schwer, etwas über deinen Verbleib zu erfahren. Eure Reisevorbereitungen in La Rochelle nach der Abreise von Meribeau waren nicht geheim. Im Hafenregister in La Rochelle war die Reise wie üblich eingetragen. Ich stehe im Dienste des Königs und ich habe schon in Mechelen versucht, dich zu warnen. Dein Vater ist nicht der Einzige, dem man dreist seine Ländereien unter einem Vorwand genommen hat, um die Kaiserwahl zu finanzieren. Die Habsburger haben eine mehr als doppelt so hohe Summe an die Fürsten bezahlt als der französische König, um seine Wahl zum Kaiser zu garantieren. Ich spreche im Auftrag des Königs mit den hohen Beamten des Habsburger Kaisers und auch mit dem Gesandten des Sultans und erfahre viel.«

»Deshalb warst du auf dem Schiff bei Ibrahim«, entfuhr es ihr.

»Auch deshalb«, gab er zu. »Doch vor allem wollte ich dich finden und befreien und wahrscheinlich wäre es mir auch schon früher geglückt, wenn du nicht geflohen wärst. Du warst immer etwas schneller als ich.«

»Woher wusstest du, dass ich im Besitz Ibrahims bin?«

»Ibrahim und ich sprachen über eine mögliche Allianz unserer Herrscher. König François ist in eine schwierige Umklammerung durch die Habsburger geraten, seitdem Karl Kaiser ist. Er mag seinen habsburgischen Bruder nicht besonders, auch wenn er dies niemals ausspricht. Wenn er mit dem Sultan ein Bündnis schließt, sind die Habsburger von Frankreich und den Osmanen bedroht und er hat den Spieß umgedreht.«

»Ibrahim erwähnte etwas Ähnliches«, murmelte Berenice. »Ich habe ihn für verrückt erklärt.«

»Wenn Karl keine kluge Politik der Rücksichtnahme und Freundschaft mit der Hohen Pforte pflegt, könnte es tatsächlich zu kriegerischen Auseinandersetzungen kommen, und Karl würde seine Kräfte für den Kampf im Osten brauchen. Dann hätte der König freie Bahn in Italien.«

»Glaubst du daran, dass es zum Krieg mit den Osmanen kommt?«

»Hm«, brummte Gregory überlegend, »vorläufig sicher nicht. Keiner der Gegner ist derzeit dazu in der Lage. Ibrahim versprach sich möglicherweise von dir einige Informationen, wollte aber König François nicht verärgern, indem er eine französische Adlige gefangen hielt. Im Sommer sandte er einen Boten nach Frankreich. Ich kenne den Kurier; dieser sprach vom Inhalt des Schreibens. Ich dachte mir sofort, dass es sich nur um dich handeln konnte. Aber dann lernte Ibrahim dich kennen, und auf einmal war von dir in den Verhandlungen keine Rede mehr. Der Gedanke, dass du in seiner Gewalt warst und er mit dir verfahren konnte, wie es ihm beliebte, hat mir einen gewaltigen Schrecken eingejagt. Ich bin noch nie so schnell geritten. Ich musste herausfinden, ob es sich tatsächlich um dich handelte.«

»Du bist mit dem König in der Schlacht von Marignano gewesen, du verhandelst in seinem Namen mit dem Kaiser und der Hohen Pforte. Es ist ungewöhnlich, dass ein Herrscher jemandem so viel anvertraut, der nicht von hoher Geburt ist.«

»Wir kennen uns von Jugend an, weil mein Vater wollte, dass ich am Hofe erzogen werde. Es gab noch einen weiteren Grund, aber darüber spreche ich nicht gern. Der König ist vor allem ein Mann von klarem Verstand. Nicht jedem Aristokraten ist zu trauen, nur weil er einen großen Namen trägt. Er weiß, dass er mir vertrauen kann und ich mit Bedacht handele.«

Sein Blick wanderte über Berenices leicht bedeckten Körper. »Meistens jedenfalls.«

»Ich handele ebenfalls nicht mit Bedacht, sondern leichtfertig und ohne die Verantwortung, für die ich geboren wurde und die ich tragen sollte.« Berenice setzte sich auf und zog die Decke fester um sich. »Wie bringen wir es fertig, dies zu vergessen und ein getrenntes Leben zu führen? Ein Freund sagte mir, ich könne nicht als verheiratete Frau nebenher meinen Liebhaber empfangen, und er kannte mich gut. Ein Leben ohne dich kann ich mir auch nicht mehr vorstellen, aber wir werden uns trennen müssen.«

»Ich liebe dich und will dich nicht verlieren. Notfalls bitte ich den König um Hilfe. Er hat Verständnis für Liebesdinge.

Sein Werben um Françoise de Foix hat auch alle Konventionen gesprengt.«

Berenice seufzte. »Was für den König gilt, gilt nicht einmal für die Prinzen oder Edelsten des Landes, geschweige denn für uns.«

Gregory küsste sie und meinte dann: »Wir machen uns in einer Woche auf den Weg nach Meribeau, doch zuvor habe ich noch etwas zu erledigen.«

Eine Woche noch, dachte Berenice, als Gregory sich ankleidete und sie mit einem letzten Kuss verließ.

Sie wusste noch nicht, ob ihre Gefühle für diesen Mann stark genug waren, sie gegen alle Widerstände zu verteidigen. Die Trennung von Kowishto und Ukuma, der Tod ihres Vaters und die erzwungene Verbindung zu Ibrahim, all das war noch in ihrem Kopf, in ihren Gefühlen und sogar in ihrem Körper und verwirrte sie.

Sie hatte sich so sehr nach Gregory gesehnt, er war die Erfüllung ihrer Träume, doch sich mit ihm zu verbinden hieß, gegen alle Regeln zu leben. Sie würde niemals mehr offiziell empfangen werden. Man würde sie in ihren alten Kreisen meiden und in den bürgerlichen ebenso. Sollte sie jemals Kinder haben, würden auch sie zu keiner Gesellschaftsschicht gehören. Und dennoch ...

Sie warf die Decke zurück und begann, sich anzukleiden.

Sie bemühte sich, die Bänder ihres Kleides zu schließen, die sich auf ihrem Rücken befanden, als es kurz klopfte und Sophie mit einem Bündel in der Hand und mit leuchtenden Augen eintrat.

»Monsieur de Rincon hat meinen Vater überzeugt, dass ich ihm dienlicher bin, wenn ich als Eure Zofe arbeite.«

Ohne auf Berenices Aufforderung zu warten, war sie ihr behilflich und nahm die Bänder in die Hand. Flink hatte sie das Kleid geschlossen.

»Meinem Vater geht es schon wieder etwas besser, und mein früherer Verlobter wird mit ihm in der Schmiede arbeiten, bis seine Hand vollständig geheilt ist. Er meinte, wenn ich nun gar nicht seine Frau werden wolle, könne er auch genauso gut meine jüngere Schwester nehmen. Ich kann Euch gar nicht genug danken, dass ich ihn nicht heiraten muss. Meine restlichen Sachen habe ich gleich mitgebracht. Ich möchte ihm so schnell nicht wieder begegnen.«

Berenice war beinahe ebenso froh, ihre junge Dienerin wiederzusehen. Der Sturm tobte immer noch mit unverminderter Stärke, und der Kerzenschein zuckte über die Wände, wenn ein Windhauch durch die Ritzen von Fenster und Tür drang. Regen prasselte gegen die Wände. Sophie und Berenice zogen noch warme Umhänge über, bevor sie sich zu einem abendlichen Imbiss niederließen.

Anfangs scheute Sophie davor zurück, mit ihrer Herrin zusammenzusitzen, doch Berenice, die sich über Gesellschaft freute, wischte ihre Bedenken beiseite. Sie hatte in anderen Welten gesehen, dass es nicht immer sinnvoll war, auf dem Standesunterschied zu bestehen. Ihre Wertvorstellungen hatten sich in diesen beiden Jahren und bei ihren vielen neuen, zum Teil schmerzlichen Erfahrungen verändert.

Wie Gregory vorhergesagt hatte, ließ der Sturm auch am nächsten Tag kaum nach und verbannte alle in ihre Häuser. Auch von den Dienern oder gar Mitgliedern der königlichen Höfe ließ sich kaum jemand draußen blicken. Erst einen Tag später hatte der Wind den Himmel blank gefegt und die Sonne schien wieder.

Oujdma nutzte die Zeit und verabschiedete sich von Berenice. Er wollte das Ende des königlichen Treffens nicht mehr abwarten, zu ungeduldig fieberte er der Eröffnung eines eigenen Geschäftes in Paris entgegen.

»Du wirst mich ja auf keinen Fall begleiten«, meinte er entschuldigend zu Berenice, »und ich kann nicht in deinem Haus sitzen und warten, dass etwas geschieht. Ich will mein Glück in die eigenen Hände nehmen.« Ein wenig wehmütig sah er sie an.

»Meine Schöne, du wirst nun ebenso wie ich auf eigenen Füßen stehen. Es ist immer noch ein ungewohntes – aber auch ein anregendes Gefühl. Ich werde versuchen, mein Glück zu machen, ohne den Schutz eines Herrschers.«

Sie umarmten sich. Berenice sah, dass er ebenso wie sie mit den Tränen kämpfte. Er war immer noch kräftig, doch von seiner alten Statur war nichts mehr zu sehen. Beinahe leichtfüßig entfernte er sich und stieg in eine Sänfte, die von Mauleseln getragen wurde, um seiner neuen Bestimmung entgegenzureisen. Berenice sah ihm nach und wischte sich eine letzte Träne von der Wange. Noch ein weiterer Abschied, dachte sie mit Wehmut im Herzen. Doch wenigstens konnte sie Oujdma wiedersehen, wenn ihr Weg sie nach Paris führen sollte.

Die zerstörerischen Spuren des Unwetters wurden eilends fortgeräumt, um den Königen wieder die Gelegenheit zu geben, ihre Feiern und Begegnungen fortzusetzen.

Noch ein weiteres Mal wurde Berenice zu einem Gespräch mit dem König und seinen Beratern geladen. Sie berichtete ausführlich über die Elnoo und betonte, dass es sich bei diesen Einheimischen keineswegs um leicht zu beeindruckende oder gar wehrlose Menschen handelte. Die Völker im südlichen Teil der Neuen Welt wurden schnell und konsequent erobert; ein solches Vorgehen würde weiter im Norden sicherlich auf größeren Widerstand stoßen. Sie gab die Lage des gegründeten Ortes an, so gut sie es vermochte.

Am letzten Abend ging sie mit Gregory zur großen, gemeinsamen Abschiedszeremonie. Noch einmal boten beide

Könige eine prächtige Feier. Die Speisen waren üppig, und alle Besucher waren auf das Edelste gekleidet. Mit einem außergewöhnlichen Feuerwerk endete die Begegnung der beiden jungen Herrscher.

»Werden sie auch in Zukunft Freunde sein?«

Berenices Frage unterbrach den eintönigen Trott der Pferde. Seit vier Tagen ritten sie nach Süden. Berenices Sänfte und Gregorys Pferd folgte ein Eselskarren mit ihrem Gepäck, der von Sophie geführt wurde.

Gregory verstand sofort, was Berenice meinte. »Das hängt von ihren Interessen ab. Beide Könige werden aufeinander Rücksicht nehmen, allerdings nur, wenn es sich für sie lohnt. Sobald sie gegensätzliche Pläne verfolgen, werden sie kaum daran denken, wie angenehm man miteinander speiste oder wie edel man im Kampfe focht.«

Gregory stützte sich auf den Sattelknauf und drehte sich, um nach Sophie zu sehen, die sich mühte, ihren Esel voranzutreiben. Das Tier war müde und trottete nur noch langsam den staubigen Weg hinter ihnen her. Berenices Sänfte wurde von zwei Pferden getragen, die sich gehorsam der Gangart der anderen anpassten.

»Welchen Sinn hatte das Treffen dann? Es muss doch beiden enorme Summen und Anstrengungen abverlangt haben.«

»Sie wollten sehen, mit wem sie es zu tun haben, und sich selbst so ruhmreich und glanzvoll wie möglich darstellen. Die Kosten sind ihnen sicherlich gleichgültig, das ist die Sorge der Schatzmeister.«

Sophie hatte sie eingeholt und sie setzten ihren Weg fort. Es dauerte noch weitere Stunden, bis sie das kleine Château des Edelmannes erreichten, der sie für die Nacht aufnehmen würde. Als Berenice sich von Sophie auskleiden ließ und müde auf die einfache Strohmatte fiel, war die Dunkelheit schon hereingebrochen. Sie bemerkte schon nicht mehr, dass ihre Dienerin sich leise entkleidete und ebenfalls gähnend auf ihr Lager sank.

Nachdem sie sich nach einem recht großzügigen Frühmahl bei ihren Gastgebern bedankt hatten, nicht ohne Hinweis darauf, dass jenen die Türen in Meribeau und im Schloss de la Tour ebenfalls immer offen stehen würden, setzten sie ihre Reise fort.

Berenice hatte bemerkt, dass Gregory sich in der Umgebung gut auskannte; es schien zu seinen Gewohnheiten zu gehören, auf Reisen zu sein, und er wusste viel über die einzelnen Herren und ihre Liegenschaften, die sie durchquerten. Er fand ohne Umwege die Brücken und Furten über Flüsse und Bäche oder auch den kürzesten Weg durch einen Wald. Auf ihre Frage antwortete er nur, dass er anfangs für den König als Kurier unterwegs gewesen war und später besondere Aufträge erhielt, die ihn häufig durch das Land geführt hatten.

Das Wetter in diesen Junitagen war angenehm und frühlingshaft, und sie kamen schneller vorwärts, als Berenice vermutet hatte. Nach zwei weiteren Tagen sahen sie über den Baumwipfeln den hohen Eckturm von Schloss Meribeau.

Während Sophie sich hoch aufreckte und ihre Umgebung neugierig betrachtete, wurde Gregory immer schweigsamer und saß angespannt im Sattel. Mit ihrer Ankunft stand auch ihre Trennung bevor, und sie vermutete, dass diese Vorstellung für ihn ebenso schwer zu ertragen war wie für sie.

Doch auch Berenice sah sich mit Interesse um. Es schien, als habe sich in ihrer Abwesenheit nichts verändert. So viel war geschehen, so viel hatte sie gesehen und erlebt und doch schien es, als sei die Zeit hier stehen geblieben. Die Erinnerungen an ihre Kindheit überfielen sie mit Macht, sogar der Geruch der Heimat war unverkennbar. Sie erkannte schon die Pferdeknechte, die an der Weide standen und ein neugeborenes Fohlen betrachteten. Sie konnte es nicht mehr abwarten, nach Hause zu kommen.

Die Pferde schienen die Anspannung zu spüren und fielen in einen schnelleren Gang.

Dieses Mal wurde sie nicht erwartet, doch der Pferdeknecht hörte das Hufgetrappel und trat aus dem Stall. Er erkannte seine junge Herrin und stieß einen lauten Ruf der Überraschung aus. Nach und nach erschien nun mit neugierigen Augen die übrige Dienerschaft, bis sich die alte Jeanne ihren Weg zu ihr bahnte und sie mit Tränen in den Augen in die Arme schloss.

»Wir haben uns die größten Sorgen gemacht, nachdem Ihr nicht zur vorgesehenen Zeit zurückgekommen seid. Der Graf de la Tour schickte im letzten Jahr regelmäßig einen Diener, um nach Eurem Verbleib zu forschen, doch wir konnten ihm keine Auskunft geben.«

Sie bemerkte Berenices bedrückten Blick und reagierte schnell. »Sicher möchtet Ihr Euch zunächst von der Reise erholen.«

Ein prüfender Blick traf Gregory, dann nickte sie erkennend.

»Monsieur de Rincon war einer der ersten Besucher, der sich nach Euch erkundigte.«

Gefolgt von Jeanne, Gregory und Sophie betrat Berenice Schloss Meribeau, das sich nach dem Tod ihrer beiden Eltern nun allein in ihrem Besitz befand. Es hatte sich nichts verändert – Jeanne hatte Sorge getragen, dass trotz der langen Abwesenheit ihrer Herrschaft alles seinen geordneten Gang ging.

»Euer Zimmer ist in gutem Zustand«, versicherte Jeanne. »Die Mägde werden noch Euer Bett richten und auch einen Raum für Euren Gast vorbereiten. Ich habe noch kalten Braten und etwas Käse und Wein, wenn es Euch genehm ist. Vielleicht sagt Ihr mir später, wann ich mit der Ankunft unseres Herrn rechnen kann.«

Berenice hielt sie zurück. »Mein Vater kommt nicht«, erklärte sie mit leiser, belegter Stimme. »Er starb auf der Rückreise aus der Neuen Welt.«

Jeanne schlug die Hände vor den Mund und starrte sie mit aufgerissenen Augen an. »Herr des Himmels«, stieß sie dann erschrocken hervor, »dann seid Ihr nun Waise und Herrin über das Schloss. Wir dachten uns schon, dass etwas geschehen sein musste, doch mit dem Schlimmsten haben wir nicht gerechnet.«

Sie hielt ihre Tränen nicht zurück und weinte laut auf, bis auch Berenice wieder die Tränen in die Augen stiegen und sie die treue Dienerin in den Arm nahm. Hinter der Tür war ebenfalls ein Weinen zu hören; die Dienerschaft war ebenso entsetzt wie die alte Köchin.

»Wir müssen den Notar und den Pfarrer bitten, uns aufzusuchen«, erklärte Gregory in dem Bemühen, die aufgewühlte Stimmung etwas zu beruhigen. »Wir sollten eine Messe für den toten Fürsten lesen lassen, auch wenn wir ihn nicht in heimatlicher Erde bestatten lassen können.«

Seine Vorschläge wurden mit Zustimmung aufgenommen. Berenice erklärte: »Ich möchte so bald wie möglich den Fürsten de la Tour besuchen, um ihm zu berichten.«

Sie besprach sich nochmals mit Gregory, der so lange bleiben würde, bis sie sich wieder eingerichtet hatte, und der sie an einem der folgenden Tage zum Schloss des Fürsten begleiten sollte.

Sophie hatte in ihrem Zimmer schon die Fenster geöffnet und gelüftet. Berenices Kleidung lag ausgebreitet auf dem Bett, und die Kommode enthielt bereits alles, was eine Dame von Stand benötigte.

Berenice lächelte. Ihre Zofe hatte sich beeilt, um ihre eigene kleine Kammer unter dem Dach zu beziehen. Bevor sie sie rufen ließ, sah sie sich in ihrem alten Kinderzimmer um. Der Blick aus dem Fenster war der gleiche, auch wenn die Bäume und Büsche inzwischen höher gewachsen waren als zu jener Zeit, als sie noch ein Kind gewesen war, und ihr nun alles etwas kleiner erschien.

Sie kniete nieder und klemmte den dünnen Stiel ihres Kammes zwischen die Holzdielen. Das Dielenstück sprang hoch. Ihr Versteck hatte sich bewährt: Die Kette mit dem kostbaren Anhänger Eleonores war unberührt. Berenice zog sie heraus und drückte sorgfältig wieder das Brett zurück in die Öffnung. Mit einem Tuch polierte sie die Steine, bis sie im Licht blitzten. Sie würde sie zu ihrer Hochzeit tragen und an Eleonore denken, die nun Königin von Portugal war.

In den nächsten beiden Tagen war sie froh, Gregory an ihrer Seite zu haben. Es gab ermüdende Gespräche mit verschiedenen Nachbarn, die ihr kondolieren kamen, nachdem sich die Nachricht über den Tod ihres Vaters herumgesprochen hatte.

Unerfreulich gestaltete sich das Gespräch mit dem Seelsorger des Nachbarortes, der ebenso für die Bewohner des Schlosses zuständig war und gelegentlich die Messe in der Schlosskirche von la Tour hielt. Er gab ihr unmissverständlich zu verstehen, dass er ihre Handlungsweise missbilligte.

Gregory wies ihn scharf zurecht, als der Geistliche meinte, sie trüge am Tod ihres Vaters eine Mitschuld. Er war nicht der Einzige, der vermutete, dass sich der Graf ihretwegen einer Gefahr ausgesetzt habe. Schließlich reiste eine Frau nicht nach Belieben durch die Gegend. Da Berenice kaum etwas über die Todesursache berichtete, gab sie wilden Mutmaßungen Raum.

Nach drei Tagen wurde in der Kapelle von Meribeau eine Messe gelesen, der für die Dienerschaft noch eine Messe in der Dorfkirche folgte.

Auch der Verwalter und der Notar suchten sie auf, um ihr die Lage des Schlosses und der dazu gehörenden Ländereien zu erklären. Durch die lange Abwesenheit des Fürsten zeigten sich trotz des verlässlichen und fleißigen Verwalters allmählich deutliche Spuren der Vernachlässigung. Als Frau konnte sie auch nicht die Verwaltung allein übernehmen. Sie würde einen Vormund bestellen müssen, der sie unterstützte, bis sie in den Stand der Ehe trat und diese Pflichten auf ihren Ehemann übergehen würden.

Sie würde sich diesen Problemen stellen müssen; allzu viele Sorgen machte sie sich jedoch nicht. Ihr Anteil der kostbaren Steine aus Ibrahims Palast befand sich sicher in ihrem Versteck und würde wohl reichen, um alle Kosten zu decken.

Berenice war froh, als die Beileidsbesuche ein Ende nahmen und sie am nächsten Morgen mit Gregory endlich zum Fürsten reisen konnte.

Um dem Gerede nicht noch mehr Nahrung zu geben, verzichtete sie darauf, auf einem Pferd zu reiten und wählte wie beim ersten Besuch die Kutsche. Sophie begleitete sie; die junge Zofe war begeistert von ihrem neuen Zimmer unter dem Dach und konnte kaum glauben, dass sie es ganz allein bewohnen durfte. Es würde zwar nur eine vorübergehende Unterkunft sein, doch auch im Château de la Tour sollte sie ein Zimmer für sich allein erhalten.

Während Sophie interessiert aus dem Fenster sah, erinnerte sich Berenice, wie sie vor zwei Jahren diesen Weg mit ihrem Vater genommen hatte, und ein Gefühl der Reue überfiel sie. Vielleicht hatte der Geistliche nicht ganz unrecht mit seiner Anschuldigung, und sie trug tatsächlich eine Verantwortung für das Geschehen in der Neuen Welt. Möglicherweise hätte sich alles ganz anders entwickelt, wenn sie dem Willen ihres Vaters entsprochen hätte.

Sie konnte zumindest einen Teil wiedergutmachen und den Preis für die Reise in die Neue Welt, mit all ihren guten und schlechten Erfahrungen, entrichten.

Sie beobachtete Gregory, der neben der Kutsche ritt. Er sah siegesgewiss und stark aus, das dunkle Haar fiel ihm in die Stirn und er lächelte ihr beruhigend zu, als er ihren Blick bemerkte. Es war eine schmerzliche Erkenntnis, dass sie diesen Mann liebte.

Warum hatte sie noch Zweifel gehegt? Vom ersten Augenblick in Mechelen, als er sich ihr so vertraut und ein wenig draufgängerisch genähert hatte, hatte sie es doch gewusst, doch sie misstraute noch ihren eigenen Gefühlen. Kowishto hatte alles in ihr geweckt, wonach sie sich sehnte – eine Heimat aber hatte er ihr nicht bieten können, zu fremd war seine Welt der ihren. Von Beginn an war es Gregory gewesen, der in ihrem Herzen gewesen war. Warum war es ihr nur nicht früher klar geworden?

Es hätte nichts geändert. Sie konnte die Regeln nicht korrigieren, dachte sie resigniert. Eine Adlige ihres Standes konnte keinen namenlosen Bastard heiraten, mochte er auch noch so ein nobles Herz haben.

Der Wald öffnete sich, und Berenice sah, dass der Fürst eine lange Allee angelegt hatte, mit Bäumen an den Seiten, die auf geradem Weg zum Schloss führten, wo ein Rondell mit Blumen bepflanzt war, das sie umrundeten. Einige Arbeiten zeigten, dass Neuerungen auch am Schloss stattfanden. Der neue und leichtere Baustil hielt überall Einzug und verschönerte auch das Schloss de la Tour.

Ein Diener meldete ihre Ankunft. Während sie die Eingangstreppe hochschritt, kümmerte sich Sophie mit einer

Dienerin um ihre Unterbringung, und Gregory suchte den Pferdeknecht, um die Tiere zu versorgen.

In der großen Halle hatte sich nicht viel verändert. Der Fürst trat aus einer Nebentür und Berenice ging schnell auf ihn zu, um ihre Reverenz zu erweisen, doch er nahm sie wortlos in die Arme. Gegen ihren Willen stieg ein Schluchzen in ihrer Kehle auf.

Er streichelte beruhigend ihren Rücken und murmelte: »Es hat mich sehr getroffen, vom Tod deines Vaters zu hören.«

Überrascht hob sie den Kopf und befreite sich aus seinem Arm. »Ihr habt davon gehört?«

»Einer der Verwalter aus Meribeau war gestern schon hier und berichtete mir. Wir haben regelmäßige Treffen, bei denen er mich über den Zustand der Güter informiert. Dein Vater hatte dies vor seiner Abreise so verfügt, damit später nichts im Argen liegen würde.«

Er wies einen Diener an, Getränke zu servieren, und führte Berenice in den Nebenraum, der auch als Schreibstube diente.

Berenice spürte einen Kloß im Hals bei seinen warmen und liebevollen Worten. Sie kämpfte immer noch gegen die Tränen an.

Der Fürst drang nicht weiter in sie, um einen Bericht zu erhalten. Er wusste, dass sich diese Gelegenheit später noch ergeben würde. Nochmals bot er ihr jede nur denkbare Hilfe an.

Berenice nahm sich zusammen und sagte: »Ich danke Euch von ganzem Herzen und ich weiß Eure Hilfe zu schätzen. Ich muss einen Vormund für mich bestimmen und bitte Euch, dieses Amt anzunehmen. Ich werde Euch so wenig wie möglich behelligen, doch der Form muss Genüge getan werden, und da ich Henri ehelichen werde, bleibt es in der Familie.«

Hinter einem der schweren, dunklen Vorhänge hörten sie lautes, höhnisches Lachen. Henri hatte sich in den Falten versteckt und trat nun hervor.

»Es bleibt alles in der Familie, so war es ja wohl schon immer, nicht wahr, Vater?«

Er warf seinem Vater einen dunklen und beinahe hasserfüllten Blick zu und machte eine angedeutete, spöttische Reverenz vor Berenice.

»Ich begrüße dich, liebe Berenice. Darf ich meine zukünftige Gemahlin zu ihrem Sitz führen?«

Berenice nahm mit einem unbehaglichen Gefühl seinen Arm und setzte sich. Der Fürst nahm an ihrer Seite Platz, nur Henri blieb stehen, wanderte von einer Ecke des Raumes zur anderen und nahm gelegentlich eine Vase oder eine Figur in die Hand und betrachtete sie.

Es war eine angespannte Stille eingekehrt, die Berenice sich nicht erklären konnte.

Schließlich ergriff der Fürst das Wort: »Wir haben so lange auf deine Rückkehr gewartet und schon beinahe nicht mehr darauf zu hoffen gewagt. Umso glücklicher sind wir, dass nun endlich die Hochzeit stattfinden kann. In Anbetracht der Tatsache, dass wir den Tod deines Vaters beklagen, sollten wir vielleicht eine stille und kleine Feier …«

»Natürlich«, fiel Henri ihm grob ins Wort, »es lohnt wohl nicht, für den missratenen Sohn eine große Feier auszurichten.« Mit der für ihn typischen Bewegung, die Berenice schon früher aufgefallen war, strich er sich das Haar aus dem Gesicht.

Der Fürst hob beschwichtigend die Hand. »Es geht dieses Mal nicht um Geld, Henri, du weißt, wie großzügig ich in der Vergangenheit dir gegenüber war. Berenice hatte kaum Gelegenheit, den Tod ihres Vaters zu betrauern. Wenn du eine große Feier willst, sollten wir noch einige Wochen warten. Auch damit bin ich einverstanden.«

Er wirkte müde, als er sich in seinem Sitz zurücklehnte, und Berenice erkannte, dass sein Sohn ihm wohl schon öfter Kummer bereitet hatte. Was mochte der sonst so träge Henri angestellt haben, um den Vater so zu beanspruchen? Ihr fiel auf, dass Henri sich verändert hatte. Lässig an den Kamin gelehnt, war er nicht mehr der schüchterne Junge, den sie noch in Erinnerung hatte. Es wäre ihm früher gar nicht eingefallen, seinem Vater zu widersprechen. Seine Haltung hatte etwas Waches und Unbeugsames bekommen, als befände er sich in einem ständigen Kampf oder fühlte sich bedroht. Sie konnte sich diese Wandlung nicht erklären und beschloss im Stillen, bei Gelegenheit mit ihm allein zu sprechen. Offenbar gingen im fürstlichen Haushalt Dinge vor, die ihr bisher entgangen waren oder die man aus gutem Grund diskret behandelte.

Im Gegensatz zu früher hatte Henri ein gewisses Selbstbewusstsein gewonnen. Berenice vermutete den Grund in der unumstößlichen Tatsache, dass er der einzige legitime Nachfolger des Fürsten war und ihm dies mit zunehmendem Alter bewusst wurde.

Zum Glück brachten zwei Diener Erfrischungen und kleine Häppchen mit Frischkäse und Obst, und die angespannte Stimmung lockerte sich etwas.

Berenice fragte nach den Möglichkeiten einer Jagd; bei diesem Thema taute Henri sichtlich auf.

Er schilderte ihr das ausgedehnte Jagdgebiet und schwärmte von seiner neuen Jagdarmbrust, die einen großen Keiler mit einem Schuss niederstrecken konnte.

»Allerdings übe ich mich auch mit der neuartigen Arkebuse, obwohl sie nicht so günstig für die Jagd ist«, erklärte er Berenice eifrig. »Wenn es dich interessiert, zeige ich sie dir.«

»Es interessiert mich«, erklärte Berenice lächelnd. »Ich bevorzuge den Bogen, aber ich lasse mir deine Waffen gern zeigen. Vor allem liebe ich schnelle Ritte, ich könnte dich bei deiner nächsten Jagd begleiten.«

»Warum warten? Lass uns gleich hinausgehen und wir schießen um die Wette.«

Die sprunghafte Lebhaftigkeit verwirrte Berenice und sie warf einen fragenden Blick auf den Fürsten. Dieser nickte ihr zu und sie ließ sich an der Hand von Henri aus dem Raum ziehen. Schnell lief er vor ihr her, und sie hatte Mühe, ihm in ihrem Kleid zu folgen. Er schien keinen Gedanken darauf zu verwenden und rannte fröhlich zu einer kleinen Kammer neben dem Eingang für die Dienstboten. Dort hatte er sich offenbar so etwas wie eine Waffenkammer eingerichtet.

Berenice blickte sich erstaunt um.

Henri breitete die Arme aus, als wolle er seine Schätze umarmen. »Du bist überrascht, gib es nur zu! Es ist das Privileg des Fürsten, alle Waffen zu tragen, die er möchte, und ich habe mit der Zeit eine ganze Reihe gesammelt.«

»Noch bist du ja nicht der Fürst«, erinnerte Berenice ihn und nahm einen leichten Jagdbogen in die Hand. »Aber deine Sammlung ist beachtlich.«

Sie betrachtete die beinahe neue Waffe und sah, dass auch alle übrigen wenig in Gebrauch waren.

»Wann willst du sie alle benutzen? Es sind so viele.«

Er zuckte die Schultern, antwortete nicht und griff nach einer Armbrust, spannte sie prüfend und meinte: »Lass uns hinausgehen, ich habe einen Platz, den ich zum Üben benutze.«

Sie folgte ihm mit dem Bogen und griff im Vorübergehen nach den Pfeilen, die in einem Köcher auf dem Boden standen. Als habe er das Interesse an ihr schon verloren, blickte er sich nicht mehr um, während er dem Park zustrebte.

Berenice folgte ihm diesmal gemessenen Schrittes und traf ihn auf dem Schießplatz, wo ein Pfeil schon in der Mitte einer Holzscheibe steckte.

»Jetzt hast du es verpasst«, schrie er ihr entgegen. »Nächstes Mal sei gefälligst schneller! Ich bin gewohnt, dass man mir gehorcht.«

»Ich bin gewohnt, dass man höflich mit mir spricht«, entgegnete sie gelassen. »Dein Schuss war gut. Jetzt werde ich es versuchen.«

Sie ignorierte sein gelangweiltes Gesicht und nahm sich Zeit zu zielen. Ihr Schuss war schnell und präzise, und ihr Pfeil blieb neben Henris Pfeilspitze stecken, wo er zitternd nachfederte.

Henris Gesichtsausdruck wandelte sich erkennbar von Gleichgültigkeit zu Verärgerung.

»Das ist ein dummer Zufall. Frauen können nicht so genau schießen, und ich möchte nicht, dass du dich damit brüstest.«

Sie senkte den Bogen und zog es vor, sein kindisches Verhalten zu ignorieren. »Du bist ein guter Schütze. Vielleicht zeigst du mir gelegentlich noch mehr von deiner Fertigkeit. Doch nun lass uns zurückkehren, dein Vater wird uns schon erwarten.«

Sie trugen die Waffen zurück zu seiner Waffenkammer. Dort trat er so dicht an sie heran, dass sie gezwungen war, zurückzuweichen. Er presste sie gegen die Mauer und drückte sich gegen sie. Sie roch seinen Atem, der eigenartig unangenehm war, und drehte den Kopf zur Seite.

Schmerzhaft umschlossen seine Hände ihre Arme. Sie wollte ihn nicht weiter vor den Kopf stoßen und hielt abwartend still.

»Du wirst meine Frau sein und ich weiß, was man mit einer Frau macht«, flüsterte er in ihr Haar. »Du wirst mir immer gehorchen müssen, das ist deine Pflicht.«

Sie wollte ihn ein Stück wegschieben, doch er wich nicht zurück und stemmte sich gegen sie. Bevor sie etwas erwidern konnte, hörten sie in der Nähe eine schwere Tür zufallen und überrascht ließ Henri sie los. Sie nutzte den Augenblick, um hinauszuschlüpfen. Sie bemühte sich um einen langsamen Schritt, warf aber über die Schulter einen Blick zurück.

Henri folgte ihr nicht. Er hatte es offenbar vorgezogen, bei seiner Waffensammlung zu bleiben.

Der Fürst blickte ihr gespannt entgegen und sie lächelte ihm zu. »Henri ist ein leidenschaftlicher Schütze. Es wird ein Vergnügen sein, ihn auf der Jagd zu begleiten.«

»Trink ein Glas mit mir, Berenice! Aus der Abtei von Vaucelles habe ich einen Kräuterlikör erhalten, der wunderbar schmeckt. Man hat zum Süßen echten Zucker verwandt, was ihn recht kostspielig macht. Ich denke, er ist es wert.«

Er klang erleichtert.

»Der Abt ist ein guter Freund, und wir treffen uns gelegentlich. Er schickt mir durch einen Laienbruder manchmal diesen Tropfen, den ich sehr schätze und der Schmerzen lindert. Er will natürlich kein Entgelt dafür, aber ich schicke ihm trotzdem einige gute Sachen aus unserer Wirtschaft zurück. So hilft einer dem anderen.«

Berenice nippte versuchsweise. Das dunkle Getränk schmeckte stark und süß. Bei Schmerzen hatte es sicher betäubende Kräfte, dachte sie belustigt: Man merkt die Wirkung schon beim ersten Schluck.

»Ich habe mir Gedanken über Henris und deine Hochzeit gemacht«, begann der Fürst. Er setzte das Glas ab und suchte in seinem Sitz nach einer bequemeren Haltung. »Der Tod deines Vaters und die beängstigende Gefangennahme haben dich sicher sehr belastet. Wäre dir eine schnelle Hochzeit lieb oder möchtest du dich noch einige Monate erholen? In jedem Fall kannst du als unser Gast hier wohnen, bis es so weit ist. Vielleicht könnt ihr euch auf diese Weise besser aneinander gewöhnen und kennenlernen. Wir könnten die Hochzeit noch im Sommer abhalten oder, wenn du es vorziehst, am Christfest?«

»Ich möchte keine große Hochzeit mit Einladungen an alle mit uns verbundenen Familien; ich fürchte mich vor allzu vielen Fragen.«

Berenice überlegte. Sie rechnete es dem Fürsten hoch an, dass er diese Frage stellte, um ihr noch etwas Zeit zu geben. Henri war nicht einfacher geworden in den beiden Jahren, die ins Land gegangen waren, das würde er wissen. In Meribeau konnte sie allein auf keinen Fall ohne offiziellen männlichen Schutz wohnen. Ihr blieb gar nichts anderes übrig, als seine Gastfreundschaft anzunehmen. Sie hatte vor, diese Ehe, die ihr den Schutz einer einflussreichen Familie bot, sobald wie möglich einzugehen. Einige Wochen früher oder später spielten keine Rolle. Bevor sie sich für immer an Henri band, wollte sie jedoch wissen, warum Henri sich so verändert hatte und seine Haltung dem Fürsten gegenüber beinahe feindselig war.

»Ich nehme Euer Angebot, hier wohnen zu dürfen, sehr gern an. Wir könnten auch im frühen Herbst vor den großen Jagden heiraten. Ich hätte Zeit, mich ein wenig mit der Verwaltung der Ländereien vertraut zu machen.«

Jetzt lächelte der Fürst. »Ich habe mich nicht in dir getäuscht. Du bist klug und entschlussfreudig. Eine Bitte habe ich an dich … Du hast deinen Vater verloren und heiratest meinen Sohn. Ich werde dein Vater sein, und du darfst mich auch so nennen.«

Berenice erwiderte erfreut sein Lächeln und griff nach dem Glas. »Auf eine gute und lange Zeit zusammen, Vater!«

IX.

EIN OFFENES GEHEIMNIS

Am nächsten Tag schlug das Wetter um und es regnete. Der Wind fuhr in die Bäume, pfiff um die dicken Mauern des Schlosses und vermittelte eine Ahnung vom Herbst, der vor der Tür stand. Die Dienstboten hasteten über die Höfe und durch die Gärten, um schnell ins Trockene zu gelangen, und verlegten alle Arbeiten ins Innere des Hauses.

An eine Jagd war nicht zu denken. Auch Berenice war gezwungen, in ihren Räumen zu bleiben.

Eine Kutsche und zwei Sänften erreichten das Schloss am späten Vormittag, und die Ankömmlinge flüchteten regennass eilends in die Empfangshalle, wo der Fürst seine Besucher empfing. Er bestand darauf, dass Berenice bei den Gesprächen mit den verschiedenen Verwaltern anwesend war.

Diese warfen teils verwunderte, teils sogar ablehnende Blicke auf sie, wagten jedoch nicht, etwas einzuwenden. Es war nicht üblich, dass sich eine Dame, zumal so jung wie Berenice, an einem geschäftlichen Gespräch beteiligte.

Berenice saß in dem großen Armsessel vor dem Kamin und schwieg, während sie aufmerksam lauschte. Es ging um die Ernte, deren Erträge und Verwendung in diesem Jahr, und um anfallende Reparaturen. Sie verstand nicht alles, doch sie bekam eine Vorstellung von der Tätigkeit, die sie vielleicht einmal erwartete.

Der Fürst wirkte agil und gesund, trotz gelegentlicher Schmerzen in den Knochen. Berenice hoffte, dass er noch lange die Geschicke des Fürstentums leiten würde. Sie sah genau, wie schwierig die besondere Lage an der Grenze des Reiches war, wo man stets Gefahr lief, zwischen den Interessen der Habsburger und der Valois zerrieben zu werden.

Am Ende der Gespräche lud der Fürst seine Besucher zum Mittagsmahl ein, was gern angenommen wurde. Es hatte inzwischen aufgehört zu regnen, doch immer noch jagten graue Wolken über den Himmel und hing die Nässe schwer in den Bäumen und Büschen. Die beiden Herren, die mit der Kutsche angereist waren, mussten zurück nach Saint Quentin, eine Fahrt von einigen Stunden, da nicht alle Wege bei Regen in gutem Zustand waren.

Berenice war die einzige weibliche Person am Tisch, und der Fürst stellte sie mit Stolz in der Stimme als seine zukünftige Schwiegertochter vor, die sich ebenfalls um die Wirtschaft kümmern würde. War man über die Neuigkeit erstaunt, ließen sich die Herren jedenfalls nichts anmerken.

Berenice vermutete, dass sich die Nachricht über ihre Ankunft und den Tod ihres Vaters bereits überall herumgesprochen hatte. Ganz selbstverständlich nahm sie die Rolle der Dame des Hauses ein, die der Fürst ihr zugewiesen hatte.

Henri ließ sich den ganzen Tag über nicht sehen. Sie vermutete, dass er sich in seiner kleinen Waffenkammer aufhielt, wo er sich anscheinend wohler fühlte als im Schloss.

Die Besucher erklärten vor ihrer Abreise noch, in vier Wochen für die monatliche Besprechung wiederzukommen, und verabschiedeten sich höflich von Berenice.

»Lass uns in die Schreibstube gehen«, meinte der Fürst, nachdem sich die Tür hinter den Gästen geschlossen hatte.

»Du solltest von jedem Besuch ein Protokoll verfassen mit Anmerkungen, was wir beschließen, und mit Hinweis auf die kommende Besprechung. So bist du stets im Bilde und kannst dich im nächsten Jahr daran orientieren. Die Abläufe sind in den meisten Jahren ähnlich. Morgen erwarte ich den Besuch der Gräfin de Verner. Sie hat sich angekündigt, um mir nach langer Zeit wieder einen Besuch abzustatten.«

Er warf ihr einen verschwörerischen Blick zu. »Ich erwähnte schon einmal, dass die Dame recht kritisch ist. Natürlich besucht sie mich nur, weil sie auf dich neugierig ist und wissen will, wer die zukünftige Herrin im Hause ist. Ich habe ihr gelegentlich mit Geld unter die Arme gegriffen, sie kann damit so gar nicht umgehen. Nun sorgt sie sich um die Schuldscheine. Sie bringt eine Nichte mit – schon wieder eine.«

Er seufzte und erwiderte auf Berenices fragenden Blick hin: »Sie hoffte, unsere Familien durch eine Ehe zu verbinden, damit sie vielleicht ihre Schulden nicht abzahlen muss und damit ihre Nichten keine Mitgift brauchen.«

»Sie will ihre Nichte mit Henri verheiraten? Obwohl sie über unseren Ehevertrag im Bilde ist?«

»Oh nein, das hat sie sich inzwischen aus dem Kopf geschlagen.« Er schob eine große Dokumentenrolle auseinander und sagte: »Wir fangen mit den Plänen des gesamten Besitzes an. Du musst wissen, womit du zukünftig umgehst.«

Am nächsten Morgen saß Berenice in der Schreibstube und betrachtete die Abrechnungen aus Meribeau, die ein Bote ihr am Morgen übergeben hatte. Verglichen mit den Zahlen des Fürstentums waren es beinahe bescheidene Beträge, und allmählich konnte sie ermessen, warum ihrem Vater an der Bindung zum Haus de la Tour so viel gelegen hatte.

Sie trug die Einkünfte aus den verschiedenen Dörfern in eine Liste ein, als sie im Hof freudige Stimmen hörte. Die erwarteten Besucher schienen angekommen.

Neugierig ließ sie die Feder sinken und trat ans Fenster. Eine schon ältere Dame, die jedoch noch recht vergnügt und agil aus der Sänfte stieg, wurde von einer anderen Dame gestützt, wahrscheinlich ihrer Zofe, dachte Berenice. Sie hielt nach einem jungen Mädchen Ausschau, das sie zunächst nicht entdeckte. Schließlich galoppierte eine junge Frau auf einer braunen Stute heran, die temperamentvoll stieg, als sie plötzlich gezügelt wurde.

Berenice konnte die Antwort nicht hören, doch das helle Lachen der jungen Frau begleitete sie, als sie die Treppe hinunterging, um die Ankömmlinge zu begrüßen.

Es war Marie de Verner, die so temperamentvoll in den Hof geritten war. Lachend wehrte sie die Vorwürfe ihrer Tante ab, die ihr erklärte, dass diese Art des Rittes für eine junge Dame ungehörig sei.

Berenice konnte sich ein Lächeln nicht verkneifen; zu oft hatte sie selbst die gleiche Belehrung gehört.

Marie schien im gleichen Alter wie Berenice zu sein, doch sie war weit unbekümmerter. Sie legte die Hände auf die Schultern des Fürsten und küsste ihn ungeniert auf die Wange. Sie nahm Berenices Hände und betrachtete sie einen Augenblick ausgiebig.

»Du bist noch schöner, als man dich beschrieben hat – und ich dachte schon, man übertreibt. Henri muss doch ganz außer sich sein, dich bald zu heiraten. Wo steckt er überhaupt?«

Fragend blickte Berenice ihren zukünftigen Schwiegervater an, doch dieser meinte nur: »Er ist noch auf der Jagd und wird uns zum Nachtmahl Gesellschaft leisten.«

Marie zog Berenice ins Schloss. »Begleite mich auf mein Zimmer, wir können plaudern, während ich mich umziehe.«

Da die Zofe Lilli noch von ihrer Tante beansprucht wurde, geleitete eine junge Magd sie zu dem Zimmer, das Marie für die kommenden Tage bewohnen sollte. Zwei Hausdiener schleppten die Ledertaschen herein, in denen sich ihre Reiseausstattung befand. Sie richtete sich für ein oder zwei Wochen ein, erklärte sie Berenice.

Während Berenice ihr half, einige Utensilien vor dem Spiegel zu platzieren, löste Marie ihr Haar und fuhr mit einem Kamm durch ihre dunklen Locken.

»Es wird nicht einfach für dich sein, die Ehefrau von Henri zu werden, gleichgültig, wie charmant sein Vater ist und wie viel er besitzt. Jeden Morgen neben Henri aufzuwachen, stelle ich mir schrecklich vor.«

Berenice musste beinahe lachen über diese unverblümte Offenheit. An den Höfen hätte man niemals gewagt, seine Meinung so freimütig zu äußern. Die mutwillige Marie war ihr auf Anhieb sympathisch.

Marie ließ den Kamm sinken und sah Berenice forschend an.

»Man hat mir gesagt, dass du zwei Jahre jünger bist als ich, und ich denke mir, du weißt vielleicht nicht, worauf du dich mit dieser Ehe einlässt. Du hast ja keine Mutter mehr, die dir etwas erklären kann.«

Verblüfft antwortete Berenice: »Man hat dich doch nicht zu mir gebracht, damit du mir die Aufgaben einer Ehefrau erklärst?«

Jetzt kicherte Marie beinahe. »Meine Tante würde mich wahrscheinlich einsperren, wenn sie wüsste, worüber wir sprechen. Ich sehe sofort, ob ich jemanden mag, und dich mag ich. Ich möchte nicht, dass du eine böse Erfahrung machst.«

»Das ist sehr freundlich von dir. Ich nehme an, du hast diese Erfahrung schon hinter dir.«

Es war mehr eine Vermutung als eine Frage, und Berenice erwartete keine Antwort, doch Marie setzte sich auf eine gepolsterte Sitzbank am Fenster und zog Berenice an ihre Seite.

»Versprich mir, dass dieses Gespräch unter uns bleibt«, flüsterte sie. Berenice nickte.

»Ich habe mich aufrichtig verliebt, leider nicht ganz standesgemäß, aber ich denke, wir werden es schaffen, zusammenzukommen. Vorerst möchte ich es meiner Tante noch nicht sagen. Seit dem Tod meiner Eltern ist sie mein Vormund, und sie nimmt diese Aufgabe ganz schrecklich ernst.«

Offenbar nicht ernst genug, dachte Berenice amüsiert, sonst wären ihr die Unternehmungen ihrer Nichte nicht entgangen. Allerdings war es bestimmt auch nicht ganz einfach, die übermütige Marie zu kontrollieren. Das Gespräch begann ihr zu gefallen.

»Wer ist es denn, und ist er ebenso verliebt in dich?« Auch sie senkte nun die Stimme.

»Sein Name ist Arnaud und er soll Geistlicher werden, da sein Bruder den Besitz erbt und sein zweiter Bruder sich dem Heer des Königs angeschlossen hat. Glaube mir, er ist ganz und gar nicht für den Kirchendienst geeignet.«

»Was wollt ihr gegen die Pläne seines Vaters machen?«

Marie grinste sie an. »Es gibt ein recht sicheres Mittel. Wenn ich ein Kind von ihm erwarte, haben sie keine Wahl mehr. Dann haben wir zwar einen ganz entsetzlich schlechten Ruf, sind aber gemeinsam gefallene Engel.«

Berenice lachte. »Ich verstehe. Daran arbeitet ihr mit Nachdruck.«

»Es schockiert dich nicht?«

»Nein, auch wenn ich den Mut zu diesem Schritt vielleicht nicht hätte.«

»Also«, Marie holte tief Luft, »ich hätte den Mut nicht gehabt, als einzige Frau monatelang über das Meer zu reisen in Gesellschaft einer unbändigen Horde Männer und mit dem Wissen, dass am anderen Ende eine Wildnis auf mich wartet. Hinter vorgehaltener Hand berichtet man die unglaublichsten Geschichten über deine Rückkehr. Dein Vater hat den Tod gefunden und du hast überlebt. Musstest du den Wilden dafür zu Willen sein?«

Ihre Augen glitzerten derart skandallüstern, dass Berenice in Lachen ausbrach.

»Ich musste ihnen keineswegs zu Willen sein«, betonte sie und fuhr, immer noch lächelnd über die ausufernde Fantasie Maries, fort: »Wir waren ihnen eher eine Bürde, weil wir uns in ihrem Land nicht auskannten. Sie waren keine Wilden, sondern sehr freundliche Menschen, von denen ich viel gelernt habe.«

Ihr Gesicht wurde wieder ernst. »Mein Vater starb bei einem Überfall auf dem Meer und mich wollte man festhalten, bis jemand zahlte.«

»Das war sicher furchtbar.« Mitfühlend legte Marie ihre Hand auf Berenices Arm. »Du musst schreckliche Angst gehabt haben.«

Berenice schluckte und verdrängte schnell das entsetzliche Bild, das sich jedes Mal in ihre Gedanken schob, wenn sie an ihren Vater dachte. »Ich war nach dem Tod meines Vaters krank. Ich konnte nicht fassen, was geschehen war. Diese Bilder werde ich nie vergessen.«

»Was geschah mit dir?«

»Man hat mich gut behandelt, weil man an mir etwas verdienen wollte. Der Bey, in dessen Besitz ich war, hat mich immer wie eine Frau meines Standes behandelt. Er war sehr kultiviert und verstand unsere Sprache. Gregory de Rincon hat mich dort angetroffen und nach Hause gebracht.«

»Also warst du doch in den Händen der Ungläubigen. Haben sie nicht versucht, dich zu ihrem Glauben zu bekehren und dich das Blut von Kindern trinken lassen?«

Ärgerlich erklärte Berenice: »Das sind doch Ammenmärchen, Marie. Diese Menschen mögen andere Sitten und einen anderen Glauben haben, aber ich bezweifle, dass ihnen Blut besser schmeckt als dir oder mir.«

Marie legte den Kopf in den Nacken und blickte Berenice nachdenklich an. »Das hört sich so an, als ob du sie magst. Hast du dich etwa in diesen kultivierten Bey verliebt, und hat er dir das eine oder andere gezeigt, was Mann und Frau miteinander anfangen können?«

Berenice seufzte. »Du bist auf der falschen Fährte, Marie. Ich habe mich nicht in ihn verliebt – ich war überglücklich, endlich die Heimreise antreten zu können.«

»Damit du Henri, den Mann deiner Träume, ehelichen kannst«, spöttelte Marie. »Ich bin mir nicht sicher, ob ich an deiner Stelle nicht diesen Bey vorgezogen hätte.«

»Du weißt nicht, wovon du redest. Auch du hättest nicht ohne große Not deinen Glauben geändert. Ich habe erst in der Fremde gemerkt, wie viel mich mit meiner Heimat verbindet. Was Henri angeht: Er ist sicher nicht der Mann meiner Träume, aber das ist in einer Ehe auch sehr selten der Fall und nicht einmal sonderlich erwünscht.«

»Ich vergaß, du bist an Königshöfen erzogen worden. Dort sind Eheschließungen eine Art Handel.« Marie seufzte tief auf. »Ich werde niemals diesen höfischen Stil haben und immer wissen, was das Richtige ist.«

Sie warf einen Blick auf den Vorplatz, wo Henri zu sehen war, der langsam zum Schlosseingang schlenderte.

»Das Wetter bessert sich. Morgen können wir sicher ausreiten und vielleicht sogar jagen. Das wird uns allen gefallen.«

Berenice hatte bei den Worten ihrer neuen Freundin keine Miene verzogen, doch die Gedanken an Kowishto drängten sich ihr auf. Sie hatte keinesfalls immer gewusst, was richtig oder falsch war, und schon gar nicht danach gehandelt. Dennoch war sie trotz aller Sympathie zu Marie mit ihren Äußerungen vorsichtig. Es schien ihr zu offensichtlich, dass man wissen wollte, was an den Gerüchten dran war.

In diesen Augenblicken wünschte sie sich, dass Oujdma da wäre. Mit ihm konnte sie über alles sprechen, er verstand sie vollkommen und brachte ihre Gedanken mit seinem Spott immer auf den richtigen Punkt. Sie nahm sich vor, nach dem Essen an ihn zu schreiben. Vielleicht konnte er sie einige Tage lang besuchen.

Sie erhob sich. »Ich werde mich für das Abendessen umziehen. Ich freue mich sehr, dass du gekommen bist. Die wenigen Freundinnen, die ich hatte, leben nun weit entfernt von hier.«

Auch Marie sprang von ihrem Sitz. »Ich hatte noch nie eine Freundin! Um mich waren nur meine Brüder und Cousins und natürlich lauter sehr alte Leute.«

Sie verzog den Mund und machte eine Bewegung, als liefe sie am Stock.

Berenice lachte laut auf. Es wäre wunderbar, wenn sie die fröhliche und unternehmungslustige Marie in ihrer Nähe hätte, dachte sie auf dem Weg in ihr Zimmer, in dem Sophie schon auf sie wartete.

Die junge Dienerin hielt ihr Kleid bereit und half ihr, die vielen Schnüre zu schließen und ihre Frisur zu richten. Nach der zerstreuten und empfindlichen Amelie und der handfesten, aber etwas groben Louise war Sophie beinahe schon wie eine Freundin, die wusste, was Berenice als Nächstes brauchen würde. Insgeheim nahm sie sich vor, ihrer Zofe zum Christfest ein besonderes Geschenk zu machen und ihren Verdienst, der kaum der Rede wert war, zu erhöhen. Sophie hatte in ihrer Bescheidenheit niemals um etwas gebeten; die wenigen Münzen, die sie erhielt, schickte sie an ihren Vater. Es genügte ihr, eine Kammer allein zu bewohnen, zwei ansehnliche Kleider und ein Paar Schuhe zu besitzen und regelmäßig etwas Gutes zu essen. Sie hatte ein wenig Gewicht zugelegt und sah hübsch und zufrieden aus.

Überdies hatte sie ein offenes Ohr für die Vorgänge im Haus und bei der Dienerschaft. Berenice wusste aus Erfahrung, dass es nicht schaden konnte, diese Kenntnisse zu berücksichtigen.

Gut gelaunt schritt Berenice wenig später zum Abendessen die große Treppe hinunter und schon in der Halle hörte sie die Stimmen Maries und ihrer Tante.

Das Essen verlief in angeregter Stimmung. Der Fürst schlug für den morgigen Tag einen kleinen Jagdausflug vor, und auch Henri zeigte sich interessiert und machte den Vorschlag, die Damen mit seinen neuen Bögen auszustatten.

»Mein lieber Junge«, stöhnte die Gräfin, »ich habe nicht vor, ein Tier zu erlegen. Glücklicherweise bin ich nicht mehr in dem Alter, wo ich alles töten möchte, bevor ich es verzehre. Ein gemächlicher Ritt durch Wald und Feld im bequemen Damensattel reicht mir völlig. Marie und Berenice werden dir Gesellschaft leisten und auch dein Vater, wenn es ihn nach Blut dürstet.«

Der Fürst feixte: »Liebste Cousine, so blutrünstig Ihr mich auch sehen mögt, ich werde morgen an Eurer Seite bleiben und auf Euch achten. Ihr werdet keine Gelegenheit haben, mit meinem Jagdaufseher zu kokettieren wie beim letzten Mal.«

Die Gräfin lachte und drohte ihm mit dem Finger.

Solch heitere und ungezwungene Tischgespräche kannte Berenice nicht. Man war in Mechelen oder Amboise gut beraten gewesen, seine Worte abzuwägen und in Betracht zu ziehen, dass sie weitergetragen wurden. Selbst Neckereien waren nie ganz frei von Hintergedanken. Sie hatte es kaum als Belastung angesehen, schließlich hatte sie nichts anderes gekannt. Einen so familiären und scherzhaften Umgang hatte sie nicht einmal mit ihrem Vater gepflegt.

Später im Bett wünschte sie sich, immer so unbeschwert im Kreis einer Familie zu leben. Selbst Henri war an diesem Abend entspannt gewesen und nicht so unmutig und düster wie gewöhnlich. Vielleicht wurde alles weit besser und einfacher und sie machte sich zu viele überflüssige Gedanken.

Es dunkelte noch, als Sophie sie vorsichtig weckte und ihr ein Glas heißer Mandelmilch ans Bett brachte.

In den letzten Tagen war auch der Rest ihrer Kleidung aus Meribeau zusammen mit Jeanne eingetroffen, die sich in der Küche betätigte. Niemand wusste besser als sie, was ihr schmeckte. Ein Junge brachte ihre beiden Pferde ins Château und entschloss sich ebenfalls zum Bleiben.

Die Luft war noch frisch an diesem frühen Sommermorgen, auch wenn ein ferner Hauch des Herbstes durch die Feuchtigkeit des vergangenen Tages über den Wiesen zu liegen schien. Die kleine Jagdgesellschaft folgte dem Jagdaufseher mit seinen Hunden, die schon aufgeregt an der Leine zerrten, die sie alle zusammenhielt. Der Weg führte in Richtung des großen Forstes, der sich weitläufig entlang eines Baches zog, der in der Ferne in die Somme mündete. Die Pferde brauchten eine Weile, um wach zu werden, sie schüttelten die Köpfe und schnaubten, froh über die Bewegung. Als das Pferd des Jagdaufsehers auf einer Grasschneise in einen bedächtigen Galopp fiel, folgten alle ihm mühelos. Eine gute halbe Stunde ritt man durch den Wald und überquerte kleine Wasserläufe, und erst vor einer Lichtung hob der Mann die Hand und ließ die Jagdgesellschaft absitzen. Er prüfte die Windrichtung, wies jedem eine Position zu und legte den Finger an die Lippen, um zur Stille zu mahnen. Dieses Hinweises bedurfte es nicht. Die Anwesenden gingen oft genug zur Jagd und kannten die Regeln.

Sie mussten nicht lange warten. Ein junger Rehbock betrat im langsam heller werdenden Morgengrauen zögernd die Lichtung, gefolgt von einigen Ricken und zwei Kitzen. Prüfend hob er den Kopf und begann dann beruhigt zu grasen. Während ihm die übrigen Rehe folgten, sah Berenice, wie Henri und der Fürst langsam die Bögen hoben und sich ein Zeichen gaben. Die Pfeile pflogen schnell und beinahe lautlos. Zwei Ricken gingen zu Boden und ein Kitz, das verspätet reagierte, fiel einem weiteren Pfeil zum Opfer.

Während die Jagdhelfer die Tiere aufluden, hielt die Jagdgesellschaft ein kleines Frühstück im Freien ab.

Noch zwei weitere Male gab es einen Aufenthalt, sodass gegen Mittag eine stolze Ausbeute begutachtet werden konnte. In den nächsten Tagen würde die Tafel herrliche Fleischgerichte enthalten, und auch die Jagdhelfer waren zufrieden. Berenice bemerkte, dass der Fürst seinen Leuten einen Anteil überließ – keineswegs eine übliche Handlungsweise. Es zeigte ihr, dass er für seine Untergebenen sorgte.

Angeregt ritten sie im Schritt Richtung Schloss. Marie überlegte laut, welches Gericht ihr in den nächsten Tagen besonders schmecken würde, während Henri, dem das Thema gleichgültig war, ein gelangweiltes Gesicht machte.

»Wir könnten um die Wette reiten«, unterbrach er sie schließlich, und Marie willigte gutmütig sofort ein. Auch Berenice schloss sich ihnen an. Der Fürst und die Gräfin hingegen winkten ab. Sie wollten langsam folgen.

Die beiden jungen Frauen und Henri trieben ihre Pferde an und jagten in wildem Galopp über die grasbewachsene Fläche, bis sie den Weg zum Schloss erreichten und ihr Ritt noch etwas schneller und gewagter wurde.

Besorgt richtete sich der Fürst in seinem Sattel auf und sah ihnen hinterher. Das Tempo war halsbrecherisch. Er machte sich Sorgen um die beiden Mädchen, die sicher nicht oft so rasant ritten.

Henri wurde als Erster langsamer, und anschließend fiel Marie leicht zurück, erreichte aber gleich hinter Berenice den Hof.

Sie sprangen ab und wischten sich lachend über die verschwitzten Gesichter, während die Pferde mit zitternden Flanken von einem Stalljungen weggeführt wurden. Mit einiger Verspätung kam Henri an. Berenice hütete sich, dies mit einem Wort zu kommentieren.

Eine Dienerin brachte auf einem Tablett einen Krug und einige Trinkgefäße und schenkte ihnen erfrischenden, gekühlten Beerensaft ein.

Berenice nahm das erste Gefäß an sich, brachte es Henri und bot ihm den ersten Schluck an. Während er durstig trank, fiel ihr seine Blässe auf, und an seinen Händen bemerkte sie kleine Verknotungen, die er sich blutig gekratzt hatte.

Er reichte ihr den leeren Becher und auch sie bediente sich nun und trank durstig, während sie in der Ferne den Fürsten mit der Gräfin sahen, die sich gemächlich mit dem Karren der erlegten Tiere dem Schloss näherten.

An diesem Abend gab es reichlich gebratenes Wild. Alle griffen herzhaft zu, nur Berenice hatte keinen rechten Appetit und zog sich früh auf ihr Zimmer zurück. Sie ließ sich noch ein wenig Milch bringen und von Sophie auskleiden.

»Sag mir, Sophie«, begann sie zögernd, während ihre Zofe ihr die Haare für die Nacht richtete, »hast du schon einmal jemanden getroffen, der zahlreiche kleine Knoten an den Händen hat, die zum Teil bluten?«

Die junge Frau ließ die Bürste sinken und sah sie fragend an. »Ihr sprecht von Eurem Verlobten, nehme ich an?«

Als Berenice nicht antwortete, meinte sie: »Jeder im Schloss weiß, dass er ...« sie verstummte plötzlich, als wäre sie sich darüber klar geworden, dass es vielleicht nicht ihre Aufgabe war, ihre Herrin zu informieren.

Doch nun war Berenices Neugier geweckt. »Was erzählen sich die Leute denn?« Sie drehte sich um und sah ihrer Zofe in die Augen. »Sag mir, was du weißt! Du brauchst nicht zu befürchten, dass ich erwähne, von wem ich etwas erfahren habe.«

Sophie schüttelte den Kopf. »Das befürchte ich gar nicht. Alle wissen Bescheid, außer dem Fürsten vielleicht. Man spricht ganz offen darüber. Es lässt sich ja auch nicht verheimlichen.« Sie schlug die Augen nieder und errötete leicht. »Ich sollte vielleicht nicht darüber reden, und für Euch ist es sicher nicht einfach, davon zu wissen.«

Berenice sprang auf und schloss energisch das Fenster zum Hof, das noch offen stand.

»Sophie, überlass die Beurteilung mir, ob es recht ist, etwas über meinen Verlobten zu wissen. Schließlich betrifft es mich und damit vielleicht sogar dich, und wenn jeder Bescheid weiß, ist es nur eine Frage der Zeit, bis ich davon erfahre.«

Sophie drehte die Bürste in der Hand. Es war ihr sichtlich unangenehm, die Überbringerin dieser Geschichte zu sein, auch wenn sie innerlich überzeugt war, dass man es ihrer Herrin sagen sollte.

»Der junge Herr besucht wohl regelmäßig in der Nacht gewisse Damen. Alain, der Sohn des Kutschers, hat ihn öfter vor der Türe der entsprechenden Frauen herumstreichen sehen und es seiner Mutter erzählt, die in der Küche arbeitet. Sie vertraute es vor einigen Tagen Jeanne an und diese bat mich, Euch einen Hinweis zu geben. Ich habe es aber auch schon vom Gärtner gehört, weil er ihn eines frühen Morgens berauscht im Garten gefunden hat. Er war krank, hatte Fieber und sprach von seinen Frauengeschichten.«

»Sein Benehmen ist vielleicht nicht sonderlich ehrenhaft, aber ich bin nicht so dumm zu glauben, dass er der Einzige ist, der Dirnen besucht. Ich hoffe, wenn wir einmal verheiratet sind, hört er damit auf. Doch was ist mit diesen kleinen Wunden, glaubst du vielleicht, es hat etwas miteinander zu tun?«

»Ich weiß es nicht«, meinte Sophie. »Der Gärtner sagte mir, dass er immer wieder Fieber hatte und die Fieberanfälle begannen, nachdem ihr fort wart. Sie haben sich anfangs darüber lustig gemacht, weil man annahm, er habe solche Sehnsucht nach Euch. Dann begann es mit kleinen Wunden am Mund und an anderen Stellen. Niemand weiß genau, ob es einen Zusammenhang gibt, aber man glaubt es.«

»Hat sonst noch jemand hier solche Wunden oder Fieberanfälle?«

Sophie schüttelte den Kopf. »Davon weiß ich nichts.« Sie band die Haare Berenices für die Nacht zusammen und öffnete die Truhe, um das Kleid für den morgigen Tag bereitzulegen.

Berenice entließ ihre Zofe und legte sich ins Bett. Doch der Schlaf wollte sich nicht einstellen.

Sie war nicht beunruhigt aufgrund der Tatsache, dass Henri zu Prostituierten ging. Warum manche Männer Dirnen ihrer eigenen Frau vorzogen, konnte sie sich nicht vorstellen. Auch in Amboise hatte manch elegante Frau den Ruf, ihre Zuneigung zu verkaufen.

Sie schob die Decken weit von sich, sie waren ihr zu warm. Schließlich stand sie auf, trank einen Schluck Milch und verzog das Gesicht. Durch die Wärme war das Getränk sauer geworden. Innerlich aufgewühlt wanderte sie im Zimmer umher und dachte nach.

War das gelegentliche Unwohlsein Henris eine Folge seiner Besuche bei den Prostituierten, und war diese Krankheit vielleicht sogar ansteckend? Diesen Gedanken verwarf sie gleich wieder. Sophie hatte ihr niemanden nennen können, der die gleichen Merkmale aufwies.

Sie warf einen Blick in den Garten, als erwarte sie, dort huschende Gestalten zu entdecken. Doch nichts war zu sehen. Wege, Bäume und Sträucher lagen friedlich im Schein des Mondes.

Vor Krankheiten war niemand gefeit, und nur Gott allein wusste, warum es einige traf und andere nicht. Wenn es dem Herrn gefiel, würde ihr zukünftiger Mann wieder gesund werden. Vielleicht lag es nur an der Unsauberkeit dieser käuflichen Frauen und das Fieber würde vergehen, wenn er erst einmal mit ihr zusammen war.

Sie kroch wieder unter die Decke und dachte an Gregory. Ihr Körper schmerzte vor Verlangen nach ihm. Wäre er in diesem Augenblick bei ihr gewesen, sie hätte sämtliche guten Vorsätze vergessen.

Erschrocken über ihre eigenen Gedanken und Wünsche steckte sie ihren Finger in den Mund und biss so fest darauf, dass es schmerzte.

Sie hatte sich bisher zugestanden, einen Mann mit all ihren Sinnen zu begehren und dieser Neigung nicht zu widerstehen. Sie wusste, welche Sünde sie begangen hatte, ihrem Verlangen nach Kowishto nachgegeben zu haben. Dies konnte sie vor sich selbst jedoch noch mit dem Wunsch rechtfertigen, ein einziges Mal die Liebe erlebt haben zu wollen.

Gregory war etwas ganz anderes. Er war ein Mann aus ihrer eigenen Welt, und sie hatte ihn vom ersten Augenblick an geliebt. Sie hatte immer vermutet, er wäre ein Mitglied des Hofes oder dem Hof nahestehend. Sein gewandtes Verhalten ließ keinen anderen Schluss zu. Ein Verhältnis mit ihm war Betrug an ihrem zukünftigen Mann und durfte nie mehr geschehen.

Stöhnend drehte sie sich auf die andere Seite.

Wenn sie heute daran dachte, wie kindlich und unwissend sie ihren Vater bedrängt hatte, eine törichte Entscheidung zu treffen, fühlte sie sich immer noch schuldig. Es war nutzlos, endlos darüber nachzusinnen, ob er ohne ihre Begleitung in die Neue Welt noch leben würde.

In ihrem Zimmer ging die Dunkelheit schon in ein lichteres Grau über. Es dauerte nicht mehr lange und der Morgen wurde heller.

Immer noch lag Berenice hellwach zwischen zerwühlten Decken. Der Schlaf hatte sich die ganze Nacht nicht eingestellt, und nun war sie völlig erschöpft.

Als Sophie eine Stunde später das Zimmer betrat, fand sie ihre junge Herrin tief schlafend vor. Leise zog sie eine leichte Decke über sie und entfernte sich auf Zehenspitzen.

Die Geräusche im Schloss weckten Berenice. Es ging schon auf Mittag zu, und Sophie hatte ihr eine Schüssel mit Wasser bereitgestellt. Ein wenig schuldbewusst, das gemeinsame Frühmahl ebenso versäumt zu haben wie die Arbeiten an ihrem Wirtschaftsbuch, wusch sie sich und wählte ein Kleid aus ihrer Truhe, das sie allein anziehen konnte. Auch die Haare steckte sie nur einfach zusammen und ging hinunter in der Hoffnung, Marie zu treffen. Von ihr und der Gräfin war jedoch nichts zu sehen. Auf ihre Frage erklärte ihr Jeanne in der Küche, dass die beiden Damen in Begleitung eines Kutschers eine Ausfahrt machten.

Berenice biss herzhaft in ein Stück Brot und trank einen Schluck frischer Milch. Den Kornbrei lehnte sie wie gewöhnlich ab; sie hatte ihn noch nie gemocht und ihn sich seit ihrer Reise in die Neue Welt endgültig abgewöhnt.

Sie beschloss, sich auf die Suche nach Henri zu machen. Vielleicht konnte er ihr etwas zu seinen Verletzungen sagen, wenn sie ihn vorsichtig fragte.

Sie schlenderte über den Hof und wollte die Tür zu seiner Waffenkammer öffnen, fand sie jedoch verschlossen vor. Ein Pferdeknecht, den sie nach dem Verbleib ihres Verlobten fragte, hob nur die Schultern, meinte jedoch, er habe den jungen Herrn heute morgen schon im Eingang gesehen. Ein Pferd habe er jedoch nicht gewollt.

Ein wenig verstimmt, dass sie offenbar alles verschlafen hatte, machte sie sich zurück auf den Weg ins Schloss. Wenn niemand da war, konnte sie sich bis zum Nachtmahl ebenso gut mit den Wirtschaftsbüchern befassen. Sie durchquerte den Salon und öffnete die Tür zur Schreibstube.

Die beiden Männer wandten ihr den Rücken zu und bemerkten nicht, dass sie in der Tür stand, so erregt schienen sie.

In diesem Augenblick griff Gregory nach einem bunten und kostbaren Glaskelch auf dem Tisch und schmetterte ihn voller Zorn in den gemauerten Kamin. Er zersplitterte und beide traten einen Schritt zurück, um nicht von den Scherben getroffen zu werden.

»Es war mir noch nie so ernst, und ich werde weggehen und auch weiterhin für den König kämpfen, wenn meine Interessen nicht von Belang sind.«

Die Antwort des Fürsten konnte sie nicht mehr hören, leise hatte sie den Raum verlassen und die Tür angelehnt.

Sie drückte ihren Rücken an die Wand, doch sie konnte nicht hören, was gesprochen wurde. Warum war Gregory so zornig, und was hatte der Fürst damit zu tun? Sie überwand sich und schob mit der Fußspitze die Tür wieder einen winzigen Spalt weiter auf, in der Hoffnung, mehr zu erfahren.

»Ich kann meine Entscheidung nicht mehr ändern«, erklärte der Fürst soeben und seine Stimme klang angespannt und beinahe gequält. »Ich möchte für alle das Beste, das weißt du genau. Wahrscheinlich hätten wir weit weniger Probleme, wenn du Henri nicht so umfassend informiert hättest.«

»Es war Eure Entscheidung. Niemand konnte ahnen, dass er so schnell lernt. Mit diesen Folgen konnte niemand rechnen.«

»Das ist leider wahr.«

Berenice hörte, wie der Fürst tief seufzte.

»Diese Eskapaden haben mich bisher mehr gekostet als seine Jahre in Amboise«, fuhr er fort, »und wenn du fort bist, weiß ich nicht, wer ihn kontrollieren kann.«

Berenice hörte, wie sich Schritte von der Dienstbotentreppe her dem Salon näherten, und eilte durch die Vordertür hinaus.

In der Halle setzte sie sich auf einen Stuhl und wartete. Sie wollte wissen, was es mit Henri auf sich hatte, und vertraute dabei auf Gregory. Er würde hoffentlich nicht abreisen und sie im Ungewissen lassen.

Es dauerte noch eine Weile, bis sie seinen Schritt hörte und er ihr gegenüberstand. Er fasste nach ihrem Arm und zog sie in den Hof des Schlosses.

»Ich möchte mit dir sprechen. Lass uns ausreiten.«

Berenice nickte zustimmend. »Deswegen habe ich auf dich gewartet.«

Sie betraten zusammen den Pferdestall, wo Gregory den Knecht bat, Berenices Pferd zu satteln. Er nahm sein eigenes Tier und wartete schon im Hof, als Berenice auf ihrem Pferd erschien. Schweigend ritten sie im Schritt in die Richtung, die vor einigen Tagen die kleine Jagdgesellschaft genommen hatte.

Als sie den Wald erreichten, meinte Berenice: »Du hast dich bisher von mir ferngehalten und ich habe es respektiert, doch nun brauche ich deinen Rat. Ich möchte wissen, was mit Henri los ist.«

Gregory wandte sich ihr zu. »Du hast an der Tür gelauscht.«

Berenice lächelte. »Ich hätte mir denken können, dass dir nichts entgeht.« Ihr Gesicht wurde wieder ernst. »Ich habe in den wenigen Tagen im Schloss einiges bemerkt, was sich seit meiner Abreise verändert hat. Vor allem mache ich mir Sorgen um Henri. Er ist so ...« Sie suchte vergeblich nach dem richtigen Wort.

»Selbstbewusst? Sprunghaft?« fragte Gregory.

Sie nickte zustimmend. »Als ich ihn verließ, wagte er kaum, mich anzusehen. Er ist natürlich auch älter geworden, doch ich hätte nie vermutet, dass er seinem Vater oder auch mir so angriffslustig gegenübertritt. Anscheinend hat er auch einige Erfahrungen mit Frauen gemacht, seinen prahlerischen Worten nach zu urteilen, doch ich weiß natürlich nicht, was davon der Wahrheit entspricht.«

Sie erreichten eine kleine Lichtung, auf der Gregory sein Pferd zum Stehen brachte, absaß und die Zügel um einen Baumstamm schlang, bevor er Berenice behilflich war. Sie setzte sich auf einen dicken, abgeknickten Ast, und Gregory lehnte sich gegen einen Eichenbaum in der Nähe. Ihr schien, als vermeide er bewusst, ihr allzu nahe zu kommen.

Der Wald zeigte schon erste Anzeichen des Herbstes: Die ersten Blätter leuchteten rotgolden und der Boden war bedeckt mit Laub. Hier und dort vernahm man Vögel oder Mäuse, die im Unterholz raschelten und sich für die bevorstehenden kalten Monate eindeckten.

Im Strauch neben ihr wuchsen Brombeeren. Sie pflückte einige, steckte sie in den Mund und reichte dann auch eine Handvoll weiter an Gregory.

»Nach deiner Abreise machte sich der Fürst Gedanken darum, dass Henri vielleicht zu unerfahren in die Ehe gehen würde«, begann Gregory, noch kauend, »schließlich soll er für den Fortbestand seines Geschlechts sorgen und nur durch Bogenschießen oder Jagen wird das kaum passieren. Er war in vieler Hinsicht sehr kindlich und gewissermaßen ist er das natürlich immer noch. Also bat der Fürst mich, dafür zu sorgen, dass er seine Pflichten als Ehemann kennt. Natürlich geht er davon aus, dass auch du keine Erfahrungen mit Männern hast.«

»Dann hast du ihn zu Prostituierten mitgenommen?«

Gregory hob erstaunt die Augenbrauen. »Was weißt du von Prostituierten?«

Als Berenice nicht antwortete, erklärte er: »Ich habe ihn zu einer Frau mitgenommen, die verlässlich und angenehm ist. Sie berichtete mir, es habe ihm gut gefallen.« Er lachte freudlos. »Als er forderte, öfter dorthin zu gehen, habe ich mich geweigert – und danach musste ich fort. Anscheinend haben ihn einige Knechte mitgenommen zu den Freudenmädchen, und das hat ihn erst recht auf den Geschmack gebracht. Später ist er immer mit den Dienstleuten verschwunden, die zu den billigen Mädchen gingen. Vor einem Jahr waren zwei junge Frauen von ihm schwanger, und der Fürst hat ihnen Geld gegeben, damit sie aus seinem Blickfeld verschwanden.«

Entsetzt sagte Berenice: »Das ist ja unglaublich. Was ist aus den Kindern geworden?«

Gregory wischte mit der Reitgerte eine lästige Fliege fort. »Eines starb kurz nach der Geburt. Es kam viel zu früh und war den Berichten nach völlig missgestalt. Ich nehme an, dass die Mutter nicht gesund war. Die zweite Frau hat ihr Kind irgendwelchen Leuten verkauft. Ich habe versucht, es zu finden, hatte aber kein Glück. Es war fahrendes Volk und dieses ist erfahren darin, seine Spuren zu verwischen. Am Ende war es mir wichtiger, nach dir zu suchen.«

»Ich habe bei Henri Verletzungen bemerkt, und man spricht von Fieberanfällen. Was fehlt ihm?«

Gregory senkte den Kopf. »Er ist nicht gesund, Berenice. Gut möglich, dass er sich nach deiner Abreise bei einer der Frauen angesteckt hat. Vor allem ist sein Verhalten auffällig. Er ist an einem Tag fromm wie ein Lamm und am nächsten Tag regelrecht bösartig.«

Er fasste nach ihrer Schulter und suchte ihren Blick. »Ich weiß, dass du entschlossen bist, ihn zu heiraten, doch es zerreißt mir das Herz. Der Fürst besteht ebenfalls auf dieser Ehe, schließlich ist Henri sein einziger legitimer Sohn, und natürlich hofft er darauf, dass mit einer klugen, schönen Frau alles gut wird.«

Berenice fasste nach seiner Hand und schmiegte ihre Wange kurz in seine Handfläche.

»Ich wünsche mir so sehr eine wirkliche Familie«, gestand sie. »Als Kind war ich immer einsam und habe die Kinder zutiefst beneidet, die Eltern und Geschwister hatten. Ich hatte Sehnsucht nach meinem Vater, aber selbst wenn er bei mir war, fehlte mir diese Nähe. Ich bin sicher, er hat mich sehr geliebt und nur zu meinem Besten gehandelt, doch er war so selten da. An den Höfen gab es nur wenige echte Freundschaften.«

Sie machte einen tiefen Atemzug und warf einen Blick in den Baum über ihr, wo eine Wildtaube leise gurrte.

»In der Neuen Welt glaubte ich, diese Familie gefunden zu haben. Sie waren so warmherzig, fröhlich und ohne Arg. Dennoch waren es am Ende Fremde, mit einem ganz anderen Leben und einem ganz anderen Glauben, den ich nicht teilen konnte. Der Fürst ist wie ein Vater für mich, und er bietet mir eine sichere Heimat. Ich möchte Kinder haben, die ich lieben kann. Wenn der Preis dafür ein Ehemann ist, der schwierig ist, so kann ich das ertragen.«

»Mit Henri als Ehemann wird dir wieder etwas fehlen, Berenice. Du bist noch zu jung, um auf die Liebe zu verzichten. Wenn dir das klar wird, ist es vielleicht zu spät.«

»Ach Gregory, es wäre wunderbar, wenn du mein Mann sein könntest, aber nicht alle Wünsche gehen in Erfüllung. Ich bin dazu erzogen worden, auf bestimmte Dinge zu verzichten. Hast du von dem Privileg gehört, unter einem goldenen Dach zu leben? Es sind diese angenehmen Privilegien, die unser Stand mit sich bringt, doch dafür bezahlen wir auch einen Preis. Bauernmädchen und Bürgerstöchter dürfen vielleicht manchmal nach ihren Gefühlen heiraten, doch wir sind dazu da, Fürstenhäuser und Königreiche zu verbinden und zu stärken.«

»Ich weiß.« Gregorys Stimme klang gepresst, er räusperte sich. »Eigentlich kam ich nur noch einmal ins Schloss, um mich zu verabschieden. Ich werde nach Paris reisen und bin erst zum Christfest wieder zurück.«

Berenice sprang auf. »Dann bitte ich dich, für Oujdma – ich meine, für Odo einen Brief mitzunehmen. Vielleicht kann er ja zum Fest mit dir kommen. Ich würde ihn so gern wiedersehen und hören, was aus seinen Ideen geworden ist.«

Gregory erhob sich langsam. »Ich habe zum Abschied noch einen Wunsch.«

Sie blickte ihn fragend an und er nahm sie in die Arme.

Ein letztes Mal, dachte sie, nur einmal noch dieser süßen und verführerischen Schwäche nachgeben. Sie fühlte seine Lippen auf den ihren und kam ihm bereitwillig entgegen. Sie spürte seinen Körper, sein Verlangen, wurde weich und hingebungsvoll.

Gregory löste sich so plötzlich von ihr, dass sie beinahe zu schwanken begann. Sein Lachen klang rau. »Wir lassen es besser dabei, sonst überlege ich es mir noch und reise nicht ab. Wir müssen vergessen, was gewesen ist.«

Berenice blickte ihn immer noch ein wenig sehnsuchtsvoll an. »Wie könnte ich dich vergessen? Ich werde mich an dich erinnern, wenn ich in der Nacht einsam bin und genau weiß, dass ich dich immer lieben werde. Meine Ehe ändert daran gar nichts, auch wenn es zwischen uns nie wieder so sein darf. Ich werde wenigstens von dir träumen können.«

Er half ihr auf ihr Pferd und sie ritten schweigend zurück zum Schloss.

Als Berenice am Abend in Begleitung von Marie am Pferdestall vorbeiging, sah sie, dass Gregorys Pferd fehlte. Er hatte das Schloss bereits verlassen. Erst jetzt, wo er fort war, fiel ihr ein, dass sie kaum je über seine Familie gesprochen hatten.

Während Marie fröhlich von ihrem Ausflug mit der Tante berichtete, füllten sich Berenices Augen mit Tränen. Ein weiterer Abschied von einem Menschen, den sie liebte, dachte sie und wischte sich über die Augen. Wenigstens würde sie Gregory hin und wieder sehen. Trotz ihrer Traurigkeit hatte sie allerdings auch bemerkt, dass die beiden Pferde Henris im Stall standen. Er konnte nicht weit fort sein.

»Berenice, du hörst mir gar nicht zu!« Marie drehte sich zu ihr und bemerkte die geröteten Augen. Bestürzt legte sie ihren Arm um Berenice. »Was hast du denn? Bist du böse auf mich, dass wir dich nicht gebeten haben, uns zu begleiten? Wir wollten nicht, dass du den Grund unseres Ausfluges errätst. Ich sage nur, es hat mit deiner Hochzeit zu tun.«

Berenice zog ein Tuch aus dem Ärmel und trocknete ihr Gesicht. Sie lächelte schon wieder und meinte beruhigend:

»Ich bin dir nicht böse. Ich frage mich nur, wo Henri den ganzen Tag steckt. Ich habe ihn seit gestern nicht gesehen.«

»Deswegen steigen dir die Tränen in die Augen? Willst du es mir nicht verraten?«

»Es hat nichts mit Henri zu tun«, gestand sie. »Trotzdem frage ich mich, wo er ist.«

»Wir können ihn zusammen suchen. Am besten fangen wir mit seiner Waffenkammer an. Dorthin zieht er sich meistens zurück.«

»Ich war schon dort«, erklärte Berenice, »die Kammer ist abgeschlossen.«

Die beiden jungen Frauen suchten noch in den Wirtschaftsgebäuden, der Küche und in seinen Räumen im Schloss, fanden ihn jedoch nicht. Auch die Dienstboten konnten über seinen Verbleib keine Antwort geben.

Schließlich standen sie abermals vor der Waffenkammer und Marie erklärte entschlossen: »Auch wenn er unausstehlich werden wird, ich bin dafür, das Schloss aufzubrechen und nachzusehen. Vielleicht finden wir einen Hinweis auf ihn. Es wird beinahe dunkel, und er war noch nie so lange fort, ohne dass jemand etwas über seinen Verbleib wusste.«

Berenice zögerte noch. Immerhin konnte er nochmals bei einer seiner Huren sein, dachte sie – doch Gregory hatte ihr erklärt, er sei dorthin stets mit den übrigen Knechten unterwegs gewesen. Diese befanden sich aber alle im Schloss. Langsam wurde es auch ihr unheimlich. Vielleicht sollten sie zunächst den Fürsten fragen. Wenn Henri aber eine einfache Erklärung für sein Verschwinden hatte, würde er sicher aufgebracht sein und sie als Spitzel bezeichnen.

Weder Marie noch sie wussten, wie man ein Schloss aufbrach. Berenice gab sich einen Ruck. »Ich mache mir ernsthaft Sorgen. Wir bitten den Schmied, das Schloss zu öffnen.«

Der Mann war schnell gefunden und versprach ihnen, Stillschweigen darüber zu bewahren, wer die Türe geöffnet hatte. Er hatte das Schloss selbst gefertigt und versicherte ihnen, dass es anschließend mühelos wieder zu verschließen sei.

Nachdem die Tür aufgesprungen war, drückte Berenice ihm dankend eine Münze in die Hand und er verabschiedete sich mit einer Verbeugung.

Neugierig trat Marie ein und stieß einen erschrockenen Laut aus. Berenice folgte ihr und sah, was ihre Freundin so entsetzte. Auf dem Boden lag Henri bewusstlos und schweißnass. Offenbar hatte er hohes Fieber und reagierte auf keine Ansprache. Neben ihm lag ein Bund mit verschiedenen Schlüsseln, die ihm aus der Hand geglitten waren.

Warum hatte er sich nur eingeschlossen? Darüber nachzudenken blieb Berenice keine Zeit. Während Marie noch versuchte, Henri anzusprechen, rannte sie bereits los und rief nach den Knechten, die Henri ins Schloss tragen sollten.

In den nächsten Tagen fürchteten alle im Schloss um Henris Gesundheit. Der Fürst schickte nach einem Arzt, doch dieser hielt sich in Cambrai auf und brauchte beinahe eine Woche, um ins Schloss zu gelangen.

Marie und Berenice wechselten sich bei der Krankenpflege ab, flößten Henri vorsichtig leichten Würzwein ein und kühlten sein fieberheißes Gesicht. Als der Arzt schließlich eintraf, konnte er nur noch bestätigen, dass sie in der Pflege das Richtige unternommen hatten und sie bitten, damit auf die gleiche Weise fortzufahren. Es waren bald zwei Wochen vergangen, als Henri das erste Mal wieder draußen vor dem Schloss saß und sein blasses Gesicht in die milde Herbstsonne hielt. Er war sichtlich abgemagert, und Jeanne tat ihr Möglichstes, ihm kräftigende Speisen zuzubereiten.

Der Fürst hatte sich große Sorgen gemacht und sah beinahe ebenso elend aus wie sein Sohn. Henri wieder auf dem Weg der Besserung zu sehen, belebte ihn sichtlich. Er drängte nun mit aller Macht darauf, dass Berenice und sein Sohn heirateten. Er wollte diese Ehe vollzogen sehen, wollte Berenice als Schwiegertochter im Hause haben – und am liebsten sollte sie gleich guter Hoffnung sein.

Sie lachte ein wenig gequält, als er eine Bemerkung dieser Art machte. Immerhin wusste sie nun, dass Henri durchaus in der Lage war, Kinder zu zeugen. Doch auch sie wollte so bald wie möglich heiraten.

Marie und die Gräfin de Verner erklärten sich bereit, ihren Aufenthalt bis zur Hochzeit zu verlängern, um bei den Vorbereitungen behilflich zu sein. Obwohl es keine große Fürstenhochzeit werden sollte, da Berenice noch um ihren Vater trauerte, so sollte es doch eine würdige und prächtige Hochzeit geben, die dem Titel gerecht wurde. Die Würdenträger der Umgebung wurden eingeladen, und auch ein hoher Beamter des Königs sagte zu, das Königshaus zu vertreten.

Seit seiner Erkrankung schien Henri etwas weicher und ruhiger geworden zu sein. Er bedankte sich wiederholt bei Marie und Berenice, dass sie so unermüdlich bei ihm ausgeharrt hatten.

Berenice saß einen Tag vor ihrer Eheschließung mit ihm im Salon und las ihm ein Lustspiel von Leonardo von Arezzo vor.

Henri hatte die Augen halb geschlossen und Berenice dachte schon, er sei eingeschlafen. Als sie schwieg und sich leise entfernen wollte, sagte er leise: »Bitte bleib noch. Ich höre deine Stimme so gern.«

»Bist du nicht müde?«

Er winkte nur ab. »Morgen bist du meine Frau, liest du mir dann jeden Tag vor?«

»Wenn du das möchtest, lese ich dir gern vor.«

Er schwieg eine Weile und fragte dann: »Ich weiß, dass du mich niemals heiraten würdest, wenn mein Vater kein Fürst wäre. Ich bin trotzdem sehr froh, dass du meine Frau wirst.«

Berenice nahm seine Hand in die ihre. Um zwei Finger hatte eine Dienerin Bandagen gewickelt, damit seine Wunden heilten.

»Wir werden sicher gut miteinander auskommen«, meinte Berenice. Es war das erste Mal, dass Henri allein mit ihr über ihr zukünftiges Leben sprach, und sie wollte diesen Augenblick nicht durch unbedachte Worte gefährden. »Ich hoffe, du fühlst dich stark genug für eine Feier. Es werden zahlreiche Gäste kommen, und alle wollen uns sehen und gratulieren.«

Er richtete sich in seinem Sitz gerade auf und sah sie beinahe pfiffig an. »Es geht mir ganz gut, nur am Abend bin ich früh müde. Vielleicht musst du nach dem Abendessen mit meinem Vater oder einem anderen tanzen.«

»Ich glaube, man wird verstehen, wenn wir uns nach der Hochzeitsfeierlichkeit gemeinsam zurückziehen. Nach dem Tod meines Vaters möchte ich auch nicht bis in die Nacht hinein tanzen.«

»Müssen wir danach in einem Raum schlafen?«

In seiner Stimme schwang etwas wie Panik, und erstaunt beruhigte sie ihn: »Das müssen wir nicht. Wir behalten unsere Zimmer, doch wenn wir die Nacht gemeinsam verbringen wollen, steht es uns frei.«

Diese Antwort schien ihn zu beruhigen, doch das Thema machte ihm anscheinend zu schaffen.

»Man hat ein Zimmer für dich neben dem meinen eingerichtet. Sogar ein Ankleideraum und ein Kabinett sind nebenan. Wirst du dort wohnen?«

»Möchtest du das denn?«

»Es wäre mir lieber, wenn du dort bleibst, wo du bist«, erklärte er prompt. »Dein Zimmer ist jetzt viel näher an der Küche.«

»Die Küche ist mir nicht so wichtig«, meinte Berenice behutsam. »Was stört dich denn daran, wenn ich neben dir wohnen würde?«

»Ich weiß nicht!« Er strich sein Haar zurück und schob seinen Fuß hin und her, als überlege er. »Vielleicht, weil ich immer denke, du siehst, was ich mache. Vater passt auf mich auf, mein Diener und dann auch noch du.«

Berenice unterdrückte ein Lachen. »Ich soll deine Frau werden, Henri, nicht deine Gouvernante. Du kannst wie bisher tun, was du möchtest. Aber ich verspreche dir, ich bleibe vorerst in meinem Zimmer. Doch du musst mir auch etwas versprechen.«

Gespannt blickt er sie an.

»Ich möchte, dass du mich in meinem Zimmer besuchen kommst. Das macht man so, wenn man verheiratet ist.«

Sein Gesicht nahm wieder einen verdrossenen Ausdruck an. Immerhin ließ er sich zu einer Antwort herab. »Na gut, ich komme, wenn ich Zeit habe.«

Berenice dachte etwas später in ihrem Zimmer über das seltsame Gespräch nach, während Sophie mit einer Schneiderin letzte Änderungen an ihrem Hochzeitskleid vornahm.

Hätte Gregory ihr nicht erklärt, dass Henri seine Erfahrungen gemacht hatte, sie hätte geglaubt, er sei unerfahren und fürchte sich vor ihr. In seiner Waffenkammer hatte er sie noch ungeschickt überfallen und beinahe bedrängt. Seine wechselnden Stimmungen und sein sprunghaftes Verhalten waren nicht einzuordnen. Sie musste ebenso damit rechnen, dass er in der nächsten Nacht in ihr Zimmer stürmte und sein Recht als Ehemann gewaltsam einforderte.

Vielleicht hatte die überwundene Krankheit aber auch sein Temperament gemäßigt, zumindest hoffte sie es. Es war einfacher, mit einem kindlichen Ehemann umzugehen als mit einem zornigen, aufbrausenden, der von einer Dirne zur nächsten rannte.

Aus dem Hof drangen schon den ganzen Tag laute und fröhliche Stimmen bis in ihr Zimmer. Beinahe hundert Menschen würden am folgenden Tag mit ihnen feiern. Es war unmöglich, die zahlreichen Würdenträger und offiziellen Gratulanten auszuschließen. Der Vater des Fürsten war ein Marschall von Frankreich gewesen, und auch der Fürst hatte noch zahlreiche Verpflichtungen, denen er nachkam. Einige Gäste wohnten im Schloss, andere logierten in den wenigen Gasthäusern der Umgebung und viele würden auch nach der Feier wieder heimkehren oder bei Verwandten schlafen.

Der große Festsaal wurde seit Tagen gelüftet und feierlich geschmückt. Berenice hatte sich nur wenig darum gekümmert. Die Krankheit Henris, aber auch ein gewisses Desinteresse hatten sie abgehalten. Es zahlte sich nun aus, dass sie vor ihrer Abreise mit dem Schiff schon ihre gesamte Aussteuer vorbereitet hatte. So musste sie sich nicht mehr um Wäsche und Kleidung kümmern. Die Feier selbst wurde von den Schlossbediensteten vorbereitet.

Die Gräfin de Verner hatte ihr den Ablauf des Tages allerdings genau erklärt: Nach der Messe und der Trauung am späten Vormittag sollte es ein großes gemeinsames Mahl geben, anschließend würden die näheren Verwandten das frisch getraute Paar in ihr geschmücktes Brautgemach führen.

Während der Ausführungen der Gräfin schweiften Berenices Gedanken ab. Sie dachte an ihre Beichte am vorherigen Tag. Es war der gleiche Beichtvater, der ihr vorgeworfen hatte, leichtfertig das Leben ihres Vaters aufs Spiel gesetzt zu haben. Dieser Pfarrer war der Geistliche für die umliegenden

Schlösser und unterschied sich sehr von den belesenen und gewandten Theologen, die an den königlichen Höfen für alle Nöte des Menschen Verständnis hatten. Er war ein Mann in den besten Jahren, sah gesund und gut aus und schien feste und unverrückbare Vorstellungen zu haben – ein Priester, der wenig Milde walten ließ. Für einen Mann Gottes war er mit großer Sorgfalt gekleidet, und Berenice überlegte, ob er sich nicht vielleicht den Vorwurf der Eitelkeit gefallen lassen müsste. Seine wenig einnehmende Art erinnerte sie an etwas, aber sie wusste nicht, was es war.

Es war ihr nicht möglich gewesen, mit ihm über ihre Verfehlungen zu sprechen, die sie nicht einmal ernsthaft bereute. Sie sprachen nur über die allgemeinen Pflichten einer Ehefrau und kleinere Vergehen, und er ermahnte sie, eine gute und gehorsame Gattin zu sein, zumal ihr Verhalten in der Vergangenheit bedenklich gewesen war. Berenice hörte seine Vorbehalte mit einem gewissen Erstaunen, da niemand bisher gewagt hatte, sie so offen anzuklagen. Diesem Mann wollte sie sich nicht anvertrauen, und weder die Zuneigung zu Kowishto noch die Liebe zu Gregory leugnen oder ihr abschwören. Ihr blieb nur die Hoffnung, dass Gott sie gnädiger beurteilte als sein Vertreter auf Erden.

Der Tag ihrer Eheschließung begann für sie früh. Sophie und eine ältere Dienerin bereiteten Berenice vor und zogen ihr das himmelblaue Brautkleid aus schwerer Seide an. Es war bestickt mit weißen Nelken, die seit jeher als Hochzeitssymbol galten.

Ihr Haar wurde bedeckt durch eine kleine Haube. Sie nahm Eleonores Geschenk, das Halsband mit den Diamanten, nachdenklich in die Hand, legte es dann jedoch wieder zurück in die Schmuckschatulle. Eine kleine, weiße Perlenkette ihrer verstorbenen Mutter passte besser zum Kleid.

Auch der Festsaal war mit Nelken und blauen Akeleien geschmückt, den Zeichen der Fruchtbarkeit und Gesundheit.

Berenice fühlte sich an diesem Tag wie eine Besucherin, die aus der Ferne das Geschehen beobachtete. Sie sprach das Ehegelöbnis, nahm die Hand Henris, die sich wieder heiß anfühlte, und unterzeichnete die Dokumente, die besagten, dass in dieser Muntehe ihre Besitztümer auf ihren Gemahl übergingen. Sollte es zu einer Trennung kommen, stünde ihr eine Entschädigung für ihren Lebensunterhalt zu. Diese Bedingung, keineswegs immer üblich, hatte ihr Vater noch im vorhergehenden Vertrag mit dem Fürsten ausgehandelt.

Nachdem am frühen Morgen Nebel über dem Schloss gehangen hatte, schien am Mittag wieder die Sonne auf eine Hochzeitsgesellschaft, die von der Schlosskirche zum Festsaal spazierte. Berenice hatte die Hand auf Henris Arm gelegt, in dessen Gesicht sich eine Mischung aus Stolz und Beklommenheit widerspiegelte. Sie nahmen zahlreiche Glückwünsche und Komplimente entgegen und betraten mit dem Pfarrer und dem Fürsten zusammen den Festsaal.

Das Hochzeitsmahl dauerte Stunden, und Berenice begann, das Ende herbeizusehnen. Auch Henri rutschte unruhig auf seinem Stuhl hin und her. Hatte er zu Beginn noch begeistert getrunken, wenn man das Brautpaar hochleben ließ, so nickte er inzwischen den Gratulanten nur noch flüchtig zu.

Hinter vorgehaltener Hand wurde leise gekichert. Natürlich nahm man an, dass er sich mit seiner Frau zurückziehen wollte, und ließ ihm die Zeit absichtlich lang werden.

Endlich erhoben sich der Geistliche, der Fürst, die Gräfin und einige weitere ausgewählte Personen, um die Brautleute in ihr Gemach zu geleiten. Unter lauten Rufen, gelegentlich einem anzüglichen Ratschlag und einem Blumenregen, gelangten sie zur Treppe und in das neu errichtete Zimmer für

Berenice. Ein großes Bett war mit weißen Laken und Bettzeug bereitet, und Berenice konnte sich vorstellen, warum dies der Fall war und was man erwartete.

Auf einem Tisch standen ein Weinkrug mit zwei Gläsern und eine große Platte mit Leckereien, die man umsichtig bereitet hatte, damit die Brautleute so schnell die Kammer nicht verlassen mussten. Der Kamin war mit Holz gefüllt, brannte jedoch zu dieser frühen Stunde noch nicht. Erst wenn die Kerzen angezündet wurden, würden sie auch den Kamin heizen. Zu Berenices Verwunderung lagen sogar einige Bücher und ein Tric-Trac-Spiel auf dem Kaminsims.

Entsprechend dem Brauch legten sich die Brautleute bekleidet auf das Bett und die Besucher verabschiedeten sich.

Sobald sich die Tür geschlossen hatte, sprang Henri wieder auf.

»Müssen wir etwa die ganze Zeit hier verbringen?« Seine Stimme klang weinerlich. Er setzte sich auf eine Kleidertruhe, die in einiger Entfernung vom Bett stand.

Auch Berenice setzte sich nun auf und suchte seinen Blick.

»Du brauchst dich nicht zu beunruhigen«, meinte sie aufmunternd. »Ich verlange nichts von dir. Aber wir sind nun verheiratet und du kannst mir alles sagen, was dich bedrückt.«

»Man hat mir gesagt, dass ich heute mit dir zusammenliegen muss, damit wir Kinder bekommen. Ich kann das aber nicht.«

Berenice war sich allmählich nicht mehr sicher, ob Gregorys Bericht der Wahrheit entsprach. Henri wirkte völlig verunsichert und keineswegs wie jemand, der Erfahrungen mit Frauen gesammelt hatte oder daran Vergnügen fand.

»Heute muss gar nichts geschehen«, versicherte sie ihm geduldig. »Ich dachte nur, dir gefällt es, mit mir zusammen zu sein.«

»Es gefällt mir ja, dich zu sehen«, meinte er zögernd, »aber ich will nicht mit dir ein Bett teilen.«

»Kannst du mir sagen, woran es liegt?«

Er schüttelte wortlos den Kopf. Eine summende Fliege versuchte vergeblich, durch das Fenster zu entweichen, ansonsten war es sehr still im Zimmer.

»Wenn ich es wüsste, könnte ich dir vielleicht helfen«, schlug Berenice nach einer Weile vor.

Nachdem er eine Weile stumm vor sich hin gestarrt hatte, meinte er schließlich beinahe flüsternd: »Ich habe Schmerzen. Aber ich kann es dir nicht zeigen.«

»Wo schmerzt es dich denn?«

Nach einem kurzen Moment des Zögerns wies er mit dem Finger auf seinen Unterleib und seine Brust.

»Hast du diese Schmerzen immer oder vergehen sie manchmal?«

»An manchen Tagen spüre ich gar nichts«, erwiderte er beinahe eifrig, »aber dann ist es wieder ganz schrecklich.«

»So wie heute?« fragte Berenice, und er nickte zustimmend.

Sie lächelte tröstend. »Das muss sehr unangenehm für dich sein. Heute sollen wir einige Stunden hier im Zimmer verbringen und wir geben vor, dass wir zusammenliegen. Wenn du keine Schmerzen mehr hast und es dir Freude bereitet, kommst du mich in meinem Zimmer besuchen.«

Die Erleichterung über ihre Worte stand so deutlich in sein Gesicht geschrieben, dass sie Mitleid mit ihm fühlte. Die Erwartungen seines Vaters und des ganzen Hofes mussten ihm eine große Last gewesen sein, und sie vermutete, dass er sich tatsächlich bei einer der Dirnen angesteckt hatte.

Sie erinnerte sich, dass die Elnoo bei Fieber und Entzündungen einen Brei aus Weidenrinde angerührt hatten. Der Medikus in Mechelen hatte bei Fieber einen Aufguss aus Mädesüß empfohlen. Vielleicht half Henri ein solcher Aufguss, die Schmerzen zu lindern und seine Beschwerden zu heilen, überlegte sie. Die Pflanze mit den weißen Blüten hatte sie bei ihren Ausritten entlang des Baches schon gesehen. Manchmal wurde sie sogar in der Küche verwendet; die Blüten wurden dem Würzwein zugefügt.

»Du könntest mir noch etwas vorlesen«, meinte Henri und wies auf die beiden Bücher. »Vielleicht schlafe ich dann ein und wenn ich wach werde, ist es schon morgen.«

Sie klopfte mit der Hand auf das Bett neben sich. »Leg dich nur hin, ich lese dir gern vor. Wenn ich müde werde, kann ich neben dir einschlafen.«

Um ihn nicht weiter zu ängstigen, setzte sie sich auf einen Stuhl, bevor sie mit halblauter Stimme zu lesen begann.

X.
BETRUG ÜBER DEN TOD HINAUS

Die Blätter waren inzwischen von den Bäumen gefallen, und ein milchiges, graues Licht drang durch die Scheiben der Schreibstube, in der Berenice an diesem trüben Herbsttag, gerade einen Monat nach ihrer Eheschließung, saß.

Mithilfe des Fürsten und einiger Diener hatte sie sich einen Arbeitsplatz eingerichtet, der ausreichend Licht zum Lesen bot und ihr einen Blick aus dem Fenster gestattete.

Erst vor zwei Wochen waren die Gräfin und Marie abgereist, nicht ohne zu versichern, spätestens zu den Feiertagen wiederzukehren. Sie waren auf Berenices Wunsch noch eine Weile länger geblieben, doch nun mussten sie unwiderruflich abreisen.

Sie schrieb die Einladungen an ein gutes Dutzend Herren der Umgebung, die zum Teil auch schon Gäste bei der Hochzeit gewesen waren. In der nächsten Woche eröffnete der Fürst wie in jedem Jahr die Jagdsaison. Einige von ihnen brachten ihre Frauen mit und würden im Schloss beherbergt, doch für alle reichte der Platz nicht aus.

Berenice ließ die Feder sinken und blickte in den spätherbstlichen Park. Ein kalter Wind fuhr durch die Bäume und Büsche.

Eine Magd trat nach einem kurzen Klopfen durch die Tür, um ein heißes Getränk zu bringen und weitere Holzscheite ins Feuer zu legen. Vom Fürsten bis zur letzten Magd begegnete man Berenice mit großer Freundlichkeit. Man nahm wohl an, dass Henri ihretwegen so milde und zugänglich war, seit er mit ihr verheiratet war.

Sie dachte an das blutverschmierte Laken, dass die Dienerschaft am Morgen nach der Eheschließung sicherlich wahrgenommen hatte.

Sie hatte Henri gebeten, seine blutenden Wunden am Laken abzuwischen, und kichernd hatte er gehorcht. Für ihn war die Scharade ein Spiel, ein gemeinsames Geheimnis, und er betrachtete sie nun als seine Verbündete.

Berenice war gleich am nächsten Tag wieder in ihr altes Zimmer gezogen, wo er sie seitdem zweimal besucht hatte, allerdings nur, um mit ihr Tric Trac zu spielen oder sich etwas vorlesen zu lassen. Über seine Schmerzen hatte er nicht mehr gesprochen, und nach Einnahme des von ihr zubereiteten Tees schien es ihm wieder besser zu gehen.

Sie hatte keine Eile. Allerdings hatte sie vorgesorgt und die Dienerschaft angewiesen, ihn nicht weiter auf gewisse Ausflüge mitzunehmen. Sie dulde es nicht, dass ihr Mann sich in Gefahr bringe. Der Sohn des Kutschers, die Gärtner und einige andere Bedienstete hatten mit roten Ohren ihre Rede angehört, mit den Füßen gescharrt und schließlich kleinlaut das Versprechen gegeben, von derlei Abenteuer mit ihrem Mann zukünftig abzusehen und mit ihm nicht mehr darüber zu sprechen.

Es dauerte nicht lange und auch die weibliche Dienerschaft des Schlosses war über ihre Anordnung informiert, lachte im Stillen darüber und pflichtete ihr von ganzem Herzen bei.

Inzwischen traf sie sich regelmäßig nach einem frühen Morgenmahl mit ihrem Schwiegervater und besprach die Belange des Fürstentums mit ihm. Sie führte bald die Korrespondenz und entschied kleinere Probleme selbstständig.

Es könnte alles ganz wunderbar sein, dachte sie und nahm die Feder wieder auf, um mit den Einladungen fortzufahren

Den sehnlichsten Wunsch ihres Schwiegervaters konnte sie allerdings vorläufig kaum erfüllen. Obwohl Henri keine Schmerzen zu haben schien und er sie mit einem kindlichen Vertrauen in ihrem Gemach besuchte, machte er keinerlei Anstalten, sich ihr auch körperlich zu nähern.

Sie hatte bisher bewusst darauf verzichtet, auf ihn zuzugehen oder auch nur eine Andeutung zu machen. Sie waren erst seit kurzer Zeit verheiratet, und seine zutrauliche Art war immerhin ein Anfang. Von Oujdma und den Elnoo hatte sie genug über den weiblichen Körper erfahren, um jenen Moment zu kennen, in dem eine Frau schwanger werden konnte. Sie musste nur diesen Augenblick klug nutzen.

Sie versiegelte den letzten Brief, als es abermals klopfte und Sophie eintrat. Es war Zeit, sich für ihren Ausritt umzuziehen.

Mit Marie hatte sie sich den täglichen Ausritt angewöhnt und wollte auch bei schlechtem Wetter daran festhalten. Vielleicht ließ Henri sich heute dazu bewegen, sie zu begleiten.

Nachdem Sophie ihr das warme Reitkleid geschlossen und ihr in eine Jacke geholfen hatte, machte Berenice sich auf den Weg. Sie sah in Henris Zimmer nach, war jedoch nicht überrascht, ihn dort nicht anzutreffen. Tagsüber fand man ihn kaum im Schloss.

Sie wusste inzwischen recht genau, wie ihr Mann den Tag verbrachte. Die meiste Zeit war er in seiner Waffenkammer, hielt sich aber auch häufig im Stall bei den Pferden auf oder lief mit den Hunden durch den Park und zu seinem

Schießplatz, wo er unermüdlich übte. Es schien ihr, dass er die Gesellschaft der Tiere vorzog, und sie fragte sich nicht zum ersten Mal, was in seinem Kopf vorgehen mochte.

Sie überquerte den Hof und erreichte die Nebengebäude. Im Wirtschaftshof pickten Hühner und Tauben die Körner auf, die eine Magd ihnen ausstreute. Mehrere Hunde liefen dazwischen und schnappten gelegentlich spielerisch nach dem Federvieh. Durch die klare Herbstluft drang der Geruch aus den Ställen herüber, in denen die Knechte den dampfenden Mist sorgfältig schichteten. Wahrscheinlich wollten sie ihn trocknen und als Brennmaterial nutzen, dachte Berenice.

Die Tür zu Henris Waffenkammer stand offen, doch von ihrem Mann war nichts zu sehen. Sie sah sich suchend um und rief halblaut nach ihm, doch vergeblich. Sie war sicher, dass er bald kommen würde; er ließ seine Waffenkammer niemals unverschlossen. Sie nahm einen Bogen zur Hand und prüfte sein Gewicht. Er wog sehr viel schwerer als die leichten Bögen der Elnoo. Sie legte die Waffe zurück und entdeckte eine offene Truhe mit verschiedenen kurzen Pfeilen, offenbar für einen kleinen Jungen gefertigt. Lächelnd beugte sie sich darüber und sah zuunterst eine Dokumentenrolle.

Hinter sich hörte sie ein Geräusch und fuhr erschreckt hoch, als die laute und zornige Stimme Henris sie anfuhr.

»Was fällt dir ein, in meinen Sachen zu schnüffeln? Bespitzelst du mich etwa?«

Nach den Wochen der zutraulichen Freundlichkeit hatte sie mit diesem ungezügelten Zorn nicht mehr gerechnet. Beruhigend lächelte sie ihm zu.

»Ich habe dich erwartet, um mit dir auszureiten. Natürlich nur, wenn du Zeit für mich hast.«

Sein Gesicht war immer noch vor Zorn gerötet, und eine steile Falte stand auf seiner Stirn. Er wollte sich so schnell nicht beruhigen.

»Ich verbiete dir, dich einzuschleichen. Niemand hat die Erlaubnis, hier einzutreten, wenn ich nicht dabei bin.«

»Die Tür war offen«, verteidigte Berenice sich, »und ich nahm an, du seiest hier. Ich werde aber den Raum nicht mehr betreten, wenn es dir nicht recht ist, und auch deine Waffen nicht mehr berühren. Sollte ich eine benötigen, werde ich Vater darum bitten.«

»Das brauchst du nicht«, murrte er unwillig, aber anscheinend etwas friedlicher gestimmt. »Du kannst meine Waffen schon haben, aber nicht ohne mich in die Kammer gehen.«

Noch immer mürrisch, lehnte er den Ausritt mit ihr ab. Er schien ernsthaft verärgert, und Berenice bekam den Eindruck, dass er etwas in seiner Waffenkammer vor ihr verbergen wollte. Vielleicht waren ihm die kindlichen Bögen und Pfeile peinlich, überlegte sie.

Sie schlenderte zum Reitstall und musste wohl oder übel einen der Knechte bitten, sie zu begleiten. Der Wind fuhr durch die Bäume der langen Auffahrt zum Schloss und zerrte an ihren warmen, dicken Röcken. Am Ende des Weges erschien eine Sänfte mit zwei Reitern.

Sie erwarteten keine Besucher, doch man wusste nie, ob herrschaftliche Reisende nicht um Unterkunft baten, da die Gasthäuser der Umgebung nicht immer standesgemäß waren.

Einen Hausdiener, der fröstelnd hinaustrat, wies Berenice an, Würzwein zu erhitzen. Wer immer die Besucher waren, sie würden ein warmes Getränk und einen Imbiss zu schätzen wissen.

Die Maulesel näherten sich, und als das Gefährt endlich hielt, traute sie ihren Augen kaum: Der Sänfte entstieg mit einem leisen Stöhnen Oujdma.

Als er Berenice entdeckte, lief er leichtfüßig zu ihr, schloss sie in die Arme und drückte sie fest an sich. »Welch Freude, dich zu sehen! Ich dachte schon, ich komme nie an. Du lebst ein wenig entlegen, meine Liebe.«

Berenice lachte entzückt. »Ich freue mich auch, dich zu sehen. Beinahe hätte ich dich gar nicht erkannt.«

Sie gab den Knechten einen Wink und wusste, man würde sich gut um Oujdmas Diener und die Tiere kümmern.

Oujdma begleitete sie ins Schloss, nicht ohne sich kritisch umzublicken. In der Eingangshalle nickte er befriedigt.

»Es ist nicht der Louvre, dennoch würde ich dieses angenehme Schloss vorziehen.«

Er begleitete sie in die Schreibstube, wo ein Feuer im Kamin brannte und die Hausdiener Teller mit kaltem Fasanenfleisch, Trauben und Hartwurst brachten. Mit einem zufriedenen Laut ließ er sich vor dem Feuer nieder und nahm dankbar einen Becher heißen Weines entgegen.

Nachdem er sich gestärkt hatte, erklärte er: »Ich habe mich gleich auf den Weg gemacht, nachdem Gregory mich in Paris aufgesucht hat. Er meinte, du könntest ein wenig Gesellschaft gut gebrauchen, und da meine Geschäfte inzwischen bestens laufen, war ich neugierig, wie du es angetroffen hast. Und auf deinen Ehemann bin ich auch neugierig«, fügte er leise hinzu und sah sie prüfend an. »Wo ist er überhaupt?«

»Er ist gern für sich und oft auf der Jagd. Er liebt es, allein durch den Wald zu streifen.«

»Das hört sich nicht nach einem begeisterten Eheleben an, wenn du mir diese Bemerkung erlaubst. Gregory hatte wohl recht damit, mich zu deiner Unterstützung herzuschicken.«

Er nahm noch einen tiefen Schluck und wechselte das Thema.

»Ich wollte eine Weile aus der Stadt heraus, die mir auf die Nerven geht. Im Grunde lebt man dort auch nicht anders als auf dem Land. Der Palast ist sicher eine eigene, abgeschlossene

Welt, zu der ich natürlich keinen Zugang habe, doch die Stadt selbst ist ein bunt zusammengeworfener Haufen von zahlreichen Häusern, die von kleinen Gärten, Feldern und Ställen umgeben sind. Es ist überall voll, laut und unglaublich schmutzig. Die Gassen strotzen vor Unrat, in dem die Schweine wühlen, obwohl diese laut der Stadtverordnung eigentlich dort nichts zu suchen haben. Man fällt über Hühner, Hunde, Katzen und Kinder, die allesamt in diesem Dreck leben.«

»Ich war noch nie in Paris, aber das hört sich nicht sehr verlockend an«, meinte Berenice.

Oujdma machte eine wegwerfende Handbewegung. »Ich habe ein kleines Haus gekauft. Es ist ganz nett, besitzt einen Garten und liegt in sicherer Entfernung von den Stadttoren, wo man immer wieder fingerfertige Spitzbuben aufgreift.«

»Ich habe mich immer gefragt, welchen Grund man haben könnte, in der Stadt wohnen zu wollen. Nur die Anwesenheit des Königs würde für mich den Aufenthalt dort rechtfertigen.«

»Es gibt genügend Gründe«, meinte Oujdma. »Die Ansammlung von vielen Menschen bedeutet auch, dass diese manches benötigen. Ein alter Mann erzählte mir, dass in diesem Land schon lange Frieden herrscht und solch Elend wie marodierende Söldner, verwüstete Felder und getötete Menschen und Tiere schon Jahrzehnte her sind. Der Handel blüht deshalb wie noch nie zuvor. Ich merke es besonders an meinem Kräuterhandel: Die Nachfrage ist kaum zu bedienen. Viele Menschen können ungehindert reisen, was früher viel zu gefährlich oder gar nicht erlaubt war. Man ist neugierig geworden auf fremde Welten, fremde Genüsse, sogar fremde Sitten. Du bist doch das beste Beispiel dafür.«

»Ich weiß nicht, ob ich es nochmals wagen würde«, gestand Berenice. »Der Preis kann sehr hoch sein.«

»In der Stadt redet man mehr miteinander als auf dem Land, Schriften gehen von einer Hand in die nächste, und die, die des Lesens mächtig sind, erklären die Inhalte den Unkundigen. In Konstantinopel zum Beispiel gibt es schon lange Zeit nicht nur sehr Arme oder begüterte Adlige, dort finden sich auch reiche Händler und wohlhabende Kaufleute. Viele haben ihr gutes Auskommen. Jeder ist seines Glückes Schmied – und ich denke, dass dies langsam auch in diesem Land so wird.«

»Diese Gespräche mit dir haben mir gefehlt«, seufzte Berenice. »Niemand kennt sich so gut in einer anderen Welt aus wie du. Vielleicht wäre das auch mit Gregory möglich, doch es ist besser, ich sehe ihn nicht mehr.«

Sie sprang auf und griff nach seiner Hand. »Komm mit, ich werde dich meinem Schwiegervater vorstellen und wenn ich ihn finde, auch meinem Mann.«

Die Zeit, zu der man Oujdma mit misstrauischem Blick betrachtet hatte, war vorbei. Er wirkte jetzt eher wie ein wohlhabender Kaufmann aus dem Süden. Seinen Turban hatte er durch ein Barett ersetzt; Berenice sah, dass sich schon einzelne graue Fäden durch sein dunkles Haar zogen. Außer einem Ring am Finger trug er keinen Schmuck mehr.

Sein Anpassungsvermögen half ihm auch beim Fürsten, einen guten Eindruck zu hinterlassen. Angeregt sprachen sie über die beste Behandlung der Gicht, die dem Fürsten im Winter regelmäßig zusetzte.

Henris Aufmerksamkeit zu erringen war schwieriger, da Oujdma sich nicht im Geringsten für die Jagd oder Waffen interessierte, und Henri für Oujdma kaum ein Auge hatte. Flüchtig nickte er nur, als Berenice ihren Gast vorstellte.

Seine Vorbehalte gegen Pferde hatte Oujdma nicht verloren, trotzdem erklärte er sich zu Berenices Überraschung am nächsten Morgen bereit, sie auf einen Ausritt zu begleiten.

»Ich habe mich notgedrungen damit abgefunden, hin und wieder auf ein Pferd zu steigen«, erklärte er, als er schnaufend mithilfe eines Pferdeknechtes aufsaß. »Zwar werde ich in diesem Leben kein guter Reiter mehr, aber man kommt ja nicht von der Stelle, wenn man immer nur in der Sänfte reist. Man sollte Kamele hierherbringen, sie sind deutlich angenehmer zu reiten.«

Berenice lachte noch über diese Vorstellung, als sie schon auf dem Weg hinunter zum Bach ritten. Beide waren in warme Kleidung gepackt, denn am frühen Morgen lag schon Raureif auf den Wiesen. Auf Oujdmas Pferd befand sich zusätzlich eine Tasche mit Leckereien aus der Küche, auf die er unterwegs nicht verzichten wollte.

Ganz ohne Hintergedanken war ihr Freund allerdings doch nicht auf ein Pferd gestiegen. Geprägt von seiner Herkunft, misstraute er den Räumen im Schloss und witterte Lauscher hinter jeder Wand. Einmal in der freien Natur, wollte er wissen, wie es wirklich um Berenices Ehe stand.

»Ich kann dich ja verstehen«, meinte er, als Berenice ihm ihre Lage geschildert hatte, »doch so kann es nicht weitergehen. Entweder wird dein Mann gesund oder du wirst ebenfalls eines Tages krank sein. Im schlimmsten Falle bekommst du kranke Kinder und verlierst dein Leben, wie die Unglückliche, die dein Mann schwängerte. Leider habe selbst ich kein verlässliches Mittel gegen die Krankheiten, die man sich auf diese Weise zuzieht.«

Er zügelte sein Pferd, das ungeduldig mit dem Kopf schlug, bevor er Berenice einen Pfad hinab zum Bach folgte.

»Einige Männer haben mich in Paris aufgesucht mit ähnlichen Beschwerden. Man kann die Zeichen der Erkrankung manchmal mildern, aber mehr nicht. Jedenfalls glaube ich nicht an die Erklärungen der Kirche, dass man erkrankt aus

Strafe für seine Verfehlungen. Allah ist in diesem Falle großzügiger und lastet dies nicht einzelnen Sündern an.«

Er ließ die Zügel fahren und hob in gespielter Abwehr die Hände, als er sah, dass Berenice zu einer Entgegnung ansetzte.

»Bitte sage nicht, dass diese Bemerkung einem Christenmenschen nicht ansteht. Ich weiß das selbst. Aber ich kann doch nicht alles vergessen, nur weil man in diesem Land noch so rückständig ist. Ich würde auch niemals wagen, zu einem anderen Menschen so zu sprechen, außer vielleicht zu Gregory. Er kennt die muslimische Welt auch sehr gut.«

Berenice warf ihm einen Seitenblick zu. »Selbst wenn du ihn in jedem Satz erwähnst, ändert es nichts an den Gegebenheiten.«

Der Weg wurde enger und die zwei Tiere hatten nicht mehr ausreichend Platz nebeneinander. Berenice trieb ihr Pferd vor das Oujdmas. Sie erreichten eine kleine Wiese am Bach, wo einige Baumstümpfe aus dem Boden ragten, die als Sitze dienen konnten. Vorsichtig balancierte Oujdma seine Vorratstasche dorthin, um nicht im feuchten Schlamm auszurutschen. Über dem Wasser lag ein feiner Nebelstreifen, und am gegenüberliegenden Ufer jagten zwei Eichhörnchen erschrocken über die Störung den Baum hinauf.

»Der Winter in diesem Land ist wundervoll, findest du nicht auch? Ich hätte nie geglaubt, dass es mir gefallen würde, so weit im Norden zu leben. Wenn ich an die schweißtreibende Hitze in Konstantinopel oder im Norden Afrikas denke, wird mir immer noch heiß.«

»Niemals hätte ich vermutet, dass du dich hier wohl fühlen würdest. Du hast das Leben in den Palästen des Ostens so geliebt.«

Oujdma öffnete die Ledertasche, aus der er Schinken und Käse nahm.

»An irgendetwas musste ich mich damals schließlich erfreuen und für mich war dies eben gutes Essen und Bequemlichkeit.« Er hielt eine gebratene Fasanenkeule hoch. »Dies hier ist auch nicht übel. Ich habe Würzwein dabei, leider kalt. Ein Feuer wäre nicht schlecht, aber damit wird es hier wohl nichts werden.«

Berenice sah sich um und fand nach einer Weile, wonach sie suchte. Unter den abgestorbenen Stämmen gab es durchaus noch trockenes Holz, und so fertigte sie geschickt ein Holzschiffchen, das sie mit einem Holzgriffel schnell bearbeitete. Das morsche Holzmehl und einige kleine Zweige brannten schnell. Bald loderte ein ansehnliches Feuer auf den Kieselsteinen oberhalb des Baches.

Oujdma saß auf einem abgestorbenen Baumstumpf und hatte sie mit wachsendem Erstaunen beobachtet.

»Du hast bewundernswerte und sogar nützliche Talente. Wo lernt man das?«

Berenice lachte vergnügt. »Wie schön, dass ich dich noch überraschen kann. Selbst die rückständigsten Völker haben außergewöhnliche Fähigkeiten, nicht wahr?« Sie setzte sich ihm gegenüber auf einen dicken Ast, der auf dem Boden lag.

Oujdma schluckte einen Bissen Fleisch hinunter und ignorierte ihren kleinen Seitenhieb. »Auch wenn es dir nicht gefällt, über Gregory zu reden, so habe ich etwas über ihn erfahren und ich denke, du solltest es wissen.«

Berenice griff nach dem Käse, den Oujdma ihr reichte, und schnitt ein Stück ab. Sie kostete und ließ sich mit der Antwort Zeit.

»Wir sollten nicht mehr über ihn sprechen, sonst werde ich ihn niemals vergessen.«

»Es betrifft dich nur am Rande. Hat er jemals über seine Herkunft gesprochen?«

Da Berenice in der Tasche kein Mundtuch fand, wischte sie sich mit dem Ärmel ihres Umhanges die Käsekrümel von den Lippen.

»Seine Herkunft ist der Grund, warum wir nicht zusammen sind. Er sprach von seiner Mutter und erwähnte, dass sein Vater ein verheirateter Edelmann gewesen sei. Vielleicht hätte er sie tatsächlich noch zur Frau genommen, wäre sie nicht gestorben. Der Vater war in seiner Ehe wohl nicht glücklich. Es war sicherlich eine jener Ehen, die aus politischen Gründen geschlossen werden und in denen sich die Ehegatten niemals annähern.«

Oujdma rutschte auf seinem Baumstamm hin und her, um eine bequemere Position zu finden. Er griff nach der Ledertasche und entnahm ihr zwei Zinnbecher, eine Karaffe mit Wein und etwas Schinken. Nachdem er eingeschenkt hatte und beide einen Schluck getrunken hatten, fuhr er fort.

»Erstaunlich, dass du die Wahrheit nicht erraten hast. Ich nehme an, er hat nie erwähnt, dass der Fürst sein Vater ist.«

Bevor Oujdma fortfahren konnte, verschluckte Berenice sich und hustete heftig. Er wartete geduldig ab, bis sie wieder zu Atem kam.

»Hast du dich nie gefragt, warum er dem Fürsten so eng verbunden ist?«

Immer noch um Atem ringend, erklärte Berenice: »Ich nahm an, dass der Fürst ihn gefördert hat und er ihm dafür dankbar ist. Er erzählte mir, dass er mich von früher kenne und aus dieser Gegend stamme. Nein – ich hatte nie den Gedanken, dass es sich bei seinem Vater um den Fürsten handeln könnte. Ich weiß auch nicht viel über die verstorbene Fürstin, aber ich fand es seltsam, dass mein Schwiegervater nicht wieder geheiratet hat. Er hat Titel und Besitz zu hinterlassen, und für Henri waren diese Verpflichtungen immer eine zu große Belastung.«

»Der Fürst hat Gregory als seinen unehelichen Sohn anerkannt. Warum setzt er ihn nicht als seinen Erben ein? Dann könntest du ihn heiraten.«

Sprachlos starrte Berenice ihren Freund an. »Ich bin bereits verheiratet, erinnerst du dich? Mein Vater hätte niemals einem Vertrag zwischen mir und einem Mann zugestimmt, dessen Herkunft derart ungeklärt ist und dessen Mutter nicht aus einer vergleichbar hohen Familie stammt. Du kannst dir dies vielleicht nicht vorstellen, doch hier zählen diese Werte mehr als alles andere.«

Sie senkte den Kopf und fuhr mit leiser Stimme fort: »Ich habe schon einmal feststellen müssen, dass man Regeln, die hier ganz selbstverständlich sind, an anderen Orten nicht begreift. Um das Erbe geht es mir nicht, obwohl dies für meinen Vater wichtig war. Auf jeden Fall ist Henri der leibliche und eheliche Erbe, und Gregory hat kein Anrecht auf das Fürstentum.«

Oujdma hob die Schultern. »Gregory sagte mir das Gleiche. Für mich macht das keinen Sinn. Er ist älter als Henri, der leibliche Sohn des Fürsten und ihm in jeder Hinsicht ähnlicher als Henri. Nur weil seine Mutter nicht aus hohem Adel ist und er außerhalb der Ehe geboren wurde ...« Er unterbrach sich, als er Berenices Gesicht sah.

»Schon gut, ich spreche nicht mehr darüber. Denkst du nicht, man könnte mit dem König reden und um Vermittlung bitten? Ich denke, er hat so gute Beziehungen dorthin.«

Berenice seufzte tief auf. »Wenn ich von Henri schwanger würde, wäre das Problem der Nachfolge gelöst. Das ist das Einzige, was man von mir erwartet – und ich sehe noch nicht, wie ich Henri dazu bringe. Er geht mir aus dem Weg, wo er kann.«

»Er ist aber doch in der Lage dazu, ich meine ...« Er machte eine anzügliche Bewegung und Berenice lächelte.

»Er weiß sehr genau, wie man Kinder zeugt. Die Krankheit und eine gewisse Scham halten ihn wohl ab.«

»Darüber bin ich nicht unglücklich«, erklärte Oujdma. »Der Preis für eine Schwangerschaft scheint mir doch recht hoch unter diesen Umständen.«

Er stand auf und begann, die übrigen Speisen wieder in die Ledertasche zu packen. Auch Berenice erhob sich. Es war noch immer kalt; trotz des Feuers fror sie.

Oujdma schob mit der Stiefelspitze feuchten Sand und Steine auf den Rest des Feuers, das qualmend erlosch. Er band sein Pferd los, führte es zum Baumstumpf und kletterte von dort in den Sattel. Auch Berenice saß auf, und sie ritten ohne weitere Worte zurück, beide in ihren Gedanken versunken.

In ihrer Kammer wechselte Berenice mit Sophies Hilfe ihre Kleidung und dachte über Oujdmas Worte nach. Hätte es etwas geändert, wenn ihr Gregorys Beziehung zum Fürsten bekannt gewesen wäre? Ihr Vater hätte niemals sein Einverständnis zu einer Ehe zwischen ihr und Gregory gegeben. Sie selbst war sich nicht sicher, ob sie noch vor wenigen Jahren bereit gewesen wäre, unter ihrem Stand zu heiraten.

Ihre Erfahrungen in der Neuen Welt und der Welt der Osmanen hatten ihre früheren Ansichten beeinflusst. Sie wusste nun, dass unverrückbare und unabänderliche Regeln nicht überall und ewig galten.

Es war müßig, sich darüber den Kopf zu zerbrechen, dachte sie. Der Wunsch und Wille ihres Vaters war gewesen, sie ihrem Stand entsprechend in Sicherheit zu wissen und die Erbfolge zu sichern. Sie schuldete es ihm, diesem Wunsch nachzukommen. Es wurde Zeit, auch Henri behutsam an diese Verpflichtung zu erinnern und heranzuführen.

Sophie befestigte ihr die Haube auf dem Kopf und hielt ihr einen Spiegel hin, damit sie ihre Erscheinung überprüfen konnte. Berenice nickte zustimmend und ging hinunter.

Oujdma und der Fürst saßen schon angeregt plaudernd vor dem Kamin in einem der Küche angeschlossenen Raum. In der kalten Jahreszeit servierten die Dienstboten die Mahlzeiten meistens in dieser Räumlichkeit, die angenehm warm war.

Erschienen Besucher, hatte man sich angewöhnt, im größeren Arbeitszimmer zu speisen, das ebenfalls über einen großen Kamin verfügte. Bei Feuchtigkeit und Kälte war es jedoch neben der Küche wärmer und angenehmer. Hierhin hatten sich die beiden Männer zurückgezogen und erwarteten Berenice. Ein weiteres Gedeck fehlte und Berenice schloss daraus, dass man nicht mit Henri rechnete.

Ihr Schwiegervater wollte am nächsten Tag früh aufbrechen, um in den weiter entfernt gelegenen Orten einige Streitfälle zu schlichten. Ihm oblag die Gerichtsbarkeit, und diese Aufgabe führte ihn regelmäßig fort. An diesem Abend genoss er die bequeme und angenehme Umgebung seines Hauses mit einem interessanten Gesprächspartner, wollte sich jedoch früher als gewöhnlich zu Bett begeben.

Während sie ihre Suppe löffelte und Oujdma zuhörte, der dem Fürsten von seinem Leben im Palast des Sultans berichtete, nahm sie sich vor, mit Henri noch am selben Abend zu sprechen.

Als laute Geräusche und Stimmen aus der Eingangshalle hereindrangen, dachte sie, ihr Mann habe sich doch noch entschlossen, an der gemeinsamen Mahlzeit teilzunehmen. Einer der Hausdiener erschien mit rotem und verschwitztem Gesicht und stotterte vor Aufregung. Die Knechte hatten Henri beinahe erfroren im Wald gefunden. Er sei immer noch ohnmächtig und wahrscheinlich ernsthaft krank. Man habe ihn mithilfe eines der Jagdhelfer über eine größere Strecke getragen und nun lag er in der Halle auf einer Bank.

Berenice war schon aufgesprungen und zu ihrem Mann geeilt, noch bevor der Diener seinen Bericht beendet hatte.

Henris Gesicht war blass und mit kaltem Schweiß bedeckt. Berenice bat die Diener darum, ihren Mann noch in sein Zimmer zu tragen, und mit einer letzten Anstrengung legte man Henri dort auf sein Bett. Die ganze Dienerschaft stand erschrocken beisammen und beeilte sich, Berenices Anordnungen Folge zu leisten. Sie selbst wischte mit einem feuchten Tuch sein Gesicht und seine verschmutzten Hände ab.

Hilflos und erschrocken stand der Fürst daneben und winkte Oujdma herein, der einen fragenden Blick durch die Tür warf.

»Ich habe schon nach dem Medikus gesandt, doch Ihr seid ein Mann der Heilkräuter und könnt uns vielleicht einen Rat geben. Was mag meinem Sohn nur fehlen?«

Der Schreck stand ihm deutlich ins Gesicht geschrieben. Berenice konnte sich denken, was in ihm vorging. Henri war nicht der erste oder einzige junge Mann, der in der Blüte seiner Jahre ohne Vorwarnung verstarb. Selbst in den Königshäusern mit den besten Ärzten und Ratgebern geschah dies nicht selten. Selbst ein Aderlass, die meist angewandte Heilmethode, war dann wirkungslos.

Oujdma, noch sein Mundtuch in der Hand, senkte den Blick. »Ich kann versuchen, seine Körperhitze zu senken, doch ich bin kein Medikus. Das Pulver, das ich Euch gegen die Gicht gegeben habe, könnte auch für Euren Sohn hilfreich sein. Es ist ein Pulver aus der Astrenzwurzel und hilft bei vielen schweren Erkrankungen.«

Etwas erleichtert, dass er die Last der Verantwortung mit einem anscheinend medizinisch versierten Mann teilen konnte, klagte der Fürst: »Henri sprach manchmal über Unwohlsein, doch ich habe es nicht ernst genug genommen. Er war in letzter Zeit sehr abwesend und verschlossen.«

Berenice schickte die Männer hinaus und ließ nur Jeanne in das Zimmer des Kranken. Ihre alte Dienerin hatte ihr selbst bei manchem Unwohlsein als Kind Hilfe geleistet, doch diesmal schüttelte sie nur den Kopf.

»Ich fürchte, der junge Herr ist ernsthaft erkrankt, und mein Wissen reicht nicht aus, um ihn zu heilen. Ich werde dem Rat Eures Freundes folgen und ihm einen Aufguss aus seinem Pulver zubereiten.«

Die Nacht verbrachte Berenice an Henris Bett, flößte ihm gelegentlich etwas von Oujdmas Medizin ein, bewachte seinen unruhigen Schlaf und hoffte, dass der Medikus am nächsten Tag eintreffen würde.

Henri fieberte, sein Kopf war heiß, doch gleichzeitig schien er zu frieren und schüttelte sich. Sie deckte ihn mit mehreren Decken zu und flößte ihm gelegentlich etwas Wasser ein. Bei der ersten Dämmerung hörte sie die Kutsche im Hof, als man Vorbereitungen für die Abreise des Fürsten traf.

Sie saß erschöpft am frühen Morgen in einem Sessel, als Henri die Augen öffnete und seine Hand nach ihr ausstreckte.

»Ich dachte nicht, dass ich diesen Schmerz überleben würde«, flüsterte er und versuchte zu lächeln.

Berenice nahm seine Hand. »Man hat dich im Wald gefunden. Wir haben uns alle große Sorgen gemacht.«

»Ich habe mit den Hunden nach meinen Fallen gesehen.« Das Sprechen schien ihm schwerzufallen, doch er fuhr fort: »Dann schmerzte meine Brust plötzlich sehr stark und ich fiel hin. Danach erinnere ich mich an nichts mehr.«

Henri schien ganz klar zu sein, auch wenn sein Gesicht jetzt eine unnatürliche Röte zeigte. Vielleicht verdankten sie Oujdmas Pulver, dass Henri diese Nacht überlebt hatte.

»Wie fühlst du dich?«

»Meine Brust schmerzt immer noch beim Atmen, doch sonst geht es mir gut.«

»Kann ich etwas für dich tun? Vielleicht hast du Hunger oder Durst?«

Er schüttelte den Kopf, atmete tief ein und verzog wie unter Schmerzen das Gesicht. »Ich habe eine Bitte an dich.«

Seine Stimme war zu einem schwachen Flüstern geworden, und sie rutschte näher zu ihm, um ihn zu verstehen.

»In meiner Waffenkammer befindet sich eine Kiste.«

Erschöpft machte er eine Pause und sank noch tiefer in die dicken Kissen in seinem Rücken. Sein Atem ging schwer.

»Ich glaube, ich weiß, welche du meinst. Ich sah die Kiste beim letzten Mal, als ich in deiner Waffenkammer war.«

Er hustete und versuchte, sich aufzurichten, doch die Kraft fehlte ihm.

»Bitte geh und hole sie mir. Wirst du mir den Gefallen tun?«

Er schloss die Augen und schien eingeschlafen. Langsam erhob sie sich und ging vorsichtig hinunter, damit Holzdielen und Tür keinen Laut gaben.

Auf der Treppe traf sie Jeanne, die schon das Frühmahl bereitet hatte und die Hausdiener mit den Speisen in die jeweiligen Zimmer schickte. Ihre alte Dienerin warf ihr einen fragenden Blick zu, doch Berenice wollte zunächst mit dem Fürsten sprechen. Sein Kammerdiener meldete sie an, und nur Sekunden später öffnete der Fürst selbst die Tür. Er war bereits vollständig angekleidet. Berenice vermutete, dass er ebenso wenig geschlafen hatte wie sie.

Der Diener schenkte Berenice einen Becher heiße Milch mit Honig ein und ließ sie mit dem Fürsten allein.

Sie sank auf einen Sitz und schlug die Hände vor das Gesicht. Sie wollte nicht weinen, doch sie konnte sich nicht mehr beherrschen.

»Steht es so schlimm um meinen Sohn?« Die leise Stimme des Fürsten schien zu zittern.

Berenice hob ihr tränenüberströmtes Gesicht. »Ich weiß es nicht, Vater. Er ist sehr schwach, hat Fieber und Schmerzen in der Brust. Er war doch gesund und nun ...« Ihre Stimme brach und der Fürst trat schnell zu ihr und zog sie in seine Arme.

»Ich würde alles tun, damit es meinem Sohn wieder besser geht, und mit Gottes Hilfe wird dies auch geschehen. Im Augenblick können wir nichts weiter tun.«

»Wir sind erst so kurze Zeit zusammen und hatten kaum Gelegenheit, uns näherzukommen.«

»Ich habe gestern gleich nach dem Medikus geschickt. Ebenso habe ich ein Schreiben an Gregory gesandt und ihn um baldige Rückkehr gebeten.«

Berenice nickte nur zu seinen Worten. Plötzlich fühlte sie sich selbst erschöpft und kraftlos. Sie versprach, einige Stunden zu ruhen, bevor sie sich wieder zu Henri begab. Der Fürst würde seine Reise wie geplant antreten, doch sie musste ihm versichern, sofort einen Boten zu senden, sollte sich der Zustand Henris verschlechtern.

In ihrem Zimmer half ihr Sophie beim Entkleiden und einer flüchtigen Reinigung. Als sie auf ihrem Bett lag und ihre Zofe sie verlassen hatte, fühlte sie sich todmüde, konnte aber nicht gleich einschlafen. Was würde aus ihr werden, wenn Henri seiner Krankheit erlag? Sie waren kaum einige Monate verheiratet, und sie war nicht schwanger mit seinem Kind.

Sie nahm Henris geschwächtes Gesicht mit den tief liegenden Augen mit in den Schlaf und schreckte auf, als es schon dunkelte. Sie musste den gesamten Tag verschlafen haben. Von draußen waren Stimmen zu hören; sie erkannte die tiefe Stimme des Medikus. Schnell setzte sie sich auf und rief nach Sophie, die ihr eilig in ihr Kleid half.

Der Arzt war schon auf dem Weg zu Henris Zimmer und bat sie, ihn mit dem Kranken allein zu lassen. Er wollte anschließend mit ihr sprechen.

Berenice bat ihren Diener, auch Oujdma zu holen, damit er die Ansicht des Arztes hörte. Sie saß mit ihrem Freund zusammen, als nach weniger als einer Stunde der Arzt in der Schreibstube erschien, wo Berenice ein Feuer hatte entzünden lassen und Getränke und Speisen bereitstanden.

Hungrig ließ der Medikus es sich schmecken, und obwohl Berenice die Fragen auf der Zunge lagen, beherrschte sie sich mit Mühe, bis er sich die letzten Krümel vom Mund gewischt und noch einen Schluck verdünnten, heißen Weines getrunken hatte.

»Ich habe Euren Gemahl zur Ader gelassen, damit die kranken Säfte abfließen«, meinte er und faltete die Hände über seinem runden Bauch. »Mehr bedarf es derzeit nicht, und ich denke, dass er wieder gesund wird. Er ist jung und seine Krankheit bei jungen Männern nicht unüblich.«

»Was fehlt ihm denn?«

Der Mann warf ihr einen abwägenden Blick zu. »Er hat sich wohl mit liederlichem Volk abgegeben, und dieses hat manchmal seltsame Krankheiten. Wie ich schon sagte, haben Männer gelegentlich diese Symptome. Mir ist aber kein Fall bekannt, in dem dies ernsthafte Folgen hatte.«

»Er klagte über starke Schmerzen in der Brust und war längere Zeit ohne Bewusstsein. Hat er davon gesprochen?«

»Ich habe nicht mit ihm gesprochen, er schläft tief und scheint mir recht schwach. Er hat Schmerzen in der Brust? Hm, hm«, brummte er sinnend vor sich hin. »Das ist ungewöhnlich. Er braucht Ruhe und gute Nahrung, dann erholt er sich wieder. Auf keinen Fall darf er sich stark anstrengen. Dies hat wahrscheinlich zu seiner Schwäche und Ohnmacht geführt.«

Oujdma hatte sich mit keinem Wort an der Unterhaltung beteiligt, doch Berenice war nicht entgangen, dass seine Augenlider kurz gezuckt hatten, als vom Aderlass die Rede war.

Kaum war der Medikus aufgebrochen, fragte sie besorgt: »Du bist nicht seiner Meinung, dass ein Aderlass sinnvoll ist?«

»Ich bin mir nicht sicher, ob der Mann die geringste Ahnung von der Art der Erkrankung deines Mannes hat. Er denkt an eine Lustseuche, das ist sicher, doch die Schmerzen in der Brust haben damit gar nichts zu tun. Ein Aderlass schwächt ihn nur noch mehr. Was für eine unsinnige Behandlung.«

Erschrocken sah Berenice ihn an. »Aber ein Aderlass ist doch sehr oft hilfreich.«

Sie erntete einen schrägen Blick. »In meiner Heimat überleben die meisten Kranken, ohne dass man Blut aus ihnen laufen lässt. Für mich ist das eine barbarische Methode. Die meisten Ärzte bei uns sind entweder Juden oder hochgebildete Ärzte aus Persien. Von dieser Art der Heilung habe ich jedenfalls noch nie gehört.«

Seine Worte waren nicht dazu angetan, Berenice zu beruhigen.

»Was kann ich denn nur tun?« fragte sie sorgenvoll. »Er scheint nur gelegentlich Schmerzen zu haben und ist insgesamt sehr schwach.«

»Das wäre ich auch, wenn man mir mein Blut nähme«, erklärte Oujdma kopfschüttelnd. »In einem hat der Mann jedenfalls recht. Wir können ihm kräftigende Nahrung geben, damit er wieder auf die Beine kommt.«

In der kommenden Woche schienen sich Oujdmas Worte zu bewahrheiten. Henri erholte sich allmählich und nahm wieder Nahrung zu sich. Nach vier Tagen stand er erstmalig auf und begrüßte seinen Halbbruder, in seinem Zimmer sitzend, mit einem schiefen Lächeln.

»Man hätte dich nicht benachrichtigen müssen, ich bin manchmal einfach schwach, erhole mich aber jedes Mal wieder, wie du siehst.«

Gregory, der so schnell aus Paris gekommen war, wie sein Pferd es zugelassen hatte, sah an diesem Morgen bei seiner Ankunft schmutzig und erschöpft aus. Er hatte sich nicht von der Dienerschaft anmelden lassen und war auf direktem Weg in Henris Zimmer gekommen.

»Dem Bericht Vaters nach habe ich mir die größten Sorgen um dich gemacht und alle Verpflichtungen für die nächste Zeit abgesagt. Ich bin sehr erleichtert, dass du auf dem Weg der Besserung bist. Wenn Vater von seiner Reise zurück ist, werde ich mich wieder zum König begeben. Doch zuvor«, er machte einen tiefen Atemzug, »werde ich mich erst einmal säubern und etwas essen.«

Henri nickte und wandte sich wieder dem Tric-Trac-Spiel zu, das er allein spielte, wenn Berenice nicht in der Nähe war.

Berenice hatte die Ankunft Gregorys von ihrem Fenster aus gesehen und die Dienerschaft schon angewiesen, für ihn etwas zuzubereiten. Ruhelos wartete sie darauf, dass er sich bei ihr meldete, doch Gregory ließ sich Zeit.

Oujdma leistete ihr am späten Nachmittag Gesellschaft, als Gregory sich von Sophie anmelden ließ. Die Förmlichkeit seines Verhaltens erleichterte ihr den Umgang mit ihm und zeigte deutlich, dass er sie als Frau seines Bruders und Herrin des Hauses respektierte. Dennoch umarmte er sie herzlich und begrüßte auch Oujdma freundlich. Seine früheren Vorbehalte gegen den Eunuchen waren mit der Zeit und in dem Maße verschwunden, in dem Oujdma sich mehr und mehr seiner neuen Umgebung angepasst hatte.

»Verzeiht mir mein spätes Erscheinen«, erklärte Gregory. »Ich war einige Tage unterwegs und habe kaum gegessen oder geschlafen. Ich hatte das Gefühl, mich gleich neben Henri ins Bett legen zu müssen. Jeanne hat mir jetzt so reichlich zu essen gegeben, dass für euch wahrscheinlich nicht mehr viel übrig ist.«

Er lachte sie so schalkhaft an, dass sie gegen ein Gefühl der Schwäche ankämpfen musste. Er hatte sich umgekleidet und brachte einen Hauch höfische Eleganz mit. Warum sah er nur so gut aus, dachte sie. Die Versuchung, sich in seine Arme zu werfen, würde nie vergehen. Doch Berenice bemühte sich um Beherrschung und lächelte unverbindlich.

Gregory blickte sie prüfend an. »Henri macht auf mich einen guten Eindruck, auch wenn er blass ist und Gewicht verloren hat. Was fehlt ihm denn?«

»Ich wünschte, ich könnte dir die Frage beantworten«, entgegnete Berenice, »doch wir wissen auch nicht mehr. Henri scheint immer wieder Schwächeanfälle zu erleiden. Es sah noch vor Tagen gefährlich aus, und ich habe mir die größten Sorgen gemacht, sonst hätte Vater nicht nach dir geschickt. Inzwischen scheint es ihm deutlich besser zu gehen, dennoch bin ich sehr froh, dich zu sehen. Du konntest immer gut mit meinem Mann umgehen.«

Auch Gregory hatte sich gut in der Gewalt, dennoch sah sie das leichte Zucken seines Lides, als sie von ihrem Mann sprach. Sie spürte genau, dass sie ihn damit traf; dennoch wollte auch sie klarstellen, dass sie mit ihrer Lage so gut wie möglich umgehen mussten.

An diesem Abend saßen sie noch eine Weile gemeinsam am Kamin und folgten dem Bericht Gregorys über die Vorkommnisse am Hof.

Berenice lehnte sich in ihrem Sessel zurück und lauschte mit halb geschlossenen Augen. Es erstaunte sie selbst, dass sie die Vorkommnisse und Intrigen eines fernen Hofes, der sich zudem meist auf Reisen befand, nicht mehr in dem Maße interessierten, wie dies früher der Fall gewesen war. Das Leben, das sie in der Kindheit geführt hatte, schien ihr schon lange zurückzuliegen, obwohl es keine drei Jahre her war, dass sie Mechelen verlassen hatte. Sie fühlte sich wohl und geborgen auf Schloss de la Tour und hatte sich so gut eingelebt, dass es sie nicht an den königlichen Hof zurückzog.

Bevor sie sich in ihr Zimmer begab, sah sie zusammen mit Gregory und Oujdma nach Henri. Dieser lag in tiefem Schlaf in seinem Bett. Er hatte die Kerzen gelöscht, nur die noch glimmenden Scheite des Kaminfeuers warfen einen schwachen Lichtschein in den Raum. Leise schlossen sie die schwere Holztür und wünschten einander gute Nacht, bevor sie sich in ihre Zimmer begaben.

Berenice aber konnte nicht einschlafen. Eine innere Unruhe hatte sie gepackt und brachte sie um den Schlaf. Sie schalt sich selbst eine Närrin, dass die bloße Anwesenheit Gregorys ihr derart zusetzte. Sie würde sich so gut wie möglich von ihm fernhalten. Dennoch kehrten ihre Gedanken immer wieder zu ihm zurück. Instinktiv wusste sie, dass nicht er der Grund ihrer inneren Unruhe war, zumindest nicht in dieser Nacht. Sie hätte selbst nicht genau sagen können, was sie vom Schlafen abhielt.

Sie löschte die Kerze und ging zu Bett, stand jedoch nach einer Weile wieder auf und wanderte unruhig in ihrem Zimmer umher. Sie nahm dies und jenes in die Hand und legte es wieder fort. Ein Blick in den mondhellen Hof zeigte ihr, dass niemand zu sehen war und es keinen Grund zur Beunruhigung gab, und dennoch …

Als sich am winterkalten Himmel ein heller Streifen zeigte und sie die ersten Geräusche im Haus hörte, zog sie ein einfaches Kleid an und ordnete ihre Haare so gut sie es allein vermochte. Es hielt sie nicht länger in ihren Räumen, und sie wollte zunächst nach Henri sehen, bevor sie in der Küche ein heißes Getränk zu sich nahm.

Sie überquerte die Flure und klopfte an die Tür ihres Mannes. Als sie keinen Laut hörte, öffnete sie einen Spalt.

»Bist du schon wach, Henri?«

Ihr Mann schien noch fest zu schlafen, und so trat sie leise ein, um ihn nicht zu wecken. An seinem Bett fuhr sie erschrocken zurück. Henri lag nicht mehr in seinem Bett.

Die Decken waren zusammengedrückt, sodass sie den Eindruck gehabt hatte, er läge noch wie am Vorabend. Angsterfüllt sah sie sich um und lief in das benachbarte Ankleidezimmer. Der Anblick traf sie völlig unvorbereitet und sie stieß einen lauten Schrei aus. Ihr Mann lag zusammengekrümmt auf dem Boden, als habe er große Schmerzen. Sein Mund war noch halb wie im Schrei geöffnet, doch auch im Halbdunkel war auf den ersten Blick erkennbar, dass Henri tot war.

Völlig erstarrt stand Berenice da und nahm wie betäubt wahr, dass ihr Schrei die Dienerschaft alarmiert hatte und Henris Kammerdiener sie am Arm fasste und fortführte. Sie sank auf den nächsten Stuhl und schluchzte entsetzt auf.

Gregory, der zusammen mit Oujdma erschien, erfasste die Lage sofort. Er legte seinen toten Halbbruder auf das Bett, schloss ihm die Augen und faltete seine Hände, während Oujdma Berenice in ihr Zimmer brachte.

Fassungslos flüsterte Berenice unter Tränen: »Er war doch schon auf dem Weg der Besserung. Was kann geschehen sein, dass er jetzt so plötzlich starb?«

Sophie war inzwischen hereingekommen; sie hatte die traurige Nachricht von den übrigen Dienstboten gehört. Sie öffnete die Kleidertruhe und entnahm ihr ein dunkles Kleid, das für diesen Tag angemessen erschien.

»Wenn ein Mensch stirbt, kann man das nie ganz begreifen«, antwortete Oujdma, »vor allem, wenn er noch so jung war.« Auch er schien bewegt angesichts Henris plötzlichen Todes.

»Wir müssen Vater benachrichtigen«, fiel Berenice ein. Ihre Hand fuhr an die Stirn. »Wer soll ihm nur diese schreckliche Nachricht überbringen?«

»Ich nehme an, das wird Gregory machen. Während du dich ankleidest, schicke ich einen Boten zum Pfarrer.«

Sie hatte sich eben mit Sophies Hilfe angekleidet, als Gregory bei ihr eintrat. Auch ihm stand die Betroffenheit ins Gesicht geschrieben, doch er erklärte ihr beherrscht, dass sie gemeinsam die Ankunft des Priesters abwarten wollten, bevor er sich auf den Weg zu seinem Vater machte.

»Ich wusste ja, dass Henri krank war. Aber ich habe nicht vermutet, dass es so ernst um ihn stand.«

»Letzte Woche hatte ich noch das Schlimmste befürchtet, doch nun hatte er sich bereits erholt. Niemand hat mit diesem Ausgang gerechnet. Ich frage mich, warum er in der Frühe aufgestanden ist. Sein Diener war noch in der Küche, um ihm die Morgenmahlzeit zu holen; auch er hat nichts von einer Verschlechterung bemerkt.«

Sophie bot den beiden Männern an, ihnen ebenfalls etwas zu essen zu holen, doch beide lehnten ab. Etwas heiße Honigmilch sollte genügen.

Schon nach einer guten Stunde erreichte der Pfarrer das Schloss. Ein wenig außer Atem und mit gerötetem Gesicht stand er vor ihnen und verlangte den Toten zu sehen. Er habe noch kein Sakrament erhalten, und er müsse dies sofort nachholen.

Gregory und Berenice warfen sich einen befremdeten Blick zu, ließen ihn jedoch in Henris Zimmer, wo er einen

Augenblick wie erstarrt vor dem Bett stand und dann betend an Henris Bett niedersank.

Berenice fand sein Verhalten seltsam und ihr schien, auch Gregory konnte mit diesem Geistlichen wenig anfangen. Dennoch ließen sie ihn gewähren und beschlossen, die Beerdigungsformalitäten für die kommende Woche zu besprechen, wenn der Fürst wieder im Hause war.

Zusammen mit dem Geistlichen verließ Gregory das Schloss. Berenice blieb mit Oujdma und der Dienerschaft zurück. Sie würde alles Notwendige erledigen und die Nachricht über den Tod ihres Gatten verschicken. Die Tränen traten ihr erneut in die Augen, als ihr klar wurde, dass es beinahe die gleichen Namen waren, die sie vor wenigen Wochen zu ihrer Vermählung eingeladen hatte.

Sie legte die Feder zur Seite und sprang auf. Die Gedanken an ihre Zukunft ließen sich nicht verbannen. Da sie kein Kind erwartete, hatte sie offiziell in diesem Haus keinerlei Befugnisse mehr. Sie glaubte nicht, dass ihr Schwiegervater sie nach Meribeau zurückschicken würde, obwohl er das Recht dazu hatte. Ohne rechtmäßigen Erben würde das Fürstentum nach dem Tod des letzten lebenden Landesherrn an die Krone fallen.

Sie schürte das Feuer und legte sich einen wollenen Schal um. Es hatte angefangen zu schneien, und sie hoffte, dass der Fürst und Gregory auf den zugefrorenen Wegen schneller vorwärts kamen.

Es dauerte noch drei Tage, bis die beiden Männer zurückkehrten. Bis dahin verharrten das Schloss und seine Bewohner in einer Art Stillstand, als habe man die Zeit angehalten. Berenice war nicht die Einzige, die sich um ihre Zukunft Gedanken machte.

Die Ankunft des Fürsten brachte Bewegung ins Schloss. Er erschien Berenice um Jahre gealtert, als er sie still und mit Traurigkeit in den Augen begrüßte.

Die Beerdigung fand an einem schneegrauen Tag in beißender Kälte statt. Der Pfarrer hielt eine lange und bewegende Rede über die besonderen Eigenschaften des Fürstensohnes, sodass man die Kälte vergaß und die Besucher viele Tränen vergossen.

Nach einer kurzen Stärkung im Schloss brachen die Besucher rasch auf. Es dunkelte früh und man wollte wieder zurück an den warmen Herd.

Erschöpft, aber auch erleichtert ging Berenice an diesem Abend zu Bett. Alles würde sich finden, dachte sie etwas beruhigter. Sie hatte bei der Ankunft Gregorys Gesicht beobachtet und glaubte, darin Zuversicht gesehen zu haben. Was immer die beiden Männer auf ihrer Rückreise beschlossen hatten, sie würde es sicher bald erfahren. Sie vertraute beiden und wusste, sie würden nichts für sie Nachteiliges beschließen.

Am nächsten Morgen erfuhr sie zu ihrer Überraschung, dass Gregory das Schloss bereits verlassen hatte. Nach Tagen, an denen sie keinerlei Appetit gehabt hatte, nahm sie heute ein ausgiebiges Frühstück zusammen mit Oujdma auf ihrem Zimmer ein, bevor sie ihren Schwiegervater aufsuchte, der in der Schreibstube über Dokumentenrollen gebeugt stand. Sie hatte das Gefühl gehabt, sich für die Aussprache besonders stärken zu müssen.

Als er sie sah, winkte er sie herein und schloss die Tür.

Mit klopfendem Herzen setzte sich Berenice. Trotz ihrer bisherigen Zuversicht war sie nun doch angespannt und verschränkte nervös die Finger ineinander. Sie wartete, bis der Fürst seine Schriftrollen zur Seite gelegt hatte und das Wort an sie richtete.

»Was geschehen ist, ist ein großes Unglück für uns alle und ein schwerer Verlust.«

Es fiel ihm sichtlich nicht leicht, fortzufahren, und er atmete einige Male tief ein und aus, bevor er gefasst weitersprach.

»Ich nehme an, du bist nicht guter Hoffnung von meinem Sohn?«

Berenice schüttelte stumm den Kopf.

»Ich bin ein guter Diener der Krone, doch der Gedanke, dass mit meinem Tod unser Geschlecht ausstirbt und alles dem König zufällt, ist mir unerträglich. Ich habe verschiedene Möglichkeiten überdacht. Zunächst könnte ich dich zur Frau nehmen. Doch die Gefahr, dass ich kein Kind mehr zeugen kann, ist zu groß. Es bleibt somit nur die Möglichkeit, dass mein außerehelicher Sohn vom König die Erlaubnis erhält, der legitime Nachfolger des Fürstentums mit Titel und Lehen zu werden. Sollte er die Genehmigung erhalten, kann er eine Dame der Gesellschaft heiraten und für die Nachfolge sorgen. Natürlich wird der Hochadel die Nase rümpfen, und es wird ihm manche Tür verschlossen bleiben. Damit für dich auch weiterhin gesorgt ist, habe ich ihn gebeten, in diesem Fall um deine Hand anzuhalten. Dieses Vorgehen mag ungewöhnlich sein, doch er ist bereits auf dem Weg zum König und bat mich, mit dir zu sprechen. Sollte er jedoch erfolglos wiederkehren, kann ich dir nicht zumuten, ihn zum Mann zu nehmen. Es wäre ein gesellschaftlicher Abstieg, und der Schutz deines Standes wäre möglicherweise für dich verloren.«

Erwartungsvoll blickte der Fürst sie an, und Berenice wusste nicht, ob sie lachen oder weinen sollte.

»Ich hatte den Eindruck, ihr versteht und mögt euch«, fuhr der Fürst nach Worten suchend fort, als Berenice nicht gleich antwortete. »Mir ist bewusst, dass du nach Henris Tod andere einflussreiche Bewerber haben kannst und die Ehe mit einem Mann, dessen Herkunft ...«

Berenice hob beschwörend die Hand. »Vater, ich bitte dich. Ich habe Henri gern gehabt, auch wenn wir noch sehr wenig geteilt haben. Es war der sehnlichste Wunsch meines verstorbenen Vaters, unseren Besitz zu vereinen. Gregory aber hat mich gerettet und auf der Reise zurück sind wir uns sehr nahe gekommen. Und ich würde gern in la Tour bleiben, es ist jetzt mein Zuhause. Doch wir sollten zunächst die Antwort des Königs abwarten.«

Zustimmend sagte der Fürst: »Das müssen wir in jedem Falle. Gregory war mir immer sehr ähnlich, Henri glich mehr seiner Mutter. Der Gedanke hat mir gut gefallen, dich als ihre Nachfolgerin zu sehen, und ich wünsche mir sehr, dass Gregory beim König Erfolg hat.«

»Das wünsche ich mir auch«, seufzte Berenice. »Ich habe mir immer eine Familie gewünscht und fühle mich hier sehr wohl.«

Sie lenkte das Gespräch auf seine Reise und der Fürst berichtete, dass er noch einige Dörfer aufsuchen würde. Doch das musste vorläufig warten.

Als Berenice später Oujdma von ihrem Gespräch berichtete, schlug dieser begeistert die Hände zusammen.

»Warum nicht gleich so? Den Umweg mit dem unglücklichen Henri hättet ihr euch sparen können.«

Berenice verzichtete darauf, Oujdma nochmals zu erklären, dass eine Ehe zwischen Adligen und einfachen Leuten nicht toleriert wurde; diese Regel ihrer Welt würde er wahrscheinlich nie begreifen. Ohne eine weitere Ehe blieb ihr nur, sich in ein klösterliches Damenstift zu begeben, wo ihr Name und der Rest ihres Vermögens ihr eine sichere und selbstbestimmte Zukunft ermöglichen würden.

Mit der Genehmigung des Königs jedoch und dem Erheben Gregorys in einen entsprechenden Stand war eine Ehe möglich, auch wenn der Hochadel sie immer noch schräg ansehen würden. Das war ihr gleichgültig. Mit dem Segen des Königs und der Kirche wäre er legitimiert, und sie würde bleiben können und nicht abermals heimatlos sein. Sie wagte nicht daran zu denken, was passieren würde, wenn sein Ansuchen nicht von Erfolg gekrönt wäre.

Das Weihnachtsfest feierten sie still und ohne Gregory, von dem sie lange Wochen nichts hörten.

An einem eisigen Januarmorgen bestieg Oujdma sein Pferd und winkte ihr zum Abschied. Er musste zurück nach Paris, um nach seinen Geschäften zu sehen. Berenice verstand ihn gut – nach Wochen auf dem Land wollte er der ländlichen Ruhe nun entfliehen. Ihr Freund brauchte den Handel und das Feilschen um Preise wie die Luft zum Atmen.

Nach seiner Abreise ging sie über den Wirtschaftshof und nahm sich vor, endlich Henris Sachen zu ordnen. Sie wollte mit seiner Kammer beginnen; es war nicht gut, wenn so viele Waffen im Schloss lagerten.

Sie zog den Schlüssel heraus und öffnete. Dabei fiel ihr ein, dass sie Henri kurz vor seinem Tod versprochen hatte, seine Truhe zu ihm zu bringen, dies aber wegen der Verschlechterung seines Zustandes vergessen hatte.

Das spielte nun keine Rolle mehr, dachte sie. Die Schusswaffe, die er zuletzt in der Hand gehalten hatte, lag noch so, wie er sie abgelegt hatte, und eine plötzliche Traurigkeit überfiel sie.

Ihr Blick fiel auf seine Schatzkiste, wie sie die Holztruhe im Stillen nannte. Sie besaß ein starkes Schloss und ließ sich ohne den passenden Schlüssel nicht öffnen. Auch nach längerem Suchen konnte sie den Schlüssel nicht finden, und ihr blieb nichts anderes übrig, als abermals den Schmied um Hilfe zu bitten.

Auch er war glücklos und öffnete auf ihr Geheiß die Kiste schließlich gewaltsam. Das Schloss sprang knirschend aus seiner Halterung. Die Kiste war offen.

Der Mann trug das schwere Behältnis in ihr Zimmer und sie entließ ihn dankend.

Auf den ersten Blick war nicht zu erkennen, warum Henri ein solches Geheimnis aus seinen kleinen Schätzen gemacht hatte. Berenice lächelte, als sie ein Kinderportrait von ihm und seiner Mutter entdeckte. Unter den kleinen Pfeilen, die er wahrscheinlich als Junge benutzt hatte, fand sie einige hübsche Glaskugeln und einige Schriftstücke.

Sie band die Kordeln auf und begann zu lesen. Verwundert las sie eine Abhandlung über die Primogenitur, das Recht des Erstgeborenen in der Erbfolge. Hatte Henri gefürchtet, dass Gregory ihm das Recht auf das Fürstentum streitig machen könnte? Sie hätte niemals angenommen, dass er auch nur verstehen konnte, worum es sich dabei handelte.

Sie nahm die nächsten Dokumente, wickelte sie auf und sank langsam lesend auf einen Stuhl. Die weiche und geschwungene Handschrift einer Frau zog ihre Aufmerksamkeit auf sich. Es war Henris Mutter, die sich mit liebevollen Worten an ihren Sohn wandte. Berenice wollte den Brief schon zur Seite legen, als sie Gregorys Namen entdeckte.

Mit wachsendem Erstaunen und zunehmendem Entsetzen las sie zu Ende und ließ dann das Schreiben fallen.

Ihr Verstand weigerte sich, die Worte zu begreifen, die ihr langsam zu Bewusstsein kamen. Henris Mutter hatte den Fürsten getäuscht und beschwor ihren Sohn, niemals ein Wort über seinen wahren Vater zu verlieren, um nicht seinen gesicherten Stand zu gefährden.

Berenice erfasste sofort die Bedeutung der Worte. Es war ein ungeheuerlicher Betrug.

Möglicherweise war Henris schlechtes Gewissen der Grund für seine Unsicherheit, seine Launen und seine seltsamen Andeutungen gewesen.

Sie selbst hatte einen Mann geheiratet, der alles andere als standesgemäß war und hätte Zorn empfinden sollen, doch sie fühlte nur Mitleid mit einem jungen Mann, dem seine Rolle immer zu viel abverlangt hatte. Selbst seine Mutter, die junge Fürstin, hatte sich eine große Bürde aufgeladen mit dieser Lüge. Wer konnte beurteilen, ob ihr Handeln eine Verfehlung gewesen war oder ob sie möglicherweise ihre eigene Stellung als Fürstin schützen wollte?

Berenice überlegte, was sie mit diesem neuen Wissen anfangen sollte. Vorläufig würde sie noch nichts unternehmen und den Brief gut verstecken. Henri war tot; wenn diese Nachricht öffentlich wurde, konnte sie nur ihrem eigenen Ansehen schaden, auch wenn sie keine Schuld an diesen Vorfällen trug, die lange vor ihrer Eheschließung geschehen waren.

Sie wartete ebenso wie der Fürst ungeduldig auf die Rückkehr Gregorys, doch der Januar ging vorüber, ohne dass man Nachricht von ihm erhielt.

Der Fürst begab sich wieder auf Reisen, um die unterbrochene Fahrt fortzusetzen. Er wusste die Belange des Schlosses bei Berenice in guten Händen.

An Maria Purificatio kam sie aus der Kirche zurück und übergab ihr Pferd dem Stalljungen, als sie das Getrappel mehrerer Pferde hörte. Voller Hoffnung schritt sie schnell über den Hof und warf einen Blick in die lange Einfahrt.

Es war nicht der erhoffte Besucher; stattdessen sah sie die Sänfte der Gräfin de Verner mit ihrem Gefolge und wartete gespannt ab, bis der kleine Zug vor dem Schloss anlangte.

Zuerst sprang Marie aus der Sänfte und half ihrer Tante heraus. Als Letzte verließ die Zofe der Gräfin die Sänfte und wies die Hausdiener an, das Gepäck abzuladen.

Die Gräfin streckte sich und stieß einen tiefen Seufzer der Erleichterung aus.

»Wie gut es ist, endlich hier zu sein. Die feuchte Kälte drang in jeden Winkel der Sänfte. Ich freue mich so, dich zu sehen, Berenice, du hast schwere Wochen hinter dir.«

Sie zog die überraschte Berenice in ihre Arme und drückte sie, während Marie hinter ihrem Rücken missvergnügt die Augen verdrehte. Anscheinend hatte ihre Freundin ihre Absicht noch nicht wahr gemacht und Arnaud geheiratet.

Die beiden Damen richteten sich wieder in ihren Räumen ein und Berenice war froh, dass mit ihrer Freundin endlich etwas Leben und Ablenkung ins Schloss kamen. Sie nahmen gleich am nächsten Tag ihre Gewohnheit wieder auf und ritten trotz des leichten Schneefalles durch den Wald, der mit seinen Tannen und Fichten etwas Schutz vor Wind und Kälte bot. Marie blickte hoch und ließ die nassen Flocken auf ihrem Gesicht schmelzen.

»Du kannst dir nicht vorstellen, was in den wenigen Tagen alles geschehen ist«, berichtete sie und schob ihr Haar mit einer Hand unter die wollene Kapuze. »Arnaud und ich hatten alles so gut vorbereitet und wollten verschwinden, sobald das Wetter etwas besser würde.«

»Hat er es sich anders überlegt?«, fragte Berenice neugierig.

»Aber nein, wo denkst du hin? Er liebt mich ebenso wie ich ihn. Meine Tante kam plötzlich in mein Zimmer. Sonst meldete sie sich immer an. Sie hat uns in einer so eindeutigen Lage überrascht, dass es nichts mehr zu erklären oder entschuldigen gab. Du kannst dir denken, was danach passierte. Sie informierte sofort seinen Vater, und ich wurde wie eine Gefangene behandelt. Ein Arzt kam, um den angerichteten Schaden festzustellen. Ich bin entehrt und für einen guten Handel nicht mehr zu gebrauchen.«

Sie schnitt eine Grimasse. »Ich wusste gar nicht, dass ich so viel wert bin, und fühle mich wie eine fallen gelassene Prinzessin.«

»Das gleiche Schicksal widerfuhr auch meiner Freundin in Mechelen, die nun mit dem weit älteren König in Portugal verheiratet ist. Sei froh, dass du keine Prinzessin bist, sonst könntest du nicht mehr allein mit mir durch den Park reiten.«

»Arnaud erging es noch weit schlimmer. Er wurde sofort in ein Kloster geschickt und muss Priester werden. Wir hatten nicht einmal Gelegenheit, uns voneinander zu verabschieden.«

Ihr Blick trübte sich und sie kämpfte mit den Tränen. »Ich habe ihn wirklich geliebt und hätte alles auf mich genommen, um mit ihm zusammenzubleiben. Warum will niemand das verstehen?«

Berenice zügelte ihr Pferd, trieb es neben Maries und wischte ihr mit kalten Fingern mitfühlend die Tränen aus dem Gesicht.

»Ich verstehe dich sehr gut«, meinte sie. »Auch ich habe einmal auf eine Liebe verzichtet, die nicht für mich gedacht war. Wir brauchen nicht zu arbeiten und uns nicht um unser tägliches Brot zu mühen wie andere Leute, doch wir zahlen einen hohen Preis für unser oft sorgloses Leben.«

Maries Augen blitzten mit einer Mischung aus Trotz und Entschlossenheit. »Ich werde mich jedenfalls so teuer verkaufen, wie es nur geht, trotz meines Makels.«

Sie trieb ihr Pferd energisch an, und Berenice folgte langsamer und nachdenklich. Ihre Freundin kämpfte gegen ein Gefühl des Verlustes an – sie verstand zu gut, wie schmerzlich dies war. Es erinnerte sie wieder einmal an ihre eigenen Verluste, an die Menschen, die nicht mehr bei ihr waren. Ihr blieb nur, auf Gregory zu warten, auf den sie mit Sehnsucht im Herzen hoffte. Sie hatte gegen die Gefühle für ihn so lange angekämpft, weil sie wusste, dass es für sie als Fürstin de la Tour keine Möglichkeit gab, mit ihm zusammen zu sein. Ebenso wenig konnte Marie mit ihrem Geliebten ein gemeinsames Leben führen.

Alle jungen adligen Frauen kannten wahrscheinlich diese unerfüllbaren Sehnsüchte. Ihre Gefühle spielten tatsächlich keine Rolle, da sie in den Augen der Fürsten, Könige und Kaiser als politisches Pfand galten. Trotz ihrer eigenen Verluste war sie froh, aus Mechelen und vor Karl geflohen zu sein. Als missachtete Frau eines Königs oder schlimmer noch, eines nordischen Freibeuters hätte sie sicher ein ähnlich grausames Schicksal erwartet wie Karls Schwester Isabella, deren kleiner Sohn Johann inzwischen von der schrecklichen Mutter ihrer verstorbenen Rivalin erzogen wurde.

Selbst Ibrahim hatte sie besser behandelt als der dänische König seine Frau, überlegte Berenice. Auch ihre Freundin Eleonore lebte einsam am portugiesischen Hof mit einem Mann, der nur mäßiges Interesse an ihr bekundete. Ihre beginnende große Liebe mit Friedrich von der Pfalz hatte nie eine Chance gehabt. Nachdem Eleonore erfahren hatte, dass Berenice in Frankreich lebte, hatte sie ihr ein langes Schreiben vom portugiesischen Hof gesandt.

Doch nun gab es für Gregory und sie vielleicht einen denkbaren Weg. Gregory konnte mithilfe des Königs und des Fürsten einen Titel erhalten und wäre damit endlich ein möglicher Gatte für sie. Sollten Edlere die Nase über seine fragwürdige Herkunft rümpfen – es war ihr gleichgültig. Sie war bereit, sich von denen abzuwenden, die ihn missachteten. Schließlich hatte jedes Adelsgeschlecht einmal mit einem ersten Geadelten begonnen.

Auch sie trieb ihr Pferd in eine schnellere Gangart und folgte Marie.

XI.

Ein königliches Schreiben

Die Fastenzeit begann in diesem Jahr Ende Februar, als auf den Wiesen und Feldern noch eine dicke Schneeschicht lag. Der Wind blies kalt von Nordwesten, und Berenice und Marie hatten ihren täglichen Ausritt seit einigen Tagen eingestellt, weil es viel zu kalt geworden war.

Die Gräfin lag mit einer heftigen Erkältung im Bett, die sie daran hinderte, die fällige Heimreise anzutreten. Sie hatte mit einigen befreundeten Familien korrespondiert und suchte nach einem passenden Ehemann für Marie. Sobald sie wiederhergestellt war, würde man aufbrechen und ihre Nichte verheiraten.

Berenice hatte einige Briefe für sie abgeschrieben und wusste, dass Maries Tante sich schwere Vorwürfe machte, nicht sorgfältig genug auf ihre Schutzbefohlene geachtet zu haben. Sie wollte diesen Fehler mit einer möglichst vorteilhaften Heirat wiedergutmachen. Zu ihrer Erleichterung war Marie zumindest nicht guter Hoffnung. Dies hätte die Angelegenheit ungleich schwieriger gestaltet.

Hustend lag die Gräfin im Bett; ihre Kammerfrau kühlte ihre heiße Stirn mit feuchten Tüchern, während Berenice die Briefe schrieb.

Der Fürst hatte einen Gast aus dem fernen Poitou empfangen und sich mit ihm in das Schreibkabinett zurückgezogen. Auch dieser Besucher konnte wegen der verschneiten Wege vorläufig nicht abreisen. Er brachte interessante Neuigkeiten vom königlichen Hof mit; Berenice hatte seinen Berichten aufmerksam gelauscht. Von Gregory war jedoch nicht die Rede, und auch der Fürst erwähnte ihn nicht.

Mit den Wochen, die langsam verstrichen, fragte sich Berenice, ob sie Gregorys Gefühle für sie vielleicht falsch beurteilt hatte. Vielleicht hatte er am königlichen Hof nichts erreicht und wollte ihr keine schlechte Nachricht überbringen oder er hatte sein Herz an eine andere Frau verloren. Die Zweifel und Ängste nagten an ihr, je mehr Zeit verging. Äußerlich bemühte sie sich, sich nichts anmerken zu lassen, und auch der Fürst sprach nicht mehr viel von seinem Sohn. Wusste er vielleicht mehr als sie? Berittene Boten waren bis vor einer Woche immer wieder ins Schloss gekommen und hatten Schriftrollen oder Pakete gebracht, doch ein Schreiben von Gregory war nicht darunter gewesen.

Die Tinte auf dem Schreiben der Gräfin war trocken. Berenice rollte es zusammen und versah es mit deren Siegel.

Es war dunkel im Zimmer geworden, und sie zündete eine weitere Kerze an. Ein Blick aus dem Fenster zeigte ihr, dass der Himmel sich verdunkelte, obwohl es noch kaum Mittag war. Von einer Minute zur anderen setzte heftiger Schneefall ein, der jede Sicht nahm. Sie sah den Stallburschen mit dem Schmied eilig über den Hof laufen. Sie hinterließen eine Spur im Weiß, die gleich wieder verwehte.

Als sie später mit Marie in die Halle kam, sah sie einen weiteren Besucher, der ebenfalls bei ihnen Schutz suchte. Es handelte sich um einen dunkelhaarigen Mann, der soeben dem Diener seinen schneebedeckten Umhang reichte und sich dann zu den Damen umwandte.

Berenice hielt plötzlich inne, dann ging sie mit ausgestreckten Händen auf den Gast zu.

»Jacques, welch Freude, dich zu sehen. Was bringt dich in den kalten Norden und in unser Schloss?«

Jacques Cartier schien nicht erstaunt, sie vor sich zu sehen. Er ergriff ihre Hände und sah sie prüfend an.

»Ich bin auf der Reise nach Mechelen, aber das Wetter zwang mich, nach einer Bleibe zu suchen, und ich erinnerte mich an deine Einladung. Man berichtete mir, du hast deinen Gatten verloren, das tut mir sehr leid.«

Sie hielt die Frage zurück, woher er seine Informationen habe. Auch wenn sie darauf brannte, mehr zu hören, so wandte sie sich zunächst an Marie, machte die beiden miteinander bekannt und rief nach dem Diener, der noch eine weitere Bettstatt aufstellen sollte und der Küche Bescheid geben musste.

»Wir wollten soeben etwas essen. Der Fürst hat noch einen weiteren Besucher, das Wetter spielt uns allen übel mit.«

Wegen der großen Kälte speisten sie wieder im Raum neben der Küche, wo es am wärmsten war. Ein Kamin am Ende des Tisches spendete zusätzlich Wärme, und eine große Tafel war bereits vorbereitet. Der Fürst und sein Gast erwarteten sie schon und begrüßten Jacques ebenfalls herzlich. Man war immer froh, einen Boten vom Königshof zu treffen, der die neuesten Nachrichten hatte. Das Gespräch wurde lebhaft geführt, und Jacques sprach von seinen Reisen durch das Land und von den Aufenthaltsorten des Königs, die schnell wechselten.

Schließlich wagte Berenice, die es nicht mehr aushielt, nach Gregory zu fragen.

Jacques wischte sich bedächtig den Mund mit einem Tuch, bevor er antwortete: »Ich habe ihn zuletzt vor einigen Wochen beim König getroffen. Er schien sich auf Reisen begeben zu wollen, jedenfalls hatte er es ziemlich eilig. Wir reden nicht über die Aufträge des Königs, deshalb weiß ich nicht, wo er ist oder wie lange seine Reise dauern wird.«

Berenice nickte und schwieg. Auch Marie war auffallend schweigsam. Sie warf ihrer Freundin einen forschenden Blick zu, doch diese hatte die Augen gesenkt und schien in Gedanken.

Die drei Männer zogen sich nach dem Essen in die Schreibstube zurück, um das Gastgeschenk von Jacques zu kosten. Es war eine Flasche mit dunkelgoldenem Inhalt, die er aus Armagnac mitgebracht hatte.

Berenice bat Marie, sie noch in ihr Zimmer zu begleiten, doch Marie lehnte ab. So beschloss sie, Sophie um heißes Wasser zu bitten, damit sie vor dem Zubettgehen noch ein Bad nehmen konnte. Trotz der Kaminfeuer war es in den Räumen nicht mehr warm, die Kälte fand ihren Weg durch die Türen und Ritzen.

Ein Blick durchs Fenster zeigte ihr, dass es aufgehört hatte zu schneien, der Mond stand nun hell am Himmel und in seinem Widerschein funkelte das Weiß des Schnees. Ein seltsamer Glanz lag über dem Vorplatz des Schlosses, weder Helligkeit noch Dunkelheit, und das klagende Jaulen eines Hundes drang vom Wirtschaftshof bis zu ihr. Sie meinte, durch die Bäume ein Licht entdeckt zu haben, doch dies musste eine Täuschung sein. In der Dunkelheit und bei diesem Wetter war sicher niemand mehr unterwegs.

Im Schloss wurde es zunehmend still. In der Nacht wurde sie wach, hörte die dicke Eichentür in der Halle zufallen und verhaltenes Lachen der Männer, die mit unsicheren Schritten die Treppe hochstiegen.

Schon wieder im Halbschlaf dachte sie noch an das ungewöhnliche Verhalten Maries. Es passierte selten, dass ihre Freundin eine Einladung ausschlug, meistens ging sie spät schlafen und redete lebhaft beim Essen. Hoffentlich hatte sie nicht wie ihre Tante eine Erkältung bekommen. Das seltsame Licht unter den Bäumen kam ihr in den Sinn, war es eine Fackel oder eine Täuschung des Mondlichtes gewesen?

Plötzlich setzte sie sich kerzengerade auf. Vielleicht plante ihre Freundin die Flucht, um zu ihrem Geliebten zu gelangen, oder dieser war gekommen, um sie zu holen. Mutig und entschlossen genug war sie dazu.

Berenice überlegte einen Augenblick, ob sie das Zimmer der Freundin aufsuchen sollte, doch wenn ihre Vermutung sich bewahrheitete, würde dies ihren Plan vereiteln. Sie sank langsam in ihre Kissen zurück und es dauerte lange, bis sie wieder einschlief. Im Traum sah sie Marie mit meterhohen Schneewehen und wilden Wölfen kämpfen.

Sie wurde wach, als Sophie leise durch das Zimmer huschte und ihre Kleidung bereitlegte. Eilig ließ sie sich ankleiden und wehrte das warme Getränk ab. Sie wollte in die Küche, um zu sehen, ob ihre Vermutung zutraf. Ein Blick aus dem Fenster zeigte ihr, dass es nicht wieder begonnen hatte zu schneien.

Nichts wies auf einen Vorfall hin. Lilli, die Zofe der Gräfin, die sich auch um Marie kümmerte, verließ mit einem Tablett voller Speisen und Getränke soeben die Küche.

Berenice sah sofort, dass es für die kranke Gräfin auf jeden Fall zu reichlich war, also musste Marie noch im Schloss sein.

Ihre Fantasie hatte ihr einen Streich gespielt, und sie hatte sich ganz unnötig gesorgt. Beruhigt setzte sie sich an den Tisch und Jeanne reichte ihr Brot und eine heiße Milchsuppe.

Die Männerstimmen, die aus der Halle drangen, beachtete sie zunächst nicht, bis sie plötzlich aufhorchte. Eine Stimme darunter war ihr so vertraut, dass sie sich ungläubig umwandte. Die Tür öffnete sich und mit einem Schwall kalter Luft erschien der Fürst mit seinen Gästen, unter ihnen Gregory.

Er war ebenso überrascht, sie so plötzlich vor sich zu sehen, und sein Gang stockte einen Augenblick, dann begrüßte er sie freundlich und unbefangen.

Man hatte sich bereits miteinander bekannt gemacht und Berenice erfuhr, dass Gregory spät in der Nacht angekommen war. Er hatte seinen Vater und dessen Gäste noch angetroffen und mit ihnen den einzigartigen Armagnac getrunken. Die Männer grinsten und warfen sich verschwörerische Blicke zu.

»Dann habe ich mich nicht getäuscht«, meinte Berenice, »ich sah in der Nacht einen Lichtschein vor dem Schloss und konnte ihn mir nicht erklären.«

»Ich bin geritten wie der Wind, weil ich schnell wieder nach Hause wollte. Selbst der elende Schneesturm hat mich nicht abgehalten. Mein Pferd war letzte Nacht genauso erschöpft wie ich, aber nachdem ich dem König einen letzten Dienst erwiesen habe, hatte nichts mich halten können.«

Seine Züge trugen noch die Zeichen der Anstrengung, aber seine Augen blitzten so spitzbübisch, dass sie ihn begehrenswerter fand als je zuvor. Der Himmel mochte ihr beistehen, wenn er nicht ihr Gatte werden konnte und erst recht, wenn er es würde, dachte sie.

Ein Diener meldete, dass man eine Schneise in den Schnee gefahren habe, woraufhin der Besucher des Fürsten beschloss, gleich nach dem Frühstück endlich die verspätete Heimreise anzutreten. Er warf einen fragenden Blick auf Jacques, doch dieser meinte, er würde wahrscheinlich höchstens bis Cambrai kommen. Er wolle noch einige Tage bleiben.

Zufrieden nickte Gregory bei seinen Worten und sagte zu Berenice: »Wir könnten einen kleinen Ausritt zusammen machen, wenn es dir nicht zu kalt ist. Es gibt etwas, das ich dir zeigen möchte. Wenn die Gräfin und ihre Nichte sich uns anschließen wollen, warten wir auf sie.«

»Die Gräfin ist noch zu schwach«, entgegnete Jacques, »und Marie wollte das Haus deswegen nicht verlassen. Ich hatte mich erboten, heute eine Partie Tric Trac mit ihr zu spielen, damit sie etwas Abwechslung hat.«

Berenice ließ sich ihre Erleichterung nicht anmerken. Niemand schien sich die Mühe machen zu wollen, sie über die Verhandlungen mit dem König aufzuklären. Es kam ihr so vor, als habe das Gespräch mit dem Fürsten über ihre Zukunft gar nicht stattgefunden. Wollte Gregory sie vielleicht gar nicht mehr? Als Erbe des Fürstentums standen ihm alle Wege offen. Vielleicht hatte er sein Herz am Hofe des Königs tatsächlich an eine andere Frau verloren oder fand den Stand der Ehe nun nicht mehr erstrebenswert.

Ungeduldig lief sie in ihre Räume und zog sich in Windeseile warme Kleidung über. Sie riss Sophie beinahe den großen Schal aus der Hand und eilte zum Stall, wo Gregory neben zwei gesattelten Tieren stand. Sein eigenes Pferd ließ er heute zurück, es sollte sich von den vorangegangenen Strapazen noch erholen.

Gregory schlug einen Weg ein, den sie bisher kaum je geritten war. Es war nur ein schmaler Pfad, der in Richtung Meribeau führte. Schweigend folgte sie ihm. Gregory wandte sich nur wenige Male um, um nach ihr zu sehen oder sie auf etwas aufmerksam zu machen. Er schien diesen Weg, der selten benutzt wurde, gut zu kennen, und sie bemerkte, dass erst vor Kurzem ein Fuhrwerk diesen Pfad genommen haben musste. Die Spur war im Schnee deutlich erkennbar.

Nach mehr als zwei Stunden erreichten sie zu ihrem Erstaunen ein solide gebautes Steinhaus mit Anbauten an beiden Seiten. Für einen Pächter oder Handwerker eindeutig zu groß, für ein Herrenhaus schien es jedoch zu bescheiden.

Sie saßen ab und Berenice warf Gregory einen fragenden Blick zu.

»Die Überraschung ist dir geklungen. Ich war noch niemals hier, wem gehört es?«

Er lächelte sie unergründlich an. »Es gehörte meiner Mutter, nun ist es mein Haus. Ich bin hier groß geworden.«

Er öffnete die unverschlossene Tür. Offenbar hatte man sie erwartet. Ein Diener verneigte sich und verließ den großzügigen Wohnraum, der mit Teppichen ausgelegt war. Im Kamin brannte ein Feuer, an das sie näher herantraten, um sich aufzuwärmen.

»Ein sehr angenehmes und bequemes Haus, wie mir scheint. Mir fällt auf, dass ich tatsächlich sehr wenig von dir weiß.«

Er stellte den Kessel mit Würzwein in die Halterung über dem Feuer und wandte sich langsam zu ihr.

»Du wirst mit der Zeit alles über mich erfahren, was du wissen möchtest.«

»Zunächst würde ich gern wissen, was du beim König erreicht hast. Du bist sehr schnell aufgebrochen, warst lange fort und niemand hatte Nachricht von dir. Ich weiß gar nichts mehr von dir.«

Ihre Worte kamen beinahe trotzig und zeigten ihm, wie unsicher sie sich seiner Gefühle war. Er legte die Arme um sie und zog sie eng an sich.

»Es gibt gute Gründe für mein langes Schweigen«, murmelte er in ihr Haar. Sein Mund suchte ihre Lippen und er küsste sie voller Zärtlichkeit.

»Du musst wissen …«, er unterbrach sich und küsste sie abermals, dieses Mal etwas weniger vorsichtig, »dass du nicht mehr den einfachen Gregory küsst, den du bislang kanntest.«

Er ließ sie nicht zu Wort kommen und verschloss abermals ihren Mund mit dem seinen, doch nun wehrte sie sich.

»Was meinst du damit?«

Er lächelte sie siegesgewiss an. »Ich habe einen Adelsbrief mitgebracht. Ich bin nun Marquis und nicht nur das, ich habe sogar ein kleines Lehen in der Normandie erhalten. Es bedeutet natürlich nicht, dass ich dorthin muss, doch die Einkünfte der Güter fallen an mich. Außerdem hat mich der König als Erbe meines natürlichen Vaters bestätigt, ich werde also der nächste Fürst de la Tour sein. Ich hoffe, damit bin ich standesgemäß, Madame.« Er ließ sie los und machte gut gelaunt eine Reverenz vor ihr.

Sprachlos starrte sie ihn an. Das war mehr, als sie erhofft hatte. Dennoch war sie noch nicht ganz zufrieden, und er sah ihrem Gesicht an, dass sie noch etwas bedrückte.

»Bist du mir noch böse, weil ich dir nicht früher Bescheid gab? Der König hatte eine Bedingung gestellt. Ich sollte mich nochmals mit dem Gesandten des Sultans treffen, der vermutlich einen Angriff auf Rhodos plant. Deswegen musste ich noch nach Civitavecchia, um mit Ibrahim zu sprechen.«

»Du hast Ibrahim gesehen?« Ein ungutes Gefühl beschlich Berenice, doch Gregory zerstreute ihre Bedenken.

»Mach dir seinetwegen keine Gedanken mehr. Er ist ein guter Verlierer. Ich habe ihm den Kaufpreis für dich erstattet und er hat gute Miene dazu gemacht.« Er lachte. »Ich habe ihm allerdings nicht erzählt, dass du meine Frau wirst, diese Nachricht hätte ihm vielleicht weniger gut gefallen.«

Berenice legte den Kopf schief. »Werde ich deine Frau?«

Er griff nach ihrer Hand und sah ihr in die Augen. »Als ich dich in Mechelen sah, habe ich dich vom ersten Augenblick an begehrt, in der Halle, als ich noch nicht wusste, wer du warst. Du bist mir jedes Mal entflohen, und für deine Entschlossenheit und deinen Mut habe ich dich bewundert, auch wenn es mein Leben nicht eben einfacher gemacht hat. Als du auf dem Schiff in meinen Armen gezittert hast, weil du einen

Albtraum gehabt hattest, und spätestens als du so zornig die Peitsche gegen den Verlobten deiner Dienerin geschwungen und sie verteidigt hast, wusste ich, dass ich dich liebe. Ich habe davon geträumt, jeden Tag neben dir aufzuwachen und dich zu sehen, wann immer ich möchte. Wirst du mich zum Gemahl nehmen, wenn die Zeit gekommen ist?«

Sie hatte das Gefühl, in seinen Augen zu versinken. Sie schlang die Arme um ihn.

»Ich habe mir nichts anderes gewünscht.« Ihr entwich beinahe ein Aufschluchzen vor Erleichterung, als sie in seine Arme sank. Er hob sie spielerisch hoch und trug sie durch den Raum. Mit dem Fuß stieß er eine Tür zu einem weiteren Raum auf.

Berenice bemerkte, dass ein umsichtiger Geist ein angenehmes Lager vorbereitet hatte, bevor der Mann, dem ihr Herz gehörte und den sie so lange sehnsüchtig erwartet hatte, ihre ganze Aufmerksamkeit beanspruchte.

Ihre Körper fanden jenen Gleichklang wieder, der alle wahrhaft Liebenden eint. Zärtlichkeit, Ekstase und ausgelassene Freude führten sie durch die kommenden Stunden und ließen sie glücklich und atemlos zurück.

Erschöpft schliefen sie ein. Berenice wurde wach, als er sie wieder an sich zog und ihr ins Ohr flüsterte.

»Der Diener ist zurück und hat uns etwas zu essen und heißen Wein zubereitet. Danach sollten wir aufbrechen, um vor Anbruch der Dunkelheit wieder im Schloss zu sein.«

Berenice griff nach ihrer Kleidung und Gregory war ihr bei den Bändern und Häkchen behilflich. »Weiß dein Vater schon von deiner Ernennung?«

»Gleich gestern nach meiner Ankunft habe ich ihm die Dokumente gegeben. Wir haben mit seinem Besuch darauf angestoßen. Auch Jacques weiß schon Bescheid. Er wollte eigentlich sobald wie möglich nach Mechelen, aber es scheint ihm in la Tour zu gefallen.«

»Die Wege sind sicher noch nicht passierbar. Ich kann ihn verstehen – es würde mir auch nicht gefallen, mich mit meinem Pferd durch den Schnee zu kämpfen.«

Sie zog ihre festen Fellstiefel an und richtete ihr Haar, so gut sie es ohne Hilfe vermochte. Sie sah Gregorys breit grinsendes Gesicht im Spiegel und drehte sich zu ihm.

»Was ist los?«

»Ein Kurier des französischen Königs fragt nicht nach Schnee oder Bequemlichkeit, wenn er einen Auftrag hat.«

»Ich wusste nicht, dass sein Auftrag dringlich ist. Offenbar hält ihn dennoch etwas zurück.«

Sie folgte Gregory in die Halle. Von einem Tisch nahm sie ein Stück Käse und biss mit Appetit hinein.

»Der Auftrag ist wohl auch nicht ganz so eilig, sonst ließe er sich nicht aufhalten. Und natürlich hält ihn etwas zurück«, entgegnete Gregory. »Kannst du es dir nicht denken? Du bist doch sonst so hellsichtig.«

Er reichte ihr einen Becher mit heißem Wein, bevor er sich selbst bediente und einen tiefen Schluck trank.

Sie schüttelte den Kopf. »Was meinst du?«

»Der Grund heißt Marie, wenn ich ihn richtig verstanden habe.« Er griff nach ihrer Hand, küsste sie leicht, bevor er ein Stück von ihrem Käse abbiss.

Zweifelnd meinte Berenice: »Sie war vor sehr kurzer Zeit in einen anderen Mann verliebt und wollte sogar mit ihm fliehen. Ich kann mir nicht denken, dass sie sich für Jacques interessiert.«

Gregory lehnte an der Wand und biss genüsslich in einen Apfel. »Dann ist die junge Dame schnell entflammbar. Als ich ankam, standen sie im Pferdestall und ...«, er zögerte kurz, bevor er fortfuhr, »ich würde sagen, ihre Kleidung war reichlich derangiert.«

»Wenn die Gräfin dahinterkommt, wird sie vermutlich noch kränker, als sie schon ist. Marie hat ihr Sorgen bereitet.«

»Jacques ist ein guter Fang. Jede Frau kann sich glücklich schätzen, ihn zu bekommen. Er hat eine Position, den besten Kontakt, den man im Lande haben kann, und arm ist er auch nicht.«

»Ich hoffe, dass ihre Tante dies auch so sieht. Ein weiteres Abenteuer wird sie ihr nicht zugestehen.«

Der Diener hatte ihre Pferde geholt und bereits gesattelt. In schnellem Trab ritten sie durch den Schnee. Unter den Hufen der Pferde stob der pulverige, weiße Schnee auf, und aus den Nüstern der Tiere stiegen weiße Atemwolken in die kalte, klare Luft hinaus. Sie erreichten das Schloss in der anbrechenden Dämmerung, als die ersten Kerzen bereits angezündet waren.

An diesem Abend führten Gregory und Berenice ein langes und entscheidendes Gespräch mit dem Fürsten. Man zeigte ihr das wertvolle, königliche Schreiben, in dem Gregory zum Marquis ernannt wurde und für seine Verdienste um das Land ein Lehen erhielt. Es war für ihren Schwiegervater eine große Erleichterung, seinem Sohn und ihr die Geschicke und die Zukunft des Fürstentums in die Hände zu legen. Nach Henris Tod wirkte er zum ersten Mal wieder froh und voller Hoffnung.

Sie einigten sich darauf, mit dem Pfarrer zu sprechen, um wegen der besonderen Umstände noch vor Ablauf des Trauerjahres heiraten zu können. Als Berenice meinte, sie würde diesmal gern im späten Frühjahr heiraten, wurde dies als vorläufiges Datum festgehalten.

Danach bat sie Gregory zu sich und schickte Sophie hinaus, die noch einige Holzscheite in den Kamin gelegt hatte, damit das Feuer aufloderte.

»Ich weiß ja, dass du recht temperamentvoll sein kannst«, meinte Gregory anzüglich und wollte nach ihr greifen, »aber ich nahm nicht an, dass deine körperlichen Bedürfnisse so dringlich sind, dass ich mehrfach am Tage ...«

»Ihr seid dreist, Monsieur!«, entgegnete sie lächelnd, doch dann wurde ihr Gesicht wieder ernst. »Der Grund, warum ich mit dir sprechen will, ist ein anderer.«

Sie ging zu ihrer Truhe und nahm aus der verborgenen Ledertasche den Brief von Henris Mutter hervor. Wortlos reichte sie ihm das Schreiben und beobachtete sein Gesicht, während er las. Seine Stirn runzelte sich. Ungläubig sah er schließlich auf.

»Woher hast du das?«

Sie berichtete von ihren Beobachtungen und Henris Bitte, ihr die Truhe zu holen. Obwohl Henri nicht alle Zusammenhänge schnell erfasst haben mochte, hatte er anscheinend genau um die Brisanz des Schreibens gewusst.

»Was sollen wir mit diesem Wissen anfangen? Dein Vater weiß wohl nichts vom Betrug seiner Frau, und nach Henris Tod ändert es auch nichts mehr.«

Berenice setzte sich und sah zu Gregory auf. »Ich wollte ohne dich keine Entscheidung treffen. Darf man deinem Vater das Wissen vorenthalten, dass Henri gar nicht sein Sohn war? Wenn wir es ihm aber sagen, fügen wir ihm großen Kummer zu.«

Mit einer entschlossenen Bewegung warf Gregory den Brief ins Feuer. Sie sahen zu, wie sich das Pergament kräuselte und schließlich zerfiel. Er nahm ein Holzscheit und verteilte die Asche, damit keine Reste übrig blieben.

»Es ist, wie du sagst. Es spielt keine Rolle mehr. Mein Vater hat Henri als seinen Sohn großgezogen, er hat ihm das Reiten und Schießen beigebracht. Es würde ihm das Herz brechen, diesen doppelten Betrug erkennen zu müssen. Niemand sonst soll davon wissen.«

»Möglicherweise weiß der leibliche Vater davon, wer immer es ist.«

Grüblerisch ging Gregory im Raum auf und ab.

»Ich habe wirklich keine Ahnung, wer es sein könnte. Ich habe niemals bemerkt, dass Henris Mutter sich für einen anderen Mann interessierte, und es gab auch keine Besucher, die mir aufgefallen wären. Henri war ihr äußerlich ähnlich, sodass ich auch in dieser Hinsicht nichts erkennen kann. Der Mann scheint sich seinem Sohn auch niemals genähert oder sich zu erkennen gegeben haben. Vielleicht war es eine einmalige Verfehlung.«

Er warf einen prüfenden Blick auf Berenice. »Du hast es dir nicht leicht gemacht, dich für Henri zu entscheiden und dem Willen deines Vaters zu entsprechen. Es muss auch für dich eine Schreckensbotschaft gewesen sein, zu erkennen, dass du den Sohn eines völlig unbekannten Mannes geehelicht hast.«

Berenice hob den Kopf. »Das war es auch zunächst. Glücklicherweise habe ich den Brief erst nach seinem Tod gefunden. Henri und ich haben niemals … ich meine, er ist mir nie zu nahe gekommen. Trotz seiner manchmal streitbaren Art hat er sich mir gegenüber meist freundlich verhalten.«

»Das denke ich mir. Ich habe ihm Tod und Teufel angedroht, wenn er dich anrührt, solange er krank ist.«

»Dann warst du wohl sehr überzeugend. Ich habe mir den Kopf zerbrochen, wie ich es anstellen soll, an ihn heranzukommen.« Sie warf einen Blick auf die restliche Asche im Kamin. »Am besten vergessen wir den Brief. Du bist der einzige wirkliche Sohn deines Vaters und wirst seine Nachfolge antreten. Vielleicht hat eine höhere Macht das Urteil gesprochen.«

Nachdem Gregory ihr Zimmer verlassen hatte, ging Berenice früh zu Bett. Bevor sie einschlief, nahm sie sich noch vor herauszufinden, was in ihrer Freundin vorging.

Am nächsten Morgen war es milder, und hier und da versuchte die Sonne, sich durchzukämpfen. Berenice erkundigte sich bei Sophie nach Marie. Meistens waren die Dienstboten schneller als andere über den Verbleib der Schlossbewohner informiert. Sophie zierte sich zunächst, rückte dann jedoch mit der Sprache heraus.

Ihre Freundin ritt jeden Morgen mit Jacques aus, meistens zum weit entfernt gelegenen Pavillon am Ende des Parks. Sie hatten Brennholz, Speisen und Getränke dorthin schaffen lassen und kamen erst vor Anbruch der Dunkelheit wieder. Gregory schien mit seiner Vermutung recht zu haben. Wenn sie nicht schnell handelte, war der angeschlagene Ruf ihrer Freundin wahrscheinlich endgültig beschädigt.

Berenice ließ sich von Sophie einen Teller mit leichten Eierspeisen bereiten und betrat damit die Zimmer der Gräfin, die soeben ihre Garderobe beendete.

»Es freut mich, dass es Euch schon besser geht und ihr das Bett nicht mehr hüten müsst.«

Gräfin de Verner war hoch erfreut, Berenice zu sehen.

»Ich habe davon gehört, dass du Gregory heiraten wirst, natürlich nach einer angemessenen Frist. Er ist ja jetzt wirklich eine gute Partie. Wenn man dies zuvor geahnt hätte.« Sie seufzte tief. »Ich kann nicht länger im Bett liegen. Selbst wenn ich kurz vor dem Tode stände, würde ich jetzt aufstehen«, erklärte sie. »Sonst würde ich mich noch zu Tode langweilen, das wäre auch nicht besser.«

Sie warf einen Blick auf das mitgebrachte Tablett und meinte: »Das ist ganz reizend, meine Liebe, aber wenn ich ehrlich bin, steht mir der Sinn mehr nach kräftiger Speise, wie Wurst und herzhaftem Käse. Diese Krankenkost entkräftet mich noch mehr.«

Berenice sandte ihre Zofe in die Küche, um das Gewünschte zu holen, und bat sie verstohlen, sich reichlich Zeit zu lassen.

Während die Gräfin munter ein Stück Brot in die heiße Milch tauchte und daran lutschte, begann Berenice im vergnügten Plauderton: »Wir haben Euch bei den abendlichen Gesprächen und den Ausritten sehr vermisst. Es macht viel Vergnügen, durch den frischen Schnee zu reiten, auch wenn er hier und da schon wieder schmilzt. Ich hoffe, ihr macht uns noch eine Weile das Vergnügen und bleibt mit Marie hier.«

Die Gräfin warf ihr einen prüfenden Blick zu. »Ich hoffe doch, dass Marie sich nicht ungebührlich verhalten hat. Sie ist einfach ein wildes Mädchen, ich weiß nicht, woher sie das hat. Es wird wirklich Zeit, dass jemand anders die Verantwortung für sie übernimmt. Die Anstrengung wird mir zu groß.«

»Natürlich wäre es wünschenswert, wenn sie einen passenden Gatten finden würde. Leider kommen um diese Zeit nicht viele Gäste zu uns, zumal das Wetter nicht einladend ist. Ich hatte gehofft, dass vielleicht Monsieur Cartier für Marie entflammt, aber er hat natürlich durch seine Beziehungen zum Hofe und sein gutes Auskommen viele Möglichkeiten.«

Die Gräfin hob erstaunt die Augenbrauen. »Meine Nichte ist gesellschaftlich genauso akzeptabel wie er. Immerhin hat Monsieur Cartier keinen hohen Rang.«

»Natürlich nicht«, bestätigte Berenice und lächelte unverbindlich.

Die Zofe brachte den gewünschten Käse und Berenice verabschiedete sich mit der Bitte, das Mittagmahl gemeinsam einzunehmen.

Eilig ließ sie im Stall ihr Pferd satteln und machte sich auf den Weg, ihre unternehmungslustige Freundin über die Gesundung und das baldige Erscheinen der Tante zu benachrichtigen.

Milchweißer Nebel hing über Wald und Wiesen, und an einigen Stellen war der Schnee schon geschmolzen. Der Weg zum Pavillon führte abseits der üblichen Reitwege, und die Spur eines Wagens und frische Hufspuren waren im Schnee gut zu erkennen.

Es war weiter, als sie angenommen hatte, und als sie endlich den Rauch eines Kaminfeuers bemerkte, brach das Licht einer blassen Wintersonne durch die Wolkendecke.

Der Pavillon lag inmitten einer kleinen Lichtung. Zwei Pferde, umsichtig mit Decken geschützt, standen davor angebunden. Sie bemühte sich, so viel Lärm wie möglich zu machen, sprach einige laute Worte zu den Tieren, klapperte mit dem Pferdegeschirr und unterdrückte ein Lachen, als sich endlich die Tür öffnete und Jacques seinen Kopf herausstreckte.

Erleichtert und mit fragendem Gesicht schloss er die Tür hinter sich und kam heran. Sein Haar war nicht gerichtet, und er bemühte sich, harmlos auszusehen. Wahrscheinlich hatte Marie ihn mit der Weisung geschickt, Berenice abzulenken und möglichst von hier fortzuschicken.

Bevor er zu einer Erklärung ansetzen konnte, die seinen Aufenthalt in dieser abseits gelegenen Ecke rechtfertigte, sagte sie schnell: »Ich weiß, wer außer dir noch hier ist, und ich bin gekommen, euch zu warnen. Die Gräfin erfreut sich wieder ihrer alten Energie und wird Marie ausfindig machen und herausfinden, was sie angestellt hat.«

Ihre Freundin hatte offenbar schon hinter der Tür gestanden. Jetzt öffnete sie, schmiegte sich in Jacques' Arme und sah Berenice entsetzt an.

»Wenn sie entdeckt, dass Jacques und ich uns lieben, steckt sie mich ins nächste Kloster, genau wie den bedauernswerten Arnaud.«

»Wenn es euch wirklich ernst ist, dann gibt es eine Möglichkeit.«

Sie erklärte, dass sie schon mit der Gräfin gesprochen hatte und trieb die beiden an, eilig zum Schloss zurückzukehren. Mit etwas Geschick konnten sie ihr Schicksal vielleicht selbst in die Hand nehmen.

In den folgenden Tagen bemerkte Berenice zu ihrem Vergnügen, dass die Gräfin Jacques scharf beobachtete. Dieser verhielt sich tadellos und war gleichermaßen charmant zu allen Damen. Für Marie schien er sich nicht im Geringsten zu interessieren. Bei einem Abendessen versuchte sie leicht plaudernd ausfindig zu machen, ob er vielleicht schon gebunden sei und wie er sich seine Herzensdame vorstelle.

Gewandt scherzte Jacques, dass die Gräfin leider nicht mehr infrage komme, woraufhin diese erwiderte, ihre Nichte wäre doch sicher eine passende Gattin für ihn.

Sein Gesicht schien plötzlich sehr nachdenklich, und jeder bemerkte, dass er Marie mit plötzlichem Interesse ansah.

Sein schauspielerisches Talent war beachtlich, dachte Berenice amüsiert. Sie konnte ihn sich gut als einen Kurier und Botschafter des Königs vorstellen, dessen Gesichtsausdruck stets unter Beobachtung stand.

Marie stand ihm in nichts nach. Sie senkte unter seinem Blick schüchtern den Kopf. Es machte den beiden Liebenden anscheinend großen Spaß zu sehen, wie die Gräfin sich für den Gedanken erwärmte, die eigensinnige Marie schnell und erfolgreich unter die Haube zu bringen.

Für Berenice und Gregory wurden dagegen bereits genaue Heiratspläne besprochen. Das Gespräch mit dem Pfarrer hatte sie vor sich hergeschoben; zu unangenehm war ihr das Gespräch vor ihrer Hochzeit mit Henri in Erinnerung. Sie vertraute Gregory an, dass sie zu diesem Mann niemals Vertrauen haben konnte, weil sie instinktiv spürte, dass er sie ablehnte.

Dennoch ritt sie mit Gregory an einem Märzmorgen zu ihm. Der frische Wind trug schon eine Ahnung von Frühling mit sich, und auf den Feldern begannen die Bauern bereits mit der Feldarbeit und ließen nach dem Winter ihre Tiere aus den Ställen.

Die Haushälterin des Pfarrers ließ sie freundlich ein und bot ihnen etwas zu trinken an, doch Berenice lehnte ab.

Ihre ungute Ahnung hatte sie nicht getrogen. Als sie ihre Bitte für eine vorgezogene Eheschließung unterbreiteten, wurde dies rundweg abgelehnt. Eine besondere Dringlichkeit sei nicht erkennbar, und es zieme sich nicht, so kurz nach dem Tod des Fürstensohnes die Trauer aufzuheben. Der Geistliche warf Berenice einen missbilligenden Blick zu und strich sich das Haar aus der Stirn.

Auch Gregory, der nochmals höflich in ihn drang und seine Stellung am Hofe und häufige Abwesenheit im Dienste des Königs anführte, stieß auf heftige Ablehnung. Es sei höchst verwerflich, dass ein Mann, der seit Jahren versuche, den Sohn des Fürsten an die Seite zu drängen, nun auch noch seine Witwe ehelichen wolle, die zu allem Überfluss ebenfalls einen zweifelhaften Ruf genoss.

An diesem Punkt wurde Gregory zornig. Er verbat sich den unangemessenen Ton des Geistlichen und versprach ihm, dies nicht auf sich beruhen zu lassen.

Als sie auf ihren Pferden saßen und den Heimweg antraten, meinte er, immer noch aufgebracht: »Ich verstehe jetzt, was du meinst. Ich habe auch kein Vertrauen mehr zu ihm. Mir war nicht klar, dass er mich nicht leiden kann. Ich habe nie versucht, Henri an die Seite zu drängen, ganz im Gegenteil.«

Berenice war in Gedanken noch mit etwas anderem beschäftigt und antwortete nicht. Die Geste, mit der der Pfarrer sich das Haar aus der Stirn strich, erinnerte sie stark an Henri. Es war die gleiche Bewegung. Konnte es sein, dass dieser Mann der leibliche Vater Henris war? Plötzliche ergaben ihre Beobachtungen einen Sinn. Natürlich fiel es nie auf, wenn man sich mit seinem Beichtvater zurückzog. Henris Mutter hatte ihn stets in der Nähe gehabt, ebenso wie ihr Sohn. Sie erinnerte sich an sein seltsames Verhalten beim Tode Henris. Ungläubig schüttelte sie den Kopf.

Gregory nahm an, dass sie über die Ablehnung noch erschüttert war, und wollte sie trösten: »Es spielt keine entscheidende Rolle. Ich wollte keine großen Feierlichkeiten, doch wenn es sich nicht vermeiden lässt, bitten wir den Bischof de Croy in Cambrai, die Eheschließung vorzunehmen. Er ist noch jung und ehrgeizig und wird gern den zukünftigen Fürsten trauen. Ich mache mich gleich morgen auf den Weg.«

Als sie ins Schloss kamen, erwartete sie eine freudige Überraschung. Die energische Gräfin de Verner hatte die Gelegenheit beim Schopf ergriffen und ein bedeutungsvolles Gespräch mit Jacques geführt. Dies hatte zur Folge, dass er sich der plötzlich scheu gewordenen Marie erklärt und sie gebeten hatte, seine Frau zu werden.

Zum größten Entzücken der Gräfin hatte Marie sich nicht lange geziert und verschämt ihr Einverständnis gehaucht. Um die Kosten für die anstehende Hochzeit so niedrig wie möglich zu halten, einigte sich die Gräfin mit dem Fürsten darauf, im Mai eine Doppelhochzeit zu feiern.

Als sie Gregory und Berenice davon berichtete, strahlte sie so, als würde sie selbst noch einmal vor den Traualtar treten.

Die Erleichterung über diese brillante Lösung ihres Problems beflügelte sie zu großen Plänen. Sie würde das Schloss nicht mehr verlassen, bis das große Ereignis stattgefunden hatte und Marie mit ihrem Mann Richtung Normandie aufgebrochen war, in der Jacques ein ansehnliches Haus besaß.

Berenice hatte den Verdacht, dass sie nur blieb, um die Kontrolle über ihre unberechenbare Nichte nicht zu verlieren, der sie alles zutraute. Als sie dies einige Tage später Gregory gestand, erklärte dieser, dass er die Gräfin gut verstand.

»Wartet man lange genug, muss man befürchten, dass sie ihr Herz an den Stallburschen oder den nächsten Besucher verliert. Ich beneide Jacques nicht um die Herausforderung, sie zu bändigen.«

Er zog Berenice in den Arm. »Mir reicht eine Frau, die mit einem Messer auf größere Entfernung punktgenau wirft und zudem reiten kann wie eine Wilde.«

Berenice lachte und schlang glücklich die Arme um ihn. »Ich werde regelmäßig üben, um es nicht zu verlernen.«

»Der Pavillon ist nicht nur für andere da«, flüsterte er in ihr Ohr. »Mein Diener berichtete, dass noch genügend Brennholz für eine Nacht dort liegt und auch Speisen und Getränke warten, da du Jacques und Marie so übereilt geholt hast. Es ist alles für uns vorbereitet.«

Nach einem regnerischen Frühjahr brach der Mai mit beinahe sommerlichen Temperaturen an, und ein blauer Himmel mit nur wenigen Wolken schien auf zwei glückliche Brautpaare, die auf dem Schlossplatz die Ankunft des Geistlichen erwarteten, der sie trauen sollte.

Gregory hatte ein Geheimnis daraus gemacht, ob er den Bischof dafür hatte gewinnen können, und Berenice hoffte, dass er sich nicht am Ende mit dem Schlosspfarrer geeinigt hatte.

Aus der großen Halle im Schloss drang lautes Stimmengewirr. Die Gräfin hatte den Einwand nicht gelten lassen, wegen des noch nicht abgelaufenen Trauerjahres eine kleine Feier abzuhalten. Über hundert Gäste waren in den letzten Tagen eingetroffen und würden beinahe eine Woche bleiben.

Berenice reckte den Hals, als sie eine Sänfte die lange Auffahrt hochkommen sah, doch erst als der Geistliche ausstieg, erkannte sie, um wen es sich handelte.

Mit einem Lachen, das schon fast ein freudiges Aufschluchzen war, eilte sie dem Besucher entgegen.

Abt Anton strahlte ebenfalls über das ganze Gesicht. »Ich freue mich, dass ich meine ehemalige Lieblingsschülerin trauen kann. Dein zukünftiger Mann hat mir so zugesetzt, dass ich gar keine Wahl hatte und meine Verpflichtungen in Mechelen nun dahinter zurückstehen müssen.«

Sie wandte sich an Gregory. »Woher wusstest du, dass dies mein größter Wunsch war? Wir haben kaum je über den Abt gesprochen.«

Sie gingen gemeinsam mit Abt Anton ins Schloss und Gregory erklärte geheimnisvoll: »Es war bisher immer meine Aufgabe, Geheimnissen auf die Spur zu kommen. Doch diese Zeiten sind vorbei. Eine Familie und das Fürstentum sind Beschäftigungen, die größere Reisen nicht mehr zulassen.«

Als er die Familie erwähnte, warf Berenice ihm einen prüfenden Blick zu. Konnte es sein, dass er auch ihr ganz eigenes Geheimnis schon kannte? Doch er ließ nichts erkennen. Entspannt betraten sie die Halle, wo man den Abt herzlich grüßte.

Nicht jedes Geheimnis musste ihr zukünftiger Mann kennen, dachte sie, und dieses würde sich schon sehr bald von allein lüften.

ENDE

Epilog

Nach der Entdeckung des amerikanischen Kontinents teilten sich die Spanier und Portugiesen im Vertrag von Tordesillas die ertragreichen Gebiete in Süd- und Mittelamerika, die man anfänglich noch für Indien hielt.

Weiter im Norden suchten Entdecker aus Frankreich und England auf eigene Faust oder im Namen ihrer Könige nach Bodenschätzen oder Gewürzen.

Sie gründeten erste Ansiedlungen, die jedoch sämtlich wieder verlassen wurden. Es sollte noch ein Jahrhundert dauern, bis die anfänglichen Bemühungen Früchte trugen und erste, vereinzelte befestigte Niederlassungen entstanden.

Die ersten Europäer beschrieben die Einheimischen durchweg als Wilde, ebenso wie im Süden des Kontinents. Sie waren nach ihrem Dafürhalten unzivilisiert und ohne erkennbaren Glauben. Ihre festgefügten Meinungen gestatteten kaum einen differenzierteren Blick auf die Bevölkerung, die der europäischen Kultur aus heutiger Sicht zur Zeit der Entdeckung Amerikas manches vorausshatte.

Die nativen Amerikaner besaßen ein beachtliches Wissen über die Natur und den menschlichen Körper; in Bereichen wie Hygiene, Medizin, Geburtenkontrolle und Sozialverhalten waren sie den Weißen nach heutigem Kenntnisstand sogar überlegen.

Selbst im Kampf waren sie, anders als im Süden des Kontinents, den Europäern zunächst noch gewachsen. Die Expedition des Hernando de Soto um 1540 gibt ausführlich darüber Aufschluss.

Erst als die Einheimischen mit zunehmender Besiedelung stark durch Krankheiten dezimiert wurden, die Einwanderung zunahm und die Waffen schlagkräftiger wurden, erfolgte schrittweise die Eroberung dieses Kontinents.

Auch die Siedlung Charlesbourg wurde nach nur einem Jahr wieder aufgegeben, nochmals neu errichtet und wieder verlassen, bevor sie sich endgültig etablierte und heute zur Geschichte Quebecs gehört.

Der Stamm der Chickasaw wurde 1541 von Hernando de Soto entdeckt. Nach anfänglich freundschaftlichem Umgang wurde er von den Stämmen zunehmend gemieden. Als er eine ansehnliche Anzahl Frauen für Hilfsarbeiten und ›andere Dienste‹ einforderte, wurden er und seine Begleiter schließlich bekämpft und verfolgt. Er selbst und viele andere verloren auf dieser Reise ihr Leben. Die siegreichen Chickasaw eroberten Pferde, Waffen und die mitgeführten Schweine, deren Fleisch sie als äußerst schmackhaft erachteten.

LITERATURNACHWEISE

Frauenleben. Eine europäische Geschichte. 1500–1800 – von Olwen Hufton und Holger Fliessbach, Fischer Verlag

Leben in der französischen Renaissance. Der neugierige Blick – von Lucien Febvre, Wagenbach Verlag

Orte und Worte von Frauen. Eine Spurensuche im europäischen Mittelalter – von Maria-Milagros Rivera Garretas, Dtv

sowie ein Interview mit der Autorin über das Leben der Frauen im Mittelalter und der Renaissance in der Universität von Barcelona

40 Frauenschicksale aus dem 15. und 16. Jahrhundert – von Maike Vogt-Lüerssen, Verlag Ernst Probst

Der Alltag im Mittelalter – von Maike Vogt-Lüerssen, Verlag Ernst Probst

Sozialgeschichte des 15.–18. Jahrhunderts. Der Alltag – von Fernand Braudel, Kindler Verlag

Handel, Macht und Reichtum: Kaufleute im Mittelalter – von Peter Spufford, Theiss Verlag

Reisen im Mittelalter – von Norbert Ohler, Artemis & Winkler

Mit Magellan um die Erde: Ein Augenzeugenbericht der ersten Weltumsegelung 1519–1522 – von Antonio Pigafetta, Edition Erdmann

Karl V.: Der Herrscher zwischen den Zeiten und seine europäische Familie – von Sigrid-Maria Größing, Amalthea Verlag

Der Löwe von Flandern – von Hendrik Conscience, Bastei Lübbe

Die spanische Trilogie. Isabella, Johanna, Teresa – von Eberhard Horst, Bastei Lübbe

Franz der Erste, König von Frankreich. Ein Sittengemälde aus dem Sechzehnten Jahrhundert – von August Leberecht Herrmann, G. Fleischer Verlag

Field of Cloth of Gold: Men and Manners in 1520 – von Joycelyne G. Russell, Routledge and Kegan

Der große Türke. Süleyman der Prächtige – von Henk Boom, Parthas Berlin

Roxelane – von Johannes Tralow, Verlag der Nation

Osmanische Tetralogie – von Johannes Tralow, Verlag der Nation

Die Geschichte der Sklaverei – von R. G. Grant, Dorling Kindersley Verlag

Vier Sendschreiben über die Gesandtschaft nach der Türkei von Ogier Ghiselin von Busbeck, Verlag Weltgeist Bücher

Eroberung eines Kontinents. Der große Aufbruch in den amerikanischen Westen – von Max Mittler, Atlantis Verlag

Die Indianer Nordamerikas – von Hans Christian Adam und Edward S. Curtis, Taschen Verlag

Splendid Land, Splendid People. The Chickasaw Indians to Removal – von James R. Atkinson, University of Alabama Press

The American Indians – von Edward H. Spicer, Harvard University Press

Erwachen in der Neuen Welt. Die Geschichte von Bartolomé de las Casas – von Urs M. Fiechtner und Sergio Vesely, Signal Verlag

The Southeastern Indians – von Charles Hudson, University of Tennessee Press

Henry Rowe Schoolcraft's First European Acquaintance. Historical and Statistical Information Respecting the History, Condition and Prospects of the Indian Tribes of the United States, 6 Parts, Volume VI, 1857, S. 58–68

Persönliche Gespräche mit Gregory E. Pyle, Chief of the Choctaw Nation of Oklahoma, Kirk Perry, Division of Heritage Preservation Chickasaw Nation, und Charles Eastman Brown, Chairman in Oklahoma, über neuere Erkenntnisse des Lebens der Indianer Nordamerikas zur Zeit ihrer Entdeckung.

***

ORTSHINWEISE

Schloss Mechelen 51°01'44.82"N / 4°29'08.63"O
Feld des Goldenen Tuches: 50°51'20.50"N / 1°56'12.30"O
Charlesbourg, Kanada : 46°52'01.41"N / 71°15'54.38"W
Fluss des Schwarzen Kriegers (Black Warrior River) 33°33'25"N – 87°11'9"W